BESTSELLER

Patricio Sturlese nació en Buenos Aires en 1973. Estudió teología con los jesuitas en el colegio Máximo de San Miguel, Argentina, desde donde se lanzó como escritor, interesado por la historia eclesiástica y el Renacimiento. *El inquisidor*, su primera novela, fue un éxito de ventas en España y América Latina, publicada en más de treinta países y traducida a varias lenguas, siendo distinguida, en 2014, en el Salón del libro de París. A ella siguieron *La Sexta Vía*, *El umbral del bosque* y *El Jardín de los Ciervos*, su última novela. Patricio vive y escribe en la ciudad de Bella Vista.

Puedes seguir a Patricio Sturlese en Instagram:
@patriciosturlese

Biblioteca

PATRICIO STURLESE

El Jardín de los Ciervos

DEBOLS!LLO

Primera edición: marzo de 2019
Tercera reimpresión: junio de 2019

© 2019, Patricio Sturlese
c/o Agencia Literaria CBQ, S. L.
Info@agencialiterariacbq.com
© 2019, Penguin Random House Grupo Editorial, S. A. U.
Travessera de Gràcia, 47-49. 08021 Barcelona

Printed in Spain – Impreso en España

ISBN: 978-84-663-4595-8 (vol. 657/4)
Depósito legal: B- 496-2019

Impreso en Liberdúplex
Sant Llorenç d'Hortons (Barcelona)

P 345958

Penguin
Random House
Grupo Editorial

A Genaro Gianpier Sturlese

Aquí, donde el fuego arde.

PRÓLOGO

Dentro de los límites del palacio de Versalles, tras el largo tapial que separa la Huerta del Rey del bosque de la Butte-Gobert, se ubica una bonita mansión, cuya entrada está flanqueada por dos ciervos de granito. En su interior se halla el hospicio que en el año 1753 madame de Pompadour ordenó restaurar para albergar a las concubinas del rey. En esos amplios salones y alcobas se hospedaban las viudas de los oficiales caídos, aunque más tarde, por temor a que Luis XV contrajese sífilis, fueron alojadas jóvenes niñas que, semanalmente, madame de Pompadour reclutaba en las zonas aledañas a París.

A esta residencia, conocida como Parc-aux-Cerfs, pronto llegaría Violet d'Estaing, la hermosa normanda que había captado de inmediato la atención del rey. Portadora de un singular encanto, esta jovencita había calado tan profundamente en el corazón de Luis, que bastó con que se lo sugiriera para que el rey desplazase a la Pompadour y le otorgase a su nueva favorita el control de la casa. Una amante había derrocado a otra; tal era el juego en Versalles, donde el arte más intrincado consistía en destruir para conservar los privilegios.

Una década más tarde, en 1763, a sus treinta años, madame d'Estaing era considerada la dama más importante del Jardín de los Ciervos.

—¡Mi señora! —exclamó una criada entrando bruscamente en la habitación de madame d'Estaing, que en esos momentos estaba mirando por la ventana.

—Pero bueno, ¿a qué se debe tanto revuelo? —preguntó.

—Se trata de la señorita que impuso el duque, madame. Su gasa no está limpia... Debéis verlo vos misma.

Madame d'Estaing guardó silencio. Sentía el pálpito de toda cortesana experimentada. El carruaje que aguardaba en el patio había aparecido sin previo aviso y lucía en las portezuelas el blasón del rey; tras la noticia que llevaba la criada, estaba alimentando sus peores miedos. Dejó caer las cortinas y se acercó a la sirvienta.

—Dime, ¿quién ha llegado en la carroza?

—Un emisario del rey con un obsequio.

—¿Obsequio? —preguntó madame d'Estaing.

No obtuvo respuesta. Pero tras mirar largamente a los ojos de la doncella, Violet sabía que su silencio equivalía a una confirmación. Su premonición, aquella que sentía en su piel como si estuvieran a punto de clavarle un puñal, se había hecho realidad.

—Andando, deseo ver a esa señorita —murmuró madame d'Estaing sin poder ocultar el enfado que la noticia le causaba.

Momentos más tarde se encontraba en el altillo. Lejos de toda mirada y ubicadas por detrás de un biombo hecho con telas, tres de las quince pupilas que habitaban la mansión aguardaban a ser inspeccionadas por la señora. Aquel examen era de rigor, tanto para las recién ingresadas como para las más antiguas, durante su ciclo menstrual. Con la llegada de madame d'Estaing, una criada ordenó a las muchachas que se desnudaran y formasen una fila bajo el ventanal, con la mirada al frente. Ninguna de ellas tenía permitido hablar o hacer preguntas a menos que la señora lo consintiera. Desnudas, con sus cinturones menstruales como única prenda, las jóvenes obedecieron. Habían pasado la última noche en el altillo separadas del resto.

Madame d'Estaing se paseó por delante de ellas, mirándolas a los ojos, hasta detenerse frente a una, a quien pidió amable-

mente que abriese las piernas. Violet destrabó el cinturón, y metiendo los dedos, retiró la gasa que tenía entre las piernas sujeta por el arnés. La contempló ante las velas. Por último, cerró los ojos, sabedora del fatídico desenlace. La gasa estaba tan limpia que no cabían dudas al respecto.

—Estás encinta —afirmó madame d'Estaing con la mirada atravesada de dolor—. Ordenaré hoy mismo tu expulsión.

La muchacha lloró. Violet la contuvo en sus brazos. Era su pupila preferida, quien había sabido acompañarla durante más de tres años. Pronto arreglaría para ella un buen matrimonio, pero antes debía saber, debía preguntar.

—¿Con quién has estado, mi niña, los últimos veinte días? —susurró a su oído.

—Con el rey —respondió—. Y una noche, con dos nobles que le acompañaban.

—Lo recuerdo; sé quiénes son.

Entonces, madame d'Estaing llamó a un asistente, a quien pidió que escribiera una nota de petición dirigida al abad del convento de los Celestinos de París. No podía correr el riesgo de dejarla ir, siquiera en matrimonio, teniendo en su vientre un posible hijo ilegítimo del rey. Era mejor que diese a luz en el convento y entregase su hijo a la Iglesia. Por último, besó a la jovencita en la frente.

—Ve a tu habitación y recoge tu ropa para estar lista al amanecer —le dijo antes de pasar a la siguiente muchacha de la fila.

La segunda pupila era la viuda de un oficial de la Marina, muy bonita, que había llegado a la casa el verano anterior.

—Abre las piernas —le pidió madame d'Estaing.

Tomó la gasa y la estudió ante el candelabro. Tras un instante, miró a la viuda alzando una ceja.

—¿Con quién has estado, muchacha?

—Dos veces con el canciller sueco, una con el ministro de los asuntos de la Casa Real, y otra, con el joven duque de Lorena.

Madame d'Estaing habló al oído de su secretario y le pidió que redactase una carta para el agregado militar de palacio, para

que buscase un oficial de rango dispuesto a desposar a aquella hermosa viuda encinta, quien también debía abandonar la mansión.

—No te preocupes. Tendrás un padre para tu hijo, y un marido de posición que te mantenga de por vida. Prepara el equipaje para mañana, te irás al alba.

Dicho esto, dio un paso más para colocarse delante de la última pupila.

—Hace poco que llegaste —le dijo.

—Sí, madame; apenas hace una semana que estoy aquí.

—Y lo hiciste por la recomendación del duque de Richelieu.

—Sí, madame. Por él estoy aquí.

—¿Y de quién es esta aguja tan bonita que llevas adornando el cabello?

—Es mía, madame.

—¿Tuya? ¿Con ese diamante tan costoso?

—Fue un obsequio.

—¿De quién? ¿Quién puede haberte regalado algo tan valioso?

—El rey de Francia.

Violet se quedó atónita ante aquella jovencita que le devolvía con cierto descaro la mirada. Vio en ella el brío de la juventud y la ambición de una aspirante a la ponzoñosa vida de palacio. Y vio también, en cierta forma, un reflejo de ella misma, con diez años menos.

—Abre las piernas —le ordenó con desprecio.

Madame d'Estaing tomó la gasa que acercó con celeridad a la luz de las velas. Levantó los ojos un momento para mirar a la criada que le había llevado la noticia. Luego se volvió hacia la joven.

—¿Cómo te llamas?

La pupila sonrió y la miró airosa, casi con soberbia, antes de responder:

—Me llamo Jeanne. Pero Su Majestad me ha bautizado como madame du Barry.

Violet d'Estaing sintió el frío de una daga entrando en su carne; soltó aquel apósito manchado de sangre y abandonó el altillo.

Esa misma noche la mansión acogió a Su Majestad. Llegó en compañía del duque de Richelieu, que por entonces detentaba gran poder dentro de la corte. Madame d'Estaing aguardaba como anfitriona, sentada en un enorme sillón de terciopelo, rodeada por sus muchachas. Luis XV descendió los peldaños de mármol de la escalera que conducía al salón y caminó hasta detenerse bajo la pesada araña que iluminaba su centro. Observó los techos dorados, ricamente decorados, y también aquel cuadro que señalaba el edificio como antiguo coto de caza de la familia real. Era un óleo con ciervos pastando, del que pronto el rey retiró la vista.

—Parece que está mirando hacia aquí —susurró una joven pupila al oído de madame d'Estaing.

Violet no apartaba los ojos del rey. Atenta a cada movimiento, a la espera de algún ademán que anticipase sus intenciones. Aquel carruaje por la tarde, el mensajero, el obsequio, y ahora la presencia del duque de Richelieu junto a Luis, no eran para ella signos de buen augurio.

—¿Qué pensáis, madame? —preguntó la pupila a su oído.

—Nada, nada —dijo, y dibujando una sonrisa, acarició los hombros de la joven—. Eres la más bonita del Jardín de los Ciervos, lo sabes. Es el momento de que hagas uso de tu encanto.

—Sí, madame.

Violet comprobó que estaba lista. Olió su cuello, impregnado por una exquisita fragancia. Luego acomodó un mechón de su cabello detrás de la oreja, para que los diminutos aretes de brillantes se apreciasen en todo su esplendor. Por último, bajó la vista al escote, satisfecha del encanto que la muchacha escondía bajo la camisa.

—Divina mía —dijo madame d'Estaing a su pupila—, le llevarás una copa al rey, y te tomarás el tiempo necesario para que te mire mientras se la sirves. —Y diciendo esto, le acarició el pecho por encima de la suave tela hasta despertar los pezones—. Vete ahora mismo.

La muchacha obedeció y atravesó la sala; su silueta se recortó de luces y sombras bajo la araña hasta que se detuvo ante el rey. Luis XV levantó la vista hacia la muchachita, aceptó de su mano la copa, bebió, y volvió a observarla admirando las largas y torneadas piernas que se traslucían bajo la batista. Percibió el perfume de su piel y sus pequeños senos, visiblemente marcados bajo la camisa.

—¿Cómo te llamas?

—Lissette, majestad.

—Y ¿qué edad tienes, Lissette?

—Diecisiete.

Entonces Luis, señalando con su dedo enjoyado, pidió a la jovencita que acompañase a su ministro; este acababa de llegar a la mansión y se había sentado en un silloncito. Ella obedeció.

Madame d'Estaing se quedó sin respiración; su gema más preciada había sido rechazada. La observó caminar y luego sentarse en el silloncito junto al ministro, sabiendo que su noche ya tenía un destino. Violet dirigió su mirada hacia el rey y parpadeó; tal vez aquello que presenciaba no era lo que suponía. Tal vez no suponía un rechazo, y aquella corazonada que la había atormentado durante el día no resultaba más que una efímera alucinación. Si su niña más bonita no era pieza de atención para el soberano, quizá lo sería alguien más. Tal vez aquello que acababa de ver significara, por inesperado que pareciese, un reverdecer de sus años como amante de Luis.

Violet d'Estaing se puso en pie y atravesó la sala, como la reina sin corona que era, procurando acariciar a las pupilas que halló a cada paso, con sus cuerpos a medio vestir, para detenerse a unos pasos de Luis. Este la miró. Violet le sonrió y, mientras lo

hacía, soltó el broche de oro que sujetaba su *chemise*, y esta cayó para mostrarla desnuda.

El cuerpo de madame d'Estaing conservaba las curvas que años atrás tanto habían seducido al rey; sus muslos firmes y sus pechos, abundantes, entallados por una piel lozana y blanca como el mármol. Madame intensificó su mirada: el rey había vuelto a reclamarla. Luis la miró largamente; aquel cuerpo era para él como un mapa, un sitio seguro donde no iría a perderse más que en el placer. Entonces el rey sonrió, con una complicidad que solamente una mujer de su agrado podía interpretar. Violet volvió a sonreír, embelesada, disimulando apenas el temblor que la aquejaba.

Bajo los caireles, el rey consintió con un movimiento de cabeza, pero no fue Violet sino una damisela quien, como un cisne negro emergido de entre las sombras, había captado la atención de Luis. Esta muchacha dio los pasos que madame d'Estaing había interpretado como destinados a ella. La señorita llegó hasta el rey, que tuvo a bien besar su mano y por si fuese poco, ante la vista de todos, le ofreció el brazo. Aquel cisne negro no era otra que su nueva pupila, madame du Barry, quien ahora atraía las atenciones de todos aquellos que allí, reunidos a la penumbra de la luz de las velas, la consideraban como nueva favorita.

Madame d'Estaing sintió una mano en el hombro, y al darse la vuelta, descubrió al duque de Richelieu, que se inclinó para susurrar a su oído:

—Madame, el rey Luis ya no os quiere en la mansión. Procurad abandonarla antes del amanecer. —Y dicho esto se retiró, para dejarla allí, desnuda y humillada, quieta como una estatua vieja que se agrieta con el paso del tiempo.

Era de madrugada cuando Violet d'Estaing subió a un carruaje en el patio de la mansión con las pocas pertenencias que había logrado empacar. Miró por última vez la casa, escuchó las risas y gemidos que de su interior provenían; miró los jardines, bajo

una hermosa luna que resplandecía como nunca. Cuando el carruaje se puso en marcha, se quedó absorta, mirando por la ventanilla, su mano pegada al cristal; su aliento empañándolo para alejarla de la visión que tanto le dolía. Se despidió para siempre del Jardín de los Ciervos. Y juró vengarse.

PRIMERA PARTE

El palacio de las mañanas

1

EL BOSQUE OSCURO

Promediaba el otoño de 1788 cuando Simone Belladonna llegó a las inmediaciones del castillo. Encontró allí, en un claro del bosque, el enorme portón de estilo gótico que daba acceso a un camino tapizado por el barro y las hojas caídas de los árboles. Descendió del carruaje y dejó su equipaje en el suelo mientras se aseguraba de que había llegado al lugar correcto. Tras un momento, se volvió hacia el cochero, apenas visible entre la niebla, que desde el pescante aguardaba sus instrucciones.

—Es aquí —le dijo Belladonna—; podéis regresar.

El cochero, que tenía el rostro cubierto por una bufanda de lana que apenas traslucía sus ojos, se limitó a asentir con la cabeza y, sin decir palabra, chasqueó el látigo para ponerse en marcha.

Belladonna se inclinó a recoger el equipaje y, al hacerlo, casi de rodillas, quedó embelesado por el encanto de una hoja de roble de un rojo perfecto que había sobrevivido al barro y la nieve, de tal manera que acabó por tomarla. La olfateó y admiró, creyendo apreciar en ella un aroma a tormentas; decidió conservarla, metiéndola entre las páginas de su cuaderno de viaje. Ya en pie tomó el equipaje, debía darse prisa. El crepúsculo había comenzado a proyectar su sombra sobre el bosque.

En las cartas, la vizcondesa d'Estaing, señora de esa propiedad, le había garantizado que el portón estaría abierto y así lo halló. No tuvo más que traspasarlo y echar a andar por el sendero que discurría entre los árboles, siniestros en su desnudez. De

pronto, un escalofrío lo embargó y, aterido ante la huida inaplazable del sol, pensó en sus pasos perdidos y en la *Commedia* de Dante que lo había llevado hasta allí, en el parecido que tenía aquel trayecto al canto primero. Al final de la arboleda, dio con un puentecillo de madera y, al otro extremo, donde los jardines se veían bien cuidados, distinguió el castillo iluminado por un hermoso atardecer que le cegaba la vista.

En el portillo aguardaba una joven criada; lo recibió y guió a través del vestíbulo hasta llegar a un amplio salón que parecía haber sido construido y decorado para resaltar la figura de la mujer que allí dentro esperaba.

—Bienvenido a Martinvast —dijo la señora del castillo.

Violet d'Estaing era una mujer madura, más cerca de los sesenta que de los cincuenta, que había heredado recientemente no solo el castillo sino lo que se suponía una inmensa fortuna. Vestía de luto y lucía, como único adorno, el encaje que descendía desde el busto hasta la cintura, allí donde empezaba el brocado de la falda. Su rostro pálido y sus ojos oscuros de mirada serena quedaban resaltados por el color del vestido.

—Es un placer estar aquí, señora vizcondesa —dijo Simone, quien dedujo que la viuda, que lo miraba de arriba abajo, lo estaba estudiando, quizá sorprendida de que su huésped no fuese un hombre mayor sino un caballero que promediaba los treinta y con el acento de un extranjero.

Belladonna tenía la mirada intensa, el rostro afilado y lucía un bigote muy fino. Excepto por la camisa (con lazo al cuello y largas puñetas sin encaje) y las medias blancas, iba vestido de negro en casaca, capa corta al hombro y calzones de tafetán que dejaban entrever sus vigorosas piernas.

—La marquesa de Calvert me habló de vos —dijo la vizcondesa—. Sé que habéis hecho algún trabajo bibliográfico para ella y pensó que podríais ayudarme en cierto asunto de parecida índole. Habéis sido gentil al aceptar mi invitación. Dijo que erais de Córcega, ¿cierto?

—Sí, madame. De Ajaccio.

—Sois italiano entonces. Pero veo que podremos entendernos.

—Sin ningún problema: el francés es mi segunda lengua; hace años que resido en París.

—Lo celebro y en verdad me place teneros aquí.

—Y yo estoy encantado de conocer vuestro castillo —replicó él tomando la mano blanca de la señora para besarle el anillo. Esta aguardó a que las criadas se retiraran y cerraran las puertas para oferecerle asiento.

—Supongo que la marquesa os habló de mí, ¿no es cierto?

—Lo hizo —contestó el corso—. De los buenos recuerdos que atesora de una época en la que frecuentabais la corte.

La marquesa de Calvert le había contado el paso de madame d'Estaing por la corte de Versalles como una de las damas que, en tiempos de Luis XV, había logrado enamorar al soberano, quien mostró por ella un interés no menor al que tuvo siempre por madame de Pompadour. La marquesa la recordaba como dueña de una astucia admirable; una mujer perspicaz que sabía moverse muy bien en los salones del poder, que llegó a tener influencia en las decisiones del rey, y que más tarde, por causa de madame du Barry, debió abandonar el palacio para siempre.

—Pues bien, monsieur —prosiguió ella—, por no perder un tiempo que se me antoja muy valioso, permitidme que os hable sin más del asunto que os ha traído a mi castillo. Como bien sabéis, prometí a la marquesa que os mostraría la preciada pieza y dejaría su valoración en vuestras manos. —Simone asintió sin dejar de mirar a la viuda a los ojos—. Sin duda, estaréis al tanto de que, al morir mi esposo el vizconde, que Dios tenga en su gloria, a quien dimos sepultura hace tres semanas en el cementerio de Saint-Vaast, pasé a ser la propietaria de todo esto —dijo al tiempo que con un gesto del brazo intentaba abarcar el castillo, las bodegas y las fincas colindantes— y también de la valiosa biblioteca que a él pertenecía.

—La marquesa de Calvert me informó de todo. Y, si me lo permitís, os diré que soy de la opinión de que hacéis lo correcto,

madame. La Biblioteca Real tiene verdadero interés por la joya que atesoráis.

—En tal caso, no perdamos más el tiempo.

La vizcondesa se puso en pie y abrió una vitrina de cuyo interior extrajo un cofre de buena hechura, con esquinas y roblones hechos en bronce.

—Este cofre, monsieur, ha estado en la torre del castillo desde que tengo memoria. He pedido que lo trajeran para que vos pudierais echarle un primer vistazo.

Simone lo observó con detenimiento. Luego preguntó:

—¿Lo habéis abierto ya?

—Aún no. Os esperaba. —Entonces sacó de entre los pliegues del vestido una cadenita con dos llaves; tomó la más pequeña y la entregó a su huésped—. Monsieur Belladonna, ¿queréis hacer los honores?

Simone abrió el candado y quedó maravillado al revelarse el contenido que escondía la tapa. Pasados unos segundos, en los que hubo de sobreponerse a la admiración, tomó del interior un grueso libro con ambas manos y lo depositó encima de la mesa.

—Ahí la tenéis —exclamó la vizcondesa, con un ligero estremecimiento—: la *Commedia* de Dante.

Belladonna acercó el candelabro que había en la mesa para poder observar mejor el preciado objeto. Acarició con los dedos el relieve labrado en la cubierta sin que a sus ávidos ojos se les escapara ninguno de aquellos detalles que cobraban vida a la luz de las velas.

—La marquesa de Calvert dijo que tenéis un don —murmuró la viuda—, que sois muy hábil detectando falsificaciones.

Belladonna apartó las manos del ejemplar, como si hubiera cometido un sacrilegio, y se las llevó a la cara. Al instante, empezó a acariciarse el bigote sin decir palabra, absorto en el libro.

—Dice bien la marquesa —respondió, volviendo de sus pensamientos.

—Es curioso; mi esposo mantuvo este libro oculto a cualquier mirada que no fuera la suya durante más de veinte años.

Nadie conocía su existencia hasta que no se abrió el testamento. Y bien, monsieur, ¿qué pensáis?

La luz de las velas titilaba en los ojos de Belladonna. Lo palpado cuando acercó los dedos a la cubierta le causó buena impresión. También la encuadernación robusta, en piel escarlata, con cinco tejuelos en el lomo. Y las esquineras, adornadas, como el cofre, con roblones de bronce. Abrió el libro con mucho tino para comprobar el pie de imprenta: Johannes Numeister, Umbría, 1472.

Muy despacio, tras volverlo a cerrar, levantó su mirada hacia la señora.

—Lo que tenéis aquí, parece, efectivamente, una joya. Podría tratarse de una edición príncipe: la primera *Commedia* en salir de una imprenta de Gutenberg. Confío en que, como me habéis dicho, nadie excepto el vizconde la haya abierto en estos años.

Madame d'Estaing oyó la primera valoración sin poder evitar sonreír.

—Puedo aseguraros que así ha sido... ¿Aventuraríais una cifra aproximada de su valor, monsieur?

—Sería una temeridad —respondió él, algo sorprendido por la urgencia de la dama— sin haberlo sometido antes a una inspección detenida.

Al decir esto, volvió a posar las manos sobre el volumen y regresó a su actitud ausente. Pero ella, motivada de pronto, dijo a su oído casi en susurros:

—Mi esposo jamás hubiese permitido que tocarais esa piel como lo estáis haciendo ahora.

—Estad tranquila; la piel que toco no es ningún secreto para mí.

—Eso lo intuyo —siguió ella, y sin menguar su curiosidad preguntó—: ¿Cómo pensáis proceder para saber su valor?

—Demandará días, puede incluso que me lleve una semana —respondió Belladonna—. Durante ese tiempo, haré un informe detallado para mi clienta, la marquesa, que tomará de referencia esa cifra por la que habéis preguntado. En el caso de que

el ejemplar fuera lo que parece, ella será la encargada de agilizar los trámites para su adquisición por parte de la Biblioteca Real.

—Magnífico. Lo tendréis a vuestra disposición a partir de mañana, en la habitación que hemos dispuesto para vos en la torre. Allí podréis pasar el tiempo que necesitéis junto al libro y escribir el informe con el debido...

Un chirrido de una de las puertas había interrumpido a la vizcondesa. Al salón entró una joven que iluminaba su camino con una lamparilla de alabastro. Al descubrirlos, se quedó muy quieta. La luz le bañaba el rostro de un fulgor amarillento que parpadeaba con la llama.

—¡Santo Dios! —exclamó madame d'Estaing—. Acércate, querida. Me has dado un buen susto.

La joven alzó con gracia una pulgada la falda y fue hasta la cabecera de la mesa.

—Monsieur Belladonna, os presento a mi sobrina, Giordana.

Simone la saludó con una inclinación de cabeza.

—Perdonad la irrupción, tía —dijo la joven, cuyos ojos verdes chispeaban como dos piedras preciosas—; no sabía que teníais visita.

—Monsieur Belladonna acaba de llegar de París y se quedará una semana en el castillo. Apenas coincidiréis, ninguno de los dos debe distraerse de sus tareas —replicó la señora, con un tono que más parecía una orden que la afirmación de un hecho.

Ella miró de reojo el cofre y el libro y asintió dirigiéndose a su tía.

—Venía a deciros que las doncellas aguardan en la biblioteca. En breve comenzará la lectura.

—¡Oh, casi lo olvido! —dijo Violet d'Estaing llevándose una mano a la boca—. Claro, iremos ahora mismo; espérame y voy contigo.

La llegada de la muchacha había marcado el final de la conversación.

—Debéis excusarnos —dijo la viuda señalando a Belladonna la puerta doble por la que había asomado una criada—. El ama

de llaves os llevará a vuestro aposento: una bonita alcoba en la torre. Espero que podáis descansar. Buenas noches, monsieur.

El corso asintió con la cabeza, se levantó y caminó hasta la puerta. Giordana d'Estaing siguió los pasos del huésped con la mirada hasta verlo desaparecer tras la puerta. Entonces miró a su tía con curiosidad. Los rumores que cundían eran ciertos; el hombre de letras ya estaba alojado en el castillo.

2

VANIDADES

La habitación de Giordana era amplia y bien amueblada. La cama, coronada por un pequeño dosel forrado de un tafetán de color hueso, recamado con labor dorada, hacía las veces de diván durante el día, en el que la joven se sentaba a leer a la luz del amplio ventanal; el tapizado de los dos sillones y el escabel que ocupaban el centro del cuarto era idéntico al lienzo de los cortinajes, y todo remitía a los colores y labores de las telas que cubrían el lecho. Contra una de las paredes, sobre una cómoda de encina de cuadradas y robustas patas, estaban los antiguos retratos de la familia. Había un óvalo enmarcado en alpaca que llamaba la atención por encima del resto: el retrato de una joven que bien podría haber sido madame d'Estaing en su juventud.

Antes de acostarse, Giordana tenía costumbre de invitar a su cuarto a su amiga Juliette, una protegida de su tía, criada y pupila al mismo tiempo. Habían crecido juntas y aprovechaban el momento para compartir las confidencias del día. Juliette cepillaba la larga cabellera castaña de su amiga mientras charlaban.

—El parecido con tu tía es asombroso —dijo Juliette, mirando el retrato encima de la cómoda.

Giordana se dejaba hacer y asentía. Juliette se detuvo un instante y Giordana encontró en el espejo los ojos de su amiga.

—Ha pasado tanto tiempo... —suspiró la joven, con el cepillo suspendido en la mano y la mirada clavada en el reflejo de su amiga.

Diez años. Sí. Una década. Ese tiempo había pasado desde que se conocieron, desde que muriera la madre de Giordana y esta llegara al castillo para vivir bajo la protección de su tía. La afinidad entre las dos muchachas, de distinta condición social pero idéntica edad y parecida curiosidad innata por la vida, las unió con unos lazos tan poderosos como los de la sangre.

—Tendremos que separarnos —siguió diciendo Juliette, a quien la estancia en el castillo había dotado de unos modales exquisitos y una esmerada educación, además de un apellido sonoro que la vizcondesa insistía en emplear cuando se refería a ella, «Juliette Montchanot», orgullosa de haberla bautizado por segunda vez.

—No podremos evitarlo —respondió Giordana—; nuestro destino ya está escrito.

—Si acaso sirve de consuelo, diré que todos en este castillo, en algún momento, de manera inexorable, tendremos que afrontar nuestros destinos.

—Ya sabes que no busqué el mío —suspiró Giordana—. Y me resisto a él.

—Sin embargo, ¡en París podrás hacer tantas cosas que quedan fuera de nuestro alcance en Martinvast! —Juliette intentaba consolarla—. Estoy segura de que tu prometido te presentará en sociedad. Harás amistades nuevas. ¡Piensa en la ópera, y en los teatros, y en todos los libros que te ofrecerá la capital del reino, para que te entregues a la lectura con más ocasión todavía que aquí!

Giordana guardó silencio, concentrándose en la imagen que le devolvía el espejo.

—Pero ya no podré estar contigo —suspiró.

—¡Claro que podrás! Seguro que en verano venís a disfrutar del castillo.

—No es cierto, July, nada volverá a ser como antes...

Giordana recordó su tránsito común entre la niñez y la juventud, así como las tardes al lado de su amiga, que se pasaban volando; tardes persiguiendo las primeras mariposas del verano

entre los árboles, descubriendo los rincones más recónditos del bosque; las horas transcurridas, cuando las vencía el sueño en alguna de sus incursiones en territorios que a las dos les parecían prohibidos y buscaban cobijo a la sombra de algún pajar para descansar en el mullido heno. Juliette, que parecía ajena a aquellos recuerdos, continuó cepillando el pelo de su amiga, los mechones sedosos que le cubrían las sienes.

—De nada sirve que intentes consolarme, July; lo noto en tu mirada porque te conozco bien. Sé que no deseas que viaje a París y mucho menos que despose al barón.

Juliette pestañeó. Desde que Giordana le revelara, en ese mismo aposento, cuando se disponía a las confidencias y a cepillarle el pelo como todas las noches, la noticia de que su tía la iba a casar con un hombre muy rico, mayor que ella, pero bueno y dadivoso, el mejor partido que una joven de su condición podía anhelar, según palabras textuales de madame d'Estaing, Juliette había adoptado una actitud extraña, como si esa noticia no tuviera que ver con ella.

—No podremos evitarlo —suspiró Juliette—, tú lo dijiste. De nada sirve que diga todo lo que pienso. ¿Cuándo vendrá a por ti?

—Mañana.

—¿Tan pronto? Pensé que los preparativos en el castillo eran por el hombre de letras...

—Son por el barón: permanecerá en el castillo una semana, y a su regreso, yo partiré con él. —Alzó los ojos Giordana para mirar a su amiga—. Traerá consigo el contrato nupcial; solo resta la firma de mi tía y la llegada de un escribano para certificarla.

—Ojalá pudiésemos detener el tiempo...

El tiempo.

No es frecuente que los jóvenes hablen de él. No es habitual que aquellas muchachas convertidas ya en mujeres, que se conocían desde los once años, invocasen al tiempo con nostalgia. Estaban descubriendo que el tiempo es un tirano que avanza de

manera ineludible, acorrala a las personas y las derrota mientras las conduce a destinos inesperados; las despoja de los vestidos de la niñez y, más tarde, les arranca los de la juventud, sin detenerse hasta llegar a una tragedia mayor: la vejez y la muerte. El tiempo es, en fin, una sucesión irrepetible de oportunidades; oportunidades que, en muchas ocasiones, por temores o por vicisitudes del destino, las personas malgastan.

Tiempo, pues, perdido, que nunca volverá, eran esos valiosos segundos que ahora se les escurrían entre los dedos. El tiempo perdido, sí; eso mismo pensaban las muchachas mirándose al espejo.

—¿Quieres que te cuente una cosa? —susurró Giordana—. Esta noche vi al hombre de letras...

—¿Lo has visto?

—Fue casualidad.

—¡Cuéntame! —exigió Juliette.

—Momentos antes de la tertulia, llegué al salón y estaba hablando con mi tía.

Juliette dejó el cepillado, muy intrigada, y obligó a su amiga a volverse para que se dirigiera a ella directamente y no a través del espejo.

—¿Cómo es? —preguntó. Giordana tardó un instante en responder, lo que hizo que insistiera en su ruego—: ¡Vamos, vamos! ¡Cuéntame!

—Un hombre... ¿serio? —respondió Giordana, como dudando.

—Puede que no tanto; tu tía sabe imponerse en el primer encuentro. Y eso hace que todos tengan aspecto de serios nada más conocerla.

—Había algo en su mirada... —siguió diciendo Giordana—. No sé, un brillo, algo que percibí mientras me miraba fijamente, aunque fue apenas un instante.

—¡Qué inesperado! ¿Y de qué color tiene los ojos?

—¿Color? Son como la miel, y muy expresivos.

—Y... ¿te habló? —continuó Juliette con el interrogatorio.

—Ni una palabra. Pero sí le oí hablar con mi tía.

—¿Y su voz?

—Muy calma, con acento, yo creo que italiano.

—¡Italiano! —Juliette suspiró—. Permíteme que cierre los ojos e imagine... Sí, sí, veo un veneciano, quizá un Casanova: amante de los libros tanto como de las pasiones...

—¡Pues este Casanova aparenta ser un hombre serio! —replicó Giordana riendo.

—Y no hay peor pecado que ese: la seriedad.

—Seguramente está casado.

—¿Casado? ¡Oh! Bueno, supongamos que lo esté —reflexionó Juliette—. Lo que importa es que al castillo ha llegado solo, y precisamente ahora su esposa, si la tiene, ha de estar bien lejos de aquí.

—¡Nada más cierto! —exclamó Giordana.

—¿Sabes dónde lo han alojado?

—En un aposento de la torre.

Juliette dejó de preguntar y se quedó mirándola con una media sonrisa. «Mal asunto», pensó Giordana, conocedora de los gestos de su amiga. Intentó cambiar de tema.

—Mi tía... Dejó caer un comentario que venía a significar: mi sobrina es fruto prohibido, monsieur...

—¿Y por qué habría de hacerlo...? ¡Ah! Te está protegiendo de tentaciones ajenas a tu prometido que, además, llega mañana. —Entonces Juliette sujetó a su amiga por las manos—. Ella conoce bien al barón, es muy celoso. El curso de tu boda, al parecer, no debe someterse al más mínimo sobresalto y...

—¿Y?

—Tu curiosidad por los libros... Claro, no debe provocar una imprudencia en este momento.

—¿Teme que yo le hable al huésped... de libros? —preguntó Giordana.

—Puede, aunque es una excusa para ocultar su verdadero temor: que el barón no se sienta a gusto en su presencia. Y menos si tú estás pululando cerca de él.

—Por momentos ella me trata... ya sabes...

—Como si fueras una muñeca y no tuvieras voluntad propia.

—Eso mismo.

Entonces Juliette, ante el sinsabor que aquello provocaba a su amiga, se inclinó sobre su hombro y murmuró:

—¿Recuerdas aquel verano, hace unos años, cuando tu tía nos prohibía reunirnos con los amigos de mis hermanas?

—Lo recuerdo.

—Pues era eso mismo: celo protector.

—Nosotras teníamos dieciséis años y tus hermanas y sus amigos eran algo mayores que nosotras.

—Cómo olvidarlo. ¿Recuerdas aquel muchacho —continuó Juliette—, aquel que tanto nos fastidiaba porque creía que éramos unas niñas?

—¡Claro que lo recuerdo! Nos hicimos las encontradizas en un pajar...

—Sin que nadie lo supiese... —continuó Juliette la frase, sonriendo abiertamente.

—En secreto... —precisó Giordana—. ¿Recuerdas tú su carita de asombro? Pobre muchacho, tan mayor como se creía, tembló como hoja al vernos dispuestas.

—Nunca más volvió a tratarnos como a niñas —asintió Juliette—. Tu tía jamás se enteró.

—Echo de menos aquellos años, era todo tan...

—Mágico —la interrumpió Juliette.

—Sí, mágico. Y hermoso. Con cada día comenzaba un universo sin límites.

—Sí, tú temías enseñar tus muslos —añadió Juliette.

—Aún tiemblo cada vez que veo el cobertizo.

—Éramos tan...

—Audaces.

—Sí, audaces, esa es la palabra —concluyó Juliette mientras obligaba a Giordana a mirar de nuevo hacia el espejo para seguir cepillándole el cabello.

Volvieron a mirarse a través del azogue, pensando en sus recuerdos con sonrisa pícara.

—¿Tú crees que ya se habrá acostado? —retomó la conversación Juliette, tras un largo suspiro.

—¿Quién?

—El huésped serio con ojos de miel... Podríamos acercarnos a su aposento —continuó diciendo, ya que su amiga parecía no querer seguir con la conversación— a ver si tiene la vela encendida...

—¡Estás loca!

—¡Chis! —Juliette se llevó un dedo a los labios—. ¡Silencio! La imaginación no cuesta ni trae desgracias...

—Te escucho —dijo Giordana no muy convencida.

—Imagínate que estuviera despierto... Y que llamáramos suavemente a la puerta y nos abriera... Una vez dentro podríamos hablar con él. ¿Imaginas la cara que pondría al tenernos en su habitación, de madrugada, y justamente a ti, la señorita «prohibida»?

—Ya; estás buscando que mi tía me destierre —dijo Giordana al borde de la carcajada—. Eso supondría colarse en la habitación de todo un hombre, nada parecido a llevar a un muchacho a un cobertizo.

—¿Y qué hay mejor que eso, Giordana? Una mente madura y fecunda para bucear en sus secretos durante una larga noche de otoño. ¡Olvida ya a ese muchacho y el cobertizo, que tenemos veintiún años!

Entonces dejó el cepillo en el tocador y puso las manos en los hombros de Giordana, la obligó a volverse y a caminar hacia la cama.

—Ven. Ensayemos —dijo Juliette.

Tomó una almohada y la colocó en vertical, en el centro del lecho, como si fuera el torso de un hombre.

—Pues bien —continuó—, imaginémonos ahora que esta almohada es en verdad el huésped italiano. Imaginémonos que esta habitación es la de la torre y que tú entras de incógnito. Muéstrame qué harías en esa circunstancia.

—¡No, por Dios! —exclamó Giordana—. Estás ruborizándome...

—Hazlo —ordenó su amiga, intentando ponerse seria.

Entretenida de pronto con aquella parodia, Giordana se fue hasta la puerta y desde allí, figurando ser una visita de incógnito, caminó de nuevo hacia la cama para sentarse al lado de la almohada.

—Monsieur italiano —dijo susurrando—, ¿qué os parece si esta madrugada, sin que se entere mi tía, me aceptáis en vuestra alcoba?

—¡No! ¡Es que ya estás en su alcoba! —se rio Juliette—. Vamos, así ni siquiera llamarás su atención. Todo lo contrario: lo espantarás. Debes ser más decidida, ¿entiendes?, más resuelta. Mírame.

Juliette caminó hasta la puerta y desde allí regresó a la cama, para sentarse también junto a la almohada.

—Monsieur extranjero —susurró insinuante—. Despertaos. Mirad este cuerpo... el mismo que tanto espiabais en el salón.

Y de un saltito, se montó a horcajadas en la almohada y comenzó a desatarse el lazo que cerraba su camisón sobre el pecho.

—Vais a querer aceptarme, ¿no es cierto? —continuó diciendo, abriendo lentamente el escote y liberando uno de sus hombros.

En ese instante se detuvo y miró a Giordana.

—¿Qué te ha parecido?

—Eres tan hermosa... —respondió Giordana, sonriendo con ternura.

—Ahora hazlo tú —ordenó Juliette abandonando a su amante de tela y pluma.

—No.

—¡Vamos! —la animó—. Siéntate sobre la almohada... Muy bien, así, con una pierna a cada lado. ¡Oh, sí, lo haces muy bien! ¿Lo sientes, sientes el roce por debajo?

—Lo siento —murmuró Giordana, que comenzaba a notar cómo su cuerpo se llenaba de una inquietud muy agradable.

—Ahora desátate el camisón... Así... Perfecto.

—July... esto es muy indecoroso —replicó Giordana completamente ruborizada.

—Bien. Es todo tuyo. Háblale y dile lo que te venga a la mente.

—Monsieur extranjero —balbuceó Giordana hacia la almohada—, no creo que podáis esta noche con una francesita como yo.

Luego se desplomó sobre la cama, en medio de risas, a un lado de su amiga.

—Quiero que sepas que me haces feliz —le dijo Juliette acariciándole el cabello.

—Y tú a mí, July.

Ambas sabían que la pronta separación les dejaría un amargo vacío. Miró entonces Giordana a los ojos de su amiga, grises y llenos de encanto, y a sus labios, arqueados y terminados en pequeñas comisuras, tan carnosos como higos maduros.

—Siempre te recordaré —le dijo, besándola en la mejilla—. Esperaré con impaciencia a que llegue cada verano para volverte a ver.

—Déjame dormir contigo esta noche —pidió Juliette.

—Sí, quédate —consintió Giordana, feliz—, y despertemos juntas mañana.

Se cobijaron pues bajo sábanas y mantas, y apagaron el candelabro.

—Mi tía le encargó al ama de llaves acomodar al «hombre de letras» en la alcoba del ala sur de la torre y darle acceso a la biblioteca. —Giordana suspiró—. Habrán tenido que esforzarse, sobre todo en esta última, pues está llena de polvo; desde que murió mi tío, nadie la usa. Sin embargo, oí decir que el *scriptorium* debía permanecer cerrado a cal y canto...

Juliette entrelazó las piernas con las de su amiga.

—¿Sabes cuándo irá a la biblioteca? —preguntó.

—No exactamente, imagino que tras el almuerzo de mañana —respondió, mientras acomodaba una de sus manos sobre el

muslo de Juliette—. Descansa, y abrázame, te lo ruego, hasta que se nos calienten los pies.

Juliette cerró los ojos, entregándose al sueño. Sin embargo, la sobrina de la vizcondesa permaneció despierta admirando el resplandor de la chimenea. En su mente habían florecido tentaciones inesperadas.

3

DESCENSO AL ABISMO

El día siguiente, con las primeras luces de la mañana, Belladonna se dispuso a comenzar el trabajo por el que había dejado París. Contaba con una estancia acondicionada, en lo alto de la torre, con vistas al jardín. Esa habitación era la misma que, la víspera, madame d'Estaing había señalado como depositaria del cofre de su difunto marido. Allí estaba, en el centro de la mesa, cerrado con llave. En la mesa también halló una bandeja con todo lo necesario para sobrellevar una fría mañana de otoño. Madame d'Estaing parecía estar atenta a los detalles, pues en la bandeja encontró un juego de taza y tetera de loza fina, y junto a este, sobre la estufa de hierro que el servicio acababa de encender, una jarra que mantenía el agua caliente.

El té. Un detalle que ella había recordado de sus conversaciones con madame de Calvert. Belladonna tenía debilidad por el té, al que solía agregarle unas gotas de limón para darle más sabor. Por supuesto, el limón no faltaba, estaba en una bandejita de plata.

Sobre la chimenea, presidiendo la estancia, había un retrato del vizconde que mostraba a un hombre de gesto altivo y facciones definidas. La pintura había logrado iluminar unos ojos que, hundidos en el rostro alargado, parecían mirar desde una oscuridad maligna.

Simone se acercó a la mesa, y sin sentarse, sacó la llave que la vizcondesa le había dado para abrir el cofre. De su interior ex-

trajo el ejemplar, envuelto en un paño de terciopelo escarlata. Se sirvió una taza de té antes de sacar de su equipaje una lupa con mango de nácar, cuatro pinzas, unas tijeras, agujas curvas, gubia, estilete e hilo y, por último, un pequeño martillo de madera. Fue alineando cuidadosamente los objetos sobre la mesa en un orden preciso.

Bebió un poco de té y, después, le quitó al libro el paño que lo cubría. Dedicó un instante a observar esa *Commedia* de Dante. El ejemplar estaba revestido de guadamecí brocado, un fino cuero que, hacia los cantos, estaba abroquelado con bronce y clavo. Tocó la piel, y advirtió que el degaste parecía obedecer al paso del tiempo, era muy suave; cerró los ojos, palpándolo con las yemas, como la noche anterior, constatando el armónico esmerilado que solo el transcurso de tres siglos podía lograr. No era un asunto menor para quien buscase la autenticidad en un ejemplar, pues en el arte del engaño imitar el desgaste de las pieles constituía una proeza. No obstante, algunos falsarios, los más sagaces, eran capaces de curtir las pieles con ácido para lograr un acabado similar a simple vista, pero no al tacto, y más si se trataba de un experto como Belladonna quien acariciaba la piel. Anotó aquel detalle en su cuaderno de viaje.

Tomó la lupa. A través de la lente de aumento comprobó que el guadamecí era de una sola pieza; después, lo olfateó. Desprendía aroma de curtiembre, aceites y alumbres, ni rastro de ácido. Tomó nota de aquello. En el momento de la edición, supuso Simone, esa piel habría sido de un tono más intenso, como la sangre fresca, mas ahora se veía deslucida y de un tono tan oscuro como la borra del vino.

Observó los cantos con la lupa: las esquineras de bronce se fijaban cada una a un roblón, metales que, al igual que el guadamecí, estaban desgastados.

Fijó su atención en el lomo, robusto, atravesado por cinco tejuelos, algo coherente, al menos en su hechura, con el estilo de encuadernación clásico utilizado en Europa hasta el siglo XVI, en el que el lomo revestía gran protagonismo. Parecía hallarse ante

un incunable, es decir, un libro impreso antes de la Pascua de 1501. Dejó a un lado la lupa y escribió en su cuaderno estos detalles no menores para él.

Después de un sorbo de té, abrió el libro; el aroma que brotó del interior era de página antigua. Contempló la portada, en la que estaban escritos el pie de imprenta y el título, este último con letras doradas y estampadas en relieve:

Commedia

Se llevó la lupa a los labios en un gesto involuntario que le ayudaba a pensar. El título del libro, más que la factura de su acabado en oro y relieve, o incluso su pie de imprenta, era muy relevante en el caso de esa obra para poder corroborar la fecha de impresión. Belladonna sabía bien que las bibliotecas estaban plagadas de copias, de falsificaciones, que la humanidad entera, además de los expertos, había terminado por considerar auténticas. El tiempo colaboraba en gran medida con la adulteración, borrándola a su paso, además de barnizar con autenticidad aquello que no había nacido como tal.

Le vino al pensamiento la *Luperca* capitolina, reconocida por ser el símbolo universal de Roma. La loba que amamantaba a los fundadores de la ciudad, Rómulo y Remo, difícil de datar, parecía ser etrusca. Sin embargo, no tantos sabían que los gemelos habían sido añadidos en 1471 y que nada tenían que ver con la escultura original. No obstante, nadie podía ya separar a los gemelos de la loba.

Algo similar había ocurrido con la *Commedia*. La obra de Dante Alighieri, considerada en Occidente como una de las más impresas tras la Biblia, guardaba un secreto para los profanos, no para los expertos. Todo bibliófilo que se preciara como tal sabía que Dante bautizó a su obra en 1321 con el título de *Commedia*; y que, medio siglo más tarde, Giovanni Boccaccio, un poeta florentino que pasó parte de su vida recitando la obra de Dante por las principales ciudades de Italia, la rebautizó como

Divina Commedia. Así pues, al igual que la loba era indisociable de los gemelos como símbolo de Roma, de la maternidad y de la lactancia, gracias al entusiasmo de Boccaccio, la *Commedia* llevaba un agregado desde que Ludovico Dolce, editor veneciano, la imprimiera por primera vez en 1555.

El año 1555 y el título *Divina Commedia* marcaban un antes y un después en la datación de los ejemplares del libro; todos los anteriores a esa fecha debían titularse como el que Belladonna tenía ante sí: *Commedia*. Este hecho concordaba, aunque no corroboraba con exactitud, el pie de imprenta. Por tanto, el ejemplar de la vizcondesa bien podía ser un incunable salido de la imprenta de Johannes Numeister en Umbría, en 1472.

Había oído hablar de esa edición, la primera *Commedia* impresa con tipos móviles. En la siguiente página halló un grabado, impreso a dos tintas y a página completa que ilustraba el primer cuerpo de la obra. La cabeza de un demonio que parecía un dragón abría sus enormes fauces y dejaba ver, detrás de los amenazadores colmillos, el fondo rojo de su boca, formado por múltiples llamas trenzadas. En ellas se quemaban varios hombres y mujeres desnudos, con la cara desencajada por el dolor y la desesperación. Algunos imploraban con las manos juntas sobre el pecho; otros las alzaban, impotentes, o se abrazaban a sus desolados congéneres. Era el infierno. Al pie, justo debajo del grabado, halló una frase escrita a mano alzada.

—*Qui, dove il rogo arse...* —leyó en voz alta el corso.

Era una frase en italiano, una advertencia: «Aquí, donde el fuego arde». Belladonna se quedó atónito y tardó un instante en comprender. La tinta del pie parecía fresca a simple vista, hecho que corroboró al pasar un dedo y mancharse. Simone ahogó una exclamación. No había dudas: alguien había escrito ese mensaje pocos minutos antes. Alguien que había entrado en su estancia. ¿Era acaso un mensaje para él?

4

EL PRÍNCIPE

La reunión se celebró lejos de París, a puerta cerrada, en la abadía benedictina La Chaise-Dieu, en Auvernia, uno de los centros religiosos de primer orden de Francia, donde se habían formado muchas personalidades desde el siglo XI, y en aquel momento, un lugar desierto tras varios incendios y reconstrucciones a los que habían sobrevivido milagrosamente algunos tapices del siglo XVI situados sobre el coro de la iglesia.

Una de las sencillas habitaciones del claustro era el lugar que el cardenal Louis de Rohan, el prelado más rico y poderoso del reino de Francia, había elegido para su exilio desde aquel bochornoso episodio que los parisinos recordaban como *l'affaire du collier*, del que fue principal protagonista: el escándalo de la corte más estridente que el Siglo de las Luces pudiera rememorar. El vórtice de aquella tormenta había sido la vanidad, cristalizada en un costoso collar de diamantes espléndidamente engarzado por los joyeros Boehmer & Bassenge, con un precio equivalente al de un buque de guerra: más de un millón y medio de libras.

El cardenal fue responsable de la fatal imprudencia de adquirirlo. Se había dejado llevar por malos consejeros, quienes lograron convencerlo de que la reina de Francia, en secreto, lo aceptaría a cambio de recomendarle para ocupar el cargo de ministro de Finanzas, el más influyente de la corte y que en 1785 ocupaba el vizconde de Calonne. Obnubilado por el supuesto

beneplácito de la hermosa María Antonieta, y engañado por la condesa Valois de la Motte —una de las tantas advenedizas ambiciosas que cambiaban sus favores por pequeños privilegios e información, gran amiga, además, del siniestro francmasón Alessandro di Cagliostro, médico, alquimista, ocultista y gran maestre del rito egipcio—, cuando el collar fue robado y las intenciones del cardenal quedaron expuestas, había sido víctima de la inmediata furia del rey y de la corte. La misma reina exigió para él el exilio. El diablo había metido sus pezuñas bajo la puerta; el collar, símbolo de la ambición del cardenal, se convirtió en un veneno que tuvo que beber y que casi lo mata.

Desde aquel fatídico agosto de 1785 habían pasado casi cuatro largos años y la rueda de la fortuna seguía girando a favor del cardenal. El rey se había apiadado de su situación y le permitía regresar a París, para comenzar así, como ambos en el fondo anhelaban, un lento acercamiento tras la tormenta. Rohan era de familia noble, representante del primer estado por votos religiosos y del segundo por sangre, alguien que conocía perfectamente las vidas de las personas que pululaban en palacio.

Así pues, en la lejana abadía y feliz por la buena nueva, el cardenal se concentraba en los últimos movimientos de una partida de ajedrez con su secretario. Este, pendiente tanto del tablero como del resto, oyó unos golpes en la puerta que, al abrirse, dio paso al capitán de la guardia del cardenal, Jacques-Antoine Le Byron.

—Adelante, capitán, os esperaba —dijo el cardenal al verlo.

Envuelto por una larga capa que le llegaba hasta los tobillos, Le Byron, de nariz afilada y rostro huesudo apenas matizado por perilla y bigote de fino acabado, se inclinó ante el prelado. Su mano derecha se apoyaba en el puño de una espada dorada mientras que su mano izquierda, cruzada sobre el pecho, maltratada tras múltiples batallas, se ocultaba bajo un guante largo, cerrado en un puño hecho de porcelana negra.

En la celda predominaba la solemnidad de la piedra y prevalecía el arte terrenal sobre el divino. Como prueba de su fidelidad a los Borbones, a pesar de su codicia política, los únicos

43

adornos eran un busto de Luis XV tallado en mármol negro y varios retratos de las mujeres de la dinastía: la princesa Clotilde, poco agraciada en persona, tenía cierta gracia y encanto en aquel lienzo, pintado, con toda seguridad, por un artista dócil. Sucedía lo mismo con otro, de marco dorado, dedicado a la infanta Isabel Filipina, que lucía mejillas sonrosadas y tersas mientras que un rayo de sol aclaraba sus cabellos... Mucho más hermosa sin duda que la dama real, de facciones intratables que no lograban mejorar en Versalles ni con los maquillajes más espesos. Había también un retrato de María Antonieta que le hacía, como no podía ser de otra manera, justicia a la más bella y más odiada reina de Francia.

—Su belleza es real —dijo el cardenal mientras observaba que Le Byron se fijaba en el retrato—. Y lo es mucho más, creedme, de lo que puede enseñar este cuadro mediocre.

—Lo sé —afirmó Le Byron—. Y me atrevería a añadir que su belleza tiene un don macabro, presto a nublar el sensato juicio de quienes la observan fijamente.

—Al igual que Medusa, hermosamente encantadora y hechicera, que vuelve piedra a todo aquel que la observa —concluyó el cardenal.

Le Byron no respondió; seguía en pie, mirando al prelado, pues nadie le había invitado aún a tomar asiento.

—Pero los tiempos han cambiado, capitán —continuó diciendo el cardenal—. El rey me ha concedido una tregua y la aprovecharé. Sabemos que es un rey bondadoso, incluso no descarto que me vuelva a recibir en Versalles.

—No han existido mejores noticias en los últimos tiempos —añadió Le Byron.

—Ya veis: he sobrevivido a la mirada de Medusa...

—Al igual que Perseo —completó la frase el capitán.

—Cierto. No obstante, tengo planes propios para reaparecer en palacio. No iré buscando la cabeza de María Antonieta, pero tampoco llegaré como un perro dócil, y por ello os mandé llamar. Es un asunto delicado, como veréis.

«Por eso la reunión tenía que celebrarse aquí, en este lugar abandonado por la mano del Creador —pensó el capitán—. No hay mejor lugar para asegurar los secretos.»

—Sentaos, por favor —le pidió al fin el príncipe de Rohan. Después se dirigió hacia su secretario—: Hemos de dar por concluida la partida. Dad gracias al capitán: en tres movimientos os habría tenido en jaque. Por favor, ¿podéis ir a buscar a nuestro segundo invitado?

El secretario asintió, y sin más dilación, se dirigió a la puerta y salió de la celda para regresar al cabo de pocos minutos con un hombre muy delgado y bajo, vestido muy discretamente, casi un espíritu.

Mientras el nuevo invitado entraba en la celda, el secretario privado del cardenal se acercó a un sencillo escritorio para tomar una botella y llenar de licor unas pequeñas copas de cristal. Tras esto, hizo una reverencia y se retiró de la estancia.

—Capitán Jacques-Antoine Le Byron, os presento a monsieur Theveneau de Morande, espía a mi servicio en Londres, quien ha traído unos informes que deseo mostraros.

El hombrecillo tomó asiento al lado de Le Byron, a quien saludó con una leve inclinación de cabeza. En las manos tenía un documento sujeto con dos vueltas de cordón.

—Pues bien —dijo Morande al cardenal—, aquí lo tenéis.

El cardenal se apresuró a cortar el cordón y a desdoblar el documento. Era una carta, interceptada y sustituida a tiempo, escrita con puño y letra de la reina de Francia. Tras leerla meticulosamente, el cardenal levantó la vista hacia Morande.

—Es su letra.

—En efecto, eminencia, la escribió Su Majestad.

—Y creéis vos que el destinatario, que ella alude por «conde», sea el conde...

—No hay duda; ese «conde» es el conde de Cagliostro —se apresuró a decir Morande para completar la frase del cardenal.

Se hizo el silencio. No era ese un nombre desconocido para ninguno de los presentes. Al contrario, y más aún para el cardenal.

—Personaje nefasto —aseveró el príncipe de Rohan—, convertido en el prófugo más buscado del reino.

Le Byron bebió su copita de licor y asintió, con la mirada puesta en la carta.

—En efecto, eminencia —dijo—. Un mal augurio para la Casa Real.

—La masonería en Londres cree que el conde y la reina mantienen algún tipo de correspondencia —dijo Morande—. Y aquí tenéis la prueba.

Muchos en la corte sabían que Alessandro di Cagliostro estaba detrás del escándalo del collar de diamantes, no solo como ladrón último de los seiscientos cuarenta y siete diamantes que sumaban un total de dos mil ochocientos quilates, sino como la persona que había tramado el engaño y convencido al purpurado de la adquisición del collar.

—Las magistrales armas del conde son el encanto, la seducción —murmuró el cardenal— y la influencia que ejerce con poder envidiable sobre todos los que le consultan como ocultista...

—¿Qué razones llevarían a la reina a escribirse con él? —preguntó Le Byron.

—El conde parece tenerla realmente hipnotizada —opinó Morande—, como al ratón que mira fijamente los ojos de una serpiente; un encantamiento, diría, muy peligroso...

—Mortal —corrigió el cardenal mientras le tendía la carta a Le Byron—. Leedla, por favor.

El capitán se puso a ello, pero no tardó en detenerse. Levantó un rostro extrañado hacia el cardenal.

—¿Sociedad dantesca? ¿Qué diantres es eso?

—Quizá sea ese el misterio que nos reúne aquí —respondió Louis de Rohan—. Si esta carta, como parece, procede de la reina, cosa que no tenemos por qué dudar, no tenemos por qué dudar tampoco del vivo interés que tiene la reina por una sociedad secreta vinculada a Cagliostro de la que poco sabemos, apenas lo que ahí se lee: sesiones que se celebran bajo estricto secreto.

—Eminencia, yo no puedo corroborar o desmentir la exis-

tencia de tal hermandad. No poseo ninguna prueba —replicó Morande.

—Seguid, por favor —animó el cardenal a Le Byron—, terminad la lectura.

Los ojos de Le Byron volvieron a la carta. No había nombres ni lugares, pero sí menciones a ciertos sucesos.

—El conde tiene un protector en palacio —dijo Le Byron mientras entregaba la carta al cardenal—, eso sí podemos deducirlo de la carta. Alguien que actúa de intermediario entre el conde y la reina. Un traidor que lleva y trae correspondencia. Alguien cercano a la reina, quizá un cortesano, un ministro, no podemos saberlo; ese ratoncillo será difícil de atrapar. La reina... enredada en una sociedad secreta con un prófugo, ladrón y libertino... No puede ser, y si lo es, parece una trampa.

—Yo así lo pienso —afirmó Morande.

El cardenal se levantó de la sencilla silla sobre la que estaba sentado, dio en silencio una vuelta a la celda y se detuvo delante del capitán, que ya parecía empezar a hilar los hechos.

—Jacques, permitid que monsieur de Morande os explique. Escuchadle con atención.

Morande terminó su copita de licor, carraspeó y miró al capitán.

—Como veréis —comenzó diciendo—, la hipótesis de un contacto entre la reina y Cagliostro podría tener visos de realidad. La sociedad que menciona podría buenamente ser un cebo hecho a medida para atraer a María Antonieta hacia una nueva trampa. No es difícil creer que Cagliostro, que no puede pisar Francia, quiera meter sus sucias manos en las antecámaras de Versalles. Creemos que está preparando una conjura, un último escándalo cuyas víctimas son, de nuevo, los Borbones. Pero no existe espía que maneje información contrastada ni prueba alguna que pueda anticipar qué es lo que está tramando el conde. Para detener el complot, habría que apresar a Cagliostro.

—Pues bien, ¿quién, aparte de nosotros, conoce la información? —concluyó el capitán.

—Nadie, solo nosotros tres —dijo Morande.

—Entonces, si la intención es desactivar el complot, bastaría con informar al teniente general de la Guardia Real.

—Cierto. Pero ¿y si el teniente general fuese nuestro ratoncillo? Estaríamos avisando a los conspiradores —intervino el cardenal de Rohan.

—Avisemos al rey, entonces —replicó Le Byron.

—Justamente eso será lo que no haremos —dijo el cardenal mientras en el camino hacia su silla intentaba ocultar una sonrisa aviesa.

—¿No? —exclamó el capitán, que no entendía demasiado de tejemanejes políticos.

El cardenal le sonrió abiertamente.

—Lo que aquí se juega es mi regreso a Versalles. Dije que no regresaría para alimentar la burla de la corte, así que, ¿qué mejor oportunidad, capitán, que anticiparnos a una conspiración y desbaratarla, entregando al rey el caso resuelto, con la reina a salvo y Cagliostro preso? ¿No veis la ventaja que nos puede dar esta información?

A pesar de su fracaso en 1785 y dado que Necker, el actual ministro de Finanzas, parecía estar más cerca de los Estados Generales y el pueblo llano que de los Borbones, con su insistencia en establecer impuestos para la aristocracia, la ambición del cardenal renacía.

—Imaginad, capitán —siguió diciendo—, vos que conocéis los entreactos de mi vida y sabéis que soy, a pesar de todo, del agrado del rey y, al mismo tiempo, una persona que el pueblo de París respeta, qué sucedería si de pronto, con la monarquía asediada por la deuda y el desprestigio, porque el pan es caro y la harina vale su peso en oro, porque el frío acorrala a las gentes y la leña escasea... Imaginad, capitán, mi regreso, el retorno del príncipe exiliado, que ocurre mientras en bandeja entrego al rey las cabezas de los conspiradores. Ahora mismo, Necker se encuentra asediado por la bancarrota. ¿Qué imagináis vos, capitán, que sucedería con mi reaparición heroica en escena si lo hago de esta forma?

—No dudo de que el rey os entregaría a vos el ministerio, eminencia.

—Y ese es, como vos sabéis, uno de mis deseos más persistentes y antiguos, por el que, entre otras muchas desgracias, me hallo entre estos tristes muros...

El cardenal acarició el crucifijo que colgaba sobre su pecho. Recordaba a la archiduquesa austríaca María Antonieta, recién llegada a Francia con apenas catorce años. Desde aquel lejano día, el príncipe había hecho todo lo posible para estar cerca de aquella criatura magnética con la discreción propia de un clérigo. Estuvo presente en cada momento importante de su vida; en la boda que la convirtió en reina, en los bautizos de cada uno de sus hijos, y como confesor de su marido durante años, el único que podía ingresar en las recámaras de Versalles sin restricción alguna. Rohan conocía los pormenores de cada alma que habitaba el palacio; conocía los temores del rey Luis XVI y los pecados de la reina María Antonieta. Conocía la infidelidad de la reina con el conde de Fersen, y las visitas que recibía en secreto y a horas intempestivas en el Petit Trianon. Conocía los rumores sobre fiestas promiscuas y las voces que la acusaban de tener relaciones sexuales con mujeres, de haberse encamado con la condesa de Polignac y la princesa de Lamballe. Estaba al tanto de todo: de la verdad y del infundio. Y por encima de ambos, se elevaba la ambición política del cardenal, como un ave de presa que todo lo ve desde las alturas.

El cardenal y príncipe de Rohan desvió la mirada hacia el tablero de ajedrez y se sumió en el silencio. Movió el alfil negro de lugar. Tanto el rey como la reina quedaron amenazados y no cabía otra posibilidad que sacrificar una pieza para seguir el juego.

5

CONJURAS

Tanto en ajedrez como en política el rey es lo primero, pero el malestar del vulgo no podía sofocarse con caldos y cebollas, ni regalando panes; tampoco reprimiendo alzamientos campesinos en las provincias del interior. Se necesitaba algo más, una jugada maestra que permitiese, además de aplacar todo clamor, mantener al rey y a la reina en su lugar. El alfil negro amenazaba tanto al rey como a la reina. Parecía sencillo; todo aquello se había generado por el simple movimiento de un peón blanco en el momento equivocado, o bien, desde otro punto de vista, el indicado, si de la muerte de la reina se tratase. Estaba claro que dentro del palacio de Versalles existía un traidor. Un peoncillo causante de conducir a los reyes hacia una trampa. El cardenal, sin embargo, estaba acostumbrado a salir con las piezas grandes y no quería buscar a un peón, sino desbaratar el complot con torres, alfiles y caballos, y descabezar al rey negro: el conde de Cagliostro. La única jugada heroica posible para Louis de Rohan era aquella que lo llevara, rápidamente, al sitio que siempre había querido ocupar al lado del rey de Francia.

—Cuando desbaratemos el complot, no solo llevaremos tranquilidad a palacio —afirmó el cardenal—, también acallaremos a la opinión pública al desvelar una conjura escalofriante. Imaginadlo un instante: las octavillas que hoy destilan tinta envenenada sobre bancarrotas y miseria hablarán de Cagliostro y de su verdugo: yo. Regresaré como un mariscal de campo que ha arrasado a todos los enemigos del reino.

Le Byron y Morande percibían tanto entusiasmo y seguridad en las palabras del cardenal que preferían no intervenir hasta que les preguntara directamente. Louis de Rohan seguía absorto en su discurso y en la analogía con la partida que poco tiempo antes jugaba con su secretario. Por último, movió un caballo blanco que acabó con la amenaza del alfil. Dejó de lado, al fin, el tablero, bebió de su copa de licor y se dirigió a Le Byron.

—Debemos hallar a alguien que, en el momento preciso, desbarate los movimientos de Cagliostro. Empecemos por lo más alto —dijo—. Es urgente atrapar al conde allá donde esté escondido.

—Una empresa difícil, cardenal —dijo Theveneau de Morande—. Nadie en Francia sabe de él, es un fantasma.

—¡Atrapemos al fantasma entonces! —exclamó Louis de Rohan, sin perder un asomo de entusiasmo.

—Eminencia —apuntó Le Byron—, quisiera que tuvierais presentes los rumores que afirman que es el conde quien tiene el collar de la reina, suficiente para silenciar lenguas y abrir puertas.

—Un conde siciliano que se presenta a sí mismo como mentalista e hipnotizador, que llegó rodeado por el escándalo a las cortes de Letonia y Prusia, que fue uno de los huéspedes más elegantes de la Bastilla, que me ha dejado en ridículo ante las gentes de París y que ha estafado a la Casa Real; sinceramente, no puede esconderse para siempre. ¡Y menos si es cierto que le escribe cartas a la reina!

—Quizá no esté en Francia —apostilló Le Byron—, sino en Londres.

—No puede estar en Inglaterra —respondió el cardenal—. La condesa Valois de la Motte, desgraciada intrigante, sí; tengo gente vigilándola. Pero puedo aseguraros que el conde no se ha movido de Francia. Desde el escándalo, tengo informadores en cada puerto y paso de frontera, en cada embajada y cada salón de los principales ministerios del otro lado del canal de la Mancha. Londres es un rumor, y vaya a saber uno si fue él mismo quien lo difundió. No sería capaz de correr semejante riesgo, no es

estúpido. Se oculta aquí, como las perdices, a pocos pasos del cazador.

—Yo puedo confirmar que, como asegura Su Eminencia, no ha salido de Francia —confirmó Morande.

—En ese caso, ha de tener benefactores —dijo Le Byron.

—Los tiene —aseguró el cardenal—, y precisamente será por allí donde empezaremos a buscar.

Louis de Rohan abrió el único cajón de la sencilla mesa y sacó un documento sellado en la Bastilla: una *lettre de cachet*, la orden real por la que, sin juicio previo, se enviaba a la cárcel a hombres y mujeres sin mayores delitos que la disidencia. A sus dos invitados les pareció que el príncipe se había guardado una carta en la manga y que todo su discurso enaltecido y las idas y venidas de la historia eran más bien fruto de su soledad que de la inseguridad o la búsqueda de consejo: el príncipe sabía por dónde comenzar.

—Sabed, señores —continuó, en pie, con el documento alzado en una mano—, que durante el encierro de Cagliostro en la Bastilla ocurrió un hecho que en apariencia pasa por insignificante, aunque no lo es, no para nosotros. No lo he sabido hasta hace pocos días: Cagliostro compartió celda durante un tiempo. Esta es la orden de encarcelamiento de Jean de Bussière, preso desde hace una década por delitos en contra de la monarquía. Un liberal.

El cardenal le acercó el papel a Le Byron y este, tras leerlo, a Morande.

—Bussière compartió con Cagliostro nada menos que un mes, en la torre cuatro —siguió el cardenal—. Pero lo más sorprendente de este detalle es que monsieur de Bussière, además de liberal, es un bibliófilo de buena cuna y un masón, señalado por haber pertenecido a una hermandad que celebraba sus sesiones en secreto.

—Interesante —murmuró Morande, sin ánimo de interrumpir al cardenal—. Se le ha condenado por sus crímenes políticos y jamás a nadie le ha importado la masonería o la afición a la literatura.

—Sesiones secretas. Sociedad dantesca —dijo Le Byron—. Tanto en esa carta que supuestamente es de la reina como en esta orden, eminencia, existe un denominador común.

—Y Cagliostro está en medio —completó Morande.

El cardenal sonrió, se frotó las manos y continuó hablando:

—Según el gobernador de la Bastilla, el conde y Bussière congeniaban y pasaban días enteros enfrascados en sus asuntos. Y no ha sido hasta ahora, señores, a la luz de la carta interceptada a nuestra reina, que este asuntillo comienza a ser de súbita importancia para nuestros propósitos.

—¿Queréis que le suelte la lengua, pues? —preguntó Le Byron.

—Pido mucho más que eso, capitán —replicó el príncipe.

El purpurado juntó las manos, como si fuese a rezar, y cerró los ojos.

—Si ese recluso llegase a ventilar nuestro interés dentro del penal —y miró fijamente la carta robada al correo real—, lo sabrá el carcelero; luego de este, el alguacil del pabellón, y en menos de un día llegará a oídos del teniente general de la Guardia Real, monsieur de Crosne, y no pasará un segundo antes de que el rey se entere. Y la reina. María Antonieta sabrá que la estoy espiando...

Rohan sacó papel y pluma del cajón y comenzó a escribir lo que parecía una carta, con su cursiva, llena de florituras, muy ampulosa, propia de un aristócrata muy bien educado.

—No se trata de tortura —siguió hablando mientras escribía—, utilizar esos métodos nos delataría. Más bien busco lo contrario: ganar la confianza del reo, que mantener el secreto sea también de su provecho.

—No será tarea fácil.

—No, capitán. Y menos aún por un detalle que desconocéis: el reo será ejecutado en diez días. Su condena a muerte la firmaron ayer.

Le Byron se acariciaba el puño de porcelana, con la mirada perdida.

—De difícil hemos pasado a imposible... —susurró como para sí mismo.

Una vez que acabó de escribir, el cardenal dobló la carta, y sacando lacre y sello del cajón, la selló y se la entregó a Le Byron.

—Id a la Bastilla —le ordenó—, y entregadle esta carta al gobernador de mi parte. Es hombre de confianza; con él podréis transformar lo imposible en posible —terminó, sonriendo al capitán, a quien quedó bastante claro que es mejor no hablar en susurros cuando uno se encuentra con gente de oído fino, como el cardenal.

—Partiré a París de inmediato —dijo Le Byron mientras se inclinaba para despedirse de Rohan y Morande—. En lo que al convicto se refiere, y a pesar de la sentencia, prometo que no se irá de este mundo sin contarnos todo lo que sabe.

El cardenal asintió, con los ojos puestos el retrato de la reina mientras Le Byron abandonaba la celda. «Sí, majestad —pensó—, es momento de matar o morir.»

6

ANTESALAS

Esa misma mañana, mientras Belladonna trabajaba en la inspección del ejemplar, una doncella interrumpió al corso para darle un mensaje de la vizcondesa.

—Perdonad que os moleste, monsieur. Madame espera que os unáis a ella para el almuerzo; la mesa estará preparada a las once y media —dijo, sin entrar en la habitación.

Simone levantó los ojos del libro para aceptar.

—Por supuesto, será un placer.

Poco después el corso llegó al salón. Aún no había señales de madame d'Estaing, de manera que se sentó a esperar en uno de los sillones que había frente a la chimenea. Se entretuvo mirando a las doncellas que pululaban en silencio por la estancia para ultimar los preparativos de la mesa, como un hermoso canasto de mimbre lleno de flores recién cortadas del invernadero. Belladonna inspiró el perfume de los pétalos y cerró los ojos, apenas un instante. Cuando los abrió, dos de las doncellas sonrientes estaban frente a él, una, con una copa en la mano, y la otra, con una botella de vino. No era el perfume de las flores lo que ahora llamaba su atención: eran ellas, ambas muy hermosas, elegantes en figura y maneras, delicadas en sus movimientos. Y muy similares ambas en altura y complexión. «La vizcondesa tiene un servicio a la altura de un rey», pensó Simone.

—¿Os apetece algo más, monsieur? —dijo la doncella que sostenía la botella.

—No, mademoiselle —murmuró—. Esperaré a que llegue madame.

La respuesta de Belladonna no pudo ser más oportuna, pues la viuda acababa de entrar en el salón. Al verla, las doncellas se retiraron para incorporarse al servicio de la mesa.

—Me alegro de que aceptarais la invitación —dijo la vizcondesa sentándose a la cabecera—. Confieso que estuve un instante detrás de las cortinas antes de entrar; os observé, y parece que os cautivó mi servicio.

—En efecto, es admirable.

Ella tomó una copa y propuso un brindis.

—Brindo por vos, monsieur; por una feliz estancia en mi castillo. —Ambos bebieron, y después la vizcondesa, con una sonrisa que a Simone le pareció traslucir cierta picardía, continuó—: En cuanto a mis criadas, el secreto está en acogerlas a edad temprana; son todas hijas de las familias campesinas que explotan la heredad del castillo. Aunque parezca descarnado, este es el truco por el que se consigue un buen servicio: criarlas en un castillo les da mejores oportunidades que las que tendrían si siguieran con sus padres.

—No lo dudo. Y veo que aplicáis la excelencia.

—Comienzan a los quince; edad a la que los bríos femeninos aún pueden domarse.

—Las educáis, entonces.

—Completamente. Aquí aprenden a zurcir, a bordar, a planchar y a cocinar, en fin, a realizar todas las tareas del hogar. Pero también a leer, a comportarse con elegancia, a caminar como si fuesen damas... Sí, monsieur: les enseño a leer y escribir correctamente el francés, pues, así como podéis verlas, tan limpitas y con sus cabellos trenzados, estas muchachitas llegan aquí hablando solo en normando.

—Vuestra dedicación me admira —dijo Simone, a quien esa manera de seleccionar niñas con gran potencial de llegar a ser mujeres seductoras no acababa de parecerle adecuada para el servicio de una casa, por mucho que se les enseñara a leer y es-

cribir en francés. Ninguna de las doncellas tenía aspecto de haber sido en ningún momento de su corta vida una campesina normanda.

La viuda asintió, y después de beber de su copa prosiguió:

—Ninguna de esas señoritas permanece en la servidumbre más de seis años, es la regla de oro que gobierna el servicio de mi castillo. Cada verano, salgo a la campiña en busca de tres aspirantes de quince años que vivirán junto a mí hasta cumplir veintiuno. Y, asimismo, libero a tres, todo con el objetivo de mantener un servicio estable de quince doncellas.

—¿Liberar? ¿Qué significa eso? —preguntó Simone, a quien el término le parecía algo carcelario para el contexto.

—Se marchan. Procuro que lo hagan de la mano de un marido. Os llevaríais una sorpresa si supieseis cuántos llegan aquí y pagan suculentas dotes por tomar como esposas a mis lindas jovencitas... En fin, se marchan de aquí, como el fruto maduro cae de la rama. Creedme que mi corazón se entristece con cada despedida.

—No me extraña; vos las veis crecer.

—Más que eso, monsieur. —Y madame d'Estaing se entusiasmó—. ¡Juliette! ¡Ven un instante, por favor! ¡Sí, sí, ven! Eso es, detente a nuestro lado, ahí, sí, justo ahí; deseo que nuestro huésped pueda admirarte. Os presento a Juliette Montchanot, una de las doncellas que abandonará el castillo este año.

La señorita Montchanot era alta y estilizada, tenía el cabello castaño y los ojos grises; se trataba de la joven que hacía unos minutos llevaba la botella con la que sirvió vino a Belladonna. La vizcondesa se levantó, caminó hasta situarse detrás de su doncella y, apoyándole las manos en los hombros, dijo:

—Cierto día, paseaba por las cercanías del castillo, una mañana fresca y soleada, cuando vi a una niña a la puerta del humilde hogar de uno de los campesinos que cultivaban parte de mis tierras. Jamás, monsieur, habría pensado que en mis posesiones había crecido una niña de apariencia tan dulce, y cuando me detuve para interesarme por ella, tomándole la carita por el mentón, le pregun-

té por su familia. Por toda respuesta, aquella niña miró hacia la puerta de la casa donde su madre y sus hermanas, al oír mi voz, estaban esperando para saludarme. A mí me pareció que aquella pobre familia ya tenía bastantes niñas a su cargo y decidí quedarme con la pequeña Juliette, consciente de que mi capricho los aliviaría. Aquí tenéis a Juliette: la más pequeña de siete hermanas.

Y así la vizcondesa, quien provocó un silencio, observó fijamente al corso.

—Miradla bien, monsieur; mirad a esta mujercita frente a vos. La vi crecer, como vos dijisteis, la vi superarme en altura y pude presenciar la forma en que, año a año, cambió su voz, de una vocecilla dulce de niña a una de mujer; y también su cuerpo, como podéis ver. Pronto cumplirá veintiuno y partirá —continuó, mientras acariciaba los brazos de Juliette—. Creedme que sufro como una madre al pensar en que ya no la volveré a ver.

Mademoiselle Montchanot miraba fijamente al corso mientras la señora del castillo cantaba sus alabanzas, algo que a Simone le llamó la atención: aquello parecía la venta de una esclava.

—Es tan dulce... —siguió diciendo madame d'Estaing—. A diferencia del resto, ella ha permanecido diez años en el castillo y ha sabido destacar.

—A vuestro servicio, monsieur —susurró la muchacha, con un tono inequívoco, como una invitación, sin ningún asomo de vergüenza o rubor.

Simone miraba a las mujeres algo incómodo cuando vino a rescatarle el sonido de un carruaje que tenía como destino el patio del castillo.

—¡Ah! Ya está aquí. Juliette, ¿eres tan amable de ir a recibirlo? —pidió la viuda, atenta a la llegada de la visita.

—Sí, madame —dijo la doncella, que no había apartado la mirada de Simone mientras su señora hablaba de ella; acto seguido, con una elegancia que parecía innata, abandonó el salón.

—¿Esperamos a alguien más? —preguntó Simone, advirtiendo que la mesa estaba preparada para cuatro comensales.

—Sí, al barón Émilien d'Artois.

—Barón d'Artois... —dijo el corso, llevándose una mano al mentón—. Creo que su nombre me resulta familiar.

—Seguro que lo conocéis: es un banquero importante.

—Ya. He oído hablar de él. ¿No fue quien financió las galerías de arte de la place de Grève y la remodelación del Teatro de la Ópera de París?

—El mismo. También se ocupa de las finanzas de mi familia y, en este momento, es quien está al cargo de los asuntos relativos a la herencia.

—Depositáis, al parecer, mucha confianza en él.

—Todo hombre que se sienta sobre una fortuna inspira confianza, más aún si su trabajo consiste en atraer buenos negocios.

Belladonna se levantó y se acercó a la ventana para observar al recién llegado. Del carruaje descendió un gentilhombre de buen porte, que fue recibido al instante por un grupo de doncellas entre las que estaba Juliette, y al frente de todas ellas, Giordana d'Estaing.

—El barón desposará a mi sobrina —dijo la viuda desde la mesa, mirando a Belladonna hasta que se abrió la puerta principal del salón, hacia donde dirigió su atención—. ¡Oh! ¡Pero mirad! Aquí llega Émilien.

—Perdonad la tardanza —se excusó el barón apenas pisó la sala y antes de acercarse directamente a la vizcondesa para besar su mano—, los charcos y barrizales se suceden desde París con capricho invernal.

Al barón lo acompañaba Giordana, muy hermosa con una falda de satén celeste que parecía rígida y pesada.

—Bienvenido a Martinvast, barón. Os estábamos esperando; adelante, poneos cómodo a la mesa —lo recibió la vizcondesa que, al ver a su sobrina, exclamó—: ¡Oh, Giordana! ¡Qué bonita estás! ¡Venid, venid! Sentaos.

El banquero, un hombre de mediana edad, llevaba un fino bigote que le bordeaba el labio superior y las patillas bien perfiladas hasta la mitad de la mejilla. Su cabeza, adornada con una peluca blanca y llena de bucles según la moda, era hermosa y

ayudaba a resaltar la palidez del rostro empolvado. Sus ojos, de un azul sobrecogedor, sostenían una mirada suspicaz.

—Os presento al barón Émilien d'Artois —dijo madame d'Estaing—. A Giordana ya la conocisteis anoche.

El corso se inclinó para saludar mientras pensaba que era imposible olvidarla. Le había bastado un segundo para que el rostro de la muchacha quedara prendido en su memoria. Las luces del mediodía aclaraban sus ojos y resaltaban su boca bien conformada.

—Monsieur Belladonna nos acompañará en el almuerzo —repuso la vizcondesa—, es un experto en libros antiguos que estará en el castillo por algunos días.

—Celebro conoceros, monsieur —dijo el barón mientras tomaba asiento—. Madame me habló de vos y la tarea que os ha traído aquí, como asesor financiero que soy de su casa. ¿Habéis podido analizar el cofre y su contenido?

—He comenzado, sí —asintió el corso—. Como parece que estamos en confianza y si me lo permite madame... —hizo una pausa para buscar el consentimiento de la vizcondesa, que asintió en silencio de inmediato— puedo deciros que en el cofre hay un ejemplar de la *Commedia* que puede suscitar el interés de la Biblioteca Real, si se confirma su procedencia.

—¡Magnífico! Desde el momento en que madame me puso al frente de sus asuntos, siempre he creído que la biblioteca de su difunto marido ocultaba algún tesoro que podría llegar a interesar a la Biblioteca Real, cuyos fondos para invertir siempre son más generosos que los privados... —declaró el barón.

—Es cierto; la Biblioteca Real siempre está en condiciones de ofrecer más dinero que un coleccionista... —le interrumpió Belladonna.

—En Francia puede que así sea —interrumpió en esta ocasión el barón a Belladonna—. Pero conozco coleccionistas en España, Portugal y, cómo no al tratarse de Dante, en Italia, que estarían dispuestos a pagar una suma respetable. O la Biblioteca de Londres o la Pontificia...

—Creí entenderle a madame de Calvert que la intención de la vizcondesa era que el libro permaneciera en Francia —dijo Simone mirando directamente a la vizcondesa, algo asombrado por las últimas palabras del barón, cuya intención parecía la de subastar cualquier ejemplar de valor que hubiera en la biblioteca.

—Por supuesto —ratificó la viuda—; lo dije y lo sostengo. Ese era el deseo de mi difunto esposo.

—¡Claro que sí! —exclamó el barón—. Pero no creo que sea muy inteligente desperdiciar la ocasión si la Biblioteca Real no alcanza la cifra de la valoración...

—Para eso he venido al castillo —replicó Belladonna—. En lo que respecta a las negociaciones, puedo afirmar que están bien encaminadas.

Madame d'Estaing aprovechó lo que parecía una pausa para hacer una seña casi imperceptible a una de las doncellas, y acto seguido, entraron el resto con bandejas de comida y bebida. Tras probar uno de los canapés, D'Artois se limpió los labios, y mientras seguía masticando, señaló a Simone con una mano enjoyada, como si quisiera continuar la conversación, pero fue interrumpido por la llegada de las doncellas con un primer plato que consistía en una cazuela de callos, cocidos durante horas y en caldero de hierro para blanquearlos y suavizarlos: un guiso normando típico que no era apto para los paladares remisos a la casquería.

En el silencio que se había producido al llegar el almuerzo, Simone y Giordana cruzaban sus miradas de vez en cuando. Desde la cabecera, madame d'Estaing pudo advertirlo, e interpretó a la perfección lo que encerraban esas miradas, una conversación sin palabras que transcurría en el silencio. El miedo que le habían provocado esas mismas miradas la noche anterior la obligó a intervenir con vigor.

—¡Brindo por los enamorados! —dijo la vizcondesa—. Estimado Émilien, hermosa Giordana: que el destino os depare un matrimonio lleno de prosperidad.

El barón levantó su copa y, con una amplia sonrisa, esperó a

que Giordana hiciese lo mismo. Ella alzó la suya para beber a la salud de su futuro matrimonio.

La charla prosiguió, llena de formalismos, alrededor de temas que intentaban conciliar la frialdad propia de los encuentros entre desconocidos: por ejemplo, el clima, sobre todo los pronósticos que anunciaban nieve, y del mal estado de los caminos. Tanto el corso como el barón habían recorrido idénticos trayectos a tiro de caballo y, por ello, aquel tema de conversación los mantuvo entretenidos un buen rato. La vizcondesa, entretanto, ordenaba traer más botellas de la bodega. Los hombres pudieron catar vinos variados: blancos y espumosos, rosados y tintos. El corso bebió con delectación uno en particular, algo a lo que el barón no fue ajeno.

—Os gusta el vino de Anjou —dijo D'Artois dirigiéndose a Belladonna—. Tenéis buen paladar, amigo, bebed.

—Este ha reposado cinco años —añadió madame d'Estaing— y no encuentro mejor ocasión que esta para descorcharlo.

La conversación parecía más distendida y la vizcondesa viuda estaba a gusto, libre de repente de la tristeza que arrastraba en sus días de luto. La muerte de su marido había pesado como una losa sobre ella, pero ahora la conversación con dos hombres de gusto exquisito e inteligencia superior, el vino, que corría generoso, y la posible venta del libro de su difunto marido contribuían, sin duda, a levantarle el ánimo. Al ver que la anfitriona se relajaba, los invitados hicieron lo propio y dejaron que el vino de Anjou los llevara al terreno de lo personal.

—He notado que tenéis acento al hablar —dijo el barón, con un brillo en la mirada—. ¿Sois italiano?

—Corso, nacido en Ajaccio.

—¿Corso? —replicó el banquero antes de dar un nuevo sorbo al vino—. ¡Caramba, si tenemos aquí un buen asunto por conversar! Decidme entonces, monsieur, qué sentís en lo profundo de vuestro corazón: ¿amor a Francia?, ¿a Génova?, ¿o a vuestro caudillo en el exilio, Pasquale Paoli?

El barón d'Artois parecía desafiarle y Belladonna no enten-

día bien la razón; quizá era la presencia de su prometida la causante de la bravata. Aquella pregunta era malintencionada, y era consciente de que su respuesta sería sometida al dudoso filtro de la política y las lealtades.

—Amor a Córcega sobre todo —respondió tras un breve instante—. Pero si os referís a la fidelidad, barón, sabed que Francia es mi hogar, y mi rey, Luis XVI.

El banquero pareció encantado con aquella respuesta.

—¿Y cuánto hace que vivís aquí?

—Ocho años ya, en París.

—¿París? ¿En qué parte?

—En un modesto palacete al lado del Sena. Desde el ventanal veo las torres de Notre-Dame.

—¡Oh! ¡Qué hermosa vista! Y decidme, entonces, vos que pertenecéis a una clase ilustrada: ¿qué opináis de nuestros asuntos económicos, es decir, adónde creéis que nos llevará este invierno que se avecina?

Otra pregunta polémica que Simone habría de esquivar. Giordana, avergonzada desde que su prometido, con el interrogatorio, hubiera violentado la distensión, dirigió al corso su mirada verde y enigmática para encontrarse de nuevo con la de Simone.

—Mi especialidad son los libros, barón —aseveró Simone sin dejar de mirar a Giordana—, pero en un país donde el precio de la leña se dispara es fácil anticipar un invierno de carencias.

—¿Comulgáis, pues, con los jacobinos?

—No, caballero —respondió, mirando ahora al barón.

—Sin embargo, tenéis razón —continuó D'Artois—. Mis inversiones no están puestas ya en los campos y bosques: ni en trigo ni en leña. Hoy día es más provechoso especular con el dinero que tenerlo enterrado en fincas o edificios. —El barón se acomodó en su silla, contempló a Belladonna y luego saboreó el vino que aún mojaba sus labios—. Os daré un ejemplo: si yo dispusiese de mil quinientas libras para invertir en tierras de labranza, tardaría un semestre en ganar el doble, siempre y cuan-

do los leñadores mantengan la leña barata para que ese grano pueda convertirse en pan. Es decir, soñando con que Francia se comporte como una economía normal. Pero, mirad, aquí es donde existe una triquiñuela que traerá consigo el invierno. Si el pan puede venderse ahora es porque los hornos funcionan con leña, pero muy pronto esa leña que sirve a los panaderos será reclamada por los hogares de la aristocracia, en cada lugar de este reino, y más aún cuando nieve. Por consiguiente, los leñadores venderán al mejor postor y el precio de la leña aumentará, consecuentemente, el pan subirá y será prohibitivo: a catorce libras la hogaza el pueblo llano debería de invertir medio jornal para llenarse el estómago solo con pan. Resultado: el pan dejará de venderse en los volúmenes que acostumbra, y los granos, sin hornearse aún, no se moverán de los silos conforme crece la hambruna. El año pasado ocurrió lo mismo, monsieur, pero este invierno estoy convencido de que será peor.

El barón bebió y devoró un canapé de salmón mientras se preparaba para continuar con su agorero discurso.

—Hoy día compro esclavos en Mozambique a ciento cincuenta libras cada uno, que luego vendo a mil en las Antillas francesas. Como veis, monsieur, invirtiendo mil quinientas libras en esclavos obtengo una ganancia de diez mil, que puedo hacer efectiva en menos de cuarenta días. Con los granos, uno puede verse afectado por los riesgos: una mala cosecha, una inundación, una mala política como la nuestra, y uno ve con esto cómo se malogra la inversión en los silos y tiene que malvender el cereal para dar de comer a cerdos y caballos, sin obtener ganacias, solo para recuperar lo invertido. Los esclavos, en cambio, pueden llegar sin dientes o enfermos y echarse a perder una tercera parte en el barco, pero la ganancia seguirá siendo magnífica.

—No soy partidario de la esclavitud —se atrevió a apostillar Simone.

—Yo tampoco. Pero seguramente, como hombre libre que sois, pensáis en la esclavitud con idealismos parisinos. ¡Por supuesto que estoy en contra de la esclavitud! ¡Santo Dios! ¡Si es

un horror! Claro que ni un hombre como vos o como yo, ni una sociedad refinada como la nuestra, podrían sobrevivir a las cadenas y a la voluntad de un amo. Pero el día que viajéis a África, monsieur, descubriréis como yo que es muy difícil encontrar la diferencia entre un mono y un negro. Los he visto con mis propios ojos, ¡diablos, si parecen monos! Podéis llegar a dudar de vuestro ideal de libertad e igualdad. Yo no creo que a los africanos les importe tanto servir a un señor del Caribe como morir de malaria en la ribera de un río o devorados por un cocodrilo. O víctimas de sus luchas tribales. En cierto aspecto, creo, la esclavitud no es sino una piadosa solución a sus problemas. Les educamos y les damos una oportunidad. Yo invierto en eso, monsieur. No en cadenas precisamente, sino en dar mejores oportunidades a esas negras criaturas. ¿No creéis que hago un bien?

Belladonna no tenía intención de responder, y el barón, a quien no le gustaba demasiado recibir la callada por respuesta, se quedó mirándole fijamente.

—¿Y bien? —reclamó—. ¿No vais a opinar nada?

D'Artois estaba bebiendo de más, todos lo advertían, así que madame d'Estaing decidió cambiar bruscamente de tema.

—Como decía antes Émilien, para que el libro se quede en Francia, no tendré problema en aceptar algunas facilidades en el pago.

—Podríamos contemplar un adelanto en pagarés —añadió el barón, consciente del toque de atención que le había dado la vizcondesa—. Después de todo, la Biblioteca Real es de fiar.

—Lo tendré en cuenta —dijo Belladonna.

Giordana pestañeó, haciendo ademán de ir a hablar, como esperando el momento.

—¿Gustáis decir algo? —se anticipó el corso, imprudente, pues demostraba estar más atento a la joven que a cualquier otro asunto.

—El libro que estáis inspeccionando, monsieur, no es la única joya del castillo —dijo Giordana que buscaba seguridad aca-

riciando un colgante de cuarzo que siempre llevaba al cuello, regalo de su amiga Juliette, quien estaba convencida de que era un amuleto que la protegería—. Habéis de saber que en la biblioteca se guardan ejemplares de un valor formidable. Atesora, sin ir más lejos, un *Trattatello in laude di Dante* de Giovanni Boccaccio, la biografía más completa y antigua escrita sobre Dante Alighieri. Estoy segura de que mi tía estará encantada de enseñaros esos magníficos fondos.

—Y... ¿no podríais enseñarme vos la biblioteca, mademoiselle? —preguntó Belladonna, tras un instante, boquiabierto por la intervención de la joven, que además de hermosa y elegante, era culta—. Por el conocimiento que tenéis de esa biografía, advierto que sois una bibliófila experta.

Giordana se ruborizó y dirigió la mirada a su tía y luego al barón, asustada quizá ante la posibilidad de verse a solas con el huésped en la penumbra de la biblioteca. Pero ninguno de ellos acertó a oponerse en voz alta, y la joven, en un alarde de atrevimiento, respondió:

—Será un placer enseñárosla, monsieur.

—El placer será todo mío —respondió él sin apartar los ojos de la joven.

Lentamente, Giordana dejó de acariciar el cuarzo para tomar su copa y beber sin alzar la mirada. La viuda, muy pálida, escrutaba alternativamente a Giordana, a Simone y a Émilien, quien, como la vizcondesa, no había tardado en apreciar una complicidad inexplicable entre el corso y su prometida.

7

SCRIPTORIUM

A mitad de la tarde, Belladonna, que no era capaz de contener sus deseos de ver a Giordana, le envió un billete por medio de una doncella. La respuesta de la joven no tardó en llegar de manos de mademoiselle Montchanot en persona: Giordana se disculpaba porque tanto ella como su tía tenían que ocuparse aquella tarde de su prometido. En su lugar, iría mademoiselle Montchanot. Era obvio que la atracción inexplicable que habían manifestado en el almuerzo, y que no había pasado desapercibida al resto de los comensales, era la causante de la negativa. Simone guardó el billete en su casaca y, saludando a Juliette, la siguió por las escaleras de la torre hasta la segunda planta. Por fin, esta se detuvo ante una puerta de roble de doble hoja, y después de abrirla con llave, se volvió hacia Simone.

—Podéis entrar, es aquí.

La biblioteca tenía la totalidad de las paredes tapizadas con estanterías llenas de libros. Había también una mesa central, ubicada debajo de una araña de bronce con las bujías apagadas, y al fondo, un ventanal vestido por largos cortinajes que permanecían cerrados.

—Hace tiempo que nadie la visita —dijo Juliette, sin apartar en ningún momento los ojos del corso, que contuvo la respiración al notar la intensidad de aquella mirada que parecía ir del servicio a la curiosidad.

La muchacha, que había iluminado su camino a la biblioteca

con una lamparilla de aceite, se la entregó a Simone. Él la dirigió hacia la penumbra. A un costado de la mesa, se alineaban los estantes de madera, que formaban angostos pasadizos por donde apenas cabía una persona.

—El vizconde pasaba muchas horas aquí —dijo ella con voz delicada—. Todos estos libros eran para él un auténtico tesoro.

—Es un verdadero privilegio que madame me permita tener acceso a tantos y tan preciosos ejemplares. Si no os importa, echaré un vistazo.

—Por supuesto, estáis en vuestra casa; madame d'Estaing quiere que os sintáis plenamente a gusto —añadió la señorita Montchanot—. Regresaré antes del atardecer. No dudéis en pedirme que os enseñe lo que os plazca.

Y tras una reverencia, se retiró de la biblioteca cerrando a su paso las puertas. El corso puso su entera atención en la sala. Calculó a simple vista unos ocho mil volúmenes. Descorrió los cortinajes y la luz entró en la biblioteca, y abrió las altas ventanas para que corriese el aire fresco. Apagó la lamparilla, la dejó sobre la mesa central y encaró las estanterías. Allí se alineaban títulos que iban desde las ciencias hasta las humanidades, estantes enteros dedicados a obras de ensayo, narrativa, poesía, así como unos bonitos tomos encuadernados en cuero; una fabulosa colección que señalaba, además del invernadero, la botánica como una de las aficiones del vizconde. En este último, el difunto marido de madame d'Estaing había cultivado con éxito especies florales y arbustos africanos.

Belladonna recorría lentamente los anaqueles intentando no perder detalle hasta que una puerta de paños acristalados interrumpió su deleite. Parecía la entrada a un *scriptorium*. Apoyó la cara en uno de los paños para intentar ver qué había dentro, pero apenas logró distinguir siluetas borrosas; las contraventanas que apartaban la luz de la estancia estaban, cual los cortinajes de la biblioteca, echadas. Quiso entrar, pero la puerta estaba cerrada, de manera que regresó a la mesa central, tomó la lamparilla, la encendió y volvió a asomarse a la estancia proyectando la llama

hacia el interior: la claridad mostraba un ámbito amplio, con sillones de piel y un macizo escritorio de madera, donde descansaban papeles y plumas. Parecía el despacho privado del vizconde, cubierto por las sombras de su muerte. Intrigado por el hecho de no tener acceso a aquella sala y pensando que se lo pediría a madame d'Estaing a la primera ocasión que tuviera, recordó, sin embargo, el motivo por el que estaba entre aquellas cuatro paredes y regresó a la sala principal de la biblioteca, con la mirada puesta en cada lomo, decidido a encontrar la biografía prometida.

Antes de dar con ella, halló una versión de *Las mil y una noches*, primera traducción al francés, en doce volúmenes completos; también un ejemplar de *Tirante el Blanco* y un *Amadís de Gaula*, y dos de las cinco partes que componían la obra completa *Espejo de príncipes y caballeros*. Se detuvo para contemplar una gema de la picaresca española: el *Lazarillo de Tormes*, edición príncipe de 1554 de las imprentas de los hermanos del Canto. Lo tomó del estante pensando en la fiebre compradora que podría provocar ese ejemplar en las subastas de las galerías de la place de Grève; conocía a varios que estarían dispuestos a pagar una fortuna por él. La marquesa de Calvert no había exagerado: la viuda había heredado una mina de oro en letras, aunque parecía extraño que nadie lo mencionara en el castillo.

Belladonna lanzó una mirada a toda la biblioteca: la señorita Montchanot tenía razón. Muerto el vizconde, todo allí dentro languidecía en el olvido. Devolvió el *Lazarillo* a su lugar y siguió inspeccionando las estanterías. En un angosto pasadizo, sin iluminación suficiente si no la llevabas contigo, encontró el *Trattatello in laude di Dante*. La encuadernación era de estilo inglés, sin mucho adorno, encuadernado con percalina, sobre la que el título aparecía acompañado por un perfil de Dante. Sopló el polvo del lomo y apoyó la lámpara sobre el estante. Se decía que no existía una biografía que fuese más completa y excelsa sobre el poeta florentino que aquella escrita por Boccaccio. Al abrir el libro, encontró un billete plegado en cuatro dobleces

aprisionado entre la tapa y el frontispicio. Tomó el billete, lo palpó: parecía contener un objeto pequeño. Acercándolo a la lamparilla lo desdobló con cuidado y descubrió una llave y un mensaje escrito a mano y con tinta fresca: «Entrad».

Una llave estaba ahora brillando delante de sus narices en medio de una biblioteca abandonada. Una llave que, sin duda, correspondía a una puerta. Cierto, caviló; aquella no podía ser otra que la llave del *scriptorium*.

Tomó la lámpara y regresó a la puerta de aquella estancia; metiéndola en la cerradura la giró y escuchó claramente el sonido de su pasador al abrirse.

Simone se estremecía por el hallazgo. Una vez dentro, caminó muy despacio a la luz de la llama hasta el escritorio que había podido vislumbrar tras los cristales de la puerta. Lo rodeó y tomó asiento como si fuera el mismísimo vizconde. Encima de la mesa, como si estuviera esperando a alguien, había una serie de papeles reunidos por un cordel. Sopló para quitarles el polvo, pero, para su sorpresa, no existía suciedad alguna. Con un suave tirón, retiró el cordel: era un epistolario.

Había, al menos, una docena de cartas. Hojeada la mitad, solamente una llamó su atención. Estaba fechada en noviembre de 1787. La persona que la había escrito tenía una letra pequeña y apretada, el texto estaba bien puntuado, pero no tenía ni autor ni destinatario. Quien escribía la carta parecía estar molesto porque se había incumplido alguna clase de trato y exigía al destinatario continuar con los asuntos acordados. Estos incluían intimar con un cónsul parisino de apellido Bijux para que el autor de la carta pudiese al fin cobrar una abultada suma de libras.

Siguió leyendo el resto hasta que encontró lo que parecía ser la respuesta a aquella carta sin autor. También sin destinatario ni autor, la carta intentaba llevar la tranquilidad al castillo de Martinvast. Decía que no había motivo de preocupación, que el dinero reclamado al cónsul Bijux pasaría pronto a ser parte de una herencia que, mediante testamento, sería cobrada.

Simone no podía estar más intrigado por aquel extraño

asunto. A su regreso a París, intentaría hablar con Bijux, a ver si conseguía aplacar su curiosidad. Se levantó para dar una vuelta por el oscuro despacho. Todas las paredes tenían tapices de los asuntos más variados, algunos muy elevados de tono: dos jovencitas, casi niñas, tumbadas de espaldas en una *chaise longue*, completamente desnudas y con una actitud, sin duda, oferente. Una interpretación de Susana y los viejos realmente sonrojante: la mujer, sensual, rubia, estaba al borde del estanque como en la escena clásica, pero, de perfil al espectador, practicaba una doble felación a dos ancianos repulsivos, cuyas vergas eran de un tamaño improbable. Susana, inclinada sobre estos, daba la espalda a un tercer anciano que la estaba sodomizando.

Intrigado, Simone se desentendió de los tapices y se dirigió a la única pared, al fondo de la estancia, donde un grueso cortinaje, en vez de una contraventana, parecía ocultar la luz. Lo descorrió. No halló luz. Tampoco ventana alguna con una hermosa vista al jardín y al bosque circundante. Era un portalón de madera maciza, reforzado con clavos y travesaños de hierro que acababan en voluminosos goznes. El corso lo miraba asombrado, más aún cuando elevó la vista hacia la parte alta de la puerta y descubrió allí una leyenda:

Lasciate ogne speranza, voi ch'entrate

En la *Commedia*, aquel era el lema que presidía la entrada del infierno. Acercó la lámpara a la puerta y vio un bajorrelieve cuyo tema era *La cabeza de Medusa*, una copia de la versión de Caravaggio. Resultaba inconfundible: el cabello, formado por serpientes enredadas entre sí, y los ojos y la boca muy abiertos, llenos de espanto.

—¡Monsieur Belladonna! —susurró una voz a sus espaldas que casi hizo que Simone perdiera la compostura. Al volverse, vio a la señorita Montchanot—. Por el amor de Dios... —dijo ella, con voz entrecortada por la sorpresa y el miedo, la mirada puesta en la enorme puerta—. ¿Cómo habéis entrado aquí?

8

EL PORTAL

—¡No deberíais estar aquí! —suspiró Juliette Montchanot, presa de la desesperación, mientras que Simone se mantenía en silencio y en calma—. No lo comprendo, por el amor de Dios; yo cerré el *scriptorium* esta misma mañana, vos no podíais entrar.

—La puerta estaba abierta —mintió él.

—¡Imposible...!

—Pero ¿no me veis dentro de la sala? —le dijo Simone, y esbozó una sonrisa.

«La verdad —pensó para sí Juliette—, no puede haber otra explicación que un descuido mío, es imposible que nadie le haya dado una llave.» La joven se creyó culpable y decidió no seguir insistiendo sobre el asunto.

—Salid de ahí inmediatamente, monsieur —ordenó la doncella—. Volvamos a la biblioteca. Madame d'Estaing me pidió que viniera, pensando que quizá necesitabais compañía, o que precisabais, aunque descubro que ya lo habéis encontrado, algo en que pasar el tiempo.

—¿He hecho algo malo? ¿Por qué no puedo entrar en esta sala? —preguntó Simone, poniendo su cara más inocente.

—No —respondió ella, frunciendo el ceño—, no os preocupéis. Es que está llena de polvo, descuidada, y madame no quería que la vierais en este estado.

El corso salió del *scriptorium* y esperó detrás de Juliette a que esta cerrara la puerta. Con la mejor de sus sonrisas, ella condujo

a Simone hasta la mesa, donde había una bandeja con un bonito juego de porcelana blanca. Le sirvió una taza a Belladonna.

—Dijeron que os apetecería el té.

Tomó la taza sin dejar de mirarla. Tenía la sensación de que para apartar a Giordana de él, madame d'Estaing había decidido «sacrificar» a su doncella Juliette. En cualquier caso, era una maniobra poco elegante y poco efectiva que ponía a la muchacha en ridículo. Además, estaba el asunto del *scriptorium*... Era bastante lógico que no quisieran que él viera lo que parecía el despacho de un libertino consumado y esa puerta tan extraña que a algún lugar habría de conducir. Eso sin contar con el enigma de las cartas, limpias como la patena, que alguien parecía haber dejado allí para él. Alguien... La misma persona que colocó la llave en el *Trattatello*... ¿Quién? No se atrevía ni a pensar en su nombre. Estos eran los pensamientos de Belladonna mientras sorbía su té sin hacer demasiado caso a la señorita Montchanot, que consciente de su actitud intentó llamar la atención.

—También traje budín; recién horneado para vos.

Al acercarle el budín, descubrió sobre la mesa el manojo de papeles que parecían cartas. Simone, que la vigilaba de reojo, dijo sin despegar la vista de la taza:

—Correspondencia antigua. Vaya a saber uno escrita por quién.

—¿Las leísteis, monsieur?

—No son asunto mío, ni siquiera las miré. Estaban aquí encima —mintió de nuevo sin el menor aspaviento—. Perdonad, señorita Montchanot, ¿me recordáis vuestro nombre?

—Juliette... ¿Y vos podéis decirme qué hacéis en el castillo? —replicó la muchacha.

—Si queréis saber por qué me encuentro aquí, Juliette, debería hablaros de libros y temo que con eso os aburriría hasta el bostezo.

—Estoy aquí para haceros compañía y jamás me aburriríais, aún menos si me hacéis el honor de hablar conmigo.

—Adelante pues: soy un experto en libros antiguos, mi trabajo

consiste en prevenir a mis clientes para que no adquieran ejemplares falsificados. Desde que llegué al castillo soy el abogado del diablo; desconfío, desconfío de todo y de cada cosa que vea impresa en papel. Desconfío de las personas. De vuestra señora... De vos.

—¿Os han llamado pues para valorar algún libro de la biblioteca del vizconde?

—Así es, pero no puedo daros más información.

—Sí que sois el abogado del diablo como decís y desconfiáis de todos, incluso de esta humilde doncella... —dijo, lanzando una femenina mueca para intentar así sonsacar a Belladonna.

—Atacar la verdad es la única forma de probarla.

—No comprendo, monsieur.

—Dije que os traería bostezos.

—¡No! ¡Por favor! —Y juntó las manos como si fuese a rezar—. Explicadme.

—Pues bien, os lo explicaré con un ejemplo: imaginad una isla, una isla pequeña, donde la leyenda dice que un pirata escondió su tesoro; y digo «la leyenda dice» —sonrió el corso— porque nadie en verdad puede saber a ciencia cierta que el tesoro exista. No obstante, a vos os contratan para encontrarlo, sin tener más herramientas que una pala y tiempo a favor. Decidme entonces, mademoiselle, ¿cómo buscaríais el tesoro?

Juliette se quedó pensando un rato mientras Simone seguía disfrutando de su té y probaba el budín.

—¡Ya sé! Cavaría... —y siguió reflexionando mientras hablaba—, pero claro, tendría que hacerlo al azar, mucho y sin sentido... Ya no me parece buena idea.

—Lo es, mademoiselle, de hecho, es la única manera; si llenáis la isla de agujeros, puede que os hagáis con el tesoro, pero cierto es que quedaréis agotada. En este punto llegamos al duelo que existe entre un falsificador y un hombre como yo, que, por decirlo de alguna manera, los «cazo». Un duelo donde el arma más poderosa es la imaginación.

—Pues bien, monsieur, ¿cómo buscaríais vos el tesoro?

—Buscaría en dos o tres sitios, aquellos que habría elegido la

mente astuta del pirata, y si en esos sitios no hallase nada, no me preocuparía y me habría ahorrado hacer hoyos en toda la isla.

—Entonces, monsieur, si esto que decís lo aplicáis a los libros, debéis pensar como un falsificador.

—Eso mismo, ya lo comprendéis. Es la única forma de hallar el secreto guardado. Ya os lo dije: se libra un duelo de intelectos, de quien esconde y quien busca, donde gana el más astuto.

—Entiendo entonces —dijo Montchanot— que estáis aquí, ahora mismo, cavando en la isla...

—Quizá —repondió él, divertido por la persistencia de la joven.

—Vamos, monsieur... Seguro que podréis decirme algo. Al menos dadme una pista...

—Me encantaría, Juliette, pero no olvidéis que soy el abogado del diablo y que no confío en vos —aseveró dando por concluida la conversación y el té.

La señorita Montchanot pasaba con suavidad las uñas sobre el terciopelo del sillón en el que estaba sentado Belladonna, con la mirada fija, intentando adivinar qué estaría pensando aquel «cazador de falsificaciones».

—¡No insistáis! Os veo las intenciones. Y tampoco me miréis así, desconfiar de vos no es nada personal —exclamó Simone, abandonando el sillón.

Una vez frente a frente, Juliette intentó tomar otra vía.

—Y... ¿a Giordana? ¿Se lo diríais? ¿La habéis visto ya a solas?

—¿Giordana? —se sobresaltó Belladonna, ruborizándose; el cazador había sido cazado—. No, nunca la he visto a solas. ¿Por qué me hacéis estas preguntas tan fuera de lugar?

—No os alteréis, monsieur. Giordana d'Estaing es mi amiga, y sé que hoy, durante el almuerzo, se ofreció a acompañaros a la biblioteca. Sé lo que os escribió en el billete antes de enviarme en su lugar... ¿Podría ser franca con vos, monsieur?

—Por favor. Me tenéis en ascuas —respondió Simone, que con la sola mención del nombre de la señorita d'Estaing se ponía nervioso.

—No ha de ser buena idea buscar escondrijos de piratas por aquí. —Juliette se inclinó sobre la mesa para tomar las cartas—. Ni tampoco que intentéis ver a Giordana.

—¿Podría saber las razones?

—Me encantaría decíroslo —dijo sonriendo, y negó con la cabeza—, pero no confío en vos.

—Claro, acabáis de retarme, ¿verdad? —Simone sonrió a su vez—. ¿Le diréis a madame d'Estaing que me encontrasteis en el *scriptorium*? Recordad que no deberíais señalaros. La puerta estaba abierta, así que vos sois la única responsable de lo que yo haya podido descubrir...

—Hay ocasiones en que es mucho más conveniente que ciertos tesoros continúen enterrados —replicó ella, poniéndose seria—. Jamás os he visto en el *scriptorium* del vizconde y vos jamás habéis visto nada en el *scriptorium*.

—Será nuestro secreto, entonces —dijo él, asintiendo.

En los labios de Juliette se dibujó de nuevo una sonrisa. Era extraño, pensó para sí la joven, aquel corso tan intrigante se parecía al vizconde... Gustaba acompañar su lectura con té y la miraba mientras lo hacía, como Belladonna en ese instante. Juliette sofocó una sonrisa. Si supiera la señora del castillo cuántas cosas le había confesado su marido dentro de aquellos mismos muros, en el mismo lugar donde estaba ahora sentado Belladonna...

—Abogado del diablo —dijo, al fin, la joven—. Si queréis que confíe en vos, debéis iros.

Belladonna no dudó un solo instante en levantarse y pasar por delante de ella para retirarse.

—Gracias por el té —le dijo cuando estuvo a su altura.

Juliette se quedó a solas, y durante un momento continuó pensando en aquella conversación. Sin embargo, no se había percatado de que el epistolario que ceñía contra su pecho para reintegrarlo a su lugar estaba incompleto; le faltaban dos cartas que Belladonna, mientras ella permanecía distraída sirviendo el té, había ocultado bajo la casaca.

9

LA BASTILLA

En París caía aguanieve cuando el capitán Le Byron, tras el largo viaje desde Auvernia, llegaba bien entrada la noche a las puertas de la Bastilla. Fue escoltado bajo la sombra de las torres hacia un pabellón de máxima seguridad, al que había que acceder por un peine de reja.

—Bienvenido al presidio, capitán —lo recibió el teniente del retén de soldados que vigilaba la entrada—. ¿Qué os trae por aquí?

—Quisiera ver al gobernador cuanto antes —respondió el capitán mostrándole el salvoconducto escrito por el cardenal de Rohan.

—El gobernador ya no se encuentra en la Bastilla, pero el salvoconducto que lleváis es suficiente para mí, que he quedado al cargo. ¿Deseáis descender al *cachot*, capitán, o preferís que preparemos al reo en una sala digna de vos?

—Llevadme al *cachot*.

—Por supuesto. Seguidme —dijo el teniente y, entrando en el recinto, dejó al capitán en manos de un anciano carcelero que, tras tomar un farol, se dispuso a hacer de guía.

Fue conducido a la Tour de la Liberté, una de las ocho torres que se alzaban en la Bastilla. Allí, bajo tierra, estaban las infames criptas al servicio de la tortura. El viejo condujo al capitán por el subsuelo y se detuvo al final de un corredor maloliente donde una puerta ciega, sin aspillera ni ventanuco, cerraba el paso a los visitantes.

—Disculpad, capitán, que vuestras botas pisen charcos tan inmundos. —El carcelero iluminó directamente la cerradura para abrirla—. Pasad, es por aquí.

Le Byron se quitó el sombrero para entrar al *cachot*, una sala de techo abovedado en ojiva donde se respiraba un aire helado y donde las goteras, que parecía que brotasen de las piedras, acababan encharcando el suelo. De sus muros colgaban herrajes y cadenas dispuestos para inmovilizar a los condenados; también había un potro de tortura, dos cepos y un brasero con tenazas de diferentes longitud y anchura que se alineaban sobre una cama de hierro.

—Bussière no come desde hace días —dijo el carcelero—. El gobernador le ha negado pluma y papel, y esto le ha quitado el apetito. Está allí —dijo por fin, apuntando con el farol hacia una de las celdas de penitencia—, tras aquella puertecita.

—Entraré solo —dijo Le Byron, y mientras esperaba que el carcelero abriese los cerrojos, alargó el brazo para tomar el farol.

En el calabozo, la oscuridad era absoluta. A la luz del farol, encontró al convicto echado en el suelo. Tenía las muñecas atadas con grilletes a una barra de hierro que, tal si fuere el madero de una cruz, mantenía sus brazos extendidos.

—¿Quién sois? —dijo el reo, mientras fruncía el entrecejo; aquella luz parecía lastimarlo.

—Capitán Jacques-Antoine Le Byron.

—No os conozco.

Le Byron permaneció un segundo contemplando a Bussière. Su barba era rubia y larga, al igual que su cabello. Tenía los ojos azules y la cara huesuda. Ninguno de estos rasgos lo ayudaban a conocer al hombre que tenía enfrente, pues eran fruto de la encarcelación.

—He venido a hablar con vos.

—¿Hablar? ¿A estas alturas? No me queda nada que decir, a no ser improperios... Llegáis en muy mal momento, capitán.

—Lo sé, lo sé. Ya no es la inminencia de la sentencia, sino que, por lo que me han explicado, el gobernador ha elegido para

vos el peor de los castigos, y no me refiero a los grilletes. ¿No es cierto?

—El asunto es mucho peor de lo que suponéis, capitán, si acaso podéis llegar a comprender la delicada situación que atraviesa un hombre privado de su libertad. Parece poco, pluma y papel, pero cuando escasean, para un escritor es como arrancarle el alma del cuerpo.

—Puedo imaginarlo, monsieur; sé que escribíais, precisamente por eso creo que estáis aquí...

—Ya no me defino como escritor, capitán, y no por respeto a plumas como las de Voltaire o Montesquieu. Ahora soy un cautivo al que sobra demasiado tiempo como para que le prohíban lo único que le entretiene las horas.

—Tenéis que concederme que habéis hecho mérito para ello; vuestras gacetillas dedicadas a hacer mofa de Luis XV y de madame du Barry tuvieron mucho éxito. El gobernador no querrá que hagáis lo mismo con los reyes actuales...

—Llevo quince años purgando por eso —replicó Bussière—. Pero no os equivoquéis, no estoy castigado en este pozo por los reyes.

—Lo sé; el carcelero me lo ha contado: vaciasteis un cubo de vuestras heces sobre un guardia.

—Ya lo aclaré delante del magistrado. Ese guardia arrancó las últimas dos páginas de un libro que estaba leyendo, que tenía setecientas. ¡Me privó del final! Se merecía más que un balde —explicó, rabioso, Bussière.

—Muy ingenioso, ese guardia.

—Sí, hay mucho ingenio en este lugar; el gobernador De Launay también ha sido creativo. En cierta forma, lo admiro. Pero aquí estáis vos, un hombre bien vestido y con jinetas de rango, ¿dijisteis que os llamabais...?

—Capitán Le Byron.

—¡Oh sí, Le Byron! Pues me place vuestra visita, algo de compañía en esta noche tan solitaria...

—Estimado Bussière —le interrumpió el capitán—. El go-

bernador y ambos sabemos por qué permanecéis encerrado en esta fortaleza. Y no es precisamente por las octavillas al rey, es por algo peor; la inquina de una mujer, de madame du Barry.

—No sé de qué habláis, os lo juro.

—La vida nos enseña, querido Bussière, y más en estos momentos, que los parásitos como vos también tienen suerte. Miraos aquí, sucio y a oscuras, encadenado como un perro a la espera de ser llevado a una novísima máquina que os quitará la cabeza de donde la tenéis puesta sobre los hombros. ¿Habéis oído hablar de la guillotina? Dicen que reemplazará la horca y que ya la están poniendo a punto en el hospital de Bicêtre, adonde, por cierto, os llevarán en dos días. Vuestro cuerpo acabará en una fosa común y sabe Dios la cabeza en dónde.

—Mi cabeza... —susurró Bussière entre lágrimas.

—Si queríais conservarla unida al cuello, espero no haberos arruinado el día. Se os decapitará.

—Capitán... —dijo mirándolo fijo—, ¿cómo os llamabais...?

—Le Byron.

—Sí, es verdad, Le Byron. Pues si ocurre tal como anunciáis... y mi cabeza acaba cortada por una máquina en apenas dos días —con gran dificultad, Bussière se incorporó y se arrastró sentado hasta el muro para apoyarse en él—, ¿vinisteis, acaso, a regocijaros? ¿O es que sois el nuevo amante de madame du Barry?

El capitán se arrodilló junto al reo, le mostró el puño de porcelana y le acarició una mejilla.

—He venido a deciros que hoy es vuestro día de suerte.

Jean de Bussière se quedó mirando al capitán en silencio. Desconfiaba. Era la primera vez en quince años de encierro que la presencia de un hombre de rango lo confundía. Le Byron no habría venido a su celda solo para mortificarlo, pues gente de esa categoría tenía asuntos más importantes en que emplear su tiempo como para desperdiciarlo en un reo indefenso. Además, era la primera vez que lo veía, así que no podía contarlo entre sus enemigos más acérrimos.

—¿Mi día de suerte? —murmuró.

—Necesito capturar a Cagliostro —afirmó bruscamente el capitán.

El reo se quedó en silencio, y al cabo de un instante, dijo:

—Si habéis venido por ese conde, capitán, os diré que en verdad tenéis muy mala suerte, pues tendréis que iros sin lo que buscáis —respondió tras un primer momento de desconcierto, mirando al suelo con una media sonrisa muy reveladora.

—Pensadlo bien; podría ordenar ahora mismo que os arranquen las uñas, o que os rompan una pierna y la muevan cada hora para evitar que los huesos suelden... durante los dos días que restan para vuestra ejecución. Podrían dislocaros los hombros o los codos, o quitaros algunos dientes, entre otras muchas torturas que me vienen a la mente.

—Vale, vale —replicó el reo, muy asustado—. Tenéis más ingenio para las maldades que el gobernador.

—Quitaros pluma y papeles es pura caricia. Yo he venido a destrozaros.

—Cagliostro está muerto, capitán, nada puedo contaros que os sirva para capturarlo, por mucho que me torturéis... —afirmó mirando directamente al capitán, que seguía arrodillado para poder hablar mejor con el reo y contemplar bien sus reacciones—. Seguramente lo encontraréis bajo una hermosa lápida en algún cementerio perdido en las afueras de París.

—Cagliostro no está muerto —replicó Le Byron.

—Pues bien, capitán. Torturadme si queréis, todo el tiempo que queráis; días enteros si así os place. Después, os regalaré mi cabeza para que la conservéis de recuerdo. Ni Cagliostro ni vos me interesáis. ¡Habré perdido la cabeza en dos días! —dijo Bussière sin poder reprimir unas carcajadas fruto de la desesperación.

«La muerte y la tortura no lo amedrentan —pensó el capitán—, una reacción lógica puesto que son para él el camino más corto a la liberación.» Era, pues, el momento de jugar su carta más importante.

—Libertad —dijo, y el reo contuvo la respiración—. Habéis soñado con ella muchas veces en estos quince años, ¿verdad?

—¿Qué queréis decir? —preguntó asombrado Bussière.

—No tan a prisa, bribón. Volvamos a lo nuestro: Cagliostro. Sois masón, no lo neguéis, y compartisteis celda con él en esta prisión.

—¡Fueron solo dos meses! —exclamó Bussière.

—Suficientes para compartir confidencias. Me interesa, en concreto, una hermandad que se reúne en secreto, de la que nada sabemos excepto que el tema que utilizan para convocar sus sesiones está relacionado con Dante.

El reo bajó la cabeza y se mantuvo en silencio. El capitán volvió a utilizar el puño de porcelana para apoyárselo en la barbilla y alzarle el rostro.

—¿A quién pueden importarle mis tertulias carcelarias? —inquirió—. Se me ha condenado por otros delitos.

—Llevadme ante el conde.

—Está muerto —insistió—, y con él, todo lo que buscáis.

Le Byron se incorporó, y frente a este, dijo:

—Imaginad por un instante, como si fuese un sueño, qué haríais por mí si en vez de arrancaros los dientes os devolviera la libertad. No me miréis así, y soñad más aún, porque soñar no cuesta nada: qué haríais si, además de concedérosla, como vengo a prometeros en persona, pudiese enviar al hospital de Bicêtre a otro recluso, a algún enfermo mental que ocupe vuestro puesto en la guillotina, y vos, libre de condena y bajo un nuevo nombre, pudierais comenzar una vida nueva, ahí afuera... en las hermosas calles de París.

La voz del capitán Le Byron inundó el calabozo. Bussière, con el rostro encendido, miraba fijamente al capitán. No podía creerlo, ¿sería posible o aquel hombre intentaba engañarle con aquella propuesta tan tentadora como la manzana en el árbol del Edén?

Le Byron se arrodilló de nuevo y acercó la boca a la oreja del reo, como la serpiente del relato bíblico.

—No dudéis más. Nos mueven los mismos intereses; necesito dar con Cagliostro tanto como vos la libertad.

Bussière contempló a aquel arcángel vestido de negro que acababa de llegar y se dijo: «Creo que esa diabólica máquina, la guillotina, va a tener que prescindir de mi cabeza».

10

EL ROBLE Y LOS JARDINES

Belladonna dejó de escribir un instante. El viento parecía contener un débil murmullo de voces. Se acercó a la ventana de su alcoba y desde allí observó las logias vacías que discurrían por debajo de la torre, desoladas. Pero no hubo de ser en aquellas galerías sino en los jardines, a los pies de un roble, donde descubrió a las doncellas del castillo, sentadas sobre la hojarasca y reunidas alrededor de una joven que parecía estar leyéndoles un libro. Sintió un ligero estremecimiento al ver aquella escena bucólica que le evocaba un pasaje leído hacía mucho: el encuentro de unas doncellas como aquellas al abrigo de un gran árbol, unidas en su tierna mocedad, en su inocencia, en torno a la lectura de un libro.

Se fijó en la lectora, que no era otra que Giordana, que pasaba una página tras otra sin alzar la mirada del libro. Una doncella levantó la mano y preguntó algo que interrumpió la lectura. La respuesta de la sobrina de madame d'Estaing provocó que todas las muchachas se echaran a reír. Eran las risas lo que el viento había arrastrado hacia la ventana de Simone, quien mudo y emocionado contemplaba la escena cuando mademoiselle d'Estaing, detenidas las risas y antes de regresar a la lectura, levantó los ojos hacia la ventana de Simone, quien dio un paso atrás y dejó caer las cortinas para ocultarse.

Pero la curiosidad y que Giordana no estuviera en ese momento custodiada ni por su tía ni por su prometido pudieron

con él. Salió de la habitación y poco después estaba en los jardines caminando hacia el roble y deteniéndose a escasos pasos. Giordana lo vio ante ella, absorto, e interrumpió la lectura. Todas las doncellas volvieron la cabeza para poder ver qué o quién les privaba de la voz de la señorita d'Estaing.

—Disculpad —dijo Simone—. Por favor, mademoiselle... no interrumpáis la lectura por mí...

Las doncellas permanecieron muy serias, esperando la reacción de Giordana, quien cerró el libro y se levantó del escabel en el que estaba sentada bajo las ramas desnudas del roble. Con este gesto, la reunión se disolvió y las doncellas regresaron al castillo a continuar con sus tareas.

—Monsieur, no es por vos, es que la tertulia se acabó por hoy —le dijo ella, sonriendo—. Acercaos si queréis.

«Lo dudo —pensó él—; una tertulia jamás acaba en mitad de una frase.» Miró a la joven a los ojos: el resplandor de la mañana hacía que pareciesen todavía más verdes.

—Bonito jardín —dijo el corso, que intentaba evitar mirar a aquella joven que tanto lo perturbaba.

—Lo llamamos el Jardín de los Ciervos. Aquí leemos, imaginamos y pensamos.

«Imaginamos y pensamos», dijo para sí el corso, sin saber muy bien si aquella joven de aspecto inocente conocía las connotaciones de aquel nombre. Esperaba que no; no parecía muy apropiado que madame d'Estaing utilizara aquel nombre que era sinónimo de libertinaje. El vizconde, sí; al vizconde seguro que le divertía. Mientras Simone simulaba mirar los detalles del jardín, Giordana se sentó en el escabel y él tomó asiento a su lado.

—Vos erais la que leíais, y eran las otras las que quizá imaginaban y pensaban. ¿Sabéis? Es como el mundo al revés, pues por el signo del zodíaco que presidió vuestra venida al mundo el escorpión es más dado a habitar en zona en sombra. A pesar de esta contradicción, tendré que cuidarme de vos...

—¿Por qué sabéis mi signo? —se extrañó ella.

—Hoy es vuestro cumpleaños, lo oí en el castillo.

La muchacha permaneció muy quieta, mirándolo a los ojos. Se sentía a la vez adulada y alarmada ante aquel interés del huésped en su persona.

—Esto es para vos —dijo él mientras sacaba del bolsillo de su casaca el cuaderno de viaje y buscaba la hoja de roble—; aceptadla, por favor.

Giordana la tomó; era una hoja hermosa, inflamada aún por los colores ya perdidos del otoño. Que la hoja hubiera sobrevivido a nieve y barro le pareció tan extraordinario como aquel hombre que estaba frente a ella, un hombre delicado y sensible, que recogía hojas secas.

—Si la metéis en el libro no se destruirá —siguió diciendo Simone—, y se mantendrá tan roja como la veis. La recogí al llegar al castillo, y confieso que pensaba conservarla, llevarla conmigo a París, pero ahora se me ocurre que estará mejor en vuestras manos.

Giordana sufrió un imperceptible estremecimiento. El intrigante hombre de letras quería que conservase la hoja, no solo como un regalo, sino como un objeto que tenía un valor especial para él.

—Es curioso lo que decís —susurró ella—, y muy cierto; basta conservar la hoja en un libro para asegurarle eternidad. Caso contrario, se convierten en polvo.

—Ya lo adivinasteis: quiero que esta permanezca intacta en uno de vuestros libros.

—La pondré por aquí. —Giordana la depositó en el librito que aferraba entre las manos—. Gracias, es un presente hermoso e inesperado.

Ella se ruborizó mientras guardaba la hoja, y Simone, al verla turbada, intentó dar un giro elegante a la conversación.

—Contáis con muchas oyentes —dijo—. Algo me comentó vuestra tía sobre la educación de las doncellas, pero no pensé que vos hubierais asumido la tarea.

Él llevó sus ojos al pequeño libro donde Giordana había depositado la hoja.

—¿*El paraíso perdido*? —leyó Belladonna algo asombrado.

—Sí, monsieur.

—Son versos muy convenientes, por cierto, si queréis convertir al diablo en un ser atractivo.

La señorita d'Estaing guardó silencio y oprimió el librito contra su pecho.

—¿Os parece?

—Podría asegurarlo: el infierno de Milton es ponzoñoso, como ya habéis descubierto; sus versos son capaces de enmascarar el pecado con una buena dosis de belleza.

—Razonáis como un inquisidor —dijo, y sus ojos brillaron como aguamarinas cuando preguntó—: ¿Por qué creéis que debéis cuidaros de mí?

—Porque tengo la sensación de que este castillo os protege con gran celo. Y porque también soy escorpio —dijo sonriendo, agradeciéndole en silencio que hubiera recogido el guante.

Giordana se calló de nuevo, y tras un instante, algo cohibida, preguntó:

—Y vos, monsieur, ¿cómo veis al diablo? ¿Os parece también un ser atractivo, como a Milton?

Belladonna se acomodó aún más en el escabel, y con la mirada de pronto puesta en los jardines, respondió:

—El diablo es confuso, mademoiselle. Más proclive estoy de imaginarlo tal como en *El paraíso perdido*: lejos de ese monstruo espantoso que Dante cinceló y más tarde Milton convirtió en ángel hermoso.

—Uno que ni siquiera devora pecadores —añadió ella—, ni atormenta almas con lluvias de azufre ni lápidas ardientes.

—A eso me refería; son todo trucos de escritor para hacer que su figura...

—... se vuelva atractiva. Tentadora. ¿No es así? —le interrumpió ella.

Se diría que Simone estaba a punto de esbozar una sonrisa, pero por algún motivo la abortó, y dijo, con expresión grave en el rostro:

—No obstante, no hemos de olvidar que, adopte la forma que adopte, fue el causante de que perdiéramos el paraíso. —Y señaló los jardines del castillo—. Como podría suceder con este si cayéramos en la tentación de... de verlo como... —Volvió a mirar a la joven—. ¿Me estáis preguntando en serio por el diablo?

—Sí —murmuró Giordana—, ¿cómo es para vos?

—Un ser hermoso y encantador —le respondió Simone mirándola y sonriendo como si se estuviera refiriendo a ella.

La joven bajó los ojos y esbozó una sonrisa, como si viera confirmada alguna idea que le rondaba la cabeza.

—Creo en el diablo de Milton más que en el de Dante, y acaso por ser el portador de la tentación, monsieur, le confieso que las criadas se reían tanto esta mañana porque sugirieron que vos podríais ser la encarnación de ese diablo, algo que vos involuntariamente contribuisteis a afirmar con vuestra aparición.

Silencio. Belladonna pensó un instante en el rostro de las jóvenes, lleno de interés y de arrobo.

—Debéis perdonarlas, monsieur; no es habitual tener invitados en nuestras tertulias.

Simone volvió la cabeza hacia la torre, hacia su habitación.

—No pude evitar acercarme. Las risas llegaban a mi ventana, interrumpieron mi trabajo y os estuve observando —dijo.

—Me observabais a mí, monsieur. Lo noté.

Simone, loco de alegría en su interior, no tenía más remedio que intentar esquivar aquel comentario directo si quería confirmar sus sospechas: que la extraña atracción que sentía era mutua.

—Soy culpable: no es común lo que hacéis aquí.

—¿Leer? —preguntó ella, intentando que Simone concretara ese comentario tan ambiguo.

—Cautivar.

La brisa jugaba ahora con los cabellos de la señorita d'Estaing. Él miró sus labios entreabiertos, por donde el aliento se le escapaba formando nubecillas de vapor. Él miraba su boca y ella lo notó y supo con tanta certeza, como si se hallase escrito

en el rostro del huésped, que por la mente de Simone transitaba el deseo, que encendió en él una mirada que la encandilaba.

—Leed para mí —susurró Simone, muy cerca de Giordana. Ella vaciló, acaso por la intensidad de esos ojos que la abrasaban. Quería rendirse a la tentación, pero sentía claramente que ahora, cuando debía de actuar, la culpa venía a visitarla y le cortaba el aliento. No obstante, abrió el libro y comenzó a leer:

¡Que su amor, en mi pecho rebosando,
haga que corresponda agradecido
a tantos, como yo mismo he debido,
a su bondad! ¡Que su poder eterno
admire yo en el hombre, como hasta ahora
lo he admirado en el cielo, que le adora,
y aun en el hondo infierno!

Belladonna cerró los ojos, dejándose arrastrar por las imágenes que esa voz femenina, dulce e intencionada, le brindaba. Giordana sabía leer en voz alta: sus labios articulaban pausas, entonaciones y remates. Era la suya una voz que hechizaba casi tanto como sus ojos, su cabello, su rostro, su figura... El corso abrió los ojos para mirar su boca una vez más, sin que ella lo notase antes de interrumpirla.

—Mademoiselle d'Estaing. He venido hasta aquí para haceros una pregunta.

Ella cerró el librito en el regazo, intrigada, y se dispuso a escuchar.

—Tiene que ver con la biblioteca. No pudisteis acompañarme, pero allí sucedieron cosas... —Simone sacó de su casaca la llave del *scriptorium*—. ¿La reconocéis?

Giordana bajó la cabeza y, por toda respuesta, llegó el silencio.

—¿Y estas cartas? —continuó, enseñando ahora los dos escritos que había sustraído de la biblioteca y que parecían estar allí para que él hiciera precisamente lo que hizo—. Miradlas bien.

—Estos son, monsieur, objetos que no deberíais tener vos.

—En efecto. No debería. Pero los tomé, estaban bien a la vista, como si alguien...

—¿Y me lo contáis a mí? —espetó ella, interrumpiéndole—. ¿No os estáis arriesgando a que se lo cuente a mi tía?

—Puede. Pero no creo que lo hagáis.

—Estáis demasiado seguro, monsieur. ¿No os parece que es algo presuntuoso por vuestra parte? —respondió Giordana, entre el enfado y la diversión.

—Creo que fuisteis vos quien me facilitó la llave del *scriptorium* ocultándola dentro del libro que me recomendasteis. Y quien dejó las cartas sobre el escritorio del vizconde para que yo las mirase.

—¡Monsieur, tenéis una gran imaginación! ¿Y cuál sería, según vos, mi intención?

—Que yo encuentre algo, que desvele un secreto que vos no podéis contarme directamente.

Giordana se quedó mirándolo: aquel hombre era casi capaz de leerle el pensamiento. Iba a protestar, pero fue consciente de que poco podía decir en su defensa.

—¿Cómo podéis imaginar...? —murmuró, intentando aparentar indignación y levantándose para irse.

—No os vayáis, por favor —rogó Simone—. También estoy casi seguro de que vos dejasteis un mensaje en el libro que he venido a analizar, no sé bien cómo, una frase escrita al pie de un grabado...

—*Qui, dove il rogo arse* —dijo Giordana, que ya no podía disimular más.

—«Aquí, donde el fuego arde» —tradujo Simone, sonriendo.

—Sí, aquí mismo, monsieur, y me refería a este castillo —afirmó ella; había perdido el brillo en los ojos, que parecían nublados por una sombra—. Confieso, pues: todo es obra mía.

—Tengo otra pregunta para vos —continuó el corso—. Por qué en una mañana como la de hoy, con todo lo que está ante vuestra vista desde el escabel, levantasteis los ojos hacia aquella

torre, a mi ventana, para saber si os miraba, como si me reclamarais.

—Porque eso es lo que intentaba, reclamaros, que vinierais, aunque no esperaba que fuerais tan directo al asunto, monsieur.

—Me he visto obligado, Giordana —declaró él, llamándola por primera vez por su nombre y mirándola a los ojos—. El castillo os protege. Vuestra tía no me ha prohibido expresamente veros a solas, pero lo ha sugerido con claridad, y no dispongo de mucho tiempo, en una semana he de volver a París... Bien. Vuestros planes han dado resultado. Aquí me tenéis. Ahora, por favor, decidme: ¿adónde queréis llegar con todo esto?

—A la puerta que hay en el *scriptorium* —respondió muy seria—. Sé que vos sabéis de qué os hablo, Simone...

«Simone, Simone, mi nombre en su boca», pensaba extasiado el corso sin darse cuenta de que ella había desviado un instante la mirada hacia el castillo y había dejado de hablar; en su expresión asomaba el terror.

—No os detengáis —animó él—, ¿qué sucede?, ¿qué esconde esa puerta?

—No es prudente que sigamos hablando ni tampoco que os acerquéis de nuevo a mí. Debo retirarme ahora mismo —susurró, y se alejó a toda prisa hacia el castillo.

Preocupado por esta reacción, el corso la siguió con la mirada. En el castillo, asomada a uno de los balcones, vio a la vizcondesa: su vestido negro flameaba como una bandera de guerra mientras los observaba. Simone soltó un suspiro y dirigió la vista hacia Giordana, que en esos instantes desaparecía tras una de las puertas de acceso al jardín. Cuando volvió a mirar al balcón del castillo, la viuda ya se había retirado.

SEGUNDA PARTE

Los oscuros funerales

11

PANTEONES

El capitán Le Byron descendió del carruaje a las puertas del cementerio de los Santos Inocentes. Armada con pistolas y mosquetes, la guardia se colocó a sus flancos para protegerle. El pena-
cho de plumas que el capitán lucía en su sombrero bailaba con la
brisa. Le Byron miraba alternativamente, con sus ojos azules y
desconfiados, a las puertas y al cielo, en el que unos nubarrones
auguraban tormenta. Hizo una seña a uno de sus guardias para
que, con una cizalla, cortara el grueso candado que cerraba las
puertas; este no tardó en caer vencido sobre el empedrado. En el
horizonte negruzco comenzaban a caer rayos, debían darse prisa.

—Traed a Bussière —ordenó Le Byron a su sargento.

A su espalda, dentro de un carruaje penitenciario con puertas blindadas y ventanillas enrejadas, aguardaba el reo que acababan de liberar en la Bastilla. Bussière había vuelto a nacer. Tal
y como le prometió el capitán, su oscura celda estaba ocupaba
por un recluso mudo y con problemas mentales que, con la
identidad de Jean de Bussière, sería guillotinado al día siguiente
en el hospital de Bicêtre.

Le Byron no perdió tiempo y ordenó a la guardia que se
abriera paso tras el portón. Había sido el miedo a la peste blanca,
más que cualquier otro terror, la razón por la que ese cementerio en el corazón de París se encontraba cerrado desde 1780. Los
olores nauseabundos ya no eran tan intensos como en el pasado,
pero continuaban presentes: manaba de losas y criptas el poten-

te hedor de la descomposición. El capitán y su guardia caminaron por la avenida principal con pañuelos perfumados sobre la nariz; no así Bussière que, pálido, los precedía intentando aguantar el vómito.

—Es aquel —dijo el reo, y señaló un mausoleo de estilo clásico.

Bussière les había proporcionado una pista. Cagliostro había mencionado al cónsul Bijux en alguna de sus conversaciones, al que se había referido como un «hermano». El cónsul había fallecido, pero quizá en su tumba hallaran alguna respuesta. El mausoleo se hallaba en el camposanto de Los Inocentes, el cementerio donde se enterraba a los pobres y vagabundos de París, que no en poco número también vivían a sus puertas. Era un lugar extraño para enterrar a alguien de la aristocracia, un cementerio inadecuado y que nadie visitaba. Podría estar ocultando algo. O a alguien.

La tormenta estaba encima de ellos, las nubes tan bajas que daba la sensación de que las cruces que coronaban los mausoleos fueran a rasgarlas. Le Byron apartó su capa para desenfundar la pistola, un arma muy hermosa, con la culata de madreperla encastrada y el percutor labrado, y caminó hacia la tumba indicada por Bussière. La puerta no estaba cerrada. La entornó para asomarse, y al comprobar que no parecía haber peligro alguno, la abrió por completo. El interior permanecía en tinieblas, los ventanucos habían sido sellados a cal y canto.

Los soldados, acostumbrados a irrumpir en sitios oscuros e inhóspitos al abrigo de sus armas, entraron para inspeccionar cada recoveco mientras avanzaban y encendían las lámparas de parafina que había en las paredes. Olía a descomposición, un vaho penetrante impregnado en la piedra. Le Byron entró detrás de ellos, a paso lento, sin enfundar todavía la pistola.

Las lámparas iluminaron la tumba, colocada en el centro del mausoleo. Muy sencilla, sin adorno alguno, la lápida mostraba el nombre del cónsul Bijux grabado con capitales romanas.

—Retirad la losa —ordenó el capitán.

Uno de los soldados, armado con mazo y escoplo, rompió los sellos que protegían la lápida. Con palancas de hierro en mano, otros dos le ayudaron a desplazar la losa. Muy despacio, levantaron el pesado mármol. El capitán, al ver el interior, guardó silencio: la tumba estaba vacía.

Tras la honda impresión que le produjo eso, ordenó a dos soldados que trajesen a Bussière. Esposado de pies y manos, pálido, con mirada febril y muy cansado, el reo empezaba a acusar el esfuerzo del paseo tras su largo encierro y el hedor del cementerio.

—¿Podéis explicarme esto? —exigió el capitán—. La tumba está vacía: ni Bijux ni Cagliostro ni nadie.

—No, capitán... No puedo.

—¿Dónde se encuentra el hombre que debería estar aquí enterrado?

—No lo sé, capitán.

—¿Vive al menos?

—Es posible...

—¡Explicaos! —gritó el capitán, que empezaba a perder su ya escasa paciencia.

—Cagliostro nunca hablaba claro; es difícil afirmar nada con certeza. A Bijux lo llamó «hermano» y, en otra ocasión, mencionó que había mucha gente que quería desaparecer voluntariamente. No creo que halléis a ninguno por mucho que busquéis. Por lo que el conde me contó, aunque estos desaparecidos estuvieran vivos, han de esconderse de tal guisa que parecerían muertos.

—Tumbas vacías... —murmuró Le Byron.

—Así es, señal de que aquello que advertí es cierto: Cagliostro puede haber estado en París algún tiempo, pero habrá escapado ya, sabe Dios adónde.

Le Byron miró fijamente la tumba polvorienta mientras continuaba su conversación con Bussière.

—¿Quién era este cónsul, vos lo sabéis?

—Sirvió a Luis XV durante la crisis con Inglaterra, hace dos décadas, apenas estuvo un año en el cargo. Hoy en día es un

muerto oficial para el Estado y un desaparecido en su propia tumba. Monsieur de Bijux era un hombre de letras vinculado a la Biblioteca Real que, además, coleccionaba libros relacionados con el hedonismo epicúreo.

Bussière, tal y como sabía Le Byron, no era un criminal ordinario como aquellos que abundaban en los presidios, sino un erudito, con buenos modales, condenado por alimentar su pluma con veneno en lugar de tinta. Estaba seguro de que guardaba secretos aún más relevantes que los de madame du Barry. Había que otorgarle aún más confianza.

—Quitadle los grilletes —ordenó el capitán.

Con las manos y las piernas libres, Bussière empezó, de verdad, a sentirse libre. Se acarició lentamente la piel llagada de las muñecas, luego la del rostro, y se agachó para comprobar el estado de sus tobillos. Algo tan simple como gobernar una mano sin arrastrar la otra le parecía maravilloso. Y así, sin dejar de acariciarse los pómulos, comenzó a hablar en susurros.

—Existen pocas posibilidades, pero... —dijo— si queréis encontrar a Cagliostro primero debéis dar con la hermandad. La viuda del cónsul vive a orillas del Sena, yo solía frecuentarla, no viene al caso ahora el porqué... En su mansión se celebraban tertulias muy interesantes... Creo que podríais empezar por hablar con ella.

Le Byron, que seguía absorto en la tumba, esbozó una ligera sonrisa, y, al fin, se dirigió a Bussière.

—Bien, Jean —le dijo el capitán mientras le pasaba una mano por los hombros para conducirle a la salida—. Voy a necesitar vuestra ayuda un poco más: ¿me acompañaréis a ver a la dama?

Bussière dudó. Había visto de soslayo su reflejo en una de las ventanas y se había espantado; quince años de encierro lo habían convertido en un despojo. Volver a aquella mansión en esas condiciones no era factible. Quería y no quería. Al final, asintió.

—Iré, capitán, siempre y cuando me hagáis vos el favor de darme ropa digna y de dejar que me asee. Así no puedo ir, no me reconocería. Y vos no podréis ir solo. Madame de Bijux es desconfiada, no os recibiría.

12

LA MANSIÓN

Al día siguiente, por la noche, los carruajes del capitán Le Byron atravesaron el Pont de la Tournelle. A trote presuroso se dirigieron a orillas del Sena, detrás de la puerta de Saint-Bernard. Allí, París comenzaba a abrirse en plazas y avenidas más amplias; los palacios se distanciaban unos de otros y daban paso a espacios asilvestrados en la zona más cercana a extramuros.

Los carruajes se detuvieron a las puertas de la mansión de la viuda Bijux. Era esta una construcción distinguida de época de Luis XIV, bien iluminada y con un jardincito de arbustos que Le Byron no dudó en rodear. Aprovechó la oscuridad para apostar allí una guarnición. Jean de Bussière llamó a la puerta. Había pasado el día entero descansando y aseándose, había almorzado manjares dignos y cambiado los harapos carcelarios por un traje de buena etiqueta. Se había afeitado, lucía el cabello corto, limpio, reluciente y rubio.

Tal como se había predicho el día anterior, el cebo captó la atención de la presa. Tras un breve lapso, lo que le llevó al lacayo que abrió la puerta transmitir el nombre de la visita, la viuda del cónsul en persona acudió a recibir a Bussière, se mostró impresionada al verlo y desconfiada ante la presencia del hombre que lo acompañaba.

Madame de Bijux vio a su antiguo amante envejecido. Cualquiera habría pensado que lo habían sacado de la mismísima tumba para que fuera a incordiarla con el recuerdo de una rela-

ción tan tempestuosa como placentera. La viuda Bijux —con este nombre le gustaba presentarse oficialmente— se ruborizó al recordar lo ilícito de sus empeños y el goce que conoció entre los brazos de aquel que acudía desde el más allá, habría jurado, al llamar a su puerta a hora tan intempestiva. La expresión de madame de Bijux volvió lentamente a la compostura mientras daba un paso atrás para hablar con el servicio.

—Podéis pasar; madame os invita a cenar con ella, seguidla, por favor —dijo el mayordomo. Y, tras encomendarle las prendas de abrigo, siguieron a la viuda al comedor.

Madame de Bijux entró en la amplia sala, y de inmediato, sus improvisados huéspedes vieron que no quedaba nada de la turbación que había mostrado en las hermosas líneas de su rostro. Vestía de satén negro y le sentaba muy bien el luto. Nadie diría que acababa de convertirse en viuda apenas mediados los treinta. El color de sus cabellos era claro como el del trigo y sus labios eran de un rojo natural que no precisaba de carmín alguno. El escote que lucía le recordó a Bussière los deleites de un cuerpo al que el luto no había privado de ninguno de sus encantos.

—¿A qué debo vuestra visita, señores? —preguntó la viuda, mientras se sentaba a la cabecera de la mesa.

—Nuestra visita —dijo Bussière— tiene que ver con un asunto poco relevante. Seremos breves, madame.

Bijux observó en detalle a quien fue su antiguo compañero de tertulias y escarceos amorosos. Estaba muy delgado y exhausto. Cierto era que habían pasado muchos años y del apuesto Jean solo quedaba aquella mirada apacible y serena que lo distinguía frente al resto de los hombres.

—Pensé que os habían condenado de por vida —dijo la viuda.

—Pues bien, podéis ver que no es así. La Divina Providencia ha escuchado mis ruegos; he tenido un comportamiento ejemplar y un azar del destino ha querido que ganara mi libertad. Pero he perdido, como veis, mis buenos modales —dijo él, con una sonrisa cansada—. Dejadme que, antes de nada, os presente a monsieur Jacques-Antoine Le Byron, capitán de la guardia del

cardenal de Rohan. Hemos venido a veros porque él quiere haceros algunas preguntas.

La dama observó al capitán. Se fijó en su semblante sombrío y luego en su puño cerrado por encima del mantel, un frío apéndice de porcelana.

—¿Preguntas, decís?

—Un placer conoceros, madame. Sí, sobre vuestro marido —dijo Le Byron—. Algunos detalles en torno a las causas que llevaron a su muerte.

—¿Venís por el asunto del collar? Llegáis tarde, capitán. Poco antes de morir, fue exonerado y el tribunal ha cerrado su causa y todo tipo de investigación.

Le Byron miró a Bussière de reojo intentando mantener la compostura. Por supuesto, no sabía que el cónsul hubiera estado encausado y menos aún por la estafa del collar de la reina. En París, las noticias tardaban muy poco en saberse y también en olvidarse.

—No del todo... —dijo el capitán para salir del paso—. Sin embargo, si disponéis del tiempo y la voluntad, me interesaría escuchar vuestra versión.

La cena ya estaba preparada y los criados y doncellas empezaron a servir el vino. La viuda Bijux bebió de su copa, carraspeó y, sorprendiendo al capitán con su franqueza, se puso a contar las vicisitudes judiciales a las que su difunto marido debió someterse. Explicó, entre otros asuntos, que había sido inocente de aquella conspiración y que nada tuvo que ver con los estafadores ni mucho menos con el collar de diamantes que había sacudido la vida política y privada de los reyes.

—Vos os preguntaréis, monsieur Le Byron, al igual que se ha preguntado el mundo entero, por qué Su Eminencia el cardenal, vuestro jefe, decidió regalar el costoso collar a María Antonieta. —La dama sonrió mirando a Bussière—. Pues bien, es muy sencillo; es todo por una forma muy sutil de amor.

—¿Os referís a que el cardenal estaba enamorado de la reina? —preguntó Le Byron, intentando parecer sorprendido

mientras ahogaba una carcajada que en labios de la viuda fue explícita.

—¡No, monsieur, por Dios! No me refiero a esa clase de amor. A veces los caballeros no sospechan los sutiles lazos que traban entre sí los afectos. Son demasiado... cómo diría... demasiado hombres. No, yo me refiero a ese amor que uno busca incondicionalmente, de todos los seres y de todas las cosas.

Los hombres la miraron sin comprender, y Le Byron, que había adoptado la posición prominente en lo que creía que iba a ser un interrogatorio al uso, se atrevió a comentar con franqueza:

—No os entendemos, madame, os ruego seáis más explícita.

—Monsieur —dijo la viuda tras suspirar—, todos queremos que nos quieran, pero hay veces que no nos basta con el amor de una persona; queremos que nos quiera el mundo entero, que nos quiera la historia. —En este punto, madame de Bijux entrecerró los ojos, y los invitados habrían jurado que se le irisaron de tonos oscuros—. Queremos ser aceptados sin condición por todo, creemos que queremos amor, pero lo que queremos es estatus...

—¿Os referís al poder? —la interrumpió Le Byron, con una media sonrisa de pupilo aventajado que por fin intuye lo que quiere decir el maestro.

—Exactamente, monsieur: poder —afirmó madame de Bijux sin mirar a su interlocutor, con la vista puesta en otra parte—. Al cardenal de Rohan no le bastaba con presidir la diócesis más rica de Francia, con tener el control sobre los diezmos y limosnas reales, y quiso ser ministro del muy poderoso reino de Francia. Y cuando alguien está enamorado del poder, como cuando alguien está enamorado de una persona —y al decir esto, Bijoux miró con especial intensidad a Bussière, que no pudo esconder un temblor—, eso se ve a la legua. Alguien vio ese rastro que dejaba el ansia de poder del cardenal y se aprovechó de ello para, a su vez, anhelar poder también y elevarse de la condición de pobre muchacha huérfana, hija de una viuda de pueblo que tuvo que prostituirse, a la de noble dama de la corte.

—¿Os referís a la condesa Valois de la Motte? —sugirió más que preguntó Le Byron.

—¿Quién si no, monsieur? —A la viuda se la veía encantada con el progreso que hacían aquellos hombres, entregados a sus revelaciones, como muchachos ingenuos que acuden a una gitana para que les anticipe el futuro—. Pero habéis de saber que, si se atrapa antes a un enamorado que a un tullido, el rastro más claro en la arena del camino lo deja el *parvenu*, el nuevo rico, el que aspira a subir peldaños en la escala social a cualquier precio.

Hubo un instante en el que Bussière se dio por aludido, pero madame de Bijux apuntaba hacia otro lado y miró con ternura a su antiguo amante. Luego, siguió diciendo:

—Una reina puede ser muchas cosas, y una reina austríaca muchas más aún, pero lo que no puede dejar de ver una reina es ese rastro que deja la pobreza en quien la ha padecido desde pequeño y que no se borra con ropa ni diamantes. Por eso María Antonieta no aceptó nunca la amistad de la condesa Valois de la Motte, porque estaba, cómo diría, casi enseñada desde muy niña a rechazarla.

Feliz de tener encandilada a su pequeña audiencia, madame de Bijux suspiró de nuevo y se acomodó en su silla, viva imagen de la relajación, para continuar:

—Tenemos, pues, a una figura codiciada por dos advenedizos, que la solicitan de diversa forma por un objetivo común: el poder. Y esa figura codiciada reparte desprecio a manos llenas. ¿No os parece inevitable, monsieur, que los pobres anhelantes acaben maquinando juntos por el preciado objeto de la atención de la reina, eso que, como vos sospechabais antes, no es amor pero se le parece?

—¿Y ahí entra el collar?

—En efecto; el collar y el refinamiento de la joyería francesa, que ha diseñado una pieza tan exquisita que no encuentra comprador, y que está a punto de acabar fuera de nuestras fronteras, hasta que la condesa se entera y decide utilizarlo como señuelo para que el cardenal crea que se puede acercar a la reina...

—Quien a su vez se puede acercar al rey y sugerirle el puesto de ministro para el gentil súbdito que le ha regalado la joya más deslumbrante que se ha visto nunca... —intervino Bussière.

—No tan deprisa, Jean —lo cortó en seco la viuda—. La reina no pidió nunca semejante joya, ni la hubiera aceptado, sabedora de lo cuidadoso que es el rey con las arcas. No sé si me entendéis... —añadió, sonriendo.

—Perfectamente, madame —se apresuró a decir Le Byron, incómodo por las alusiones al cardenal y a un tiempo fascinado por el relato.

—Fue la condesa la que creyó ver en ese collar un objeto a la altura de la codicia de Rohan —continuó la viuda—. ¿Qué mejor forma de congraciarse con la reina que regalarle una joya a su nivel? Por eso le propuso que lo comprara, poniendo buen cuidado en recordarle que nadie más en Francia tenía dinero para pagarlo.

—Lo cual, dicho sea de paso —terció Bussière—, es verdad.

—Lo es, mi querido Jean —dijo con familiaridad la viuda, aunque al instante adoptó un tono más severo, como si temiera haber delatado sus afectos—. Y también lo es que la reina jamás supo de esas maquinaciones, mucho menos aún que la condesa no tenía la intención de entregarle el collar. Entre otras cosas, porque María Antonieta jamás se dignaría siquiera a saludarla. Y la condesa era bien consciente de ello.

»No obstante, el gran error en todo esto fue de Rohan, y disculpadme, capitán, por lo que os pueda tocar, al creer que María Antonieta quería el collar. ¿Cómo una reina que manda construir jardines enteros y teatros dentro de palacio, cómo alguien que derrocha el dinero de las arcas reales en todo tipo de espectáculos, y que ya compromete al rey con un gasto exorbitante, iba a querer destinar una sola libra de ese dinero que tanto le cuesta sacarle al rey para adquirir un collar que, además, había sido engarzado para madame du Barry, la cortesana del rey muerto, que nunca la tragó, por cierto? ¡Qué inocente vuestro cardenal, capitán!

Le Byron encajó la última exclamación de Bijoux, dirigida a él, como andanada final del discurso que la anfitriona había desplegado ante su escaso pero distinguido público. El capitán tardó unos segundos en reponerse. Luego miró de reojo a sus acompañantes, comprendió que era él, al fin y al cabo, quien comandaba la expedición y dirigía aquel supuesto interrogatorio, se llevó la mano buena a los labios, fingió que tapaba una pequeña tos, ensayó su pose más aguerrida y a la vez más seductora, y arremetió:

—Tan inocente como vuestro marido, creo.

—Como ya habéis intuido, la mayor desgracia de mi marido fue aceptar en sus reuniones a ciertos personajes nefastos —respondió al ataque la viuda—; entre ellos la condesa Valois de la Motte, la conspiradora, y su amante, Armand de Villette, quienes utilizaron la bondad de mi esposo para ser aceptados en palacio. Maldigo la hora en que esto sucedió.

Los prolegómenos de la cena discurrieron con la revelación de madame de Bijux. El servicio iba trayendo bandejas, vertía el vino en las copas, pero estaba claro que esperaban una señal de la señora para traer los platos de fundamento. Inauguró el baile una terrina de paté a las finas hierbas y el blanco dio paso a un tinto con cuerpo. Le Byron se limpió los labios con la servilleta, y a continuación degustó el vino. Repuesto de la conversación anterior, en la que la señora de la casa llevaba la voz cantante, tenía la esperanza de que revelara también datos más jugosos sobre el asunto que los había llevado allí. Pero con el paté, pareciera que madame de Bijux hubiera cambiado de tercio y prefiriera hablar de generalidades, sin profundizar demasiado.

—Ya sabéis —continuó la viuda—, mi esposo no solo ha sido acusado de facilitar a los estafadores el contacto con el cardenal, sino que también, hasta el día de su muerte, se le creyó cómplice de la estafa.

¿Estafadores? Le Byron, siempre atento, vio el cielo abierto y decidió preguntar a bocajarro:

—¿Conocéis al conde de Cagliostro?

Madame de Bijux guardó silencio, negando con un movimiento de la cabeza.

—¿Y vuestro marido?

—Una vez. En la residencia del embajador austríaco en París.

—Sabéis que se rumorea mucho sobre ese conde...

—Fue quien acusó a mi marido de haber falsificado las cartas que engañaron al cardenal. Las cartas firmadas por la reina —apuntó, con rabia, la viuda.

—Hay quien cree que vuestro marido fue amante de la condesa Valois de la Motte...Y disculpadme por la franqueza —dijo Le Byron, dejando caer la insinuación en busca de alguna certeza.

—¿Mi marido? —exclamó entre carcajadas madame de Bijux, un poco achispada a esas alturas de la cena—. Que me perdone allá donde esté por lo que voy a decir: no tenía tantas habilidades. —Y al decir esto miró de reojo a Bussière—. Para serle franca, yo creo que es todo obra de un artista de la falsificación a la altura... del conde de Cagliostro.

—Como dijisteis antes, madame, mi señor, el cardenal de Rohan, era presa fácil de los desalmados. Pero no por un exceso de ambición; pocos conocen el buen corazón que tiene el cardenal. Eso, sin duda, hubo de llevarlo a fiarse de que eran cartas de puño y letra de la reina —dijo el capitán, que había encontrado el momento idóneo para defender al hombre al que prestaba servicio desde hacía años.

—¿Y a no percatarse de que la firma incluía las palabras «de Francia» cuando es sabido que María Antonieta estampa solo su nombre en la correspondencia? —replicó madame de Bijux, exaltada—. Os digo que de no haber sido obra de un auténtico artista, ese detalle no le habría pasado desapercibido a todo un cardenal del reino. Eso confirma mis sospechas: las cartas fueron obra de la pestífera pluma de ese Cagliostro. Es un eximio falsificador. Doy fe de ello.

Por fin, Le Byron había conseguido encarrilar la conversación a lo que realmente le interesaba y, aparentando interés,

pero no tanto como para hacer sospechar a la dama, la animó a seguir. Madame de Bijux accedió. Todo lo que contó no era nuevo para los oídos atentos del capitán, el desenlace de aquella estafa era bien conocido: llegó el vencimiento del primer pagaré de mil seiscientas libras que el cardenal de Rohan se había comprometido a pagar por el collar, una rebaja de casi trescientas por ser él quien era. La condesa Valois de la Motte intuyó el desenlace y puso pies en polvorosa y la justicia llamó a la puerta de quien había firmado el pagaré, sin llegar a acusar a la reina, quedándose todo un nivel por debajo de las cabezas reales. Emplazada la del cardenal, Rohan fue encarcelado, posteriormente liberado, María Antonieta y su corte esquivaron a la justicia pero no la ira del pueblo y la de todo el país, que los acusó moralmente de frivolidad y despilfarro, y la mayoría de los acusados, estafadores de palacio, acabaron encarcelados o muertos. Por lo demás, el collar jamás apareció. Tampoco el conde de Cagliostro.

—Mi marido murió de un ataque al corazón —dijo la joven viuda, apenada—. El proceso lo destruyó, lo envejeció diez años en apenas unos meses; había perdido todas sus amistades y había oído tantas mentiras... Entregó su alma a Dios en su alcoba, en su cama. Fue una muerte dulce después de tantos sinsabores, una noche de otoño como la de hoy. De hecho, hace exactamente un año: estaba a punto de cumplir setenta.

Bussière permanecía en silencio. Había acabado su plato y también una botella de vino, incómodo. Había intercambiado unas miradas discretas con la dama, intentando avisarla de que su conmovedora charla, incluyendo el final abrupto de su marido en el lecho, no era la clase de intrigas que habían llevado al capitán Le Byron a su mansión.

—Existe una hermandad, madame, que se hace llamar dantesca o de Dante por el tema de sus reuniones —dejó caer el capitán, de la misma manera brusca que había preguntado por Cagliostro, pero sin mostrar que era aquello, precisamente, lo que motivaba su visita.

La viuda fijó en él sus ojos oscuros y brillantes mientras intentaba descifrar la intención de la pregunta.

—¿Hermandad de Dante?

—Este es, en esencia, madame, el asunto por el que estoy aquí —respondió Le Byron, devolviéndole la mirada y, con ella, una actitud que era inherente a su cargo.

—Capitán Le Byron: nada sé sobre eso —repuso rápidamente la viuda, mientras miraba hacia la mesa y no directamente al protector del cardenal. Algo que a él le parecía que confirmaba todo lo contrario.

—Quizá no sepáis en concreto nada del asunto, pero sí de las cosas que, por estar vuestro marido implicado, rodean el caso.

—¡Mi marido nunca perteneció a ninguna hermandad! —replicó la viuda, acalorada.

—Me cuesta creeros, madame —aseveró Le Byron con firmeza—. Tenemos pruebas que así lo atestiguan.

—¡No es verdad! —dijo ella, fuera de sí, mientras se volvía hacia Bussière en busca de apoyo. Pero en sus ojos descubrió ese brillo que tiene el pastor que acaba de condenar a su cordero.

—Si no cooperáis, tengo órdenes de llevar la situación hasta sus extremos. Llegado el caso, será preciso requisar la biblioteca de vuestro marido —continuó Le Byron—, y si hiciera falta, lo haríamos esta misma noche.

—Pero esto es... ¿Cómo osáis...? —replicó la viuda, casi al borde de las lágrimas.

Le Byron la miró con firmeza y la galanura dio paso a un leve golpe dado con el puño de porcelana sobre la mesa. Los platos de paté y sus dos hojitas de lechuga estudiadamente dispuestas en un lado vibraron con una especie de temor vegetal ante aquel apremio. La dama miró al capitán y asintió, intentando mantener la compostura. Comprobaba así, entreverado, el poder absoluto de un enviado del cardenal de Rohan a quien, de manera ingenua, había abierto las puertas de su casa, y la infidelidad de su antiguo amante, algo que le dolía aún más. Le Byron,

naturalmente, no era la clase de hombre al que ella pudiera enfrentarse, aunque estuviera en su propia casa. Madame de Bijux maldijo su suerte. Maldijo a su antiguo y demacrado amante. Y por último sonrió.

—Por supuesto —habló repentinamente lúcida—, iremos a la biblioteca. Pero antes, ¿os importa que nos sirvan el postre?

13

EL POSTRE

Madame de Bijux hizo un gesto al mayordomo para que abandonara la biblioteca.

—Aquí la tenéis, podéis buscar con total libertad.

La biblioteca del cónsul se encontraba en tinieblas. La señora encendió dos lámparas de mesa y luego mantuvo la distancia, con las manos sobre el respaldo de un sillón orejero, siguiendo con la mirada los pasos cautos del capitán Le Byron mientras este comenzaba a revisar las estanterías.

El capitán las recorrió fijándose en los títulos, mientras Bussière, a sus espaldas, empezaba a recordar todo lo que había aprendido a olvidar en prisión y experimentaba un repentino mareo, fruto del éxtasis, al encontrarse nuevamente entre libros; era el olor de la encuadernación y la madera, un aroma al que no deseaba jamás volver a renunciar. Para un escritor privado de libertad, aquello suponía mucho más que un simple registro.

Le Byron se detuvo y levantó la mirada; había encontrado la colección que se ubicaba en la repisa central y alargó la mano para tomar unos libros que examinó a la luz de una de las lámparas.

Pudo comprobar que aquellos ejemplares no versaban sobre las artes de la diplomacia ni de las ciencias políticas. Bussière no mentía: los libros predilectos del cónsul ahondaban en el hedonismo. Allí estaban los escritos de Epicuro y Aristipo de Cirene, los clásicos de la filosofía del placer, junto a librepensadores modernos como los libertinos Julien de La Mettrie y Claude-

Adrien Helvétius, el barón de Holbach y, cómo no, el controvertido Cyrano de Bergerac.

Le Byron entendía algo de libros, sus aficiones se repartían entre las armas y las letras. Miró de reojo a madame de Bijux, al otro lado de la sala, quien lo miraba a su vez, expectante, sin moverse del sitio. Con la vigilancia incesante de la viuda, el capitán se acercó a un escritorio polvoriento, al fondo de la biblioteca, sobre el que había objetos que no parecían haber sido tocados desde la muerte del cónsul. Tras revisar todo lo que había encima del escritorio, lo más interesante era un documento de cuarenta o cincuenta páginas manuscritas, que parecía, a primera vista, un manual. Comenzó a leer: era un resumen bien detallado que, según rezaba el frontispicio, ofrecía una cuidada descripción de cómo «raptar de su inocencia a jóvenes damas» que, una vez seleccionadas, pasarían a formar parte del servicio de una mansión. Los señores debían someter a sus siervas prácticas que, de seguirlas a pies juntillas, no solo garantizaban quebrantar los principios morales de las iniciadas sino que, por añadidura, terminaban por despojar también a las jóvenes de pudores y resistencias.

«Perversiones sexuales», pensó el capitán mientras levantaba los ojos del papel para mirar a madame de Bijux, que seguía pendiente de cada uno de sus movimientos. Volvió al manuscrito. En aquel extraño entrenamiento se acostumbraba a las criadas a la desnudez. A quitarse la ropa las unas a las otras, a permanecer sin ella durante horas mientras llevaban a cabo las tareas domésticas, arreglando recámaras, lavando las cortinas, zurciendo o planchando. Pasada esta etapa, que podía durar semanas enteras, se repetía la práctica, aunque esta vez en compañía de los señores o de invitados ocasionales de estos, que observaban mientras las jóvenes hacían sus tareas. Cuando perdían todo pudor, la desnudez se convertía en su nuevo uniforme; era el punto, según señalaba el manual, más importante para separar a las buenas candidatas de otras problemáticas. A las segundas se las echaba del servicio, menos si por su belleza merecía la pena dedicar más tiempo a la desinhibición.

—Las feas y apáticas serán descartadas —murmuró Bussière sobre el hombro del capitán, sabiendo perfectamente por dónde calaban sus ojos en el texto—; a las bonitas se les dedicará más tiempo mientras que las otras no cuentan con posibilidades, a menos que estén bien predispuestas...

Le Byron interrumpió momentáneamente la lectura.

—Sé leer, monsieur de Bussière... Por favor, no molestéis.

El reo bajó la cabeza, azorado, y se retiró al lado de la viuda. El capitán continuó absorbido por la lectura.

En el tercer paso, buscaban que las iniciadas se educasen en el roce corporal; eran acostumbradas al tacto ajeno, y por tal, se las obligaba a dormir juntas o simplemente a yacer todas sobre un mullido sofá para escuchar la lectura de un libro al calor de la chimenea. Aquello pronto cundía efecto. Tras seis meses perdían por completo los pudores propios del comienzo. Podían desnudarse ante la voluntad del amo. Podían permanecer desnudas frente a los huéspedes. Podían ser tocadas sin levantar en ellas la más mínima reacción. El cambio era tan gradual que, pasado un año, el señor de la mansión podía traer a un muchacho, preferentemente campesino, con quien deberían ser educadas para que pudiesen conocer íntimamente el cuerpo masculino. Se les enseñaba entonces todos los secretos del goce, el propio y el ajeno, que podían provocar en el joven y en ellas mismas. Los maestros en tan delicada disciplina trabajaban bajo secreto, y en muchos casos eran extranjeros que aunque no conocían la lengua francesa eran duchos practicantes del lenguaje universal del amor. Les enseñaban hasta que una meretriz aprobaba el progreso, y después de un par de meses, a lo sumo, a aquellas más perfeccionistas se les concedía la responsabilidad de practicarlo. En este período, la meretriz se encargaba de percibir el más mínimo rastro de sentimentalismo en las jóvenes. Las que lograban pasar la prueba eran aquellas que, sin amor, enlazaban profundamente con el placer corporal. Quienes se enamoraban del muchacho eran apartadas.

—Las putas más educadas y hermosas que podáis imaginar

—volvió a susurrar Bussière al capitán, provocando de nuevo su enojo—. Tomaríais a cualquiera de ellas por esposa sin vacilar, pasaríais incluso años de casado, amándolas, y, no obstante, ninguna dejaría de ser aquello para lo que fue educada: instrumento de su amo.

Le Byron miró una ilustración que había salido al paso entre el texto: era un *ménage à trois*, en el que una dama era acariciada y besada por una criada en tanto que otra, a su espalda y de rodillas, se entregaba al sexo oral de manera harto explícita. Debajo del dibujo había una leyenda: «El servicio de las harpías».

Al parecer, aquel selecto y pervertido club había tomado el nombre de la criatura mitológica, con cuerpo de mujer y cabeza de águila, para designar con él a las pobres vírgenes que caían en sus manos y eran corrompidas hasta extremos inimaginables. El capitán pensó que casi encajaba más un término como «oficiadoras», y continuó la lectura sin desviar la mirada. Advertía que el tacto licencioso era la chispa que detonaba aquellos placeres de salón. Al igual que ocurriera con la etapa de la desnudez, lo que seguía no era otra cosa que un juego sexual para la formación final de las llamadas harpías, llevado a cabo como práctica común después de las cenas, donde la gula conducía directamente a la lujuria.

Le Byron pasó al siguiente grabado. En él se mostraba la evolución de las harpías, después de tres años, donde, experimentadas ya, asistían a bacanales. Le Byron observó los cuerpos desnudos que, en una sala bien decorada y amueblada, se apiñaban formando una masa impersonal y tan sudorosa como se pudiese imaginar. Debajo del dibujo, otra leyenda: «El vuelo de las harpías».

Al volver la página, halló una carta que le hizo sonreír con malicia y alzar los ojos buscando a madame de Bijux, que seguía de pie, con ambas manos sobre el respaldo del sofá. Le Byron cruzó la sala para llegar a su lado.

—Veo que vuestro marido tenía un particular interés en el placer —comentó, enseñándole las páginas del manual y los grabados intercalados.

—Eso que leísteis, capitán, fue para él materia de estudio —replicó madame de Bijux sin alterarse.

—Ya... —la interrumpió él—. Conservaré el manual si no os importa. Me es útil para mi investigación.

—Os lo regalo.

—¿Vuestro esposo era libertino, pues?

—Solo en la literatura. Su vida era muy diferente a lo que leía.

—Sin embargo, tuvo relación con el conde de Cagliostro.

—En una ocasión. Ya os lo he dicho.

El capitán extrajo entonces la carta, enseñándosela a la dama.

—No obstante —la contradijo—, vuestro marido recibió de Cagliostro esta carta. Miradla; del contenido de la misma se deduce que se vio con él en varias ocasiones, incluso que lo recibió en esta mansión.

—No tengo noticia de tal cosa.

—¡No mintáis, madame! —exclamó Le Byron, acercando la carta a la cara de la viuda.

—¡Capitán! No toleraré insolencias en mi propia casa —exclamó a su vez madame de Bijux apartando la carta de su cara de un manotazo.

Entonces, Le Byron buscó en la carta y leyó en voz alta:

—«Sabed vos, monsieur de Bijux, que ansío un pronto encuentro con vuestra esposa; es ella la dama más deseada de las sesiones» —alzó un instante la mirada hacia la viuda antes de proseguir—. Y sigue, madame, pero no será necesario que lea el detalle: solo que el conde Cagliostro manifiesta haber tenido encuentros con vos, y que vuestro marido, en tanto, como un espectador de lujo, se deleitaba observándoos en silencio.

Madame de Bijux miraba muy quieta, sus ojos iban y venían de la carta a la boca del capitán. Bussière la miraba a ella, agazapado detrás del capitán, como si lo que este último estaba leyendo lo afectara de alguna manera a él.

—La correspondencia es una fábula —murmuró ella—, tan solo la fantasía de dos hombres vertida en tinta. Son tonterías, nada de eso sucedió.

—Pues aquí dice, madame, que asentabais todos estos encuentros en vuestro diario personal. Diario que vuestro difunto marido se deleitaba aún más en leer.

—Quimeras, capitán. Quimeras y nada más que quimeras.

Le Byron acarició su puño de porcelana mientras en sus labios se dibujaba una escuálida sonrisa.

—¿Negáis conocer al conde? Veamos entonces, para despejar las dudas, qué podemos encontrar en vuestro diario personal. ¿Me permitiréis verlo?

Madame de Bijux miró hacia el suelo, vencida. Lloraba.

—Abusáis de mi intimidad —murmuró—, no se puede atropellar de esta manera a una pobre mujer, desvalida, viuda... Hay instancias más altas que os impedirán seguir...

—Ninguna instancia por encima de las órdenes que traigo, madame —dijo Le Byron—. La mansión está rodeada y no me iré de aquí sin lo que pretendo. Es mejor que colaboréis.

Madame de Bijux miró intensamente al capitán y luego buscó a Bussière. Calibró un instante la posición que tenía delante de aquellos hombres, conocedores de más detalles sobre su intimidad de lo que parecía conveniente para una mujer en su situación. En su silencio había un poco de resignación. Entonces fue con paso digno a la puerta, desde donde se volvió hacia ellos, con un movimiento sobrio y elegante que levantó un pequeño vuelo de su falda, y dijo:

—Esperad aquí. Iré a mi habitación y traeré el diario que pedís.

Dicho esto, abandonó la biblioteca.

La espera se prolongó en silencio. La biblioteca se hallaba sumida en la media luz de las lámparas, mientras que por las ventanas, abiertas de par en par las cortinas, Le Byron observaba a su guardia apostada en los jardines. El capitán se retiró de la ventana. Madame de Bijux no regresaba, y había pasado más tiempo del que necesitaba para traerles el diario. El capitán abandonó la biblioteca, atravesó un salón contiguo y llegó al principal, donde habían cenado. No había nadie en ninguna par-

te. Tras registrar la planta baja por completo, temió lo peor. Pensó entonces en cada detalle de la última parte de la conversación y lo que había provocado en la viuda: sus ojos habían vacilado, se le notaba el semblante nervioso, y también la voz, resquebrajada por dentro, antes de retirarse con la promesa de regresar. Aún con los ojos puestos en la escalera que trepaba al primer piso, ahora oscuro y sin sonidos, el capitán desconfió.

—Subiré a buscar a madame de Bijux —le dijo a Bussière.

—Os acompaño, capitán —replicó Bussière.

Antes de hacerlo, Le Byron se asomó al alféizar de una ventana e hizo una seña a la guardia para que entraran en la mansión. Se encaminó al primer piso, también desierto. Volvió a las escaleras para alcanzar el superior, donde descubrió un pasillo en tinieblas en el que halló reunidas a las criadas y al mayordomo. Fue necesario retirar a la fuerza al servicio, que se defendió con fiereza. Al fin, los soldados se abrieron paso hasta la puerta, que estaba cerrada por dentro. Tuvieron que derribarla entre los gritos de la servidumbre. El capitán Le Byron entró en la recámara y se encontró a madame de Bijux al borde de la ventana, abierta de par en par. Le Byron se estremeció al notar el frío de la noche que entraba a raudales, pero al mismo tiempo sintió un escalofrío todavía mayor al comprobar que la chimenea estaba encendida y que en ella, el diario de la viuda comenzaba a arder. Volvió a mirar hacia la ventana, temiendo que la dueña de la casa se precipitara, desesperada, al vacío. Pero lo que vio fue una mujer sonriente, desafiante, que sujetaba una paloma mensajera que no tardó en ofrecer al viento.

14

LA BODEGA

Al día siguiente Belladonna, después de tomar el desayuno, se mostró interesado en visitar la bodega del castillo. Algo había en ese espacio subterráneo que lo intrigaba y encendía su curiosidad. Cuando madame d'Estaing tuvo noticia de aquel deseo, esbozó una enigmática sonrisa y accedió, encantada, a abrirle las puertas de la cava. Pensó, además, que qué mejor guía para aquella visita que la señorita Montchanot, con la que el corso parecía haber hecho buenas migas, tal y como ella deseaba para mantenerlo alejado de Giordana; lo que había visto en el jardín podía estropear sus planes para su sobrina.

Así pues, acompañado por Juliette, Simone atravesó los jardines hasta llegar a una casita de piedra que lindaba con el bosque. Había comenzado a nevar en Martinvast, finísimos copos pululaban por doquier, arrastrados por un viento ligero.

—Aquí tenéis —dijo Juliette después de abrir el portillo—: la cava del castillo.

La bodega se encontraba bajo el nivel del suelo para conservar los vinos a temperatura idónea; la iluminación era pobre y el techo, abovedado, sostenido por gruesas vigas de madera que, sucediéndose unas a otras como en el interior de un viejo galeón, se prolongaban hasta desaparecer en el fondo sombrío. Las barricas de roble se alineaban en ambos muros; podían verse las más voluminosas montadas sobre cureñas, horizontales, en buena posición para ser inspeccionadas. Más allá, recortados por un

mortecino resplandor que penetraba por un tragaluz, estaban los toneles más pequeños, en repisas de madera, junto a los botellones del cosechero.

Simone se abrió paso entre las vigas. Juliette lo siguió, con una lamparilla que espantó las tinieblas y que le ofreció a Belladonna.

—No alcanzo a entender vuestro interés por venir aquí —dijo ella.

—Vinos y licores —aseguró él, tomando la lámpara—, siempre me apasionan este tipo de reductos. Creedme que no es sencillo encontrarlos en París.

—Buscáis la mano del autor.

—Podría ser.

—Pues bien, todo lo que está aquí lo obró el vizconde.

Belladonna alargó el brazo iluminando la hilera de toneles.

—Echaré un vistazo —dijo.

Caminó debajo de las bóvedas, por el corredor central, hasta detenerse enfrente de los barriles grandes; allí, en el suelo, las losetas parecían manchadas. «Seguramente, un derrame», pensó mientras se arrodillaba para inspeccionar; pudiera ser una filtración subterránea o un barril que estuviera rajado.

—¿Buscáis algo? —dijo Juliette, a dos barricas de distancia, como si quisiera mantener un prudencial espacio entre ella y el corso. Su voz retumbó en eco por las bóvedas.

—Se ha derramado algo de vino, parece.

—A veces, al llenar las botellas, va a parar algo al suelo. Es bastante habitual —dijo la doncella.

Después de estudiar el grifo, Simone acercó la nariz y olfateó.

—¿Calvados? —preguntó.

—De manzanares normandos, los preferidos del vizconde.

Por encima del tonel había un vaso de bronce. Belladonna se sirvió de una canilla.

—Con permiso.

Apuró el trago. Efectivamente, era aguardiente, y joven aún. Además de su color cristalino, el sabor a manzana verde picaba en el paladar.

—Si os apetece, mandaré una botella a vuestra habitación.

Belladonna negó, sin mirarla a la cara.

—O podría subirla yo misma, monsieur —añadió la joven, con voz cantarina.

Simone continuó andando hasta las repisas del fondo. Volvió a servirse de un grifo.

—Vino dulce —se adelantó Juliette—. Uvas rojas de los viñedos costeros.

Él bebió. Era dulce, espumoso y con buen cuerpo. Acercó la lamparilla para observar el color, de consistencia espesa y un tono tan rojo como el rubí.

—De este sí: enviadme una botella cuando podáis.

—Por supuesto, monsieur. ¿Deseáis que sea yo misma quien la suba?

—Si vuestra señora no tiene ninguna otra tarea para vos —dijo, y la miró, contrariado por las insinuaciones de la muchacha.

—No hay tarea que no pueda ser aplazada o sustituida por otra, monsieur.

—Os equivocáis, mademoiselle. Tareas hay que no conocen de aplazamiento ni de sustitución.

Ella se quedó desconcertada, sin saber si aquel caballero enigmático y apuesto la estaba incitando, o si por el contrario se mostraba reacio a jugar con ella al juego de la seducción.

—Acercaos —pidió él.

—¿Monsieur?

—Que os acerquéis.

Apenas la tuvo a distancia, le ofreció el vaso.

—Bebed —dijo.

La muchacha se negó. Si el corso no quería jugar a su juego, no sería ella la que le siguiera la corriente en el suyo.

—Me ponéis en un compromiso —musitó.

—Hacedlo —insistió, dándole el vaso—, os convido.

—Podrían castigarme si acepto. Soy una doncella.

Belladonna miró hacia ambos lados.

—¿Acaso no estamos solos?

—Nunca se está solo en Martinvast, monsieur —afirmó ella, y acompañó esas palabras con una media sonrisa.

Simone se volvió para poner su atención en un husillo que había descubierto tras la vieja estructura de la estantería. Caminó muy despacio hasta él y se arrodilló de nuevo. El centro de ese cabestrante estaba untado por una grasa espesa que tocó con las yemas de los dedos; con seguridad pertenecía a una prensa de uvas. Se dio la vuelta para mirar a Juliette, que continuaba inmóvil, con el vaso en las manos, sin atreverse a beber. No podía entender la insistencia de Belladonna.

—Bebed... —insistió Simone—. No diré una palabra a nadie.

Volvió a observar el husillo: la madera estaba manchada con salpicaduras tan oscuras como las que había observado antes en las losetas. Por tratarse de una bodega, era lógico adjudicarlo al mosto derramado. Acercó la nariz y olió, y, sin ponerse en pie, se dirigió a Juliette.

—¡Por el amor de Cristo! Dejad de mirar el vaso y bebed de una buena vez.

Montchanot posó los labios sobre el bronce y bebió, sin apartar la mirada del huésped.

—Juliette, ¿qué edad tenéis?

—Veintiuno, monsieur.

—Deberéis de abandonar el castillo muy pronto.

—En apenas un mes.

—Juliette —dijo, apoyando la espalda en una de las vigas y mirándola fijamente—. En parte, he venido aquí por vos. Quiero que sepáis que sois muy buena compañía.

—Gracias, monsieur —replicó entre asombrada y asustada.

—Y quiero invitaros a romper las reglas... Necesito que confiéis en mí como yo en vos, que compartamos algunos secretos. Empezaré yo.

—¿De verdad compartiríais secretos conmigo, monsieur, una simple doncella?

—Estaría dispuesto a hacerlo si con ello lograra algo de vos —respondió Belladonna.

Montchanot se mordió el labio; observaba al corso con aquellos ojos grises tan expresivos. Asintió.

—Y ¿yo? ¿Qué podría daros yo a cambio? —preguntó la joven.

—Ya se me ocurrirá algo —respondió sin dejar de mirarla.

La muchacha apuró entonces todo lo que quedaba del vino y se relamió.

—No, monsieur, empezaré yo diciéndoos que preocupáis a madame d'Estaing.

El corso caminaba hacia una mesita donde reposaban un sinfín de frascos y botellas cubiertas de polvo.

—¿Que preocupo a madame d'Estaing? —dijo, aparentando indiferencia mientras olía frascos y botellas con líquidos turbios.

—Tanto o más que al barón d'Artois.

—El barón d'Artois —suspiró él—, interesante caballero. Habladme de él.

—¿Del barón?

—Sí, sí, del barón.

—Es un acaudalado banquero. Apoderado de madame y, como ya sabéis, el futuro esposo de su sobrina.

—Oled —pidió él, ofreciéndole un recipiente de cristal.

Juliette caminó hacia la mesita y se acercó la botella a la nariz, cerró los ojos un instante y dijo:

—Me resulta familiar el olor, como de tinte artificial.

—Es nuez de agalla —dijo él.

El corso puso el tapón al recipiente.

—¿Estáis seguro?

—Completamente, mademoiselle —dijo mientras la invitaba a seguirle al otro extremo de la mesa; desde allí la vista abarcaba toda la bodega.

—¿Veis allí, mademoiselle? —Señaló los toneles colocados en horizontal—. Las losetas están manchadas de vino. Y ahora allí: el husillo casi oculto tras aquella estantería aún conserva grasa. Y aquí —señaló la mesa a un lado de ellos—: este almirez, miradlo bien, aún está sucio con molienda.

Belladonna tomó el mortero y se lo mostró a Juliette.

—¿De qué color es la molienda, señorita Montchanot?

—Ocre.

—Oledla. Ahora decidme a qué huele.

—A vinagre, o algo así.

—¿Huele a uva?

—No, monsieur... No comprendo adónde queréis llegar —dijo ella completamente perdida por el discurso de Belladonna.

El hombre la tomó de la mano y le habló con voz tan queda como misteriosa.

—Lo que os diré ahora es confidencial y no deberá saberlo nadie en el castillo. Secreto por secreto.

—Nadie lo sabrá, monsieur.

Entonces Simone miró hacia ambos lados en la oscuridad, como desconfiando de las barricas y botellas.

—A nadie, mademoiselle.

—Lo juro.

—Sospecho que el vino ha sido manipulado con un tinte artificial, lo que explicaría ese olor característico, y cuando de tinas se trata... —dijo, y la miró más profundamente—, comienzo a desconfiar.

—¿Qué insinuáis, monsieur? —dijo la joven, desconcertada, con un poso de indignación en la voz.

—Que el libro que he venido a autentificar podría haber sido falsificado. En cuyo caso, alguien en el castillo debería saberlo —afirmó el corso—, alguien aparte de la persona o personas que lo falsificaron. —Clavó la mirada en ella entonces—. Decidme, mademoiselle, ¿vos sabéis algo?

15

LOS *ROMEO Y JULIETA*

Tras abandonar el frío subsuelo de la bodega, Simone regresó a la torre del castillo y dedicó el resto del día a investigar la *Commedia* de madame d'Estaing. Y enfrentado al ejemplar, fue sin más dilación a ocuparse del asunto que más le interesaba: los versos góticos.

En efecto, eran unos versos que precisaban de una fina revisión. El estilo de la letra, el color tostado de la tinta y todos aquellos matices que los volvían tan deslustrados como la borra de un vino viejo fueron para Belladonna señales que hubo de tomar por buen augurio. No obstante, tomó la lupa y observó.

El pigmento bajo el aumento de la lente confirmaba que la tinta había pasado por el proceso de oxidación de forma natural y esto era, al menos para un experto, el hallazgo más interesante mientras se estaba delante de un texto de cuya procedencia se dudaba. Pero no habría de ser la opacidad de la tinta ni su aspecto el único aval para fiarse de la antigüedad de un texto. Existía otro detalle, uno crucial para libros del siglo xv: los compuestos ácidos que abundaban en la tinta, que con el paso del tiempo terminaban por comerse el papel donde había sido estampada. Belladonna seguía concentrado, lupa en mano, intentando detectar aquel fenómeno, y lo encontró, apenas perceptible, en los contornos de las letras mayúsculas, donde los tipos móviles habían dejado más tinta que en las letras de molde. El papel se hallaba ligeramente corroído. Retiró la lupa y miró hacia la venta-

na, para pensar mientras seguía neviscando. Al cabo de un instante, volvió sobre los versos. Pasó una página y luego otra, y una más... Había algo en aquellos versos que la lupa ayudaba a desvelar, un detalle casi imperceptible: cuatro letras que, se diría, tenían un defecto de impresión, un ligero sesgo en el acabado. Belladonna revisó todas las páginas; el supuesto error de imprenta aparecía a lo largo de toda la obra. Cuatro letras diferentes. Góticas todas. Simone las anotó en su cuaderno: L C F R.

Aquella rareza le trajo a la mente un antiguo asunto que habría preferido olvidar, el encargo de un cliente que había sido capitán de marina, un francés muy leído y marcial destinado al mando de una guarnición de aduanas en el puerto de Ajaccio. El capitán había hallado dentro de las bodegas de un barco decomisado dos libros idénticos, dos *Romeo y Julieta* de William Shakespeare, de 1599, segunda edición, cuyos orígenes nadie podía certificar.

Consultados al respecto, los expertos que había entonces en Ajaccio insinuaron que uno de los libros podía ser una excelente falsificación del otro; y también, que el falsificador, como ningún otro, rozó tal perfección que era imposible adivinar cuál de los dos era el verdadero. Por aquel entonces la reputación de Belladonna ya era conocida en la isla, y muy especialmente entre los bibliófilos, quienes lo recomendaron para autentificar los libros. El capitán lo llamó a su despacho.

Sin apartar la mirada de los versos de la *Commedia*, Belladonna recordó aquella tarde en que entregó al capitán su informe final. Este lo leyó en silencio y luego alzó la mirada con sorpresa: uno de los libros era auténtico; el otro, una falsificación.

—Pues bien —dijo el capitán con ambas manos puestas sobre sus libros—, ¿cuál de ellos es el auténtico?

—El que tenéis bajo la mano izquierda —dijo Belladonna—. El que tocáis con la derecha es una copia.

—¿Cómo lo sabéis? —inquirió el capitán, intrigado.

—Existen diferencias —le explicó Simone—. Los moldes de algunas letras difieren de un ejemplar a otro, como si el falsifica-

dor no hubiese conseguido por completo un juego de tipos de igual calidad. Fijaos aquí, bajo la lupa, y lo veréis vos mismo. En una misma frase, en una misma página y renglón, la oración en cada ejemplar conlleva ligeras diferencias: en el borde y el sesgo, un detalle que apenas se ve.

—¡Oh! —exclamó el capitán con asombro—. ¡Es cierto! ¡La aguja en el pajar!

—Sin embargo, capitán, no es esto que veis lo que ha dado prueba de falsedad.

El capitán levantó la mirada de los libros.

—¿No? ¿Y qué entonces?

—El interior de la encuadernación.

Belladonna procedió a mostrarle un secreto bien guardado y que pocos sabían en el mundo de los libros: las maderas internas de las tapas.

—Me vi obligado a hacer un examen exhaustivo, a plena luz del día. Mirad aquí, capitán: el reverso de la cubierta donde he cortado el cuero, la pequeña ventana que permite ver el interior... ¿Lo veis? ¿Veis la madera con la que está hecha la encuadernación?

—Perfectamente; es que habéis hecho un tajo enorme —afirmó el capitán, disgustado—. Más os vale restaurarlo...

—No os preocupéis por eso, mirad la madera.

—Está envejecida. Envejecida, sin más —dijo el capitán.

—Pues mirad ahora esta otra. —Señaló el libro auténtico—. Mirad y decidme qué observáis aquí.

—Está dañada...

—¡Carcomas! —le interrumpió Simone, entusiasmado.

—¿Carcomas? ¡Ajá! Entonces debería ser este el corrupto y no el otro.

—Es el auténtico; estáis mirando la maldición de todo libro antiguo. Son las carcomas, que los devoran por dentro, aunque para nosotros esto es una bendición, la prueba irrefutable de su antigüedad. Y es por ello por lo que el libro que tenéis entre las manos demuestra fielmente sus casi dos siglos de antigüedad, en

tanto que el otro, sin carcomas, habrá de tener al máximo cinco o siete meses desde su confección.

—Increíble —murmuró el capitán.

—Pues ya tenéis la verdad sobre la mesa, como solicitasteis.

Esa misma tarde, el capitán pagó los servicios del corso en efectivo. Pero no solo hubo de pagarle el capitán, pues, admirado por su técnica para desenmascarar la copia, decidió fiarse de su consejo para el destino de aquellos ejemplares: los vendió a un mercader florentino, uno que Belladonna le presentó, y del cual obtuvo una generosa ganancia. Con aquel dinero se hizo con otro ejemplar, también recomendado por el corso: *Comedia de las ninfas florentinas*, de Giovanni Boccaccio, edición veneciana de 1475.

Tiempo más tarde Belladonna se ganó la enemistad del capitán y por tal razón debió exiliarse de la isla. El marino había puesto precio a su cabeza, no por asuntos relacionados con libros falsificados, sino por los celos que le provocaron las atenciones de su esposa hacia Simone. El capitán acusó a los dos de haber tenido un romance, pero Belladonna lo negó y exigió que se respetara su palabra de caballero. Jamás hubo pruebas que demostraran nada, pero en la isla todos se pusieron de parte del más poderoso y nadie escuchó lo que Simone tenía que alegar en su defensa. No ayudó que la esposa del capitán fuera tan bonita.

Simone soltó un suspiro. Los libros y las mujeres, las credenciales que exigían unos y otros, los falsos que se hacían pasar por auténticos, las conquistas atribuidas cuando no había pruebas de ello, todo lo perseguía y le pedía una palabra de legitimación. Ah, pero el interior de la mente de un hombre dedicado a separar el grano de la paja es insondable. Por no hablar del interior de su corazón. Y allí estaba la *Commedia* de Dante, un libro caro a sus afectos, como había habido pocos en la literatura universal.

Se veía tan perfecto, sólido, plagado de signos del tiempo y detalles de impresión... y, además, el estilo gótico de sus versos y el tono mortecino de la tinta daban suficientes certezas para cer-

tificar su rotunda autenticidad. Simone alargó la mano para tomar la pluma y acabar con el informe. Apenas faltaba su firma y una breve línea que concluyese: «El ejemplar es auténtico». No obstante, la pluma no descendió hasta el papel. Simone tenía la vista perdida, la mente fija y desconfiada, como la de esas personas que escuchan las voces de un diminuto diablillo posado en su hombro. Simone sintió aquello que se siente al estar delante de una falsificación perfecta, una ligera sensación de engaño, aunque no se haya podido detectar cuál es ese engaño ni distinguir el trazo de la mano que hubo de crearlo. Volvía a mirar las letras que habían llamado tanto su atención. Como si fuese un sello indeleble del autor: L C F R. Un acrónimo que no era difícil de descifrar...

En un duelo de intelectos, entre el falsificador y su víctima, la calidad de la mentira determina el vencedor. Y era como si el padre de la mentira hubiera querido dejar su rastro en el libro, como los canteros en catedrales y monasterios.

—Lucifer —murmuró, mientras hundía el rostro entre las manos.

Belladonna dudaba, y en esta duda, encontraba aquella llamarada diabólica, como la antorcha que iluminaba el pensamiento humano, lleno de tentaciones. Las dudas llamaban siempre a las tentaciones. Adán dudó, y la tentación de morder la manzana lo llevó al destierro del paraíso. Julio César dudó, y la tentación de poder lo llevó a atravesar el Rubicón. Dante dudó, y la tentación se encarnó en Beatriz y lo llevó a adentrarse en las profundidades del alma humana aupado en una escala de tercetos hasta cruzar el infierno.

Aquellos versos tentaban a Belladonna a realizar una prueba *in extremis*, la misma que había practicado en los dos Shakespeare: coger el estilete y mirar el interior de la encuadernación, como si de un cuerpo humano se tratase, para llegar al hueso.

Cerró los ojos y suspiró. Cambió la pluma por el instrumento cortante y eligió la retiración de la cubierta, cerca de los cantos, donde practicó un tajo con pulso sereno y sangre fría. Tomó

la lupa y observó. La madera de aquella sección estaba llena de orificios irregulares. ¿Carcomas? Para asegurarse, prolongó el tajo hasta que pudo ver más claramente la superficie. En efecto, los orificios podían contarse por cientos y ocupaban casi por completo el lado interno de la tapa.

El tajo, ahora amplio, dejaba la mitad de la tapa al descubierto. Y, para asombro de Belladonna, no solo encontró agujeros sino un papel atrapado entre el cuero y la madera. Lo extrajo con unas pinzas y lo contempló ante el candelabro. Contenía un enigmático mensaje, actual y manuscrito: «Asomaos a la ventana».

Estupefacto, Simone se levantó con cautela y se acercó a la ventana. La nieve se había transformado en una tormenta que amenazaba con los primeros relámpagos. No podía concebir una relación directa entre él y el mensaje. Aun así, se asomó: una figura encapuchada lo observaba al pie de la torre.

16

EL ENCAPUCHADO

Ya había oscurecido por completo cuando Belladonna llegó al centro del patio del castillo. Lo embargaba una exaltación que le cortaba el aliento. Encontró allí al encapuchado, que continuaba muy quieto, refugiándose al amparo de la arcada gótica. A pesar del temor que sentía por aquella presencia, el corso caminó sobre la nieve hasta llegar al aljibe. Los cristales de la galería del castillo lanzaron un destello, iluminados por los relámpagos, y en ese instante, el encapuchado avanzó hasta el centro del patio y se detuvo frente a Simone.

—¿Quién sois?

No obtuvo respuesta. El encapuchado siguió mirándolo, en tanto las nubecillas de vapor escapaban de lo oscuro de su capucha. De pronto, lo señaló con un dedo enguantado y con una indicación le pidió que lo siguiera. Simone sintió el vértigo trepar por su espalda y, sin darle tiempo a que llegara a su cerebro y le hiciera retroceder, fue en pos de la enigmática figura.

El encapuchado se movía deprisa por los recodos de la logia. Pasó entre las columnillas dobles que daban acceso al jardín trasero, donde se detuvo de improviso, se apoyó en una de las barandas que rodeaban el jardín y dijo:

—Creí que no vendríais...

—Mademoiselle d'Estaing... —acertó a decir Simone—. Por el amor de Dios... No comprendo nada. ¿Habéis abierto el libro

con tanta pericia que ni me he dado cuenta? ¿Y cuándo?... El incunable... Por Dios santo...

—Ahora no —lo interrumpió Giordana—. Limitaos a seguirme.

—Pero ¿adónde vamos?

—A un lugar que os interesa. No os separéis de mí.

La señorita d'Estaing continuó hasta llegar al ábside de la capilla del castillo. Había una arcada ciega que apenas sobresalía del muro, y sobre esta, meciéndose con la brisa helada, pendía una espesa enredadera. Simone retiró los ojos de esa enredadera para llevarlos al cielo: la tormenta había llegado al castillo y comenzaba a llover con intensidad.

—Vamos, monsieur, no os quedéis ahí con esa cara. Seguidme por aquí.

Giordana apartó el jardín colgante y pulsó un mecanismo oculto que abrió una pequeña puerta. Un pasadizo estrecho los condujo al rellano de una diminuta escalera de caracol; la subieron a oscuras para llegar al interior de una habitación por una puerta falsa oculta tras un escritorio. Estaban en el tercer piso de la torre.

—Es aquí —dijo ella mientras un relámpago atravesó el cielo iluminando la estancia. Simone reconoció dónde estaban: el *scriptorium* prohibido—. Allí está la puerta que tanto os intriga —señaló Giordana con la mano extendida.

A cada relámpago, el corso podía verla con mayor nitidez.

—Bien, ya me tenéis aquí; ahora, hacedme el gran favor de contarme por qué —dijo, asombrado, intrigado y enfadado.

Giordana dio un paso hacia la puerta.

—¿Recordáis que ayer bajasteis hasta donde yo me encontraba, en el jardín? —susurró.

—Perfectamente.

—Estaba leyendo un libro...

—*El paraíso perdido*.

—Y os pregunté por el diablo.

—Cómo olvidarlo: dijisteis que el diablo se parecía a mí.

—No fui yo, fueron las doncellas.

—A quienes vos leíais a viva voz desde un escabel.

—Deseaba que lo hicierais, monsieur, que vinierais a mi encuentro.

Simone miró el portal, pero ella continuó diciendo:

—¿Recordáis aquello que sucedió cuando os sentasteis en el banco a mi lado? Y... ¿aquello que teníais en mente mientras os hablaba?

—Giordana... —murmuró Simone, algo azorado.

—Mirasteis fugazmente mi boca —siguió ella—, lo noté...

—Tenéis el poder de leer los pensamientos —replicó él.

Su respuesta la hizo sonreír, tranquila y segura de sí.

—Giordana, ahora que hemos aclarado lo que no necesitábamos aclarar, pasemos a los secretos. Son ya demasiados. ¿Qué hacemos aquí? —insistió él, mientras la tomaba de las manos.

—¿Y vos me lo preguntáis? Las tentaciones, monsieur.

—Tentaciones... Las siento desde que llegué al castillo —dijo, acercándose a Giordana de tal manera que ella tuvo que dar un paso atrás para continuar hablando.

—No me refiero a esa tentación, que también siento, sino a otras. Robasteis las cartas del *scriptorium* ante la mirada de la señorita Montchanot. Os conozco lo suficiente para saber de vuestras ambiciones, de los pasos perdidos que sois capaz de dar para calmar la angustia que os provocan los enigmas. Os conozco tanto como para entender lo que os desvela por las noches: la duda y la tentación.

Giordana lo estaba tentando, pero cada vez que intentaba tomarla entre sus brazos, ella se alejaba hacia la puerta. La interrogó con la mirada antes de seguir avanzando. La muchacha acarició la madera de la puerta, miró a Belladonna y habló, de nuevo, como si conociera sus pensamientos.

—Sí, monsieur, os estoy tentando. Lo hago desde que os vi por primera vez —le dijo sonriendo abiertamente de tal manera que unos graciosos hoyuelos aparecieron en sus mejillas—. Y me gusta hacerlo.

—Debería comenzar a temeros...

—No. —Se puso seria de repente, acercándose lo suficiente para que él pudiera tomarla de la cintura—. No, por favor, no debéis temerme... Más bien deseo lo contrario, y para que confiéis en mí, os revelaré ahora mismo una de las incógnitas que atormentan a vuestra mente perfeccionista. ¿Queréis saber quiénes son los autores de esas misteriosas cartas que habéis robado?

—¿Sabéis quiénes las escribieron?

—Os lo diré si me prometéis que haréis algo por mí a cambio de saberlo...

—Haré lo que pidáis —afirmó Simone, para quien aquel momento, más que a las puertas del infierno, parecía suceder en el paraíso.

Giordana lo miró seria. Un relámpago iluminó el óvalo de su rostro.

—Fueron el vizconde d'Estaing y el conde de Cagliostro —confesó.

—¿Alessandro di Cagliostro, el alquimista, el masón, el libertino... el falsificador? —Simone no podía estar más asombrado de lo que estaba.

—Ha visitado el castillo con frecuencia.

Sintió un ligero estremecimiento al oír ese nombre y se apartó de Giordana. La sola mención a ese nefasto personaje no traía buenos augurios. Un falsificador jamás era buena compañía para un bibliófilo, y menos si este último, como era el caso del vizconde d'Estaing, estaba muerto.

—Mi tío era precavido y lo alojaba en la torre —continuó ella— y, cuando esto sucedía, nadie en el castillo podía acceder a esas habitaciones; lo he visto, sí, si eso os preocupa, pero desde lejos, cuando el conde salía a escondidas durante las noches más oscuras.

—¿Se alojó en la torre, decís?

—En la misma alcoba que ocupáis vos —respondió ella, causando un nuevo estremecimiento en Simone.

—¿Recordáis cuándo?

—En muchas ocasiones. Desde hace dos años, con relativa frecuencia hasta la muerte de mi tío.

La tormenta cobraba intensidad; resonaban los truenos, haciendo que vibraran los cristales de las ventanas.

—¿Y qué queréis que haga por vos? —preguntó él.

Entonces Giordana levantó los ojos hacia la leyenda grabada sobre la puerta y se quedó mirándola largamente.

—Debéis entrar ahí... ¿Lo haréis? —dijo al fin con voz queda buscando de nuevo la cercanía del corso, que permaneció callado—. Decidme que sí —insistió ella, acercando su rostro al de Simone.

Él la miró con una mezcla de súplica y desconcierto. No podía negarle nada, aunque no supiera qué le esperaba al otro lado de aquella puerta siniestra. Asintió con la cabeza. Al ver el gesto, ella le tomó el rostro y besó ligeramente su mejilla, para apartarse después.

—Tras la puerta, Simone, hay una sala donde se encuentra algo que tenéis que traerme. Iréis solo, ya conocéis el camino de vuelta. Bien quisiera, pero no puedo acompañaros; la vigilancia de mi tía y la presencia de mi prometido me lo impiden.

—¿Qué he de encontrar?

—Una manzana. Roja y lozana... —respondió Giordana, sonriendo.

—Bromeáis...

—¡Claro, Simone! No es una manzana real, sino una caja en forma de manzana. No puedo ayudaros más, no sé en qué parte de la sala se encuentra.

—Pues bien... ahorraré tiempo y entraré ahora mismo. Traeré esa manzana para vos.

—No es tan sencillo como pensáis. No tengo la llave ahora, me encargaré de conseguirla —continuó ella—; la tendréis en vuestro poder dentro de poco.

Belladonna pestañeó. Manzanas y tentaciones. Algo verdaderamente extraño se estaba tramando delante de sus ojos y to-

davía no era capaz de verlo con nitidez, menos aún si Giordana estaba en medio de las intrigas.

—Ahora debemos regresar. Prometedme que guardaréis el secreto —dijo la muchacha haciendo ademán de retirarse.

—Un momento —dijo mientras la tomaba del brazo y la acercaba hacia él—. Dijisteis que habíais venido a tentarme; decidme entonces qué pasa con esa manzana...

Simone no pudo continuar hablando. Giordana le abrazaba y le besaba, como desahogo de sus pasiones. Ella suspiró, al fin, abriendo sus hemosos ojos verdes en tanto recorría con sus labios el rostro de Simone, llenándolo de pequeños besos húmedos. Simone devolvió los besos, mordiendo a su vez esos labios que tanto le excitaban. Apartó la capa de la muchacha mientras los relámpagos encendían los vitrales, y sus dedos certeros hallaron el lazo que cerraba la camisa. El pecho de Giordana apareció hermoso, diríase perfecto, con los pezones color canela excitados por el tacto que recorría su piel. Ella suspiró, sin desear otra cosa que entregarse a Simone; sus ojos eran clara evidencia.

—No podemos... no puedo. —Se zafó ella como pudo y dio un paso atrás—. Siento abandonaros así. Cuando tengáis la manzana lo entenderéis mejor.

Y dicho esto, caminó lentamente hacia el escritorio anudándose la camisa, para desaparecer poco después en la oscuridad del pasadizo.

17

SINFONÍA NOCTURNA

La mano de aquel hombre devolvió con firmeza el tapón acristalado a la botella. Bebía calvados. Vestido todo de negro, amparado en la penumbra que proporcionaba la habitación, el hombre miró a través del ventanal, y fijó la vista en los jardines y en el sendero que conducía a la bodega.

—Sí, monsieur —continuó diciendo madame d'Estaing a sus espaldas—; se interesó mucho por el funcionamiento de las prensas y también por otros detalles, casi incongruentes, supongo, como las salpicaduras del vino en las losetas y otras sustancias que descubrió en viejas botellas.

El hombre se llevó la copa a los labios y bebió. Los jardines tenían un aspecto más sombrío al ocultarse la luna, llegaban nubarrones negros que anunciaban tormenta, iguales a los que ahora atormentaban su imaginación.

—Belladonna también accedió al *scriptorium* —siguió detallando la vizcondesa—, y vio la correspondencia privada de mi marido...

El hombre se volvió para observar a la viuda; aquellos ojos eran cristalinos como diamantes, su nariz recta, y sus mejillas, bien afeitadas. Luego, con lentitud, fue alzando el entrecejo.

—¿Las cartas? ¿Y qué hacían a la vista? —exclamó, airado.

—Lo he pensado mil veces, monsieur, y no hay forma. Solo se me ocurre que... No, no sería posible...

—¿Qué?

—Que alguien del castillo lo haya ayudado.

—¿Quién?

—¿Cómo saberlo, monsieur? —se disculpó ella, que no se atrevía ni a levantar la vista hacia el hombre.

—Bien. Regresemos a la cava; decidme, por favor, qué ha podido ver el huésped durante la visita.

—La señorita Montchanot conoce los detalles —se apresuró a añadir la viuda—; estuvo con él en la bodega. Si lo permitís, monsieur, será ella misma quien os lo cuente.

El hombre bebió de nuevo y parecía que dudaba, pero al fin asintió. La vizcondesa fue hacia la puerta, la abrió y le pidió a Juliette, que esperaba fuera, que entrara en la habitación.

Una vez dentro, la joven descubrió que estaba a oscuras; vio las arañas y candelabros apagados, y contra el ventanal, recortada por las luces de la noche, la silueta de un hombre al que solo podía observar entre tinieblas.

—Monsieur quiere hacerte unas preguntas —dijo madame d'Estaing a Juliette.

Ella asintió. Entonces el hombre se movió en la oscuridad hasta un sofá, donde posó las manos. Se había puesto un antifaz veneciano, una máscara bauta, de blanca y lustrosa confección, que le ocultaba parcialmente el rostro.

—Mademoiselle Montchanot: la vizcondesa d'Estaing dice que habéis acompañado a monsieur Belladonna a la bodega. ¿Recordáis qué le llamó exactamente la atención?

—Los toneles, monsieur.

—¿Se interesó por los vinos?

—Atiné a pensar que sí, aunque luego, como ya dije a madame, advertí que no. Monsieur Belladonna puso la atención en otros detalles.

—¿Cuáles?

—Manchas, unas que halló en las losas, cerca de una barrica.

—Y ¿luego?

—Se sirvió de la barrica y bebió. Calvados. Comentó que aún era joven, que le faltaba reposar.

—Vaya, o sea que tiene el paladar fino... Seguid, seguid...

—Después se fijó en una pieza de madera, que encontró por casualidad en un rincón, detrás de los toneles. Caminó hasta ella y la examinó de rodillas, bajo la luz de la lámpara; dedujo que era parte de una prensa de vino, prensa que, como más tarde descubriría, no se encontraba en la bodega.

—¿Qué más?

—Bebió de otra barrica, vino dulce: le gustó tanto que pidió que le llevara una botella a su habitación.

—¿Que la llevaras tú? —interrumpió la vizcondesa, escandalizada.

—Perdonadme, madame, es que yo misma me ofrecí. Monsieur Belladonna es un gentilhombre, creí correcto comportarme con buenas maneras como vos me habéis enseñado...

—Sigamos adelante —interrumpió el hombre—. Estabais contando que Belladonna bebió por segunda vez, en este caso vino; continuad, ¿qué más sucedió?

—Me invitó a beber con él.

—¿Aceptaste? —dijo la vizcondesa, esta vez alzando las cejas—. Pero, Juliette...

El hombre le dedicó una mirada fulminante a la viuda, y esta enmudeció.

—Madame, no os enfadéis conmigo. Le dije que me estaba prohibido, lo juro, y me negué. Pero siguió insistiendo y puso el vaso en mi mano y yo... Me pareció de mal gusto rehusarlo tantas veces. Perdonadme, por favor...

—¡Continuad! —exclamó el hombre, desesperado ante tanta dilación con asuntos domésticos.

La joven frotaba sus manos una contra otra, sollozando, sin poder mirar a los ojos de su señora. Por fin, continuó:

—Luego... monsieur Belladonna se dirigió a una mesa donde había botellas y frascos. Me pidió que aspirara la fragancia de una ampolla que contenía un extracto aceitoso. No supe qué era, pero él afirmó que era aceite de agalla.

—Está bien —murmuró el hombre, aquella información era

más interesante y peligrosa—. Proseguid, mademoiselle Mont-chanot, ¿qué más encontró en esa mesa Belladonna?

Monsieur hizo una seña a madame d'Estaing para que se acercara y, tras decirle unas palabras al oído, continuó el interrogatorio.

—Y luego, ¿qué sucedió? —retomó el interrogatorio el desconocido, y como Juliette parecía dudar, insistió—: ¿Señorita Montchanot?

Tras tantos años en el castillo, Juliette, que había aprendido las reglas como un catecismo, se había permitido tener una confidencia, apenas un secreto compartido con alguien que no pertenecía al círculo de la fortaleza.

—Me pidió romper las reglas —dijo, con una voz casi inaudible—. Y me propuso mantener un secreto.

—¿Qué te propuso? —se adelantó la viuda, clavando las uñas en el cuero del sofá.

Hubo un silencio.

—¿Qué propuso? —insistió el hombre.

—Que nada de lo que hablásemos saliese de allí.

—Y ¿qué más? —porfió la viuda, desconfiada.

—Las sensaciones en la oscuridad de la cava fueron intensas, madame. No podía dejar de escuchar su voz cerca y clara a mi oído, ni pensar otra cosa que no fuera captar su atención.

—Y ¿qué hiciste? —La viuda se tapaba el rostro con las manos.

—Disfruté de la situación, sí: de estar solos en la cava y del peligro de su propuesta.

—Lo disfrutaste.

—Sí, madame...

Madame d'Estaing ahogó un grito.

—¡Suficiente! —dijo el desconocido desde la penumbra—. Habéis roto las reglas, señorita Montchanot.

La viuda gimió de puro desahogo. La desobediencia de su sierva la enfurecía, y más aún cuando había invertido largos años en ella, en su educación y en las reglas que al parecer Belladonna había logrado que rompiera en tan pocos días.

—¡Tú eres mía! —gritó la viuda—. ¡Tu cuerpo es mío! ¡Tu voluntad! ¡Tu deseo! ¡Tú eres de este castillo!

—Perdonadme... por favor, madame. Vuestra insistencia en que fuera yo quien acompañara a monsieur Belladonna y no ninguna otra, me confundió. Pensé que actuaba de manera debida. Parecía que vos... —dijo Juliette, antes de taparse el rostro con las manos y prorrumpir en amargos sollozos.

—Idos —dijo el hombre a la muchacha—. Belladonna es un personaje magnético, por lo que veo, la clase de hombre que debéis tener siempre bien lejos de vuestra vida.

—Sí, monsieur —dijo Juliette mirando al suelo antes de hacer una leve reverencia y retirarse.

El silencio acaparó la habitación. El desconocido pensaba en Belladonna, en hasta qué punto había unido las piezas dispersas. Parecía ser tan observador como un lince y, además, poseía un exquisito don para manipular a las personas.

—Monsieur Belladonna comienza a quitarme el sueño —balbuceó la viuda.

—Tiene más información de la que debería, madame, y también era consciente de que vos hablaríais con la muchacha; sabe lo que nos ha contado. Tenéis razón, Belladonna merece desvelos; no obstante, no podrá descubrir nada.

Madame d'Estaing se acercó a la mesa donde estaban las copas, se sirvió una y la apuró de un trago.

—No me gusta... Pero por mucho que no me guste no puedo hacer nada más que esperar a que nos dé el informe y abandone el castillo sin más pesquisas.

—Belladonna es la única condición que madame de Calvert impuso. El plan sigue siendo perfecto. Y lo seguiremos hasta el final —dijo el hombre, dando por zanjado el asunto.

Se levantó del sofá, dejó la copa de licor en la mesa y se acercó a la viuda.

—Hay algo más —dijo, y metió la mano en el chaleco de donde extrajo un pequeño cilindro de bronce—. Ha llegado esta mañana de París, con una paloma mensajera: un mensaje para nosotros.

La viuda tomó el cilindro, separó sus partes y desenrolló el papel que guardaba en el interior. Parecía haber sido escrito con prisas; la caligrafía era poco cuidada, y el mensaje, directo, sin preámbulos.

El billete lo firmaba madame de Bijux, que les alertaba sobre los agentes del cardenal, afirmando que ya seguían el rastro al conde de Cagliostro.

Madame d'Estaing miró al hombre. A esas horas, la mansión Bijux ya habría sido allanada, secuestrada la correspondencia y, muy probablemente, la dama ya habría sido detenida. Los esbirros del cardenal ya sabrían que Cagliostro estaba vivo, guarecido en el norte de Francia, en un punto cercano al bosque de Brix. La viuda miró al desconocido, que se quitó la máscara para devolverle la mirada. El conde de Cagliostro y ella coincidían en la misma sospecha, que Belladonna ya hubiese advertido su presencia en Martinvast.

En ese preciso instante, Simone Belladonna estaba en su habitación; la suya era la única ventana iluminada a aquellas horas de la noche. Escribía a la luz del candil las últimas líneas del informe que, al día siguiente, como habían apalabrado, mostraría personalmente a la vizcondesa antes de regresar a París.

Un piso más abajo, también en su habitación, pero en completa oscuridad, Giordana estaba acostada, con la mirada puesta en la ventana. Repetía mentalmente los movimientos que habrían de ejecutarse la noche siguiente. Debía conseguir la llave para que Simone atravesase el portal. Y debía hacerlo con tiempo antes de que este abandonase el castillo. La joven cerró los ojos, y suplicó, en lo más hondo, que aquel en quien pensaba poner toda su confianza no la traicionara. Recordó alguna plegaria de la niñez; apretó con fuerza los ojos, y se encomendó a los espíritus benignos que la habían llevado, como en volandas, por el mullido discurrir de su existencia hasta aquel momento. Luego buscó con insistencia el sueño que le hiciera olvidar las

preocupaciones la víspera de un día, el umbral de un tiempo que se le antojaba fundamental en su vida. El sueño tardó en llegar, pero al final la venció, y entregó aquella alma que temblaba como una flor a unas horas de descanso.

A dos leguas de París, y a esa misma hora, madame de Calvert acababa de abandonar la reunión privada que había mantenido con la reina María Antonieta. La reina era más inclinada a las artes escénicas, pero Calvert había solicitado aquel encuentro con el fin de convencer a Su Majestad para que financiara la adquisición de la *Commedia* para la Biblioteca Real. Belladonna le había enviado un mensaje para explicarle lo que podían tener entre manos. Si lo logró o fueron otras preocupaciones las que mantuvieron a la soberana desvelada, fue algo que madame de Calvert no habría podido asegurar cuando salió de la cámara real. A Calvert también le costaría conciliar el sueño esa noche, víspera de una operación financiera que lograría que una joya de la literatura, y un hito histórico de la edición, no saliera de Francia.

Entretanto, el capitán Le Byron, después de haber rescatado del fuego el diario de madame de Bijux, había centrado todas sus pesquisas en perseguir el rastro de la hermandad de Dante, lo que para él significaba: Cagliostro.

Todos ellos, sin saberlo, esa misma noche acababan de encender con sus desvelos la llama de sus peores pesadillas.

TERCERA PARTE

Ceremonias y candelabros

18

MARÍA ANTONIETA

La reina de Francia tenía la mirada fija en los jardines. Su perfil era hermoso. Tal vez se debía al rubio dorado de sus cabellos, a sus finos rasgos centroeuropeos, o a su manera de observar, tan dulce, mientras desgranaba las causas por las que tanto los hombres como las mujeres de su corte se inflamaban de pasiones por ella.

María Antonieta admiraba aquellos jardines que se iluminaban con el sol de la mañana; un laberinto de setos, con trazas perfectamente matemáticas; senderos que llevaban a quien se aventurara en ellos hacia sitios remotamente predecibles, de tal forma que, si así uno decidía perderse, no lo lograba, pues de manera indefectible acababa en un sitio donde una fuente, una plaza o una escultura alzaba como señal el lábaro que evocaba el absolutismo francés, señalando dónde estaba el observador y que jamás tendría que temer peligro alguno.

Aquellos jardines que observaba los había diseñado André Le Nôtre un siglo atrás, y no eran otra cosa para la reina que un espejo de su propia vida en palacio. Allí, sus días eran tan predecibles y calculados que le provocaban hastío. Aunque, como reina, por lo menos era libre de perderse, caminando entre efigies de la monarquía para hallarse a solas consigo misma al menos un instante, donde no corría peligros ni agitaciones.

Entre intrigas y pasiones, la reina ocupaba su tiempo. En definitiva, eran de las pocas cosas que la hacían vibrar intensamen-

te. Pasaba largas temporadas en el palacete que le había regalado el rey, y no ocultaba su predilección por diamantes y satenes, con la consiguiente envidia que eso provocaba entre la aristocracia, que canalizaba luego ese descontento hacia el tornadizo populacho. Amada más por sastres y joyeros, cuyos negocios alimentaba, que por nobles y plebeyos, María Antonieta vivía entregada al teatro y a la moda. Y la frivolidad, mal entendida por una corte llena de rencillas que nunca la había aceptado como reina, se había convertido en un hábito.

Las pasiones, por otro lado, desataron en su vida tanta adrenalina como riesgos; algunos de ellos resultaban inolvidables, como su amorío secreto con el conde sueco de Fersen, a quien besaba entre bastidores, llevaba a su lecho por puertas secretas, y vestía y desvestía con manos de mujer enamorada. Pero también las pasiones le habían ganado enemigos, y ahí estaba el cardenal de Rohan, el clérigo narcisista y ambicioso, desesperado por acumular más poder; o aquella *parvenue*, la rebelde condesa Valois de la Motte, individuos a los que la codicia nublaba el entendimiento, y a quienes la reina no contaba entre los destinatarios ni del más nimio de sus afectos.

—Majestad —escuchó susurrar sobre su hombro.

María Antonieta retiró la mirada azul de los jardines reales para observar a madame de Campan, su dama de compañía, portadora de una carta que mostró bajo un rayo de sol.

—La marquesa de Calvert aguarda en la antecámara —informó la dama—; y también ha llegado esta misiva, que dejó el mensajero con los cuidados que pedisteis.

María Antonieta tomó la carta y rompió el sello. La leyó. El sol jugaba con el fondo claro de sus retinas, y la boca se arqueaba a medida que descubría las formas de esa caligrafía; hasta que dibujó por fin una sonrisa.

—Llamad al sastre y decidle que deseo verlo —susurró—; también al arquitecto, y al florista.

—Sí, majestad.

—Esperad.

—¿Majestad?

—Haced pasar a la marquesa.

—Al instante.

—Y una cosa más: que traigan de comer y beber.

Las amplias puertas del Salón de los Espejos se abrieron, dando paso a la marquesa de Calvert. Iba de satén negro, un vestido pesado que, tanto en mangas como en escote, remataba en encaje. Tenía el cabello blanco, y lo llevaba sujeto firmemente sobre la nuca con un broche de oro. Frisaba los sesenta y mantenía un refinado gusto tanto para la política como para la literatura. Era la tutora de la Biblioteca Real y, por tanto, la encargada de todas sus adquisiciones.

El Salón de los Espejos era profundo y bien iluminado, ya que tenía en su techo una gran cantidad de arañas con caireles de cristal. La marquesa de Calvert siempre admiraba aquellos brillos que despedían, trayéndole viejos recuerdos, pues a pesar de todo, a pesar del cambio de reyes, tal vez ella había pasado más años dentro de Versalles que cualquier otro de los cortesanos.

—Majestad —dijo la marquesa al llegar junto a la reina, hincándose en reverencia.

—Marquesa, no esperaba veros hoy.

—Pues traigo buenas noticias.

—Sentaos —dijo—. Y contadme, pues, esas buenas noticias.

—El libro del que os hablé ya está en proceso de adquisición. Nuestro tasador informó de que se encuentra en excelentes condiciones, y de que, como yo anhelaba, podrá formar parte de nuestra distinguida colección.

—Excelente. Y ¿sabéis si contiene grabados?

—Sí, majestad.

—Mejor aún.

Era sabido que la reina no le torcía el gesto a un buen libro. Pero lo que más disfrutaba era algo que sin duda se nutría de libros: el teatro. Tal era así que la dama de las flores de lis pasaba sus días escuchando las grandes obras de labios de sus lectoras en el palacio, quienes recitaban las historias que, más tarde, ella

se encargaba de llevar a las tablas. Eso no suponía un problema para María Antonieta, pues disponía de su propio teatro en el pequeño palacio, el Trianon; tampoco la puesta en escena. Era capaz de contratar tantos actores y coreógrafos que podía animar las obras completas de una biblioteca.

—La *Commedia* no ha de tener comparación —dijo la marquesa—; los grabados servirán de referencia si queréis, pero, majestad, los poemas del infierno de Dante serán lo que dé a la obra esplendor. Las oscuridades e intrigas de los seres que allí habitan harán que los espectadores tiemblen de emoción. Será la obra perfecta, la que llevará vuestro teatro a la inmortalidad.

—Sé bien que es un proyecto demasiado ambicioso para nuestro pequeño teatro y, por qué no decirlo, para nuestro limitado talento dramático.

—Pero, majestad...

—No digáis nada, marquesa. Sé de sobra las dificultades que encierra llevar la obra de Dante a las tablas. Pero si podemos al menos tener delante esos grabados, quién sabe, quizá la escena en la que ve a Beatriz vestida de ese rojo fuego... Montrieux podría confeccionarme algo así en seda, de un carmesí intenso, para la ocasión.

—Podría, majestad, claro que podría. Y dejadme deciros que...

En ese instante se abrieron las puertas del salón y entraron los sirvientes del palacio. Ataviados con libreas verdes, ofrecieron jerez y bizcochos, acercaron bandejas con dulces y panes recién horneados. Con ellos, también habían venido tres sastres, dos arquitectos y un florista.

La reina tomó una copa y bebió.

—El teatro, necesito reformarlo —dijo, después de paladear el licor—; sumar dos palcos y cortinajes. Que sean cortinas azules.

Los arquitectos tomaron nota de aquellas instrucciones.

—También quiero traer góndolas y prepararlas para una escena —continuó—. Traedlas de Venecia.

—¿Góndolas, majestad? —preguntó el arquitecto.

—Sí, góndolas. —La reina entonces llevó la mirada hacia la

marquesa—. ¿No hay una parte donde Dante atraviesa un río para tocar una orilla del infierno?

—Precisamente —respondió esta—. El Aqueronte.

—Pues bien. —María Antonieta dirigió de nuevo los ojos a los arquitectos—. Góndolas serán.

—Y ¿cuando acabe la representación?

—Las llevaremos al estanque de los Suizos. Serán puestas a disposición de mi corte; navegarán cuando gusten. También hay que pensar cómo ambientar el escenario para que parezca el río infernal.

»Y vosotros —se refirió María Antonieta a los sastres—, tomad las medidas para los ropajes, que sean suficientes para dotar a todos los actores. ¿Cómo decís que se verán mejor las almas condenadas en el teatro? ¿Con túnicas? ¿Togas?

—Las togas levantarían suspicacias, majestad —dijo un sastre.

—Pues que sean túnicas.

—Por supuesto.

—Y procurad que haya una de color púrpura, para la escena de Beatriz y la llama viva —añadió la reina.

María Antonieta acabó su copita y observó a la marquesa.

—Me decíais... es un ejemplar antiguo, ¿verdad?

—De 1472; no habrá uno igual en toda Francia. Y pertenecerá al fondo de la biblioteca.

—Por supuesto. Entonces no lo conservaremos en París. Prefiero tenerlo aquí, en Versalles.

La marquesa asintió, para decir acto seguido:

—Hay algo de lo que quería hablaros, majestad.

—Pues bien, estoy aquí para escucharos. Decidme.

—Os veo entusiasmada con la obra.

María Antonieta sonrió. Su mirada ahora parecía la de una niña agitada.

—Marquesa, si fuisteis vos quien me metió esto en la cabeza. Por supuesto que lo estoy. Creo que será una obra sin precedentes y que ese libro, sin duda, marcará una impronta que nadie será capaz de negar.

—Y de eso se trata, majestad. Precisamente de un evento que será de gran valor, tanto para la Biblioteca Real como para vos.

—Contadme, pues.

—Sí; una vez adquirido el ejemplar, propongo enseñárselo al mundo, que los amantes de la literatura sepan que su reina conserva un magnífico ejemplar, y para esto, majestad, he pensado en una cosa.

—¿Qué? —dijo la soberana—. Decidlo, vamos, que me mataréis con la intriga.

—Que presentéis el libro antes de la obra. Que el libro prepare el sendero que culminará en la obra de teatro.

—¿Aquí?

—Versalles es perfecto.

María Antonieta tomó unos bizcochos, que sus perrillos, arracimados en torno a sus regias faldas, comieron de su mano. Mientras contemplaba a las mascotas, le cambió la expresión. Ella pensaba siempre en el teatro, y aquello trastocaba sus planes; la *Commedia* encima de un escenario, esa era la idea. Exponerla en una vitrina, eso no acababa de verlo. No obstante, el consejo de la marquesa siempre había sido sabio, pues jamás se hubiese interesado en ese ejemplar a no ser por ella, y mucho menos por la idea de adaptarlo al teatro. No le sobraban personas en las que confiar, a María Antonieta. La marquesa compartía su pasión por las bellas letras, la entendía, no la miraba como a una usurpadora, como hacía el resto de la corte. Se fiaría de ella para hacerse con aquel ejemplar que ya concebía como un tesoro; una joya más cara a sus ojos que cualquier diamante.

—Pues bien. Si lo consideráis oportuno, así se hará.

La marquesa bebió de su copa, satisfecha, y asintió.

—En breve recibiré el informe definitivo. Será el que fijará el valor del ejemplar.

—¿A quién habéis enviado? —se interesó la reina.

—A Simone Belladonna, especialista en encuadernaciones antiguas.

—No lo conozco.

—Seguramente no; no es un hombre que frecuente la corte.

—Dejemos entonces que complete la transacción. —La reina volvió a beber de su copita y sonrió—. ¿Belladonna es un hombre de fiar?

—En París se lo conoce como «el cazador de falsificaciones». En verdad, no existe mejor hombre para prevenir a vuestra majestad.

—Bien; cuando tengamos el libro en este palacio, recordad que quiero conocerlo. Me gusta mirar a la cara a la gente que trabaja para mí.

—Por supuesto, majestad. Lo conoceréis.

—Daos prisa entonces con todo, os lo ruego.

Dicho esto, la reina se puso en pie y fue hacia el ventanal. Desde allí, volvió a contemplar los jardines del palacio: el canal central mantenía las aguas calmas mientras que, en las fuentes, se elevaban sendos chorros cristalinos que la brisa se encargaba de mecer, así como abanicos.

A su espalda, la marquesa también se puso en pie. Al parecer, María Antonieta había dado por concluida la audiencia. Así pues, mediante otra reverencia, prometió regresar con novedades, y también agradeció, con una sonrisa, la confianza en sus consejos.

Una vez a solas, la reina de Francia volvió la mirada al salón. Releyó aquella misiva que le habían entregado justo cuando anunciaron a la marquesa de Calvert. Aquello parecía tener que ver con todo: con su teatro, con la *Commedia*, y con los aires de rebeldía que brotaban por doquier y ponían en su objetivo a la monarquía. Aquella carta volvió a provocar una sonrisa en su boca. Era una invitación. Arriesgada. Demasiado para una reina, pero el mero hecho de haberla recibido le devolvía la alegría a su hastiada vida. Una invitación a ser la protagonista en un mundo soterrado, secreto, un mundo donde los riesgos y los senderos no estaban definidos. ¿Se atrevería la reina a aceptarla?

María Antonieta levantó la mirada; de pronto, se puso seria,

descubriendo al florista que, aún erguido en el salón, aguardaba sin saber las razones por las cuales había sido llamado.

—Quiero que compréis orquídeas —dijo la reina, clavando en él su mirada azul como el cielo—, y que las plantéis en mis jardines. Harán de antesala a mi teatro.

—Majestad —interrogó el joven florista—, ¿cuántas deseáis adquirir?

—Todas las que haya en París.

19

CRISTALES EMPAÑADOS

Simone Belladonna bebía vino de Anjou en el invernadero del castillo mientras observaba en silencio a los que allí se reunían. En la cabecera opuesta a la que él ocupaba se sentaba madame d'Estaing; a su lado, con mirada analítica, el apoderado e inminente marido de su sobrina, el barón d'Artois. También se hallaban otros hombres llegados especialmente desde Bretaña en el transcurso de la mañana: un escribano y su notario. Las doncellas se movían de un lado a otro, llevando y trayendo bandejas llenas de bebidas y alimentos para los huéspedes.

La viuda llevaba el cabello recogido con una redecilla ensartada de perlas, y tenía la mirada fija al frente, atenta a las expresiones del corso. El escribano y el notario, por su parte, comentaban las inclemencias que habían tenido que sobrellevar en su viaje al castillo, atravesando caminos que, por causa de la nieve y el frío, les había retrasado dos noches en Saint-Maurice-en-Cotentin. Aquellas vivencias no atraían tanto al corso como la mirada que le dedicaba la anfitriona, una mirada poco apacible que, en cada parpadeo, parecía encerrar profundos secretos.

Había llegado la hora. Tras largos días de espera, el informe sobre la *Commedia* estaba terminado, y aquellos hombres, conforme habían pactado las partes, certificarían por escrito el resultado para despachar a la Biblioteca Real.

El invernadero era acogedor. Una galería acristalada donde el aire se respiraba como en primavera. En él, madame d'Estaing

cultivaba una variedad considerable de especies exóticas, además de arbustos y plantas traídos del Brasil, y lo más importante estaba a la vista: las veinte variedades de orquídeas africanas. La tarde era luminosa aún; los rayos atravesaban los cristales trazando haces rectos como cuchillos, efecto que, durante un instante, captó la atención de Belladonna.

—Pues bien —dijo el escribano, terminado su largo relato sobre las dificultades del viaje—: a pesar de todo, pudimos llegar; el mundo ya conoce las peripecias de Dante y permítame decir, mi estimada señora, que este bosque que rodea vuestro castillo me recuerda a la *Commedia*, por los accesos tan farragosos que hacen casi imposible entrar o salir de él.

—Sin contar con los tres mastines que vigilan la entrada —siguió diciendo el notario, que bebía una copita de licor—. Cual fieras a la entrada del infierno, lo hacen aún más parecido.

La mención de aquellos perros distrajo la atención de Belladonna, que no recordaba haber visto ninguno pese al trayecto a pie que lo llevó por el bosque, y pensó que quizá los soltaran solo al antojo de su ama. En cuyo caso, era significativo que lo hiciera para recibir a los funcionarios y no a un extranjero como él.

—Mejor vayamos a lo nuestro —dijo el escribano, sin mucha preocupación; y de su portafolio extrajo un documento que puso sobre la mesa—. Aquí tenéis, madame, el acta que deberá firmar monsieur Belladonna. —Se levantó para darle el documento a Simone—. Leedlo pues —le pidió el escribano—, y decidme si estáis de acuerdo en todo.

El documento acreditaba a Belladonna como apoderado para realizar la operación en nombre de la Biblioteca Real. Asimismo, declaraba que, como tal, propondría una tasación que sería tomada como referencia para la compra. Belladonna lo firmó, y mientras el escribano certificaba su firma, miró al centro de la mesa. Allí descansaba la *Commedia*, envuelta en su paño protector y orientada hacia madame d'Estaing.

—La rúbrica y el contrato están en regla —afirmó el escriba-

no, alzando la cabeza—; ahora resta escuchar, monsieur, lo que tengáis que declarar.

Belladonna posó en la mesa su dossier; apenas unas hojas manuscritas que llevaban su firma.

—Y ¿bien? —se apresuró a decir madame d'Estaing, expectante.

El corso respiró con cautela y miró con calma a los presentes antes de decir:

—He de afirmar, madame —y posó las yemas de los dedos en el dossier—, que vuestra *Commedia* me ha causado honda impresión. Un ejemplar de exquisita factura. —Alargó la mano para quitar el paño que lo protegía y desnudarlo ante la vista de los presentes—. Como podéis ver, es un ejemplar voluminoso. Mirad aquí, sobre el lomo, se pueden apreciar cinco tejuelos que son característicos en las encuadernaciones del siglo xv. Es decir, se ajusta a su época. También sus páginas llevan marcas de agua, casi invisibles; proceden de una papelera florentina que, efectivamente, suministraba existencias a la poderosa familia Angelini, quienes fueron coeditores de esta versión de la *Commedia* en 1472.

—Una excelente noticia —dijo madame d'Estaing, y suspiró—. Un libro con páginas de legítimo origen. Pero continuad, monsieur, por favor, no deseo interrumpiros...

El corso, ya en pie, dio unos pasos para rodear la mesa y acomodó el libro bien cerca de ella para que pudiese verlo en detalle.

—Un ejemplar con aspecto sólido —dijo—. Está forrado en cuero fino, un guadamecí brocado que, por cierto, está deslucido. Sin embargo, si pasáis la mano por él podréis constatar los bellos relieves: el repujado que se logra con hierros calientes mediante una técnica conocida por «gofreado». Y aquí —el corso señaló el lomo—, el cuero está punteado por partes, a golpe de punzón, formando una exquisita línea que solo se ha de ver en ejemplares salidos de buena cuna. Asimismo —continuó—, mirad aquí, por debajo del repujado veréis el cuero de color carmín; ha sido tratado con una tinción muy utilizada en las cur-

tiembres, a base de cártamo, una bonita flor silvestre traída de África. Por otra parte, podemos palpar que el interior de las tapas es de madera sólida, y que, por cierto, es un detalle característico de la época. —Belladonna, consciente del silencio que había creado con su descripción, mojó los labios en la copita de licor antes de seguir hablando—. La madera del armazón interior es de tejo, he podido verla; tiene la veta fina y bien apretada, y más aún, madame, está visiblemente atacada por la carcoma.

—¿Carcoma? —dijo ella, alzando una ceja.

—Permitid que me detenga en este punto, por favor, pues pretendo ser bien claro: es este un signo clave y determinante, si consideramos que es imposible falsificar una carcoma en la madera ni aun para el falsificador más atrevido, pues la carcoma, como todo mal que acecha a la madera, muestra su efecto en un proceso que puede llevar años, y que es perfectamente verosímil en maderas pertenecientes al siglo xv como las que encierra este ejemplar, y por tal afirmo, con total certeza, que es un sello de autenticidad.

La vizcondesa contuvo el aliento. Sus ojos brillaron, rebosantes de satisfacción. El notario continuaba asentando cada palabra; llevaba la pluma al tintero, y los ojos de Belladonna se deleitaron en esa acción: la pluma de ganso mojada en la tinta, el silencio que ahora cundía como fuego ardiente en el invernáculo.

—También lo es la tinta —retomó su parlamento el corso, sin quitar la mirada del escribiente—: el estilo gótico en las letras y el grano de la hoja, aquí podéis verla. —Y llevó la mano al ejemplar para abrirlo a la mitad—. ¿La veis? Si os fijáis bien, observaréis que se estampa con la misma presión en cada página, y su color ya no es tan negro como lo hubo de ser antaño, efecto de la oxidación, que la ha convertido en ocre terroso. No dudo que sea tinta española.

—¿Española? —se interesó madame.

—Valenciana —precisó Belladonna—. Partes iguales de nuez de agalla, vitriolo y goma arábica. Con vino blanco y alumbre.

—Es asombroso.

—Más bien, extraño.

—¿Extraño, decís? —irrumpió el barón d'Artois, que no había abierto la boca hasta ese momento, limitándose a escrutar al corso con una mirada que revelaba tanta desconfianza como turbia curiosidad.

—Simplemente porque la tinta valenciana es común aquí en Francia, pero no en la Italia de la época.

—Vamos, ¿os creéis capaz de reconocer las tintas a simple vista?

—Rara vez me equivoco.

—Pues me parece una hazaña difícil de creer.

—No obstante, puedo hacerlo, barón.

—¿Ah sí? —El barón relajó el gesto, y eso mitigó las arrugas que se le habían formado en la frente—. ¿Seríais capaz, entonces, de decirnos cómo prepara el notario su tinta?

El notario, con la pluma en la mano, vio acercarse a Belladonna y observar largamente la tinta seca en lo que había escrito.

—Con corteza de granada —afirmó.

Rápidamente, madame d'Estaing interrogó con los ojos al escribiente, quien asintió, pues el corso acababa de acertar en lo que decía.

—Proseguid, por favor —susurró la viuda.

El barón se quedó mirándolo con su sonrisa partida, hundido en la poltrona, mientras que Belladonna continuó:

—También existen algunas letras en este ejemplar que han de otorgarle propia identidad, y son cuatro, que se repiten a lo largo de la obra como aquí os enseñaré. —Y señaló un renglón en la página del libro abierto—. La «L», la «C», la «F» y la «R»; tipos móviles que sin duda tenían sus filos gastados; algo que convierte en único el ejemplar.

—¿Le resta valor? —se apresuró a decir madame.

—Por supuesto que no. Es apenas un detalle; uno que quizá coló el impresor con travesura.

—L, C, F, R —repitió la viuda.

—De principio a fin, madame, podéis hallar esas letras diferenciadas en las páginas de vuestro libro.

—Y ¿por qué habría de querer dejar esa marca?

—Un acrónimo. Que, por sus grafemas, podréis sospechar ya que se trata de una travesura dantesca, pues en las páginas de una *Commedia* conllevan algún tipo de guiño literario.

—¡Lucifer! —exclamó la viuda d'Estaing.

—Como si este se hubiese colado en la tinta.

—Esto se está poniendo muy interesante —intervino el barón d'Artois.

—Hay más —dijo Belladonna, y se agachó para tomar algo que guardaba en su maletín—. ¿Lo veis, madame? —preguntó mostrando un frasquito de cristal—. ¿Podéis reconocerlo?

—¿Un... ciempiés? —dijo la viuda sin mucho convencimiento.

El frasco contenía un bichito pequeño y con largas antenas.

—Parecido, pero no —orientó Belladonna—. Y vos, barón, ¿qué pensáis que es?

El barón observó el frasquito, para luego alzar las cejas.

—¿Una especie de cucaracha?

—Un pececillo de plata —dijo el notario que, tomándose el mentón, parecía tan interesado en ese acertijo como en su acta.

—¡Exacto! —exclamó el corso—. Sin embargo, la ciencia bautiza este animalito *Lepisma saccharina*. Tiene una fama terrible en el mundo de los libros y más aún en las bibliotecas, pues su apetito es voraz.

—No soy un entendido en libros —se excusó el barón—, jamás podría haberlo reconocido.

—Un panadero también lo reconocería. Devora tanto libros como harina, y, en general, cualquier cosa que tenga almidón o celulosa, se comen hasta el yeso. Este se encontraba en vuestro libro, madame, y me ha costado horrores sacarlo de ahí y meterlo en el frasco. Se escabullen entre pliegos y costuras, debajo de las telas del lomo, allí donde una pinza no llega.

—¿Cómo lo habéis hecho, pues? —se interesó el barón.

Belladonna apoyó el frasco en la mesa, delante de los ojos de los presentes.

—Secreto profesional —replicó Belladonna, lo que no gustó demasiado al barón.

—Enhorabuena, monsieur —dijo la viuda, muy alegre—; este ya no se alimentará más del libro.

—Creo que con esto es suficiente —interrumpió el barón—. Monsieur Belladonna ha expuesto los avales necesarios para acreditar la autenticidad del ejemplar. Ahora resta saber el precio que pagará la Biblioteca Real por adquirirlo. ¿De qué cantidad estamos hablando? Me he informado sobre el valor de incunables similares y rondarían las cuatrocientas cincuenta mil libras...

—Lamento deciros —contestó el corso— que esa cantidad no podremos igualarla.

—Podría haceros una rebaja —siguió el barón—, por cortesía, más cercana a las cuatrocientas treinta y cinco mil, y entregarlo así a vuestra biblioteca. ¿Qué os parece?

—Esa cifra también queda muy grande —respondió Simone, con un tono tajante.

Madame d'Estaing iba a beber un poco de vino y dejó la copa en alto. La sonrisa que había lucido su rostro hasta entonces se desvaneció. Todos los presentes pensaron que el alto precio a pagar la había dejado sin aliento, o que la misma confirmación de la autenticidad del ejemplar que su difunto esposo atesoraba había operado como esas buenas noticias que le arrebatan el aire al que las recibe.

20

HORRIBLES SECRETOS

La viuda apuró la copa antes de posarla sobre el mantel; a su lado, el barón, que ahora sí había advertido la expresión de la mujer, miró al corso con cierta cautela, y luego hizo una seña al notario para que volviese a entintar la pluma.

—Creo que no debemos apresurarnos —susurró D'Artois—. La cifra de oferta es prerrogativa del comprador con opción preferente: en este caso, de monsieur Belladonna, así que será mejor que dejemos que la establezca él.

El corso volvió al frasco donde permanecía atrapado el bichito devorador de libros.

—Mirad el insecto otra vez, barón, os lo ruego.

D'Artois tomó el frasquito con la punta de los dedos y, llevándolo por delante de los ojos, lo estudió. El pequeño *Lepisma saccharina* caminaba en círculos, intentaba inútilmente salir de aquella cárcel de cristal.

—¿Qué veis? —apuró el corso.

—Un bichito diminuto, horrible; su cuerpo escamado como el de un langostino y antenas en cabeza y cola.

—¿De qué color?

—Pardo.

—¿Estáis seguro, barón?

—Completamente.

—Y ¿por qué pensáis que lo llamarían pececillo de plata si en verdad es pardo?

—Pues no lo sé, monsieur.

—Y ¿vos? —indagó Simone, mirando a madame—. ¿Lo sabéis?

Ella negó con la cabeza. Entonces el corso se reclinó, apoyando las manos en la mesa.

—Pues lo llaman así, señores, porque ha de volverse de color plata. No obstante, esto no sucederá, como podéis comprobar, hasta que nuestro horrible bichito no cumpla el año de vida; antes, ha de cambiar tres veces la muda de piel. Entonces será adulto y sus escamas de color plata.

Madame d'Estaing apartó los ojos del frasco para mirar al corso.

—Y ¿a qué se debe la explicación? —exclamó.

—Me dijisteis que la *Commedia* había permanecido siempre en el cofre desde hacía dos décadas, y que vuestro marido, el vizconde, cuando lo manipulaba, jamás lo sacaba de la habitación en donde estaba para devolverlo nuevamente al cofre.

—Y eso es absolutamente cierto.

—Y que jamás ha estado entre otros libros.

—Jamás.

—Pues aquí comienza la intriga, madame. —El corso se acarició la barbilla mientras miraba al insecto—. ¿Cómo explicáis la llegada de este insecto, que ni siquiera tiene un año de vida, al interior de un libro que, herméticamente cerrado en su cofre y, según afirmáis, sin que nadie lo haya abierto ni supiera qué hay en él, no estuvo junto a otros libros desde la muerte del vizconde?

El notario interrumpió la escritura para levantar la mirada. A su lado, el escribano, que aguzó los ojos, observó una vez más el frasco que ahora estaba en manos de madame, quien, con aquella mirada analítica, exhaló lentamente un suspiro.

—Pues qué importa —interrumpió el barón d'Artois—. Imagino que habrá llegado allí de alguna manera; es un insecto, y los insectos están en todos lados.

—Por supuesto —dijo Belladonna—; y ha sido imaginar esa manera de llegar hasta allí lo que me ha puesto a pensar. Es el

momento, señores, de dejar en claro que estas criaturitas no aparecen por arte de magia, y menos, dentro de un arcón sellado.

—¿Es el bichito lo que os preocupa? —inquirió D'Artois.

—Y es suficiente.

—Entonces, monsieur —sonrió D'Artois con aires de bribón—, debo interpretar que habéis realizado vuestra tasación denunciando la inexplicable presencia de un bichito devorador de hojas.

—La presencia del *Lepisma saccharina* denuncia ciertas cosas.

—¿Cuáles?

—La *Commedia* no ha estado en el lugar que habéis declarado —dijo Simone, mientras la viuda le miraba fijamente. Respiraba tan despacio que su pecho apenas se movía—. El ejemplar estuvo en contacto con otros libros, al menos el último año, o en un sitio donde los pececillos de plata abundan y en donde el que veis aquí —miró el pececillo del frasco— se coló entre las hojas del ejemplar, haciendo de este su hogar. Me he tomado el trabajo de investigar los lugares en el castillo donde los pececillos pudiesen habitar, y no ha sido en la biblioteca donde, efectivamente, el ejemplar no estuvo, ni tampoco en el *scriptorium*, ni menos aún en la cocina, cerca de la harina; para mi sorpresa, los descubrí, y por casualidad, en un libro, uno que mademoiselle d'Estaing leía en los jardines algunas mañanas. Mademoiselle me dijo que lo había tomado de una estantería de la bodega del castillo, lugar que visité y en donde, como supuse, encontré la respuesta a mis preguntas. Allí se esconde el misterio de vuestra *Commedia*, que asumo que aún desconocéis: el misterio de su impresión.

La viuda permaneció en silencio, con ojos oscuros y brillantes, sin poder quitar la vista del corso.

—Por este detalle —siguió el corso— pude corroborar el paso del libro por la cava. El sitio que lo ha infectado con el bichito devorador de hojas y así, desde entonces, me he preguntado qué habría de hacer allí un ejemplar tan valioso como el que aquí podemos ver compartiendo repisas con libros de mala cuna y dudosa calidad.

Simone provocó un silencio y continuó:

—Para mi asombro, descubrí en la bodega algunos objetos que llamaron mi atención. Bombonas y frascos; algunos con restos de vino y de licor, lógico, pero también hallé otros con ingredientes menos esperados en una bodega.

Llevó la mano al maletín, de cuyo interior tomó otro frasco, de igual tamaño al anterior, que enseñó a madame.

—¿Las reconocéis? —preguntó, quitando la tapa y vertiendo sobre la mesa unas pequeñas bolas color café que rodaron por la mesa.

—Agallas de roble.

—Sí, madame.

—¿Y bien? —dijo el barón.

El corso observó ahora al notario, que estaría más familiarizado con aquellas bolas por su profesión.

—¿Para qué usaríais vos las nueces de agalla? —le preguntó.

—Para extraer su aceite —respondió este sin vacilar—. Y fabricar tinta.

—Exacto.

La viuda continuaba en silencio; sus ojos ahora iban y venían desde las agallas que se desparramaban sobre la mesa hasta el rostro de Belladonna, quien le dedicaba a su anfitriona miradas fugaces, por momentos irreverentes, con aires de niño terrible, apenas lo suficiente para no provocar en ella una llaga que la incomodase.

—¿Por qué habría de haber nueces de agalla si no es para hacer tinta? —susurró el corso—. Esta pregunta habría sido en vano a no ser por un mortero, que hallé en el mismo sitio y que aún permanecía sucio y evidenciaba los restos de tinta elaborada.

—Id al grano —se impacientó el barón.

Simone lo miró con ojos devastadores y concluyó:

—En la bodega se ha producido la tinta para imprimir las hojas de vuestra *Commedia*. —Y dirigió la vista hacia el ejemplar sobre la mesa.

Sobrevino entonces un silencio fúnebre. Madame d'Estaing

miraba como una bestia lastimada; en el punto más peligroso para tenderle una mano, pues la arrancaría de un salvaje mordisco.

—¡Qué decís! —El barón se puso en pie—. ¡Vos mismo afirmasteis que la tinta del ejemplar había sido envejecida y oxidada por el tiempo, tal y como debía ser!

—Lo dije. —Y, según respondió, volvió a meter la mano en su maletín para mostrar otro frasco—. Aquí tenéis, el polvillo colorante que se diluye en tinta, otorgándole un color mate que, a las pocas horas, se torna ocre. Lo hallé en la bodega, junto a las agallas y el mortero, pero esto no es todo. Debajo de una barrica existe una enorme mancha que cubre las losas del suelo; en efecto, ha sido un derrame de vino tinto, al menos eso parece, salvo porque en ese sitio las barricas contienen licor. Lo que ha ocurrido ha sido un derrame de tinta involuntario, que ha sido disimulado en las losas con vino rojo, vertido profusamente para tapar el rastro anterior.

—¡Monsieur! —El barón dio un puñetazo en la mesa.

—También hay allí un husillo. A no ser por las pequeñas manchas de tinta que reviste la madera y la grasa negra que aún conserva en su rosca, hubiese pensado que era parte de una prensa de uva; pero no, aunque es la parte de una prensa, es de una prensa de tipos móviles, que después de haber sido utilizada han desmontado y se han llevado de la bodega.

—¡Monsieur! —El barón dio un paso hacia Belladonna.

—Y con esto aseguro, señores, que el ejemplar que veis aquí, tan voluminoso y hermoso, tan cuidado y con sus acabados dignos de elogio, ha sido impreso en las bodegas del castillo de Martinvast durante el invierno de 1787, y no ha de tener más de un año de vida. Como nuestro bichito plateado.

El barón, visiblemente desencajado, se tomó la nariz y masculló, intentando bajar el tono ante la mirada que recibió de la viuda:

—¿Qué habéis escrito en el informe, monsieur?

—El libro es una falsificación. Muy bien hecha.

El silencio los sepultó a todos. No se escuchó voz, ni aliento

ni sonido alguno; no se escuchó nada más que la respiración lenta de la viuda, con los labios entreabiertos, mientras posaba las manos en el informe rubricado que Belladonna había entregado al comienzo de la charla. El notario, entretanto, hundió la mirada en el acta mientras asentaba con la pluma aquella imputación.

—Pero, monsieur —puso en duda el escribano—, os basáis apenas en un insecto diminuto y en unas nueces salvajes; en un colorante y en un mortero, para aseverar la falsedad del libro de madame d'Estaing. Es poca cosa, creo yo, aun sin ser un experto como vos.

—Podría ser —repuso el corso—. Y hubiese quedado esto en una simple sospecha a no ser por un detalle, que ha ido más allá de todo lo que mencioné y que hubo de cerrar mi hipótesis con un baño de realidad. Una realidad inapelable.

Entonces, ante la expectación de todos, Simone metió la mano en su chaleco como si tuviese allí el as de la partida. Y en efecto, lo tenía; pues con frialdad había esperado el momento oportuno para enseñarlo.

—Aquí tenéis los hierros de impresión. —Eran cuatro, que alineó sobre la mesa para que pudiesen observarlos: tipos móviles con sus filos gastados—. Si los mancháis con tinta y presionáis sobre papel, veréis estampadas las mismas letras con vicios que hallaréis en vuestro ejemplar, podéis comprobarlo, y debéis saber que también los he hallado en la bodega.

El escribano tomó los hierros y luego asintió, volviendo los ojos hacia madame d'Estaing, que continuaba en silencio. Hubo un intento del escribano por hablar, quizá alguna defensa en favor de la duda, lo cierto fue que ni siquiera alcanzó a articular palabra.

—Es suficiente —zanjó la viuda.

—Recomendaré a la Biblioteca Real que no compre el libro —terminó Belladonna—. Si deseáis venderlo como copia, madame, su valor es de mil quinientas libras, y creedme que es un precio de amigo.

—¡Un desastre! —exclamó con furia D'Artois.

—Pero hay algo más —continuó el corso.

—¿Qué?

—El falsificador.

—¿Sabéis quién es? Pues adelante —concedió D'Artois—. Escucharemos.

—Saberlo os costará cincuenta mil libras.

Era demasiado dinero, todos lo sabían, demasiado por el nombre del falsificador.

—Señor notario; señor escribano: gracias por vuestros servicios. Podéis retiraros, tenéis un largo e incómodo viaje por delante. Un criado que hay frente a la puerta del invernadero os acompañará al patio —dijo madame d'Estaing, despidiendo a los dos atónitos caballeros, no menos sorprendidos que el barón, quien, al ser apoderado de la viuda, acababa de perder un negocio de cuatrocientas cincuenta mil libras.

Cuando hubieron salido, la vizcondesa se dirigió a Belladonna.

—Veo que sois un hombre de acción y os estáis aprovechando del momento.

—Soy un profesional. Cobro por mi trabajo.

—Pues madame d'Estaing no acostumbra a pagar por ese tipo de información —concluyó el barón—. Si tenéis algo que añadir se os escuchará, si no, podéis callarlo para vos.

El corso bebió de su copa, a modo de brindis personal, y tomó su maletín para cerrar la conversación.

—Pagaré —rompió el silencio la viuda—. Pagaré por escuchar el nombre del falsificador.

El barón, sorprendido, tardó un instante en perder la sonrisa. Tras recibir una seña de la vizcondesa, extendió una letra por el total de la cifra reclamada y la deslizó hacia el centro de la mesa.

—Solo en efectivo —rehusó Simone—. Es mi costumbre.

—Con que acostumbráis... —replicó D'Artois a quien la calentura le subió a las mejillas—. Pues mi estimado monsieur Belladonna, veo que estáis acostumbrado a lujos que no son propios de vuestra posición.

—Pagadlo —ordenó la viuda—. En efectivo.

Al barón le mudó el semblante. Miró a la viuda. Algo no encajaba. ¿Por qué estaba dispuesta madame a pagar tanto por una información que quizá ya conociese? ¿Era precisamente por eso, porque quería que se supiese? ¿O que no se supiese? Luego volvió a mirar al corso, quien le sostenía los ojos con inusitada tranquilidad. D'Artois tragó, se frotó las manos y, asumiendo una aceptación que le resultaba incómoda, abandonó la mesa para retirarse también del invernadero. Reapareció a los pocos minutos, con la mirada inyectada en sangre, y volvió a sentarse junto a la viuda para acomodar sobre la mesa cinco fajos de billetes.

—Cincuenta mil. En efectivo —dijo.

—Hablad ahora —le conminó la vizcondesa—. ¿Quién ha falsificado el libro?

Belladonna miró a madame, desafiante, sin poder ocultar una media sonrisa. Era una mirada que venía a decir que la pregunta era del todo absurda. Porque ya sabía la respuesta. Luego desvió la mirada y la clavó en los ojos del barón. Solo entonces dijo:

—El conde de Cagliostro.

21

SAINT-VAAST

El capitán Le Byron y su guardia habían llegado al poblado de Saint-Vaast. Era un pequeño burgo enclavado a orillas del canal de la Mancha, al norte de Francia, donde las casitas de piedra y madera se reunían en torno a un torreón costero que, elevándose por encima de la bruma, dominaba la escollera, apuntando sus cañones al mar. Los enemigos de Francia invadían ese pueblo desde las costas, y los pobladores de Saint-Vaast, combativos desde siempre, debían tomar las armas para defenderse de sus invasores. De aquellas reyertas del pasado permanecía un recuerdo imborrable en las nuevas generaciones; bastaba echar una mirada detrás de la rompiente para encontrar aquellos mástiles vetustos que sobresalían como agujas en el mar: eran las veintisiete naves francesas hundidas en la batalla de la Hougue.

Después de apartar la mirada de los fantasmales mástiles, el capitán Le Byron observó el sitio donde el cochero acababa de detener la carroza.

—Es aquí —dijo Bussière asomado a la ventanilla—. Número 27 del boulevard des Chantiers: a este portón llegó el cónsul el otoño pasado; he aquí, al fin, nuestro destino.

Allí había una casona de tejado apuntado y, en apariencia, deshabitada; los portones y celosías permanecían completamente cerrados y, a los pies de la escalinata de mármol, se alcanzaba a distinguir un jardín tapizado con broza seca y una fuente con aguas estancas, donde un camino entre setos visiblemente creci-

dos conducía a la pérgola que languidecía en soledad. Era el punto al que los había llevado el diario personal de madame de Bijux. Aquellas páginas medio chamuscadas revelaban a Le Byron los detalles del último sitio que hubo de visitar el cónsul antes de su muerte, y era precisamente allí, en esa casa deshabitada, donde comenzaría una nueva búsqueda.

El capitán debía atar cabos. Aun teniendo el diario de madame de Bijux en sus manos, poco podía dilucidar del entramado que había llevado al cónsul a la muerte. En la víspera, cuando allanó su mansión, y a pesar del poco tiempo que tuvo para interrogar a la viuda, todos sus intentos por sacarle información no llegaron a buen puerto; incluso cuando se le preguntó por la paloma mensajera, la mujer prefirió guardar silencio.

Sí, debía atar cabos. Allí dispondría del tiempo necesario para un segundo interrogatorio. No obstante, no era la viuda la única fuente de información con la que contaba. En el carruaje, el capitán llevaba un arcón con los documentos incautados, documentos que, sin haberlos leído por completo aún, habrían de arrojar más luz a la investigación. Tarea que le había encomendado a su secretario, Sissé, un hombre de letras cuya virtud era la paciencia. Él se encargaría de buscar entre líneas más pistas que llevaran hacia el conde de Cagliostro.

Pero el acontecimiento fortuito que iba a acelerarlo todo no habría de suceder sino una hora más tarde, por boca de un pescador que se fue de la lengua y reveló lo que le habían pagado para que no hiciera público que esa propiedad abandonada en Saint-Vaast tenía una dueña. Y más aún: esta dueña era una acaudalada señora de Normandía, quien visitaba el poblado una o dos semanas al año pues era esa su casa de verano. Le Byron logró perforar la endeble versión del lugareño y hacerlo cantar, con graznidos propios de las aves marinas.

Cuando el atardecer comenzó a encender los cielos, Le Byron se dirigió a una posada del pueblo y ocupó allí seis habitaciones; tres para su guardia, una para él, otra para su secretario y Bussière, y otra más pequeña y pegada a la suya para albergar a su prisionera.

Al anochecer, los habitantes de Saint-Vaast comenzaron a mostrarse desconfiados; los más suspicaces se reunían debajo de una farola en la esquina de la fonda; desde allí espiaban los carruajes y los caballos, que dormitaban atados por las bridas. Para ellos, los forasteros mostraban un aspecto inconfundible: venían de París, y solo traerían problemas. De igual forma que a los ingleses venidos por mar, los pobladores tenían miedo de los parisinos llegados a caballo. Temían que ese séquito estuviese allí por orden del rey a propósito de la inflación que afectaba la harina en el reino, y al igual que ya había ocurrido en otros condados del norte, les incautasen las reservas de grano que acopiaban en los silos. Eran tiempos duros para las arcas del Estado, pero peores para los graneros de los campesinos. Las redes de los pescadores no daban para abastecer las humildes mesas de un pueblecito costero sometido a los vaivenes de la mar y a los más caprichosos de los gobernantes.

Le Byron se encerró en su habitación. Había visto acudir a la fonda a varios lugareños, y comprobó que todos lo miraban con la sospecha reflejada en los ojos. Ignoraba a qué habían venido todos a la taberna, alojada en los bajos del establecimiento, pero aquella reunión de paisanos no le despertaba demasiado interés, tenía en mente asuntos más importantes. Llamó entonces a su secretario y le ordenó que analizara los documentos durante la noche. Momentos más tarde, el capitán se presentó en la habitación contigua; allí la viuda permanecía prisionera, atada y sentada en una silla, con la mirada quebrantada después de un largo día.

—Madame de Bijux —dijo el capitán—, hemos venido aquí por algo, y como ya os habéis dado cuenta, el asunto va en serio. Decidme entonces, sin mentir, qué sucedió con vuestro marido el otoño pasado, y qué había en este poblado remoto para hacerlo venir hasta aquí.

Ella parpadeó con pesadumbre. Sabía que las negativas anteriores a responder no le habían ayudado en nada a mejorar su situación, más bien lo contrario; se había ganado que la privaran

de libertad, incluso que la ataran con grilletes a la cama para dormir, como si fuese una vulgar ratera.

Después de pasar tantas horas de penurias e incertidumbres, siendo Bijux una dama de buena cuna, acostumbrada al servicio de sus criadas y a las libertades propias de la alta burguesía, se sentía ultrajada en su dignidad. Su marido jamás hubiera consentido que la trataran así. Ironías, pues su antiguo amante sí lo había hecho... El proceso impuesto de pasar a ser la señora de un amplio feudo a una mujer desangelada, recluida y cuestionada en su honor, dejó viva huella en su ánimo, y muy pronto sucumbió a la presión que sabiamente Le Byron ejercía sobre su resistencia. Aquello iba en serio, y temió un instante que su situación fuese a empeorar, estando lejos de París. Su tesitura parecía más propia de un secuestro que de una detención.

—¿A qué vino vuestro esposo al poblado, madame? —continuó indagando el capitán con voz calma, como si hubiese leído en la mirada de la dama la vacilación que de pronto le atravesaba el alma.

—Por negocios —respondió ella.

—¿Negocios?

—Aquí solía encontrarse con un oficial de aduanas. Ya lo sabéis, mi esposo fue cónsul en Londres y desde entonces mantenía negocios a través del Canal.

Le Byron constató que los grilletes habían surtido efecto: madame de Bijux comenzaba a hablar. Dio unos pasos para acercarse a ella.

—¿Recordáis al oficial? ¿Acaso su nombre?

—No lo recuerdo.

—Y ¿aquello por lo que negociaba?

—Aceites y harinas. —La mujer se mordió el labio intentando hacer memoria—. Y esclavos.

—¿Aquí llegaban los envíos?

—Aquí mismo, capitán; en barco, desde Londres.

—Y ¿decís que, después del último viaje en el que se encontró con el despachante, vuestro esposo regresó a París?

—Así fue —aseguró la dama—, y en las circunstancias trágicas que ya conocéis; lo esperaba su abogado, quien notificó el auto de procesamiento en su contra por su presunta complicidad en la estafa del collar de la reina. Esa misma madrugada sufrió un infarto fulminante.

Le Byron observó detenidamente a la mujer. Sus hombros eran delicados al igual que la línea de su mandíbula, vestía con elegancia; la blancura y lozanía de su piel revelaban la alta alcurnia a la que pertenecía. Y tenía la costumbre de morderse el labio inferior, como si quisiera acallar así el tropel de pensamientos que se le venían a la cabeza al verse en aquella situación.

—Lamento haceros pasar por esto, madame. Pero creedme que estáis en una situación comprometida. Y solo podréis salir si cooperáis.

—Mi detención es ilegal, capitán.

—Pensadlo bien entonces, pues eso agrava ostensiblemente las cosas para vos: daos cuenta de que no tenéis ningún tipo de garantías. Podéis aparecer estrangulada a la vera de un camino; o peor aún, no aparecer jamás. No gozaréis de juicio ni defensa, ni de un número de legajo, ni de celda, nada que os otorgue entidad; tan solo contaréis con mi voluntad de devolveros o no a la vida que teníais hasta ayer. Y para ello, debéis ganar mi voluntad.

—Lo estoy haciendo —dijo con palidez extrema—. Y quizá a partir de ahora nos demos cuenta de que todo fue un malentendido, sí, uno muy grave, uno horrible, que ha comenzado desde que allanasteis mi mansión.

Le Byron asintió.

—Estoy haciendo un esfuerzo por convencerme, a la luz de la evidencia.

Ella negó rápido.

—No conocí a Cagliostro; no participé en ninguna de sus perversiones palaciegas. Nada que hayáis leído en las cartas de mi esposo ni en mi diario es cosa cierta; debéis saber que... —inclinó la cabeza buscando las palabras adecuadas— todo son metáforas, mensajes que no deberían entenderse de manera literal.

—Decidme entonces: ¿quién es la mujer que visitó vuestro esposo en este poblado?

—No visitó a ninguna mujer.

—Lo dice en el diario que habéis tratado de destruir en el fuego —la contradijo el capitán.

—¿Lo veis? A eso me refiero.

—¿A qué?

—A que no existe tal mujer. Y es esa la única razón por la que intenté destruir el diario; sabía que se prestaría a confusiones, y que me meterían en graves problemas.

—Explicadlo.

—Esa mujer no existe: es un seudónimo. Y no sé si os dejará satisfecho esto que diré, pero esos negocios marítimos de los que hablé, de los que mi esposo en parte era socio, no eran del todo legales. Sí, capitán, y no me miréis así; los contrabandistas también han de contactar con hombres de la posición que detentaba mi esposo, pues ven en los cónsules las llaves doradas para introducir en el reino sus productos sin pasar por controles de aduanas.

—¿Esa mujer entonces era...?

—El nombre en clave de un contrabandista. Y ya no me preguntéis, que no sé más. Jamás me involucré en los asuntos de mi marido, y menos lo he hecho en la clase de negocios que hubo de tener en este pueblo costero. Sabía que traería problemas. Pero jamás pensé que pagaría yo por ello.

—Aseguráis que la dama que recibió a vuestro marido... y que había cruzado correspondencia con él, no es más que un...

—Contrabandista.

Madame de Bijux se quedó mirando al capitán, y, pasados algunos instantes, continuó hablando.

—La paloma iba dirigida a una persona que tiene que ver con este asunto —dijo, al borde de las lágrimas—. Lo juro. Temí cuando os vi en mi mansión, por vuestras preguntas; temí por quienes estuvieron implicados en el contrabando de esclavos con mi marido, y también, creedme por lo más sagrado, que es

Dios, que nada de esto tiene que ver conmigo. Yo no sé nada de esa hermandad que estáis buscando.

El capitán se atusó el bigote mientras escuchaba la confesión, y suspiró, satisfecho, inclinándose para hablar a la mujer.

—Dejadme corroborar lo que afirmáis —le dijo—. Y si es así, os pondré inmediatamente en libertad.

La viuda sollozaba como una niña sin consuelo.

—Soltadme al menos. —Alzó la mirada, humedecida por las lágrimas—. Quitadme los grilletes, que tengo las muñecas lastimadas.

En ese instante sonaron golpes en la puerta. El capitán, erguido delante de la dama, miró a uno de sus guardias y, tras un breve silencio, asintió. Este último se apresuró a salir de la habitación y cruzó unas breves palabras con el centinela de la galería, luego regresó a la habitación.

—Capitán —informó—, es el procurador del pueblo que ha llegado y pide hablar con vos.

—¿Procurador?

—Aguarda ahora mismo en la taberna.

Le Byron meditó un instante. Medió una seña entre ambos, y el guardia le echó una capa sobre los hombros y le alcanzó el sombrero.

—¿Vais a quitarme los grilletes? —susurró una doliente madame de Bijux al verlo salir.

El capitán pasó por delante de ella sin responder, y ya en la galería se detuvo delante del centinela que permanecía en guardia.

—Que descanse sin grilletes —ordenó—. Regresaré a verla por la mañana.

22

NOCHE PROFUNDA

Madame de Bijux se había enjugado las lágrimas, cepillado el cabello y puesto un camisón limpio para dormir. Gracias a la benevolencia del capitán, y tras un día entero sin ingerir alimentos, por fin esa noche pudo probar un plato de sopa. Tal vez fuera por los nervios, o por tener el estómago cerrado después de sufrir tanta tensión emocional, lo cierto es que apenas logró terminar el plato y dejó media hogaza de pan junto a una copa de vino a medio beber.

—¿Puedo retirar las sobras? —preguntó el joven guardia que habían dejado a su cuidado.

Ella estaba recostada en la cama, descalza; tenía el cabello recogido en una holgada trenza, sobre un hombro, y la mirada vidriosa.

—Podéis retirarlo —contestó.

—¿Estáis segura de que no vais a comer más?

—Se me ha ido el apetito.

—Pues bien, madame, será mejor que descanséis. No tenéis ni idea del frío que hace afuera; aprovechad para dormir.

Madame sonrió por primera vez. Y asintió. La voz inocente del joven uniformado pareció tranquilizarla.

—Comed vos —respondió ella—; quizá de madrugada os dé apetito, aprovechad el pan y el vino.

El centinela quedó como turbado; dudó antes de salir, como si no se atreviera a mirar a aquella mujer de una clase social muy por encima de la suya, y a los tres o cuatro segundos, respondió:

—Sois muy amable al ocuparos de un simple soldado, madame, una dama de vuestra alcurnia —aseguró, y luego, como si cayera en la cuenta de algo, añadió—: Debe de ser ingrato para vos veros en esta situación. Ojalá que en breve estéis nuevamente en libertad.

—Dios os oiga.

El guardia saludó, y tras volverse se dirigió hacia la puerta.

—Esperad.

—¿Madame?

—No os vayáis aún. Por favor.

El joven, que mantenía una mano en el picaporte y la otra en la bandeja, estaba indeciso.

—Será un minuto —dijo ella—. No os comprometeré.

Regresando sobre sus pasos, el muchado se quedó de pie delante del camastro.

—¿Cómo os llamáis?

—Bertrand.

—Y ¿qué edad tenéis?

—Veinte años, madame.

—Parecéis mayor, y distinto al resto, puede ser porque no lleváis uniforme. Os da como un aire de mayordomo regio.

El joven, que no entendió muy bien lo que aquello significaba, bajó un instante los ojos antes de responder.

—Soy soldado. El capitán no ha querido que vistamos uniformes. Y creo que tenéis razón. —Se buscó a sí mismo en el espejo de pared—. El atuendo es más propio de un camarero que de un soldado.

La mujer lo miró en silencio, sin hablar, deleitándose en observar la inocencia del joven.

—Y vos, madame de Bijux, ¿cómo os llamáis?

—Serafina.

—Parece un nombre extranjero.

—Lo es, pero ya nadie me llama por el nombre. Todo el mundo me dice «madame».

—Una lástima, tenéis un nombre muy bonito y muy poco común.

—Podéis llamarme por mi nombre si lo deseáis.

—Pues bien, gracias por la vianda y por el vino. Y por la charla. Ahora debo regresar a la galería y montar guardia; estaré allí para cuidaros durante la madrugada.

—¿Estáis casado?

—No, madame.

—¿Comprometido?

—Ya no.

—¿Lo estuvisteis?

—Lo estuve. Pero ella me dejó.

—Entiendo. Estáis solo, como yo.

—¡Oh, sí! Lamento mucho lo de vuestro marido.

Ella asintió, y sus ojos cobraron un brillo difícil de definir con palabras.

—La soledad es muy mala, Bertrand, pero creedme que cuando se pierde la libertad, como es mi caso, lo primero deja de ser un problema.

—Ya os lo dije; estaréis pronto en libertad. Las mujeres como vos no están hechas para las prisiones.

—Y ¿para qué creéis vos que estoy hecha entonces? —Al decirlo, se reclinó un poco más sobre el lecho.

—Debo retirarme —dijo él.

—Esperad. —Ella se incorporó y tomó el antebrazo del joven—. Decidme antes: ¿para qué creéis que estoy hecha?

Bertrand tragó saliva. Llevó sus ojos inocentes al rostro de la dama y se sonrojó antes de decir:

—Estáis hecha para estar en un palacio y vivir una vida sin sobresaltos.

El rostro de madame de Bijux se llenó de claroscuros a la luz de las velas. Era lo más dulce y sincero que había escuchado en mucho tiempo.

—Y ¿pensáis que vos estáis hecho para una mujer así?

—Apenas me atrevo a imaginarlo —murmuró Bertrand, sin osar mirar a la mujer.

—Miradme —dijo ella mientras se aproximaba al muchacho

y le levantaba la cara tomándole la barbilla—. Así, muy bien, no dejéis de hacerlo.

Serafina, que ya tenía al muchacho embelesado por completo, miró largamente a sus ojos mientras acercaba una de sus manos a su cintura y, muy despacio, la hacía descender por la entrepierna de los calzones, apenas una caricia leve que sobresaltó al soldado.

—Debo retirarme, madame —dijo Bertrand, apartando a Serafina lo menos bruscamente que pudo. Se volvió y caminó trastabillando hasta la puerta, y cuando cerraba, la voz de Serafina le acompañó.

—Vigilad la entrada a este aposento, por favor —pidió con el más seductor de los tonos de voz—. Hacedlo mientras duermo. Pensad en mí, que yo pensaré en vos...

Una vez que el centinela cerró la puerta, madame de Bijux volvió al camastro, apagó la vela, y apoyando la cabeza en la almohada advirtió el resplandor que se filtraba por debajo de la puerta; allí estaba Bertrand, montando guardia. Se lo había ganado, como muchacho y como hombre. Sería el pasaporte a la libertad.

A la puerta de la fonda había un carruaje negro. Estaba allí por mandato del regente del pueblo. De él descendió un hombre delgado, ataviado con levita y sombrero tricornio, que se abrió paso hasta llegar a la taberna y a la mesa donde Le Byron lo aguardaba.

—Me han dicho que buscáis a la propietaria de cierta casa —dijo el hombre, plantado delante del capitán—. Permitid que me presente: Fabien de Blois, procurador de Saint-Vaast; vengo de parte del regente, advertido de vuestra presencia.

Le Byron hizo una seña y sus hombres despejaron la mesa, cediendo al funcionario una silla. Las habladurías, al parecer, habían llegado rápido a oídos de la propietaria, una dama que, con certeza, enviaba ahora a ese hombrecillo bien parecido y con aires diplomáticos.

—Monsieur de Blois —dijo el capitán, con una inclinación de cabeza a modo de saludo, pero sin levantarse—, soy Jacques-Antoine Le Byron, capitán de la guardia de Su Eminencia el cardenal de Rohan.

—¡Caramba! —El procurador pegó un saltito—. Perdonad que no reconociera vuestro rango, capitán. Como vestís ropa civil...

—Procuramos no llamar demasiado la atención.

—Debisteis anunciaros; hubiese reservado habitaciones más cómodas y amplias en el *château* de Brix.

—Eso no será necesario.

—Pues bien, el asunto por el que venís...

—Estáis bien informado: busco a la señora de esa casona en el bulevar, nadie ha sabido decirme dónde encontrarla.

El procurador tomó asiento.

—Y nadie lo hará —susurró—. Como podéis ver este es un pueblo muy reservado con los forasteros, y muy callado, si se quiere, cuando estos llegan haciendo preguntas. Pero veamos entonces: ¿qué asuntos incumben a esa señora?

—Me gustaría hablar con ella.

—¿Motivo?

—Un cónsul parisino. Uno que llegó aquí el otoño pasado y, según sabemos, fue por ella recibido.

Aquel encuentro entre dos caballeros que se esforzaban por pasar desapercibidos despertó la curiosidad de todo el local; no costaba mucho a los lugareños sospechar que algo importante se cocía en la mesa del fondo. El cantinero secaba un vaso mientras espiaba con disimulo. Lo apoyó en la barra y lo llenó con licor para luego dárselo a un pescador, que lo apuró de un trago.

—Lo recuerdo —dijo el cantinero interviniendo en la conversación sin ser invitado—. Estuvo alojado aquí cinco días. Monsieur de Bijux, así se hacía llamar. Un hombre de categoría.

El procurador se lo quedó mirando, sorprendido por aquella intromisión tan poco esperada y relativamente inoportuna. Luego apartó la mirada de la barra para observar los ojos azules

de Le Byron. El capitán respiraba con la paciencia de un viejo soldado.

—Decidme, ¿por qué motivos buscáis a ese cónsul?

—No se tienen noticias de él desde hace tiempo. Es lo que hace el brazo de la ley: buscar desaparecidos.

Aquellas palabras cayeron en la taberna como un jarro de agua helada, como viento de mar. El cruce de miradas fue rápido, del cantinero al procurador, del procurador a Le Byron, y de Le Byron a estos dos.

—Al cónsul se lo anda buscando en París —siguió el capitán—. Y parece que ha dejado algunas cuentas pendientes...

—Sé de quién habláis, capitán —dijo el procurador—. También lo recuerdo: un hombre mayor, de la diplomacia. Estuvo aquí por unos negocios y, según entendí, tenían que ver con cargamentos que provenían del mar. ¿Y decís que no está en París?

—Ya os he dicho que hace un año que falta de su residencia. —Iba a decir también «de su tumba», pero creyó conveniente omitirlo—. Necesito información para encontrar su paradero.

—Ese hombre jamás tomó el carruaje de regreso, no desde aquí. Se fue directo a la mansión de la señora —aseguró el cantinero.

—Os referís a la señora...

—D'Estaing —susurró el cantinero—: es a ella a quien buscáis.

Le Byron se quedó pensativo.

—Pues deseo verla entonces —siguió diciendo el capitán.

—Existe un inconveniente.

—¿Cuál?

—Madame d'Estaing no vive en este pueblo. Solo viene aquí durante los veranos.

—En tal caso, iré donde se encuentre. No será un problema. Y si ahora tenéis a bien decirme la dirección de su residencia, mañana mismo partiré a su encuentro.

Al ver la determinación del capitán, el procurador calló un instante. Luego se rascó la barbilla, carraspeó y dijo:

—No será necesario que viajéis, capitán. La convenceré para que venga al pueblo a responder vuestras preguntas, solo tendréis que esperar al mediodía de mañana.

—La esperaré entonces. Sabéis dónde encontrarme.

Los ojos del procurador se clavaron en el cantinero un efímero instante, para luego volver al capitán.

—Ella vendrá —apostilló—, tan solo debéis esperarla aquí.

Afirmación tan taxativa sonó prometedora, pero aquella voz, tan trémula y advenediza para el oído de un hombre entrenado a los interrogatorios como lo era el capitán, lo llenaba de incertidumbre. Y no se equivocaba.

23

EL JUEGO DE LAS MENTIRAS

Irrumpieron en la habitación de madame de Bijux a medianoche. Sin mediar palabra, un miembro de la guardia la despertó
con un zarandeo, luego la sujetó por los hombros y la obligó a
levantarse, indicándole que debía sentarse en una silla en el centro de la habitación. Serafina, que solo lanzó un quejido sordo,
se despabiló con horror frente a aquella entrada tan violenta.

Una vez sentada, sintió las manos frías de un segundo hombre que apareció a su espalda; luego, otro centinela volvía a poner los grilletes en sus muñecas sin ningún miramiento. En esto,
entró el capitán Le Byron.

—Madame de Bijux —le dijo con aplomo—, volvamos a la
parte en donde a vuestro marido le daba el infarto.

Aún desorientada, ella observó sin responder.

—Cerrad la puerta —ordenó Le Byron—, y vos, quedaos
aquí, dentro de la habitación.

El joven guardia Bertrand miraba muy pálido, carabina en
mano; aquella irrupción al amparo de la noche parecía no tener
sentido, al menos para él. Bertrand obedeció y montó guardia
por dentro, a un lado de la puerta. Junto a él, quedaron en la habitación, además de Le Byron y madame de Bijux, el sargento de
la guardia, que era quien la había despertado, y Sissé, que mantuvo la mirada baja como si quisiera dejar claro que el trato dado
a la dama no era cosa suya.

—Dijisteis que vuestro marido murió en París —prosiguió

Le Byron—, nada más volver de aquí, ¿recordáis?, después de haberse encontrado con una señora que, como explicasteis, no era tal, sino un contrabandista.

—¡Por el amor de Dios! ¡Ya os lo dije! —gritó ella—. ¡Qué significa esto! ¡Me arrancáis de la cama para volver a lo mismo!

—Vuestro marido jamás regresó a París —habló Le Byron, desdoblando un documento—; mirad aquí, su nombre no consta en el certificado de tránsito por la aduana. Se ve bien a las claras que no regresó a París en carruaje como afirmasteis, pues desde esta misma fonda, donde se alojó, jamás partió hacia allí.

—¡Quitádmelos! —chilló la mujer, forcejeando—. ¡Los grilletes me están rompiendo las muñecas!

—No os lamentéis, que en breve no sentiréis las muñecas; se adormecerán.

—Quitádmelos —llorisqueó—, os lo ruego.

—Tampoco existe contrabandista alguno —prosiguió Le Byron—; ha sido, la vuestra, una trampa, y muy buena, pues casi os creo. Un funcionario con el que acabo de encontrarme ha sido muy claro al recordar que madame d'Estaing es la señora en cuestión, la misma señora que vio por última vez a vuestro marido antes de que se lo tragase la tierra.

Bijux alzó el rostro, desencajado no por el dolor, sino al escuchar ese nombre.

—¿La conocéis? —El capitán sonrió al ver aquella expresión.

Ella negó.

—¿Decís que no?

—No.

—¿Pretendéis insinuar acaso que el funcionario miente?

—Mi marido regresó a París —insistió—. Jamás vio a ninguna dama y, creedme, por lo que más queráis, que murió en mis brazos. Id al cementerio de los Santos Inocentes y mirad su tumba si acaso no confiáis en mí.

—Lo hice. Estaba vacía.

Aquella revelación sorprendió a la viuda, y hasta hizo que

los ojos de Bertrand se abrieran como platos. La temeridad del capitán, el arrojo que estaba dispuesto a demostrar en sus pesquisas, asombraba hasta a sus hombres. Ella intentó hablar, pero quedó muda. Miró al capitán por un instante, luego acabó por torcer la cabeza y exhalar un suspiro lleno de intriga.

—¿Vacía?

—Su tumba, vacía. Sí, madame.

—Mentís.

—Y no solo su tumba, también está vacía su cuenta del banco. Y sus propiedades, hipotecadas.

Madame quedó con los ojos fijos en el candelabro.

—Soltadme las manos —gimoteó—. Piedad.

El sargento llevó la mirada hacia su capitán. Cubierto por su larga capa y con el puño de porcelana sobre el pecho, este negó, desde el rincón sombrío, y ofreció el silencio como respuesta.

—Veamos qué más hay —siguió Le Byron, en tanto hacía una seña a su secretario, quien tomó asiento en la mesita que había bajo la ventana y colocó allí los documentos confiscados en la mansión.

—He aquí el testamento del cónsul Bijux —comenzó el secretario Sissé—. Como veréis, capitán, aquí deja en herencia todos sus bienes y activos a su señora, que es la viuda; sin embargo —tomó una hoja y la mostró—, mirad aquí... Ella empeñó su herencia con prestamistas parisinos tres días después de su muerte, y retiró, poco más tarde, todo el efectivo que atesoraba en el banco.

Le Byron permanecía de pie delante de ella, estudiando cada gesto de la viuda conforme su secretario leía.

—¿Tres días? —suspiró el capitán, frotando lentamente su duro puño—. ¿Tres días tardasteis en hipotecar toda la herencia? ¿Corría el duelo y vos hablabais con banqueros?

Ella permaneció en silencio.

—Aquí tengo algo que os interesará —siguió el secretario—, un certificado firmado por el mismo banco según el cual todo el efectivo fue retirado, y aquel que facilitaron los prestamistas, in-

vertido en bonos de una compañía naviera con sede en Londres, la misma compañía que, por cierto, entregaba al cónsul algunos encargos que llegaban hasta aquí, al pueblo de Saint-Vaast, con regularidad.

—¿Qué habéis hecho con todo ese dinero? —preguntó Le Byron a la viuda Bijux.

—No sé de qué habláis —murmuró ella.

El sargento de la guardia, que se hallaba a su espalda, tomó a la dama por los hombros, y en su pómulo posó una puntiaguda daga.

—Espero que esto os devuelva la memoria —dijo Le Byron con una sonrisa.

—¡Estáis loco! —gritó ella como una fiera—. ¡Me tenéis secuestrada, me atormentáis! ¡Qué más pretendéis de mí!

El joven Bertrand, que se encontraba presenciando todo aquello en absoluto silencio, parecía más pálido que antes, le sudaba la frente y tenía las rodillas temblorosas. Madame de Bijux lo observó fugazmente, buscando en él un destello de humanidad.

—Hablad —apuró Le Byron a la dama—. Decid qué hicisteis con esa fortuna y dónde está vuestro marido.

—No comprendo vuestras maquinaciones, capitán —negó ella, horrorizada—. No sé nada sobre esa fortuna que decís, ni sobre la enigmática señora, ni menos aún sobre ninguna tumba vacía, ni sobre testamentos y acreedores... Estáis completamente loco, capitán, por decirlo de forma elegante, si es que acaso se puede lograr tal cosa, estando esposada. He pasado a formar parte de un retorcido mundo imaginario.

Le Byron tomó asiento en un banquito y sonrió. No le habló a ella, sino a su sargento.

—Desfiguradle el rostro —ordenó.

Al oír estas palabras, madame de Bijux palideció. Pero aún más lo hizo Bertrand, que pudo observar cómo el sargento asentía con cierto regocijo mientras apretaba la punta del puñal contra la mejilla de la prisionera. La mirada de Le Byron, que hasta el momento había mantenido el tono con cierta solemnidad, se

iluminó y cobró de pronto un brillo furioso, tan intenso que la viuda se convenció de que iba en serio.

—¡La hermandad de Dante! —gritó Serafina, horrorizada por el frío metal que estaba a punto de abrir un tajo en su hermosa mejilla. Bastó un gesto del capitán para que el sargento quitase la daga—. ¡Hablaré, hablaré! —dijo atropelladamente, y comenzó a llorar—. ¡Pero, por favor, retirad el puñal de mi rostro!

Bertrand tragó saliva, empuñó fuerte su carabina y no supo muy bien qué sentimientos comenzaban a embargarlo, unido, tal y como estaba, al padecimiento de la víctima más que a las órdenes que recibían sus camaradas. Le Byron parecía ahora satisfecho. Y señaló a la mujer con su puño de porcelana.

—Confesad —murmuró.

—Todo el dinero se lo di a ellos —dijo la viuda—. La sociedad secreta. Sí, capitán, oís bien, la hermandad que vos perseguís es dueña de una flota naviera y también de muchos negocios —su voz parecía quebrarse—; son dueños también del silencio de sus miembros y de muchos secretos. Me matarán por nombrarlos. Vos no lo entendéis. Mi marido pertenecía a esa hermandad y estáis poniendo mi vida en peligro con todas estas preguntas.

—¿Cuánto dinero era?

—Demasiado.

—¿Cuánto es demasiado?

—Eso ya no importa. No soy la única viuda que hereda todo en favor de ellos. Hay decenas como yo. Eso significa que mi pequeña fortuna no tiene importancia alguna, pues ellos recaudan dinero de muchos otros nobles y hacendados, y eso es más dinero del que podéis calcular. Suficiente, capitán, para comprar voluntades; para pagar espías y funcionarios y sobornar jueces, para enviar sicarios, para evitar fronteras y conseguir impunidad para sus miembros... Pero, sobre todo, suficiente para vengar delaciones como la que estáis escuchando de mi boca.

—Estáis a salvo aquí. No debéis preocuparos por venganza alguna.

—¿A salvo, decís? Tengo un puñal en la cara.

—Eso significa que solo debéis temerme a mí. A nadie más.

—Así estoy, confesándome ante vos, a pesar de los peligros.

El capitán atusó su fino bigote y, con la mirada calma, mientras intentaba encauzar el interrogatorio, dijo:

—Estuvisteis en Italia, ¿verdad?

—Veo que habéis leído aquellas páginas que quise quemar. Soy romana.

—Y estuvisteis en España.

A Serafina se le congeló la expresión, apenas una minúscula mueca involuntaria, pero que el capitán advirtió.

—Lamentáis no haber logrado destruir el diario... ¿verdad, madame?

—Estuve en Aragón, en viaje diplomático, acompañando a mi marido.

—Estuvisteis también en Rusia.

—Sí.

—Y en Ámsterdam.

—También.

—Y en cada uno de estos lugares... —Le Byron provocó un silencio y, tras hacer un gesto, su secretario le alcanzó una hoja. El capitán, después de leerla, la dobló en dos sobre su regazo—. Como decía, en cada uno de estos lugares habéis conseguido audiencia con los hombres más poderosos y ricos. ¿Me equivoco?

Ella miró la hoja, luego al capitán, y vaciló.

—¿Hombres poderosos, decís?

—El virrey de Nueva España, por ejemplo.

La viuda asintió.

—¿El duque Pável Romanov, de San Petersburgo?

Esta vez, Serafina no hizo ni un gesto. Y Le Byron continuó:

—¿Willem Batavus, príncipe de Orange?

—¿Adónde queréis llegar con este interrogatorio, capitán?

—Procurad responder sin más.

—Estuve en esos lugares, como esposa de un cónsul. No es un asunto para ocultar.

—Y no habéis dudado en relacionaros con todos ellos, ¿no es cierto?

—¿Qué insinuáis?

—Que habéis sido amante de todos estos hombres.

Incómoda, tanto por los grilletes como por aquella afirmación, madame de Bijux, que por un instante se había quedado sin palabras, negó enfáticamente con la cabeza.

—Si os referís a lo que leísteis en mi diario, ya lo expliqué; escribí todas esas cosas para satisfacer los deseos de mi marido, a él lo excitaba leer mis anotaciones y encontrar allí, aunque fueran inventadas, todo tipo de confesiones sexuales. Si una noche nos recibía un duque en su palacio, yo luego debía escribir aquello que nunca había sucedido en realidad: todo tipo de desenfrenos sexuales con ese duque. Si nos invitaban un noble y su esposa a una mansión, ocurría lo mismo; él deseaba leer mi lujurioso trío con ellos, ¿entendéis?, así funcionó siempre. Complací a mi marido, solo con tinta, y nada más que tinta.

Le Byron se puso en pie. Caminó unos pasos por la habitación para detenerse junto a la ventana. Fuera había caído una gran helada, y el cielo estaba negro como el carbón.

—Cuando fuisteis a España, no estabais casada aún —dijo Le Byron—; tampoco cuando fuisteis a Rusia y a Holanda. Aún no conocíais al cónsul.

Ante aquello, la dama guardó silencio.

—A vuestro marido lo desposasteis apenas un año antes de su muerte, y, por cierto, erais treinta y cinco años menor que él.

—La diferencia de edad en los matrimonios es algo común, capitán, no sé por qué siquiera lo mencionáis...

—Sois una mujer muy atractiva y con carácter, con suficiente inteligencia para moveros en los círculos del poder. Con esto digo, madame, que sois una mujer tan bien educada como ligera de cascos, y más aún cuando había por medio un testamento que podría quedaros en el haber. No tengo dudas, madame: os metéis en camas de poderosos y ancianos ricos, los deslumbráis y os quedáis con todo.

—¡Me insultáis!

—Sois como esas arañas que devoran al macho en la cópula, ¿cómo se llama ese bichito?

—Os referís sin duda a la viuda negra —apuntó el secretario, encantado de servir de ayuda.

—Eso es: sois como la viuda negra.

Ella enrojeció; luego reaccionó con virulencia y escupió al capitán.

—Solo resta saber quién sois en verdad —dijo Le Byron mientras se limpiaba—; vuestro verdadero nombre, vuestra verdadera identidad. Solo resta saber ese pequeño detalle. Mientras tanto, seguiré llamándoos madame de Bijux, pues como ya imagináis, seréis mi prisionera hasta que caiga el telón de toda esta magnífica obra de ficción.

Dicho esto, y aún con la mirada abrasadora puesta en la mujer, Le Byron abandonó la habitación.

24

LA VIUDA NEGRA

Pasadas las tres de la mañana, bajo el manto de niebla helada que cubría las galerías de la fonda, el joven Bertrand suspiró. Hacía poco más de dos horas que permanecía erguido haciendo guardia; sin embargo, su mente seguía atada a los sucesos de la noche.

El relevo vendría al aclarar el amanecer. Aun así, cada hora y con puntualidad, Bertrand recibía una breve visita del centinela apostado en la cuadra de los caballos. A medida que el tiempo transcurría la madrugada se había convertido en una trampa insalvable para el joven; en su cabeza las ideas comenzaban a sucederse dictadas por su corazón y lo llevaban por mundos que siempre parecían más tentadores que su vida militar, bien alejados de aquella guardia que lo obligaba a estar horas de pie, con una carabina por toda compañía.

No podía negar que aquella mujer que tenía que vigilar lo había seducido. No era normal que una dama de condición social más elevada, por muy joven y bella que fuera, quisiera tener la admiración del pobre soldado que la custodiaba. Había límites que el decoro más elemental no consentía cruzar, ni siquiera en la mente de un joven idealista sometido al frío de la noche. Pero no era eso; a Bertrand lo que lo desconcertaba era el interés que madame de Bijux había mostrado en él. Y fue saberse mero objeto de atención por parte de Serafina lo que lo mantuvo encandilado durante todo el tiempo que duró la guardia.

La última hora la había pasado entre pensamientos contra-

dictorios. Se había encontrado por momentos justificándola, tratando de suponer que ella, tan elegante y distinguida, más podría ser víctima de un gran engaño que culpable de todos los cargos horribles que le imputaban. La lógica de Bertrand era simple. Serafina, esto es, madame de Bijux, no podía ser culpable de nada siniestro, bastaba mirar su cara angelical cuando se la interrogaba, o el sollozo sincero al verse rodeada y sin salida en un laberinto de preguntas que el mismo Le Byron estudiaba en detalle antes de interrogarla. Volvió a suspirar. Entrar en la guardia del cardenal lo había llenado de orgullo tanto a él como a su familia, pues había sido la recomendación escrita por su abuelo, un militar retirado y cercano al obispado de París, lo que le ayudó a ingresar al servicio con el grado menor, bajo la tutela de Le Byron. Pero ahora era una mujer lo que encendía hogueras dentro de su pecho. Admirando al capitán Le Byron como lo hacía, pues era un héroe de guerra, uno de esos superiores que llevaba las cicatrices como medallas, Bertrand no podía concebir que un oficial de alto rango, y caballero, por la razón que fuere, pudiera dar un trato tan cruel a un alma tan frágil y sensible como la de madame de Bijux.

Después de tanto pensar, echó la vista hacia ambos lados; ni en uno ni en otro se advertían movimientos. La puerta que tenía a su espalda y que debía custodiar, lentamente, mientras corrían los minutos, se había transformado en una fuente inagotable de inspiración y deseos, de esos que con mayor facilidad penetran en los corazones jóvenes y bondadosos que en otros más curtidos.

El guardia descansó la carabina en la pared. Tomó de su cintura las llaves de la puerta y la abrió. En cuestión de instantes, se encontraba en el interior, y podía adivinar, en un rincón, el camastro de la prisionera.

—Madame —susurró, sin osar acercarse al lecho—, ¿estáis despierta?

Ella se volvió en el catre.

—Lamento lo que ha sucedido —dijo Bertrand.

—No encendáis las velas —respondió ella.

—No lo haré.

—Tengo miedo, Bertrand.

—No temáis. Nadie vendrá hasta el amanecer.

Entonces ella miró fugazmente la puerta y la encontró entornada.

—¿Qué hora es?

—Las tres y veinte.

—Quedaos conmigo, os lo ruego, no me dejéis aquí sola.

—Podré quedarme media hora. Un centinela vendrá pronto y debe verme apostado en la galería.

Hubo un silencio.

—¿Estáis bien? —siguió él.

—Aterrorizada... ni siquiera logro dormir.

—Debéis hacerlo.

—Temo que regresen, me tomen por los cabellos y me arrastren por el suelo y esta vez me desfiguren, o me maten.

—Tranquilizaos, os lo pido de corazón. Nada de eso sucederá.

—Ojalá sea como decís, ojalá Dios os oiga. Pero vos sois un joven hecho de buena pasta. La realidad es bien diferente, y creo que aunque lo intentéis negar ya lo sospecháis; en poco tiempo estaré muerta y por vuestras manos...

—Nuestra brigada no mata mujeres.

—Tembláis —advirtió ella—, siento el movimiento de vuestra mano. Si estuvieseis seguro de lo que decís, no estaríais así, ni hubieseis entrado a verme sin permiso del capitán.

El silencio sellaba los labios de Bertrand.

—Sentaos junto a mí —pidió ella.

El joven accedió. Podía ver a la dama en penumbras; su cabello estaba suelto sobre sus hombros y las manos en su vientre, sujetas por los grilletes.

—Quitádmelos —suplicó—. Me aprietan; dadme al menos media hora para descansar las muñecas. Me los pondréis antes de iros.

Bertrand meditó un instante, tragó saliva y tras esto buscó en su cinto el juego de llaves tomando la más pequeña.

—Dadme las manos —dijo él—; así, quedaos quieta, ya está.

Ella suspiró de alivio mientras se frotaba las muñecas.

—Os acusan de delitos muy graves, madame —susurró Bertrand.

—Siento que estoy metida en terreno pantanoso, y cuanto más me muevo, más me entierro. Y creedme, Bertrand, aunque os cueste hacerlo, soy inocente de todo lo que se me acusa.

—El capitán cree lo contrario —suspiró él.

—Solo fui testigo de ciertas cosas, como ya oísteis, asuntos de mi difunto marido en los que ahora me involucran. Y peor aún: lo he contado todo, y con lo que he dicho no solo no he convencido a vuestro capitán, sino que me he ganado una mortal venganza de...

—Unos hombres muy poderosos —completó la frase Bertrand, que recordaba algo de lo que tuvo que escuchar en el interrogatorio.

—Sí.

—Entonces teméis...

—Morir aquí, por vuestras armas —ella llevó los ojos hacia el ventanuco enrejado—; o por las de los agentes que puedan enviar esos hombres, esos asesinos a sueldo que me aguardan afuera.

—Tranquilizaos, por favor.

—¿Que me tranquilice? Mi destino es morir, ¿entendéis? Morir joven. Por secretos que no son míos.

—No lo permitiré —dijo él de pronto con la mirada exultante y el puño en la cazuela del sable.

Ella se quedó mirándolo en la penumbra. Llevó sus dedos sobre la mano del muchacho, la acarició y la retiró de la empuñadura.

—Vos no podéis hacer nada —suspiró—. No tenéis idea del poder que hallaréis enfrente. Desenvainar vuestra espada no servirá más que para llorar otra tragedia innecesaria, sumar vuestra muerte a la mía.

Bertrand sentía aquel tacto tibio como un milagro en plena madrugada.

—Yo os defenderé de todos —dijo, valiente, mientras se atrevía a acariciarle el pelo y limpiarle con ternura las lágrimas.

—Mejor apartad esa idea de la mente —dijo Serafina, separándose del muchacho.

—Probadme.

Ella miró hacia ambos lados dubitativa; luego ladeó un poco la cabeza y volvió a mirarlo.

—¿Lo haréis?

—Por supuesto. Os protegeré.

—¿Y cómo pensáis hacerlo?

Bertrand se tomó del mentón. Pensaba todas las posibilidades que le venían a la mente ingenua.

—Solo me podéis ayudar de una forma: sacadme de aquí —le tentó ella—; escapemos juntos.

El joven alzó la mirada.

—Pero...

—Dijisteis que me protegeríais.

—Estáis pidiendo... que deserte.

—Estaréis conmigo.

—Pero le debo fidelidad a mi capitán, al cardenal, a Francia. Y, sobre todo, fidelidad al rey.

—Si salváis mi vida, seré yo la que os guarde fidelidad a vos. Lo juro.

A Bertrand le costaba respirar. Sus manos temblaban ya no de miedo sino de incertidumbre. Cada palabra que decía aquella dama parecía calarle hasta los huesos. Entonces ella, habida cuenta de la vacilación del muchacho, alzó el rostro.

—¿Comprendéis, Bertrand? Fidelidad a vos —dijo, y le besó en la boca como nadie antes le había besado.

Al separarse, el silencio del muchacho, la incertidumbre que madame de Bijux veía dibujada en su rostro, las mismas dudas que lo atenazaban, todo cayó sobre ella como un jarro de agua fría, y acabó por apartarse de él, y volviendo a acurrucarse sobre las almohadas, murmuró:

—Ya os lo dije: dejad que mi suerte siga su curso. Vos no

debéis echaros a perder por mí, sería injusto. —Luego alzó las manos mostrando las muñecas—. Ponedme nuevamente los grilletes, el tiempo se acaba para vos, debéis volver al puesto de guardia.

Bertrand devolvió los fríos grilletes a las muñecas tibias de madame de Bijux. Entonces ella se llevó la mano a la mejilla para secarse una lágrima y, tras acomodarse el cabello por detrás de la oreja, volvió a mirarlo con cara de súplica y, a la vez, de desafío. Bertrand no podía pronunciar palabra. Tan pálido como un espectro, abandonó la habitación para regresar a la galería y tomar la carabina para recuperar la vigilancia en la gélida neblina.

25

LA DAMA DE HIERRO

Cumpliendo con su promesa, el procurador regresó a la posada con las primeras luces de la mañana. Traía el semblante más afable que el día anterior. Venía con buenas noticias. Madame d'Estaing había aceptado reunirse con el capitán, y había decidido hacerlo a media mañana.

—La señora está en camino —dijo el procurador—. Se someterá a vuestras preguntas y luego se irá.

—Me presentaré en su casa —repuso el capitán.

—No será allí —espetó el funcionario—. La señora ha pedido que el encuentro sea en el torreón de Vauban. Sucede que su residencia, como habéis visto, permanece cerrada desde hace tiempo y no desea recibiros entre el polvo.

Le Byron se acarició el bigote y asintió. Parecía lógico.

—Bien. La veré entonces en esa torre.

—Ella lo esperará —dijo Blois, y sonrió cortésmente.

Así sucedió hora y media más tarde; sobre el cabo costero donde la torre custodiaba las aguas, se dio el encuentro. La torre de Vauban había sido construida en piedra sólida, enclavada al final de una bahía donde hacía las veces de faro. Tenía cornisas almenadas y piezas de culebrina a los cuatro vientos.

El capitán descabalgó delante de la enorme puerta de entrada, acompañado por tres soldados. Había dos carruajes estacionados; uno pertenecía al regente, el otro, tirado por caballos de crines brillantes y estribos de bronce, era de madame d'Estaing.

Le Byron fue a la entrada, seguido de la pequeña escolta que formaban sus hombres más fieles y aguerridos.

—Habéis sido puntual —dijo el regente en las puertas de acceso—. Entrad, por favor, que la señora os espera.

Blois guió al capitán por un caminito angosto que ascendía el talud; luego, atravesando una portezuela de hierro, se abrieron paso hacia el interior de la torre. El procurador se extendía en explicaciones, enseñaba la construcción a cada paso, ahondando en su historia. En efecto, la habían erigido después de una batalla en esas costas, librada un siglo atrás entre la flota francesa y navíos ingleses.

—Desde entonces, la torre nos protege —afirmó el regente, destrabando un portón interno—. Seguidme por aquí: subiremos a la terraza donde podréis ver una magnífica vista de la bahía. El sitio predilecto de los visitantes.

Al final de una escalera volvió a escucharse el viento, penetraba rabioso por una tronera con olor a mar. El hombre echó mano a una puerta y la luz de la mañana invadió la oscuridad interna del torreón. Allí estaba la terraza, a la que se accedía desde una sala diáfana con enormes ventanales.

—Es por aquí —invitó el regente—. Poneos cómodo.

Le Byron se asomó a la terraza y vio que, apoyada en el petril, había una mujer enfundada en un largo vestido negro; observaba el mar, dejando la mirada perdida en la brumosa línea del horizonte.

El capitán la contempló de espaldas. Observó la tela negra y el corte de la falda, el estilo del corsé que afinaba su cintura, y sus manos desnudas apoyadas contra la piedra.

Le Byron no se atrevió a salir a la terraza e interrumpir la concentración de aquella dama que escrutaba el mar en la distancia. Se quedó en el umbral, dentro todavía de la sala, en la que había una mesa servida con bandejas de alpaca y botellas de vino, también cuatro sirvientes, en sus costados, a la espera de que los comensales se dispusieran en sus asientos. Madame d'Estaing parecía una buena anfitriona. Con una seña, Le Byron indicó a sus hombres que se apostaran en las proximidades de la puerta de entrada.

—Sentaos, capitán —insistió Blois con la palma de la mano abierta—; la cabecera es vuestra.

Le Byron aguzó la mirada en tanto madame d'Estaing caminaba hasta la cabecera opuesta de la mesa.

—Capitán —dijo la dama para romper su silencio cuando Le Byron tomaba asiento—, me han dicho que habéis mostrado interés por mi muy modesta persona.

—Sí, madame. Quisiera haceros unas preguntas.

—Poneos cómodo —siguió ella—; también vuestros hombres, disponéis de asientos para todos.

—Mis hombres permanecerán de pie —contestó el capitán—, la entrevista no durará demasiado.

—Qué pecado. He ordenado comida para todos.

—Y habéis elegido el mejor sitio para servirla; la vista desde aquí es magnífica. Por supuesto, madame, lo primero es tratar nuestros asuntos.

—Pues bien, capitán. Decidme en qué puedo ayudaros.

—Quisiera hablar del cónsul Bijux.

La dama tomó una copa de champán.

—El cónsul Bijux —susurró ella—. Lo recuerdo muy bien.

La mano con la que tomaba la copa temblaba, y el capitán captó aquel efímero detalle.

—Estoy interesado en saber —continuó él— los últimos movimientos del cónsul en este pueblo. He sabido que llegó de París a visitaros a vos, y que estuvo aquí cinco días.

—Sí, capitán, en efecto: estuvo aquí. Lo albergué en mi casa de verano, luego partió de regreso. No supe más de él. Es decir, hasta hoy. Dijisteis al procurador que jamás regresó a París... asunto que me estremece.

—Es verdad. No regresó a París.

—Una espantosa noticia.

—Sí, madame. Pero me interesa un detalle... ·

—¿Cuál?

—¿Diríais que tenía buen aspecto mientras permaneció en vuestra casa?

—Espléndido.

—¿Espléndido, decís?

—Me refiero a que se veía como de costumbre. Alegre. Interesado en sus negocios y en los libros que intentaba adquirir. Mi difunto esposo tenía una magnífica biblioteca.

El procurador intercambió fugazmente una mirada con la señora.

—¿Qué clase de libros? —siguió preguntando Le Byron.

—Libros antiguos, incunables, ejemplares raros, ya sabéis, esa clase de libros por los que algunos enloquecen...

—Interesante detalle, madame. Entonces he de suponer que el cónsul visitó vuestra biblioteca...

—Pasó gran parte de su estancia dentro de ella.

El capitán acariciaba suavemente su puño de porcelana.

—Sin embargo, madame, hay pruebas que atestiguan que el cónsul Bijux, al contrario de lo que afirmáis, pasó los cinco días en la posada. El propietario lo recuerda perfectamente.

—Habrá cometido un error... Pues os garantizo que Bijux estuvo en mi residencia y no en otro sitio.

—Es probable; los posaderos tienen la penosa suerte de ver demasiados rostros durante el período de un año. Nunca recordó, ahora que lo pienso, el detalle de que el cónsul tuviese una cicatriz visible en el pómulo izquierdo. Un recuerdo de su paso por la marina.

—Ya lo veis, el posadero no lo conocía. De haberlo visto no hubiese olvidado ese detalle.

El capitán sabía muy bien que madame d'Estaing mentía: el cónsul no tenía cicatriz alguna.

—¿Capitán? —susurró Blois al verlo vacilar.

Pero Le Byron volvió a quedarse en silencio. En ese instante el procurador se puso pálido; estaba seguro de que el capitán había descubierto el engaño. Hizo un gesto a los criados, que no tardaron en mostrarse como lo que realmente eran: mercenarios encargados de acabar con los hombres del cardenal. El capitán desenvainó con rapidez, pero ya era tarde. Había caído en la trampa.

26

LA EMBOSCADA

El torreón de Vauban acabó sumido en un súbito silencio. Aún se olía el azufre de las armas cuando Jacques-Antoine Le Byron se puso en pie. Sangraba profusamente por el hombro; así y todo, se arrimó a una almena desde donde se podía ver el mar, que rompía con fuerza, llenando el aire de espuma. Volvió la vista al interior, al amplio salón que daba acceso a la terraza: en torno a la mesa que la presunta vizcondesa había dispuesto podía ver a su sargento y dos de sus guardias tendidos en el suelo, acribillados por los disparos. No había tenido siquiera oportunidad de protegerlos, de avisarlos; los oponentes, vestidos con libreas de sirvientes, actuaron muy rápido, y a infame distancia de quemarropa.

La señora que había conocido no era madame d'Estaing, sino un señuelo. Otra mujer había tomado su identidad, una mujer que ni siquiera imaginó que perdería la vida esa misma mañana. Ni ella, que yacía con su vestido negro desgarrado sobre las losas, ni tampoco los secuaces, abatidos y sangrantes, tuvieron en cuenta que Le Byron era un hombre acostumbrado al combate.

La suerte había tocado al capitán, que pudo desenvainar primero para cortar la cara del hombre que se abalanzó sobre la mesa para asesinarlo. Pero su fortuna no logró detener la emboscada, apenas su vida, pues el resto de los guardias, al mismo tiempo, recibía una descarga de plomo. Aun heridos, sus hombres queda-

ron en pie; y con las pistolas del enemigo servidas, se desencadenó un feroz combate a capa y espada. El resto estaba a la vista: cuatro sicarios pasados por el hierro, más una mujer alcanzada por un disparo. El procurador, en tanto, agonizaba sentado contra la piedra del torreón, sujetándose el abdomen abierto, con la mirada perdida. El mismo Le Byron lo había ensartado.

El capitán respiró ese aire de mar que llegaba con la brisa. Fue entonces a paso lento hasta la terraza, evitando pisar los cadáveres, para detenerse enfrente del hombre que había calculado mal la traición. Le Byron llevó la punta del sable al cuello del procurador, quien entornó los ojos, sintiendo el frío del metal.

—¿Ordenó la emboscada madame d'Estaing? —le preguntó.

Blois no contestó. Pero su mirada aturdida no fue capaz de ocultarlo; su silencio era bastante locuaz.

—Y bien —continuó el capitán—, ¿dónde está madame d'Estaing?

El hombre tosió. Tenía los labios manchados de sangre. A medida que pasaba el tiempo, su respiración se hacía acuosa y parecía ahogarse. Levantó su mano trémula señalando en dirección al bosque y dijo con dificultad:

—El castillo...

Estaba sufriendo. Se ahogaba en peores condiciones que de haber caído al mar. Al menos, pensó Le Byron, un marino en el agua, rendido ya, no tardaba ni un minuto en desvanecerse, tragando agua helada y no su propia sangre. Pero ese hombre en desgracia, en cambio, podía tardar horas en morir. Ya no le era útil, tampoco le servía atormentarlo. Entonces bajó la punta del sable desde la nuez del cuello hasta su pecho, deteniéndola a la altura de su corazón. Hundió una cuarta de acero en el pecho del procurador y este por fin cerró los ojos, exánime. El capitán desclavó entonces el sable para devolverlo a la vaina. Se volvió y tuvo que sujetarse a la piedra. Sentía un temblor en las rodillas: se palpó con los dedos el hombro, justo allí donde había un orificio humeante. Por debajo sintió la carne abierta. Un disparo le había penetrado hasta la espalda.

Poco después, a bordo del carruaje que pertenecía al procurador, el capitán llegó a las puertas de la posada. Descendió empuñando a escondidas la pistola, cubriéndose el rostro con las solapas de la chaqueta y la frente bajo el sombrero. Caminó sintiendo la sangre correr desde el hombro hasta los dedos, y de allí al suelo, en un reguero de gotas.

Faltaba poco para el mediodía; en la fonda no había mucha concurrencia, apenas un puñado de comensales reunidos en torno a una mesa. No entró a la taberna, prefirió avanzar hacia las caballerizas, recordando que en la cuadra existía un pasaje al patio interior, desde donde se llegaba a las habitaciones. Temiendo una encerrona, el capitán se detuvo, permaneció un instante tras unos fardos de heno, y desde allí oteó todo lo que ocurría en el patio. Advirtió que los dos guardias que debían estar custodiando a madame de Bijux no se hallaban en su puesto. Le Byron alzó el martillo de su pistola, una Flintlock de caballería, sobrealimentada, capaz de atravesar un peto metálico a veinte pasos de distancia. La frente del capitán comenzó a llenarse de sudor, notaba la mirada mortecina, los primeros efectos de aquellos sopores que solían traer las fiebres. Su herida era profunda, se estaba desangrando. De pronto, otro temblor recorrió sus piernas, por lo cual debió sujetarse a los fardos. Se detuvo allí un momento a tomar aire hasta que se creyó recuperado y pudo proseguir camino de las alcobas.

La puerta de la habitación de la prisionera estaba entornada. Se detuvo ante ella y la empujó con suavidad con el puño de porcelana, mientras la otra mano empuñaba la pistola. No había nadie: ni madame de Bijux, ni el centinela que debía custodiarla. Retrocedió para tomar posición en la galería y caminó hasta la habitación contigua donde halló la puerta cerrada. Golpeó. Pasado un instante, al no recibir respuesta, volvió a golpear, otra vez sin resultados. Algo andaba mal en la alcoba de Sissé, en la que, además, estaban todos los documentos requisados a la viuda. Lleno de impaciencia, olvidando el estado de debilidad en el que lo sumía la herida, hizo palanca con una daga y logró abrirla. Entró en la habitación con el cañón de la pistola por delante.

—Demonios... ¡Qué ha sucedido! ¡Dónde está la prisionera!
—exclamó al ver a su secretario y a dos de sus hombres amordazados y atados de pies y manos.

—Escapó —balbuceó Sissé una vez liberado de la morda-
za—. Fue Bertrand, desertó junto a ella. Nos tendió una trampa.

—¿Cómo? ¿El jovencito pudo con todos?

—Nos drogó, le echó algo al vino. No recordamos cómo llegamos hasta aquí. Aún estamos mareados.

Le Byron cerró los ojos con dolor, no tanto por sus heridas,
sino por lo que acababa de descubrir. Sobre la cama, echado
boca abajo, Jean de Bussière estaba inerte, con un disparo en la
nuca.

—También lo asesinaron a él —dijo Sissé, mientras se desa-
taba las manos—. Ya no tenemos quien nos guíe.

Una vez que pudieron armarse, los dos hombres salieron
tras su capitán a la galería. Le Byron caminó en silencio los veinte pasos que separaban aquella habitación de la otra, a cuya
puerta llamó con los nudillos. Tras escuchar la falleba destrabar-
se, encontró, asomado tras la puerta, el rostro desencajado de
otro de sus hombres. Este lo había presenciado todo, pues no
había bebido del mismo vino que los otros.

—Después de oír el disparo, los vi escapar en aquella dirección —dijo señalando el camino que se adentraba en el bosque—.
Los dos montaban un mismo caballo, Bertrand y madame.

El capitán los miraba tan pálido como un muerto. Recordaba las palabras que había pronunciado el procurador antes de
morir: «El castillo».

—¿Capitán? —dijo el secretario al verle la expresión.

Le Byron se volvió para observar el camino en cuestión.
Después, se quitó el sombrero, apoyó la espalda en la pared, y
allí se dejó caer lentamente hasta el suelo. Se diría que, cuando
sus hombres se abalanzaron sobre él, Le Byron, que ya había
cerrado los ojos, exhalaba su último aliento.

27

EL CASTILLO

Horas más tarde, después de atravesar arroyos y arboledas, la pareja de prófugos se detuvo en un claro del bosque. Y justo allí, donde parecía que los caminos no conducían a ninguna parte, se alzaba un portón de hierro forjado.

—¿Será aquí? —inquirió Bertrand.

Madame de Bijux reaccionó con un sobresalto.

—¡Por el amor de Dios —dijo—, lo habéis encontrado! ¡Es aquí mismo!

—Pues decidme entonces —Bertrand observaba el portón sin soltar las riendas—, ¿dónde estamos?

—En el castillo de Martinvast, donde seremos bien recibidos —le explicó Serafina, muy sonriente.

El joven buscó con la vista. En el sendero no se veía más que aquel portón, y más allá de él, por detrás de los barrotes, apenas podía distinguirse una oscura avenida de árboles en la neblina.

—¿Qué tiene este sitio que os inspira tal contento?

—Es un lugar seguro, aquí podremos escondernos un tiempo y estar a salvo.

Bertrand suspiró. Tenían que alejarse lo más posible de la campiña, escapar del alcance de los soldados del cardenal...

—Serafina, no quisiera dudar de vuestros planes, pero ¿no estamos demasiado cerca de la guardia de mi capitán?

—Este castillo es seguro. Y como veis, está oculto a los viajeros.

—Es cierto —reconoció—, pero Le Byron posee buenos

rastreadores, y ellos... por Dios, son capaces de seguir nuestras huellas y encontrarnos tan pronto como les demos la pista más nimia. Debemos irnos ahora mismo de aquí.

—Mirad un instante el cielo, Bertrand. —Ella escrutó las nubes—. El crepúsculo ya ha comenzado a caer entre negros nubarrones que corren rápidos hacia nosotros. No podemos seguir sin antes descansar y resguardarnos. Viene una tormenta.

Bertrand frunció el ceño.

—Pero...

Ella le puso el índice sobre los labios.

—Pero nada. Nos quedaremos aquí y será por un tiempo; luego continuaremos viaje hacia el sur, como planificamos. ¿Habéis olvidado el voto de fidelidad que os hice?

—No, Serafina, es solo que siento el aliento de Le Byron en la nuca. Sé que nunca me perdonará lo que he hecho y que nos perseguirá sin descanso. Pero no he olvidado nada de lo que dijisteis. Lo llevo grabado aquí. —Bertrand se señaló el pecho y puso cara de resignación. Luego descabalgó. Tomó el caballo por la brida para caminar hasta la hierba cercana al portón—. Serafina... —dijo, ligeramente turbado al acercarse a la mujer, y tomándola por la cintura, la ayudó a descabalgar.

—Estáis asustado —le dijo ella, con esa voz seductora que él tanto anhelaba oír, mientras le ponía los brazos alrededor del cuello.

—Le Byron llegará hasta aquí; tarde o temprano, llegará.

—Tranquilizaos —continuó ella, acariciándole la cara y besándole en la boca—. Si así sucede, si se cumplen las peores perspectivas, este castillo cuenta con sótanos donde podremos escondernos. Además, la señora que lo habita me conoce muy bien y nos dará protección. —Serafina hablaba con seguridad, no parecía sentir miedo en absoluto. En el brillo de sus ojos latía una razón última para ir a aquel castillo que pasó desapercibida al joven—. Ella es la mejor opción para unos fugitivos como nosotros. Nos prestará dinero, el suficiente para seguir camino en cuanto pase la tormenta. Y nos prestará también una cama, que sabremos calentar.

—No conocéis a mi capitán —seguía diciendo un dubitativo Bertrand—: no existe castillo ni mecenas que lo detenga. Sería mejor pedir el dinero a la señora del castillo y proseguir... Se lo devolveremos, pero antes de que salga el sol estaremos fuera de este bosque y de Normandía.

—Es probable que Le Byron esté muerto —afirmó Serafina, enigmática—. Cuando lleguemos al castillo, os lo contaré, os lo prometo... Y cumpliré mi voto de fidelidad, ya sabéis cómo, Bertrand...

El joven ahogó un grito que le cortó el aliento. Y un calambre le encogió el estómago. En el horizonte, los cielos ya eran oscuros y la tormenta comenzaba a parpadear.

—¿Cómo dijisteis que se llama el castillo?

CUARTA PARTE
Los sótanos del castillo

28

LA CAZA

El barón d'Artois estaba en compañía de su anciano peluquero, a quien había trasladado al castillo, tal era su preocupación por su apariencia. Desde hacía poco más de media hora, el veterano barbero le acicalaba la peluca a su señor, esforzándose con aquellos rizos que, acomodados prolijamente por encima de las orejas, debían caer tan elásticos y empolvados como demandaba D'Artois.

—Cerrad los ojos un instante —dijo el peluquero, colocando un cono de papel sobre el rostro del barón para soplar un polvillo blancuzco en la peluca, impregnándola por completo—. Ya podéis abrirlos, excelencia.

—Traedme el espejo —dijo el barón, agitando una mano con impaciencia.

El peluquero le alcanzó un gran espejo de alpaca que su señor tomó por el mango.

—¿Cómo me veo de perfil?

—Muy apuesto, mi señor.

El barón lo constató contemplando su imagen en el reflejo.

—Aquí, aquí me falta —señaló con la uña sobre un bucle sobre una patilla—. ¿Lo veis? Se ve demasiado desabrido como para salir así al aire libre.

—Quedaos quieto otro instante. —Y, acercando una cucharita con polvillo, el peluquero lo sopló sobre el rizo en cuestión—. Ya, solucionado.

—Ahora sí. —Volvió a mirarse el barón en el espejo—. Ahora me veo apuesto.

—Un minuto más, y acabo.

El peluquero tomó un frasquito de la cómoda, y vertió de allí unas cuantas gotas sobre un cepillito de cerdas negras.

—Cerrad los ojos, señor, por favor, una vez más.

El peluquero, con pulso envidiable para su avanzada edad, peinó y perfumó las cejas del barón d'Artois.

—Podéis abrirlos.

El barón pestañeó.

—Exquisita fragancia.

—Esencia de violetas, mi señor.

—Ahora, el lunar.

—Al instante; cerrad la boca.

Apoyó un pincelillo y pintó un punto negro sobre el labio superior.

—Miraos ahora.

El barón acercó el espejo para contemplarse.

—Hermoso —decretó.

En ese momento, unos golpecillos sonaron a la puerta, y tras esta, apareció la señorita Montchanot.

—Excelencia —le dijo—, monsieur Belladonna espera en el pasillo.

—Sí, sí, perfecto, que aguarde un instante. Mademoiselle Montchanot, pasad un momento, por favor. —El barón se puso de pie, dejando el espejo sobre las manos del viejo peluquero—. Quiero estar a solas con mademoiselle —pidió en voz baja a este último.

Al mismo tiempo que la señorita Montchanot entraba en el aposento, el anciano se retiró.

—¿Hace cuánto que nos conocemos, mademoiselle? —dijo el barón, apenas ella cerró la puerta.

—Dos años, creo. Desde que frecuentáis este castillo.

—En efecto, y siempre que os veo estáis en compañía de Giordana.

—Somos buenas amigas.

—A propósito de eso: quería haceros una propuesta.

—¿Propuesta? ¿A mí?

—Como ya sabréis, mademoiselle, en breve regresaré a París y lo haré para desposar a mi prometida.

El barón provocó un silencio.

—Sí, ya estaba al corriente.

—Sé muy bien que sois una buena doncella, juiciosa y reservada, y que congeniáis con Giordana, por lo que quería pediros que vinierais a París con nosotros.

—¿A vivir?

—El matrimonio está pactado ya, pero en la cláusula no estáis vos. Imagino que mi prometida se hallará más cómoda en la nueva casa con una doncella como vos.

—Pero...

—Sé que debéis abandonar en breve el castillo: cumpliréis veintiún años.

—Monsieur...

—Dispongo de una bonita mansión en Châtelet: habitaciones grandes y lujosas donde podréis llevar una vida con amplias libertades, y donde hallaréis todo lo que necesitáis; estaréis en una ciudad, y no aquí, en medio de estos bosques.

—Me halagáis, excelencia, solo quisiera recordaros que es una decisión que no depende de mí; deberíais hablar con la persona a la que sirvo.

El barón miró fijamente a Juliette: su escote, su cintura, su rostro.

—Sois preciosa —dijo, y extendió la mano para rozarle la mejilla—. Sí, será mejor que hable con madame; entenderá que tendréis un mejor futuro en París, a mi lado.

La señorita Montchanot enmudeció, asqueada hasta la náusea por la caricia de aquella mano enjoyada.

—Tomad —dijo D'Artois, quitándose una sortija del dedo—. Conservadla, pues contiene un brillante muy costoso. Para que recordéis este deseo mío de que vengáis a hacer compañía a Giordana.

—No creo que llegue nunca a merecerla, monsieur, y no puedo aceptarla. Son las normas del castillo —dijo Juliette, mirando al suelo.

Entonces D'Artois, con sonrisita pícara, se acercó a su oído y musitó:

—Quedaos quieta y no os mováis.

El barón entrecerró los ojos y miró a Montchanot. Era difícil saber lo que encerraba esa mirada; como lo era el regalo de aquel anillo, que podía resumir en su escueta circunferencia la promesa de todo un mundo por dar, o por tomar. La joven aguantó la mirada con bastante aplomo, como si quisiera dejar claro que, fuera lo que fuera lo que significaba aquel presente, ella sabría llegar a la altura de las expectativas. Entonces rompió el hechizo.

—Os recuerdo que monsieur Belladonna aguarda en el pasillo.

—¡Lo olvidaba! —sonrió D'Artois—. Decidle que pase ahora mismo.

La joven hizo pasar al corso a la habitación, sirvió a los hombres unas copas de licor y cerró la puerta para dejarlos en la intimidad.

—Barón, mandasteis llamarme.

—Oh, sí —dijo D'Artois—. Deseaba hablar de un asuntillo con vos. Y pensé que una salida al campo podría ser una ocasión inmejorable.

—Deberé excusarme; tenía pensado ocupar la tarde con los preparativos del viaje. Ya sabéis, esta noche partiré a París.

—Es una pena que no mostréis interés por la caza, monsieur, os aseguro que es un deporte del que se puede aprender mucho para el arte de la guerra, y el que le es afín: el arte del amor.

Belladonna apuró la copita de calvados y, tras un silencio, volvió a mirar a su interlocutor.

—En Córcega, monsieur, donde yo me crie, es un arte que tiene más que ver con la supervivencia.

—Y aquí también, mi querido Belladonna, aquí también —dijo el barón—. Decidme si no, cómo sobrevivir a estos oto-

ños tan largos, y a estos períodos de paz en los que la noble casta aristocrática languidece con el vicio de la lectura y los bailes de salón.

—La lectura, monsieur, no es un vicio.

—Lo es, si uno está dispuesto a pagar sumas exorbitantes por un incunable.

En ese momento, entró en la sala madame d'Estaing, que quedó un poco turbada al verlos enzarzados en tal conversación.

—¿Interrumpo? —preguntó la dueña del castillo.

—En absoluto, madame —aseveró el barón—. Es una conversación a la que sin duda contribuiréis con vuestra sincera opinión. Además, una anfitriona jamás interrumpiría en su propia casa. ¿Me equivoco, monsieur?

Belladonna negó con un leve movimiento de la cabeza.

—Monsieur Belladonna y yo discutíamos el valor de la lectura.

—¿La lectura como pasatiempo, como forma de conocimiento? —quiso saber madame d'Estaing.

—La lectura como perversión —apuntó el barón, y le dirigió a Belladonna una mirada cómplice.

—Reconozco que hay libros que, más que elevar el alma, la arrastran por el suelo, obscenidades que no deberían...

—No me refiero al contenido de los libros, madame. Estábamos hablando del precio de algunos ejemplares. —Según decía esto, el barón se frotaba el índice y el pulgar de la mano que no sostenía la copa en significativo gesto.

—Ah, sí —convino la vizcondesa con un pequeño sobresalto, y miró al corso. Entonces se sentó a la mesa, y tras quitarse los guantes, tomó una copa—. Necesito deciros algo.

Belladonna le devolvió una mirada llena de interrogantes.

—El barón me ha aconsejado en el asunto del libro que lo trajo a usted al castillo, monsieur. —Después de decir esto, Violet miró al barón como si le cediera el turno de palabra en una conversación que había sido perfectamente orquestada.

—Aceptad mis disculpas —continuó diciendo el barón—,

ya sabéis, por lo ocurrido la víspera. Bien os podréis imaginar mi situación, monsieur. Existen tantas emociones puestas en juego que la noticia que disteis resultó devastadora para todos nosotros: afirmar nada menos que la *Commedia* es una copia.

—Está bien. Comprendo.

—El ejemplar más valioso que dejó el vizconde ya no es más que un mal recuerdo para esta familia. No obstante, tenemos una pregunta que seguramente podríais responder antes de abandonar el castillo.

El corso observó a la viuda. Ella mantenía la mirada clavada en él, y creyó entrever un brillo oscuro en el fondo de sus ojos que no dejó de intrigarlo.

—Es sobre el falsificador —habló ella—. ¿Cómo lo descubristeis?

El corso desvió los ojos para beber de su copa. Pero cuando por fin devolvió su atención a la mesa, encontró que todas las miradas gravitaban sobre él. La mención a la caza no había sido gratutita, ya que la pieza a cobrar era él.

—Fue la tarde en que visité la biblioteca —comenzó diciendo Belladonna, mirando a la viuda—. Si en verdad os interesa la información sobre el falsificador de la *Commedia*, todo lo que tengo como prueba lo hallé allí, por casualidad, tras las puertas del *scriptorium*.

—¿Habéis entrado al gabinete del vizconde? —preguntó madame d'Estaing, sorprendida—. Pero ¿cómo?

—No sabía que era el gabinete y que tenía la entrada prohibida, madame; la puerta estaba abierta —respondió el corso. Estaba claro que Juliette, por su propio bien, no había comentado nada a su señora.

—Un descuido imperdonable, el servicio tiene órdenes claras al respecto: esa puerta debe permanecer cerrada... —le interrumpió la vizcondesa, disgustada.

Muy pocas personas tenían acceso a la llave del *scriptorium* y la desesperaba que, exceptuándola a ella, cualquiera de las otras dos hubiera traicionado su confianza.

—Pues bien, sea como sea —continuó Simone, que no quería que la viuda empezara a darle vueltas al asunto y acabara haciéndole confesar a Giordana—, allí encontré unas cartas, bien a la vista. Cartas que alcancé a leer. Sin embargo, hubo una en particular que me interesó. Me refiero a una escrita por la mano de alguien que se dirigía al fallecido vizconde, señor de este castillo, a quien exponía algunos problemas de dinero que tenían en común.

—¿Problemas de dinero? —se escandalizó D'Artois—. El vizconde jamás ha atravesado por dificultades financieras.

—Una deuda. Se referían a un cónsul, alguien que, por ventura, pasaría a saldar ese compromiso por medio de un testamento, fortuna que acabaría heredando su esposa.

—Es la primera noticia que tengo de tal cosa —dijo la viuda—. ¿No sabéis más datos sobre el asunto?

—Se referían a un tal Bijux, cónsul de París.

El barón d'Artois, que escuchaba atentamente las palabras del corso, de pronto cruzó miradas con madame d'Estaing, quien a su vez guardó silencio.

—¿Acaso os suena el nombre? —preguntó Belladonna, a quien no pasó desapercibido el gesto.

—No lo hemos oído jamás, monsieur, ¿verdad, Émilien? —afirmó ella apoyándose en el barón, que no tardó en negar con la cabeza.

—Quien escribía al vizconde daba detalles de este castillo, que he podido constatar —continuó Belladonna—; ergo quien escribió esa carta estuvo aquí, en esta fortaleza, conocía la galería, el patio, los jardines, las torres...

—¿Adónde queréis ir a parar? —protestó el barón d'Artois, cansado de tantas idas y venidas, y deseando que la conversación terminara de una vez.

—El vizconde se refirió a este como «conde» en una oración, casi al final del escrito.

—¿Un conde que visitó el castillo y que mantenía correspondencia con el vizconde...? —dijo D'Artois, con un tono de

sarcasmo—. ¡Habrá unos cuantos que cumplan ese requisito, monsieur! Sigo sin ver claro por qué ha de ser Cagliostro.

—Estuvo aquí —aseveró Belladonna—, estoy seguro; un prófugo de las cortes de Francia e Italia, de Polonia y Rusia y, por si esto os parece poco, también de la Iglesia.

—¿Un personaje de semejante calaña entre los muros de este castillo? ¿Cómo osáis insinuar que los vizcondes le dieron cobijo? —dijo el barón mientras tomaba de la mano a la vizcondesa, que llevaba un rato sin levantar la cabeza, mirando absorta las llamas de la chimenea.

—No tengo duda: es Cagliostro. Hay muy pocos capaces de realizar una falsificación de semejante calidad, os aseguro que no existe otro con su talento en toda Europa. Se dice que fue capaz de falsificar cartas de amor de Giacomo Casanova sin que el mismo Casanova pudiese distinguir entre las suyas y las copias.

—Cagliostro, Casanova... —siguió diciendo el barón, airado—, ¡si hasta tuvimos a Mazzarino como ministro! ¡Italianos en Francia! ¡Peligrosos, temerarios picaflores! Pero dejémonos de suposiciones y de acusaciones tan graves y seamos prácticos. No veo que tengáis pruebas concretas de una presunta estancia del conde de Cagliostro en Martinvast; dudo mucho que una correspondencia sin firma y la falsificación de un incunable lo acrediten, monsieur.

Madame d'Estaing miró de reojo a Émilien, soltó su mano y se recompuso. Era su turno.

—Confieso que el tema me abruma, monsieur; solo de pensar que mi marido pudiera ser cómplice de todo esto, protector de un falsario... Puedo juraros que yo no he visto jamás al conde de Cagliostro. La reputación de mi familia, y este castillo, si acaso vuestro informe llegara a trascender, entendedme, se vendrían abajo, nos convertiríamos en una cueva de embusteros, intrigantes, llenos de malas artes. Pero Martinvast no es un nido de criminales, os lo puedo asegurar —dijo la viuda, cuyos ojos, a medida que avanzaba su discurso, se fueron llenando de lágrimas para desbordarse cuando terminó.

—Mi informe no habla del falsificador, y os prometo que jamás hablaré con nadie de mi sospecha. Habéis pagado cincuenta mil libras por mi silencio, madame. Destruir reputaciones no es un pasatiempo que concierne a mi oficio.

Madame d'Estaing iba a intervenir, pero se calló al ver que se abría la puerta principal del aposento y que entraba Giordana, sorprendida, al parecer, de encontrarlos allí.

—Perdón, tía —dijo la joven—, me mandasteis a llamar...

—Pasa, pasa, no te apures, querida —dijo madame d'Estaing—. Ya hemos acabado el asunto que nos ocupaba, ¿verdad, monsieur? —preguntó la dama al corso con una mirada de súplica—. Quería que vinieras para hablar de otro asunto que te concierne. Por favor, caballeros, ¿podemos sentarnos en esta mesita?

Y los cuatro tomaron asiento en el amplio vestíbulo de la habitación.

—¿Qué me concierne a mí, tía? —inquirió la joven, sentándose a la mesa junto a la vizcondesa.

—A vos y a monsieur Belladonna —terció el barón, que parecía coordinar sus intervenciones con las de la anfitriona.

—En efecto, monsieur Belladonna —dijo madame d'Estaing—. También os concierne a vos. He notado que os cuesta apartar la vista de mi sobrina y que buscáis constantemente su compañía.

—No sé a qué os referís, madame. Mademoiselle d'Estaing y yo apenas nos hemos visto en dos o tres ocasiones.

«Pretende que camine por las brasas —pensó el corso—, y justo aquí, delante del barón.»

Entonces Simone miró a Giordana, al otro lado de la mesita, y ella le devolvió una mirada de alarma.

—¿Quién sabe hasta dónde habréis llevado vuestro atrevimiento, monsieur? Os vi en el jardín, los dos solos, bajo el roble...

—Charlábamos de libros, madame, a la vista de todos. No veo qué hay de malo en ello —se excusó mientras pensaba:

«Giordana, no me miréis así, imagino que no habréis contado...».

Belladonna no sabía qué decir, la duda de que Giordana hubiera contado su encuentro le dejaba sin palabras; pero era imposible, ¿y la manzana?... La miró de nuevo y vio que ella intentaba tranquilizarse, mantener la calma. En ese instante, Émilien le tomó la mano, como reclamando la propiedad de la muchacha, y miró con cara de asco a Simone.

—¡Sois tan falso como Cagliostro y tan picaflor como Casanova! —gritó, muy exaltado, el barón d'Artois—. ¡No solo acusáis a las personas que tan bien os han tratado mientras estabais trabajando para ellas, sino que, en vuestros ratos libres, os dedicáis a intentar seducir a las prometidas de otros hombres! ¡Infame!

«Maravillosa situación: sí que estoy en problemas», pensó Simone. Su rostro era la viva imagen de un hombre puesto entre la espada y la pared. Giordana, en cambio, inclinada sobre la mesa, recatada y compungida, muda, parecía otra. Todos en aquella mesa miraban al corso con frialdad. Y el silencio, de pronto, se hizo insoportable.

—Lo siento, mademoiselle —se disculpó él—, jamás pretendí ofenderos... y mucho menos incomodaros.

—Habéis sido muy atrevido —terció la viuda—. Y habéis vulnerado mi confianza.

—También me disculpo con vos, madame.

—¡Con quien debéis disculparos es conmigo! —exclamó el barón d'Artois y, acto seguido, se levantó de la silla para acercarse al corso.

Simone se levantó también y esperó de pie junto a la mesa.

—Os pido disculpas, excelencia —le dijo Belladonna para después hacer una pequeña reverencia.

—Giordana es curiosa, no voy a negároslo —dijo el barón, que parecía algo más calmado—, pero también es ingenua, y cuando conoce a gente como vos, que piensa que con labia puede uno más que con títulos y riquezas, puede parecer interesada.

Pero, monsieur, nada más lejos de la realidad. Giordana pronto se convertirá en la baronesa d'Artois... ¡Me pertenece tanto como mi espada, como mis botas, como mi apellido!

—Por Dios, excelencia, no os alteréis. Me disculparé tantas veces como sea necesario...

—Ya es tarde, amigo mío —respondió el barón mientras ponía la mano derecha en la empuñadura de su espada—. No basta con las disculpas. Vivimos en tiempos mezquinos, monsieur, no podemos dejarnos llevar por impulsos primarios. El honor de un hombre solo se limpia con sangre... En otras palabras, mi querido Belladonna: me habéis deshonrado y no me queda más remedio que retaros a duelo.

El corso miró a la viuda; luego a Giordana. Ninguna de ellas alcanzó a mover un dedo sobre la mesa. Luego miró el aposento: en uno de los lados había una cómoda llena de armas que, habida cuenta, parecía cobrar sentido. «Sí —pensó el corso—, me han traído aquí para matarme; han inventado la excusa y hasta han traído al verdugo para hacerlo.»

Simone miró fijamente a Giordana.

—¡No oséis miradla ni un segundo más! —dijo el barón mientras desenvainaba, apretando los dientes—. Miradme a mí, Giordana no siente deseo más que por mí. Nadie tiene las llaves de su corazón, nadie más que yo, ¿entendéis? Ella es mía. Solamente mía.

—No es necesario pasar a las armas, por favor, barón. Nada ha ocurrido. Todo esto es un malentendido. Madame, por favor, detenedle. No deseo batirme —insistió Simone, por última vez.

—Sois un cobarde, qué vergüenza... —murmuró madame d'Estaing, quien parecía más dispuesta a ver correr la sangre en esa habitación que a detener la afrenta.

A pesar de la prohibición y de la ira del barón, Simone miró a Giordana por última vez. La joven intentaba mantener la respiración controlada, los ojos limpios de lágrimas, frotando con sus yemas el cuarzo de su cuello, su amuleto. Giordana se escudaba en su actitud fría y muda, y, aferrada a aquella piedra, pare-

cía estar pidiendo ayuda al destino. Todo esto cambió radicalmente la actitud del corso, que pasó de pedir perdón casi por su mera existencia a sentir el suelo más firme que nunca bajo los pies. Ahora era un hombre con una misión.

—¿Duelo, decís? Que sea ahora mismo —dijo Belladonna al barón, mientras se acercaba a la mesa de las armas.

D'Artois no esperaba aquello. No obstante, respondió con una sonrisa:

—¡Ja! ¡Sois un bellaco y como tal moriréis! Sé que tenéis derecho a escoger armas, pero ya que tengo mi florete desenvainado...

—¡Floretes, pues! —gritó el corso. Revisó los que había en la mesa; solo uno estaba lo suficientemente afilado.

—Estará bien aquí —dijo D'Artois, que había caminado unos pasos hasta el centro del aposento—. Giordana, madame, sería mejor que os retirarais, no quisiera que la impericia de este gusano pueda causaros algún daño.

—Mi vida, por favor, retírate —le dijo madame d'Estaing a su sobrina, que caminó hacia la puerta sofocando apenas los sollozos—. Yo también he sido agraviada, acusada de acoger a criminales; me quedo.

Belladonna empuñó el florete con clase. De las tres armas que componían la esgrima, era esta la única que no poseía filo en su hoja; un espadín liviano y rápido, pero mortal, solo por su filosísima punta.

—Sois zurdo —suspiró el barón, sorprendido; había menospreciado, y mucho, a su contrincante.

—Un problema para vos —replicó Simone, sonriendo y poniéndose en guardia.

D'Artois sonrió a su vez, e hizo una reverencia con la espada antes de decir:

—Bribón y jactancioso: confieso que jamás fuisteis de mi agrado. ¡Ahora, pelead!

Antes de que los hombres pudieran cruzar el primer golpe, madame d'Estaing dio unos largos pasos, se interpuso entre

ellos y con una mirada que parecía quemar y una voz que irradiaba una sorprendente autoridad, ordenó:

—¡Deteneos!

Belladonna no abandonó la guardia, pues sospechaba que aquello pudiera ser otro ardid. Pero, al instante, el barón desistió, bajando su espada. Entonces el corso dio un paso atrás y miró a madame d'Estaing.

—Deseo proponeros un trato —dijo ella.

29

TORMENTA

Madame d'Estaing pidió a ambos caballeros que dejaran las armas encima de la mesa; luego les dejó tranquilizarse mientras ella, en persona, rellenaba los vasos de vino, un gesto que Belladonna agradeció, pues el vino le traería algo de calma. No veía salida al embrollo en el que su orgullo de investigador, y su afán por enamorarse, le habían metido.

—Habéis descubierto que mi libro es una falsificación —comenzó a hablar la vizcondesa, erguida y serena—. El trato que os quiero proponer es ventajoso, no deseo más muertes en mi casa: olvidáis ambos mi reciente estado. Abandonad el duelo.

—Lo acabaremos en otra ocasión —aseguró el barón, mirando fijamente a Simone.

—Por supuesto —replicó el corso con la misma actitud desafiante—. Cuando gustéis, será...

—Dijisteis, monsieur —le interrumpió madame d'Estaing deseando que el furor de aquellos dos gallos de pelea se calmara—, que de no haber sido por el diminuto insecto que encontrasteis entre las páginas, por decirlo de alguna forma, habría sido difícil certificar su falsedad. —Belladonna asintió y la vizcondesa continuó hablando—. Propongo entonces olvidar el asunto, como si jamás hubiese existido el endemoniado bichito, ni hubieseis leído la carta en la biblioteca, ni menos aún, hurgado en la bodega.

—Existe un acta que lo certifica —dijo el corso—: el escribano y su notario son testigos.

—Pues romperemos esa acta. El escribano y el notario son de mi confianza. Y vos volveréis a redactar el informe; mejor dicho, omitiréis una parte, la última, y yo me encargaré de deshacerme de toda prueba. Lo quemaré todo hoy mismo: el acta ya extendida y firmada, los tipos móviles, los morteros entintados, las nueces de agalla, el husillo... sin olvidar, por cierto, al causante de todos los males de esta incómoda situación: el pequeño bichito... Y creedme, monsieur, que jamás nadie volverá a ver esas pruebas.

—Aunque así lo hicieseis, madame —dijo Simone—, y aceptase yo vuestra propuesta cambiando el informe, no obstante, como podéis ver, seguiremos siendo seis personas las que sabremos la verdad.

—Mantendremos el secreto... —aseguró la vizcondesa, y sonó a orden a la que siguió un instante de silencio—. Dijisteis que en vuestro oficio la discreción valía oro. Os lo daré. Pagaré lo necesario para contar con el nuevo informe.

—De vos no tengo dudas, madame, pero el barón d'Artois no es que me dé mucha confianza... —Simone miró de reojo al banquero—, no parece de fiar. Ya lo veis, mi reputación no solo dependería de vos.

—Os prometo que callaré —juró el barón—. Mi lealtad está con Violet y con Giordana. Y, al contrario que vos, tengo honor...

—Quedan el escribano y el notario, gentes de vuestra confianza, pero no de la mía. Se les puede desatar la lengua en una cantina o entre sábanas, quién sabe... No sé si os dais cuenta, pero estamos hablando de engañar nada menos que a la Biblioteca Real... Y no solo a esta: sino a la mismísima María Antonieta, que es quien desembolsará la suma. Por no hablar del falsificador...

—¿Creéis que trescientas mil libras podrían ayudaros a sobrellevar la falta de confianza? —le interrumpió la vizcondesa, mirando hacia la mesa, dejando caer las palabras como quien no quiere pronunciarlas pero está seguro de que se oirán por bajo que se entonen.

Simone se hundió en su silla tras oír aquella cifra, y jugó un instante con la copa. Parecía extraño escuchar ese ofrecimiento, más aún cuando se acababa de posponer un duelo a muerte. La diferencia entre tener un florete clavado en el pecho y pensar en dinero tenía su encanto y lo estaba comprobando: miraba hacia el pequeño arsenal que habían dispuesto para el duelo. Belladonna era un hombre pragmático. Su filosofía de vida tenía un solo objetivo: su propio bienestar. Siendo corso, había aprendido desde niño el arte de la supervivencia; podía hablar francés y hacerse pasar por tal si acaso la necesidad lo requería; podía ser monárquico, si las opiniones favorables le beneficiaban; podía volver a ser corso y hablar en italiano, si con ello escapaba de sus enemigos. Simone podía hablar de libros y de arte, o tomar una espada, o un champán exquisito, si con aquello actuaba siempre a su favor. Pero ahora tenía ante sí una encrucijada: arriesgar su credibilidad y su firma, es decir, el único capital que poseía.

Con aquellos pensamientos rondando su cabeza, Simone soltó un suspiro. El país se caía a pedazos, la gente estaba hacinada en las ciudades, sobrevivía a base de caldos y cebollas, mientras que él, a la vera de un bonito bosque, con una copa en la mano y la otra todavía fría por la empuñadura del florete, escuchaba la propuesta de un gran botín.

—La Biblioteca Real debe comprar nuestro libro —insistió la viuda—. Y vos tenéis la llave para que eso suceda.

Con la mirada puesta en su copa, el corso pensaba. La idea de pasar algún tiempo en España florecía en su mente. Y nada mejor que irse bien provisto, lejos de las agitaciones y reyertas, hacia el país de Jovellanos donde los libros, según sabía, aún seguían siendo un buen negocio.

—¿Dudáis? —preguntó madame d'Estaing. Entonces tocó una campanilla que había sobre la mesa, y de inmediato acudió una doncella con una pequeña bandeja de plata sobre la que había seis fajos de bonos de banco, que dejó junto a su señora antes de retirarse—. Pagaré por vuestra firma, ahora mismo, y habremos cerrado un negocio conveniente para todos.

No era el decoro, ni mucho menos su reputación, tampoco las posesiones que podría adquirir en el extranjero, una finca en Barcelona o una mansión a las afueras de Madrid; ni siquiera el dinero, que ahora contemplaba servido en bandeja, el motivo que hacía que dudara. Dar por auténtico aquel ejemplar significaba que un falsificador como Cagliostro se saliese con la suya; y esto tocaba a Simone en su orgullo, ese desmedido orgullo de ser el renombrado «cazador de falsificaciones». Si aceptaba el dinero, sería esclavo de una sombra que lo perseguiría siempre: la de ver su honor vilipendiado por el dinero. El dinero podía comprar muchas cosas. Podía abrir puertas, conceder un salvoconducto a una existencia licenciosa y sosegada y comprar placeres; podía saciar caprichos, comprar títulos y mansiones; y con ello, la compañía de mujeres, el servicio de buenos sastres y criados. El dinero también podía comprar buenos vinos, sostener tres o cuatro amantes y mantener carruajes de calidad, con los cuales poder desplazarse, vistiendo capa de terciopelo y hermosas sortijas en los dedos. El dinero podía atraer también la atención de muchos amigos, podía concederle el centro de las fiestas de salón y encender las sonrisas más ardientes en las damas, solteras o casadas, igual daba. El dinero, pensó, podía hacer mucho por él, pero jamás podría remediar aquello que sentiría al cerrar los ojos antes de dormir: la voz de la conciencia, clamando una y otra vez por el orgullo, el honor y la dignidad destrozados.

El corso levantó la vista. Observó a la señora con la paciencia de aquellos hombres que saben calcular las consecuencias, y al barón, quien le devolvía una mirada ladina. Una *Commedia* lo había puesto en esa embarazosa circunstancia, a las puertas de las tentaciones, donde, según Dante, aparecían los senderos que llevaban al cielo o al infierno, reservados para los hombres que elegían hacer uso del libre albedrío.

—Aceptad —dijo ella—, y en París nadie jamás lo sabrá.

Ante aquello, enfrentado a esa clase de gente que íntimamente detestaba, ante la pedantería del barón y la ensoberbecida

mirada de una mujer que creía comprar las voluntades con dinero, no dudó más y supo lo que tenía que decir.

—Lo haré, madame.

El orgullo, sí, era el orgullo, supo al instante Simone, y el suyo concretamente, lo que acababa de desaparecer.

30

LA VIZCONDESA D'ESTAING

La señora del castillo se encontraba en su alcoba, frente al espejo del baño. La tarde había resultado ser más provechosa de lo que había supuesto.

—Quítame el corsé —ordenó ella.

Juliette se acercó a su señora y comenzó a soltar los lazos. Mientras esto sucedía, la señora buscó en el espejo el reflejo de su sobrina.

—Belladonna abandonará mañana de madrugada el castillo —le dijo.

—Evitaré cruzarme con él —repuso Giordana, con un brillo en la mirada.

—Te aseguro que ese hombre no volverá a molestarte.

—Su avance ha sido sutil y muy descarado. No le importó lo más mínimo que el barón estuviera en el castillo —dijo Giordana, mirando hacia el suelo, como si se sintiera avergonzada.

—¿Viste la expresión de su rostro cuando Émilien lo retó?

—¡Oh, sí! —Giordana se llevó las manos a la boca—. Me conmovió que el barón defendiera así mi honor.

Una vez despojada de la ropa, Violet se miró en el espejo. Su cuerpo ya no era firme, pero conservaba, sin embargo, la huella de aquella mujer atractiva que, tanto a Luis XV como a sus nobles de Versalles, tan hondamente había impresionado. El cabello suelto le llegaba a los hombros y de su cuello pendía una cadena de oro cuyo único adorno era una llave. La aguar-

daba una enorme tina de mármol, llena de agua humeante hasta el borde.

—Belladonna aceptó el duelo —siguió diciendo la vizcondesa—, por ti, para mi sorpresa y la de todos. Un atrevido, sin duda, que tomó tu amabilidad natural como una invitación a algo más, ¿no es así?

Y mirando a su sobrina, la viuda se recogió el cabello para que Juliette pudiera quitarle la cadena y dejarla en la cómoda, junto a las otras joyas de las que la vizcondesa ya se había despojado.

—Tía... —dijo Giordana, sin levantar aún la cabeza—, hay algo de lo que quisiera hablar con vos. Mi boda... Quisiera posponerla...

—¿Qué estás diciendo? —espetó Violet, volviéndose hacia su sobrina muy alarmada—. Giordana, ¿no irás a decirme que te has enamorado del maldito corso?

—¡No! —exclamó ella, y se ruborizó—. Es solo que querría quedarme un tiempo más en el castillo. Desde que llegó Belladonna apenas he podido compartir ningún tiempo con Juliette, y la echo mucho de menos. No deseo irme aún. Vos sabéis que acepté este matrimonio sin poner inconvenientes porque es beneficioso para vos, tía, a quien tanto debo. Pero también sabéis que para mí es un sacrificio que querría posponer mientras sea posible.

—Giordana —dijo la viuda acercándose a su sobrina y poniéndole una mano en la mejilla con ternura—. Para una dama que ambicione una vida de lujo y hacer amistades en la corte, los deseos personales ya no cuentan. Yo los he tenido que dejar de lado, he tenido que sacrificar demasiadas cosas para mantenerme. ¿Y sabes qué? Gracias a que lo hice, pude tener lo que tengo y darte una educación, hacerlo a pesar de la pérdida de mi hermana y de todas las vicisitudes que conoces bien. Si no hubiese desposado al vizconde, serías una huérfana, y yo una perseguida del cardenal.

Giordana asintió, con los ojos llenos de lágrimas y una mano sobre la de su tía.

—Mi hermosa niña —continuó la viuda—, conoces muy bien los problemas financieros que afronto y de los cuales no podré salir a menos que, por ventura, la dote que ofrece el barón se haga efectiva cuanto antes. Si posponemos la boda, corremos el riesgo de perderlo todo. El tiempo no retrasará lo inevitable. En breve, te convertirás en baronesa, aunque en el fondo jamás dejarás de ser mademoiselle d'Estaing, con mi misma sangre en las venas, con la misma inteligencia para sortear las trampas que este mundo prepara en el camino de una mujer... Tu libertad no está en juego —siguió diciendo la viuda—, y tampoco creas al hombre que con una espada en alto pretende defenderla... Yo te he dado todas las armas que necesitas para defenderte de Émilien, si así lo precisas. Y hay algo más que no sabes. Juliette, por favor...

La vizcondesa esperó a que su doncella se acercase, y fue esta, tomando de la mano a Giordana, quien le dio la noticia:

—Como no hemos podido vernos, no he podido contarte que el barón me ofreció que me fuera con vosotros a París, que fuera tu doncella. Sus intenciones, por supuesto, no son exactamente esas, Giordana...

—Los hombres son criaturas egoístas —sentenció la viuda.

Giordana asintió. Conocía bien las veleidades de Émilien, a quien el matrimonio le reportaría algo que necesitaba para llamar la atención en palacio: una baronesa joven y bonita.

En ese momento entró en la estancia una jovencísima doncella pelirroja. Saludó con la mirada, se dirigió al tocador y tomó un aceite perfumado con el que comenzó a masajear los hombros y brazos de la señora del castillo.

—No temas, Giordana —dijo Violet, y cerró los ojos—. La vida en París no es tan mala, y, además, el barón entrega como dote un castillo de su propiedad, una linda fortaleza en Auvernia, el castillo de Anjony, tasada en más de medio millón de libras que venderé una vez consumada la boda. Con esto, todos nuestros apuros se acabarán.

Giordana se quedó mirándola. Quería a su tía, por supuesto,

por encima de todas las cosas, y si había estado dispuesta a sacrificarse, fue por devolverle de la única manera en que podía todo lo que había hecho por ella. Pero ahora no podía pensar en todo aquello. Solo en Simone y en que iba a perderlo.

—Ahora toca el piano para mí —pidió su tía—, te lo ruego.

Así pues, mientras su sobrina se sentaba y comenzaba a deslizar los dedos sobre las teclas, con aquellas primeras notas, madame d'Estaing alargó el brazo en busca de la muchacha pelirroja. La joven se dejó hacer. Era la primera vez que acudía al rito con el que la vizcondesa ponía fin a los quehaceres del día, pero conocía aquel reducto de sensualidad en el que la música y las caricias a una piel núbil permitían a la vizcondesa recordar tiempos pasados y más gloriosos, mientras enseñaba a sus doncellas a aceptar la sensualidad de cualquier cuerpo.

Juliette estaba allí para ayudar a la muchacha. La desnudó y su cuerpo quedó expuesto a los vapores tibios de la estancia. Sus ojos traslucían un fuego todavía aplacado por la vergüenza propia de las no iniciadas. Juliette la acompañó hasta la tina, donde momentos antes ya se había introducido la señora, y salió de la habitación. Allí se dedicaron a admirar sus cuerpos y a las caricias sutiles. Giordana alcanzaba a distinguir un roce que unía a ama y doncella, al compás del piano y sus notas, hasta que la música acabó y quedó claro que a ellas ya no les interesaba nada de lo que sucedía fuera de los confines de la tina de mármol.

Entonces Giordana apagó el candelabro, haciendo que la estancia quedara sumida en la oscuridad. Caminó despacio hasta la cómoda. Entre las joyas estaba la llave. Sabía que los baños de su tía se prolongaban hasta que ella despabilaba de los soporos que a menudo le provocaban, y esto no ocurría hasta la medianoche. Giordana vio la cadena y alargó la mano. Ya no había vuelta atrás. Contaba con dos horas para llevar a cabo su plan.

31

LA LLAVE

Simone oyó golpes en la puerta, tres, apagados y débiles, pero suficientemente audibles en una habitación tan silenciosa como la suya. Se acercó a la puerta y pegó la oreja a la madera. Dos golpes más.

—¿Quién llama? —inquirió.

—Soy yo, Giordana. Abrid.

El corso quitó el cerrojo y entornó la puerta para dejar pasar a la joven. Ella entró presurosa, como si el pasillo ardiese, y una vez dentro, cerró la puerta, para lanzarse luego a los brazos de Simone y aferrarlo con fuerza.

—Aquí la tenéis —dijo, aún abrazada a él, y le mostró la llave.

Simone desvió su atención hacia la llave dorada para, con suavidad, tomar a la joven por los hombros.

—Estáis temblando —comentó él.

—Asumí el riesgo de poner mi destino en vuestras manos.

—Pero... ¿a qué viene arriesgarse tanto, Giordana?

—¿Qué queréis decir? ¡Dijisteis que lo haríais! Me lo prometisteis.

Belladonna dirigió a la puerta una rápida mirada, cerciorándose de que se encontrase debidamente cerrada. No deseaba que nadie más llegase y observase aquella comprometedora escena: la prometida del barón dentro de su alcoba.

—Giordana —suspiró él en medio del asombro—, la escena de esta tarde ha sido muy dura para mí. Por un momento pensé

que me traicionabais, que habíais jugado conmigo. Me costó darme cuenta de lo que pasaba realmente.

Ella lo miraba de soslayo, avergonzada.

—Lo lamento, Simone. Mucho. Me costó no reaccionar, lo pasé muy mal viéndoos en aquella situación... Perdonadme, por favor. ¿Comprendéis que no podía defenderos? Prometí que vendría a traeros una llave, me debéis un favor.

—¿Favor? —dijo él, y sonrió con insolencia—. ¿Que os debo un favor? ¿Olvidáis que he podido morir hoy?

—El duelo jamás sucedió. Estáis a salvo.

—No puedo olvidar vuestra mirada, tan fría. Por un momento pensé que sabíais lo que iba a suceder y no me habíais avisado...

—Tenéis razón —se excusó ella—. Perdonadme, no estaba en mis planes, vos lo sabéis bien, haceros pasar por eso; quizá, a vuestros ojos, debí defenderos. Pero existe una razón: mi tía dudó de mí, pues hay pocas personas que tengan acceso a la llave del *scriptorium*. No podía permitirme que cuestionaran mi fidelidad hacia ellos, eso habría desbaratado completamente mis planes. ¿Entendéis? Por eso tuve que adelantarme y tomar distancia de vos, asunto que logré, como veis.

—Habéis fingido maravillosamente una indiferencia que, os juro, siento clavada en mi piel —dijo él.

—Nadie sabe que estoy aquí —murmuró Giordana junto a la boca de Simone—, y nadie sospecha que esto está ocurriendo...

Simone la miró fijamente. Estaba nerviosa; su voz y su rostro la delataban y seguía temblando. Tenía miedo, y sin embargo sus ojos brillaban con algo parecido al amor.

—De acuerdo —zanjó él antes de besarla apasionadamente.

Giordana suspiró y asintió despacio con la cabeza antes de decir:

—Sabed que en este castillo solo puedo confiar en July y en vos... Tenemos solo dos horas para conseguir la manzana.

—¿Os costó conseguir la llave? —dijo él, separándose, ya dispuesto a actuar.

—Ahora no tengo tiempo para contaros, solo que he de devolverla cuanto antes. Debéis daros prisa.

—¿De cuánto tiempo dispongo?

—Hasta medianoche.

Belladonna tiró de la cadenita de su chaleco para consultar el reloj: eran las diez y media pasadas.

—Creo que me da tiempo en una hora, así que tenéis que estar aquí para que os dé la llave. ¿Alguna idea de dónde está esa manzana?

—Ninguna, Simone, ya os lo dije. Yo jamás he atravesado esa puerta...

—Y ¿por qué estáis tan segura de que podré encontrarla?

Ella se quedó un instante en silencio, su rostro iluminado por el resplandor del candelabro.

—La encontraréis —dijo—. Descubristeis la falsedad de la *Commedia* por apenas detalles imperceptibles, diminutos indicios, pistas, marcas... —Giordana negó con la cabeza, sonriendo—. ¿Pensáis entonces que no encontraréis una manzana dentro de una sala en penumbra?

Simone nada podía responder sin tener que renunciar a su orgullo. De manera que, tras un silencio breve, asintió devolviendo el reloj al bolsillo.

—¿Qué he de hacer luego?

—Llevaréis esa manzana con vos a París, esta misma noche.

El corso se volvió hacia la ventana, y desde allí observó los jardines en la oscuridad. Buscó en el patio; ya estaba preparado su carruaje que, al día siguiente, con las primeras luces, debía regresar a París.

—Vuestro trabajo en el castillo terminó —dijo ella a su espalda—. Habéis puesto a la familia D'Estaing en jaque, y en parte lo habéis hecho con mi ayuda.

—La llevaré a París, ¿y luego? —siguió él.

—La tendréis con vos. Esperaréis hasta el primer sábado de diciembre para ir a los Campos Elíseos. Llegaréis puntual, a me-

dianoche, porque estaré esperando allí, en la plazoleta de la Reina. Allí nos encontraremos.

—Iréis a París...

—La boda está planeada para el día siguiente, el domingo, en Notre-Dame...

El silencio se adueñó de la alcoba.

—Esta tarde defendisteis mi honor aceptando un duelo; lo hicisteis sin apenas conocerme, en una situación en la que todos conspiraban contra vos, y, creedme, Simone, que aquello, además de la atracción que siento por vos desde el día en que llegasteis al castillo, ha sido definitivo. A pesar de la frialdad que observasteis en mí, y que tan bien habéis descrito, debéis saber que, por dentro, la angustia me carcomía el corazón.

Giordana dio un paso hacia los cortinajes, se detuvo a un costado de él y observó también por los cristales.

—Hablasteis del diablo y las tentaciones —dijo—, bajo el roble, ¿lo veis allí, en la oscuridad? Luego aceptasteis hacerme el favor que os pedí, y después... Una incomprensible y extraña intimidad nos une, nos conecta, como si hubiera un hilo invisible entre ambos que nos hace confiar el uno en el otro. No faltéis a la cita por nada del mundo, Simone. En vuestras manos, en esa manzana, lleváis mi libertad y la vuestra, si sentís, como creo, lo mismo que yo. No es mi intención casarme sino huir con vos, si así lo queréis.

Giordana se volvió hacia él y, antes de besarle de nuevo, le entregó la llave y sonrió. Intentó decir algo que nunca salió de su boca. Permaneció quieta, notando cómo un temblor se apoderaba de su cuerpo. Se sintió una niña. Una niña abrumada por un silencio que lo decía todo sin palabras. Dio un paso hacia atrás, tocándose el labio y tan pálida como un espectro.

—No —murmuró él—. No temáis. Estoy con vos.

—Idos —pidió ella, y suspiró, como si luchara con una fuerza interior—. El tiempo corre. Os veré en París.

La muchacha se quitó un anillo que llevaba, un pequeño diamante.

—La señal de mi compromiso —dijo, ardiente, mientras deslizaba el anillo en la mano de Belladonna—; ahora os pertenezco.

—Y aquí el mío —dijo él quitándose, a su vez, una sortija que llevaba dos serpientes entrelazadas, y poniéndosela en la palma de la mano—. Soy vuestro.

Giordana miró fijamente el anillo. Buscó el cierre del colgante de cuarzo que siempre llevaba y lo metió allí, como si fuera un segundo amuleto. Lo acarició y cerró la mano sobre él: era el símbolo de un porvenir que se le antojaba dichoso.

Belladonna se dispuso a marchar. Miró entonces la pequeña sortija con brillante que ella había dejado en su mano, la metió en el bolsillo del chaleco y, por último, observó fijamente a la joven. Sí, era un compromiso, uno muy fuerte que estaba dispuesto a mantener. Aunque tuviera que traspasar el umbral del mismísimo infierno.

32

OSCURIDADES DEL CASTILLO

Nadie en el castillo había advertido que Simone estaba fuera de su habitación, y menos que sus pasos, a través de esa galería iluminada por un rayo de luna, lo conducían hacia el ábside en busca de la entrada secreta de la biblioteca.

Disponía de tiempo. Sabía que para llegar hasta el ábside debía salir de la galería, y así, antes de que se ocultase la luna por completo, distinguió la masa de la capilla. Se arrebujó en la capa y esperó un instante. Giordana ya lo había guiado por esos jardines tan hermosos, allí donde les leía a sus doncellas y en donde, ahora mismo, la oscuridad pesaba casi como una advertencia.

Mientras Simone esperaba al amparo de la oscuridad, en el interior del castillo alguien se acercaba con sigilo a la bañera donde madame d'Estaing dormitaba. Con los ojos entreabiertos, la mujer advirtió la presencia y se incorporó.

—¿Quién va? —exclamó, apenas consciente de dónde se hallaba desnuda y en compañía. Se restregó los ojos y vio al barón d'Artois, que miraba con lascivia los cuerpos desnudos y abrazados.

—Perdonadme, madame. No encuentro a Giordana y pensé que podía estar con vos —dijo el barón desviando la mirada hacia el piano. El aire olía a bálsamo y a piel de mujer.

—¿Cómo os atrevisteis a entrar aquí? —exclamó Violet in-

tentando cubrirse mientras la muchacha procuraba ocultarse detrás de ella.

—Me dijeron que podía estar aquí, tocando el piano.

—¿Y osáis interrumpir mi baño y asaltar mi intimidad por esa estupidez? Hace rato que Giordana se fue. Estará en su alcoba.

—De allí vengo; he llamado y nadie responde —dijo D'Artois, que sonrió, y mientras miraba fijamente a las mujeres, añadió—: Os ruego que me perdonéis, no os quitaré más tiempo.

Hizo una reverencia antes de partir y salió contrariado. ¿Dónde estaba su prometida? La actitud de Giordana a la mesa había confirmado sus sospechas. Las miradas que había dedicado al huésped, su presencia sombría y nerviosa; estaba claro que entre esos dos algo había. Una mueca siniestra apareció en su rostro mientras caminaba hacia la habitación de Belladonna. «Allí está, maldita cría y maldito corso, desnuda, ofreciendo a ese extranjero resabiado ese cuerpo que a mí me está vedado hasta el casamiento —pensaba el barón—. ¡Maldito corso!, casi estropea la venta del libro y ahora pulula por asuntos a los que nunca fue invitado a participar.» Veía claramente el cuerpo desnudo de Giordana, brillando a la luz de una vela, con sus cabellos sueltos y su mejilla pegada a la almohada, gimiendo de placer mientras el corso la poseía con ardor.

Ya estaba en el pequeño distribuidor que daba paso a la habitación, que se hallaba al final. Con una mano tomó el pomo y con la otra desenfundó una pistola de cañón corto y labrado. Abrió la puerta de repente y apuntó el arma hacia el lecho, pues estaba convencido de que la imagen que llevaba entre ceja y ceja iba a convertirse en realidad, la peor y más deshonrosa que podía soportar un hombre de su posición: ver a su prometida en los brazos de otro hombre. Pero no, ni Giordana ni el maldito extranjero; en la habitación no había nadie bajo las sábanas revueltas. El equipaje del corso estaba ya preparado a un lado del armario. Se acercó a la ventana y vio en el patio el carruaje que llevaría al corso de regreso a París. Sobre la cómoda se hallaba el nuevo informe sobre el libro, y junto a este, una cartera de mano

muy abultada. Émilien la abrió. El dinero estaba allí, las trescientas cincuenta mil libras que había obtenido el corso en el castillo. Se acarició el mentón; todo parecía en orden. Pero ¿dónde se había metido el maldito personaje que no estaba descansando para el viaje? La imagen de Giordana y Simone juntos le volvió a la mente, pero ahora el escenario era diferente: la habitación de la muchacha. Salió a toda prisa de la alcoba de Belladonna y de la torre y se dirigió con paso firme al otro lado del castillo.

Faltaba poco más de media hora para que Simone regresara cuando Giordana escuchó un ruido en el pasillo, cerca de su puerta. Se sentó en la cama para aguzar el oído, y reconoció al instante el eco de un gozne metálico y luego los pasos. Alguien se acercaba.

Giordana conocía los sonidos de la fortaleza, se trataba de alguien que había entrado por la portezuela desde el salón y se dirigía a las habitaciones. No podía ser Simone, habían quedado en verse en su alcoba. Los pasos, ruidosos, no tardaron en llegar a su puerta, y ni se detuvieron allí para llamar. El barón d'Artois, sofocado y como enloquecido, abrió la puerta de sopetón y entró en la recámara pistola en mano. La muchacha, con el cabello suelto y en camisón, estaba en la cama, acostada. Sola a simple vista. Este enfundó la pistola, rezando para que Giordana, en las tinieblas, no la hubiera visto.

La joven se enderezó cubriéndose con las sábanas, y parecía asustada.

—Pero... Émilien, ¿cómo osáis...? ¡No podéis entrar así en mis habitaciones! Por favor, marchaos inmediatamente o me veré obligada a llamar al servicio. Y a mi tía —dijo, con un tono severo y pudoroso.

—Lo lamento, de verdad. Perdonadme por haber turbado vuestro sueño. Os he buscado por todas partes, querida. Me teníais preocupado —dijo él, acercándose al lecho para comprobar que realmente estaba sola. Le sonrió y, tras una inclinación, salió de la habitación.

El barón suspiró con alivio. Sus peores sospechas se habían esfumado, aunque seguía sin saber dónde estaba Belladonna. Quién sabe, tal vez se habría ido a pasear bajo la luna... Y sin más pesquisas, se encaminó hacia su habitación.

En ese instante, la luna volvió a emerger entre las nubes. Belladonna acababa de abrir el candado y deslizar el pasador que cerraba el misterioso portal del *scriptorium*, iluminado ahora por el azulino fulgor que se filtraba por las ventanas. Con la mirada ardiente, empujó lentamente la puerta para verla ceder. La luna se ocultó y volvieron las sombras, en el mismo momento en que Simone traspasaba el umbral con todas sus esperanzas intactas.

33

ABANDONAD TODA ESPERANZA

Olía a herrumbre, a madera, a encierro. Estaba al otro lado de la puerta por cuyo vano penetraba el mortecino resplandor del *scriptorium*; suficiente para permitirle distinguir las formas.

Los ojos del corso se acostumbraron lentamente a la penumbra. Vio que estaba en el centro de una cámara de gran tamaño; las paredes eran de piedra desnuda, con alargadas ventanas góticas. La luna seguía oculta; los nubarrones habían ganado los cielos demostrando que la tormenta que se cernía de nuevo sobre el castillo y los bosques acababa de comenzar. Llegaron los primeros relámpagos, parpadearon, encendiendo los vitrales que circundaban por completo la recámara. Esos relámpagos le ayudaban a distinguir los contornos, pero cuando se apagaban, debía acudir a su memoria para moverse. Todo esto iba a retrasarle, un lujo que no podía permitirse. Sin embargo, a medida que la tormenta eléctrica aumentaba de intensidad, y mientras los rayos rajaban los cielos, podía observar los vitrales en detalle. Las imágenes que contenían no recreaban pasajes de la Biblia sino que hacían alusión a los poemas de la *Commedia*.

Simone permaneció inmóvil, esperando el siguiente golpe de luz. Había nueve vidrieras. Allí estaba la barca en la que Dante y Virgilio cruzaban las farragosas aguas, con rumbo a la Ciudad del Mal; y también Filippo Argenti, que intentaba abordarla sin conseguirlo, pues era arrebatado por almas infernales que lo hundían en lo profundo de la ciénaga. El siguiente vitral enseña-

ba el castigo por la simonía: el papa Nicolás III permanecía dentro de un foso con las piernas en alto, mientras los pies le ardían como antorchas. Llegó otro relámpago, y la mirada del corso captó un sepulcro devorado por las llamas; allí estaba Farinata degli Uberti conversando con Dante, pues se representaba el círculo infernal de la herejía. A un costado de este, los vidrios emplomados mostraban un pasaje del círculo de la lujuria; Francesca de Rímini y su cuñado Paolo se abrazaban en los azufres del infierno, pagando el precio por su adulterio. Bastó esperar otro rayo para admirar el vitral del bosque de las harpías, bestias mitad mujer y ave de rapiña, que anidaban en los espinosos ramajes secos. Y, por último, Satanás, enmarcado en una ojiva gótica de bronce, que en lo más profundo del infierno masticaba los cuerpos de los condenados con sus afilados dientes.

Aún rugía un trueno cuando los ojos de Simone se toparon con una especie de hornacina practicada en la pared. Allí encontró un candelabro de cuatro brazos, y a su lado, un peine de hierro, yesca y pedernal. Encendió las velas y la claridad se adueñó de la recámara. Al darse la vuelta, apreció los detalles; pudo distinguir los pisos y las diez columnas de granito que soportaban la bóveda. Al fondo, encajada bajo una nervadura, una pequeña puerta de hierro, cubierta de herrumbre y en aparente desuso. La estancia estaba libre de todo adorno; no había mobiliario salvo una polvorienta cómoda, ni tampoco sillas o cortinas. Tan solo la uniformidad de la piedra al desnudo y el colorido de los vitrales.

Revisó la cómoda, abrió todos los cajones y no encontró nada más que polvo. Las cuatro velas, muy gastadas, parpadeaban, moribundas, y la luz apenas aclaraba las tinieblas. A pesar de esto, la desnudez de la estancia le ayudaba. No parecía haber ningún lugar donde pudiera estar el objeto que buscaba y el tiempo volaba. Giordana no había sido muy específica, ni siquiera sabía qué contenía aquella caja, pero debía de ser muy valioso. Así que no podía estar a la vista.

Gracias a los relámpagos ya había comprobado que en las

vidrieras no había ninguna pista que pudiera indicarle dónde podía hallar «una manzana». Así que puso su atención en los capiteles y en las nervaduras que convergían en el centro de la bóveda. Alzó el candelabro lo más alto que pudo. Y descubrió un fresco, desconchado y bastante deslucido, de Adán y Eva al pie del árbol del Edén, en el momento en que Eva le ofrece al hombre la manzana. «¡Oh! Una manzana, al menos hay una allí retratada», pensó el corso, y comenzó a descender los ojos, suspicaz, siguiendo la línea imaginaria que desde la manzana pintada en la bóveda bajaba hasta uno de los capiteles que franqueaban la vidriera principal dedicada a Satanás. Y siguió más abajo aún, hasta el pie de la columna y una junta entre dos baldosas. Se arrodilló y pasó los dedos por el contorno. Las baldosas no estaban unidas con argamasa. Posó el candelabro en el suelo, tomó su reloj y consultó la hora: apenas disponía de veinte minutos, debía darse prisa. Sin perder ni un segundo, utilizando la tapa del reloj, hizo palanca en la junta hasta que vio levantarse una de las baldosas. Metió los dedos y la retiró. «Fin del enigma», pensó, cuando un nuevo relámpago iluminó la cripta. Bajo la baldosa había un pequeño hueco del que sacó un objeto envuelto en seda. Al quitar el envoltorio y acercarlo a la luz, ya muy escasa, de las velas, vio emerger la manzana, una caja hermosa y brillante, hecha de porcelana esmaltada, tan roja como la sangre. «La tengo», se dijo exultante mientras volvía a consultar el reloj. Debía regresar ya. Pero había sentido el veneno de la tentación, como si el fresco de la bóveda le estuviera enviando un mensaje diabólico. Necesitaba saber, sin más dilación, por qué se había arriesgado tanto, qué había en aquella caja tan delicada que, según palabras de Giordana, podía concederles la libertad. Estaba abriéndola cuando una voz a su espalda lo sobresaltó.

—No debisteis tocar eso...

Simone cerró la caja, aún deslumbrado por lo que había visto, y la metió en uno de los bolsillos de su casaca. Luego cogió el candelabro, se alzó y dirigió la luz hacia el lugar de donde provenía la voz.

—¿Quién sois?

Vio una silueta entre tinieblas que se acercaba hacia él. Era un hombre vestido con elegancia, llevaba bastón y cubría su rostro con una máscara bauta. Simone pensó que debía de haber entrado por aquella puerta que parecía no ser utilizada desde hacía mucho tiempo. El hombre dio un paso al frente; le estaba apuntando con una pistola.

—Dadme la manzana —ordenó el desconocido—, despacio.

Una vez que el objeto estuvo en manos del enmascarado, le preguntó a Simone:

—Me intriga saber cómo atravesasteis el portal.

—Puede que os lo diga si vos me decís quién sois —respondió Belladonna, desafiante en su desesperación.

Un reloj de pared que había en la biblioteca acababa de dar la medianoche. Su curiosidad lo había puesto en un verdadero aprieto.

—¿No lo imagináis, monsieur? Os daré una pista: habéis ganado una buena cantidad de libras gracias a mí...

—Conde de Cagliostro... —dijo Simone, con todo el sarcasmo de que era capaz al tiempo que hacía una reverencia.

—¡Enhorabuena! —exclamó el conde—. Tenéis un gran poder de deducción, monsieur, pero debéis aprender que, en ocasiones, es mejor no utilizarlo.

Por la puerta más pequeña, al fondo de la cripta, aparecieron cuatro personas vestidas con túnicas negras y encapuchadas. Simone pudo ver que esa puerta daba acceso a una escalera de caracol que descendía a los sótanos más profundos del castillo.

—¿Qué significa esto? —balbuceó.

El conde de Cagliostro sonrió. Ya sin cera, la última vela en el candelabro se extinguió, dejando paso a la oscuridad.

—*Lasciate ogne speranza, voi ch'entrate* —susurró el conde al oído de Simone, poco antes de golpearle con la culata de la pistola.

Lo último que vio el corso fue a los cuatro encapuchados abalanzándose sobre él.

QUINTA PARTE
El infierno

34

SANGRE Y FUEGO

El capitán Le Byron tenía una expresión mortecina. Yacía postrado en la cama desde hacía días, con una fiebre que no descendía y le provocaba espasmos y un sudor frío. Aunque había recobrado la consciencia poco después de perderla, la herida era grave y se había infectado durante su traslado al castillo de Chaise, en la provincia de Astrée, donde el cirujano del cardenal de Rohan se ocupaba de él.

—Se recuperará —dijo el cirujano al príncipe de Rohan, que, a un costado de la cama, miraba al capitán—. Está reaccionando bien a las sangrías, el rubor que hoy muestran sus mejillas es buena señal.

El médico acercó una copita a los labios de Le Byron, un brebaje tan fuerte como dulce que, al instante, lo reanimó.

—¿Cómo os sentís? —preguntó el cardenal, con tono piadoso.

—Eminencia, ¿dónde están mis hombres? ¿Dónde estoy? ¿Qué día es...?

—Calma, calma, capitán, sosegaos... Han muerto cuatro, uno ha desertado, y vos estáis en mi castillo, recuperándoos de una herida de pistola en el hombro y de una estocada en el flanco izquierdo.

—Fue una emboscada, eminencia...

—Lo sé.

—El muchacho... —dijo Le Byron, intentando mantener los

ojos abiertos con gran esfuerzo—. El más joven de la patrulla...
Bertrand... Ayudó a escapar a la esposa del cónsul... La pista... El
castillo... Cagliostro...

El cardenal, que ya se encontraba al tanto de aquellos pormenores, hizo una seña al médico para que se retirase.

—Ahora debéis descansar, capitán —siguió diciendo el cardenal—. Regresaré mañana cuando hayáis recuperado más fuerzas, y entonces hablaremos de todo cuanto ocurrió. Descansad
ahora.

Al día siguiente, antes del mediodía, el cardenal regresó a la habitación. Lo acompañaba un fraile, anciano y encorvado, que
ocupó una mesita que había bajo la ventana, donde depositó papel y plumas para escribir todo lo que dijera el capitán. El cardenal tomó asiento en un sillón de seda, y desde allí comenzó
a preguntar al capitán por los acontecimientos desde que par-
tiera de la Bastilla hasta llegar a la mansión de Bijux, y luego
por aquellos otros, en Normandía, antes de que ocurriese la
emboscada en el torreón de Saint-Vaast. Le Byron le contó el
pacto que había hecho con Bussière y su posterior liberación
con la complicidad del gobernador del presidio, tal y como habían planeado. Le contó cómo el reo le había guiado hasta el
cementerio de los Santos Inocentes, al panteón de la familia Bijux, donde, tal como había predicho, no encontraron cuerpo
alguno.

—Tumbas vacías —dijo el cardenal—. Un simbolismo ate-
rrador.

—Lamento mucho la muerte de Bussière.

—Este asunto hiede tanto como las losas que habéis removi-
do en el cementerio. Pero no os detengáis, por favor, proseguid,
que os escucho con atención... Han matado a Bussière precisamente porque ibais detrás de una buena pista.

—Teníais razón, eminencia, el convicto había tenido contacto con el conde de Cagliostro. Y Cagliostro, a su vez, como

248

ya podemos sospechar a la luz de la documentación incautada, parece tener una relación directa con los Bijux y la sociedad secreta.

El cardenal miraba con ojos penetrantes, como sabiendo los pormenores de una trama que aún no revelaba.

—Después del cementerio, fuimos a la mansión Bijux, una casa señorial a orillas del Sena —continuó explicando Le Byron—, a sugerencia de Bussière, quien había tenido amistad con la ahora viuda del cónsul. Allí nos hicimos con la documentación y el diario, y detuvimos a la viuda, que gracias a la emboscada y a la torpeza del joven Bertrand logró escapar. Lo lamento mucho...

—No obstante, vuestro trabajo ha dado sus frutos y esa ponzoñosa mujer ya no es un misterio para nosotros. Habéis de saber —siguió el príncipe de Rohan— que, gracias a sus cartas personales, entre otros escritos, y mientras habéis estado inconsciente, hemos interpretado y comprendido otros textos. La paloma que soltó la viuda poco antes de que la detuvierais voló desde París hasta un palomar en Normandía, donde una mano amiga tomó de ella el mensaje. Un mensaje que, sin duda, alertaba de lo que estaba sucediendo en su casa. La misma mano que con certeza os tendió a vos la emboscada.

—¿De quién era la mano, eminencia, que tomó el mensaje en Normandía?

—Volvamos un instante a la mansión —pidió el cardenal—. Además de la correspondencia que hallasteis en la biblioteca, también conseguisteis salvar de las llamas el diario.

—Sí, eminencia. Ha sido una pieza clave.

—Cierto. A través de sus páginas pudimos relacionar hechos que, de otra forma, hubiesen parecido inconexos. Ahora sabemos que el conde de Cagliostro y el cónsul mantenían una correspondencia asidua centrada en el hedonismo, aunque claro está, capitán, que aparte de los manuales y compendios que aprehendisteis, sus cartas estaban destinadas a iniciar a jóvenes doncellas en la sumisión y prepararlas para todo tipo de liberti-

najes. Sin olvidar, por supuesto, que ambos hombres por igual compartían otra cosa: la esposa del cónsul.

—Madame de Bijux, sí; es más importante para nosotros de lo que alcancé a suponer.

—Reitero que habéis ido por el camino indicado, capitán. Porque esa mansión nos ha abierto el rastro hacia la sombra de Cagliostro.

—Deberíamos saber más de esa mujer.

—Os hablaré de ella —dijo el cardenal de Rohan—, porque nos hemos tomado el tiempo de investigarla a fondo. Es asombroso lo que voy a deciros: escuchad. Madame de Bijux, quien llevaba una vida licenciosa y llena de lujos en París, disfrutaba de la fortuna amasada por su marido el cónsul gracias a una compañía naviera con sede en Londres. Su marido era accionista y operaba en Francia, a través de los puertos de Saint-Vaast, precisamente en el pueblo en el que se urdió la emboscada. Madame de Bijux desposó al cónsul siendo él treinta y cinco años mayor, aunque como sabemos por su propio diario, le ocultó su pasado, pues había sido antes amante del virrey de Nueva España, del duque Romanov de Rusia y también del príncipe de Orange. Pero aún hay más, capitán: ni siquiera es la persona que dice ser... En París se la conoce como Serafina de Bijux, pero su verdadera identidad os va a producir escalofríos. Es una cortesana italiana, conocida como Lorenza Feliciani, casada con Alessandro, conde de Cagliostro.

—¡¿Cómo?! —exclamó Le Byron, intentando incorporarse sin conseguirlo por el dolor.

—Lo que oís: habíais atrapado a su esposa. Una peligrosa viuda negra, manejada por su marido.

El capitán intentaba recuperar el aliento. En sus ojos se vislumbraba una especie de certidumbre cuando dijo:

—Madame de Bijux, o Serafina, o Lorenza, como sea que se llame, ha de tener cómplices poderosos en Saint-Vaast. Por ello escapó. Y si es la esposa de Cagliostro, tarde o temprano se refugiará con él.

—¡Exacto! Ahora comprenderéis mi alegría, capitán, y lo satisfecho y orgulloso que estoy de vuestro trabajo. Pero queda mucho por hacer, debéis restableceros. Aunque Normandía es grande, podemos comenzar a rastrillar por Saint-Vaast...

—Existe un castillo —murmuró Le Byron—, lo mencionó el posadero... ¿No os han contado que la emboscada nos la tendió una dama?

El príncipe reflexionaba, dándole vueltas suavemente al anillo cardenalicio.

—¿Un castillo? ¿Una dama, decís?

—Madame d'Estaing. Así se llama. Según la información que recabé en el pueblo, esta mujer se reunía con el cónsul en el pueblo, en una mansión de su propiedad.

El cardenal se irguió en su asiento al oír aquel nombre.

—Madame d'Estaing —dijo, con apenas una sonrisa en los labios—. La conozco.

Y tras decir esto, se levantó y caminó hacia la ventana, desde donde podían observarse los jardines con los abedules moteados por brotes incipientes. Allí permaneció un instante, hundido en sus pensamientos. Habían pasado muchos años, había pasado un rey y tantas otras cosas...

—¿Quién es esa mujer, eminencia? —le interrumpió el capitán.

El cardenal se volvió para mirar a Le Byron.

—Fue amante de Luis XV —dijo—. Alguien que frecuentaba los salones de palacio.

—Ella es nuestra última pista.

—Y es ella también, a la luz de los hechos, la mano que recibió la paloma en Normandía. Todo concuerda. Me atrevería a asegurar incluso que presentó al cónsul a la que habría de convertirse en su letal esposa.

—La esposa de Cagliostro se refugia en el castillo de madame d'Estaing, pues —resumió Le Byron.

—Y nosotros encontraremos ese castillo. Lorenza y el soldado al que engatusó desaparecieron en el bosque, se los ha tragado la tierra. No han pisado puerto ni cruzado pasos de frontera,

aunque ahora este misterio parece tener respuesta. Ellos se guarecen allí. Os quiero al mando, capitán, no puedo confiar en nadie más. Ahora, vuestra única tarea es recuperaros cuanto antes.

El cardenal volvió a mirar desde la ventana, pensativo una vez más, con esa mirada intensa que solo podía evocar en él la cercanía del poder; una proximidad cifrada en la figura de la reina, María Antonieta.

35

EL INFIERNO: ACTO PRIMERO

Simone Belladonna abrió los ojos en completa oscuridad. Yacía tumbado en el suelo helado, dentro de lo que parecía ser una diminuta celda. Notaba también el cuerpo entumecido, como si un taxidermista lo hubiera embalsamado. Era un despertar comparable al que se experimenta tras una borrachera; uno que, casi por completo, nubla el pensamiento.

No era capaz de recordar nada. Absolutamente nada. No sabía ni siquiera dónde se encontraba y, aún peor, cómo había llegado hasta ese oscuro sitio. También descubrió que no tenía demasiadas ganas de pensar; una fatiga que pesaba como plomo en sus párpados le obligaba a cerrarlos. Intentó moverse y se dio cuenta de que no podía mover las piernas, no le respondían, y tampoco las manos, que, a pesar de todos los esfuerzos por abrirlas y cerrarlas, permanecían inermes sobre el suelo.

Un miedo cerval, rayano al pánico, se apoderó de Belladonna. Viviendo ese sobresalto su cuerpo continuó como si estuviese muerto, al igual que sus labios, que permanecían cerrados aun cuando intentaba gritar. Ni siquiera notaba la gelidez que emanaba del suelo. Tuvo que pasar un momento para que sus ojos se acostumbrasen a la falta de luz. Entonces empezó a distinguir, con sorpresa, el interior de un calabozo excavado en la roca y dotado de una puerta ciega. La puerta podía verla con el rabillo del ojo, y desde esa posición, aun forzando la mirada al máximo, no podía ver más.

En ese instante sintió la lengua seca, y mucha sed. Un hormigueo le recorría manos, brazos y piernas. Cerró los ojos y se quedó dormido. Al despertar, no sabía decir cuánto tiempo después, descubrió con espanto que seguía en el mismo sitio, pero sus manos reaccionaban. Podía cerrar el puño, y también las piernas, otrora laxas y sin fuerzas. Ya podía doblar las rodillas. Atravesado por un fuerte sentimiento, de horror y felicidad, horror por su cautiverio y felicidad por haber recuperado en parte el control de su cuerpo, Belladonna se sentó apoyando la espalda contra el muro y se acurrucó.

Había allí una cama de hierro y sobre ella una manta; también un cubo, un plato y un vaso, en el suelo, a un costado de la puerta. Comenzó a sentir el frío e intentó levantarse para ir a por la manta, pero cayó al suelo tan pronto como hizo el intento. No podía esperar; el frío era tal que tuvo que reunir todas sus escasas fuerzas para arrastrarse hasta el camastro, como un tullido, y cubrirse mientras sus labios amoratados temblaban. Su mente volvía a estar lúcida, libre de sopores, y empezaba a dar órdenes que su cuerpo no lograba aún obedecer. Sonrió por primera vez, agotado por el esfuerzo que parecía sumirlo nuevamente en un cansancio extremo, aunque en esta ocasión en cierto modo placentero, pues podía gobernar sus músculos y sentir el frío contra el que debía combatir. El presidio comenzaba más allá de la puerta, pero no en su cuerpo. Volvió a quedarse dormido.

Al despertar por tercera vez, se sintió con fuerzas. Su cuerpo había absorbido el calor de la manta y sus manos ahora estaban tibias, las abría y cerraba con normalidad; incluso las piernas se doblaban sin temblar. Se levantó para caminar despacio por la celda y probar su estabilidad. Se sentó entonces en el camastro, se frotó los muslos y estiró las piernas.

En ese instante, un relámpago iluminó su mente. Recordó una escena difusa, donde unos encapuchados se abalanzaban sobre él, y aquel hombre enmascarado, que parecía estar allí dirigiéndolos a todos con su mirada tan fría, le golpeaba y luego le ponía sobre la nariz un pañuelo empapado en algún líquido.

Lo habían sedado, sí. Seguramente con una clase de droga que, a medida que perdía sus efectos, devolvía al cuerpo todas sus facultades, incluida la memoria. Comprendió que no era capaz de adivinar cuánto tiempo había estado inconsciente; podría haber estado dormido durante días, horas, aunque aquel lapso no le importaba demasiado. Pero sí le importaba el tiempo, el que sucedía en ese preciso instante; uno que ni siquiera era capaz de medir pues el calabozo carecía de ventanas, y sin ellas, no había manera de detectar el ciclo del día y la noche. Con todo, el tiempo parecía haberse detenido.

Volvió a tener sed. Y recordó que sentía sed desde hacía mucho tiempo, aunque no demasiado como para suponer que llevaba encerrado allí más de un día o dos. Se dirigió al plato, que encontró vacío, pero no el vaso a su lado, que contenía un líquido. Lo olió. Tenía un ligero aroma a frutas. Se quedó mirándolo, tenía tan seca la garganta... Se lo acercó a los labios y estuvo a punto de beber, pero no lo hizo. Estaba cautivo y no sabía aún las intenciones de sus captores. Dejó el vaso en el suelo y volvió al camastro a sentarse. Los recuerdos de los últimos días lo asaltaban: Martinvast, la *Commedia* falsificada, Giordana... El *scriptorium*, la puerta, la manzana... Había alcanzado a ver en su interior, antes de la llegada del enmascarado, aún difuso en su mente una cantidad de diamantes que habría impresionado a los mayores joyeros de París. Pensó entonces en Giordana; la veía nítidamente, su hermosura, su elegancia... Su falta de sinceridad. «Quería robar esos diamantes para conseguir su libertad y me utilizó a mí, ahora lo entiendo», se dijo Simone. ¿Cuántas cosas le había ocultado la sobrina de la vizcondesa? ¿Sabía del peligro añadido que había conllevado la hazaña? ¿Dónde estaba ella ahora, en qué prisión?

En ese instante, Simone dejó los ojos fijos en un punto indefinido del techo. Cagliostro. El hombre de la sala de la manzana era el conde de Cagliostro, el falsificador del libro y la persona que le había golpeado tras quitarle los diamantes. ¿Y madame d'Estaing? ¿Por qué lo arriesgaba todo para ocultar a un prófu-

go? Entonces vislumbró por primera vez la posible relación entre la *Commedia* y los diamantes. Que él hubiera descubierto la falsedad del libro y al falsificador lo había puesto en un aprieto ya que el conde se escondía en el castillo. Descubrir los diamantes lo condenó definitivamente.

Pero ¿por qué no lo habían matado ya? Suspiró y sintió una angustia inconfesable. ¿Y si estaba ya muerto?

Abatido, hundió la cabeza entre las manos. Se levantó y se acercó a la puerta de la celda, donde se arrodilló para tomar el vaso. ¿Qué más daba ya lo que contenía? Su sed era abrasadora y su único deseo, saciarla. Era un vino dulce aligerado con agua, que bebió con ansia hasta la última gota. Al poco tiempo sintió cómo un letargo imposible de resistir se apoderaba de él y se acurrucó al lado de la puerta. Le habían dado de nuevo un poderoso somnífero.

Al abrir los ojos, Belladonna se encontró recostado en la cama. Sin embargo, recordaba haberse quedado dormido a un lado de la puerta. También comprobó que ya no llevaba puesta la misma ropa; se la habían cambiado. Ahora vestía una túnica de tela gruesa con una gran capucha que caía sobre sus hombros. Estaba descalzo. Y no se hallaba solo.

El espanto lo llevó a gritar, pero no fue capaz de emitir ningún sonido. Una figura enmascarada y vestida con una túnica negra estaba al pie del camastro, quieta y en completo silencio.

—¿Quién sois? —gimoteó el corso.

La figura enmascarada no contestó. Permaneció quieta. Tan quieta que, a no ser por el parpadeo que Belladonna distinguía en sus ojos, habría supuesto que se hallaba delante de una efigie sin vida.

—¿Quién sois? —repitió—. ¿Dónde estoy?

—Debéis tranquilizaros, monsieur —respondió al fin. Era una mujer.

—¿Quién sois?

—Estáis, monsieur, en un trance que podría pareceros un tanto extraño, pero pasa a menudo, creedme: así les ocurre a todos los que llegan a este punto.

—¿Cómo os llamáis?

—Soy la Harpía Mayor.

—¿Harpía? Pero...

Ella asintió.

—¿Qué queréis de mí?

—A eso he venido, a decíroslo.

—¿Os envía madame d'Estaing o el conde?

—Vengo en nombre de aquel que, por simple capricho, puede liberaros. No importa su nombre; solo sabed que tendréis una única oportunidad.

Aquella voz no correspondía a ninguna de las mujeres del castillo. Se trataba de alguien más, alguien a quien nunca había visto.

—¿Cómo podré confiar en vuestra palabra si ni siquiera sé quién sois?

Entonces la mujer descubrió una lámpara de parafina con globo de alabastro que mantenía oculta entre las telas del hábito y la encendió, lo que dotó a la celda de un tenue resplandor. Ahora podía verse su antifaz veneciano, con un pico de ave dorado.

—Ya tenéis luz —dijo ella—, y ¿acaso tenéis aquí a alguien más en quien confiar?

A pesar de que no podía adivinar sus expresiones, el corso, mirando ahora aquella boca que hablaba por debajo del antifaz, calculó que aquella mujer aguardaba algún tipo de respuesta.

—De acuerdo. A nadie más tengo sino a vos.

—Hoy mismo redactaréis una carta. Explicaréis en ella vuestra ausencia del país alegando un viaje a Terranova. Diréis que embarcasteis desde el puerto de Calais, ya tenemos un documento que lo asegura. La misiva es para la nueva propietaria del raro ejemplar que habéis certificado.

—¿La nueva propietaria? —espetó asustado—. ¿Cuántos

días llevo encerrado, madame? Porque presupongo que os referís a madame de Calvert. Ella no creerá que estoy en Terranova. No es mi costumbre desaparecer y no estar a disposición de los que me contratan por si necesitan que aclare algún detalle de mis informes.

—Lo hará si vos lo afirmáis de vuestro puño y letra.

—Y ¿qué hay de mí? ¿Para qué me sirve escribir semejante mentira?

Ella inclinó su cuerpo ligeramente hacia delante, como si fuese un magistrado, y, como un magistrado, se deleitó, paladeando en los labios la sentencia.

—Para recuperar la libertad —dijo—, si acaso la queréis.

Tras decir esto, caminó hacia la puerta a la que dio un leve golpe y al instante alguien que aguardaba fuera destrabó el cerrojo y la abrió. El corso abrió los ojos todo lo que le daban de sí y vio el pasillo que la harpía tenía por delante.

—En breve os enviaré papel, tinta y pluma. Confiáis en mí, ¿verdad, monsieur? La carta será la llave que abrirá esta puerta para vos.

Y cerró, devolviendo la celda a su infame oscuridad. Aún sobre el lecho, el corso quedó atrapado en sombríos pensamientos. Descubría que sus captores necesitaban de él. Descubría que acababan de pronunciar esa palabra mágica que tanto necesitaba escuchar: libertad. Se encontrase donde se encontrase, había luz con la aparición de aquella mujer, como si fuese esa una señal poderosa para guiarlo hacia el camino correcto que lo devolviese a la superficie.

Poco tiempo después, la puerta de la celda volvió a abrirse. Otra figura encapuchada dejó en el suelo todo lo que la harpía había prometido, y luego cerraron nuevamente la puerta. Entre las cosas que trajeron había también un candil de bronce con una vela. Y una botellita de vino, vino de Anjou, ese que tanto había degustado en el castillo. Tras convencerse de que esas dádivas, por mínimas que fuesen, mejoraban la calidad del encierro, y pensando también que resistirse a los deseos de sus capto-

res no le llevaría a buen puerto, Belladonna decidió, sin tener muchas otras opciones, redactar aquello que le pedían. Dedicó algunas horas a la redacción del documento. Escribió con letra prolija la carta y luego la firmó, con su nombre completo, tras añadir la fecha del día exacto en que había desaparecido de la faz de la tierra.

Tras acabar el escrito, suspiró. A la luz de la vela, no solo logró iluminar los rincones de la celda, sino que también, por añadidura, pudo calcular el paso del tiempo. Había marcado las velas con líneas de tinta; a medida que la vela se consumía, y mientras contaba pausadamente los segundos, logró saber cuánto rato requería derretir una pulgada de cera. Por último, descubrió que la vela tardaba dos horas y veinte minutos en agotarse por completo.

Ya había encendido la segunda vela cuando oyó el sonido del pasador de la puerta. Poco después, aquella que se hacía llamar Harpía Mayor entró en la celda y se acercó al camastro. Habían pasado tres horas y cuarenta minutos, calculó él, mientras miraba el candil donde parpadeaba la llama.

—Aquí la tenéis —dijo tendiéndole la carta a la mujer, que se agachó para tomarla.

Mientras la harpía leía la carta, el corso aprovechó para observarla. Por debajo de la túnica se adivinaban unos hombros delicados, al igual que sus manos, finamente enguantadas en seda y encaje.

—Lo habéis hecho muy bien, monsieur —dijo la mujer, levantando la vista del papel.

—Ahora resta que cumpláis vuestra parte.

—En efecto; ahora resta esperar.

—¿Esperar? ¿Cuánto? —replicó Simone.

—No será demasiado.

—Pues exijo saber. Ni siquiera habéis tenido la delicadeza de decirme cuántos días llevo encerrado —dijo levantándose del camastro para encararse con ella.

La harpía, que doblaba con cuidado la carta, miró fijamente

a Simone. Su antifaz parpadeaba con grotescas y diabólicas sombras a la luz de la vela.

—Conformaos con lo que hay —le espetó, y tras guardar la carta en la túnica, continuó en un tono más suave—: Os dejaré velas, almendras y vino; tan solo debéis aguardar...

—Aguardar no estaba en el trato —protestó él dando un paso al frente.

—No os acerquéis más, monsieur, os quitaré lo poco que habéis conseguido... —dijo la mujer mientras retrocedía de espaldas—. ¡Abridme! —gritó, y la puerta se abrió de inmediato—. Volveré a veros, debéis tener paciencia.

36

LOS JARDINES REALES

Ubicada desde hacía unos días en el Pequeño Trianon, su refugio preferido dentro de Versalles, la reina María Antonieta empleaba su tiempo en la remodelación que exigía su teatro. Aquella residencia tenía algo particular, algo que la hubo de enamorar desde un comienzo. Quizá era por su cercanía a los bosques y los jardines botánicos; o el Tocador de la Aldea, una simpática casa de estilo montañés, donde acostumbraba a pasar los días durante el invierno; o el Templo del Amor, la pérgola de granito rodeada de jardines donde ahora mismo se encontraba. El Pequeño Trianon poseía también una atractiva historia dentro de sus aposentos, y a la reina, dotada de una imaginación de lo más prodigiosa, la divertía solo al pensarlo. En esa misma residencia cohabitaron en su tiempo madame de Pompadour y madame du Barry, amantes sucesivas del difunto Luis XV, quien, a su vez, en esas mismas estancias que ahora ocupaba ella, había contraído viruela, enfermedad que lo llevó a la muerte en mayo de 1774.

Desde los tiempos en que María Antonieta era delfina de Francia, siempre había anhelado poseer ese lugar. Y, siendo reina, le pertenecía.

—Majestad —dijo un mayordomo con librea dorada asomando el rostro por la escalerilla de mármol—, las visitas que aguardáis acaban de llegar de París; os esperan en el pabellón francés.

—Hacedlos entrar —consintió la reina.

Minutos más tarde, al tibio sol del mediodía, la marquesa de Calvert entró en la pérgola de granito acompañada por el barón d'Artois, con quien se había reunido horas antes en la Biblioteca Real, siendo este portador de las últimas noticias que interesaban a la reina.

Después de presentar sus respetos, los recién llegados fueron invitados a una sala desde la que podían observarse los jardines y bosques, y en donde también encontraron platos servidos para el almuerzo. Allí, en el Templo del Amor, con esas columnas que tanto recordaban al Partenón, comenzaron las conversaciones.

—Majestad —dijo la marquesa—, tengo a bien traeros las mejores noticias. Todo cuanto os dije sobre el antiguo ejemplar es cierto. Es único en Francia y os pertenece.

—¿Habláis de la *Commedia*? —dijo la reina con cierto entusiasmo.

—De la misma, majestad. La adquirimos esta misma mañana. Es un primer ejemplar editado en 1472 por las prensas de Gutenberg.

—Interesante.

—Es más que eso —continuó la marquesa, que lucía arrugas en sus párpados pero tenía la mirada joven—. En mis muchos años jamás recuerdo haberme topado con una rareza como esta. He visto mucho: ejemplares antiguos, bien conservados, comprados o vendidos por grandes bibliotecas o anticuarios; he visto muchos libros pasar de mano en mano, pero dejadme decir que, en este caso, y a diferencia de todo lo anterior, nuestra *Commedia* simplemente apareció de la nada, del olvido absoluto, estaba fuera de toda circulación, en poder de un coleccionista que tuvo que morir para entregar su secreto.

—¿Qué proponéis entonces?

—Que sigáis adelante con vuestro plan de representarla.

María Antonieta tomó un pastelito de crema y nuez, lo sostuvo entre sus dedos mientras meditaba; luego, lo colocó sobre el brazo del sillón, donde uno de sus perritos lo lamió de su mano para devorarlo al fin.

—No hallarán una obra similar. Ni en Milán, ni en Sicilia, ni en Praga. La obra estará respaldada por nuestro ejemplar, del que todo el mundo hablará, sin duda —apostilló madame de Calvert.

—Confieso que me interesa todo esto que decís —dijo la reina, sonriendo—; y es por ello por lo que os escucho con tanta atención, marquesa.

—Es el verdadero motivo por el que estoy aquí, majestad, para convertir vuestros sueños en realidad.

La reina, sin apartar la mirada de la marquesa, alargó una mano delicada para tomar una cereza, que se llevó a la boca, y que mordió, despacio, disfrutando ahora de aquel silencio que se había creado.

—Pediré garantías —susurró al fin, tras relamer el dulce jugo que mojaba sus labios.

—Las tendréis.

—No soy yo una entendida en libros, ya lo sabéis, pero sí tengo claro que un error en todo esto podría costarme algo peor que el ridículo, y más aún en estos tiempos en los que nuestras arcas están vacías.

—Lo sé perfectamente.

—Decidme pues, ¿cuánto pagasteis por él?

—Cuatrocientas mil libras.

—Ya... ¿Y cómo podéis certificar que el libro sea auténtico?

—Majestad, he tomado todas las precauciones imaginables.

—Si de joyas se tratase, podríamos fiarnos de nuestros joyeros —dijo la reina, sin esconder en el tono la ironía que encerraba la frase—, pero refiriéndonos a un libro... Marquesa, hacer pública la compra necesitará más que un respaldo inapelable.

—Ya os lo dije, he sometido el ejemplar al atento examen del mejor experto que podéis hallar en Francia. Y aquí está. —La marquesa hizo un gesto para que el barón d'Artois trajera a la mesa el documento lacrado—. Mirad, majestad, estos documentos dan fe de la autenticidad del ejemplar.

María Antonieta se interesó por los papeles. Rompió el sello y leyó unos minutos antes de levantar la mirada.

—Ya me habíais hablado de este hombre —dijo.

—Simone Belladonna.

—Pues bien, deseo verlo cuanto antes. ¿Os parece bien la semana entrante?

—¿Os referís al libro?

—Me refiero a la fuente que ha confirmado su autenticidad. Si mal no recuerdo, pedí verlo cuando acabasen las negociaciones.

La marquesa de Calvert podía intuir las razones que empujaban a la reina a ser desconfiada. Aun cuando las heridas por el escándalo del collar estuvieran cerradas, con el cardenal de Rohan a punto de regresar a París, la posición de la reina era muy delicada, y no podía tolerar otro escándalo público. La marquesa miró en silencio al barón d'Artois, y este, a la reina.

—Majestad —dijo el barón—, permitidme que os explique...

María Antonieta elevó la vista para observar al barón, a quien conocía perfectamente al ser uno de los banqueros que solía interceder en sus negocios. Lo escrutó, callada, durante un instante.

—Decidme, barón, ¿qué omitisteis decir?

—Precisamente algo que atañe a las garantías que pedís, majestad.

—Entonces ya sabréis que no me fiaré de unos documentos. Mejor dicho, no solo de unos documentos; también quiero hablar con las personas que los firman. Y más, en un asunto en el que vos delegáis la confianza y pericia en un tercero.

—Majestad... —dijo el barón, quien atravesó un momento de incomodidad, tragó saliva y volvió a levantar la mirada—. Es que será imposible que el experto en cuestión, monsieur Belladonna, venga a Versalles tan pronto como pretendéis por una razón poderosa: ya no está en Francia.

—Y ¿adónde se ha marchado?

—A América del Norte, majestad. Por ese motivo, estará embarcado hasta el comienzo del invierno.

—Y ¿cómo permitisteis eso? —reclamó la reina mirando a la marquesa—. Sabíais que la operación era delicada.

En efecto, la marquesa lo sabía, y tampoco había autorizado que Belladonna partiese a Terranova. No obstante, la novedad la había traído esa misma mañana el barón.

—Ha sido un imponderable —intervino el barón para auxiliar a la marquesa, que estaba pálida como un cadáver—, madame de Calvert no es culpable de este asunto. La decisión la ha tomado monsieur Belladonna de forma inesperada. Pero no será esto un impedimento para adquirir el libro, pues como veréis, aquí está su informe. —Señaló el dossier sobre la mesa—. De su puño y letra, y con él tenemos la suficiente garantía de autenticidad.

La reina negó con la cabeza.

—¿El experto consultado en el proceso de garantías se esfumó de Francia? ¿Así sin más?

—Pero no he dicho todo aún —se anticipó el barón, al ver en el rostro de la reina una sombra de duda—. Belladonna ha dejado una carta para la parte compradora del ejemplar. Allí explica los motivos de su ausencia y la voluntad de ponerse a disposición de quien necesite corroborar su opinión autorizada en la materia.

La marquesa miraba ahora al barón con extrañeza, pues ni siquiera conocía la existencia de aquella carta, y menos que Belladonna, ante la urgencia de su intempestivo viaje, no le hubiese escrito directamente a ella.

—¿Una carta para mí? —se interesó María Antonieta.

—En efecto, se podría decir que así es. Para vos, majestad.

—Pues bien —dijo la reina, y sonrió brevemente—, quiero leerla.

—Lamento deciros que no la tengo aquí; la he olvidado en mi oficina de París.

—¿Habéis venido, barón, para informarme de algo y habéis olvidado el documento más importante?

—Majestad. —Las mejillas del barón enrojecieron—. Tenéis razón, mi descuido no ha de tener perdón. Pero ya sabéis, en poco tiempo se celebra mi boda en Notre-Dame y mi cabeza se encuentra extraviada.

—Ya, la boda... —dijo la reina—. Jamás pensé que contraeríais nupcias.

—Será el primer domingo de diciembre.

—Y ¿ella se llama...?

—Giordana d'Estaing.

—El amor hace estragos, barón. Pero en este caso, esto no habrá de interferir en nuestros asuntos. Aunque por tratarse de una boda, puedo entender vuestro descuido.

—Entonces ¿majestad? —dijo la marquesa, temiendo que todo se fuera al garete, tanto las negociaciones como el dinero a pagar por el ejemplar.

—Sería prudente esperar a que regrese. Asunto que, habida cuenta del largo viaje en barco...

—No sucederá hasta dentro de dos meses —replicó D'Artois—. Y en ese caso, majestad, si no fuerais a cumplir con lo pactado, podrían sus dueños suspender la venta; y con esto, correr el riesgo de que alguien más se interese por el ejemplar.

—Quizá el rey de Portugal —suspiró la marquesa—; o el de España, y ya será tarde para nosotros, para el prestigio de Francia y el de vuestro teatro.

La reina se puso en pie. Caminó hasta la barandilla y se apoyó en ella para admirar desde allí el bosque. Se encontraba ante un dilema y debía asumir ciertos riesgos.

—¿Qué aconsejáis vos, marquesa? —preguntó la reina sin mirarla directamente a la cara.

—Para mí es suficiente con el informe. Pero si tenéis más dudas, y ante la imposibilidad de ver en persona a monsieur Belladonna, creo que, en este caso, la carta que escribió os dará la certidumbre que tanto esperáis.

La reina se volvió con la mirada decidida. Su rostro era tan bonito que parecía haber sido creado para enamorar. Los miró a ambos con tesón; tanto, que ninguno hubiese jurado que se atrevería a arriesgarse.

—Traedme esa carta —suspiró—, y tras leerla autorizaré el pago de la *Commedia*. Traédmela de inmediato.

La marquesa asintió, sabiendo que ahora todo quedaba en manos del barón, quien a su vez suspiraba, con sudor en la frente, sabiendo que la carta que había prometido a la reina era una mentira del mismo tamaño que el viaje de Belladonna. Tendría que ir raudo a Martinvast.

37

LOS SÓTANOS

La Harpía Mayor entró en silencio por las dobles puertas del salón. Madame d'Estaing, el barón d'Artois y el conde de Cagliostro la esperaban sentados a la mesa, en cuyo centro ardía un candelabro.

—Aquí tenéis —dijo ella, dejando caer un papel sobre la mesa—, la carta que pedisteis: de monsieur Belladonna a la nueva propietaria del libro.

Madame d'Estaing se apresuró a leerla. Sus ojos fueron cautos; pronto volvió a dirigirlos a la harpía y asintió, satisfecha, con un ligero gesto de aprobación.

—Y ¿bien, madame? —se interesó el barón d'Artois.

—Leedla vos —dijo, y le entregó la carta.

Cuando el barón acabó de leerla, se la entregó a su vez a Cagliostro, que a su lado aguardaba expectante, sin apartar los ojos de él. Tomó la carta, la leyó y levantó la mirada satisfecho.

—Perfecto —dijo el conde—, la coartada ideal.

Entonces Cagliostro, mirando a la harpía, que permanecía a un costado de la mesa, preguntó:

—¿Cómo está ese corso?

—Confundido. La sedación ha surtido efecto. Intuye dónde está, pero no sabe cuánto tiempo lleva allí y no logra disimular el miedo.

—¡Pobre iluso! —exclamó el barón.

—Habéis simplificado las cosas para todos —dijo madame

d'Estaing a la harpía—, vuestra llegada al castillo ha sido muy oportuna.

—Siéntate junto a mí —dijo el conde tendiéndole la mano.

La harpía se quitó la capucha y la máscara, y el hermoso rostro de Lorenza, la esposa de Cagliostro, brilló ante las velas.

—Ahora solo resta llevar la carta a Versalles —dijo ella.

—Bien —asintió Cagliostro—. Buscaréis la compañía de la marquesa de Calvert y que sea ella quien la entregue para generar más seguridad en la reina. Hemos de ser conscientes de que, si esta carta surte efecto, la reina exigirá de inmediato el ejemplar, querrá tener la *Commedia* en sus manos. No será necesario que describa las ansiedades que a menudo afectan a Su Majestad.

—Su ansiedad ahora es nuestra fortaleza —añadió la vizcondesa—. Por supuesto que tendrá el libro, pero eso no sucederá hasta que no habléis primero con el ministro de la Casa Real. Quizá sea este el asunto más delicado que debamos sortear.

—Me encargaré de ello —afirmó el barón.

—Debéis ser cauto —añadió Cagliostro.

—Sé muy bien cómo manejar al ministro.

—De acuerdo, pues —dijo Cagliostro—. Solo si estáis convencido de que el ministro se traga la artimaña, iréis a Versalles a llevar la carta y pactar la entrega del libro.

—Me sentiré más seguro si primero desposo a vuestra sobrina —dijo el barón mirando a madame d'Estaing.

—Y así será —convino la viuda—; es el trato. El libro lo entregaréis después de la boda, cuando el matrimonio sea consumado.

—¿Qué sucederá con Belladonna? —preguntó Lorenza.

—Lo pondremos en libertad —dijo madame d'Estaing—, pero no ahora, cuando haya acabado todo.

—¿Liberarlo? —suspiró Lorenza, extrañada—. Recordad, madame, que ha visto los sótanos.

Cagliostro miró a madame d'Estaing fijamente y, después de apurar su copa, arguyó:

—Él sabe que estoy aquí. Sabe que los diamantes están aquí. Sabe que la *Commedia* es una copia...

—Y os recuerdo, madame —añadió la mujer de Cagliostro—, que los hombres del cardenal están ya sobre nuestro rastro, que han descubierto nuestra sede en París y más temprano que tarde llegarán hasta aquí. Ellos tienen mis diarios personales, la correspondencia del cónsul Bijux con mi marido y, como bien sabéis y por desgracia, también conocen vuestro nombre.

—Me encargué de los hombres del cardenal, y en concreto, de su mano derecha. Las noticias que tengo es que está muy malherido y puede que no salga de esta. El infecto cardenal no hará nada sin él, en el caso de que le haya mencionado mi nombre —contestó la viuda—. Tardarán en encontrar el castillo, y cuando lo hagan ya será tarde, pues habremos ejecutado el plan y nada ni nadie que tuviera que ocultarse estará aquí.

—Es arriesgado —reconoció Lorenza—. ¿Imagináis qué sucedería si, por un casual, el corso descubriese que aquí, en las entrañas mismas del castillo, a pesar de que el mundo los dé por muertos, se encuentran el cónsul Bijux y vuestro marido, vivitos y coleando?

—Ese corso es muy escurridizo —añadió Cagliostro—, nos ha traído ya demasiados problemas, por su curiosidad y capacidad de deducción.

—Él no verá a nadie, y nadie lo verá a él. Os lo aseguro.

Entonces el barón se puso de pie.

—Recuerdo, madame, que aún tengo pendiente un asunto con ese corso —dijo—, por lo que lo reclamo para mí. Lo mataré yo mismo cuando regrese de París, y será en nuestro duelo pendiente.

—No habría imaginado mejor solución —dijo la mujer de Cagliostro.

—En mi castillo, no —zanjó la viuda—. Nadie matará al enviado de la Biblioteca Real aquí.

—Pero, madame... ¿me priváis de mi venganza? ¿No habéis visto cómo el miserable mancilló mi honor delante de todos?

—Querido barón —respondió ella con voz suave—, monsieur Belladonna es bastante reconocido como para que lo atra-

veséis con la espada en mi casa. Y por tal entenderéis, y de buena manera, que no lo entregaré para que lo desangréis. Lo que ocurra más tarde cuando él esté bien lejos de aquí ya no me interesará. Y podréis hacer con él lo que os venga en gana.

El barón clavó la mirada en Cagliostro, que a su vez miró a la vizcondesa en silencio, sin dejar que escapase lo que le rondaba el pensamiento.

—Si me aseguráis que nadie en los sótanos, al margen de Lorenza y de otras harpías que pudieran ir a atenderle, verá su rostro y que continuará confinado como hasta hoy; si me aseguráis que nadie lo visitará sin cubrirse el rostro, ni Serafina ni yo insistiremos en su muerte. Jamás sabrá los secretos que guarda el castillo, ni las personas que habitan debajo. Ahora nos concentraremos en París: en la reina, en el ministro y en la boda del barón.

38

EL INFIERNO: ACTO SEGUNDO

Gracias a las recientes incorporaciones a su escueto mobiliario, que incluían velas, lumbre, papeles y tinta, el corso, quien en su fuero íntimo albergaba la esperanza de que pronto lo pusiesen en libertad, se encontraba abstraído en medir el paso del tiempo. Las velas con que le proveyeron resultaron ser más largas y pesadas que las primeras, por lo cual, y como podía comprobar, estos nuevos cirios tardaban más del doble en consumirse por completo. Con esta nueva referencia, Belladonna observaba cuidadosamente cómo se derretía la cera, deduciendo que un día completo de encierro consumiría tres velas, y que, desde el momento en que la harpía lo visitó por última vez, se habían consumido ya dos velas; es decir, habían pasado dieciséis horas.

Así, haciendo uso de su memoria, sobre una hoja nueva, calculó el tiempo total de su cautiverio, sin obviar los períodos borrosos en los que estuvo bajo el efecto del somnífero, obteniendo un resultado que, a todas luces, creyó espeluznante: había pasado en la celda cinco días, con un error probable de doce horas.

La imposibilidad de ver la luz del día lo atormentaba. Según sus cálculos, teniendo en cuenta la variable, en ese preciso instante bien podía ser mediodía o medianoche, y aun así le era imposible saberlo a ciencia cierta. Al corso le espantaba perder contacto con la realidad.

«Han pasado cinco días —pensó—, cinco días que en la vida de una persona libre discurrirían desapercibidos, pero para mí

equivalen a cinco siglos. Yo, que cuento las horas, y que apenas imagino el alcance de la locura que desata un cautiverio sin poder ver el sol.»

Abandonó la pluma y sus cálculos y se recostó en el camastro, mirando al techo hasta que el sopor se adueñó de él y se quedó dormido. Al despertar, miró la vela. Habían pasado cuatro horas. Sin embargo, nadie lo había despertado, nadie había entrado en el calabozo. Faltaba poco para que se cumpliese un día desde que la Harpía Mayor se marchara de allí con la carta exigida y la promesa de regresar, un asunto que a Belladonna le quemaba en las entrañas. «Qué demonios hago aquí todavía —pensó—. Me pidió más paciencia, pero ¿en cuánto tiempo se traduce esa paciencia?»

Pasaron de esta manera dos días sin que nadie lo visitara; solo reponían la comida y las velas, el vino, las almendras y las pasas por medio de una trampilla en la base de la puerta, mientras él dormitaba.

El cúmulo de días encerrado, la desesperación al no hallar nadie con quien hablar, la eliminación del brebaje que lo había adormecido los primeros días empezaban a hacer mella en él. Una fiera se había despertado en su interior y rugía, aprisionada entre aquellas cuatro paredes. Belladonna estalló en cólera, gritando todo lo que le daba la voz mientras golpeaba la puerta con ambos puños y reclamaba la presencia de aquella mujer, la harpía, que él ya veía como tal. No hubo respuesta, ni siquiera pateando la puerta. Cayó rendido, llorando de impotencia.

—Nadie os escuchará.

Belladonna abrió los ojos. Estaba agotado, tumbado en el suelo, mientras intentaba tomar un poco de aire. Así postrado, parpadeó un par de veces antes de recomponer la figura y dejar la espalda apoyada en la pared. ¿Era su desesperación o realmente había escuchado una voz en la celda? Miró por todas partes. No había nadie con él.

—Sí, como oís, nadie os escuchará, aquí estáis aislado del mundo.

El corso, aterrorizado, como quien contempla un espectro, se arrastró hasta la vela y la tomó con temblor. Miró bajo del camastro. Nadie.

—No temáis —oyó de nuevo—, no estáis loco. Aunque no haya nadie en vuestra celda, la voz que oís es real.

Era una voz suave y pura como la de un ángel que sabía leer los recodos de su pensamiento, pues entendía su temor; entendía que se sintiera al borde del precipicio de la locura, ya sin salida, y que pronto caería. Belladonna no contestó. Se acurrucó a un costado de la cama y se tapó los oídos con fuerza. Aquello no era miedo a un espectro ni a una aparición demoníaca, era pánico a las voces que podrían provenir de las cavernas de su propia mente. Temía acabar de la misma forma que los condenados en la Bastilla: hablando solo. Se destapó los oídos e hizo acopio de todo su valor.

—¿Desde dónde me habláis? —inquirió al fin.

—Aquí, en el rincón, en lo alto del techo... ¿Me escucháis?

El corso avanzó con la vela por la celda hasta llegar al rincón opuesto a su camastro de donde parecía provenir la voz.

—Es posible que no la veáis por la tiniebla, pero existe una pequeña ventilación, circular, y del grosor de un brazo, que une mi estancia con la vuestra. Tengo ahora mismo mi boca pegada al conducto.

—Os juro que... —dijo el corso mientras, dirigiendo la vela hacia el techo, descubría el orificio en la piedra—. Casi me matáis del susto.

—No era mi intención. Os pido perdón.

—¿Quién sois?

—Me llaman Virgilio.

Belladonna no supo qué responder. ¿Virgilio? ¿Era una broma? ¿Le prometían la libertad y, de repente, el guía de Dante en el infierno aparecía de la nada?

—¿Cuál es vuestro nombre real, lo recordáis? Yo me llamo Simone Belladonna, aquí y fuera de aquí. ¿Estáis en alguna estancia del castillo o en una celda, como yo? —preguntó Belladonna, enloquecido por saber.

—Estoy en el limbo, monsieur, encerrado como vos en los sótanos del castillo.

A no ser por lo que acababa de descubrir, que aquella voz provenía de aquel orificio y no de su propia cabeza, hubiese pensado que la locura llamaba a su puerta.

—En verdad no sé qué estoy haciendo aquí —continuó el muchacho—, monsieur. Solo sé que estoy en el limbo, pues todos aquí llaman así a este lugar, y que deberé quedarme aquí para siempre.

—¿Qué edad tenéis, Virgilio?

—Quince años, monsieur.

—Diablos... eres apenas un niño —dijo Belladonna tuteándolo al saber su edad—. Dime, pues, por el amor de Dios, quién te ha confinado en ese sitio.

—No lo recuerdo, pues han pasado ya muchos años. Imaginad, monsieur, que tenía cinco cuando entré aquí.

Al corso se le heló la sangre.

—Pero... —balbuceó, atónito—. ¿Qué hiciste, tan niño, para merecer semejante condena?

—Nada hice. Así me lo han explicado siempre las harpías que me atienden. Estoy aquí porque nadie sabe en qué sitio debo estar.

—Santo Dios... —dijo el corso, sentado de nuevo en el suelo, con la espalda contra la pared, intentando pensar.

—¿Estáis ahí, monsieur? —preguntó el muchacho, impaciente.

—Aquí estoy, ¿dónde habría de ir? Pienso, Virgilio, estoy intentando pensar.

—Sois un hombre culto, lo sé. Sabéis leer y escribir, lo he oído.

—Ya no sé qué soy, Virgilio, quizá antes lo fui; ahora solo trato de entender todo esto que me está pasando.

—Pues preguntadme lo que queráis, encantado estaré de explicaros todo lo que yo sepa, y también de haceros compañía, al menos desde aquí.

—Pues sí, ya que te ofreces, tengo preguntas; tengo miles, mas una sola en este momento centra toda mi atención... Si tú estás en el limbo, ¿dónde estoy yo, exactamente?

El muchacho se calló.

—¿Virgilio? ¿Estás ahí? —inquirió el corso. Como no hubo respuesta y el silencio que se había instalado en la celda después de haber sido roto se le hacía insoportable, se puso en pie, de puntillas, para acercarse al orificio—. ¿Me escuchas? ¿Virgilio?

—Pensé que ya lo sabíais, monsieur —respondió el muchacho tímidamente—. Estáis en el infierno. En el octavo anillo —siguió explicando—, en el foso diez, reservado a los falsificadores. Monsieur Belladonna, no quiero añadir más tristeza a vuestro corazón, porque sois nuevo aquí, pero preparaos para lo que viene... Nunca volveréis a la superficie. Jamás.

Virgilio se calló mientras Belladonna veía cómo la vela comenzaba a parpadear en su mano y cómo se extinguía la llama, consumida del todo, hasta expulsar una hebra de humo en la más absoluta oscuridad.

Simone Belladonna abrió los ojos en el lecho y observó el cirio ardiente; había dormido al menos cinco horas.

—¿Despertasteis, monsieur? —preguntó Virgilio, que parecía atento a todos los sonidos del infierno—. Habéis dormido un buen rato.

—Acabo de abrir los ojos —dijo él, desperezándose—. Y ¿cómo demonios sabes que acabo de despertar?

—Ya no roncáis. Lo hacíais, como un oso.

—Oh, muchachito, te equivocas. Jamás ronco.

—Sabéis que no puedo ver lo que sucede allí abajo, pero sí escuchar, y roncabais, sí, pero dulcemente, como quien duerme en paz.

El corso se incorporó y se sentó en el colchón. Era agradable tener con quien hablar.

—En verdad, tuve un sueño hermoso —dijo—, el primero desde que estoy aquí.

—¡Oh! ¡Lamento entonces que hayáis despertado! ¿Me lo contaríais? Estoy aburrido —pidió Virgilio.

Simone se frotó los ojos y las mejillas, para ayudarles a espabilar. Luego miró fijamente el orificio por donde penetraba la voz. ¿Por qué no? Contar su sueño no parecía ser tan mala idea para pasar el rato.

—Me encontraba en los jardines del castillo de Martinvast —comenzó diciendo Simone—, y recuerdo que había una fina niebla. Me hallaba sentado junto a una dama en el escabel que está bajo el roble. Era por la mañana, porque las lecturas en Martinvast se hacen por las mañanas.

—¿Estabais con una dama, decís?

—Se llama Giordana.

—¡Oh! Bonito nombre. Y ¿cómo es?

—Es joven, acaba de cumplir los veintiún años, sus cabellos son de color castaño claro y tiene el cuerpo muy hermoso, unos ojos verdes inquietantes y una sonrisa encantadora.

—¡Hum! ¡Ahora entiendo por qué habéis dormido tanto! Pero proseguid, por favor, dijisteis que estabais...

—En los jardines del castillo. Ella estaba a mi lado, mirándome con esos ojos verdes que a veces parecen azules. «¿Por qué me miráis así?», le pregunté. «Es que estoy intentando deciros algo», respondió. Yo la animé a hacerlo y ella se quedó otra vez mirándome en silencio, por lo que insistí: «¿No me vais a contar nada?», suspiré. «Me casaré en breve y la idea me espanta», confesó. A ella se le iluminó el rostro y sonrió; me tendió la mano, que aferré, una mano tan delicada y tibia que aún creo sentirla aquí, entre mis dedos. «Yo no me casaré con nadie si vos lo impedís», me juró. «Y confío en que lo logréis, en que podáis llevarme lejos de mi destino con el barón.»

—¿Un barón? —exclamó Virgilio—. ¿Giordana está comprometida con un noble?

—Lo está. Es decir, lo estuvo siempre, desde el momento en que la conocí.

—Entonces es un sueño real... Digo, la situación y las personas son reales...

—Muy reales, mi querido amigo.

—Pretendéis evitar un matrimonio entonces. Y quedaros con la dama. Veo que sois un hombre de acción, monsieur. Un atrevido. Y un poco pillo...

—¡Silencio! Aún no he terminado —le interrumpió Simone.

—Es verdad... Continuad, por favor. Nos habíamos quedado en el barón.

—Sí, sí... digo, no: el barón no estaba allí. Era Giordana, que parecía encantada por la reacción que acababa de provocar en mí, me refiero a una especie de esperanza, y me tomó por los hombros. «Escaparemos juntos, tal y como planeamos», me dijo al oído. «Sí, os llevaré muy lejos. Os llevaré conmigo», dije yo. «Entonces no debéis olvidarlo», dijo ella, «os esperaré el día anterior a mi boda en los Campos Elíseos, en París, a medianoche, y me entregaré a nuestro destino. Me arriesgaré a todo si es que vos estáis allí.» Y entonces...

Simone se calló, de repente, como si no quisiera acabar la historia.

—Y ¿entonces? ¿Monsieur? ¿Os pasa algo? —preguntó Virgilio.

—De repente, me he dado cuenta de que... De que... ¿Qué día es hoy?

—¿Qué día? ¿Y qué tiene que ver el día con el sueño?

—Tiene mucho que ver, Virgilio. Por favor, responde.

—¿Cómo podría saberlo yo? No sé ni el mes en el que estamos.

—¡Dios! —exclamó Simone, y de un salto fue a dar con los papeles que había escrito.

Contó todos los días que creía que habían transcurrido desde su cautiverio. Se le heló la sangre, y de su mano cayeron los papeles al suelo.

—¿Os ocurre algo, monsieur?

—Ella... —dijo—, ella me está esperando.

—¿De qué habláis? Estábamos en que ella...

—¡Que ella me está esperando ahora mismo en París! ¡Me espera para escapar!

—¿Estáis hablando de vuestro sueño?

—¡De la realidad! —dijo el corso, brincando de rabia—. Ya acabé con el sueño. ¡Era un recuerdo! Tengo un asunto importante que resolver, de extrema gravedad. ¿Entiendes, muchacho?, y por ello debo ponerme manos a la obra. Tengo que irme a París ahora mismo —murmuró para sí, enloquecido y dando vueltas por la celda—. Esta misma noche, y digo esto, aunque no sé si ahora mismo es de día o de noche; debería encontrarme con ella en los Campos Elíseos.

—¿La cita del sueño?

—La misma. Y no es de un sueño, Virgilio, es una cita real. El barón también existe.

—Diablos, monsieur, me da mucha felicidad teneros ahí. Perdonadme, ya sé que no es muy amistoso, pero es que matáis mi aburrimiento como nadie, sois un hombre versado y con mucha acción.

—Escúchame bien —lo interrumpió Simone—, debo salir de aquí inmediatamente para encontrarme con ella. Pues si las personas que me han metido en esta celda estuviesen al tanto de la relación que mantuve con esa señorita y de los planes que tenemos, ella correría peligro. Y debo evitarlo.

—¿Salir? ¿Inmediatamente? ¿Iros a París a quitarle la esposa a un barón, previniéndola de un mal posible?

—Así es, muchacho.

Virgilio no lo sabía, pues no podía verlo, pero Belladonna, aupado para hablar por el pequeño orificio, no parecía un reo condenado a perpetuidad, sino un caballero andante, con los ojos encendidos, dispuesto a liberar a su dama. Definitivamente, había enloquecido.

—Estáis bromeando, ¿verdad, monsieur? —respondió Virgilio—. Os habéis metido tanto en la historia... ¡Qué entretenido! A ver, decidme, ¿cómo pensáis llevar a cabo semejante idea?

—¿Cómo? —dijo, y se aupó aún más bajo el orificio—. Pues dime tú, que estás ahí arriba y que conoces más, dime qué podría hacer para salir de esta celda. Dame una idea.

—¿Cómo es vuestra celda? Describidla, es que nunca he estado en el octavo anillo —dijo el muchacho, que creía estar siguiéndole el juego, aunque percibía perfectamente la urgencia en la voz de su compañero.

—Paredes de roca sólida —dijo Simone, mientras llevaba la vela a cada rincón de la celda—; no hay bloques ni argamasa, solo piedra helada, que rezuma gotas de humedad. El suelo es igualmente de roca, de una sola pieza y sin resquicios de ventilación hacia abajo. Creo que no hay más celdas por debajo de esta...

—Las hay. No son celdas, más bien una gran sala, el último nivel del infierno. Allí dicen que se encuentra Satanás —dijo Virgilio.

—¿Satanás? Dios mío, pero ¿hay alguien cuerdo en este lugar? —exclamó Simone, y continuó con la descripción—: La puerta de la celda es de hierro, con remaches a cada lado, ciega, sin ventanuco ni rejas. Solo tiene un hueco, también ciego, por el que me pasan la comida. No hay tirador, ni picaporte ni goznes, están por fuera. La puerta encaja directamente en la roca y...

—Suficiente, monsieur... —le interrumpió Virgilio.

—¿Y bien? —dijo Belladonna, esperando un milagro.

—Me temo que tanto vos como yo sabemos que no podréis escapar, tendrían que dejaros salir. Estáis preso en un pabellón de los más profundos, y con una celda como la que describís, creedme...

—Es que... Necesito que me ayudes, no digas eso... —rogó Simone antes de sentarse en el camastro y agarrarse la cabeza con desesperación.

Él se calló, pero Virgilio siguió hablando:

—Sois un falsificador y, por tanto, astuto. Necesitan puertas más robustas y celdas aisladas para vos, más que para aquellos encerrados por iracundos y glotones; tacaños, manirrotos y lujuriosos, que a menudo se dejan llevar por el impulso y no dejan lugar a la inteligencia.

—¿Hay más gente aquí? —dijo Simone, reaccionando ante la información.

—Mucha gente, monsieur. Atrapada como vos. En otros pabellones.

Tras oír aquello, Belladonna se apoyó en la pared, sopesando nuevamente su situación.

—Pues te diré una cosa, Virgilio: saldré de aquí, si no es hoy, será mañana; o lo haré en una quincena, pero saldré de aquí...

—Olvidar la superficie sería una forma inteligente de afrontar la realidad. Evitaréis frustraros a diario y vivir, con toda la vida que aún tenéis por delante, masticando el veneno que produce el fracaso.

—¡Que olvide mi libertad! ¿Es que estás loco, muchacho? ¡Jamás! —Y levantó el dedo, desafiante—. Jamás, y quiero que lo escuches muy bien para que no lo olvides nunca: jamás me conformaré viviendo el antojo de un hombre que me sueña esclavo.

—Sé lo que sentís, pero entended, por favor, que solo pretendo ayudaros.

—¿Ayudarme? —dijo Simone, que hacía todo lo posible por reírse y no llorar—. ¿Y pretendes hacerlo de esta forma?

—Debéis asumir vuestro lugar en el infierno, monsieur.

—Me escaparé de aquí. Aunque tú, que no conoces otra forma de vida que el pequeño limbo que te rodea allí arriba, te quedes sin compañero con quien hablar.

Y dicho eso, Simone dio por terminada la conversación y puso manos a la obra. Las siguientes cuatro horas, Belladonna las pasó intentando forzar la puerta. Al principio, intentó violentar los goznes sin obtener resultados, pues como ya había advertido, estaban bien ocultos. Después, pensando que los remaches podrían encerrar menor dificultad que las macizas bisagras que se clavaban en la piedra, intentó, también sin éxito, cortar alguno de ellos para desmontar las cinchas que soportaban los tableros de la puerta. Empeñado en esa empresa, había doblado ya la cuchara sopera y destrozado el plato. Lo mismo sucedió con el vaso, que

abolló inútilmente pensando que, al golpearlo contra la piedra, tal vez, si es que rajaba allí pequeñas fisuras, abriría entonces una ínfima esperanza, que tras días o semanas de cavar, llevaría a descalzar el marco y la puerta por completo. Tuvieron que pasar otras dos horas para que se diese cuenta de que todos sus esfuerzos eran inútiles. En nada había alterado la puerta. Ni una minúscula fisura logró hacer en la piedra. Abrió la mano temblorosa y se le cayó la cuchara, que dio contra el suelo, provocando una leve risa metálica que se mofaba de sus intenciones. Cayó él también al suelo, de espaldas, y dejó la vista extraviada en el techo. Estaba fatigado, a punto de desfallecer, pero no podía permitírselo o su voluntad caería en un pozo profundo.

—¿Cómo es el limbo? —dijo Simone, después de suspirar.

Tras un silencio que a Simone le pareció muy largo, oyó la voz de Virgilio:

—Más grande que vuestra celda, monsieur, y menos seguro. Tengo aquí una puerta de madera que es muy gruesa, que muchas veces permanece abierta.

—¿Abierta? —exclamó Belladonna, incorporándose—. ¿Quieres decir que puedes abandonar la celda?

—Tal vez —respondió el muchacho al cabo de un rato.

—¿Tal vez? Y ¿lo dices así, como si tal cosa? —Se puso en pie de un brinco, como si un resorte lo impulsase, y se acercó al orificio—. Muchachito, acabo de pasar muchas calamidades intentando mover la puerta que me cierra el paso, sin lograrlo. ¿Cómo quieres que entienda que tienes apenas que molestarte en empujar la tuya? ¿Y qué diablos es eso de «tal vez»?

—Mi vida es el limbo, monsieur. No recuerdo mi nombre real, tampoco a mi familia. No tengo recuerdos de mi madre. Llevo aquí encerrado diez años. No conozco lo que hay más allá de mi celda y, creedme, porque seguramente sonará como un ideal que no compartís: no saldré nunca, aunque mi puerta esté abierta. Me espanta todo lo que pueda esperarme fuera.

—No hables así, eres muy joven todavía —replicó Simone, muy apenado por las palabras del muchacho.

—Viejo me siento...

Los ruidos que producían los cerrojos de la puerta de Simone interrumpieron a Virgilio. Belladonna miró hacia la puerta, que ya se abría para dejar pasar a una mujer.

La harpía que había entrado en la celda no era la misma que le había visitado desde el principio de su encierro. Era un poco más alta que la anterior y, a pesar de que llevaba la misma túnica, el arte de la máscara con la que cubría su rostro era diferente. Hecha de finísima loza blanca, también de estilo veneciano, evocaba un arlequín. La mujer dejó caer al suelo un juego de grilletes.

Belladonna permanecía sentado en el camastro, rígido. No sabía qué esperar de aquella mujer. El silencio en la celda era tan espeso que podía oír los latidos de su corazón. Virgilio había dejado de hablar, pero se mantenía pegado al conducto, dispuesto a escuchar todo lo que aconteciese.

—Ponedlos en vuestras muñecas —ordenó la nueva harpía.

Su voz era propia de una joven.

—¿Quién sois? —se atrevió a preguntar el corso.

—Una Harpía Menor.

—¿Y qué pretendéis?

—Sacaros de aquí.

Belladonna se incorporó y la muchacha dio un paso atrás. ¿Era, al fin, la libertad lo que le ofrecían?

—¿Os envía la Harpía Mayor, para liberarme?

La pregunta no obtuvo respuesta. La harpía, simplemente, se quedó mirándolo sin moverse.

—Si no os ponéis ahora mismo los grilletes, me marcharé sin vos, y os lo advierto: no creo que volváis a recibir visitas por un largo tiempo.

El corso, que hasta hacía unos instantes enloquecía de ira por derribar la puerta, se percató con cierta exaltación de que, a espaldas de la encapuchada, la puerta permanecía abierta. Apartó los ojos de la puerta para que la harpía no pudiera adivinar sus pensamientos, y miró hacia el suelo, allí donde estaban los

grilletes. Se acercó a ellos y los tomó para ponérselos en las muñecas.

—Y ahora, poneos estos —ordenó la muchacha, tras arrojar otro juego de grilletes sobre la losa— en los tobillos.

Cuando aquellos grilletes estuvieron en las piernas del corso, ella le dijo:

—Ahora seguidme. Y no os detengáis.

—¿Adónde me lleváis?

La última pregunta de Simone tampoco fue respondida. Seguía a la mujer con pasos torpes y ruidosos mientras se acostumbraba a los grilletes. Una vez atravesado el vano de la puerta, intentó atisbar cuanto detalle se encontró delante de los ojos en aquel pasillo que resultó ser más frío y angosto de lo que había supuesto.

Ella lo guió hasta el final del corredor, donde, después de cruzar un peine de rejas, tomaron una escalera de caracol que los condujo a un nivel aún más profundo. Recorrieron allí un pasaje lúgubre, donde el frío les condensaba el aliento y, a diferencia del anterior, las celdas abundaban sucediéndose unas a otras. Sobre el fondo de ese pasillo había una puerta de doble hoja. Ante ella se detuvo la harpía y se volvió hacia Simone.

—Entraréis aquí conmigo y haréis lo que diga. Jamás hablaréis con nadie ni diréis vuestro nombre, tan solo seguiréis mis órdenes. La primera es esta —dijo la mujer mientras descubría del hábito una máscara plateada, con orificios para ojos y boca apenas visibles, y que se colocaba en forma de casco con dos cierres laterales—; la llevaréis en el rostro.

Belladonna dejó que la mujer le pusiera la máscara. Esa voz... Desde el primer momento le había resultado conocida, le parecía haberla oído antes.

—¿Entendisteis? —inquirió ella, con una mano en el pomo de la puerta.

Belladonna apartó la mirada de la harpía para ponerla en el pasillo que habían recorrido; la oscuridad por detrás era absoluta. Volvió a mirarla entonces.

284

—Entendí —suspiró.

Ella abrió la puerta. Apareció un gran salón de estilo rococó que permanecía en penumbra. No obstante, se apreciaban figuras encapuchadas que, reunidas en gran número, aguardaban en silencio.

—Bienvenido —dijo la harpía— al Salón del Infierno.

39

EL INFIERNO: ENTREACTO

La Harpía Menor condujo a Belladonna por el gran salón tomándole por el codo, muy suavemente, hasta que llegaron a un pequeño palco que se alzaba entre las columnas.

—Sentaos aquí —dijo—; me quedaré a vuestro lado.

Desde allí, se podía observar con mayor claridad el esplendor de la sala y su gran chimenea, cuya boca ardía cebada por las llamas. Las arañas de bronce se sucedían pendiendo de los techos: sus caireles brillaban con velas ardientes y sembraban de reflejos la bóveda donde, como si fuese un templo, había un mosaico dorado que la ocupaba por completo. Era una representación de Caronte, el barquero que conducía las almas al infierno. Bajo aquella bóveda se hallaban los encapuchados, entre treinta y cuarenta, todos en silencio, con la cabeza agachada.

—No esperabais ver esto, ¿verdad? —dijo la harpía.

El corso negó con la cabeza.

—Dadme las manos —continuó—. He de soltaros los grilletes. Porque sabéis escribir, estáis ahora aquí y no en vuestra celda. Tenéis que registrar todo cuanto suceda en esta sala. Aquí tenéis lo necesario para hacerlo —concluyó, tras haberle liberado de los grilletes y señalando una mesita sobre la que había papel, tintero y plumas, y una vela que se encargó de encender.

En ese momento comenzó a sonar un órgano, que atacó las notas de una melodía sacra. Ubicado bajo las arquerías, donde la

luz era escasa, resultaba difícil verlo si no era por los largos tubos dorados.

—Ya viene —dijo la harpía—, comenzad a escribir. En el infierno corre el rumor de que sois un hombre muy ilustrado...

—¿Quién dice tal cosa? —replicó Simone sin mirarla.

—El Maestre.

Un grupo de harpías emergía de dos en dos entre los pliegues de un grueso telón. Eran doce mujeres, cada una con una máscara diferente. Se colocaron en el centro. Dos de ellas rompieron la fila y, tras pasar por delante de la chimenea y tomar, mediante tenazas, unas brasas ardientes, se encaminaron a las columnas de los extremos para encender con ellas los turíbulos que allí colgaban. Los incensarios empezaron a liberar un humo espeso y perfumado. En ese momento, dos de ellas se dirigieron a las puertas y, tirando de sendas argollas, las abrieron. Todas las harpías, incluida la que estaba junto a Belladonna, hicieron una profunda reverencia y se arrodillaron mientras a través de las puertas emergía una figura.

«El Maestre», pensó el corso. Vestía una capa de seda que se cerraba al pecho mediante un finísimo broche de oro. Su rostro estaba oculto bajo la correspondiente máscara de bauta, como la que había popularizado en toda Europa el gran Casanova, y llevaba un tricornio que cubría con elegancia su cabeza. En una mano, bien aferrado, portaba un largo bastón con empuñadura de plata. Las harpías cerraron las puertas a su espalda.

Simone escribía todo lo que estaba viendo, apenas distraído de su labor, compenetrado con aquella especie de liturgia. El Maestre ya se había situado en un gran sillón elevado, sobre un pedestal que lo colocaba por encima de los participantes. Desde allí, mirando a los presentes, golpeó dos veces con el bastón en el suelo. La melodía cambió, y también el movimiento en el salón. De entre los pliegues de un cortinaje apareció una harpía vestida con túnica blanca y máscara emplumada. La guiaba la Harpía Mayor.

Simone se volvió hacia su compañera de palco, sin hablar pero con gesto interrogante.

—Una novicia —explicó la Harpía Menor—; esta noche recibirá su capa negra.

En ese instante, a otro golpe de bastón, los encapuchados levantaron la mirada hacia el Maestre y se bajaron las capuchas.

—¿Quiénes son? —preguntó él.

—Pecadores —respondió la harpía.

—No alcanzo a reconocer a ninguno...

—Y será mejor que nunca lo hagáis —susurró ella al oído de Simone.

En el salón, los movimientos continuaban. La Harpía Mayor acompañó a la iniciada hasta un atril bajo el centro de la bóveda, sobre el que había un libro abierto. El Maestre miró al organista y la música bajó de tono. Como respondiendo a una señal, las doce jóvenes avanzaron por la sala en completo silencio, rodearon el atril y se arrodillaron formando en torno al libro y a la joven un círculo perfecto. La novicia se colocó frente al libro, tomó un puntero dorado y, señalando las líneas, comenzó a leer:

Aquí, su nido hacen las tétricas harpías

Simone reconoció de inmediato el verso: era el canto XIII de la *Commedia*, el que anuncia la entrada de Dante y Virgilio al bosque de las harpías. Al acabar el verso, la Harpía Mayor, que se hallaba a espaldas de la iniciada, soltó el lazo que cerraba la túnica y la dejó caer. La joven estaba desnuda. La harpía comenzó a acariciarle los senos hasta que estos despuntaron. Pasó los dedos ligeramente por sus costados y se entretuvo un poco más en el vientre, los bajó luego a los muslos, que separó un poco, para luego ascender hacia el pubis. La iniciada continuó leyendo hasta que las hábiles manos de la harpía le provocaron un espasmo de placer y cerró los ojos. Fue solo un instante, pero era la señal para que todas las harpías, rompiendo el círculo, se acercaran despacio a ella. Entonces, a una señal del Maestre, empezaron todas a besarla y acariciarla, hasta que la iniciada dejó defini-

tivamente la lectura y se entregó al placer. Los llamados pecadores contemplaban la escena en silencio.

—Ya está lista —explicó la Harpía Menor a Belladonna—. Vendrá ahora el segundo acto de esta noche, dedicado a la lujuria, cuando el bastón del Maestre vuelva a sonar. Describidlo con detalle.

«¿Qué diablos hago yo aquí? —pensó Simone, sin atreverse a la menor distracción—. ¿Qué relación tiene todo esto con mi libertad? No es más que una reunión de libertinos entregados al placer...» Un nuevo golpe de bastón le sacó de sus pensamientos.

Entraron cuatro hombres enmascarados, vestidos con libreas azules de lacayo. Traían un sillón de terciopelo, con brazos y respaldo en capitoné, y dos grandes candelabros de pie que colocaron en el centro del salón. Las harpías condujeron a la iniciada al sillón, mientras que su lugar en el atril lo ocupó la Harpía Mayor, quien tomó el puntero para continuar la lectura. Recitó los poemas del segundo círculo del infierno, dedicados a los lujuriosos. Allí aparecían Paolo y Francesca, cuñados que, por culpa del adulterio, fueron condenados a errar bajo el soplo de fuertes vientos.

> *... Francesca, tus martirios*
> *me hacen llorar, triste y piadoso.*

El órgano simulaba a la perfección esos vientos, y cuando la harpía acabó de recitar el pasaje, la iniciada ya estaba recostada en el sillón. Trajeron ante ella un enmascarado que las harpías se encargaron de desvestir.

—No creáis que son dos desconocidos —susurró la Harpía Menor a Simone—. El hombre está casado con su hermana mayor. La pequeña aún es virgen...

El hombre acarició a la muchacha, que gemía excitada. Le separó las piernas colocándolas sobre los brazos del sillón, y se apartó un momento para que todos pudieran verla expuesta. Después, el hombre se arrodilló y la lamió, necesitaba saber a

qué sabía su sexo. Se incorporó para inclinarse suavemente sobre ella y, mientras frotaba su verga contra la vulva de su cuñada, le mordía los pezones. Al fin, el hombre se dejó caer y la iniciada lo recibió, rodeándolo con sus piernas, antes de exhalar un profundo gemido que estremeció a los presentes, mezcla de placer y dolor. Hacía meses que en el castillo la instruían para ese momento, y él había accedido a aquella perversión que, hubo de confesar, había albergado siempre en lo más hondo de su corazón.

Los poemas de la lujuria resonaron en la bóveda, mientras los cuñados, con aparente indiferencia ante quienes los rodeaban, dejaban que sus cuerpos se entregaran el uno al otro en libertad, ocupados solo de su propio placer. Eran Paolo y Francesca, simbólicamente, en las formas y también en las pasiones, dentro de un infierno que cobraba vida gracias a aquella extraña hermandad, adoradora de la *Commedia*.

El Maestre se incorporó, parecía complacido por el comportamiento de la iniciada y la marcha de la sesión. Golpeó de nuevo el suelo para que las harpías tomaran el control de la sala. Ellas se acercaron a los pecadores, los despojaron de sus túnicas y dio comienzo una orgía que ocupó todos los rincones de la sala. Belladonna dejó de escribir. No sabía a qué atender, si a aquella mujer a la que estaban penetrando dos hombres a la vez, si a dos hombres que se sodomizaban mientras uno de ellos se ocupaba de una harpía; si a aquel grupo de cuerpos apiñados, brillantes bajo los ardientes candelabros de bronce, en el que no se distinguía ya sexo alguno. Se volvió entonces hacia la Harpía Menor, desconcertado, y vio que lo estaba mirando fijamente. Ella era la única que no participaba en la bacanal.

—Estoy aquí tan solo para guiaros —aclaró—, mas vos tenéis que mirar el salón, y no a mí.

Cuando volvió la vista hacia el salón, la novicia se acercaba al palco de la mano de la Harpía Mayor.

Ambas subieron los peldaños y se detuvieron frente al corso.

—Es muy grato veros aquí, monsieur. Os traigo compañía...

Simone sabía que no debía hablar y no lo hizo. Se quedó mi-

rando a la Harpía Mayor, con la pluma quieta en el extremo de sus dedos.

—Ella es nuestra iniciada —continuó diciendo la Harpía Mayor—, la ardiente cuñada que, como habéis visto, ha encarnado a la perfección el personaje de Francesca de Rímini.

La Harpía Mayor dio un ligero empujón a la muchacha, que tuvo que apoyarse sobre la mesa. Su pecho rozaba las manos de Simone, apoyadas sobre el papel.

—Bienvenido, monsieur —le dijo, con una voz susurrante cuyo aliento notó en la cara—. Esta noche podéis llamarme Francesca, y si queréis, podéis venir conmigo a aquella alfombra; os entregaré mi cuerpo, podréis tomarme cuantas veces queráis... Y como queráis... —Y tras decir esto, soltó una pequeña carcajada—. ¡Y luego podréis escribirlo!

En mitad de los jadeos y gemidos que provenían del salón, de la melodía envolvente del órgano, y bajo los encantos de Francesca, que acercaba lentamente su boca a la de Simone, este tuvo la sensación de que todos lo miraban.

—Es noche de lujuria —susurró la iniciada—, y nada mejor para que nos conozcamos que esta velada tan especial.

El corso se mantuvo en silencio y retiró el rostro. La joven, contrariada, se enderezó para apartarse.

—¿Será, monsieur, que Francesca no os apetece? —espetó la Harpía Mayor, con desdén. Y dicho esto, se llevó a la iniciada al salón.

—Tranquilo —susurró a su oído la Harpía Menor—, no temáis. No os tocarán esta noche.

Turbado, Simone volvió a centrar la atención en el salón y encontró allí al Maestre que lo observaba fijamente desde su asiento, mientras la Harpía Mayor hundía la cabeza entre sus piernas.

Una hora más tarde, Belladonna volvía a su celda, precedido por la Harpía Menor. Y mientras caminaba por el pasillo, escuchando el tintineo que provocaban las cadenas que arrastraban sus

tobillos, intentó memorizar cada puerta y cerrojo. La Harpía Menor se detuvo frente a la puerta ciega con roblones de hierro y se dirigió a él.

—Entrad en la celda. Una vez dentro, quitaos los grilletes de las muñecas y tobillos y dejadlos a un costado de la puerta.

Simone no se movió.

—Debo agradecer, creo, que permanecierais a mi lado. Me da la sensación de que no tuve que participar en la sesión más activamente, por decirlo elegantemente, porque vos lo impedisteis de alguna manera que escapa a mi entender.

—Los nuevos siempre llaman la atención, monsieur. No tenéis nada que agradecer, no soy vuestra amiga. Y ahora, entrad en la celda.

—Ni siquiera sé cómo os llamáis —insistió él sin obedecer.

—Y tampoco debe importaros, monsieur.

—¿Sabéis una cosa...? Vuestra voz... me resulta familiar.

La harpía pestañeó, inclinando apenas la cabeza sobre el hombro.

—¿Creéis reconocer mi voz? Es un espejismo, monsieur, aquí las voces son muy similares. Nos educan para ello... —La muchacha procuraba dominar la situación, pero estaba nerviosa, así que continuó intentando zanjar la conversación—. ¡No debería estar hablando con vos!

—Sin embargo, lo hacéis —dijo él con dulzura, arriesgándose, pues había notado el nerviosismo de la harpía—. No voy a escapar, pero decidme, por favor, os lo suplico, al menos quién sois. —Y miró hacia ambos lados del solitario pasillo del octavo círculo del infierno—. Explicadme la locura que es la existencia de este lugar, hacedlo... pues no creo que haya nadie aquí que pueda vernos ni escucharnos.

La harpía respiraba muy despacio, intentando calmarse.

—Me llamo Celeno, monsieur.

Simone, arriesgándose aún más, levantó las manos esposadas para acariciar la mejilla de la máscara de helada porcelana, y ella se apartó.

—¡No volváis a hacerlo! —advirtió, muy disgustada—. Entrad en la celda; aquí acaba la conversación.

El corso entró en la celda, se quitó los grilletes y los dejó al lado de la puerta, tal y como le habían pedido, antes de sentarse en el camastro. La joven recogió los grilletes, y ya iba a cerrar la celda cuando Simone exclamó:

—¡Un momento! Me prometieron que pronto saldría de aquí, y de eso hace ya tiempo.

Celeno escuchó el eco de aquella afirmación contra las paredes de roca y, antes de cerrar la puerta, dijo:

—La verdad es que nadie abandona jamás este lugar.

SEXTA PARTE
El poder de las tinieblas

40

PARÍS

La medianoche del último sábado de diciembre, tal como imaginaba Simone en su celda, una mujer con el rostro velado se movía con sigilo por los Campos Elíseos. La había llevado allí un viejo criado en un carruaje descubierto que no se parecía en nada a los suntuosos coches de caballos que recorrían los jardines durante el día. La joven ordenó al cochero que esperara debajo de un enorme árbol y empezó a andar hacia un claro entre la vegetación. Se detuvo junto a una estatua muy concreta, desde donde miró a su alrededor. Tal como había supuesto, los jardines se encontraban desiertos. A esas horas, en París reinaban la soledad y la neblina que surgía del Sena, tapizando prados y canteros. A los oídos de Giordana llegaron las campanadas de Notre-Dame que anunciaban la medianoche. Apenas le quedaba un corto camino hacia el lugar pactado. Avanzó hasta llegar a los pies de un tilo mientras la luna aclaraba el ancho bulevar que discurría entre los árboles, perfectamente alineados.

«No ha llegado aún —pensó—; lo esperaré aquí.» Giordana alzó el velo que le cubría la cara. La ansiedad había crecido en ella durante la última semana, pues, desde que se instaló en París, no había tenido noticias de Simone y sabía que no era prudente preguntar por él. Suspiró, volviendo a mirar aquellos jardines. Acaso era esa la visión de una plaza mágica, que, con el correr de los minutos, disparaba recuerdos que le oprimían el pecho con la promesa de la felicidad. Así, agitada, tocó el anillo de plata que

llevaba en el cuello, ese mismo que Belladonna intercambió con ella y que le quemaba tanto ahora en la piel como en el recuerdo. Desde ese punto en el que se encontraba, veía claramente los caminos que conducían al centro de París. Pasado un buen rato, cuando el viento trajo consigo otra campanada de la catedral, Giordana supo que eran las doce y media, y se quedó mirando a la luna, desconcertada y asustada por primera vez. Simone no había podido cumplir la misión. Se estremeció. Había dejado en sus manos no solo los diamantes de la libertad, sino sus sueños de amor.

Giordana había llegado de niña al castillo. Madame d'Estaing la había acogido y tratado como a una hija, le había enseñado todo lo que una mujer de su condición debía saber, y la joven le estaba agradecida por ello. Pero cuando dejó de ser una muchachita, su tía la tomó por moneda de cambio, un preciado objeto que guardaba en el castillo y con el que podría hacer jugosas operaciones que le sanearan las arcas y la pusieran en contacto con lo más granado de la sociedad. Giordana asistió al principio halagada a aquellos devaneos, pensando que su tía buscaba lo mejor para ella. Pero pronto comprendió que solo atendía a su egoísmo, y que, en realidad, trataba mejor a July, que parecía aceptar su condición de señuelo. Los últimos meses habían sido duros para Giordana, y el único amparo de la lectura, y algunos ratos pasados con July, la habían aliviado del negro presentimiento con el que vislumbraba su futuro. Acabaría casada con un hombre narcisista a todas luces más interesado en su poderosa tía y en su fortuna que en ella misma. Había perdido la fe en su tía, sí, que no había dudado un segundo en entregarla en matrimonio al barón d'Artois.

Para acabar de empeorar las cosas, todo había cambiado desde que el conde de Cagliostro comenzó a frecuentar el castillo. Y más aún, cuando se descubrió que había llegado con una enorme cantidad de hermosísimos diamantes. Giordana sabía que Cagliostro había enceguecido la voluntad de su tía, que podía manipularla y que era el responsable de todas las cosas que, aun

desconociéndolas por completo, ocurrían en los sótanos. Un siniestro triángulo se había formado en los sótanos de Martinvast, en cada uno de cuyos vértices se situaban madame d'Estaing, el barón d'Artois y el conde de Cagliostro. Pero Giordana sabía bien que aquellas prácticas libertinas y la codicia acabarían destrozando la reputación, y quién sabe si las vidas, de los tres maquinadores. Y maldecía su suerte por haberse visto atrapada entre al menos dos de los vértices de aquel triángulo. Así pues, Giordana d'Estaing, aprisionada por su familia y frente a un oscuro horizonte como esposa de un hombre al que no amaba, había decidido gobernar su destino. Porque si los diamantes del conde eran la piedra angular de su nueva vida, Simone Belladonna era el amor que la llevaría a vivirla lejos de allí.

¿Por qué confiaba tanto en Simone? ¿Por qué se había enamorado de él tan rápidamente? Nada más conocerlo, comprobó la independencia de su criterio, la soltura con la que se movía en un ambiente hostil, su negativa a inclinar la cerviz ante personas de más alcurnia que él, sin temer en nada a esos riesgos. El corso se instaló en su imaginación. Se trataba de alguien que, como ella, no pertenecía a aquel lugar, y que, como ella, era capaz de despreciarlos y abandonarlos porque la búsqueda de la verdad y la libertad era lo que más le interesaba. Dejar esos lugares atrás y, más importante aún, con él. Conocerlo había cambiado sus planes, creando un vínculo tan sólido que ahora, ante su ausencia, la tristeza comenzaba a ensombrecer su rostro. La joven se veía para siempre entre los tejemanejes de su tía y el barón d'Artois, con el ponzoñoso añadido del conde de Cagliostro. «¿Dónde estás, Simone?», pensaba Giordana.

El silencio que había en los jardines parecía un funesto mensaje del destino. De pronto, escuchó el traqueteo de un carruaje; se volvió y vio una carroza tirada por cuatro caballos, con dos cocheros al pescante. Sus faroles irradiaban un fulgor mortecino, como si llevaran largo tiempo encendidos y estuvieran a punto de extinguirse: un posible indicio de que los ocupantes llegaban a París después de un largo viaje. Venía por el camino

del norte, e iba ribera adelante, en dirección al palacio de las Tullerías. Giordana se estremeció, y, llevando la mano al pecho, intentó contener inútilmente los latidos de su corazón. Podría tratarse de él. Y así, sintiendo ese vértigo, siguió con la vista la carroza, que no se detuvo.

—Siempre tan espesa, esta niebla de París —comentó el barón d'Artois, observando desde la ventanilla los Campos Elíseos.

—Al menos, aquí brilla la luna —respondió madame d'Estaing—. En Normandía no se deja ver desde hace una semana. Por cierto, ¿dónde estamos? Este viaje se me está haciendo muy largo.

—A la izquierda están los Campos Elíseos, madame. En breve llegaremos a destino. He hecho tantas veces este viaje estos días, que empiezo a estar agotado.

El carruaje disminuyó la velocidad y dio un pequeño brinco a causa de un bache.

—Pues yo hace mucho tiempo que no piso París. Ya no es la de antes. ¿Lo veis? Ni siquiera reparan el empedrado.

—Sin embargo, los periódicos adjudican la culpa al frío, aunque las finanzas de la ciudad entraron en quiebra durante el otoño. ¡Mentirosos! Publicarían cualquier cosa con tal de ayudar al rey; maquillan con elegancia la realidad, que es la emisión de bonos, escasez de harinas, de pan y de leña, verdaderos problemas de nuestra economía.

—Por favor, Émilien, no me aburráis otra vez con eso... —protestó madame d'Estaing, que lo último que quería oír en ese momento, con el cansancio acumulado por el viaje, era la vieja cantinela del barón.

—Mirad que en Suecia viven sobre el hielo y el pueblo no sucumbe por hambre. —El barón sonrió—. Y menos mal, madame, que entráis de noche y por este camino a París y no por la puerta de Saint-Antoine a pleno día, porque si así fuera, podríais

asustaros. Los pordioseros son los dueños de las calles de la Bastilla, es un espectáculo de lo más tétrico que podáis imaginar.

—El mundo ha empeorado para todos.

—Para todos no. Solo para los franceses.

—Y aquí nosotros, en medio de todo esto —dijo la vizcondesa, intentando cambiar de tema—, ansiando vender una falsificación a la reina. Espero que, a pesar de la mucha miseria, las arcas reales retengan alguna libra para nuestra empresa.

El barón d'Artois apoyó un codo en la ventanilla y miró a la viuda con cierto aplomo.

—No penséis más en eso, madame. La *Commedia* descansa ya en el tesoro de la Biblioteca Real, y llevo el documento necesario para que lo haga —dijo tocándose un bolsillo de la casaca—. Tan pronto me case, iré a verla y cerraremos la venta. Y por cierto... Aún queda oro en las arcas reales y un tanto más en el monedero de la reina. No os confundáis, que los tiempos de carestía y de cebollas siempre han sido patrimonio del pueblo, no de las majestades.

Madame d'Estaing sonrió. El carruaje se sacudía de un bache en otro.

—La boda es un hecho. Mi sobrina os dará todo cuanto podáis esperar de una esposa.

«Una buena herencia, por ejemplo», pensó D'Artois, a lo que añadió en voz alta:

—Una vida dichosa en el amor.

—La tendréis. Giordana es tan dulce..., pronto lo comprobaréis.

—Me alegra mucho escucharlo. También teneros a vos como nueva tía.

La vizcondesa volvió a sonreír y estrechó por el codo al barón.

—Ansío ver a Giordana en el altar —susurró, mirando por la ventanilla la luna que bañaba los Campos Elíseos—. Y me alegra sobremanera también teneros a vos como mi nuevo sobrino.

—Será de provecho para todos, madame.

—¿Estamos ya en París? Es imposible descansar con tanta

cháchara —protestó el conde de Cagliostro, que hasta entonces dormitaba al lado de la vizcondesa.

Oculta entre las sombras que proyectaban los árboles, Giordana oyó las campanas de Notre-Dame anunciando la una de la madrugada. La joven tocó nuevamente el anillo que llevaba en el cuello, símbolo de su compromiso. No podía esperar más, su tía llegaría pronto al hotel y ella debía estar allí, durmiendo. Simone no vendría a su encuentro.

41

EL BARÓN D'ARTOIS

La carroza que transportaba a la vizcondesa continuó el camino de la ribera, que a aquellas horas estaba despejado. En cada esquina, las lámparas de aceite que iluminaban las callejuelas ardían y se sucedían en la niebla, una tras otra, cuando el cochero aminoró la marcha con suavidad para atravesar los portones del palacio de las Tullerías. El barón y el conde descendieron de la carroza, despidieron a la viuda con un delicado beso en la mano y la promesa de verla de nuevo al día siguiente, y el postillón volvió a poner la carroza en marcha, siguiendo camino hacia el Hôtel d'Évreux, donde madame d'Estaing y Giordana se alojaban en su estadía en París. D'Artois quiso despedirse del conde, pero cuando miró a su alrededor, este ya había desaparecido. El barón se echó la capa sobre los hombros y se dirigió a las escaleras, donde a pesar de la hora intempestiva alguien lo estaba esperando.

—Bienvenido a las Tullerías —lo recibió el ujier—. Seguidme, por favor.

El barón fue escoltado hasta un vestíbulo, desde donde debió atravesar una serie de saloncitos comunicados entre sí. El ujier, por fin, se detuvo en una sala que, al contrario de las anteriores, abandonadas por completo a las tinieblas, estaba iluminada por un candelabro.

—Aquí es —dijo el ujier, señalando el gabinete—. Permitidme que guarde vuestra capa mientras dure la reunión.

El barón le entregó al ujier la capa, los guantes y el sombre-

ro. Dentro de aquel despacho, además del candelabro, había una chimenea que caldeaba el ambiente y dos hombres de aspecto altivo contrariados por la hora elegida para aquella cita.

—Tomad asiento, barón —dijo el hombre que aguardaba detrás del escritorio. Rondaba los sesenta, tenía la peluca empolvada y la mirada fija; la frente, ensombrecida por la fatiga, al igual que las bolsas bajo los ojos; un mal común, se diría, de los ministros cercanos al rey—. Extrañas horas para fijar una reunión, aunque veros siempre merece un desvelo.

D'Artois se hallaba delante de un funcionario con muchísimo poder. El marqués d'Anguillon era el ministro de la Casa Real, alguien que, como era de esperar, rara vez desperdiciaba su tiempo. Su ministerio abarcaba todos los palacios y dependencias de la monarquía, razón por la cual era muy temido. No en vano, tenía bajo su mando la Guardia Real.

—Permitidme presentaros al caballero Jean-Paul Marat —dijo D'Anguillon, señalando a su acompañante—, hombre de letras y periodista, y la persona adecuada para las pretensiones que me adelantasteis por carta.

El periodista asintió en silencio. Vestía ropa sencilla, llevaba la cabellera abundante despeinada y tenía los ojos despiertos, como los del zorro que observa un gallinero.

—Mi querido barón —siguió diciendo el ministro D'Anguillon—, el señor Marat se ha convertido en la pluma más prolífica de París; sus pasquines inundan las calles y se multiplican, igual que nuestros pobres bajo los puentes. Podéis estar tranquilo, por tanto, de que el mensaje encontrará la clase de lectores que pretendéis.

—¡Magnífico! —exclamó el barón.

—Bien. —El ministro tocó la campanilla, y al instante un criado entró al despacho, sirvió café y se retiró—. Explicadnos entonces los detalles del asunto —continuó D'Anguillon oteando el reloj de pared, como pidiendo brevedad—, pues la madrugada cae sobre nosotros a toda velocidad.

El barón bebió de su taza en silencio. Luego alzó la mirada.

—Se trata de un asunto de Estado —dijo al fin.

—Un momento —lo interrumpió el ministro—; no existe asunto de Estado que tenga que discutirse de madrugada y en secreto, a menos que... Asumáis los riesgos que conllevará aquello que vais a decir.

—Los asumo. Y de cierto os digo que, gracias a lo que revelaré, estaréis a salvo de un complot; uno que se cierne, inminente, sobre la Casa Real.

—¿Complot?

—Contra la reina María Antonieta.

El ministro palideció.

—Calmaos, excelencia —lo tranquilizó D'Artois—. Por eso he venido a esta hora tan poco cristiana, por la urgencia y la gravedad de la situación. Porque, si me he desplazado hasta aquí, es para que el complot nunca llegue a concretarse.

—Os escucho —dijo el ministro.

—Se trata del cardenal de Rohan, es él. Parece que ha decidido saldar viejas cuentas con nuestra reina y que anhela regresar a París para ocupar el cargo de ministro de Finanzas.

—Eso es imposible. Le está prohibido pisar París. Y por el momento, el rey no ha cambiado de parecer.

—Sin embargo, nuestro cardenal está a un paso de lograrlo. Es un asunto que vos conocéis bien —continuó diciendo D'Artois—; vos mismo fuisteis quien envió a Rohan a prisión por lo del collar de diamantes. Y fuisteis vos, aun habiendo hecho justicia, quien vio de pronto al pueblo demostrar simpatía por los acusados más que por las víctimas.

—La única víctima fue la reina, barón; esa es la verdad fallada por el tribunal —replicó D'Anguillon.

—Mientras el pueblo se dejaba llevar por las pasiones, que lentamente menguaron, en favor del cardenal, los estafadores fueron encarcelados, y el collar, objeto del escándalo, desapareció para siempre.

—Y así, el asunto quedó zanjado. Nadie en su sano juicio querría reabrirlo... —dijo el ministro—. Nadie en absoluto, barón.

—No estéis tan seguro de eso, excelencia. El dichoso collar está relacionado con la nueva conjura de la que he venido a hablaros.

—¿Adónde queréis ir a parar con todo esto? —susurró D'Anguillon.

—Volvamos al comienzo, a 1785 —continuó el barón—, cuando la reina se ve implicada en la adquisición de un collar millonario. La existencia de ese collar, como todos sabemos, mostró la frivolidad y el despilfarro de la monarquía frente a las carencias del pueblo, pero también, siendo esto segundo más escandaloso que lo primero, puso de manifiesto la ambición desmedida de uno de los hombres más poderosos del reino, quien estuvo dispuesto a llegar a extremos insospechados, perdió el oremus y no dudó en aliarse con criminales de la más baja estofa. Es cierto que el tiempo ha pasado y que con la desaparición del collar estamos, si me permitís la comparación, ante algo parecido a un crimen sin cadáver. Y por eso es tan importante esta reunión, a puerta cerrada y de madrugada, con personas de plena confianza —terminó el barón, mirando al periodista.

—No dudéis de que el señor Marat lo es de la mía —aseguró el ministro.

—Bien. El cardenal ha encontrado el collar —confesó D'Artois—, y con él, quiere abrir la vieja herida. Tiene en su poder los diamantes e intentará introducirlos en palacio, en las habitaciones de la reina, para dejar claro que ella mintió al tribunal.

—Los diamantes... en Versalles... ¿Otra vez? —murmuró el ministro, mientras se le ensombrecía el semblante. Apoyó la taza en el escritorio y, lentamente, secó el sudor que había comenzado a bañar su frente—. ¿Quién os ha informado del complot?

—Mis fuentes son muy fiables, señor ministro.

—Y ¿desde cuándo lo sabéis?

—Desde el mismo instante en que os escribí la carta para solicitar esta reunión.

—Hicisteis bien —siguió diciendo D'Anguillon, sopesando

el enorme daño que provocaría la aparición de esos diamantes en el seno de la familia real.

Pero D'Artois, sabedor de su inmejorable situación, apostilló:

—Imaginad por un momento qué ocurriría si, por un casual, el cardenal que fue enjuiciado y hallado culpable por la horrible estafa de pronto pasara a ser inocente. Qué sucedería si, aquel que fue exiliado de París y que ha estado en la cárcel ganara el apoyo masivo del pueblo, convirtiéndose en un santo varón renacido de sus cenizas. ¿Sopesáis el alcance de las consecuencias? ¿Qué sucedería con María Antonieta...? ¿Qué sucedería con el pueblo hambriento y más proclive a la fe que al lujo de la reina?

—No sigáis —balbuceó el ministro con un temblor en la mano que en vano intentó ocultar—. ¿Cuándo ocurrirá? ¿Lo sabéis?

—Imposible predecirlo; será cuando logren colocar los diamantes en palacio.

Marat, quien hasta entonces escuchaba en silencio, intervino.

—Sería un escándalo que sacudiría a Francia en momentos en los que la reina ya no tiene ningún crédito, ni financiero ni moral.

—Sería el fin de la reina —anunció D'Artois con la mirada fija en el periodista—. Pero... y esta es la segunda parte de lo que vengo a deciros, el cardenal no desea aniquilar a la reina sino utilizar los diamantes para negociar su regreso a París y aquello que le llevó a comprar el collar: el cargo de ministro de Finanzas. ¿Y sabéis qué? Tiene todo a su favor para conseguirlo. ¿Imagináis lo que ocurrirá cuando eso suceda?

—Rodará mi cabeza... —murmuró D'Anguillon, tocándose el cuello.

—Suponéis bien, pero no solo la vuestra, también la de todos los que lo metieron entre rejas.

—Bien, barón —continuó el ministro frotándose las manos, como si en aquella sala corriese un viento polar—, ¿qué hacemos para detener la conjura?

—Encontrar los diamantes. No hay otra salida. Hemos de

registrar los aposentos de la reina hasta dar con ellos. Y una vez encontrados, eliminarlos. Sin los brillantes, el complot se derrumbará como un castillo de naipes.

—¿Y pensáis que podremos inspeccionar el palacio de María Antonieta tan alegremente, con ella presente? Será imposible...

El ministro bebió otro sorbo de café, como si deseara devolver el alma a su cuerpo.

—No os apresuréis y escuchad atentamente. Tenéis que pensar en alguna actividad que aleje a la reina de sus dependencias para que podamos registrarlas... No me miréis así, excelencia, sé que no será una empresa fácil. Pero existe una forma, y tiene que ver con la mala imagen que el pueblo tiene de ella: enviadla a un viaje con propósitos caritativos, lejos de París.

El ministro tomaba nota mentalmente de aquel plan.

—Y ¿por qué habéis solicitado la presencia de un periodista en esta reunión? —preguntó D'Anguillon entonces.

—El señor Marat se encargará de incentivar a la reina para que abandone Versalles. Escribirá un artículo sobre sus aficiones, el teatro y la literatura, y las expectativas que podría originar en el pueblo verla más apegada al arte que a los excesos del palacio.

Marat ya esbozaba el texto en su cabeza. Su envenenada pluma esta vez jugaría a favor de la Corona, un servicio que sin duda sería remunerado por los fondos del ministro D'Anguillon.

—Hay algo más —añadió el barón—. Tenéis que seguir de cerca los movimientos del cardenal, sus hombres pueden llegar en cualquier momento a París. Si es necesario, detenedlos. Lo que os he contado creo que lo merece.

El ministro lanzó una mirada dotada de un brillo especial, iluminada por todas aquellas medidas que se disponía a tomar. Minutos más tarde, despidió a monsieur Marat, acordando con este una nueva reunión para el día siguiente. Una vez a solas con el barón, el marqués d'Anguillon sirvió dos copitas de licor.

—Mi querido barón... —dijo D'Anguillon, mirando a D'Artois de una manera inequívoca, y dio un trago a la copita—.

Mover a la reina de palacio no es tarea sencilla, y cualquier capricho del destino puede jugarnos una mala pasada, un infortunio durante el viaje, por ejemplo. Todos mirarán al padre de la idea, es decir, a mí.

—Mi querido amigo, piénsalo de otra manera —dijo el barón mientras acercaba su sillón al del ministro y le ponía una mano sobre el muslo—. Si no haces nada, tu entrañable enemigo, el cardenal, se convertirá en ministro de Finanzas. Y al día siguiente te encontrarás con grilletes que dañarán tus hermosas muñecas, confinado en alguna oscura celda del castillo de Vincennes, si es que tienes suerte y no te envían a un *cachot* de la Bastilla.

El ministro apuró otro trago, pensativo, mientras ponía su mano sobre la del barón.

—Sabes que confío en ti —dijo D'Anguillon—, pero detener a los hombres del cardenal en París será iniciar una guerra contra alguien que aún conserva poder.

—Yo convenceré a la reina de que abandone el palacio —replicó el barón, subiendo la mano que estaba en el muslo hasta una de las mejillas del ministro—. Lo haré de una forma en la que no tendrás responsabilidades ni serás el padre de la idea; solo te ocuparás de revisar las habitaciones de la reina y de detener a la guardia del cardenal. No olvides, querido, que el rey de Francia estará siempre de nuestro lado.

El ministro D'Anguillon se hallaba hundido en sus pensamientos. Miraba el candelabro con ojos desconfiados mientras empezaba a sentir los efectos de la cercanía del barón. Le había echado de menos; nadie mejor que él para aplacar sus pasiones ilícitas y darle algo de calma. Ambas alternativas de la jugada tenían sus peligros, aunque de existir la conspiración, tal y como anunciaba Émilien, la inacción sería más catastrófica.

—Sigues dudando —dijo el barón, acercándose más a D'Anguillon—. Si estoy aquí es para prevenirte. Confía en mí.

42

MADAME DE CALVERT

A cuatro leguas de París, en los ajardinados dominios de Versalles, la reina de Francia pasaba sus días en el Trianon. Había caído el crepúsculo cuando unos golpes sonaron a su puerta; era el
mayordomo, quien anunciaba la inesperada llegada de una visita.

María Antonieta, que había pasado el día estudiando con
madame de Calvert los pormenores de la adquisición de la *Commedia*, alegó hallarse muy cansada y le pidió a la marquesa que
hiciera el favor de servirle de parapeto y recibiera a aquella visita
en su lugar, convencida de que no traería nada urgente ni importante que tratar que no pudiera solucionar su amiga.

—Pero, majestad, ¿y si es un asunto de Estado?

—He caído tan bajo en la consideración de mi pueblo y mi
corte que ningún asunto de Estado me corresponde ya. Todo el
mundo sabe que para ello ha de dirigirse a Su Majestad el rey. Si
ha venido aquí, es porque querrá tratar asuntos de nuestro teatro; o puede que incluso sea algo relacionado con ese librito del
que llevamos hablando toda la tarde. Estoy agotada; decidme que
lo recibiréis vos y os lo quitaréis de encima antes de partir para
vuestro palacio. Decidme que sí.

—Majestad, yo...

En ese instante oyeron que el criado que había anunciado la
visita carraspeaba, y la reina le dio pie con una mirada interrogante.

—Es un conde —explicó el mayordomo.

—¿Un conde?

—No ha dicho conde de qué. Ni tampoco su nombre. Solo que ha llegado hasta aquí por un intercambio epistolar.

—Motivo de más para que intercedáis —dijo la reina mirando a madame de Calvert—. Es cosa de pluma y papel, haced el favor.

—Como gustéis —dijo ella, e hizo una pequeña reverencia a la reina, dando a entender que estaba a su servicio tanto en eso como en lo que Su Majestad deseara.

—Hacedlo pasar al salón que está al otro extremo, donde madame podrá departir discretamente con él —ordenó la reina al mayordomo—. Yo me retiro por hoy. Ordenad a mis doncellas que vayan a mi habitación para desvestirme.

—Prepararé café entonces, majestad. Lo haré esperar en el salón.

—No, no hace falta que preparéis nada. No sabemos de quién se trata, y no es hora de refrigerios.

—Como ordenéis.

—Madame de Calvert.

—¿Majestad?

—Procurad que nadie lo vea mientras permanezca aquí.

—Perded cuidado, majestad, me encargaré de que así sea.

Momentos más tarde, la puerta del salón acordado para recibir a la visita se abrió y el mayordomo invitó al conde a pasar, dejándolo a solas con la amiga de la reina.

—Es un placer volver a veros —dijo madame de Calvert, sentada delante de la chimenea.

—Madame —le respondió Cagliostro, con una pequeña inclinación de cabeza, sin mostrar señal alguna de decepción al no haber sido recibido por la reina, como si ya contara con esa dificultad.

—¿Cómo os habéis atrevido a venir aquí, al Trianon? —Madame de Calvert lo miró intrigada como una niña.

—Quería informar personalmente de algo de suma importancia.

—¿Aunque seáis el hombre más buscado del reino?

—Lo que tengo que decir merece el riesgo.

Madame de Calvert guardó silencio.

—¿Habéis quemado mis cartas? —inquirió el conde.

—Tal como pedisteis.

—Yo también destruí las que obran en mi poder —dijo Cagliostro—. Es imperioso asegurar que jamás nadie sepa que me escribo con Su Majestad.

La dama se echó hacia atrás en el asiento. Su mirada era radiante, afectada ahora por aquella presencia.

—¿Cómo habéis logrado entrar sin que os detengan?

—He aprendido de vos, madame, a estar siempre cerca de todos los secretos que guarda el palacio. —Cagliostro sonrió—. Y soy tan sigiloso como Marco Antonio cuando se encontraba con Cleopatra en Alejandría; o como César Borgia en los aposentos vaticanos, cuando hacía lo mismo para ver a su hermana Lucrecia.

—Pues un hombre como vos, que presume de tantas cosas y que ha vivido otras tantas —madame de Calvert lo miró con insistencia—, ha de saber los riesgos que corre la reina si os recibe.

—No soy inmortal —respondió el conde—, ya pasé los cuarenta y cinco. Es verdad, bien podría morir de un tiro o una estocada, o de un veneno, y por eso debo cuidarme de todo riesgo.

—Entonces, conde, peor aún. Sabréis que estando aquí nos estáis poniendo en peligro a todos.

—Lo sé perfectamente.

Hacía tiempo que se relacionaban en secreto. Madame de Calvert, atraída por los poderes adivinatorios que el conde presumía poseer, poderes que de alguna manera en el pasado habían vaticinado su destino por medio del sortilegio del vaso de agua, del péndulo de cristal y de las cartas españolas, lo había convertido en un elemento fundamental, por no decir imprescindible, cuando decidía dar un paso importante en su vida. Así pues, madame de Calvert había obrado conforme Cagliostro le pidió, siendo la mano que llevaba y traía por él las cartas secretas a la

alcoba de la reina. Calvert no olvidaba que Cagliostro había sido una pieza esencial para destruir a sus enemigos en la corte y lograr acercarla al reducido círculo de la reina. Conocía el poder del conde, responsable de conjurar y desterrar a madame du Barry de Versalles, de hacer lo propio con Jacques Necker, antiguo ministro de Finanzas, para suplantarlo por el vizconde de Calonne. Aunque lo más significativo, sin duda, y cuyos efectos aún los franceses recordaban en carne viva, había sido enviar al cardenal de Rohan a prisión, malquistándolo con una delicada pieza de *bijouterie*.

—¿Recordáis el collar de diamantes, madame?

—Como a una pesadilla.

—Que todos debimos sufrir —exclamó Cagliostro—. Pero de esa pesadilla nosotros hemos despertado indemnes, mientras que el cardenal de Rohan, tan poderoso como lo recordáis, tal y como predije el primer día se ha convertido en una sombra en el exilio, pero... Volvamos a la correspondencia. ¿La habéis leído?

—Cada una de las cartas, Alessandro.

—Entonces estaréis al tanto de mi propuesta.

—No entiendo —dijo ella, con una sonrisa—, en ellas habláis de teatro, y de que la reina participe, según creo recordar, en una tertulia que llamasteis «única y excelsa».

—Así es, madame. Y he venido a recordároslo. Que la fecha se avecina y que vos, por cierto, ya que la reina delegó en vos esta conversación, debéis reclamarle una respuesta.

—Dijisteis que será en Normandía. Una tertulia centrada en la *Commedia* de Dante.

—Precisamente el infierno, canto noveno, cuando Dante cierra los ojos por temor a Medusa —replicó Cagliostro.

—Me sorprende todo esto, conde. Me sorprende sobremanera que hayáis captado la atención de María Antonieta sobre este asunto.

—Está en su destino, madame.

—¿El destino?

—Como si estuviese escrito: la Biblioteca Real acaba de

comprar un ejemplar de la *Commedia*. Y ahora deseáis llevar esta obra al teatro, aquí mismo, en el Pequeño Trianon.

Madame de Calvert le sostuvo la mirada unos segundos.

—¿Cómo os enterasteis de lo del libro? —preguntó, y parpadeó lentamente.

—Nada me es ajeno en este reino de Francia, madame. Ni las personas ni los libros.

—Pues habéis de saber que esa compra aún no se ha llevado a cabo.

—Pero la adquisición se puede dar prácticamente por consumada.

—¿Os parece, monsieur?

—Por supuesto: la demora se debe a ciertas dudas en la autenticidad. Dudabais del ejemplar, de si acaso podría ser una falsificación. Pero al final lo habéis comprado para el prestigio de la Biblioteca Real. Bueno... —El conde de Cagliostro hizo un gesto con la mano antes de precisar—: En realidad lo habéis comprado para satisfacer las ínfulas que la reina tiene como directora de teatro.

—Vuestra clarividencia comienza a deslumbrarme —replicó madame de Calvert, algo molesta.

—Si la clarividencia os deslumbra, madame, debéis saber que anoche tuve un sueño, uno premonitorio, donde vi al pueblo de Francia perdonar a la reina. Y el pueblo, como podéis imaginar, no va al teatro; tiene demasiada hambre como para pensar en qué se va a llevar a la boca. El alimento del alma —el conde de Cagliostro volvió a hacer un significativo gesto con la mano— necesita antes el del cuerpo.

—¿Que el pueblo la perdonaba? —murmuró madame de Calvert.

—Y también la aristocracia parisina, madame. Conmovidos por la varita mágica del arte que, como bien sabéis, sana y salva, y es capaz de lavar las manchas del pecado más horrible.

Madame de Calvert se puso en pie. Caminó hasta la ventana y desde allí observó el jardín iluminado por las farolas.

—Ojalá fuese así —suspiró—, pero vuestros sueños, conde, no han de convertirse en realidad. La realidad es que el pueblo odia a su reina.

—Sabéis que mis premoniciones se cumplen. Y por eso estoy aquí. Ella debe aceptar mi invitación: ir a Normandía, participar de la tertulia, porque le servirá de inspiración para su obra.

—Es imposible que ella salga de Versalles rumbo a ninguna tertulia ni cualquier otra reunión social, ya que el rey no lo desea. ¿Por qué creéis, si no, que le regaló a María Antonieta este palacio? Ella está prisionera aquí. —Madame de Calvert permaneció un instante en silencio; y tras esto, se volvió, para mirar fijamente al conde—. Además, por mucha literatura y mucho teatro, el pueblo no la perdonará. Ignoro cuál será el contenido de esa reunión que queréis celebrar en Normandía, pero el pueblo no logrará más alimento aunque ella aceptase asistir. La reina es consciente de la situación; y, sabiéndose presa, atada de pies y manos mientras sus súbditos la desprecian, solo busca congraciarse con la parte de la sociedad que podría a su vez congraciarla con el pueblo. El teatro es un capricho para ella, cierto, pero es su manera de hacer algo por Francia, por muy contradictorio o banal que pudiera parecer.

—Id a convencer a la reina. Confiad en mí, y en verdad os digo que en breve tendréis señales porque mis sueños, madame, no fallan.

Y dicho esto, se retiró y dejó a madame de Calvert sola en el salón, sumida en sus cavilaciones. La calma tensa que se había creado quedó interrumpida cuando, al cabo de un instante, el mayordomo llamó a la puerta. Madame de Calvert lo hizo entrar, y el criado le susurró al oído:

—Madame, la reina os espera en sus aposentos. Al parecer, han llegado noticias de París relativas a lo que despachabais esta tarde con Su Majestad.

María Antonieta estaba levantada, sentada delante de un fuego recién avivado, en la antecámara de su dormitorio. Se había puesto una bata, con sus iniciales y la flor de lis estampada en la estrecha solapa, y tenía el pelo cubierto con un sencillo gorro de dormir. La peluca la había dejado en el maniquí del tocador, pues las noticias eran tan relevantes que no había juzgado necesario avisar a las doncellas y recomponer la figura para departir asuntos urgentes con su amiga. Cuando esta quiso darle detalles del encuentro que había tenido con el misterioso visitante, María Antonieta la hizo callar con un gesto de la mano y señaló al criado. La reina estaba preocupada y prefería que fuera madame de Calvert misma la que leyera en las cartas que había recibido de qué se trataban esas noticias.

La reina despidió al mayordomo y señaló sobre la cómoda dos sobres, cada uno con sello real.

—Acaban de llegar —la informó—. Uno lo envía el ministro de la Casa Real. El otro proviene de la Biblioteca Real. Han sido despachados esta misma tarde.

Madame de Calvert dudó si debía tomar entre sus manos la correspondencia real, pero María Antonieta le dirigió un gesto lánguido desde donde estaba sentada. Así que la marquesa tomó los sobres y cerró la puerta.

—Leedlos, por favor. Yo ya lo he hecho, y, francamente, no sé qué pensar —dijo la reina a su amiga.

Las cartas estaban ya abiertas, y el perfume de rosas de la reina se había impregnado en los papeles. Madame de Calvert paseó los ojos por unas líneas que habían azorado a una impresionable María Antonieta. Leyó la primera.

—Es una carta del ministro D'Anguillon: «Majestad, a propósito del delicado momento que atraviesa el pueblo francés, por causa de la carestía y del frío, que son de público conocimiento, hemos decidido, tras consultarlo con Su Majestad el rey Luis, que sería de provecho vuestra presencia fuera de Versalles, para realizar un viaje a Normandía donde llevaréis limosna a la abadía de las Damas, en donde os recibirán los monjes de la or-

den de San Benito...». —Madame de Calvert interrumpió la lectura en silencio, y, levantando la mirada, susurró con perplejidad—: Os permiten salir de Versalles, majestad.

—Continuad —dijo la reina a su amiga, sin apartar la mirada indolente de las llamas—. Leed la segunda.

—Es un panfleto —dijo madame de Calvert, acercando el segundo papel a la luz de las velas—, de esos que el pueblo devora como el pan caliente.

—Leedlo.

Madame de Calvert fijó los ojos en aquellas líneas, y su rostro fue cambiando de expresión: «Soplan aires de cambio en Versalles. Nuestra reina, quien nos ha acostumbrado a tantos escándalos y excesos, más proclive a las fiestas que a las bondades del arte, esta vez nos sorprende. Sí, como leéis, porque ha convertido ya su pasatiempo en algo que a los parisinos nos sienta sobremanera: el teatro. Algunas gargantas indiscretas que claman desde el palacio confiesan que María Antonieta empleará el invierno en una nueva adquisición para la Biblioteca Real; un antiguo ejemplar de la *Commedia*, con el cual, y como hubo de lograr el poeta Alighieri en su recorrido, la reina, siguiendo sus mismos pasos, intentará salir del infierno hasta un paraíso que la acoja. ¿Lo logrará? Nada está dicho aún. Quizá algún día el pueblo la perdone».

Madame de Calvert levantó la mirada y dijo:

—Lo firma Jean-Paul Marat. Decidme que estoy soñando.

43

EL TRATO

Giordana había conseguido un instante de paz desde que llegara su tía, que organizaba una recepción tras otra para presentarle a la nobleza parisina. Estaba en un salón de la segunda planta desde donde podía observar los Campos Elíseos, como si fuese una nefasta paradoja del destino, la que le mostraba aquellos jardines arbolados donde se había frustrado su fuga.

—Giordana, ¿qué haces aquí tan sola? Me ha costado encontrarte —dijo madame d'Estaing, cerrando la puerta para estar a solas con su sobrina. Estaba algo preocupada, la joven no ponía demasiado interés en los preparativos de la boda, cada vez más cercana.

—Observo los jardines.

—Otros jardines te esperan, falta poco para que seas la baronesa d'Artois... ¿Qué te pasa, niña? Estás ausente y hay que arrancarte prácticamente de tu habitación para intentar ultimar los preparativos de la boda —dijo Violet, tomándola por los hombros, con la mirada húmeda y traspasada por algunos recuerdos.

Giordana se volvió hacia su tía, conteniendo las lágrimas, para acabar derrumbada en sus brazos. Madame d'Estaing creía conocer los sentimientos que se agolpaban en el alma de su sobrina. Ella misma los hubo de tener en su época: el idealismo del amor contrastado con las oportunidades de la vida.

—Sabes lo que significa la boda para nosotras, ¿verdad?

—dijo Violet, tras acariciarle la cabeza—. No necesito recordártelo...

Giordana no fue capaz de responder; estaba hundida en su hombro, rota por el llanto.

—Estarás preciosa con el vestido de novia. —Madame d'Estaing levantó el mentón de su sobrina—. Dentro de poco, lo llevarás ante el altar y lo pasearás con solemnidad, y tu carita se mostrará encantadora por los salones. Eso no merece lágrimas. Tendrás todo. Nada te faltará. De la misma forma que nada te ha faltado mientras estuviste conmigo.

—No lo dudo, el barón es un hombre rico.

—Es todo lo que necesitas ahora, y lo que necesitarás siempre.

—No me disteis opción, tía —replicó la muchacha entre sollozos.

—Sé lo que piensas. Pero no hay mejor destino que un contrato matrimonial que te dará una renta de veinte mil libras y un castillo de gran valor cuya venta solventará mis problemas financieros. No sé dónde tienes la cabeza, y si lo sé, no quiero ni mencionarlo. Tienes que olvidar y debes pensar ya como una baronesa. ¿No has visto que en tu carruaje ya han pintado la coronita dorada?

Violet acarició los hombros de su sobrina e hizo una pausa antes de proseguir.

—Hay algo más: esta mañana temprano visité un despacho sobre el Pont Neuf... He decidido hacer testamento.

La muchacha se separó de su tía y la miró en silencio.

—Debes aceptar la renta que te dará el barón —continuó diciendo la dama—. Pero aun así debes saber que tu seguridad y tu futuro estarán salvaguardados por tus propias rentas: acabo de hacerte heredera universal de todo cuanto tengo en un documento que firmé ante notario. Así me aseguro de seguir cumpliendo el juramento que hice en la tumba de tu madre cuando yo ya no esté. ¡Quiero verte feliz!

Giordana seguía sin hablar y su rostro mostraba sorpresa.

Intentó darle las gracias a su tía, pero las palabras no salían de su boca entreabierta.

—No digas nada —dijo la vizcondesa mientras ponía suavemente el índice sobre los labios de su sobrina—. Toma esto.

Le entregó un documento enrollado.

—El testamento —especificó—. Guárdalo. Serás la baronesa d'Artois, es cierto, pero también la señora de Martinvast, dueña del castillo y las bodegas, de los viñedos y de siete barcos que permanecen amarrados en el puerto de Londres; uno lleva tu nombre. Tu marido administrará todo esto, aunque con tu consentimiento.

—¿Por qué —suspiró ella—, por qué lo hacéis?

—Por amor.

Giordana caminó hasta la ventana. Posó su mano en el cristal mientras observaba. «Amor —pensó—; sí, de eso se trata.» En el patio de la mansión estaba su futuro marido, rodeado por la nobleza más relevante de Francia. Reía mientras bebía champán.

—¿Amor, decís? —Suspiró de nuevo, sin quitar la vista del patio.

—Todo por amor.

—Debo haceros una pregunta que no os va a gustar, tía... —dijo Giordana, alejándose de la ventana y acercándose a ella—. Sé que sabéis perfectamente lo que siento por Simone Belladonna, intentasteis apartarme de él todo lo que pudisteis. Sabéis que fue en vano. No le encuentro por ninguna parte... ¿Vos sabéis dónde está?

Madame d'Estaing se volvió para que su sobrina no viera que estaba turbada. Al cabo de un instante regresó junto a ella y la tomó de las manos.

—¿Belladonna? —dijo Violet, como si el nombre perteneciera a un pasado ya remoto—. Emprendió un largo viaje, a Terranova, el mismo día en que tú viniste a París.

Su sobrina no había olvidado a aquel hombre. Sin necesidad de que le dijera más, consciente de la pena que sentía Giordana

en los que deberían de ser los días más felices de su vida, madame d'Estaing la reconvino con dulzura.

—Habrías abrazado un funesto destino —le dijo—, una vida llena de carencias y pesares. El amor por momentos marea y despeja del horizonte los peligros del mundo. Ahora dime, ¿cómo soñabas subsistir en un mundo tan voraz sin tu acaudalado futuro esposo?

En ese instante sonaron tres golpecitos en la puerta. Cuando se abrió, apareció el barón d'Artois. Giordana reaccionó rápido y escondió el testamento bajo su jubón.

—¿Interrumpo?

—En absoluto, adelante —dijo Violet, y tomó a Giordana del brazo—. Hemos descubierto que separarnos no será fácil para ninguna de las dos.

—Mi estimada tía —dijo el barón—, Giordana pronto conocerá los encantos de París, y los de su futuro marido. No debéis estar tristes en días tan festivos.

—Émilien tiene razón, Giordana. Idos y disfrutad de la fiesta y del inicio de los días hermosos que albergará vuestra nueva vida. Ya tendremos tiempo para hablar de todo.

—Esperad —dijo Giordana.

—¿Qué?

—Conservad esto para vos. Ya sabéis que es lo único que me quedó de mi madre.

La viuda aferró el rosario de plata que le entregó su sobrina, conmovida.

—Llevadlo con vos. Llevadlo en el cuello siempre para que recordéis mi presencia en donde estéis.

—Sí, lo llevaré siempre —dijo Violet, y le dio un fuerte abrazo a Giordana mientras esta aprovechaba para insistir en su oído:

—¿De verdad se ha ido de viaje Simone?

—Lo verás muy pronto —respondió su tía con otro susurro.

Las mujeres se separaron y sonrieron, con miradas vidriosas, cuando el barón las interrumpió.

—Lamento tener que estropear la magia de este momento, pero los invitados reclaman la presencia de mademoiselle d'Estaing. Ya sabéis cómo son los parisinos: viven de la novedad, y la novedad, ahora, es mi Giordana.

Ante la mirada de su futuro esposo, Giordana se movió con elegancia y abandonó la habitación. Una vez a solas con madame d'Estaing, el barón cerró la puerta con llave. Se diría que esperaban a alguien, porque, pasados unos minutos, volvieron a llamar. A diferencia de madame d'Estaing, el barón no se mostró en absoluto sorprendido cuando en el salón entraron Cagliostro y su esposa, Lorenza.

—Al fin nos reencontramos —dijo el conde—, y en París, donde los peligros me son infinitos.

Madame d'Estaing no lograba explicarse el motivo de aquella aparición.

—¿Qué demonios hacéis en mi casa?

Superado su asombro, la vizcondesa ofreció asiento a los recién llegados. El conde de Cagliostro fue el primero en sentarse; a su lado, sobre el brazo del sillón, lo hizo Lorenza. El barón, entretanto, había corrido las cortinas y estaba sirviendo a cada uno una copa de jerez.

—No es fácil permanecer de incógnito en París —dijo Cagliostro—. Ya lo sabéis, estimada madame, que en estos tiempos tan agitados podríamos caer presa de algún delator.

—¿Os han visto entrar? —se apresuró a preguntar madame d'Estaing.

—Nadie, hemos sido precavidos.

—Ni siquiera yo puedo presentarme por mis otros nombres —dijo Lorenza—. A plena luz del día alguien podría ver en mí a madame de Bijux, viuda del cónsul, y delatar mi paradero, lo cual atraería a los esbirros del cardenal.

—Pues ya estáis aquí —dijo, al punto, madame d'Estaing—; y nada ocurrirá. En el caso de que lleguen los hombres del cardenal, el Hôtel d'Évreux cuenta con un pasadizo en el sótano: conduce a los jardines traseros, por donde se alcanza la orilla del

Sena y sus embarcaderos. Podréis salir sin ser detectados. Ahora lo más importante es buscaros un lugar en la mansión al que no tenga acceso nadie y que no os mováis de allí hasta que pueda organizar vuestro regreso a Martinvast.

—Siempre os estaré agradecido por vuestra protección —dijo Cagliostro.

—Ya que el tiempo es oro para nosotros —suspiró madame d'Estaing—, decidme, pues, y espero que seáis breve: ¿qué hacéis aquí, precisamente hoy, cuando tenemos tantos invitados?

—Ajustar los detalles de nuestro negocio.

—La *Commedia* ya está en París y el certificado de Belladonna también. ¿Hay algo más?

—Esta mañana la Biblioteca Real aprobó la compra —informó el barón d'Artois—. Todo marcha según lo planeado.

—¡Excelente! —exclamó la vizcondesa.

—La marquesa de Calvert ya tiene en su poder la letra por el total del importe, cuatrocientas mil libras, tal y como habíamos acordado, que podremos cobrar mañana lunes cuando los bancos abran sus puertas.

—¿A mi nombre? —preguntó madame d'Estaing.

—Ese es, precisamente, el punto a debatir —aclaró el barón d'Artois—. Creemos que no sería conveniente dejar constancia de un trato directo entre vos y la Biblioteca Real. No queremos veros involucrada en nada que os señale como vendedora de una falsificación. Por ello, el pago lo harán a mi nombre. Mañana mismo me encargaré de daros vuestra parte...

—Perfecto —asintió la viuda.

—Sin embargo, el conde y su mujer no han venido aquí por este asunto —añadió el barón.

La viuda acabó el licor de su copa y miró a la pareja, extrañada.

—Y ¿por qué entonces?

—Dejadme que os explique —comenzó diciendo Cagliostro, que se jactó de haber hablado con María Antonieta cuando, en realidad, lo había hecho con madame de Calvert—. La de anoche fue una noche especial, sí, y vaya si lo fue, pues estuve en

el palacio de Versalles de incógnito, cara a cara con la reina, a la misma distancia que os tengo a vos. ¿Y sabéis qué? He acertado en lo que jamás nadie hubiese imaginado: la he convencido para que esté presente en una de las sesiones del castillo.

El barón d'Artois ocultó una sonrisa; el conde había cumplido su parte. Tal y como habían acordado, era más fácil para él que para el barón convencer a la reina.

—¿La reina en mi castillo? —exclamó la vizcondesa.

—María Antonieta de Francia irá a Martinvast.

—No habláis en serio —dijo la viuda, que miró fijamente al conde.

—Jamás bromearía con asuntos tan delicados.

Madame d'Estaing soltó un par de carcajadas.

—¿Acaso enloquecisteis? —El conde le sostuvo la mirada, sin perturbarse.

—Sí, estáis loco —afirmó Violet, mientras la risa desaparecía de su boca.

—Es la oportunidad que tanto he esperado, madame.

—¿Oportunidad, para qué? ¿No basta con venderle una falsificación y cobrar por ella una suma descarada?

—Os recuerdo que esas ganancias hay que dividirlas entre dos.

—Y ¿os parece poco?

—Esto es lo que vengo a negociar, escuchad bien: os cederé mi parte de la venta, pero a cambio permitiréis que la reina acceda a los rincones más secretos de vuestro castillo. —Cagliostro miró a su interlocutora con una sonrisa aviesa que indicaba que hablaba completamente en serio.

—Estáis pidiendo un imposible.

—Nada es imposible —insistió el conde.

—Tenéis razón, nada es imposible. No obstante, valoradlo desde el lado de las consecuencias. Si la reina de Francia observa lo que ocurre en los sótanos de mi castillo, conde, equivaldrá a que yo acabe en la horca.

—Será un encuentro secreto. Consentido. La misma reina que aceptó guardar el secreto sabe perfectamente lo que va a en-

contrar. Así es, madame: la curiosidad pica incluso en aquellas cabecitas que ciñen coronas. No pudo resistirse al magnetismo de nuestro infierno, ni aun siendo majestad.

—Los asuntos de la reina jamás han sido secretos. Pronto lo sabrán sus amantes. El rumor cundirá en boca de los parásitos de su corte en menos de un suspiro, quienes ventilarán el asunto a los funcionarios de Versalles y, en otro suspiro, se lo dirán al rey. Y será el rey, por último, quien ordenará mi arresto e inmediata ejecución. Conozco la vida de ese palacio mejor que nadie en esta habitación. Jamás podréis manchar a la reina.

—Tengo que insistir, madame —dijo el conde, aferrándose a su lustroso bastón—, es importante para nosotros sacar provecho de esta situación. No habrá otra oportunidad. Es difícil que la reina vuelva a salir de Versalles.

—Decidme por qué es importante. Dadme una razón sensata que merezca las doscientas mil libras que cedéis al hacerlo.

El conde de Cagliostro frotó el mango de su bastón sin responder. Cuando por fin levantó la mirada, tan azul como el hielo, dijo:

—Adoro el poder de destrucción por encima de todos los otros poderes. El momento sublime de ese poder es exponer a los poderosos delante del pueblo, demostrar que no tienen patria ni religión, que son, al fin y al cabo, exiliados y apátridas, sin dios y sin monarca, como yo —terminó con una sonrisa triunfante—. Y todo comenzará en vuestro castillo.

La viuda se quedó sin habla. Apenas respiraba y abría desmesuradamente sus hermosos ojos negros.

—Inglaterra me dará asilo político —continuó diciendo el conde—, a mí y a quienes me acompañen. Como veis, no solo os ofrezco mi parte de la venta de la *Commedia*, sino que forméis parte de este nuevo negocio.

Un espeso silencio sobrevoló el salón, solo se escuchaba el crepitar de la chimenea.

—Mi vida está en Francia —dijo la vizcondesa.

—Viviréis con grandes lujos en Inglaterra.

—Lujos no me faltan, conde.

—En breve Francia no será lo que veis, quedará desfigurada. Este bonito país comenzará a devorar a sus nobles.

—No me separaré de Giordana.

—Ella vendrá conmigo a Londres —intercedió el barón— tan pronto como el conde lo disponga. Y vos con nosotros.

—¿Lo veis? —apostilló Cagliostro—. Tendréis todo lo que necesitáis. Comenzaremos una vida nueva.

Era una conspiración. Lisa y llanamente una conspiración. La literatura, una pantalla, y la hermandad, una ocasión. Madame d'Estaing permanecía perpleja mirando aquellos rostros tan pálidos y complacientes.

—¿Se trataba de esto? —les dijo—. Desde un comienzo ha sido una conspiración contra la reina, ¿verdad?

—La más letal que haya conocido la monarquía —sentenció Cagliostro.

Madame d'Estaing suspiró. Desvió la mirada y, perturbada, se encontró en aquella habitación, con las cortinas cerradas; ni siquiera podía observar el cielo.

—De ninguna manera lo permitiré —afirmó.

—Pero, madame... —replicó el conde—, sé que odiáis Versalles, y a sus monarcas, y creo saber que del Jardín de los Ciervos os echaron como a una perra, y que albergáis suficiente rencor como para cobraros una bonita venganza.

—Ya tengo el mío propio... un Jardín de los Ciervos en mi castillo. Y mi venganza ha sido consumada también: estafé a la reina con el libro, me burlé de ella, me burlé de la monarquía.

—¿Burlarse, madame? Mi propuesta es destruirla.

—No, no jugaré tan cerca del fuego. Quitaos la idea de la cabeza.

El barón miraba a Cagliostro como quien acaba de paladear una miel que le ha sido quitada de los labios.

—Permitidme un instante —insistió el conde—. Quizá necesitéis pensarlo, al menos un tiempo, hasta que la idea cobre forma y os seduzca como ha hecho con nosotros.

—No necesito tiempo; la decisión está tomada.

—Es que no lo comprendéis, madame... No estoy solo en esta empresa. La masonería inglesa espera este paso, gente que tiene tan vasto poder como intereses, gente a quienes uno rara vez puede contradecir...

—Pues en este caso, monsieur, tendréis que rendirles cuentas. Sé muy bien qué les sucede a los conspiradores. A mi cuello le sientan mejor los collares de perlas que la soga de la place de Grève.

—Entonces, madame, ¿qué hacemos? —masculló Cagliostro, hundiéndose en el sillón, pálido.

—Guardar silencio sobre el asunto —respondió la viuda—. Nada de cuanto se ha dicho en esta sala saldrá de aquí. Entretanto, y mientras olvidamos esta demente idea, esperaré hasta mañana, y tras recibir mi parte regresaremos a Normandía. Dedicaremos el tiempo a preparar la siguiente sesión de la hermandad, pero sin reina alguna. He pactado hoy la visita de un marqués español que jamás volverá a salir de los sótanos. Pasará por muerto, lo he arreglado con su esposa; ella ingresará también en la sociedad y testará todos sus bienes a nuestro nombre. Ese es nuestro negocio. La falsificación de la *Commedia*, o así me lo vendisteis, no era más que una manera de obtener capital fácilmente para invertirlo en nuestro futuro: el intercambio comercial con Inglaterra.

—Os conformáis con poco —dijo el conde.

—Es más que suficiente si mantiene mi cuello lejos del cadalso. El trato era enriquecernos a costa de la Biblioteca Real y de los delirios artísticos de la reina, y daros protección, amparo de vuestros enemigos, pero jamás, y de esto no cabe duda, planear confabulación alguna contra la reina de Francia. Y una cosa más os digo: liberaré a monsieur Belladonna en cuanto regrese al castillo.

—Como vuestra merced disponga —acató Cagliostro.

—Recibiréis las doscientas mil libras conforme el trato convenido, en monedas de oro, que equivalen a ocho mil trescien-

tos treinta y tres luises. Al fin y al cabo, sois el creador del ejemplar.

—Despacha pues un arcón a Martinvast —pidió el conde a Lorenza.

—El barón y yo debemos regresar a la fiesta —dijo madame d'Estaing, acercándose a la puerta—. Mi sobrina aguarda. Ahora, si me disculpáis...

El barón se acercó con ella a la puerta.

—Saldrá todo bien —le dijo a Émilien— y nuestra sociedad seguirá amasando fortuna.

—Antes de que os vayáis —pidió Cagliostro—, permitidme, madame, que os haga una última pregunta: ¿dónde estabais esta mañana a hora temprana?

—Me extraña la pregunta: precisamente donde vos me recomendasteis...

—Si algo os pasa, madame —Cagliostro se santiguó como deseando lo contrario—, vuestra sobrina heredará todas vuestras propiedades y su flamante futuro esposo se convertirá en regente, ¿cierto? Es decir, el barón podrá permitir en Martinvast lo que vos acabáis de negar...

Madame d'Estaing corrió hacia la puerta, pero ya era demasiado tarde. Sintió cómo las cuentas del rosario se hundían en la piel de su cuello. D'Artois había tomado el collar y empezaba a enrollarlo para estrangular a la viuda.

—Ni una palabra saldrá de esta habitación —susurró el conde mirándola a los ojos—. Vos misma lo habéis dicho.

La viuda se llevó las manos al cuello, pero no logró meter los dedos bajo el rosario; se le hinchó la yugular y los ojos se le llenaron de sangre, en tanto que en su rostro se formaba una mueca de espanto. Lorenza sonreía; miraba cómo la vizcondesa caía de rodillas, con los ojos desorbitados, y rostro y boca azulados. El barón siguió apretando férreamente el rosario hasta que la mujer soltó un quejido ronco. Su ojo derecho quedó abierto, también su boca, con la lengua colgando a un lado, mientras el barón dejaba caer el cuerpo sin vida sobre el suelo.

—Me quedaré con su sortija —dijo Lorenza—, y con sus herretes de diamantes. Siempre me gustaron.

Y nada más decirlo, se arrodilló sobre el cadáver para expoliarlo de sus alhajas.

—Ocupaos del cuerpo —ordenó Cagliostro al barón—. No deseamos que este detalle arruine vuestra futura boda. Aunque sí puede que la retrase...

44

EL INFIERNO: ACTO TERCERO

Cuando Simone abrió los ojos, encontró el cirio apagado y su celda sumergida en completa oscuridad. Esa ausencia de luz lo habría sobresaltado en otro momento, sin embargo, parecía no afectarle ya demasiado. Quizá era hora de claudicar. Se daba cuenta, a fuerza de derrotas, de que el tiempo y los muros de piedra eran más fuertes que él y sus deseos. Permanecía tapado hasta el cuello, con los ojos extraviados en la negrura del calabozo. Nada de lo que podía contemplar le importaba, ni siquiera su reloj de cera detenido, pues su mente, abstraída, aún podía deleitarse con el vestigio de ese sueño tan vívido que acababa de tener. Sí, era ella nuevamente, Giordana, que una vez más se había colado poderosamente en su noche.

—Monsieur, ¿estáis despierto? ¿A que habéis vuelto a soñar con mademoiselle Giordana?

Belladonna se incorporó en el colchón, se frotó los ojos y se quedó pensativo.

—¿Y cómo los sabéis vos? ¿Sois adivino?

—Murmurasteis su nombre.

En la celda se hizo un breve silencio.

—¿La amáis, monsieur? —insistió Virgilio.

—Creo que la respuesta no importa ya. Aquí no tiene sentido albergar sentimiento alguno. Estoy en el infierno y cada instante que pasa, me parece más real.

—Ya os dije que os acostumbraríais. Sin embargo, monsieur,

soñar nos está permitido, pues nadie, ni siquiera las harpías, pueden evitar que lo hagamos.

—Amo a Giordana, sí —confesó—, pero no tiene sentido alguno. Se lo digo en sueños, se lo digo en sueños cada noche. En cuanto mi cabeza toca la almohada, se lo digo mirándola a los ojos, tomándola de las manos; se lo susurro al oído, cerca de sus labios, mientras me dispongo a besarla... sí, besarla.

—Esas cosas suceden en los libros, según creo.

—¿Pues sabes qué, Virgilio? Mademoiselle Giordana, a la que conocí en el castillo, que estará en algún punto de la superficie al que no podemos llegar, ni siquiera debe de acordarse de mí, ni siquiera debe de soñar conmigo, ¿entiendes?

—¿Y por qué afirmáis tal cosa?

—Porque nunca llegué a la cita, le fallé, ya se habrá casado con el barón. ¿Lo comprendes? Tenía que salvarla de todo eso y no he podido hacerlo, Giordana me lo había pedido —dijo Simone con un hilo de voz.

—Monsieur —dijo Virgilio, tras un breve silencio—, tenéis que perdonarme por no deciros esto antes; estáis aquí de paso, me lo ha contado una de las harpías que os visita también a vos, se llama Celeno. Ella se lo ha oído decir a una tal madame d'Estaing que, al parecer, es quien controla todo lo que sucede aquí abajo.

Belladonna no quería, no podía creer al muchacho. ¿Y si todo aquello, esa esperanza, era una nueva tortura ideada por sus secuestradores?

—Háblame de Celeno —le dijo a Virgilio. Si conseguía saber quién era esa mujer, quizá podría confiar.

—Ella me lo ha contado todo, soy su confidente. Viene a verme todos los días.

Belladonna guardó silencio, y cruzándose de brazos, comentó:

—Supongo que te ha contado lo que ocurrió anoche.

—No, monsieur. Jamás me cuenta lo que sucede en los círculos del infierno. ¿Me lo contaréis vos?

—Pues bien —dijo él, y apoyó la espalda en la pared—, es difícil de describir, pues la obra de Dante y este mundo subterráneo tienen similitudes. Es muy parecido al infierno que se describe en la *Commedia*, salvo que aquí, al contrario que en el libro, los pecadores gozan con los castigos.

Virgilio se calló y no volvió a abrir la boca en un buen rato hasta que Simone se alarmó.

—Virgilio, ¿sigues ahí? ¿Te pasa algo?

—No sé quién es Dante, ni ese libro llamado *Commedia*.

—Vamos... ¿cómo que no lo sabes?

—Jamás leí un libro, monsieur. No sé leer.

El corso abandonó el camastro de un salto y se apoyó en la pared, bajo el orificio.

—¿No sabes leer?

—Espero que no os avergoncéis de mí.

Belladonna cerró los puños y golpeó la pared.

—¿Vergüenza? No, Virgilio. No es vergüenza lo que siento. ¡Es ira contra los que te tienen encerrado e iletrado!

—No necesito leer para ser feliz.

—¿Quién te ha dicho eso?

—La Harpía Mayor. Jamás me han mostrado un libro. Pero sé cómo son. A menudo me hablan de ellos. Aquí dicen que no los necesito, que leer no tiene sentido, y mucho menos imaginar todo aquello que ocurre en la superficie. Dicen que fuera de este limbo hallaré gentes perversas, gentes que podrían hacerme daño; que la tierra entera está poblada por un sinfín de criaturas pervertidas a las cuales debería yo temer. Y tienen razón, pues como veis, hace una década que estoy aquí dentro y nada malo me sucede.

—Mi pequeño —gimoteó el corso apoyando la cara en la roca—. Te han raptado. Te han robado la vida y la imaginación.

—¡Mentiras! Basta con oíros a vos: sois la prueba de que el peligro es real.

—¿Me crees peligroso, Virgilio? —preguntó el corso, angustiado.

—Por algo estáis donde estáis, monsieur. Algo habréis hecho, seguramente habéis sido peligroso para alguien. Los nueve círculos del infierno están llenos de rufianes y pecadores, no de santos.

—Debes abrir los ojos y despertar, estás obnubilado por el relato. Una ficción que ha fabricado miedos y necesidades en tu mente, que te hace creer que el limbo, ese apestoso sitio donde te mantienen, es una bendición que debes agradecer todos los días, tras besar las manos de tus captores. ¿No ves que te han lavado el cerebro? Has perdido diez años de vida, y también el juicio.

—Aquí dicen que la mía fue una década ganada —replicó Virgilio— y que, si no fuese por esta celda que me protege y por las harpías, el mundo ya me habría devorado hasta los huesos. Nunca se debe dudar de la palabra de quienes cuidan la puerta de esta celda.

Luego de un largo silencio el muchacho pegó los ojos al orificio de la piedra.

—¿Monsieur, estáis ahí? ¿Seguís enfadado?

—Virgilio... Se me acaba de ocurrir algo.

—¿Qué?

—Te enseñaré a leer. Ahora.

Habían pasado algunos días cuando Simone arrimó el cubo de las heces para subirse en él y se sostuvo en equilibrio para meter los dedos en el conducto de ventilación. Por el pequeño hueco, Virgilio deslizó un papel enrollado, que el corso tomó con premura y se llevó al lecho.

—Increíble... —suspiró, cuando acabó de leer la nota—. Lo has hecho muy bien. Sin ningún error.

El muchacho sonrió, se frotó las manos en la oscuridad de su celda y volvió a posar la boca en el conducto.

—¡Gracias, monsieur! —le gritó—. ¡Sois mi maestro!

—¡Chis! ¡Silencio! ¿Es que quieres que el infierno entero sepa que hablamos?

—Perdón, es que estoy tan contento...

Virgilio había logrado escribir su propio nombre en un trozo de papel, por primera vez en su vida, y sin que nadie más lo ayudara. Belladonna le había facilitado la pluma y el papel; había guardado provisión de ambos, escondiendo parte de lo que le había entregado la harpía para escribir la carta, y lo había puesto a disposición del joven para instruirlo en los rudimentos de la escritura. Le había enseñado a recitar el abecedario y también a reconocer las vocales y las consonantes, y Virgilio, que ahora se agitaba de felicidad al otro lado del conducto, lograba el primer gran paso, escribir su nombre y reconocerlo.

—Es suficiente por hoy —dijo Belladonna—, ya has comenzado a escribir.

—Pero, monsieur, a mí me encantaría continuar... —protestó el muchacho—. ¡Quiero ser como vos y tener muchos, muchos libros! ¿Me enseñaréis vos a elegirlos?

—¡Claro que sí! Me aseguraré de que aciertes con los más interesantes.

—Y ¿cuáles son esos, monsieur?

—Los que aúnen verdad y belleza, y...

Belladonna calló de repente. Alguien venía a visitarlo. Tras la puerta aparecieron dos encapuchadas: Celeno y la Harpía Mayor.

—Monsieur —dijo esta última a Simone—, ¿os aburrís mucho?

El corso tardó un instante en responder.

—No dispongo de demasiadas cosas que hacer.

—Pues por eso he venido a veros. Habéis hecho un buen trabajo, monsieur. La sesión resulta tan provechosa y descriptiva en lo que escribisteis que el Maestre me envió aquí, con un saludo para vos.

—¿Me liberará? —preguntó él.

—Ha ordenado que tengáis privilegios. ¿Hace cuánto que no tomáis café? —siguió la harpía.

—¿Cerca de un siglo? —bromeó Simone, con pocas ganas. ¿Café? ¡Qué le importaba a él el café!

La Harpía Mayor chasqueó los dedos y del pasillo entró una tercera harpía con una taza humeante de café.

—Os enviaré una cada tarde. Y ordenaré, también, que tengáis una cena caliente. Ya veréis, probaréis manjares exquisitos, dignos de quienes yacen en el círculo de la gula.

—El Maestre es muy amable —murmuró Simone lo suficientemente alto para que las harpías lo oyeran y notaran el sarcasmo.

Simone bebió. Su encierro era un laberinto de castigos y recompensas, donde una simple taza tibia, entre esas heladas paredes, convertía al infame captor en un bondadoso ser.

—El Maestre reserva un propósito para vos —dijo la Harpía Mayor—. Celebraremos pronto otra tertulia y quiere que volváis a escribir.

—Será un honor para mí poner lo que allí suceda, negro sobre blanco.

—En verdad, me alegra escuchar eso de vos. Ya dije que os acostumbraríais.

Dicho esto, la harpía susurró algo a Celeno al oído, para luego abandonar la celda junto a la que había llevado el café. Simone se quedó a solas con Celeno.

Esta aguardó a que los goznes de la puerta del pabellón chirriaran al cerrarse y se cercioró de que el pasillo quedase en silencio. Segura de que las harpías abandonaban el octavo círculo, Celeno caminó hasta detenerse en el centro de la celda.

—No sé cómo lo hacéis —dijo ella—, pero sé que habláis con él.

Belladonna se quedó mirándola fijamente y guardó silencio. Entonces ella alzó el candelabro hacia las paredes buscando algo que pareciera inusual.

—¿Hablar? ¿Con quién?

Celeno jadeaba, su mano se aferraba a una ranura de la pared; estaba nerviosa y muy preocupada.

—Hace una semana me pedisteis que hablara con vos —dijo ella, volviéndose hacia Simone—, ¿lo recordáis? Y yo accedí a

daros mi nombre... Ahora, confidencia por confidencia, os pregunto: ¿cómo os comunicáis con él?

—Pero, Celeno, ¿a quién os referís? ¿A Dios? ¿Al diablo? ¿Al arcángel san Gabriel?... ¿A...?

—¡A Virgilio, me refiero a Virgilio! —le interrumpió la muchacha, gritando de desesperación.

El silencio fue tan profundo que su angustia aún rebotaba en las paredes. Simone no había abierto la boca.

—¿Por qué creéis que hablo con alguien? ¿Y quién es ese tal Virgilio? Su nombre, en este contexto, parece una broma de mal gusto... —dijo él, aprovechándose de la vulnerabilidad que estaba demostrando Celeno.

—Porque diariamente visito a Virgilio, monsieur. Porque los dedos de ese muchacho, desde hace una semana, a menudo están manchados de tinta. Y porque ha comenzado a escribir el abecedario en los muros de su encierro y también su nombre, con letras mayúsculas, sin que nadie aquí le haya enseñado jamás a escribir.

—Y ¿por qué pensáis que soy yo, si sabéis bien que nunca he salido de aquí?

—Porque también ha escrito vuestro nombre.

—¿El mío?

—Simone... Y lo ha escrito dentro de una pequeña oración —siguió ella—, oculta en la piedra, debajo del colchón: «Simone ama a Giordana».

Belladonna cerró los ojos. No había manera ya de negar lo innegable.

—Juradme que no castigaréis al muchacho.

—Lo juro. Ya podría haberlo denunciado y no lo he hecho.

—Un orificio —dijo el corso, señalando el lugar con un dedo—, que podréis descubrir si miráis bien la unión entre la pared y el techo, une nuestras celdas. Y también nuestras vidas.

Celeno caminó hacia donde indicaba Belladonna y vio el respiradero.

—Me cambiaréis de celda, ¿verdad? —se lamentó él, miran-

do al suelo—. Por eso no quería deciros nada. Virgilio, por literal que pueda parecer, es mi guía en este dichoso infierno.

—Escuchadme con atención: dejaréis de pasarle plumas y tinta por el respiradero, tampoco le contaréis más detalles de vuestra vida ni de lo que vivís en el salón. Si me lo juráis, no os cambiaré de celda. Nadie en el infierno sabe que os comunicáis con él. Y deberá seguir así.

—Lo juro. Creo que vos nos entendéis a ambos. Mis días, mis horas, mis segundos aquí se han convertido en eternidades. Es la vida hallar una voz que responda en medio de tanta soledad...

—Pensad por un instante que si alguien, aparte de mí, entrara en la celda de Virgilio y descubriera lo que estáis haciendo, él pagaría con la misma pena que vos.

—Dejaré de enseñarle entonces. Pero enloqueceré, Celeno...

—No enloqueceréis —afirmó ella—. Yo hablaré con vos y, si queréis, lo haré a diario. Pero no pongáis en peligro al muchacho.

—Os lo prometo con una condición: dadle un mensaje a madame d'Estaing de mi parte. Decidle que jamás hablaré. Es un juramento. Decidle que estoy listo para que me libere...

—No puedo hacer eso. —La joven se puso tensa al oír ese nombre. La turbación la llevó a apartarse y dejar la mirada perdida en la negra pared.

Belladonna sujetó la mano de la harpía entre las suyas, a punto estuvo de llorar cuando besó sus dedos y suplicó entre susurros:

—Hacedlo, os lo ruego, hablad con ella. Es mi única esperanza de salir de aquí. Y decidle que quiero llevarme conmigo a Virgilio.

Celeno retiró su mano, no soportaba la idea de tener que dar al prisionero la mala nueva. Retrocedió hasta la puerta, y, antes de salir, sin volverse, balbuceó:

—Madame... d'Estaing... Ha muerto.

Y cerró la puerta, quedando en el aire un ruido atroz que retumbó hasta lo más profundo de la piedra.

45

EMISARIOS

Al atardecer, el capitán Le Byron descabalgó a orillas del Sena. Allí lo esperaba el espía del cardenal, Theveneau de Morande, bajo la sombra de los muelles de Saint-Paul. El capitán, recuperado de sus heridas, había viajado hasta París desde el refugio del cardenal en Astrée, tras una nota de Morande donde decía que madame d'Estaing estaba instalada desde hacía unos días en el Hôtel d'Évreux, recibiendo, en sucesivas fiestas, a toda la nobleza de la ciudad. Al capitán lo acompañaba una pequeña guardia de cuatro soldados. Le Byron entregó la brida a uno de ellos, saludó a Morande y se quedó un momento contemplando las últimas luces que en el horizonte encendían un hermoso arrebol escarlata.

—Debemos darnos prisa, capitán —dijo Morande—; seguidme, es por aquí.

—Hay retenes en los accesos a la ciudad como pocas veces he visto.

—Puede que el cardenal no os lo haya comentado para no perturbar vuestra recuperación ni distraeros. La noticia se ha producido hace poco: la reina saldrá en breve de Versalles hacia Normandía. Por eso se ha doblado la vigilancia.

—¿Precisamente a Normandía...?

—Tan asombroso como parece —sonrió Morande.

Le Byron caminaba con los ojos puestos en la ribera, pensando sobre aquella noticia. Parecía que, últimamente, todos los

caminos conducían a Normandía. Dejó a un lado sus cavilaciones para volver al asunto que le había llevado hasta allí.

—¿Qué habéis averiguado?

—No hay duda —informó el espía—, madame d'Estaing fue vista en los patios y terrazas del Hôtel d'Évreux a plena luz del día. Y no solo eso, también descubrimos su paso fugaz por una escribanía: un testamento.

—Esto empieza a gustarme... —dijo el capitán, dejando escapar media sonrisa.

—Y aún os resta saber lo mejor, capitán... Es por aquí, por favor, descended las escalerillas y no os detengáis. —Morande caminó por un angosto pasadizo que daba al embarcadero—. Como decía... Madame d'Estaing ha testado y lo ha hecho con prisa, demostrando que disponía de poco tiempo y deseaba salir cuanto antes de la ciudad. Sabemos también, por cierto, que su única heredera es su sobrina.

—¿Quién es ella?

—Una jovencita que nadie conocía y que, en breve, va a convertirse en la baronesa d'Artois. Su futuro marido es el barón Émilien d'Artois, vive en una bonita mansión que linda con el Grand Châtelet. Es un banquero, muy dado a lucrarse por medio de empréstitos, que goza de gran predicamento entre las clases pudientes y que, además, es bien acogido en la corte de la reina.

—Imagino que los tendréis vigilados...

—En ello estamos, capitán: dos agentes ya siguen sus pasos.

—Regresemos ahora a madame d'Estaing, ¿sigue en la ciudad?

—Madame no ha salido de París —asintió Morande, con una seguridad y una mueca de sorna que sorprendió a Le Byron.

—¿No? Si acabáis de decir que tenía intención de hacerlo.

Morande señaló la orilla, apenas a unos pasos por debajo del puente, donde podía verse un cuerpo atrapado en el farragoso limo, a medio hundir: una mano rígida asomaba sobre la neblina.

—Aquí tenéis a madame —dijo—. Tal como veis, no se ha ido a ninguna parte.

La dama llevaba un vestido de fiesta y un rosario enroscado al cuello. Tenía la piel hinchada y el rostro parcialmente cubierto por la cabellera.

—Apuesto que no tiene agua en los pulmones —señaló Le Byron, que se había acercado al cadáver todo lo posible—. Ya estaba muerta cuando la arrojaron al Sena, parece que la han estrangulado con el rosario.

Le Byron contemplaba el cadáver con rabia: acababa de perder su única pista. Allí, delante de sus ojos, el hilo conductor para llegar al conde de Cagliostro yacía sin vida.

Se puso en pie mientras acariciaba su puño de porcelana.

—¿Cuándo la hallaron?

—Esta mañana. Tengo informantes entre los pordioseros, pobres diablos que pernoctan en la orilla del Sena. No os imagináis lo instructivo que resulta el río para saber cosas de la ciudad. Bien caros me cuestan, no os creáis. Al que me informó del hallazgo del cadáver tuve que pagarle el coste del rosario y más, de lo contrario se lo habría arrebatado y no hubiésemos podido deducir la causa de la muerte tan rápidamente. Me avisan antes que a la policía pero he de ser discreto.

—No parece que lleve mucho tiempo muerta, no hay apenas hinchazón, ni los peces parecen haberse cebado con ella.

Le Byron se quedó con la mirada perdida, reflexionando. La vizcondesa estaba muerta, sí, pero una idea se hacía cada vez más clara en su mente mientras observaba las almenas y taludes del Gran Arsenal.

—Necesito, con urgencia, saber cuáles son sus bienes. Y si entre ellos, por un casual, tiene un castillo en Normandía. Estoy buscando un castillo cercano al poblado de Saint-Vaast.

—Para saberlo a ciencia cierta necesitaremos ver al escribano o a la sobrina, aunque esta segunda opción no es viable hasta que la policía descubra el cadáver y le informe de la muerte de su tía —apuntó Morande.

—Andando, pues, a por el escribano...

—Un momento, capitán —dijo Morande mientras le detenía

tomándole del brazo—. Aún no he terminado con las noticias, os dije que había una que os sorprendería aún más que el viaje de la reina a Normandía. Y estas noticias son malas para vos: hace pocas horas el teniente general de la Guardia Real ha ordenado que os detengan.

—¿¡Cómo!?

—Como lo oís: la orden está firmada por el ministro D'Anguillon y llegó a la guardia a media tarde.

—Imposible... —suspiró boquiabierto—. No pueden hacer tal cosa sin que lo sepa y lo autorice el cardenal.

—El cardenal mismo es sospechoso de una conjura contra la reina. Y vuestra presencia en París no ayuda mucho. Debéis daros prisa, capitán, y abandonar la ciudad mientras podáis.

Le Byron volvió a mirar el cadáver de madame d'Estaing.

—No puedo irme, no sin antes leer ese documento. Necesito saber si tenía un castillo en Normandía. El cadáver no me lo dirá; el testamento, sí.

Anochecía y las miradas de los dos hombres se cruzaron como relámpagos.

—Acabaréis en prisión —previno Morande—, y llevaréis con vos a quienes os acompañen.

—Decidme, pues, dónde se encuentra la escribanía e iré solo.

—En los palacios del Pont Marie.

—Eso está muy cerca.

—Igual que el Arsenal, pensadlo bien. Las calles estarán atestadas de guardias.

Morande se quedó quieto, sin moverse ni un paso de la orilla, y a Le Byron le quedó claro que le acompañaría. Morande empujó el cadáver con la punta de una de sus botas para desencallarlo y que lo arrastrase la corriente. Así tendrían un poco más de tiempo antes de que todo París supiera de esa muerte. Morande y Le Byron se quedaron un instante viendo el cuerpo alejarse. Después, subieron a la calzada. Avisaron a la guardia del plan y los enviaron, por diferentes caminos, al Pont Marie. Detuvieron un carruaje de punto que no tardó en dejarlos ante

un palacio de cuatro plantas con altas chimeneas, enclavado sobre tres de los cinco arcos que soportaban el Pont Marie. Contaban con la ventaja de la oscuridad, pues las farolas del puente no estaban aún encendidas. Caminaron pues, en penumbra, hasta dar con una puertecilla de las tantas que se sucedían en aquella fachada.

—Es aquí —dijo Morande.

Subieron hasta la segunda planta, donde los recibió un joven secretario que, aunque sorprendido por la hora, les pidió que le siguieran hasta el gabinete del escribano, que aún continuaba ultimando los trabajos del día.

—Perdonadme, monsieur, tenéis visita. No he querido hacerlos esperar, en cuanto los veáis entenderéis por qué. Por favor, caballeros, pasad.

El escribano se asustó al ver a un teniente de la guardia del cardenal de Rohan. Nervioso, tomó la peluca que había dejado encima de la mesa, pues no esperaba más clientes, y se la ajustó como buenamente pudo.

—Señores, ¿en qué puedo ayudaros?

—Debéis considerar, monsieur —comenzó hablando Morande—, nuestra visita como un asunto de Estado. El príncipe de Rohan desea tener una copia de un testamento que se ha firmado aquí hace poco. Es vital para los intereses de Francia. Es el testamento de la vizcondesa d'Estaing, que redactasteis y firmasteis hace pocos días.

—Por supuesto, madame d'Estaing —asintió el escribano, levantándose y acercándose al archivo donde guardaba copia de los legajos—. Lo archivamos ayer mismo... Aquí tenéis lo que buscáis —dijo ofreciendo un documento al capitán con mano temblorosa—. Una copia certificada.

Le Byron le arrancó el papel de las manos y leyó deprisa, buscando un nombre.

—Martinvast, en Normandía, en el bosque de Brix...

Un castillo en medio del bosque, cuya existencia posiblemente habría pasado desapercibida a un hombre del poder del

cardenal de Rohan, que había ejercido siempre ese poder al otro lado del país, en Estrasburgo, y que jamás se habría visto en la necesidad de acudir a una mansión de provincias ubicada en medio de la nada. Le Byron tuvo que hacer un esfuerzo para no brincar de alegría: podía jurar que acababa de hallar el escondite de Cagliostro.

—Ahora sí debo abandonar París.

El capitán se acercó a la ventana del gabinete y espió la calle entre los cortinajes. Por debajo, atravesando el adoquinado del Pont Marie, vio pasar una guardia montada. Por el distintivo en sus uniformes y las colas recortadas de los caballos, los reconoció: pertenecían a la guarnición del Arsenal. Sus hombres estaban escondidos bajo el puente, esperándole con su caballo.

—Traed aquí al asistente —pidió el capitán a Morande.

El joven y el escribano quedaron pronto atados de pies y manos, y amordazados. El capitán se vistió con las ropas del secretario, se colocó en la cabeza la peluca blanca y polvorienta, y sobre esta un sombrero.

—Capitán, me quedaré aquí vigilando a estos dos. Ya sabéis dónde encontrar a vuestros hombres, no perdáis más tiempo —dijo Morande.

Antes de dar un paso para marcharse, el capitán se detuvo un instante y miró a Morande.

—Dijisteis que la reina saldrá de Versalles, a Normandía, pero no cuándo ni adónde...

—Va a la abadía de las Damas, en Caen, para dispensar caridad. En un par de días, creo.

Morande y Le Byron se saludaron antes de que el capitán saliera a toda prisa. Y se sonrieron. Ninguno de los dos creía en las coincidencias.

Al mediodía del día siguiente, mientras Le Byron continuaba rumbo a Normandía, Giordana recibió la noticia del asesinato

de su tía. La Guardia Real había acudido a la mansión; la joven se había desmayado al ser informada del suceso y fue llevada a su habitación. El servicio, en tanto, dio aviso al barón, quien se encargó de asistir a su futura esposa.

Giordana despertó agotada por las lágrimas. Había soñado que paseaba con Simone por el bosque de Brix, enlazados, viendo cómo llegaba el otoño a los robles, en sus mil colores. Al abrir los ojos vio a Émilien sentado en una butaca, al lado de la cama, mirándola con algo que a ella le pareció, por un instante, lascivia.

—Querida mía —le dijo acariciándole la mejilla—, no tengo palabras, no sabéis cuánto lo siento. No debéis preocuparos, yo cuidaré de vos. Vuestra tía dejó todo arreglado por si este triste momento se adelantaba...

Giordana lloraba en silencio; así que Émilien sabía lo del testamento y el poder relativo que le daba sobre los bienes de los D'Estaing. No cabía mayor desesperación en su corazón. Cerró los ojos mientras el barón continuaba diciendo:

—No sé lo que tardarán las diligencias de la Guardia Real, realmente no sé lo que esperan encontrar: están registrando la mansión. Me han dicho que no podemos abandonar París por un tiempo. Ya sabéis, todo esto... Espero que no posponga la boda, Giordana. Es preciso...

—¡Callad! —gritó ella, que se incorporó en la cama y saltó de ella como un resorte—. ¿Cómo podéis hablar de boda en este momento? No la habrá, la pospondré, y esto ocurrirá hasta que se aclare la muerte de mi tía. Y... ya que estamos, os diré que no confío en vos. No sé qué asuntos os traéis ni quiero saberlo, pero sí sé que no son buenos. Y ahora, por favor, dejadme sola...

—Pero, Giordana, pensad un instante... por el amor de Cristo, que sin mí estaréis desamparada, la guardia os interrogará y quién sabe lo que puede ser de vos. Sé que no es el momento oportuno de decirlo, pero pensadlo bien, vustra tía quería esta boda y lo mejor es que así sea, que seáis mi esposa cuanto antes,

aunque tengamos que prescindir de Notre-Dame y de las fiestas...

—¡Dejadme sola!

Y con una fuerza que nadie podía presuponer en una joven como Giordana, cogió al barón por un brazo, lo arrastró hasta la puerta y lo empujó fuera de la habitación.

SÉPTIMA PARTE
Lujuria

46

LA ABADÍA

La abadía de las Damas era una de las dos grandes abadías que existían en Caen. Se enclavaba sobre un macizo rocoso, donde los altos campanarios se elevaban por encima de la niebla. La reina había llegado la víspera y ocupado una modesta celda del claustro. Ella misma había solicitado aislamiento y privacidad, pues después de cumplir con la limosna, motivo inicial de su salida de Versalles, se quedaría a orar un día más. Una multitud se había agolpado muy de mañana delante de los portones de la abadía, atraída por la noticia y la esperanza de ver, aunque fuera de lejos, a esa augusta dama que solía vestir de azul.

Los curiosos no alcanzaron a verla, pero sí a su legión de criados, un cortejo que tanto colorido llevaban en sus prendas. La abadesa y los padres benedictinos habían preparado para tan regia visita una fiesta de bienvenida en la que habían reunido a la jerarquía diocesana y los representantes del pueblo.

La reina pasó la mañana entera escuchando a los que acudieron a ella; gentes de toda edad y profesión que veían cómo, de pronto, un milagro se materializaba ante sus ojos. Pues bastaba conque la soberana dijera al notario una cifra para que este, tomando las monedas de un baúl, las soltase en manos de quienes las necesitaban.

«Cinco luises para esta viuda», ordenaba ella. «Diez escudos para el leñador, ocho luises para la boda de esta muchacha, veinte de plata para curar el caballo del anciano, cinco luises dobles

para arropar a los pequeños nietos de esta abuela», y así, uno detrás de otro, iban pasando por delante de ella, formando una larga fila que asombraba a nobles y aristócratas, estos últimos presentes en el refectorio.

«La reina ha pasado la noche en una habitación austera», había comentado la abadesa al obispo, quien a su vez lo transmitió al procurador de la ciudad y a dos magistrados, mientras estos, entre vino y canapés, lo deslizaron al redactor de una gacetilla que había sido invitado expresamente.

La lista de concurrentes la había preparado el secretario del ministro D'Anguillon, quien estaba al tanto de los intereses subrepticios de la Casa Real para aquella visita. Ese hombre, elegante y discreto, no se despegaba de la reina.

—Majestad —susurró el secretario—, vuestra piedad ha sido de provecho: mirad todas las caras sonrientes. A quienes habéis recibido ya les habéis tocado el corazón.

La reina había donado cerca de tres mil luises, salidos de su propio bolsillo. No obstante, acabados ya los peregrinos que acudieron a la abadía, dispensó a las damas benefactoras de los hospitales otras tres mil monedas, es decir, veinticuatro mil libras en billetes de banco, para que asistiesen a todo desamparado en tanto durase el crudo invierno en las tierras de Caen.

—Estoy agotada —susurró María Antonieta al secretario.

—Lo sé, majestad, y habéis llevado el protocolo a la perfección. Pediré que os preparen el cuarto.

La reina entró en el refectorio y vio a sus cortesanos agrupados en torno a una larga mesa llena de manjares. Allí estaba la condesa de Polignac, vestida de color azul pastel, quien alzó las cejas para saludarla.

—Avisad a la condesa de que estaré en mis aposentos —dijo María Antonieta al oído del secretario—. Tened preparada la cena temprano; sobre las seis.

—Por supuesto; a las seis.

—Y procurad que nadie me interrumpa hasta mañana al anochecer, porque estaré de retiro en el claustro.

—Majestad, nadie os molestará.

—Os veré, entonces, mañana.

Dicho esto, el secretario vio partir a la reina, escoltada por un séquito de criados, hacia los nobles y caballeros que se inclinaban a su paso. Poco después saldría a las calles la gacetilla vespertina que anunciaba la presencia de la reina en la ciudad y la caridad de esta, en momentos en los que el pueblo más la necesitaba.

Esa gacetilla de provincia llegaría a París de madrugada, y sería replicada a la mañana siguiente en periódicos que inundaron las callejuelas de la capital. La noticia despertó a los parisinos con la fuerza de un cachetazo: era la reina, había abandonado Versalles en vísperas de Navidad, sin protagonizar banalidad alguna, solo acudiendo al socorro de los más pobres al norte del país.

La difusión de aquella noticia causó una inmensa alegría tanto a la Casa Real como al ministro D'Anguillon, este último, por motivos bien distintos: por fin tendría ocasión de inspeccionar palmo a palmo los recodos del palacio. En efecto, fue el propio ministro quien mandó registrar cada rincón de las habitaciones de la reina en su ausencia. Pero, para gran desazón, los diamantes del complot jamás aparecieron; sin estos, y con una guardia que redoblaba los portones, la amenaza desaparecía.

Poco más tarde, cuando la reina se retiraba a su celda, lo hicieron también algunos invitados. Entre ellos, partió de la abadía un carruaje con dos damas a bordo: llevaba de regreso a las benefactoras del hospital de las adoratrices de Bayeux.

Dentro de la carroza, las dos señoras se hallaban en compañía de una señorita de mirada servil, novicia de la abadía que, siguiendo las instrucciones de la abadesa, escoltaría a las damas desde Caen al lugar de destino.

—No hay nubes en el cielo —comentó la novicia, espiando por la ventanilla—, llegaremos a Bayeux después del ocaso.

—Aprovecharemos entonces para descansar —dijo la dama que llevaba el vestido más claro.

La novicia asintió.

—Descansad tranquilas, señoras, os llamaré cuando estemos cerca del poblado.

—Perfecto; recordad que llegaremos a un hospital.

—Por supuesto. El cochero conoce bien esa zona.

—Enhorabuena. Ha sido la de hoy una magnífica velada, agotadas por tanta felicidad, y en verdad creo que es un milagro hacerlo en las buenas manos de una señorita atenta como vos.

—Gracias, señora. Yo estaré aquí para servirlas.

—Estaba espléndida...

—¿Perdón? —La novicia alzó una ceja.

—La reina.

—¡Oh! ¡Sí! Jamás imaginé que podría verla en nuestra abadía. Me estremeció.

—Y su caridad.

—En efecto, su caridad. Pero ¿habéis visto qué rostro tan bonito tiene?

—Como un ángel.

—Precisamente, un ángel. No hay mejor palabra para describirla.

El carruaje dio un brinco; había salido de Caen y ahora se adentraba en un camino rural.

—Dicen que estará internada en el claustro —dijo una de las damas.

—Es verdad. Escuché que la madre superiora le ha enviado un misal y un librillo de oraciones en alemán, pues, como sabréis, señoras, la reina prefiere leer en su idioma. ¡Oh, sí! Su alma austríaca permanece intacta —exclamó la novicia, sonriendo.

47

EL INFIERNO: EPÍLOGO

Todo estaba dispuesto. Los invitados, en aquella ocasión, llevaban el rostro oculto con máscaras blancas e inexpresivas que les cubrían hasta más abajo del mentón. Se diponían sobre las arcadas laterales, murmurando a la espera del Maestre.

Belladonna, en tanto, como si hubiera sido aceptado en la membrecía, volvía a ocupar el palco del escriba. Sentía un fuerte hormigueo en manos y pies, y una sensación etérea en las mejillas, como si se hubiesen sonrosado de pronto por debajo de la máscara. Era el opio. Experimentaba los primeros efectos tras haber aspirado de la boquilla. Intentó excusarse, pero no lo logró. Celeno estaba de rodillas delante de él, sujetándole la boquilla en los labios mientras le susurraba al oído:

—Aspirad, monsieur, y no os preocupéis por nada, yo cuidaré de vos.

Simone aspiró profundamente y retuvo el humo en los pulmones. Humo denso y perfumado que expulsó despacio por la nariz.

—¿Cómo os sentís, monsieur?

—Completamente drogado.

—Y ¿os gusta esa sensación?

—¡Oh, Celeno! Creo que... Sí, sí. —Y sonrió—. Creo que estoy... en el paraíso.

—Esta noche será de gran importancia... digo, que será importante para nosotros.

—¿A qué os referís?

La joven harpía llevó la boquilla a sus labios y aspiró.

—Vendrá Medusa —susurró—, y será la tertulia más peligrosa del infierno.

—¿Medusa será el juego de esta noche?

—¿Juego...? Supongamos que lo sea. Vos, como hombre culto, no tenéis nada más que recordar quién es Medusa.

—Un monstruo femenino: la gorgona con cabellos de serpientes, la que convierte en piedra a todo aquel que mire fijamente a sus ojos.

—Vos lo habéis dicho, monsieur.

—Imagino que será una tertulia entretenida.

—En efecto. Aunque no sea precisamente un juego.

—¿Qué, entonces?

—Os recomiendo que os dediquéis a lo vuestro. Permaneced aquí, en el palco, vuestra mirada puesta en la hoja y en todo lo que suceda y, por nada del mundo, por vuestro bien, os quitéis la máscara ni bajéis al salón ni participéis en nada de lo que allí ocurra.

—¿No estaréis aquí conmigo?

Celeno negó; luego, le volvió a ofrecer la boquilla.

—Aspirad —dijo.

—¿Por qué lo hacéis? ¿Por qué me cuidáis?

—Porque esta noche tengo un plan para nosotros...

El corso no entendió a qué se refería. Entonces rio, liberando el poco humo que aún retenía en los pulmones. Al verlo, ella también sonrió, y era sincera, pues parecía disfrutar de los efectos que producía el opio en su prisionero. Y de ese plan por revelar.

El cazador de falsificaciones se dejó caer hacia atrás, sobre los almohadones. Desde esa posición, contempló el techo, advirtiendo que las nervaduras de la bóveda estaban fuera de escuadra, asunto que llamó su atención, para darse cuenta luego de algo mucho peor, y que sucedía delante de sus propios ojos: una de esas nervaduras se estaba moviendo. Imposible. Cerró los

ojos y suspiró largamente. Al volver a abrirlos corroboró que, en verdad, no sucedía ni una cosa ni la otra, las nervaduras se cruzaban a la perfección y permanecían muy quietas.

—Estoy alucinando —confesó.

Intentó levantarse, pero Celeno se lo impidió. Apoyó la mano en el pecho de Simone para volver a recostarlo, y tras eso, la joven continuó hablando:

—Dijisteis a Virgilio que amabais a una mujer.

—A mademoiselle Giordana.

—Y decidme: ¿disfrutáis ahora de estar aquí, en la sala del infierno?

El dulce mareo al que se encontraba sometido le hizo vacilar.

—Responded —susurró la harpía.

—Del infierno entero y de todos sus anillos, es este el único donde encuentro cierto placer; y esto ocurre... esto ocurre porque...

—Terminad la frase.

—Porque estáis vos.

—¿Renunciaríais a Giordana por mi compañía en esta diabólica sala?

Simone no dijo nada, con la mirada perdida en el resplandor que ondulaba en los techos. Negó con la cabeza mientras sonreía a la harpía.

—Bien... Entonces, esta misma noche os liberaré del infierno —dijo ella.

Simone abrió los ojos. Se quedó mirando a la joven, y cuando intentó hablar, ella le intrrumpió.

—¡Silencio! Y quedaos así, quieto, fingiendo que charlamos apaciblemente. Muy bien... así, así está mejor.

—Reconozco vuestra voz, Celeno, creo saber quién sois.

—Eso ahora no tiene importancia. Pero, en cambio, escuchad bien lo que voy a decir, y memorizadlo. Pedí que trajeran el opio para vos. Convencí a la Harpía Mayor de que os relajaría, que ayudaría a que estuvieseis a gusto en el salón.

—También habéis conseguido que se muevan las cornisas...

—El efecto pasará pronto. En la base de esta pipa encontraréis un cilindro de bronce. Dentro hay unos documentos que os serán de utilidad cuando escapéis de aquí.

—Y ¿cómo voy a escapar, si puede saberse?

—Por la chimenea. Miradla con disimulo, mirad cuán grande es. Cabe allí una persona de pie y sube directo a la superficie; no hay rejas, podréis escalarla.

El corso miraba atentamente la chimenea.

—Olvidáis un pequeño detalle: está encendida...

—Esperaréis a que la sesión acabe. Tenéis una posición de privilegio, os quedaréis en el salón con el pretexto de corregir los textos. Yo me ofreceré a quedarme vigilándoos. Esperaremos a que las brasas se enfríen y...

—¿Me dejaréis escapar? Pero, Celeno, ¿y vos? Os harán responsable. Y olvidáis que quiero irme con Virgilio...

—Yo tampoco me iría sin él, monsieur. Jamás. Iré en su busca, lo traeré al salón y escaparemos por el mismo sitio que vos. Nos encontraremos en el bosque, a orillas del pantano, al amanecer.

Belladonna respiraba con cierta ansiedad.

—¿Por qué lo hacéis?

—Ahora no, ya no hay tiempo para explicaciones; solo insistiré en una cosa. Por nada del mundo miréis a los ojos de Medusa. ¿Lo entendéis? Esperad a que todo pase sin llamar la atención.

La harpía miró hacia ambos lados, cerciorándose de que aquella conversación no había llegado a oídos de nadie, y bajó al salón.

Cuando la música empezó a sonar, los presentes miraron hacia las puertas. El corso entintó la pluma y comenzó a escribir aquello que observaba. La enorme chimenea mantenía sus llamas ardientes, las lámparas estaban apagadas: era el resplandor del fuego lo que iluminaba los tres grandes sarcófagos de granito que, para la ocasión, se habían alineado en el centro de la sala. Las harpías entraron en escena: dos de ellas encendiendo los turíbulos de las columnas, mientras que el resto portaba braseros

al rojo y chispeantes que fueron depositando dentro de los sarcófagos. Del interior de cada uno de ellos comenzó a manar un resplandor cobrizo, como si estuviesen ardiendo. «Sepulcros ardientes —pensó Belladonna—, tormento para la herejía: el infierno, décimo canto de la *Commedia*.» Sus pensamientos fueron interrumpidos cuando se abrieron las puertas; el Maestre acababa de hacer su entrada. Caminó hasta situarse delante de la chimenea, y allí se detuvo. Saludó a los presentes con una ligera reverencia y golpeó el suelo con el bastón.

En ese preciso instante, las harpías fueron en busca de tres elegidos a quienes guiaron, tomándolos de la mano, hasta dejarlos junto a los sarcófagos. Allí, les quitaron las túnicas y les ayudaron a tumbarse en los sárcofagos evitando que los tocaran las brasas. Eran dos ancianos y un joven, que habían seguido dócilmente a las harpías esperando el comienzo de la lectura cada uno en su tumba. La lectora elegida para esa ocasión era Celeno. Leyó, ayudándose con el puntero de oro, que deslizó a medida que sus labios entonaban los versos preparados para esa noche.

Era el episodio en el que el poeta Virgilio conversaba con los demonios de la ciudad infernal de Dite, quienes le impedían atravesar sus puertas. En ese pasaje, el poeta latino, que era el protector de Dante en los escabrosos anillos del infierno, se vio de pronto inmerso en tribulaciones y sintió temor de no poder continuar el camino para liberar a Dante del abismo. Belladonna escribía cada detalle de la lectura. Le era imposible no hacerse partícipe de aquel relato. Las puertas del infierno para él estaban tan cerradas como las de Dite, y el joven Virgilio, su amigo de celda, quien lo salvó de la locura y lo alumbró en momentos de oscuridad, se sentía tan impotente y vacilante como el Virgilio de la *Commedia*, quien solicitaba la ayuda divina como último recurso. «Ayuda divina... —caviló Simone—. Acabo de recibirla.»

Celeno llegó a los versos donde las furias invocaban el nombre que nadie deseaba escuchar.

—¡Venga Medusa! —dijo con una mano en alto—. Y quien la mire se convierta en piedra.

El Maestre golpeó de nuevo el suelo y se abrieron las puertas, por las que entró una mujer con una máscara muy hermosa. Era de porcelana dorada, con plumas en vez de los largos cabellos, como símbolo de las serpientes. Los labios, pintados de carmín, quedaban al descubierto. Las harpías escoltaron su paso hasta el centro de la sala.

«Medusa —pensó el corso—, veremos de qué se trata.»

A medida que la mujer entraba al salón, los presentes cubrían sus ojos, incluso aquellos que yacían en los sarcófagos. Simone observaba la escena y escribía sin parar. Medusa se detuvo frente a las tumbas, desde donde miró hacia ambos lados, contemplando el espanto que su sola presencia provocaba en los espectadores. Todos desviaban la cabeza con premura. Medusa fue caminando por el salón hasta llegar a las arcadas, y allí, los invitados se separaron a su paso. En ese instante, Belladonna lo vio todo claro, posiblemente con la ayuda del opio; comprendió detalles que hasta el momento parecían inconexos. Recordó los agujeros que había hecho la carcoma en las tapas de la *Commedia*, recordó los diamantes y relacionó ambas cosas con la escena que veía ahora: sarcófagos con hombres brillantes en su interior que rendían sus respetos a una Medusa que tenía el poder absoluto de los reyes. Miró, por último, al Maestre, amo y señor del inframundo, el falsificador y embaucador Cagliostro, interesado de repente en tenerle allí de escriba. Un libro falso; una manzana con diamantes; una mujer alabada como diosa. De las tres variables, la mujer era la única pieza que a Belladonna se le escapaba. El corso suspiró y una sonrisa apareció en sus labios mientras dejaba la pluma y el papel en la mesa, se ponía en pie, descendía los peldaños y caminaba por el salón sin detenerse, ante la mirada horrorizada de todos los presentes, y más aún la de Celeno, para llegar a los sarcófagos. Se asomó al primero y preguntó:

—¿Quién sois vos?

Su pregunta interrumpió la lectura y el murmullo. El órgano dejó de sonar.

—¿Quién sois vos? —repitió Simone.

—Farinata degli Uberti —respondió este—, el noble gibelino.

—¿Y vos? —preguntó, acercándose al siguiente.

—Cavalcante dei Cavalcanti, el noble güelfo.

—¿Y vos? —siguió con el tercero, el más joven.

—Filippo Argenti, el iracundo florentino.

Allí estaban los herejes epicúreos, conforme describía la *Commedia*, adoptando cada cual su personaje en la sesión. Simone comenzaba a sospechar la verdad, pero borrosamente. Desconocía que los hombres de los sarcófagos eran el vizconde de Martinvast y el cónsul Bijux, dados por muertos y que, no obstante, morirían esa misma noche, envenenados, para que sus testamentos cayesen por fin en poder del conde de Cagliostro. Desconocía que el jovencito de la tercera tumba era un desertor, un soldado de la guardia del cardenal de Rohan, a quien la mujer de Cagliostro había seducido y traicionado para escapar de sus captores en Saint-Vaast.

Su curiosidad por los ocupantes de los sarcófagos ardientes se desvaneció rápidamente para centrarse en otro personaje. Sin embargo, este se adelantó.

—Y ¿vos? —oyó decir a su espalda—. ¿Quién sois vos?

Al volverse, encontró a Medusa. El murmullo se adueñó de la sala cuando el Maestre se aferró al bastón con ambas manos y las harpías se quedaron quietas como estatuas, tanto de sorpresa como de espanto. Celeno dejó caer el puntero, sin poder creerlo: allí estaba Simone, en el centro del salón, cometiendo un descuido mortal.

—Me estáis mirando a los ojos —le dijo Medusa a Simone.

La boca de la mujer era delicada, con labios bien formados que había entreabierto lo justo para susurrar.

—¿Quién sois vos? —preguntó ella—. ¿Quién sois para mirarme sin temer?

Belladonna suspiró a sabiendas de que todo el salón estaba observando. Entonces, muy lentamente, se quitó la capucha y también la máscara, para quedar con el rostro al descubierto frente a la dama.

—Soy Dante —dijo él.

El salón explotó en bullicio, como si con aquello hubiese hecho un sacrilegio.

—Nadie aquí puede ser Dante —respondió Medusa—, porque nadie desciende al infierno para luego abandonarlo.

—Pues yo lo haré, os lo juro, aquí, donde el fuego arde.

—¿Comprendéis, quienquiera que os creáis que sois, la consecuencia de haberme mirado a los ojos? —inquirió Medusa observando de arriba abajo a aquel hombre.

—La comprendo.

—Sois atrevido.

—Y vos un demonio elegante.

—Atrevido y cortés —añadió Medusa, sonriendo abiertamente.

Entonces Simone, aún bajo los efectos de la droga, miró hacia ambos lados a los fisgones que poblaban el infierno, un océano de máscaras iguales, rostros de porcelana que habían quedado en absoluto silencio. Después de esto dio un paso, y mientras soltaba la máscara y esta caía al suelo, tomó las manos de Medusa, se acercó a ella y, no conforme con haberla mirado a los ojos, acercó los labios a uno de sus oídos. Y mientras lo hacía el rumor subió de tono. Ese hombre no era rey, ni conde ni príncipe. Pero parecía dueño de la capacidad de taladrar con la mirada todas las máscaras.

—Sé quién sois —murmuró al oído de Medusa—. Una conjura se cierne sobre vos, y ahora mismo estáis rodeada de conspiradores.

En ese instante se acercaron las harpías y tomaron por los brazos a Simone, a quien escoltaron fuera de la sala. Nadie que mirara a los ojos de Medusa podía continuar en la tertulia. Aquella escena fue seguida de cerca por la mirada atenta del Maestre, y también de Celeno, esta última desde el púlpito, cuyos ojos traslucían un espanto que apenas ahogaba en el silencio. Belladonna acababa de arruinar su propia libertad. Y había adelantado su muerte.

48

PENA CAPITAL

Belladonna se encontraba nuevamente en su celda; le habían colocado grilletes en manos y tobillos, y aguardaba el momento para recibir su castigo.

—Virgilio, ¿estás ahí?

—Aquí mismo, monsieur.

—Pues bien, escúchame entonces...

—¡Milagro! Hacía horas que no respondíais a mis llamadas. Por un momento pensé...

—No hay tiempo para explicaciones: escúchame. Van a asesinarme antes del amanecer.

—¡Monsieur!

—Solo quiero que sepas que has sido una luz en estos momentos de oscuridad.

—¡Pero monsieur!

—¡Aún no he terminado! —Levantó las manos encadenadas hacia el conducto de ventilación—. Nunca te rindas, mi pequeño Virgilio, aunque creas que es imposible, aunque te digan que tienes que renunciar y te amedrenten; aunque creas que la soledad es buena compañía. Tienes que pelear, debes hacerlo para salir de este encierro como sea, para ser libre y arrojarte a los peligros y barros del mundo. Para vivir. ¿Entiendes? ¡Vivir!

—Monsieur... —musitó Virgilio, entre sollozos.

—¡Calla! —dijo Belladonna—. Ya vienen a por mí.

Tras un instante, la puerta se abrió y apareció quien menos esperaba.

—Fuisteis imprudente —dijo el Maestre—, no debisteis mirar a Medusa.

Junto a él, la Harpía Mayor y Celeno lo acompañaron al interior de la celda. Se quedó entre ellas, con el bastón en ambas manos.

—Ponedle la máscara —ordenó.

Celeno se encargó de ejecutar la orden. Simone no se resistió.

—No obstante, monsieur —continuó diciendo el Maestre—, me interesa el texto que os ordené redactar. ¿Dónde está?

—Lo dejé en el salón, sobre la mesa.

El Maestre se quitó la máscara y sonrió.

—¿Es que no entendisteis que erais el notario y no teníais que mirar a Medusa? Fuisteis muy estúpido, pero vuestro acto está consumado, por ello pronunciaré en tres días el fallo que merecéis —dijo Cagliostro, mirándole fijamente.

—¿Tres días?

Cagliostro mentía. Se trataba de una simple distracción. La verdad era que al corso le traían en bandeja la sentencia y su ejecución. La Harpía Mayor portaba la cena, y el vino estaba envenenado. Cagliostro se preciaba de rodear sus actos de pompa y ceremonia, pero constituía una retórica hueca que servía solo a un único fin: desviar la atención del certero golpe, que era siempre repentino, inesperado, fatal. Porque ese mismo vino acababa de asesinar al vizconde en el pabellón contiguo, a quien convencieron de que lo bebiera, apelando a sus ínfulas de *connaisseur*, y por la lujuria desmedida que lo hacía blanco fácil, pues ya se veía dueño de todos los placeres del infierno, y quiso brindar por ello con Cagliostro. También había sido la perdición del cónsul, a quien le ofrecieron como camarera a una joven niña que le entregó una copa y que encendió los deseos del pervertido un piso más arriba donde su cuerpo retorcido y aún tibio echaba espumarajos por la boca.

—Después de tres días, podré ser indulgente, monsieur, si es

que acaso me presentáis vuestras sentidas disculpas. Tomaos ese tiempo para meditar.

La Harpía Mayor dejó la bandeja a su lado. Tarde o temprano, bebería o comería, de eso no había duda. La cantidad de nuez vómica que Cagliostro había triturado y puesto en aquella copa era suficiente para causarle una apoplejía fulminante. Tras dejar la bandeja, la Harpía Mayor y el conde se retiraron de la celda. Celeno se quedó a cargo de los grilletes.

Una vez en el pasillo, Cagliostro se volvió hacia Celeno.

—Tomad esto —le dijo entregándole un cilindro de plata—. Cuando acabéis aquí, id inmediatamente al salón y meted aquí la crónica. Os esperaré en la biblioteca del castillo.

Una vez a solas con Belladonna, Celeno le explicó que el vino estaba envenenado y debía simular que se lo había bebido por si alguien regresaba a comprobar que estaba muerto. Mientras tanto, ella iría a por Virgilio y, después, los tres bajarían al salón.

—Pero antes, monsieur, he de deciros algo: es normal que conozcáis mi voz —dijo, mientras le ponía un dedo sobre los labios para que no dijera palabra y se quitaba la máscara para descubrir el rostro de Juliette—. Conozco el plan que teníais con Giordana y he estado buscando la manera de que salierais de aquí todo este tiempo. Ya sabéis lo de Madame d'Estaing... Pero lo que desconocéis es que Giordana ha pospuesto la boda. Así que aún estáis a tiempo de impedirla. Ella no sabe que estáis aquí, cree que os habéis ido a Terranova y que la habéis abandonado. Por cierto, hoy es 23 de diciembre...

Simone se había quedado estupefacto, no era capaz de mover un músculo. Sí, ahora podía encajar aquella voz tan hermosa con el rostro de Juliette, y estaba complacido de que fuese ella. En tanto Virgilio no había abierto la boca, parecía asustado.

—Virgilio... —dijo Juliette mirando el techo—. A ti también tengo que decirte algo: madame d'Estaing, el día en que negoció con mis padres, no me trajo sola a este castillo. Ese día lo recuerdo como si fuese hoy, tú llegaste conmigo, aunque nunca más

me permitieron verte, sino con máscara. Tú, Virgilio. Tu nombre no se me ha olvidado: es Jacques. Y eres mi hermano.

Virgilio llorisqueó al otro lado del respiradero. Su llanto podía escucharse; lágrimas de felicidad. Comprendía ahora todos los cuidados que le había profesado aquella harpía. Juliette, en tanto, les pidió silencio. Luego alzó la lamparilla ante ella y abrió la puerta para constatar que no hubiese nadie, y fue en busca de su hermano con la promesa de regresar.

Poco después llegaban los tres al gran salón. Juliette abrió las puertas: a esa hora se encontraba todo en penumbra, aún olía a incienso, y en la chimenea, donde hubo fuego, solo quedaban cenizas. Juliette cerró la puerta y dio una vuelta de llave desde dentro. Cruzaron por debajo de las arcadas para llegar al palco. Buscó lo que tenía que buscar: las crónicas de la última tertulia. Así pues, enrolló los escritos, junto a aquellos otros que había ocultado previamente en la base de la pipa de opio, y los metió en el cilindro de plata.

En la biblioteca del castillo, Lorenza prendía la cerilla con la que iba a provocar el incendio. Sus ojos se quedaron fijos en la llama mientras el fuego comenzaba a devorar los primeros libros. Ya nadie podría ser testigo de lo que el castillo encubría, y tampoco de sus moradores, quienes, atrapados ahora mismo en sus entrañas, no tenían otro destino que morir entre llamas. Se aseguró, antes de huir, de derramar aceite debajo de la puerta del *scriptorium*, que luego cubrió con uno de los cortinajes, para que ardiese por completo. Aún no amanecía cuando salió al patio y abordó el carruaje.

—¿Y Celeno? —preguntó Cagliostro.

—¿Es que no ha venido aún? —se sorprendió su mujer.

—Pensé que estaba contigo.

—Algo le ha sucedido.

—Dios quiera que no.

—Debería estar aquí —dijo Lorenza.

—Ve a buscarla —le ordenó.

—Imposible, el castillo comienza a arder y he derramado aceite en los accesos.

El conde de Cagliostro dio un golpe en el asiento.

—¡Necesito esos papeles! —exclamó mientras miraba por la ventanilla hacia el patio—. Son una prueba muy valiosa. Algo ha sucedido allí abajo...

—Iré entonces —dijo ella, haciendo ademán de salir.

—No —el conde la detuvo por el brazo—; tienes razón, es peligroso y no solo por el fuego. La guardia del cardenal está a punto de llegar. Larguémonos ya.

En el Salón del Infierno, Simone se acercó a la chimenea y respiró el aire que llegaba por el tiro. Se metió en él y notó que la piedra aún estaba tibia.

—Subiré primero, con la cuerda, para luego poder alzaros a ambos.

Respiró el hollín, afirmó un pie y luego otro, para afianzarse con la espalda y los dedos a los bloques. A medida que trepaba, el corso comenzaba a inhalar aire cada vez más fresco. Entonces divisó un resplandor, en lo alto, que iluminaba el final del conducto; y de pronto, se encontró ante un rayo de claridad. Al verlo, una lágrima corrió por su mejilla ennegrecida. Asomó la mano, luego la cabeza, y así logró quitar el tejadillo que cubría la salida de humos. Estaba contemplando un hermoso amanecer sobre el Jardín de los Ciervos. Sonreía entre lágrimas.

—¡No os mováis! —dijo una voz a su espalda, y sintió el filo de una bayoneta posarse en su cuello.

AMANECER EN EL CASTILLO

De los sótanos más profundos del castillo de Martinvast, los guardias del cardenal habían liberado a diecisiete personas, todas alineadas en el patio, junto a tres cuerpos desnudos y sin vida. El fuego prendido por Lorenza no había llegado aún a los sótanos cuando Le Byron arribó con sus hombres al castillo.

El capitán caminaba lentamente observando a los vivos, que parecían haber salido de un peculiar baile de máscaras, y a los muertos, a los que examinaba a conciencia. Conocía los efectos de la nuez vómica, un veneno muy popular en aquellos días. Los cadáveres mostraban signos evidentes de haberla ingerido: yacían con las bocas abiertas, los labios inflamados y las lenguas oscuras. Una dosis suficiente para matarlos diez veces.

—¿Quiénes son? —preguntó a uno de sus hombres.

—El hombre de cabello blanco es el vizconde de Martinvast —respondió el sargento—; a su lado yace monsieur de Bijux, el cónsul de la tumba vacía en París.

Le Byron asintió, satisfecho. El allanamiento comenzaba a dar sus primeros resultados. Había dado con el escondrijo de los conspiradores.

—¿Dónde están el conde de Cagliostro y su pérfida mujer?

—Aún no han aparecido. Y creemos que nunca lo harán: hemos encontrado huellas recientes de un carruaje que se pierden en el bosque.

—Son ellos —suspiró, y sus ojos volvieron a endurecerse—, tengo el pálpito.

—Si es así, capitán, nos llevan una o dos horas.

—No perdamos tiempo —dijo, mirando al cielo, que mostraba el arrebol del amanecer—. Enviad hombres a los caminos, que intercepten los carruajes que pretendan salir de Normandía.

—Inmediatamente, capitán.

El sargento dio la orden y cuatro rastreadores abandonaron el castillo en diferentes direcciones. Era tan evidente que Cagliostro había escapado como que había intentado borrar su paso por el castillo provocando el incendio.

—El vizconde que aquí veis —dijo el sargento a su capitán— figuraba como muerto desde hacía un tiempo, un caso similar al que ocurrió con el cónsul Bijux.

—Cómplices de la hermandad —dijo Le Byron— y víctimas del conde y sus secuaces por igual.

—Al tercero ya lo conocéis... Pobre, ingenuo Bertrand —dijo el sargento mientras se agachaba para cerrarle los ojos—, víctima de la viuda negra. Todo parece confirmar lo que ya sabíamos: que la esposa de Cagliostro ha estado aquí y que ha escapado con su marido.

El capitán dedicó una larga mirada al muchacho envenenado.

—El registro ha terminado —interrumpió el cabo— y no hay señales ni de ella ni del conde.

—Ya —dijo Le Byron—. ¿En qué estado se encuentra el castillo?

—Hemos apagado el incendio; devoró dos salones, la biblioteca y parte de la torre.

El capitán alzó la mirada hacia la torre. Un humo denso salía por las ventanas y también por la techumbre, convertida en escombros. Se quedó un rato pensando, sopesando la situación: el allanamiento al castillo no le había dado lo que esperaba. El conde no estaba. Y aquellos libertinos con los que se escribía estaban muertos. Se dio la vuelta entonces para añadir:

—Deseo saber quiénes son los que aprehendimos en los sótanos.

—Ya fueron interrogados —respondió el sargento—. Son
miembros de la hermandad, lacayos y cortesanos de poco rango.

Le Byron miró hacia donde los pobres miserables temblaban bajo las bayonetas de los soldados.

—¿Quiénes son aquellas jovencitas, con túnica y capuchas?

—Cortesanas, señor, se hacen llamar harpías.

—¿Y ese muchacho?

—Dice llamarse Jacques y también Virgilio... Es algo confuso, capitán. Parece ser que lleva encerrado en una celda diez
años. Qué barbaridad...

—¿Y el africano que está junto al jovencito, intentando darle
calor? —inquirió Le Byron.

—No es africano, su rostro está sucio de hollín. No sabemos
quién es, lo encontraron escapando por una de las chimeneas, la
que arranca del sótano.

—Traedlo aquí.

Simone vio cómo se apartaban las largas bayonetas de su
cuello.

—De pie —dijo un soldado, pinchándole en la espalda—, el
capitán os reclama.

Tragó saliva sin poder articular una sola palabra, boqueando
aún por el humo y el hollín, y por todas las imágenes de muerte
que veía a su alrededor. Lo alzaron por los hombros y lo llevaron ante el capitán.

—Me han dicho que escapasteis por una chimenea —lo increpó Le Byron, contemplando su aspecto harapiento—.
¿Quién diablos sois?

—No soy uno de ellos, señor. No pertenezco a esta hermandad de locos... ¡Lo juro! Más bien todo lo contrario... He sido su
prisionero. Escapaba de ellos, no de vos.

—Sin embargo, vestís como uno de ellos, con esas ridículas
túnicas.

—Me obligaron, señor. Soy un prisionero del octavo anillo,

del pabellón de los falsificadores. Podéis corroborarlo con cualquiera de las harpías.

El capitán miró a Simone con interés. Por lo poco que había contado, en los sótanos de aquel castillo se dedicaban a reproducir la *Commedia* con ayuda de pobres desgraciados. Parecía saber bastante y ser un hombre letrado.

—¿Qué sabéis acerca de vuestros captores?

—Nada, señor. Pasé mi cautiverio en una oscura celda.

Le Byron asintió y ordenó al sargento:

—Llevadlo nuevamente con los otros, no ha de servirnos de nada.

—Señor capitán —dijo Simone, mientras lo sujetaban—, debo llegar a París. ¡Os imploro que me dejéis en libertad! No he hecho nada. Tampoco el muchacho, ni aquella joven, Juliette Montchanot, también prisionera...

—Retiradlo de mi vista —le interrumpió el capitán.

—¡No! ¡Es un grave error! ¡Soy Simone Belladonna! ¡Soy un enviado de la Biblioteca Real!

La expresión del capitán pasó, en un segundo, de la indiferencia al asombro y a la ira. Se acercó al harapiento prisionero y lo tomó sin contemplaciones por el cuello.

—¿Cómo habéis dicho que os llamáis?

—Belladonna, señor. Mi nombre es Simone Belladonna.

Al verlo más de cerca, le resultó familiar. Pero no podía ser, después de tantos años. Bajó la vista hacia su brazo izquierdo y vio el puño de porcelana. «Imposible —se dijo para sí—, desde luego, el destino es caprichoso.»

—Limpiadle la cara a este hombre —ordenó Le Byron.

Los guardias que lo escoltaban pasaron un trapo mojado por el rostro de Simone. Le Byron frunció el entrecejo. La expresión de su rostro cambiaba a cada segundo y se tornaba cada vez más terrible. Apenas podía creerlo.

Jacques-Antoine Le Byron desenvainó su espada ante el desconcierto de los presentes y la blandió delante de Belladonna.

—Miserable patán —lo acusó, y le apoyó la punta en el cuello.

—Os confundís —aseguró Simone, aunque su mirada le delataba.

—¿Que me confundo? Dejad que os refresque la memoria —siguió diciendo el capitán—. Por aquel entonces yo tenía dos *Romeo y Julieta*, ¿recordáis?, que vos os habíais tomado el trabajo de examinar. Y me aconsejasteis venderlos, ¿no es así? Aunque por ellos me pagasteis con otro libro. *Comedia de las ninfas florentinas*, de Giovanni Boccaccio, 1475. Que resultó ser falso...

—Os devolveré el dinero —replicó Simone, acalorado.

—¿Dinero? ¿Pensáis que os recuerdo tan vivamente por dinero?

Simone se había quedado mudo. El capitán puso la espada en su cuello y le obligó a ponerse de rodillas. Belladonna recordaba perfectamente a aquella mujer bonita y fogosa, y apenas pudo articular una frase torpe.

—No fue lo que pensáis...

—¿Que no? ¡Decís que no! —exclamó, fuera de sí, el capitán, hincando la espada sobre el cuello del corso hasta provocarle un pequeño corte.

—Sea como sea, fue hace mucho tiempo —esgrimió en su defensa.

—El tiempo no hace más que agravar las cosas... En pie. —Y separándose de Belladonna se dirigió a su sargento—. Dadle una espada a este hombre.

El sargento desenvainó la suya y la arrojó a los pies del corso.

—Armaos —ordenó Le Byron, mientras se colocaba en posición de guardia—. Nos batiremos ahora mismo.

El corso observó entonces que el cielo se cubría de oscuros nubarrones, como un presagio, cuando se agachó para tomar la espada.

—Si esto es un duelo, deberíamos seguir el protocolo. No tengo padrino, y vos, tampoco —se atrevió a decir, ya con la espada en la mano.

Los guardias del cardenal prorrumpieron en carcajadas que contagiaron al propio capitán.

—Seguís siendo muy gracioso, Belladonna. ¿Queréis considerar esto un duelo? Pues bien, escogeremos padrinos. El sargento será el mío. ¿Y el vuestro? ¡Vamos! —gritó el capitán—. ¿Es que nadie desea apadrinar a este zalamero?

—Lo haré yo.

Al oír aquella voz, el capitán miró hacia los prisioneros, y Simone, ahora preocupado, se dio la vuelta negando con la cabeza.

—Vaya, el muchachito... Virgilio, ¿verdad? —dijo Le Byron al jovencito que mantenía la mano alzada—. Acercaos.

Una vez que Jacques estuvo cerca de ellos, el capitán le dijo:

—Jovencito, ¿sabéis qué significa ser padrino en un duelo?

—No, señor. Y no me llamo Virgilio sino Jacques —respondió el joven, orgulloso, mientras miraba a su hermana.

—¡Lo que sea...! Ejem... Es bien simple: seréis garante de que el combate se lleve a cabo según las reglas. Será de espadas. Así que poneos a conveniente distancia, allí, donde veis a mi padrino, y observad.

—Los padrinos deberán primero constatar que las armas estén en condiciones —exigió Belladonna.

—Belladonna... Os estáis jugando el cuello antes de tiempo —dijo el capitán, exasperado y deseando empezar el combate.

Le Byron estaba entreteniéndose demasiado, lo sabía, pero no podía perder la oportunidad de acabar con aquel desgraciado oportunista. Extendió la espada para indicar ceremoniosamente que se preparaba para el duelo y brindaba sus armas a la inspección de los padrinos. Lo mismo hizo Belladonna. Los respectivos padrinos comprobaron las armas.

—¿Y bien? —dijo Le Byron.

—Todo en orden —dijo el sargento.

—¿Y tú, niño? ¿No vas a decir nada?

—¿Qué debo decir, señor?

—Si están bien las espadas, alcornoque.

—Sí, están bien —respondió Jacques, azorado.

—Acabemos con esto.

—Unas últimas palabras a mi padrino —pidió Belladonna.

El capitán, que ya se había colocado en guardia, volvió a empinarse sobre los talones de las botas y suspiró. Aquel hombre era un dolor de cabeza. No obstante, con la poca vida que le restaba, qué más daban unos segundos. Le hizo un gesto a Simone indicándole que podía acercarse al joven.

El corso se acercó a Jacques y le susurró al oído:

—¿Recuerdas a la bonita muchacha de la que te hablé? La que conocí en una biblioteca... y que...

—La dama lectora de *Romeo y Julieta*, de piernas largas y bonitos pechos —replicó Jacques al oído del corso.

—Buena memoria —reconoció el corso, y señaló con el pulgar hacia atrás—. Si muero en este patio debes ir a París de alguna forma y encontrar a Giordana d'Estaing. Cuando la veas, dile que la amo y que tiene que protegerte, que eres muy valioso para mí.

—Lo sabía —lo recriminó Jacques—, nunca debimos salir del infierno.

—Chiquillo cabezota. Mira —dijo Simone señalando a su alrededor—. Esto es la vida. Al menos, moriré en libertad.

—¡No quiero que muráis! Aún debéis enseñarme a leer, recordadlo, que por ahora solo sé escribir mi nombre y poco más. También tenéis que elegir para mí los libros que ha de leer un caballero.

—Nada más anhelo que cumplir esa promesa...

—Pedisteis unas palabras —protestó el capitán—, no todo un discurso. ¡Se acabó! ¡En guardia! —Y retomó la posición para iniciar el combate.

El primer ataque lo acometió Le Byron tan rápido que Belladonna no pudo ocupar el pensamiento más que en defenderse. Fueron tres lances: uno al pecho y dos a la pierna derecha, cada cual repelido por una defensa que, en apariencia, se mostró bien plantada. El capitán apuntó con la espada, calibrándolo mientras lo rodeaba. Recordó que Belladonna era un hombre criado entre libros, espadas y guerras. No era un contrincante en desventaja. Entonces se lanzó una vez más, atacándole el brazo armado y

luego la rodilla. Sus espadas chocaron tantas veces como chispas ardieron en el aire, y el capitán no lograba doblegarlo. Otro feroz ataque sobrevino y el corso retrocedió, paso a paso por el patio, hasta llegar a las arcadas. Allí traspasó una puerta de espaldas, sin mirar siquiera, hasta que lo detuvo una maciza columna. Se agachó, y justo en ese punto en el que estuvo por un instante su cabeza melló el capitán la suya al intentar golpearle. El corso escapó de la columna y se situó bajo las bóvedas. Estaba en el salón principal, completamente derruido por el fuego. El techo ya no existía y había comenzado a llover.

Los guardias seguían el combate de un lado a otro. También Jacques y Juliette, que había aprovechado la ausencia de la guardia para reunirse.

—Defendeos, monsieur —le gritó Jacques a Simone—, ¡que sois buen espadachín!

En ese momento, Le Byron blandía su espada de izquierda a derecha y de arriba abajo, con precisión. Avanzaba muy lentamente, con el puño de porcelana retraído en el pecho. Todos adivinaban la suerte que correría Belladonna cuando llegase al fondo, pues no existía salida, y allí el salón terminaba en los vestigios de una enorme chimenea apagada. Simone sabía perfectamente que su espacio se acababa y se plantó, con la espada en alto y con las piernas flexionadas. Así resistió la embestida. Pero, pasados unos instantes, perdió las fuerzas; apenas lograba tener al capitán a raya, su espada se había vuelto lenta. Le Byron se dio perfecta cuenta de que el corso flaqueaba y aprovechó para lanzarle una estocada al hombro izquierdo. Belladonna gritó, cayó su espada y retrocedió.

—¡No lo matéis! —gritó Jacques, quien corrió a interponerse entre los espadachines—. ¡Os lo imploro, señor; no lo matéis!

Simone aprovechó el instante para dar una bocanada de aire.

—¡Controlad al pequeño padrino! —ordenó Le Byron al sargento, quien al instante se arrojó sobre el muchacho y lo quitó de en medio a rastras.

Herido y sin fuerzas, Belladonna estaba cercado, con la es-

palda apoyada contra la chimenea. Desde allí, les dedicó una mirada a Jacques y a Juliette, a quienes quería tranquilizar.

—Estáis acabado —juró Le Byron, que le cerró el paso en posición de ataque.

Pero, al contrario de lo que esperaba su adversario, Belladonna no se inmutó por la situación. Tampoco aprovechó el tiempo para recuperar su espada, ni plantear una defensa o un ataque. Simplemente suspiró al saberse perdido. Desvió la mirada hacia las paredes, pensó en las paradojas de la vida, sí, aquellas que ahora volvían a situarlo en ese salón y delante de esa gran chimenea, en donde había visto por primera vez a Giordana. Todo parecía una dulce maldición. Ni el salón había escapado a ese funesto destino, derruido y arrasado por el fuego, como todo aquello que fue tocado por la *Commedia* a su paso. Viéndolo vacilar, Le Byron se anticipó y levantó la espada para preparar la estocada mortal.

—Despedíos del mundo, patán.

Simone no se movía, ni siquiera alzó los brazos para protegerse; simplemente, miraba al capitán a los ojos.

—Sé el motivo por el que estáis aquí, capitán. Sé quién ha estado refugiado en este castillo. Sé, además, que anoche estuvo aquí un personaje muy relevante para el reino... —intervino Simone, esgrimiendo ahora su arma más poderosa, la palabra.

A punto estuvo Le Byron de atravesarle el pecho, pero la presión del hierro no fue más allá de la insinuación.

—Hablad, y ni se os ocurra otra estratagema más. Pensaba atravesaros el corazón, una muerte rápida y limpia, pero puedo contemplar con regocijo la tortura... —dijo el capitán sin levantar la espada.

—No sin negociar.

—¿Negociar?

—Matadme pues.

Le Byron miró alternativamente a Simone y a su espada y, a pesar de que deseaba con toda su alma atravesarlo, de repente cobró conciencia de que primero estaban los intereses del cardenal.

Retiró el filo con lentitud.

—¿Quién es la persona realmente importante, según vos, que estuvo aquí anoche? —inquirió al fin.

—La más importante, la más odiada y vulnerable, una mujer por la que puede perderse todo un reino. Y tengo pruebas de lo que afirmo. Pero antes debéis liberarme... Y me llevaré a Virgilio y a esa muchacha conmigo —dijo señalando a Juliette.

El capitán pestañeó.

—Bien —susurró—. Dadme las pruebas y si son realmente lo que decís, cumpliré con mi parte.

Entonces, con cautela, Belladonna metió la mano en la túnica y le dio al capitán el cilindro de plata. Este lo tomó, sacó las hojas manuscritas y se apresuró a leer. Pasado un instante, volvió a alzar la mirada.

—Llevad a este hombre, al muchacho y a aquella joven a un salón, que se aseen y se cambien, si encuentran con qué —ordenó—. El duelo ha terminado.

50

EL PAÑUELO

Antes del mediodía, la reina de Francia se puso, por fin, delante de un amplio espejo de bastidor ovalado para que la condesa de Polignac le quitase el vestido. Las manos de la condesa se movían con elegancia sobre las telas. Desató los lazos y botones, hasta que uno de los hombros de la reina quedó al descubierto: su piel era blanca y lozana; su clavícula, cincelada.

—No tengo palabras para lo que hemos visto —susurró Polignac.

—Lo más parecido a un sueño.

—Sí, majestad, lo más parecido. Pero ¡qué sueño!

La reina alisaba un mechón de su cabello y lo acomodaba mirándose al espejo.

—Imaginad, pues, cómo se verá todo cuando lleve esas escenas a mi teatro.

—Majestuoso. Bastará con imitar esa atmósfera.

—El infierno en Versalles —siguió la reina—, como si fuera una página aún no escrita de la *Commedia*. Una que yo me encargaré de llevar a las tablas.

—Pronto recibiréis el beneplácito de la nobleza —dijo la condesa de Polignac, que siguió desnudando a la reina. Le quitó el corsé y luego las enaguas y, por último, reunió su cabello para dejarlo caer sobre un hombro—. Y después de ganaros a la nobleza, os ganaréis al pueblo. Pero, aunque traigáis el infierno a Versalles —añadió la dama a su oído—, no podréis traer las sen-

saciones vividas. La obra de teatro no podrá entrar, ni siquiera rozar, lo prohibido: el riesgo, el rito. El vértigo.

María Antonieta miraba ahora fijamente su propio reflejo. Sentía las cerdas del cepillo deslizarse por su cabellera.

—El placer sin reglas —dijo la reina, tomando la mano de la condesa que sostenía el cepillo para besar sus dedos—. Descansemos ahora; me muero de sueño.

Así pues, momentos más tarde, ambas quedaron dormidas en el mismo lecho. Sin embargo, la condesa despertó de pronto. Había oído unos golpes en la puerta. Sin despertar a la reina, fue a mirar.

—Señora condesa —se anunció una criada—, he traído el almuerzo a Su Majestad.

—Sí, adelante, y en silencio, que la reina duerme.

—Señora —dijo la criada, en susurros—, dejaré la bandeja sobre la mesita.

Mientras la criada posaba el almuerzo sobre el mueble, la condesa de Polignac se acercó a preguntar:

—¿Sabéis si acaso preguntaron por Su Majestad en las últimas horas?

—Nadie lo hizo, señora condesa. Acataron las órdenes y el claustro permanece cerrado desde ayer. Tampoco se la molestará hoy, tal y como pidió, hasta entrado el atardecer.

—Perfecto. No sé qué habría sido de nosotras sin vuestra ayuda.

—¿La condesa almorzará junto a la reina?

—Creo que estará bien con esto —respondió—, alcanzará para las dos. Me quedaré aquí con ella.

—Enviaré sobre las cinco unas doncellas para vestir a la reina. No os molestaré hasta entonces.

La condesa, tranquila de saber que todo marchaba conforme a los planes, acompañó a la criada hasta la puerta de la celda.

—Casi lo olvido, condesa —dijo la doncella antes de salir—. A mediodía ha venido un hombre a preguntar si había llegado alguien desde un castillo... No recuerdo ahora el nombre... ¿Martinvast, pudiera ser?

La condesa se puso pálida y luego enrojeció. Miró hacia el suelo antes de atreverse a preguntar:

—¿Quién era ese hombre, lo sabéis?

—Alguien que había venido desde el castillo, según dijo. Lo espié por una celosía, él no me vio. Permaneció en el patio unos momentos, antes de partir. Parecía un soldado.

La condesa se quedó sin aliento y tuvo que apoyarse en el quicio de la puerta para no trastabillar.

—Condesa, ¿os encontráis bien?

—Sí, sí, no os preocupéis, es la falta de sueño... Regresad sobre el atardecer. Y de esto, que no se hable más.

—Así será —dijo la criada, y se retiró.

Al darse la vuelta, la condesa, que llevaba la preocupación grabada en el rostro, encontró a la reina despierta a un costado de la cama. Estaba de pie y tenía las pupilas clavadas en ella. Había oído la conversación. La condesa se acercó a María Antonieta y la tomó por los hombros.

—No os preocupéis —dijo.

—¿Quién será ese soldado?

Polignac alzó el mentón.

—No lo sé, majestad.

La inquietud se reflejó instantáneamente en el rostro de ambas, como en el de dos niñas sorprendidas en una travesura. María Antonieta recordó las palabras del desconocido Dante sobre una nueva conjura contra la monarquía de la que ella era, otra vez, el centro.

El capitán Le Byron se hallaba en el único salón intacto que quedaba en Martinvast. Observaba un pañuelo de bordado exquisito. Lo había traído uno de los rastreadores, que había seguido las huellas de un carruaje que, sin ser el de Cagliostro, terminaba en la abadía de las Damas, donde descansaba la reina después de dos días de caridad y oración. Las iniciales bordadas eran inconfundibles, similares a las que había en las cartas que le entregó Belladonna.

—Dijisteis haber visto a la dueña de estas cartas —reiteró el capitán, y señaló las hojas alineadas sobre la mesa.

Simone asintió.

—Estas cartas bien podrían ser pura falsificación; por vuestro oficio conocéis a más de uno capaz de dar por buenas auténticas falsedades. Vos mismo podríais haberlo hecho. Decís que visteis a la persona que, supuestamente, las escribió. ¿La mirasteis a los ojos? —continuó Le Byron.

—A los ojos. Pero no al rostro: llevaba puesta una máscara.

—Y ¿sabéis qué hizo en este castillo?

—Lo que podéis leer en aquel otro manuscrito, que yo mismo escribí. Poned atención al personaje de Medusa.

El capitán volvió a leer el texto. Después, observó al corso.

—Vuestro escrito se interrumpe de pronto. Solo describe su llegada al salón.

—Sucedió que, de repente, me retiraron del salón.

—Y ¿sabéis qué hizo ella después de esto?

—Presenció una bacanal, según supe, en compañía de una dama también enmascarada que la acompañó en todo momento.

«Y esa dama podría ser la condesa de Polignac —pensó Le Byron—. Ahora todo encaja perfectamente. Demasiado perfectamente.»

A continuación, caminó hasta la ventana y observó por ella. Su atención recayó en los prisioneros: habían sido testigos de una presencia que, si era cierto lo que decía aquel corso del demonio, la hubiesen reconocido o no detrás de su máscara de Medusa, suponía un riesgo para la monarquía.

Entonces se volvió y le dijo al sargento:

—Llevadlos al bosque y fusiladlos.

—Como ordenéis, capitán.

—¿Cuándo nos dejareis ir? —intervino Belladonna, nervioso porque el tiempo pasaba y seguía como prisionero—. Aún puedo daros más información valiosa, como os adelanté, pero necesito realmente llegar a París...

—Ya no tenéis nada que me interese.

En cuanto el sargento salió del salón, Simone susurró:

—Vi los diamantes... Y también a Cagliostro, cara a cara, en la biblioteca de este castillo. Cagliostro planea una conspiración.

Le Byron se quedó sin aliento y miró fijamente al corso.

—¿Diamantes, dijisteis?

—Los he visto en este castillo.

—¿Dónde, exactamente?

Momentos más tarde, Belladonna guió al capitán y a sus guardias hasta la cámara secreta, oculta en la biblioteca, deteniéndose a los pies de la baldosa. Todo había ardido, pero el portón parecía no haber sufrido daño alguno. Les costó poco derruirlo, pues el marco sí había sufrido con el incendio.

La frialdad habitual de la que hacía gala Le Byron dejaba entrever cierto estado de nerviosismo, y un oído muy fino y atento quizá habría sentido el estrépito del latido de su corazón. Miraba a sus guardias sacar del hueco bajo la baldosa la manzana que había descrito momentos antes Belladonna. Estaba vacía.

—Aquí estaban, os lo juro —aseguró—. Cagliostro se los ha llevado.

El capitán sostenía la manzana; miraba su interior vacío, que incluso olfateó, para después dirigir sus ojos hacia el corso.

—Describídmelos —pidió—. ¿Cómo eran?

—Muchos... No lo sé; algunos, diminutos. Los había de todo tipo, los más grandes eran como granos de granada, y los más pequeños, en mayor cantidad, del tamaño de una semilla de sésamo.

«No está mintiendo —pensó Le Byron—, coincide con los diamantes de Boehmer & Bassenge, lo que significa que Cagliostro ha desmontado el collar.»

—Monsieur Belladonna —habló el capitán—, dijisteis que al conde de Cagliostro lo visteis en esta sala, cara a cara.

—Aquí mismo, donde estáis vos.

Al capitán se le heló la sangre. Aquello que escuchaba no era otra cosa que la confirmación de un rumor que ya conocía; es decir, que los rescoldos del viejo complot contra la reina se rea-

vivaban con renovada fuerza. Pero de allí se desprendía otra escalofriante revelación: los diamantes ya se habían puesto en movimiento y parecía más probable que su destino fuera Versalles.

—Traedme papel y pluma —ordenó Le Byron.

Ya de vuelta en el salón, escribió una carta detallando las novedades al cardenal, que debía llegar al refugio del príncipe antes que él a París. Tras despachar el sobre mandó a su sargento para que llevara a Jacques y a Juliette.

—Acabó todo para vosotros; os facilitaré un par de caballos —informó el capitán— y partiréis ahora mismo. Sabéis muy bien que podría mataros, pero soy un hombre de palabra. Pero de la misma forma que he jurado liberaros —y miró a los ojos de Belladonna—, juraré que retomaremos el duelo cuando nos volvamos a encontrar. Por tanto, si deseáis evitar una muerte segura, sugiero que no regreséis a París.

En ese preciso instante se escucharon los secos estampidos de los mosquetes en el bosque.

OCTAVA PARTE

Purgatorio

51

EL ESCRITOR FANTASMA

El invierno había quedado atrás. El mes de junio de 1789 resultó particularmente frío para los ciudadanos de París. Habían pasado meses desde aquellos sucesos cuando una espesa llovizna caía sobre el empedrado, y lo mismo sucedía en los puentes del río Sena, cuyas riberas podían apreciarse con claridad desde las mansiones aledañas.

Giordana tenía la mirada fija en el río; su aliento empañaba el vidrio ya que respiraba, sin moverse, a un palmo del cristal, recordando que había pasado la mayor parte de su estadía en París dentro de esa mansión. También recordó el día en que hubo de abandonar el castillo, tan nítido en su memoria que se le volvieron a humedecer los ojos, pues desde entonces su vida había cambiado para siempre.

Su tía estaba muerta, y la boda que había pospuesto por el luto, en breve se tendría que celebrar. Observó entonces el anillo que llevaba en el dedo, intentando dilucidar el verdadero lazo que la ceñía al compromiso con el barón, al que apenas veía, ya que se pasaba el día excusándose por asuntos financieros o políticos.

También habían llegado noticias de Martinvast; un incendio había destruido gran parte del castillo y a todos los que allí habitaban. Juliette, su buena Juliette... ¿Todos muertos? Por horrorosa que le pareciera su boda con Émilien iba a tener que acceder, pues ya no le quedaba lugar al que ir. Ni amigos, ni amor.

A mediados de junio la investigación sobre la muerte de su tía había concluido. Su crimen quedó impune, sin que la policía pudiese atrapar ni a sospechosos ni a culpables.

Giordana pasaba gran parte de su tiempo en la mansión del barón d'Artois, recluida en la soledad de la biblioteca, donde leía, o bien en su alcoba en el Hôtel d'Évreux, donde escribía. Leer novelas se convirtió en el único pasatiempo con el que aún lograba sentirse conectada a su vida pasada. Cuando leía olvidaba París. Se abstraía de las reuniones de salón, de las invitaciones a los cafés, incluso de la primavera que, aunque fría y lluviosa, había florecido por doquier.

Era poco frecuente que abandonase su mansión. Y si lo hacía, tenía que ir acompañada por un ama de llaves de la confianza del barón, que, además, gustaba controlar sus movimientos, aunque fuesen simples paseos a pie.

—Giordana, querida, ¿estáis bien? —dijo el barón, entrando a su alcoba—. El ama de llaves me ha dicho que habéis pasado el día encerrada aquí dentro.

El barón vestía elegantemente. Acababa de llegar del palacio de las Tullerías.

—Leía —respondió ella.

El banquero caminó hasta quedar muy cerca de ella, para mirarla a los ojos.

—Señorita, si hicierais tantos esfuerzos para hacer amistades en Versalles como los hacéis para leer, creedme, la mismísima reina os habría aceptado ya en su corte.

—La corte no me interesa —aseguró Giordana, y dejó caer el cortinaje para volver a tapar la ventana.

—Pues debería.

El barón caminó por la sala, pensativo. Sabía perfectamente que una cita en la ópera no podía ser demasiado fugaz, y que el fuego propio de los artistas no podía estar sujeto a la tiranía de unas manecillas de reloj; mucho menos al capricho de una novia insegura. D'Artois se detuvo en su deambular por la estancia. Giordana se quedó mirándolo.

—Os veo melancólica, Giordana. Iba a salir, pero si os parece me quedaré a cenar con vos —dijo él mientras se acercaba a la muchacha con intención de acariciarle el mentón, para luego desviar la mirada hacia la mesa, allí donde reposaba la correspondencia.

En silencio, D'Artois comenzó a leer los sobres bajo la luz del candelabro.

—Tenéis aquí una carta de la Biblioteca Real —dijo, y levantó la mirada—. ¿Habéis pedido más libros? Vaya... —Y siguió pasando la correspondencia—. Pues aquí os llegó otra más: «Para mademoiselle d'Estaing. "El escritor fantasma"». ¿El título de una novela de intriga?

Giordana negó con la cabeza.

—No adivino quién pueda enviarla —dijo la joven—, abridla.

El barón, en cambio, devolvió los sobres a su sitio.

—Aquí os traía mi propia invitación —anunció, y depositó un billete encima de los sobres—. Habrá una función en la Ópera de París, el viernes por la noche.

Giordana dudó.

—Vamos... —dijo él—, no podéis pasaros la vida aquí leyendo, ni pensando en el pasado... en uno que ya no tiene sentido. Estaremos cerca de los principales funcionarios de palacio, necesito que me acompañéis, ¿entendéis? Necesito lucirme del brazo de mi futura esposa.

Giordana dio unos pasos sobre la alfombra, con el rostro ensombrecido. Esposa. Efectivamente, esa era la palabra que quemaba en su silencio.

—¿Qué hay de mi castillo? —preguntó.

El barón le acarició el pelo con la punta de los dedos.

—¿Vuestro castillo? Pues lo que ya sabéis: un incendio ha devorado parte de la torre y una galería. Pero la buena noticia es que en breve comenzaré los trabajos de restauración... En verano quedará tal cual lo recordabais.

—¿Y Juliette?

D'Artois se arrimó a una mesita de donde tomó una bote-

lla acristalada, se sirvió licor, saboreó un trago y negó con la cabeza.

—No he sabido nada de mademoiselle Montchanot. Tampoco de ninguna de las criadas del servicio. Dije que os daría noticias si las hubiese, pero no las hay.

—No es posible que July haya desaparecido hasta hoy sin dejar rastro...

—El incendio fue devastador; ni siquiera se pudieron reconocer los cuerpos calcinados. ¿Me explico?

—Émilien, he de ir a Normandía inmediatamente. Hace meses que estoy en París, esto es un suplicio. Me crie en Martinvast, July siempre estuvo conmigo... No puedo más... —dijo ella mientras su voz se fundía en sollozos.

—Eso no será posible. No os haría bien regresar allí y encontrar semejante devastación.

—Acompañadme entonces —le retó Giordana.

El barón apuró el fondo de la copa.

—El incendio ha borrado todo, entendedlo. Quiero que lo comprendáis de una vez. Os espantaríais de ver esa torre sin frescos ni tapetes, ni cortinas ni adornos. Haceos a la idea de que vuestro futuro ha echado raíces en esta ciudad y no en ese oscuro bosque.

Ella lo miraba en silencio.

—Vamos, venid aquí. Venid conmigo. Acabo de suspender un compromiso para estar con vos. Siento mucho todo lo que sucedió y aquello que sentís por la ausencia de la señorita Montchanot. Pero no todo es tan terrible. Me tenéis a mí, no lo olvidéis, y tenéis esta bonita ciudad que os dará muchísimas oportunidades.

Ella sollozaba sin consuelo, apoyada en el marco de la ventana.

—Prometed que asistiréis conmigo a la ópera —siguió susurrando él—. Prometedlo y comenzaréis así una vida nueva junto a mí.

Giordana asintió.

—Pues me alegro de que así sea —dijo D'Artois, y le acari-

ció a su prometida el cabello—. Ahora os dejaré hasta la cena. Atenderé unos asuntillos y os veré más tarde en el salón para cenar con vos.

Una vez que el barón se retiró, y tras enjugar sus ojos, Giordana tomó el billete de la ópera para observarlo al resplandor de las velas. Tal vez Émilien tenía razón. Debía comenzar una nueva vida. Soltar el pasado. Sus pasos traslucieron un melancólico andar, hasta llegar a la cómoda donde dejó el billete de lado y tomó aquel otro, que hacía instantes le había mencionado el barón. «El escritor fantasma», decía la solapa del sobre. Extrajo un pequeño papel del interior; era apenas una frase escrita a vuelapluma:

> Regresé del infierno; os veré mañana al mediodía en el café Le Monde.

Abrió los ojos y la boca, llena de asombro, y se precipitó sobre el tirador que, junto a la cama, hacía sonar la campanilla en la zona del servicio.

—¿En qué puedo serviros, madame? —dijo una criada, entreabriendo la puerta.

—¿Sabéis quién ha recibido la correspondencia de hoy?

—El ama de llaves, madame.

—Y ¿sabéis dónde está?

—En la cocina. El barón suspendió su salida y le ordenó preparar una cena para dos.

—Decidle que deseo conversar con ella. Traedla aquí.

—Como ordenéis.

En cuestión de minutos, el ama de llaves llegó a la alcoba.

—Habéis solicitado mi presencia, madame —dijo, nada más entrar.

Yolande llevaba los cabellos recogidos sobre la nuca; era el ama de llaves que más años había servido a la familia D'Artois, ahora asignada a su futura baronesa.

—Entrad, por favor. Me gustaría que me aclaraseis una duda.

Recibisteis vos la correspondencia, ¿verdad? ¿Y recordáis quién entregó esta carta? —dijo mientras le mostraba el sobre.

La mujer se fijó, intentando recordar.

—¿Era un hombre? —se apresuró a decir Giordana.

—Un muchacho. Con tanto frío, el pobre iba tapado de pies a cabeza, apenas si recuerdo el color de sus cabellos, creo que era rubio.

—Y ¿qué dijo?

—Que la futura baronesa recordaría una hoja de otoño.

Giordana tuvo que apoyarse en el respaldo de un sillón para no desfallecer. ¿Era posible?

—¿Os encontráis bien, señorita?

—¡Oh, sí! Estoy bien —dijo ella—. He comido muy poco este tiempo, será debilidad.

—Os lo he dicho más de una vez: tenéis que alimentaros. Vais a ser la novia más desmejorada que haya visto Notre-Dame. Y no hagáis caso de la carta. En París abunda este tipo de recados. El muchacho repite una frase de puerta en puerta y se gana dos o tres libras al día; llamar la atención es su trabajo. «El escritor fantasma» —sonrió Yolande—. Seguramente será para dar a conocer una obra de teatro, las estrenan por decenas cada mes.

—Tenéis razón. Podría ser.

—¿Puedo serviros en algo más?

—Sí, preparad el carruaje para mañana. Partiremos de la mansión antes del mediodía.

El ama de llaves se inclinó antes de retirarse. Ya a solas, Giordana se cercioró de que la puerta estuviese bien cerrada. Entonces fue hasta la repisa, donde atesoraba los libros más importantes que tenía. Tomó *El paraíso perdido* y una hoja de roble se deslizó muy suavemente hasta su mano.

52

CAFÉ LE MONDE

Cumpliendo con lo ordenado por Giordana, a media mañana el carruaje ya estaba listo para partir.

—A la rue du Temple y Portefoin —dijo la joven al postillón.

Ya en marcha, Giordana extrajo *El paraíso perdido*, señalado en la última página con la hoja enrojecida, que ahora aferraba y miraba entre sus manos. Tras un momento el coche aminoró la marcha, esquivando a la muchedumbre que, en la esquina de un antiguo palacio, se calentaba el cuerpo delante de una enorme fogata.

—*Regardez les riches! Regardez les riches!* —escucharon gritar a la gente, y al unísono, el golpe sobre los cristales de varias manzanas podridas.

Llevaban un tiempo oyendo que el pueblo manifestaba su descontento cada vez con más desvergüenza y desesperación. Lo publicaban las gacetas, lo comentaban los señores y señoras cuando bajaban de sus carrozas para acceder al teatro o a la ópera. Las calles se iban llenando de una multitud que más parecía de pordioseros que de parisinos. Pero Giordana, criada casi toda su vida en una fortaleza de campo, encerrada entre los muros algodonados que le había preparado su tía, nunca antes había visto una realidad así en las calles, ni había sentido tan próximo su azote como con aquella fruta podrida.

El postillón arreó al caballo para abrirse paso hasta la esqui-

na, y Yolande se santiguó, temiendo caer en manos de aquella chusma.

—No ha sido prudente venir por aquí —susurró con temor.

—Sin embargo, es lo más seguro cuando se desea evitar los ojos de la aristocracia.

—Pero vos sois también la aristocracia —recordó Yolande—. Mirad estos suburbios; ¡mirad esas caras! Aquí la gente se reconoce por su condición. Justamente donde bellacos y truhanes olfatean a buena distancia a nobles y ricas mujeres como vos. Mademoiselle, en vano será que nos ocultemos detrás de las ventanillas, olfatearán vuestra presencia, como tiburones una gota de sangre en el mar.

En ese momento, el coche se detuvo con un pequeño temblor.

—Llegamos —dijo Giordana—. Aguardad en el coche, si tan insegura os sentís.

—¡Oh, no! No me quedaré aquí sola. Regresemos mejor... —pidió Yolande, quien, si no hubiera sido por las órdenes del barón, allí habría dejado a la dama sin más miramientos.

—Solamente entraré al café que veis enfrente... y regresaré muy pronto.

—¡Imposible, mademoiselle! No saldréis de mi vista.

—Necesito entrar sola.

—Me comprometéis.

—El barón no lo sabrá.

—De ninguna manera —dijo el ama de llaves, echándose una chalina sobre los hombros—. Si se entera el señor barón, me caerá una buena.

Giordana se mordió el labio y miró fugazmente hacia ambos lados de la callejuela. Debía pensar rápido. Y, sobre todo, debía estar en el café cuando diese el mediodía.

—De acuerdo. Vendréis conmigo.

Las damas bajaron del coche y cruzaron la calle. El café Le Monde tenía las ventanas empañadas; las mesas estaban ocupadas casi por completo, repartiéndose en un amplio salón, decorado con deslucidos festones y cristaleras pasadas de moda.

—Y bien, mademoiselle, ¿nos sentamos?

Giordana observaba el interior. Había un grupo de ancianos que, apiñados como buitres sobre su pieza, despedazaban a viva voz a cada uno de los ministros y funcionarios de la Corona. Junto a ellos, se dejaban ver algunos hombres maduros, caballeros con bigote y patillas, muy bien afeitados, que eran más precavidos que los ancianos: hablaban de negocios sin mezclarse en política mientras degustaban una botella de oporto.

—Sentaos —dijo Giordana—, que llamamos la atención.

Y, tomando al ama de llaves por el codo, la sentó junto a ella.

—¿Esperáis a alguien? —susurró Yolande.

La futura baronesa no contestó. Seguía ojeando las mesas, intentando distinguir alguna señal o mirada que diera pie al encuentro. El reloj de pared acababa de dar el mediodía.

—¿Las damas desean ordenar algo? —preguntó un camarero que, inclinándose ante ellas, pasó un trapo sobre la mesa.

—Café —dijo Giordana.

—Que sea lo mismo para mí —afirmó Yolande.

En ese instante no fueron los viejos ni los maduros, que por cierto seguían con sus temas, sino los jóvenes, quienes desde el otro extremo de la sala se interesaron por la mesa de las damas. Estos jóvenes, que no se preocupaban demasiado por el drama de la política de Versalles ni por el azar de los negocios, miraban fijamente a aquella jovencita de facciones bonitas y costoso vestido que llamaba tanto la atención en aquel establecimiento.

—Os están mirando, señorita.

—Lo sé.

En ese momento, los jóvenes comenzaron a cuchichear, echándose a suertes, como si fuesen cazadores, quién sería el afortunado en dar el primer paso hacia la gacela.

—Creo que uno de ellos se prepara para venir... —anticipó Yolande—. ¡Oh, aquí viene!

—Mademoiselle —dijo el joven caballero—, no os había visto nunca por este café. —Alargó la mano para tomar la de Gior-

dana, que no dudó en besar—. Soy un mercader de sedas que acaba de ver el lienzo más perfecto que existe: vuestra piel.

Giordana lo miró a los ojos.

—¡Qué bonitos ojos! —suspiró el joven—. ¿Cómo os llamáis?

—Giordana d'Estaing, futura baronesa d'Artois —fue Yolande quien se apresuró a responder.

—¿Baronesa? ¿Una noble dama?

—Futura baronesa —siguió Yolande—, con un prometido muy celoso.

El galante jovencito sonrió, acorralado. Una gacela marcada.

—Pues si mademoiselle me permite, la dejaré tomar su café con tranquilidad.

Giordana asintió sin hablar y, tras esto, el muchacho se retiró.

—Hombres... —masculló Yolande.

—Os voy a pedir que no volváis a cantar a los cuatro vientos mi nombre ni mi posición, y mucho menos delante de esta gente —susurró Giordana, muy contrariada—. No soy tonta. Sé tratar a los hombres.

—Lo lamento. No volverá a suceder —se disculpó Yolande, mirando hacia la mesa.

En aquel momento, uno de los ancianos desvió la mirada ha cia ellas.

—Parece que el señor de chaqueta azul os está mirando —dijo Giordana.

—¿A mí? —dijo Yolande, y se ruborizó—. ¡Válgame el cielo! Mirad, aquí viene el café.

El camarero dejó una taza a cada señora, le hizo una señal con un ojo a Giordana, gesto que le pasó desapercibido a Yolande, y se retiró.

Habían pasado quince minutos en el reloj de pared y nada parecía anunciar otro acercamiento. El anciano volvía a observar de hito en hito al ama de llaves, en tanto que los caballeros de esa parte de la sala se fijaban en Giordana.

—El caballero de azul sigue interesado en vos —insistió Giordana al oído del ama de llaves.

—¡Oh! —Yolande suspiró—. Qué situación... Ya lo veo, sí: un viejo picaflor. Sin embargo, debéis saber, mademoiselle, que soy una señora recta y devota, como Dios manda.

—Aquí viene —susurró Giordana.

—Hermosa dama —se presentó el anciano, muy sonriente, alargando la mano para tomar la de Yolande—. Mirad qué cosa tan curiosa sucede este mediodía, que me encontraba presto a charlas y no tenía con quién. ¿Vuestra gracia es?

—Yolande —dijo Giordana, que se levantó de la silla en ese preciso instante—. Es soltera y desea hablar con vos.

Yolande alzó las cejas, acalorada, mientras el caballero se sentaba en la silla que antes ocupaba la joven.

—Regreso al instante —susurró Giordana—. Sois muy amable, señor, al acercaros a darle conversación a la dama.

—¡Mademoiselle! —protestó Yolande, intentando incorporarse, pero el caballero la tomó suavemente del brazo y la hizo sentarse de nuevo.

—Vamos —dijo el anciano—, dejadla ir. Santo Dios, madame Yolande, pero mirad qué hermosas manos y qué dedos tan delicados tenéis. Parecéis una señora encantadora.

Al llegar a la puerta el camarero detuvo a Giordana para decirle:

—Salid del local y dirigíos hacia la izquierda, a la esquina. Aquel por quien venís no se acercará mientras estéis acompañada.

Un muchacho de cabello rubio esperaba en un rincón de la plaza. Los árboles, llenos de hojas nuevas, dejaban caer pequeñas florecillas blancas. Al no haber nadie más y al haber sido un muchacho el que había llevado la nota, Giordana se aproximó a él.

—¿Mademoiselle d'Estaing? —preguntó el jovencito.

Giordana se detuvo, estudiando detenidamente a su interlocutor; jamás lo había visto antes.

—Soy yo —respondió con cierta reticencia.

—Pues entonces tengo un mensaje que daros.

—¿Quién os envía?

—Lo siento, me está prohibido decirlo.

Giordana dio un paso atrás y, desconfiando, miró hacia ambos lados de la plaza.

—¿Por qué me traéis aquí —dijo—, a la plaza, si me citasteis en el café?

—Porque habéis llegado acompañada.

—Es mi ama de llaves.

—No me refiero a ella... Alguien más os sigue, no os habéis dado cuenta.

—Pero... ¿quién? —exclamó ella, mirando hacia todos lados, asustada.

—Un coche que se ha detenido a una calle de aquí. De cabina doble y caballos bayos. Empezó a seguiros desde la iglesia de Saint-Jacques de la Boucherie.

—Dejadme adivinar: quien me citó en el café ha decidido posponer el encuentro —dijo entonces, con desazón.

—Lo siento, mademoiselle. Él os lo contará en persona, no os pongáis así. Él no puede ser visto, no podéis encontraros a plena luz; habrá de ser por la noche, cuando nadie observe.

—¿Cuándo? ¿Dónde? ¡Por Dios, que me tenéis en ascuas!

—Ya está resuelto, tenéis ya la invitación: el viernes por la noche, en la ópera.

—La ópera... Sí, pero... ¡Diablos! ¿Cómo sabéis vos de esa invitación?

—Acabo de explicároslo: quien me envía os invitó.

—Os equivocáis. Fue mi futuro esposo quien me invitó.

—Vuestro prometido se encargó de dárosla. Las invitaciones llegaron a un ministro, y del ministro a vuestro futuro marido. Como veis, han pasado por muchas manos hasta llegar a vos. Y nadie sospecha.

Dicho esto, se volvió y comenzó a alejarse. Momentos más tarde, Giordana estaba de regreso en el café para recoger a Yolan-

de, que a duras penas consiguió quitarse de encima al anciano. Atravesaron la calle para subir al coche. De regreso, pasaron al lado del conventillo donde la gente se calentaba en fogatas y donde volvieron a arrojarles frutas y cebollas, pero Giordana ya no se fijaba en aquello, llevaba la mirada puesta en la ventanilla trasera.

—¿Qué habéis estado haciendo, mademoiselle? ¿Con quién? —dijo Yolande—. El barón me preguntará...

—Ya lo sabéis: estuvimos en un café donde jamás me separé de vos.

Yolande se santiguó.

—Me haréis mentir y sabéis que no puedo, mi lealtad está con el barón... Pero ¿qué estáis mirando todo el rato por la ventanilla?

—Mirad allí: el carruaje que viene escondido detrás del nuestro. Miradlo detenidamente y decidme si acaso nos está siguiendo.

Tras decir esto, Giordana se asomó a la rejilla que daba al pescante para ordenarle al postillón que doblara en la siguiente esquina.

—Sí, ha doblado después de nosotros —aseguró Yolande.

Entonces Giordana volvió a repetir la operación, esta vez pidiendo al conductor que tomase una diagonal y que luego volviera a doblar en la esquina siguiente.

—¡Oh, por el amor de Dios! —confirmaron ambas—. Es verdad, nos está siguiendo.

En efecto lo hacía, dejando buena distancia para ocultarse entre otros coches. Era un vehículo con doble cabina y tirado por caballos bayos, tal y como le había dicho el muchacho.

—Son ellos —dijo Giordana—. Nos han seguido también hasta el café.

—¡Por el amor de Cristo! Pero ¿quién? —inquirió Yolande, pálida como el yeso, llevándose ambas manos a la cabeza—. Si es el barón, tendré problemas...

Entonces Giordana volvió a comunicarse con el cochero, al que prometió dos luises si despistaba al carruaje que las seguía.

El hombre asintió. Tomó las riendas y lanzó el tiro de caballos a la carrera. Pasados unos minutos y varias sacudidas, el postillón, que demostró gran pericia, cumplió la orden.

—¿Los perdimos? —preguntó Giordana, asomándose por la rejilla.

—A decir verdad, no del todo... —dijo el cochero, sonriendo con picardía—. Somos nosotros quienes estamos detrás de ellos y parece que su cochero está desorientado, ni siquiera lo imagina. ¿Queréis perderlos del todo, señora?

—¡No! —dijo ella, aferrándose con ambas manos a la rejilla—. Seguidlos sin que se den cuenta.

—Como ordenéis —afirmó, y señaló hacia una diagonal—. Se dirigen al Sena, seguramente a la place de Grève.

—¡Mademoiselle Giordana! —exclamó Yolande, presa de una gran agitación—. Ya son casi las tres, deberíamos regresar a casa.

—Aún no... Debo averiguar quién viaja en ese coche.

Por fin, unos minutos más tarde, el carruaje se detuvo en la plaza del Ayuntamiento. Una mujer descendió de él y se puso a caminar, muy ligera, bajo las arquerías.

—Quedaos aquí —pidió Giordana, y puso la mano en la portezuela—. Ahora mismo regreso.

—¡Mademoiselle! ¡No os vayáis de nuevo, os lo suplico! —dijo el ama de llaves, intentando seguir a su señora sin conseguirlo.

Giordana caminó deprisa, dejando al pasar dos luises en la silla del postillón. El cochero se tocó el ala del sombrero en señal de agradecimiento.

Había mucha gente a aquella hora y debió sortearla, pero el gentío jugaba a su favor, podía camuflarse en la muchedumbre. Giordana recorrió los pórticos intentando no perder de vista a la mujer que se guarecía bajo un sombrero amplio, y la alcanzó por fin, situándose a la distancia justa para que no sospechara. ¿Quién era esa dama? ¿Adónde iría?

53

LA MISTERIOSA DAMA

El impulso por conocer el rostro de aquella dama llevó a Giordana a la imprudencia. Se había acercado demasiado, y pudo comprobarlo en el preciso instante en que aquella decidió darse la vuelta. Debió guarecerse rápido, para no ser vista, en una de tantas tiendas que poblaban la galería. Era una confitería.

—Bienvenida, mademoiselle, ¿os puedo ayudar? —preguntó el hombre detrás del mostrador.

—¡Oh, sí! —dijo ella—, bombones, por favor.

—Acercaos, elegid.

Intentando repartir la atención entre el vendedor y aquella dama que todavía no alcanzaba a distinguir a través del vitral, Giordana se acercó al mostrador.

—Puedo ofreceros un *fondant*; los tenéis confitados, rellenos, con dulce o licor, y los tenéis también con pasas. ¿Cuáles preferís?

—Con licor.

—La bandeja de media libra os costará un escudo —la informó el vendedor, y tras un silencio, alzó las cejas—. ¿Mademoiselle?

—¡Oh, sí, sí! —dijo ella, y volvió su atención al hombre—. Me los llevo.

Afuera continuaba la dama, inmóvil bajo la arcada, mirando hacia ambos lados como si estuviese a punto de reanudar la marcha.

—¿Algo más, mademoiselle?

La mujer comenzó a moverse, decidida a cruzar la plaza por el centro.

—Nada más, debo irme ya.

—Podría ofreceros unos chocolatitos rallados con coco: una delicia. O un sabroso...

—¡Será en otra ocasión! —lo interrumpió Giordana, y arrojó la moneda de plata en el mostrador—. ¡Me basta con estos! Adiós.

Salió de la tienda para situarse detrás de la primera columna, desde donde espió a la mujer: la vio caminar, arrastrando su larga falda. Salió entonces de la columna para atravesar la place de Grève, por su mismo centro, esquivando a los niñitos que jugaban con aros, hasta llegar al pórtico del Hôtel de Ville, donde el gentío le jugó una mala pasada y perdió el rastro. Siguió a su instinto y se asomó a una callejuela cercana y desierta.

—Piedad, señorita —le suplicó una vieja pordiosera que pedía limosna con las manos extendidas.

—¿Habéis visto una dama con un vestido púrpura y sombrero pasar por la esquina?

—Se ha metido en aquella tienda —le dijo la mujer señalando el comercio de uno de los modistos más reconocidos de París.

—Tomad. —Puso en sus manos el paquete de bombones—. Os gustarán, tienen licor.

—¡Que Dios os bendiga, mademoiselle!

Mientras la vieja abría apresuradamente el envoltorio, Giordana cruzó la calle, se acercó con disimulo a la tienda y pegó el rostro al ventanal. Allí estaba la misteriosa dama, ya sin sombrero; podía verla parcialmente de espaldas. Se apartó del cristal y pensó rápido. No deseaba que la dama la descubriese. Sin embargo, se encontraba en desventaja, porque no podía ocultarse más en el tumulto.

Volvió a espiar la tienda. Parecía lo suficientemente grande como para entrar y no ser vista. Podía esconderse tras los aparadores y biombos. Entró sin vacilar más.

—Bienvenida, mademoiselle —le dijo el modisto a su nueva clienta—. ¿Buscabais algo en especial?

—¡Oh! —suspiró, colocándose tras un biombo y demostrando un gran interés por un vestido de encaje—. Me interesa este.

El sastre se acercó.

—Un vestido de noche... A ver, a ver, ¿tal vez tenéis una cena importante?

—Una representación en la ópera.

Monsieur Lemonique era un hombre afeminado; sus finos bigotes y la peluca empolvada le daban un aspecto adecuado para tener éxito entre los parisinos de posición. Se acercó a Giordana, mirándola con ojos de pintor, midiéndole de inmediato la altura y la forma de los hombros, la rectitud de las clavículas y la mirada de aquellos ojos verdes. Sus aires de princesa.

—Sois una hermosa mujer.

—Agradezco el cumplido, monsieur.

—Por cierto, ¿cómo os llamáis?

—Giordana d'Estaing, futura baronesa d'Artois.

—¡Oh, mi estimada mademoiselle! Es la primera vez que venís a mi salón.

«Oh, sí, es nueva en París —pensó él—, con esa belleza ya la hubiese visto en la corte de Versalles.»

—Apenas conozco la ciudad. Me recomendaron que viniera a veros expresamente, que vos me vestiríais de acuerdo a mi futura condición.

—Habéis hecho muy bien. No existe aristócrata o ciudadano de buena cuna que no me conozca. Mis clientes son como una gran familia —dijo el modisto, mientras daba vueltas alrededor de la joven admirando su porte—. ¡Pues bien, mademoiselle! El vestido que estáis mirando os quedaría magnífico, pero no es el adecuado para la ópera... Seguidme, por favor.

Giordana siguió al hombre, sin dejar de espiar a la dama, que se encontraba al fondo del atelier. Lemonique se detuvo delante de un gran espejo ovalado, tras un biombo, y aplaudió al aire, momento en el que aparecieron tres jóvenes asistentes.

—Desvestid a mademoiselle y tomadle las medidas —ordenó.
Las ayudantes obedecieron. Le quitaron las faldas; luego,
desabotonaron el jubón para dejarla en camisa y pololos. La mi-
dieron de los hombros a las muñecas, y desde la nuca a la cintura; por último, el largo de piernas y el perímetro de sus muslos y
caderas.

—Recomiendo un *robe à paniers* —dijo el modisto—, de un
azul tan profundo que parece negro.

Una de las asistentes trajo el vestido y lo mostró, ante la mirada satisfecha del modisto.

—Es hermoso —suspiró ella—. Si podéis ajustarlo, me lo
llevo.

La tela estampada tenía un brocado de flores en el vientre, y
su color, tan puro y penetrante, destellaba como un cuarzo ante
el fulgor de las velas. El vestido valía tres mil quinientas libras,
posiblemente era de los más caros que había en el atelier. El modisto, con gran alegría, acababa de comprobar que aquella mujer
no era una de tantas que a diario visitaban su negocio, pidiendo
rebajas o comprando, tras un interminable regateo, una o dos
prendas a lo sumo.

Las asistentes procedieron a vestirla: primero el miriñaque,
para que la falda tuviera vuelo, luego una falda y una sobrefalda.

—Exquisito, parece pensado para vos —dijo el modisto—.
Ahora, el corsé. Os aconsejo, dada la clase de velada que vais a
disfrutar, que juguéis con atrevimiento el capital de vuestra belleza. Ajustaremos el corsé a vuestra cintura. y vuestro busto, tan
precioso, quedará expuesto tanto como el decoro nos permita.

—Monsieur... No deseo llamar la atención —protestó Giordana.

—Pues habéis nacido para hacerlo.

Entonces, las ayudantes le colocaron el corsé y ciñeron los
lazos hasta el límite.

Giordana se miró en el espejo, aprovechando para vigilar a la
dama, que estaba probándose una fragancia en el mostrador del
perfumista.

—¿Mademoiselle? —dijo el modisto—. ¿Os gusta?

—Es precioso.

Le calzaron un jubón entallado, a lo que el sastre sugirió:

—Permitidme entonces que acompañe el vestido con un *watteau* a la espalda, a guisa de capa.

Las asistentes le colocaron la tela, que caía en pliegues desde su nuca hasta el suelo.

—El arreglo está incompleto, mademoiselle, si la vestimenta no fuera adornada con una gema que equipare el color de vuestros ojos. ¡Traed el topacio! Admiradlo vos misma, mademoiselle: un topacio de Bohemia.

Era una piedra preciosa, engarzada en un marco ovalado, que a la luz de uno de los candelabros destelló tan azul como el hielo.

—Permitidme que os lo ponga en el cuello.

El modisto cerró el engarce en la nuca, cerciorándose de que colgase no más allá del nacimiento del pecho.

—Miraos —dijo el modisto, que sujetaba a Giordana por los hombros ante el espejo—, ahora sí estáis perfecta. Mirad cómo brilla, tanto como vuestra mirada. Sin duda, debéis llevarlo como un realce de vuestra maravillosa piel.

—Tenéis toda la razón, monsieur. Sumadlo a lo anterior.

—Distinguida dama —dijo el modisto, que no podía creer que aquel se había convertido en su día de suerte y quería más—, sabéis que sois portadora de una mirada muy hermosa, envidiable sin duda, y que ya hemos magnificado con el toque de la gema en vuestro cuello. Pero para rematar el atuendo necesitamos prestar atención a vuestra elegante figura, que se verá aún más estilizada sobre unas chinelas de tacón. Tengo unas que encajarán a la perfección. ¡Seréis más alta que los hombres! —acabó el modisto, dando palmaditas y ridículos saltitos de entusiasmo.

—Traedlas, pues, monsieur Lemonique —dijo ella, sonriéndole y sin perder de vista a la mujer, que seguía probando perfumes.

—Mademoiselle —dijo el sastre, regresando con dos emba-

lajes bajo el brazo—, ¿deseáis las chinelas forradas en seda, o quizá en finísima badana brocada?

—Prefiero la seda, monsieur.

—Aquí tenéis. Por favor, asistentes, ayudad a la dama —dijo, y las ayudantes no tardaron en calzarla.

—Sois muy amable, monsieur, me veo magnífica —agradeció ella.

—Mademoiselle, perdonad el atrevimiento, pero ¿habéis sido presentada ya en la corte? Si quisierais, yo podría ayudaros, pues visto a las damas más relevantes.

—¿Versalles? De momento, no —respondió—; estamos esperando a la presentación oficial tras la boda.

Tras asentir con una educada sonrisa, Lemonique dejó a Giordana admirándose en el espejo. Fue en ese instante cuando alcanzó a ver el rostro de la dama que la había perseguido; resultó ser una completa extraña, nunca antes la había visto. Giordana se volvió bruscamente, un movimiento tan repentino que llamó la atención del modisto.

—¿Mademoiselle? —dijo el sastre—. ¿Estáis bien?

Ella bajó la mirada y se apresuró a descalzarse.

—Perdonadme, monsieur. Acabo de recordar que llego tarde a una cita. Por favor, ¿llamáis a vuestras asistentes para que me ayuden a desvestirme lo más deprisa posible?

—Por supuesto, mademoiselle —dijo Lemonique—. Habéis sido una clienta tan agradable que me gustaría regalaros esta aguja labrada por si queréis adornar vuestro peinado.

—¡Oh, gracias! —exclamó ella. Y aprovechando esa buena impresión que había causado en el sastre, se apresuró a decir : Por cierto, monsieur, sabéis que soy nueva en París, ¿es acaso aquella mujer que está con las fragancias la esposa del ministro de la Casa Real? No os deis la vuelta, por favor; mejor dicho, hacedlo con precaución, no deseo importunar a la dama.

Tras espiar con sigilo, el modisto volvió a mirar a Giordana.

—No, no es quien creéis. La dama que veis con los perfumes es Serafina, viuda de Bijux.

—¡Oh, caramba! La confundí con otra persona.

—No os preocupéis. Ya tendréis tiempo de conocer a cada alma de esta ciudad.

—Lo haré. —Y diciendo esto abrió su monedero para entregar al sastre un billete con sus señas—. Tened esto, enviad el vestido a la mansión del barón d'Artois, el viernes por la mañana. La factura por la compra entregadla al barón, se hará cargo.

—Lo tendréis el viernes a primera hora. En tanto, a las cinco y media estaré allí para vestiros. Llevaré un peluquero y dos ayudantes, porque las faldas deberán ser arregladas una vez puestas.

Giordana, vestida ya con su ropa, vio salir a la dama por la puerta principal. Apoyó una de sus manos en el biombo y caviló, y por último, alzó una ceja.

—Monsieur Lemonique, ¿sabéis acaso qué fragancia acaba de llevarse esa mujer? ¡Me encanta!

—Un *Vol de Nuit*, agua de violetas. De mis perfumistas.

—¿Podríais enviármelo con el vestido?

—Solo queda una botellita, habéis tenido suerte, mademoiselle —dijo Lemonique, contemplando el único frasco que quedaba en el aparador.

Giordana mantenía la mirada en esa botellita de fragancia mientras se preguntaba qué hacía esa mujer siguiéndola y luego paseándose tranquilamente por el centro de París.

54

EL PACTO

El Salón del Consejo del palacio de Versalles tenía un finísimo piso de madera lustrosa. La decoración de las paredes, adornadas con espejos y mobiliario dorado, ascendía hasta las cornisas, donde los festones se engalanaban con las gracias propias del rococó. La reina solía atender allí a las personas a las que quería impresionar, generalmente con la intención de que el entorno desconcertara a sus visitas y ella pudiera desaparecer por una de las puertas a los pocos minutos de saludarlos, o para dejar que la recepción corriera a cargo de una dama de confianza, como era el caso: la condesa de Polignac había recibido el encargo de pararle los pies al barón d'Artois.

—Es necesario, condesa —dijo el barón d'Artois, con voz clara y concisa—, que pongáis fecha a la presentación de la *Commedia*.

La reina María Antonieta escuchaba desde el salón contiguo, pero pronto perdió el interés y se acercó a una de las ventanas que daban al patio principal del palacio, muy atenta a los movimientos que había en él. En el salón principal, D'Artois buscaba llamar la atención de la condesa.

—Sí... —dijo ella—. Los preparativos están listos.

—Será un acto espléndido —comentó D'Artois, reclinándose en el sillón.

—En efecto —repuso Polignac—. Haremos un baile de máscaras y el libro se presentará con una pompa que será difícil de olvidar.

—Si me permitís, condesa —sugirió el barón—, quisiera ser tan transparente como vos lo sois conmigo.

—Hablad.

—Existe un problema... Es la letra —dijo, enderezándose de nuevo—. No ha podido cobrarse aún.

—¿Os referís al pago? Seré sincera: me temo que la Biblioteca Real se ha quedado sin fondos. Pero habéis dicho que el ejemplar ya se encuentra en su poder, ¿verdad?

—En efecto, ahora mismo está en el tesoro de la Biblioteca Real.

—Habrá que emitir una nueva. ¿Habéis dicho que eran...?

—Cuatrocientas mil libras.

—Se os darán en cuanto sea posible.

—Sois muy considerada —dijo el barón haciendo una pequeña reverencia.

—Por cierto, barón, tenía algo importante que deciros: problema por problema —dijo la condesa de Polignac, sonriendo—. Se trata de un pañuelo que perdimos en el trayecto de vuelta del castillo a la abadía... Vos me entendéis...

—¿Un pañuelo, decís? Y ¿en qué podría ayudaros yo?

—Tengo entendido que ese pañuelo cayó en manos de Jacques-Antoine Le Byron, capitán de la guardia del cardenal de Rohan. Y que, por el sitio en el que aparentemente se encontró, podría indicar que su dueña había estado paseando mientras se suponía que estaba enclaustrada rezando... No sé si me explico.

Con el semblante serio, el barón se levantó del sillón y fue hacia una de las ventanas.

—Existen rumores —continuó la condesa de Polignac— de que ese capitán irrumpió en cierto castillo, y que intenta demostrar por medio del pañuelo la presencia de su dueña.

El barón la miraba, tan pálido como la nieve.

—¿Es acaso cierto, excelencia? —inquirió la condesa, y observó fijamente al barón.

Pasado un instante, D'Artois asintió, esquivando la mirada.

Polignac recibió la noticia con una indiferencia fingida que le dejó en el rostro un rictus de desprecio.

—Decidme ahora qué pasó en el castillo tras nuestra marcha —ordenó la condesa.

—La guardia del cardenal y Le Byron en persona, por lo que sé, se presentaron al amanecer. El castillo estaba en llamas...

—¿Tomó prisioneros?

—¿Prisioneros? No creo, madame. Por las noticias que tengo, todas las peronas que allí había están muertas.

Madame de Polignac se puso en pie. Caminó unos pasos y se detuvo delante del barón.

—Tan solo deseo saber si el príncipe de Rohan, cuyo carruaje, por cierto, esperamos de un momento a otro en el patio del palacio, podría sospechar algún tipo de relación de la reina con el conde de Cagliostro.

Otro silencio embarazoso inmovilizó al barón.

—¡Responded! —gritó la condesa.

—No dudéis, madame, de que la reina está a salvo. Y algo se nos ocurrirá para dar una explicación a lo del pañuelo. Sin ir más lejos, la reina, en su generosidad con el pueblo, pudo regalárselo a cualquiera de los que fueron a verla para recoger la limosna.

La reina, que tenía el oído fino para los movimientos de palacio, escuchó desde el salón contiguo un abrir y cerrar de tres puertas en los salones que antecedían a aquel en el que se encontraba. El *appartement du roi* disponía de seis salones, y por tal abrir y cerrar de puertas, dedujo la inminente llegada del rey.

—Debéis iros de aquí ahora mismo —le dijo la condesa de Polignac al barón—, el cardenal llegará con el rey de un momento a otro. Yo os guiaré para que nadie os vea salir.

—Condesa —susurró el barón, haciéndole una reverencia.

—Os haré saber las consecuencias, si es que las tiene, de la visita.

Cuando la reina regresó a la pieza principal del apartamento del rey, el barón y la condesa ya se habían escabullido detrás de las cortinas por una puerta oculta. Paradojas de Versalles: se ne-

cesitaba atravesar seis grandes puertas para llegar a aquella habitación, pero una sola para huir, si es que uno contaba con la complicidad de la reina. Apenas se había cerrado la puerta oculta cuando chirriaron los goznes en la principal, y de esta emergió el rey de Francia.

—Mi reina —susurró Luis, escoltado por dos funcionarios y el mismísimo cardenal de Rohan.

El rey vestía de color rosa palo. El cardenal, de púrpura. Los funcionarios, de azul. Los ujieres cerraron las puertas tras su paso.

—Tenía muchas ganas de veros hoy —siguió diciendo el rey, tomando la mano de María Antonieta para besarla.

—Majestad —suspiró ella.

—Lamento haberos hecho esperar —reconoció, y se dio la vuelta—. A mis acompañantes ya los conocéis.

María Antonieta conocía al ministro D'Anguillon; también al teniente general de la Guardia Real, monsieur de Crosne, y al cardenal, que la miraba como el lobo que se esconde bajo piel de cordero. Hacía dos años que Rohan no pisaba la corte y, aunque había envejecido bastante, mantenía la misma arrogancia en la mirada que siempre lo había caracterizado.

—Eminencia —dijo la reina—, es grato volver a veros en Versalles.

—Majestad —respondió el cardenal, con una sonrisa y una mirada no exenta de ironía—, nada más reconfortante que veros nuevamente junto a mi rey.

—Majestad —dijo D'Anguillon mientras le hacía una reverencia a la reina—. Es un placer compartir los asuntos de Estado con vos.

—Majestad —saludó por último Crosne—, vuestra presencia en la sala honra mi servicio como teniente general de la Guardia Real.

—Os preguntaréis —dijo Luis XVI dirigiéndose a su esposa— por qué os he mandado llamar en privado a mis habitaciones, y por qué he venido acompañado por estas personas, ¿verdad?

—Cierto.

—Es un asunto delicado.

—Pues bien, mi rey, aquí me tenéis entonces —dijo María Antonieta, guardando la compostura y sin perder la sonrisa.

Luis XVI dio unos pasos hacia la chimenea, metió una mano dentro de la levita y se quedó pensativo. Sobre la repisa descansaba un bonito reloj cuyas agujas marcaban las tres y media.

—Del mediodía hasta ahora se podría haber recorrido una buena distancia en carruaje —dijo sin quitar los ojos del reloj—, ¿siete leguas, diez acaso? Eso depende del postillón y la sangre pura de los caballos. Imaginad entonces, mi reina, cuánta distancia podría recorrer alguien que en vez de tener tres horas y media dispusiese de dos días enteros para hacerlo.

La reina miró al rey, asintiendo. El cardenal la miraba a los ojos esperando algún desliz que no se produjo.

—Por cierto —dijo el rey, volviéndose hacia los presentes—, ¿alguien sabe cuánta distancia se puede recorrer en dos días completos?

—Setenta leguas —respondió Crosne—, y más aún, si se conocen los caminos.

—Y decidme vos, ministro D'Anguillon, que estáis familiarizado con la cartografía del norte: ¿qué distancia separa la ciudad de Caen del bosque de Brix en Normandía?

—Veinte leguas, majestad.

—Es decir, que un viaje de ida y otro de vuelta...

—En dos días sobraría tiempo para ir y volver —confirmó el ministro.

—¿Adónde queréis llegar con esto, caballeros? —preguntó la reina, que seguía sonriendo con las manos sobre la falda, mientras los miraba de uno en uno.

El ministro y el teniente general prefirieron esquivarle la mirada; no así el cardenal, que parecía disfrutar con la situación.

—Mi reina —dijo el rey—, cunden rumores que han de espantar incluso a los oídos más inmorales de nuestro palacio, que estoy dispuesto a clarificar aquí, con vos, delante de estos caballeros.

Era una encerrona, ya estaba claro para la reina.

—Y ¿qué dicen esos rumores? —preguntó María Antonieta, con tranquilidad.

—Que vuestra majestad abandonó la abadía de Caen —dijo el ministro—, que viajó veinte leguas hasta un remoto castillo, dentro de un bosque, donde pasó la noche en una reunión anticristiana, y que regresó poco antes del amanecer.

La reina se puso tan pálida que todos creyeron que iba a desvanecerse.

—¡Mi reina! —exclamó el rey mientras se abalanzaba hacia ella y la tomaba por los hombros—. ¡Tranquilizaos! Sentaos aquí, en el sofá, y respirad...

El ministro, que se sentía culpable de la situación, sacó su pañuelo y comenzó a abanicarla.

—Perdonadme —dijo—, debí haberlo expresado con sensibilidad.

—No, está bien —dijo el rey—. ¿Estáis bien, mi reina? ¿Podéis respirar?

María Antonieta asintió en silencio. Mientras tanto, Crosne se había levantado hasta la mesita de los licores y había servido una copa de armañac que acercó a la soberana.

—Tomad esta copita. Os hará bien.

La reina apuró la copa y un rubor comenzó a dibujarse en sus mejillas.

—¿Estáis mejor? —preguntó Luis, arrodillándose a sus pies—. Si esta es la reacción que el rumor provoca en vos, imaginaos si llegase a oídos del pueblo.

—Sería una infamia —dijo ella, con los ojos llenos de lágrimas—, otra más... Como sucedió con el collar...

Aquellas palabras silenciaron a los presentes, incluyendo al rey. El collar de diamantes era un tema que en Versalles todos deseaban olvidar. El rey besó la mano blanquecina de la reina y se puso en pie. La mirada azul del rey recorría aquellos adornos dorados que engalanaban la habitación. Pensaba. Debía ser cauto. Y debía también, sin duda, estar preparado para escuchar la verdad.

—Entendéis, mi reina, la gravedad del caso, ¿verdad?

—Yo, más que nadie —dijo ella, entre sollozos.

—Os haré una pregunta, entonces, y es preciso que respondáis con la verdad.

—Siempre respondo con la verdad a mi rey.

Luis XVI se dio la vuelta para mirar a su esposa.

—No importa lo que haya pasado, María Antonieta —le dijo—, pero sabed que solamente podré arreglarlo si confesáis ahora toda la verdad... ¿Abandonasteis la abadía de Caen para pasar la noche en una bacanal celebrada en un castillo?

María Antonieta, actriz consumada, pareció profundamente herida en lo más íntimo, acusada de tales vilezas delante de semejantes testigos por su mismo esposo, el rey de Francia. La expresión que se dibujó en su cara fue tal que el rey ya la consideraba inocente antes de que hablara.

—Jamás. Nunca cometería tal aberración.

55

EL RUMOR

Ante la respuesta de la reina, el rey de Francia la miró de manera conciliadora.

—Es solo un rumor —dijo—, y no existe mejor modo de disipar las dudas que preguntándoos a vos, que sois mi reina.

—Y vos, mi rey, ¿qué creéis? —dijo ella—. ¿Me creéis capaz de eso?

—Yo solo creo lo que vos digáis. Entonces, mi reina, ¿nunca abandonasteis la abadía en carruaje?

La reina observaba la mirada abyecta que le dirigía el cardenal, por encima del hombro de su marido. Se daba perfecta cuenta de que el prelado estaría bien informado. Su mirada era diferente a las del ministro y el teniente: era una mirada que no albergaba dudas, como si creyera saber a la perfección los inenarrables secretos de su intimidad. La reina lo meditó, y pensó que podía desarmar al cardenal de su única herramienta de extorsión. Allí estaba aquel hombre, el más ambicioso de Francia, aguardando su respuesta; el hombre que, a pesar de ser un enemigo, tenía ahora la potestad de salvarle nada menos que el honor. Un honor real, que debía sostener frente a veinticinco millones de franceses.

Pensó rápido. Pensó maquiavélicamente. El cardenal tenía aspiraciones políticas, era un hombre al que podía seducir, alguien a quien podía favorecer. O podía confiar en su marido. Podía matar a la víbora o escucharla silbar. Eso mismo decidió en una fracción de segundo la reina de Francia.

—Entonces, mi reina, ¿qué respondéis al rumor? —preguntó de nuevo el rey.

—Es falso —dijo—. Jamás me ausenté de la abadía de Caen.

El rey cerró los ojos, liberado ya de un gran peso. El cardenal miró a la reina.

—Ya lo veis, señores: la reina es inocente —sentenció, volviéndose, el monarca.

—¿Permitiría Su Majestad que haga una pregunta a la reina? —pidió Crosne.

—Por supuesto, monsieur. Estamos aquí para desactivar el nefasto rumor.

—Majestad —le dijo Crosne a la reina—, y perdonadme que sea tan directo. ¿Habéis tenido alguna relación con el conde de Cagliostro?

—Nunca.

El cardenal seguía observando; sus labios finos dibujaron una escuálida sonrisa.

—¿Habéis recibido cartas de él?

—Nunca.

—¿Emisarios en su nombre?

—Nunca.

—¿Habéis oído hablar de una hermandad que celebra sesiones secretas?

—Nunca.

—¿Habéis asistido a una sesión secreta en los sótanos del castillo de Martinvast?

La reina miraba fijamente al teniente, seria y disgustada.

—Es suficiente —zanjó el rey—. La reina ha sido clara.

—¿Quién ha podido ser tan vil como para propagar el rumor? —balbuceó María Antonieta desde el sofá.

El rey se quedó mirándola. Sobrevino un silencio, cuando pareció que Luis XVI iba a reaccionar después de un rápido parpadeo.

—En fin, ya no importa. Los rumores solo alimentan más rumores. Hemos terminado con el asunto. Ministro D'Angui-

llon, preparad una reunión en el Salón de los Espejos para las cinco. Pasaremos la tarde reunidos con los altos mandos del ejército, es preciso colocar destacamentos en torno a París. Temo revueltas. El pueblo no se contentará con la palabra de la reina tal y como yo me he contentado. Confío en mi esposa, pero mi pueblo no confía en mí.

—Como ordenéis, majestad —respondió Crosne.

—Mi reina —suspiró el rey, besando la mano lívida de María Antonieta—, Francia me reclama. Os veré por la noche para cenar.

Después de una reverencia, el rey, acompañado por sus ministros, altos mandos y secretarios, se retiró del cálido salón. La reina se quedó sola en sus aposentos, a la luz de los candelabros, con la mirada ausente puesta en el dorado intenso que reflejaban los altos techos de su alcoba. Fue entonces cuando entró madame de Campan.

—Majestad —dijo—, el cardenal de Rohan quisiera veros.

—Hacedlo pasar —dijo la reina tras un momento de duda. No podía esquivar el enfrentamiento; cuanto antes solucionara el asunto, mejor.

Tras unos minutos, madame de Campan aparecía por la puertecilla secreta tras los cortinajes. Hizo pasar al cardenal y se retiró.

—No comprendo a qué viene esta segunda visita, cardenal, y venís solo. ¿Cómo osáis presentaros ante mí sin conocimiento del rey? —espetó la reina, mirando fijamente al cardenal.

—Majestad, a estas horas no tenéis mejor aliado a quien recurrir. Ni siquiera el rey. Y mi visita es muy oportuna, diría yo, si es que queremos edificar una confianza mutua a partir de ahora.

—Mentís.

—La humanidad fue expulsada del paraíso por una simple mentira, mi reina; no obstante, Dios aún nos ofrece una vía de salvación.

El cardenal de Rohan miraba a María Antonieta con deleite. Apenas podía creerse aquello que estaba sucediendo. Se encon-

traba delante de la reina de Francia, sí, la misma que ahora, con un hilo de respiración, lo observaba con ojos expectantes.

—Salvación —susurró ella—. ¿Prometéis una?

—La obtendréis.

—Y ¿cómo osáis buscar la confianza de la reina?

—Me hicisteis entrar por una puerta secreta. Estamos a solas. Estáis confiando ya, majestad. Yo os protegeré.

La reina lo miró un instante; sabía que se metía en un intrincado laberinto de ambiciones.

—¿Qué sabéis del rumor que ha llegado al rey? —le preguntó directamente al cardenal.

—Soy el padre del rumor, majestad. Yo mismo lo he susurrado a oídos del rey. Lo hice para protegeros.

—¿Me vilipendiáis para protegerme? Curiosa manera, príncipe de Rohan —dijo ella, sonriendo con ironía—. Más bien parecéis dispuesto a extorsionarme. Lamento tener que decepcionaros, ya oísteis al rey. El asunto está zanjado.

—Lo estará, siempre y cuando no le muestre una prueba que os incrimina. Vuestro pañuelo —dijo, y sonrió— está en mi poder. Lo olvidasteis en un carruaje, fuera de la abadía. No pongáis esa cara, mi reina, cuento con testigos. Pero no solo eso, también hay un escrito, uno que detalla minuciosamente vuestra estancia en el castillo de Martinvast en una bacanal donde personificasteis a Medusa. Qué ironías guarda el destino.

La reina palideció como un cadáver; se diría que estaba desarmada y sin defensas. En efecto, el cardenal tenía pruebas suficientes para probar que ella había mentido; también, que sus pasatiempos poco cristianos los compartía con un prófugo de la Corona. El cardenal, que había notado el miedo y el cambio de actitud de la reina, aprovechó para pedirle sin más miramientos:

—Entregadme a Cagliostro.

—No está en mi poder hacer tal cosa.

—Si lo hacéis, mi reina, entregaré su cabeza al rey. Y limpiaré toda prueba que os vincule a esa sociedad secreta y a esa fatídica noche.

La reina seguía en silencio. Tenía la conciencia tranquila, pero sabía que el príncipe de Rohan no la dejaría escapar así como así. El pañuelo podía incriminarla, llevaba sus iniciales bordadas.

—Pero, me pregunto, ¿quién no pierde alguna vez en su vida un pañuelo por los intrincados caminos de Francia? —susurró ella—. Con todo, siempre ha de existir un buen caballero que sea capaz de devolvérselo a su dueña.

—Un pañuelo lo pierde cualquiera, majestad. Y ese buen caballero soy yo.

—Dádmelo, pues.

—Hay algo más —murmuró el cardenal, sentándose junto a María Antonieta—. Me propondréis como ministro de Finanzas.

La reina sonrió con ironía.

—Me extorsionáis, y por vía doble. Me resultáis patético, cardenal.

—Lo llamaría protección: la única forma de romper el hechizo que el conde de Cagliostro mantiene sobre vos. Y de colocarme en un puesto donde podré ayudar a Francia en esta gran crisis que la amenaza tan duramente...

—Jamás he visto a ese hombre, no ejerce ningún hechizo sobre mí; sois vos quien os agarráis a esa vaga posibilidad para acercaros al poder.

María Antonieta pensaba fríamente en sus posibilidades. ¿Valía un simple pañuelo el reino de Francia?

El príncipe de Rohan intentó convencerla.

—Os encargaréis de encumbrarme y una vez que lo halláis logrado, mi reina, os garantizo que seréis inmune a cualquier rumor.

—¿Qué más? ¿Qué más pretendéis, eminencia, si os franqueo el camino para llegar a ser ministro? —preguntó ella, fuera de sí.

—No soy la clase de persona que suponéis, majestad. Si lo hacéis, si me dais lo que pido, quedaréis libre de mí. —Mentía; el cardenal jamás permitiría la independencia de ninguna mujer

que hubiera caído en su telaraña—. A cambio de Cagliostro, yo destruiré las pruebas contra vos.

La reina se quedó mirándolo, tal si observase un fantasma que regresaba producto de una maldición.

—Por favor, cardenal, retiraos. Estoy cansada. Todo este asunto me duele, y más aún si viene de vos. Ahora, en vez de un collar, un pañuelo...

56

LA ÓPERA

El viernes por la noche, la Ópera de París se encontraba atestada de espectadores. Las carrozas habían comenzado a llegar a sus puertas desde el atardecer. El barón d'Artois y mademoiselle d'Estaing fueron recibidos por el ministro D'Anguillon y su esposa.

—Bienvenido, barón —dijo el ministro estrechándole la mano—, es grato saber que aceptasteis la invitación.

—Jamás hubiese renunciado a ella.

—Bienvenida, mademoiselle d'Estaing —dijo el ministro, besando la mano de Giordana—, es un placer conocer a la futura baronesa d'Artois.

Giordana hizo una reverencia ante la pareja y agradeció las palabras del ministro con una ligera sonrisa.

—Joven y bonita —la aduló la esposa del ministro—, nueva en la ciudad, en la política también; deberéis acostumbraros a las envidias tanto o más que a los días de lluvia.

—La envidia nos fortalece, señora —respondió el barón antes de que lo hiciese Giordana, a quien besó la mano, para luego añadir—: Me han dicho que la obra de esta noche está de estreno.

—Desde luego —dijo D'Anguillon—, y la veremos desde un lugar privilegiado, nuestro palco en la segunda grada. No hallaréis uno mejor en toda la ópera.

Giordana, nerviosa, desvió la mirada hacia las ventanas del vestíbulo. La luna plateada asomaba detrás de los nubarrones.

—¿Mademoiselle?

—Perdón —respondió Giordana—, ¿decíais?

—Si gustáis, podemos ir yendo al palco —la invitó la mujer del ministro—. No queremos perdernos el comienzo.

—Sí, por supuesto. Os sigo.

Las dos parejas subieron por la escalera principal hasta la segunda planta y allí tomaron un pasillo aterciopelado hasta el palco. La función estaba a punto de comenzar, y, en efecto, el ministro no había exagerado: el palco tenía una visibilidad inmejorable de la escena y de toda la sala, con unas cortinas que mantenían en la penumbra a los que allí se encontraban. Giordana se acomodó sobre el balconcillo. Sus ojos tardaron un poco en acostumbrarse a la oscuridad. La sala estaba repleta, con toda la atención puesta en el escenario. El telón se abrió y mostró a un hombre vestido de azul que se abría paso por un bosque bien ambientado, sobre el que descendió una luna llena que quedó pendiendo sobre las altas ramas de los árboles. Aquel hombre, según entendía Giordana, estaba a punto de encontrarse con alguien.

Giordana apartó la vista del escenario para mirar la sala, atenta a su inminente encuentro. Tomó los binoculares y observó los palcos opuestos. Y mientras lo hacía, intentaba adivinar la lógica de aquel con quien debía encontrarse y le pareció que no tenía sentido, pues quien tanta discreción empleara en el café Le Monde, en la ópera la había citado en un palco ocupado por el ministro y el barón. Detrás de ella, el barón hablaba en voz baja con el ministro. Y con tan solo una butaca de por medio, con el ojo también puesto en los binoculares, la señora del ministro se abstraía de todo mirando el espectáculo. Giordana abandonó los binoculares para volver los ojos al escenario. El actor principal se había detenido para observar la luna; la contemplaba embelesado, absorto en medio de tanta soledad.

—Mademoiselle d'Artois; querida —susurró el ministro—, permitidnos que nos ausentemos un instante. Los asuntos de Estado apremian.

—Regresaré hacia el final del primer acto —dijo el barón, acomodándose las solapas de la levita—. El teatro es un buen sito para sellar pactos sin ser visto. Volveremos pronto.

Y se retiraron. Giordana se concentró de nuevo en el escenario. La nieve artificial comenzaba a caer sobre los árboles y también sobre la hermosa cabellera del hombre que se había atrevido a ir al centro de ese bosque. Después de que la orquesta rematara con estridencia de violines, el hombre, que ahora caminaba desorientado en tanto que la luna se ocultaba entre nubarrones, se detuvo al pie de una capilla derruida. Un telón se había alzado para mostrarla, al fondo del escenario. En ese instante, un acomodador entró en el palco y susurró unas palabras al oído de la esposa del ministro.

—Debéis disculparme, Giordana —dijo madame d'Anguillon—. He de ausentarme por fuerza mayor. Estaré de regreso para el último acto.

Giordana consintió con una mirada y vio cómo la mujer del ministro abandonaba el palco. Volvió sus ojos hacia el escenario: de aquella capilla en ruinas había emergido una sombra. Y el teatro entero gritó de terror.

—¡Me habéis invocado! —gritó la sombra. Era una dama, vestida de negro, que llevaba un candelabro encendido.

—¿Quién sois? —preguntó el hombre.

Sobrevino el silencio en la sala y Giordana se estremeció en la butaca, encontrándose de pronto muy sola en el palco.

—El diablo —susurró alguien a su oído, desde la butaca trasera.

—¡El diablo! —exclamó también la dama del escenario.

Mientras el público se asustaba, Giordana se agitaba al tiempo que intentaba volverse. Esa voz con acento italiano, ese aliento cálido en su nuca...

—Mantened la vista al frente —siguió diciendo esa voz a su espalda—. Pensé que no vendríais, futura baronesa...

—Simone —susurró.

—Recordáis mi voz.

—Clara como el agua.

—No sabéis lo que he soñado con este momento.

Ella suspiró.

—Permitid que os mire, por fin, a los ojos. Quiero besaros —dijo ella.

—Giordana, mi amor... El barón está a dos palcos de aquí, junto al ministro D'Anguillon. Se los ve entretenidos, no regresarán en un buen rato. La señora del ministro, sin embargo, ha ido a ver a su amante; la vi bajar, tardará su tiempo. Pero con ellos no se acaba el peligro.

—Os extrañé tanto...

—Mirad al escenario —dijo Belladonna—, y escuchadme sin volveros.

—No lo haré. ¿Qué queréis que observe?

—Cerca del telón, a un costado del escenario, ¿veis al hombre que mira con binoculares?

—Está mirando hacia aquí.

—Y ¿aquel otro, en el palco del primer piso, junto a la columna con festones dorados?

Un segundo hombre vestido de gala, binoculares en mano al igual que el primero, observaba también el palco.

—¡Por Dios! —suspiró ella, disimulando el sobresalto y desviando la mirada al escenario.

—No debéis volveros —dijo otra vez Simone—, supondrán que no estáis sola como creen. Si eso ocurre, vendrán por mí y me atraparán.

—Tenéis problemas, Simone. La guardia os sigue los pasos.

—Hice lo que me pedisteis, Giordana. Atravesé la puerta, tomé la manzana y caí en el infierno.

Giordana sintió el dedo del corso rozar su nuca, una caricia muy dulce que recorrió la línea donde nacían sus cabellos.

—Lo lamento —se condolió ella—. Os he hecho mucho mal. Pensé que habíais muerto en el incendio... July... No sé nada de ella. Simone, ¿he de darla por muerta?

—No os lamentéis. No tengo los diamantes y acabé encerra-

do tanto tiempo porque la curiosidad me pudo y abrí la caja. Eso me hizo perder un tiempo muy valioso.

—No debí involucraros en todo esto —suspiró ella.

—Me involucré desde el primer momento en que os vi, Giordana... Y no lloréis por July: está viva. De hecho, si yo lo estoy es gracias a ella y a su hermano.

A Giordana se le encendió la mirada, como si con aquellas palabras acabara de arder una hoguera en su interior; sus ojos ahora brillaban de alegría.

—¿July tiene un hermano? —se sorprendió ella.

—Ya habrá tiempo para contaros, pero ahora no. Jacques es el muchacho por el que os envié el recado a casa y el que os esperó en el café. Ambos están en mi casa, escondidos, pero no es buen lugar. La han registrado y volverán a hacerlo. Solo os diré que hemos recorrido media Francia, escondiéndonos y regresando de vez en cuando a casa, esperando... Esperando a que tuvierais todo arreglado para rescataros. Y porque la *Commedia* y los diamantes nos han metido en una historia compleja y muy peligrosa.

Giordana suspiraba de alegría, y de pena, porque lo que más quería en ese momento era escapar de la ópera de la mano de Simone.

Belladonna apoyó el mentón sobre el hombro de Giordana, y le dijo en un susurro:

—Ahora que no tengo los diamantes, ¿aún queréis escapar conmigo? No podré acompañaros a palacios, ni a teatros, lamento decir, salvo que lo haga como ahora mismo, entre sombras.

Y dicho esto, le dio un beso leve en el cuello.

—Conservo vuestro anillo —dijo ella, y cerró los ojos.

—Y yo el vuestro. ¿Qué tenéis pensado hacer, Giordana?

—Entregarme a vos. Amaros mucho.

—Empecemos ya.

Ella asintió. En el escenario, el actor principal caminaba entre las ruinas de la iglesia al encuentro de la dama de negro. El

público clamaba de terror cuando un coro de violines subió de escala para imitar un viento tormentoso.

—Los tuve en mis manos —confesó él—. Los diamantes. Y creo que sé cómo recuperarlos...

Ella se mantenía en silencio con la mirada clavada en el escenario mientras intentaba controlar todas las sensaciones que la atravesaban.

—Los tocasteis —suspiró.

—Fríos y hermosos. Serán nuestros, Giordana...

La joven supo enseguida que Simone se había ido. La obra seguía su curso. Fausto descubría con pavor la verdadera identidad de aquella mujer vestida de negro: era Lucifer, con quien no tenía más remedio que hacer un pacto.

57

TENTACIONES DEL PALACIO

Luis XVI se encontraba ya en el Salón de los Nobles, acudiendo a la llamada de su esposa. Aquella estancia con las paredes tapizadas de color azafrán era el sitio en el que la reina fijaba sus audiencias. Una vez que el rey se detuvo al lado del fuego, acercó las manos al calor de la brasa y llevó los ojos al hermoso reloj dorado que remataba el antepecho de la chimenea. Madame de Campan, atenta a cada movimiento, cerró las puertas para que los reyes se quedaran a solas.

—Mi reina —dijo Luis—, mandasteis llamarme.

—Como veis, os necesitaba con premura, y madame de Campan sabe bien dónde encontraros dentro del palacio.

El rey sonrió.

—Madame de Campan es más lúcida que muchos de mis ministros.

—No es muy habitual veros —dijo ella, esbozando otra sonrisa, más proclive al reproche que a otra cosa.

—Mi reina, sabéis bien que vendría a veros con más frecuencia si los problemas de este país fuesen más sencillos.

—Confieso que me gustaría teneros aquí más a menudo, mi rey —suspiró ella.

El rey acarició el bonito reloj de oro y se volvió para admirar a la reina en todo su esplendor. María Antonieta era tan bonita, tan delicada y dulce, que aquella invitación, a los ojos de un rey habituado a los usos de la política y las guerras, le había intrigado.

—Bien, mi reina, aquí me tenéis. Soy todo oídos.

—Nunca me habláis de vuestros problemas, Luis.

—¿En verdad queréis saberlos?

—Por supuesto. Soy la soberana.

El rey forzó un pequeño silencio y se cruzó de brazos. Luego, asintió.

—Son mis ministros —dijo—. La economía, los ejércitos, los Estados Generales... La harina y el pan, la leña que escasea... Pero, mi reina, ¿desde cuándo os interesan los asuntos de Estado?

—Yo podría ayudaros. ¿Pensáis que no soy capaz?

—¡Oh, no! Escucharé con atención vuestro consejo. Aunque os hacía más interesada en el teatro que en las agendas del gobierno... —aseveró el rey, y se sentó enfrente de su esposa.

—Siempre sentí gran respeto por vuestra labor de gobernante, mi amado rey —aseguró María Antonieta—. Mi reclusión en el teatro y en el palacete tan digno que preparasteis para mí es más bien un retiro de la corte, con sus intrigas que tanto daño me hacen, y que tienen que ver más con vuestro antecesor que con vos, bien lo sabéis.

El rey asintió, sabedor de la inquina de alguna amante de Luis XV en contra de su esposa.

—Pero eso no quiere decir que no esté atenta a los problemas de mi reino —continuó la reina—, ni a los esfuerzos que hacéis por solucionarlos. Desde mi retiro en el Trianon, observo el frenesí con que os empeñáis en salvar el reino de los muchos escollos que lo acechan.

La reina se levantó y paseó hasta su escritorio. Y desde allí se volvió a mirar al rey con aquellos ojos azules y penetrantes.

—La economía tendrá que esperar —dijo María Antonieta—, nuestra ayuda a la independencia americana nos ha desangrado; no obstante, los negocios allí florecerán, y Francia florecerá con ellos. En cuanto a los ejércitos, majestad, recomiendo que desoigáis al duque de Orleans y mováis las tropas de la frontera a los accesos a París.

El rey la miraba azorado; aquellas palabras en boca de la reina parecían dictadas.

—Ya que queréis asesorarme, mi reina, os diré que los ejércitos a los que os referís ni siquiera son de franceses; son mercenarios, tropas de suizos y alemanes, y precisamente están en la frontera para no poner en peligro la paz interior.

—Sin embargo, mi rey, esas tropas serán más fieles que las propias, siempre que el duque de Orleans no esté al mando.

—París está seguro tal y como está, mi reina —replicó el rey algo contrariado.

—Pero vos sabéis que eso es justo lo contrario de lo que afirma el barón de Besenval. —La reina le miró fijamente—. Y no es la primera vez que lo dice. Las guarniciones de París podrían ponerse al lado de los insurrectos...

—El barón de Besenval exagera.

—Traed a las tropas alemanas y suizas —insistió la reina—. Y no solo eso: debéis prescindir de Necker.

El rey estuvo tentado de sonreír. La reina se había aplicado, como diligente alumna, a la tarea de sondear el estado del país, pero Necker era el único ministro que lograba sanear la bancarrota en una Francia que parecía no tocar fondo.

—Imposible.

—Abrid los ojos: es Necker quien alienta las protestas de la Asamblea de los Estados Generales y os conduce a una trampa.

—No existe trampa cuando los tres estados están en armonía. En los últimos cuatrocientos ochenta y siete años, los Estados Generales se han reunido veintiuna veces y aquí estamos: el reino sigue en pie.

—He ahí la trampa, majestad.

—¿Trampa? ¿Dónde veis la trampa?

—El tercer estado duplicará su cantidad de diputados. El pueblo tendrá mayoría abrumadora sobre la nobleza y el clero. Y lo que hoy es especulación se convertirá en ley. Perderéis el control del reino.

—¿Cómo sabéis esas cosas? —inquirió el rey, frunciendo el entrecejo.

—Os lo dije, mi señor. Mi retiro de la corte no es alejamiento de vos, ni de los problemas de nuestro pueblo. No solo me rodeo de modistas, zapateros y dramaturgos. Francia preocupa a los franceses, y a mí me preocupa, sobre todo, mi rey.

El monarca la miró con una mezcla de sorpresa y admiración. Pero María Antonieta estaba inspirada: toda la presión que había acumulado en los últimos días cuajó en una oratoria fácil y certera que le salía de lo más hondo.

—La única forma de conservar el poder será disolviendo la Asamblea. Y para ello, debéis tener los ejércitos en París. Será un aval para evitar posibles alzamientos.

—Mi reina...

—Necker debe renunciar —insistió ella—, y el duque de Orleans irse al exilio.

—Mi reina, el duque de Orleans ya perdió su mando en la Marina porque vos lo pedisteis. ¿Lo recordáis? ¿Queréis ahora que lo destierre de París?

—Me odia desde entonces. Estará del lado de los jacobinos si es que ha de elegir entre vos y el resto.

—De acuerdo —dijo Luis, caminando por el salón hasta llegar al escritorio. Entonces posó ambas manos en el tablero y miró a los ojos cristalinos de su reina—. Imaginaos por un instante que os hago caso y lo reemplazo. ¿A quién pongo en su lugar?

—Al cardenal de Rohan.

A Luis XVI lo desconcertó oír ese nombre. Habría esperado que mencionara a cualquier otro. No a él.

—Señora —dijo—, ¿me estáis pidiendo que ponga al cardenal como ministro de Finanzas de Francia?

—Cuenta con el apoyo del pueblo. Y también con el mío.

—Pero ese hombre maquinó en la sombra para ofenderos, no tuvo reparos en recurrir a los medios más mezquinos con tal de mancillar vuestro honor y acercarse al poder que tanto codi-

cia. Por ello lo desterré de París. Y sé que aprobasteis tal severidad. Creía que lo odiabais...

—Podré soportar su presencia. Lo haré con gusto si con ello evito otra matanza de San Bartolomé.

El rey quedó pensativo. La reina había estado conversando con el cardenal, no tenía dudas, y eso lo intrigaba. No sabía qué palo habría tocado el príncipe de Rohan para acercarse de nuevo a María Antonieta. Las teorías políticas que acababa de escuchar no eran del todo descabelladas, aunque sí arriesgadas, por mucho que su gabinete estuviera visiblemente desgastado. El rey guardó silencio y miró a su esposa sin pronunciarse.

—Necesito un favor —le dijo ella, con un tono más frívolo, tomándole de las manos—. Uno muy pequeñito... Fondos para anunciar mi nuevo proyecto.

—Los tenéis de vuestra renta.

—He gastado todo mi dinero.

En efecto. Por falta de dinero, la reina había emitido letras que debía cumplir para adquirir la *Commedia*. Pero necesitaba más.

—¿A cuánto asciende, pues, ese pequeñito favor? —preguntó el rey, sin ocultar su disgusto.

—Medio millón.

—¡Imposible!

—¿Imposible?

—Acabo de enumerar los infinitos problemas que atraviesa Francia, no hay margen para dilapidar medio millón. ¿Para qué necesitáis esa cantidad, mi reina?

—Para una fiesta. Una grande, donde presentaré la *Commedia* que adquirí y en donde, además, anunciaré la obra de teatro basada en ella.

—Lo haréis —respondió Luis—. Podéis esperar al verano. Vuestra renta anual consta de tres pagos; ya habéis gastado uno, como habéis dicho, pero en verano estaréis en condiciones de acceder a los otros fondos.

La reina negó con la cabeza.

—Es demasiado tiempo —susurró—. Majestad, acabo de da-

ros consejos que ninguno de vuestros ministros os daría jamás; acabo de señalar el rumbo para que el país no entre en las turbulencias políticas que podrían llevarlo al colapso; acabo de daros incluso el nombre de la persona que podría hacer las reformas necesarias... Acabo de daros todo eso, y fijaos que, a cambio, no tengo vuestro apoyo para estrenar una obra de teatro en el Pequeño Trianon. ¿Acaso no veis, mi señor, la iniquidad de todo ello?

El rey mantenía la mirada firme y la escuchaba con atención cuando unos golpes sonaron en la puerta, y tras esta, asomó una visita inesperada.

—¡Condesa! —gimoteó la reina—. ¡No! ¡No os vayáis! Venid, venid con nosotros.

—Perdón, majestad —dijo la condesa de Polignac—, no pensaba que...

—Mi condesa —dijo el rey—, adelante, vamos... que no habrá un sitio en este palacio que cierre la puerta a vuestro paso.

Entonces el rey besó la mano de la condesa, a quien estimaba mucho.

—La conversación estaba ya casi acabando —dijo la reina, tomando el delgado brazo de la condesa.

—Mi rey —dijo Polignac—, no sabéis lo bonito que estará el teatro para la nueva función. La reina y yo estamos trabajando para que seáis vos el espectador de honor.

El rey miró a María Antonieta con suspicacia. La conocía lo suficientemente bien como para que hubiera preparado esa entrada, sabiendo el aprecio que él tenía a la condesa.

—Por supuesto —convino Luis, volviéndose para mirar a su esposa—. A propósito, estábamos hablando de eso, y no dudo que la función será un verdadero éxito.

—Lo será —afirmó la reina mientras pensaba: «Justo a tiempo, tal y como le pedí».

—Solo debemos esperar a septiembre —dijo el rey, sonriendo, mientras pensaba: «No quisiera contradecir a la reina delante de la condesa».

—¿Y por qué no a finales de junio? —propuso la reina.

El rey negó con la cabeza y una sonrisa luminosa.

—En septiembre —insistió.

A esto siguió un silencio. La reina aprovechó para ir a la mesa y decir:

—Espero, majestad, que tengáis tiempo para beber una copa con nosotras.

—Por supuesto. Brindaremos por la obra y me retiraré. Me aguardan mis ministros.

La reina sirvió tres copas de vino dulce. El rey se iba a ir y las esperanzas de María Antonieta se evaporaban como lo había hecho la nieve en cuanto asomó la primavera.

—Septiembre no puede ser, majestad. La obra deslucíría en otoño —porfió la reina, y al ver el gesto reticente del rey, añadió—: No os preocupéis por la presencia de la condesa, es como mi sombra, podéis hablar con libertad delante de ella.

—La condesa cuenta con mi confianza. Solo que temo aburrirla con nuestros asuntos.

—Los asuntos de vuestras majestades jamás pueden ser aburridos —dijo la condesa de Polignac, sonriendo.

María Antonieta volvió a mirar a su marido.

—Que sea en julio, entonces. Una fecha más próxima.

—No se trata de un capricho. Para esa fecha no dispondréis de los fondos —repuso el soberano.

Era un asunto de dinero. La reina bebió sin apartar la mirada del rey.

—Podría hacer una concesión: dejar por el momento la grandilocuencia de lado y hacer caso a madame de Calvert. Realizar una bonita reunión en sociedad será más económico; ni actores, ni sastres, ni coreógrafos, ni los costosos decorados... ¿Cien mil libras? —dijo María Antonieta, en el que parecía ya el último de sus argumentos.

—Sigue siendo una cifra elevada, mi reina —replicó el rey, aunque ya menos convencido.

El rey estaba dudando, y no era ocasión de dejar pasar la oportunidad.

—Y podría ser a mediados de julio —continuó ella—, tan solo un baile de máscaras y, en medio, expondremos el libro.

—El baile podría ser en el Salón de los Espejos —propuso la condesa de Polignac—, aquí, en palacio.

—Es una excelente idea —la apoyó la reina.

El rey, dudando aún, bebió de su copa sin traslucir sentimiento alguno. La idea de un festejo en época de crisis no era lo más oportuno. No obstante, en un mes las crispaciones sociales podían menguar. María Antonieta sabía que ese silencio acarreaba la duda. Necesitaba algo más que le convenciese.

—Nos haríais felices a la condesa y a mí si aceptáis, majestad.

—No metáis a la condesa en esto, mi reina —dijo Luis, que de la duda había pasado al enfado: ya sabía hacia dónde se dirigía la reina.

El rey continuaba inmóvil, atacado por un temblor que recorrió sus piernas y trepó por su espina dorsal como un relampagueo. El verano anterior, en el estanque de los Suizos, un extraño interés había nacido en el pecho de Luis, uno que llevaba clavado como una astilla y que ahora su esposa comenzaba a remover de manera deliberada. En el estanque de los Suizos, el rey había espiado a la condesa mientras esta se bañaba junto a sus doncellas. La vio salir del agua con la ropa mojada, adherida al cuerpo, trasluciendo los tesoros que se cubrió con las manos, con un recato que acabó por conquistar la admiración del monarca.

La condesa buscó a la reina tras un fugaz parpadeo y encontró en la soberana una mirada de aceptación. Entonces Polignac se ruborizó. María Antonieta acababa de ponerla en una situación muy incómoda.

—¿A vos os gustaría un baile de máscaras, condesa? —preguntó la reina mirando a su amiga.

—Por supuesto, majestad —dijo ella, con voz vacilante—, pero si el rey...

—El rey os escuchará, ¿verdad que sí, mi amado? Por favor, condecedle una audiencia a la hora en que podáis, tras vuestras

múltiples reuniones. Ella se expresa mejor que yo y podrá explicaros por qué es necesario presentar el libro lo antes posible.

Luis XVI continuaba inmóvil, con la respiración entrecortada y sin siquiera atreverse a mirar a la condesa, tal era el recuerdo.

—De acuerdo... Condesa, os enviaré recado cuando tenga un momento libre —consintió el rey—. Mi reina, mucho va a tener que esforzarse la condesa para convencerme...Y ahora, he de irme.

El rey salió del salón, y la reina, satisfecha, se fue a su alcoba, no sin antes acercarse a la condesa, tomarla por la cintura y darle un beso dulce y suave en los labios. Le agradecía el sacrificio; comprendía lo que significaba para ella, cuyo aprecio por los hombres era inexistente. Mientras entraba en su alcoba y cerraba la puerta tuvo la triste sensación de haberla perdido para siempre. Pero, aun así, al cabo de un instante sonrió. La recompensa valía la pena.

NOVENA PARTE

Advenimiento

58

LA MANSIÓN DE CHÂTELET

El barón d'Artois se había encerrado en su gabinete para que nadie lo molestara. Mantenía la atención fija en su libro de contabilidad, y no era para menos; el hecho de haber tenido que hacer el balance tres veces lo sumía en el desconcierto. Tomó el pañuelo y secó el sudor que le salpicaba la frente. No había duda, las matemáticas no se podían equivocar tanto: estaba en bancarrota. Se mordió entonces el labio y lanzó ese alarido tremendo que llevaba rato quemándole el pecho. Nada de lo que había planificado durante los últimos meses estaba saliendo como esperaba.

Sin darse por vencido, el barón repasó nuevamente los papeles de su deuda. Tenía encima de la mesa un pagaré de cien mil libras que se ejecutaría en dos días. Era el primer préstamo de los tres que había firmado para adquirir su mansión. Pero había más, otro por cincuenta mil libras que firmó a los decoradores, quienes se habían encargado de amueblar las habitaciones y dependencias que componían las tres plantas de la casa. Un pagaré de veintitrés mil libras a cuenta del casamiento en Notre-Dame y la fiesta que le seguiría en el Hôtel d'Évreux. Un pagaré de diez mil libras, de monsieur Lemonique, ¡el sastre más caro de París!

—¿Qué? —espetó en voz alta—. Pero ¿cuándo he gastado semejante cifra en un modisto? No lo recuerdo...

Examinó la nota que acompañaba el pagaré y suspiró. El ves-

tido que Giordana tuvo que comprarse para ir a la ópera. El vestido, unas chinelas, un collar, un perfume...

—¡La muy modosita de mi prometida! —gritó, arrugando el pagaré—. ¡Diez mil libras!

Estaba furioso. Tenía la cabeza caliente como las brasas. No existía en la tierra algo que lo crispase más que gastar dinero en otros. Respiró despacio e intentó tranquilizarse. Se limpió de nuevo el sudor de las sienes y sumó todas sus deudas.

—¡Ciento ochenta y tres mil libras! —vociferó, llevándose las manos a la cabeza; una cifra que literalmente le ponía los pelos de punta.

Era una locura. No disponía ni de un céntimo para hacer frente a esa deuda si la reina no hacía efectiva la letra que había firmado. Se dejó caer en la *chaise longue*, con la mirada febril y perdida. Pero al cabo de un rato, sonrió; no estaba todo perdido, al fin y al cabo. Como buen banquero, disponía de un as en la manga. Dio unos pasos por la sala hasta un cuadro con una escena de caza, lo descolgó y descubrió una caja de seguridad que había mandado construir durante las reformas. Solo él conocía su ubicación. En el escritorio, en un cajón con fondo falso, estaba la llave. Allí dentro guardaba lo último que poseía: dos talegas, un estuche alargado y un fajo de billetes de banco. Sí, el alma parecía volver al cuerpo del barón, contemplando ahora el éxtasis del oro.

Tardó veinte minutos en contarlo: las talegas contenían noventa y siete luises dobles de oro y ciento cincuenta y tres escudos de plata; el estuche, por su parte, dos enormes diamantes africanos, en bruto, más un total de diecinueve mil libras en billetes de banco. Su expresión volvió a tornarse mortecina. Todo aquello apenas alcanzaba las cuarenta y cinco mil libras. Dio un puñetazo al escritorio. Sabía bien quién era el culpable de esa catástrofe... En ese instante llamaron a la puerta.

—Señor, tenéis visita —oyó decir al mayordomo al otro lado de la puerta.

—¿Visita? ¿A estas horas? ¿Quién es?

—No ha querido presentarse, pero insistió en que estaba seguro de que le recibiríais.

—Ah, no... Decidme vos que sois mayordomo, ¡cómo alguien puede suponer que será recibido en una casa a estas horas y sin presentarse! Bajad ahora mismo y echadlo a la calle.

—Ahora mismo, señor —dijo el mayordomo. Iniciaba la reverencia para retirarse cuando su señor lo detuvo.

—¡Esperad! ¿La visita es un hombre alto, vestido de negro, que se cubre con un tricornio?

—Sí, señor, alto, con tricornio. Muy elegante, tiene acento italiano.

El barón resopló. Se acomodó la peluca y se abrochó la chaqueta; rápidamente devolvió el contenido de la caja a su lugar y colgó el cuadro. Regresó al escritorio para sentarse y abrió el último cajón para echar mano de una pequeña pistola de pedernal que escondió bajo el chaleco.

—Hacedlo pasar —ordenó al mayordomo.

El mayordomo tardó un instante en regresar, introdujo a la visita en el gabinete y cerró la puerta.

—Nunca acabáis de sorprenderme —dijo el barón.

El conde de Cagliostro se quitó los guantes y luego el sombrero, y miró, desconfiado, hacia todos los rincones del despacho.

—Perdonadme, ya sabéis las dificultades que tengo para anunciar mis visitas... —Y sonriendo, añadió—: ¡Bonitos sillones! Os alabo el gusto y ya que no me ofrecéis asiento, me daré por invitado. —Tras decir esto, se sentó frente al escritorio.

—Señor conde, bien sabéis que París no es una plaza segura para vos. Ya deberías de haberos ido, fuera del país mejor todavía.

—Ninguna plaza es segura para nadie, barón. Y más aún en este terrible momento.

Entonces el barón, que de pronto tenía allí al hombre que había causado su ruina con todos los tejemanejes que había urdido contra el cardenal, contra la reina, y que, conociendo su ambición desmedida, lo había arrastrado a aquel mundo podrido, se levantó para intentar serenarse. Tiró del cordón para lla-

mar al servicio y en cuanto el mayordomo tocó a la puerta, fue hacia ella antes de que entrara y le pidió una botella de champán y dos copas.

—Es llamativo que aparezcáis al tiempo que pensaba en vos —dijo D'Artois, volviéndose hacia el conde.

—Ser oportuno es mi don.

El mayordomo tocó de nuevo a la puerta y el propio barón tomó la bandeja con la botella y la llevó al escritorio. Entonces, con una cordura y calma inusitadas, sirvió dos copas, le dio una al conde y la alzó para brindar.

—Me habéis arruinado —le dijo—, y lo sabéis.

El conde prefirió guardar silencio; brindó, bebió, y se mantuvo a la espera de las palabras del barón.

—Me habéis llevado a la bancarrota —siguió diciendo D'Artois—. Y quisiera saber qué haréis para resolver mi situación.

—Os equivocáis.

—¿Que me equivoco? ¿Os enseño los libros de contabilidad? —dijo el barón, enfurecido, y haciendo ademán de tomar el libro para golpear al conde con él pero cambió de opinión y continúo hablando—: Entonces, decidme, ¿cómo resolveréis mi bancarrota?

—No debo deciros nada. Todo lo contrario, he venido a que agradezcáis todo cuanto os he dado, señor barón.

—¿Vinisteis a que os lo agradezca? ¡¿Vinisteis a que os lo agradezca?! —El barón d'Artois estaba hecho una verdadera furia, enrojecido por la ira, mirando con los ojos desorbitados al conde, que seguía sentado sin dar ninguna muestra de intranquilidad.

—Efectivamente. Y podéis comenzar a hacerlo ahora mismo...

El barón sacó la pistola del chaleco y la apuntó al pecho de Cagliostro.

—¡Ajá! —exclamó—. ¡Pues ahora mismo esta amiga mía me va a ayudar!

—Guardad el arma —dijo el conde sin mostrar miedo alguno.

—¡No estáis en posición de pedirme nada! —vociferó el barón, mientras levantaba el percutor.

—¡Silencio, estúpido! —gritó el conde, mientras se levantaba bruscamente.

Esta reacción, inesperada por completo en un hombre condenado a muerte, sorprendió al barón, que bajó el arma.

—¿Estúpido...? ¡Tenéis el valor de llamarme estúpido a mí!

Cagliostro acabó tranquilamente el champán y se quedó mirando el cristal labrado de la copa. Por último, alzó los ojos y miró al barón.

—Sois rico gracias a mí —afirmó.

—¡Maldigo el día en que me sonrió tamaña fortuna! —dijo el barón, apuntándole de nuevo—. En dos días estaré en la ruina... ¡en la más pura ruina, ¿entendéis?! ¡A eso me ha llevado lo que vos llamáis ser rico!

—Tranquilizaos y dejadme hacer las cuentas, amigo mío...

Émilien abrió el ojo que acababa de cerrar para apuntar al conde y disparar. Se quedó mirándolo unos segundos y volvió a bajar el brazo.

—¿Queréis hacer vos las cuentas? Mirad, de pronto me han entrado ganas de escucharos, sí, antes de mataros. Vuestra idea de la riqueza y la bancarrota debe de ser, cuando menos, original. Por eso voy a concederos unos minutos más de vida. Hablad.

—Tenéis en vuestro poder la letra de la reina: cuatrocientas mil libras.

El barón metió la mano en un cajón y la puso sobre el escritorio.

—Hela aquí, incobrable. Queda por demostrar que la reina haya contraído esta deuda, mi querido conde. Una labor, por cierto, de la que íbais a encargaros vos.

—La reina pagará.

—¿Vais a reclamárselo vos? Estoy a merced de un capricho.

—Todas las reinas pagan. María Antonieta lo hará. Pronto.

—Si ese «pronto» no es en dos días, mis acreedores me lincharán.

—Entonces ya no es un problema de bancarrota —suspiró el conde—. El asunto es más simple: acomodar las piezas de un rompecabezas financiero. Lleváis una vida pródiga, veo. No podéis culparme de todo a mí.

—Oh, sí, esperaba ese sermón. Pero olvidáis rápido: os presté trescientas setenta mil libras para financiar el delirio infernal de vuestra secta en el castillo de Martinvast.

—Cuenta saldada, y con creces. Porque parece que sois vos quien olvidáis que yo arreglé el matrimonio con la sobrina de madame d'Estaing.

—Debí dejar una dote por ello: un castillo como pago.

—El castillo de Anjony pertenece ahora a vuestra futura esposa, y también a ella, como única heredera, pertenecen todas las posesiones de la familia d'Estaing. ¿Lo veis? Haberos arreglado el matrimonio os dio una enorme ganancia que supera las ochocientas mil libras.

—Debo recordaros que para acceder a esa suma primero debería casarme, y luego tendría que asesinar a mi esposa...

—Ya habéis asesinado a su tía —concluyó el conde, mirándole fijamente.

El barón se acarició la barbilla. El conde tenía un don particular para ganarse el poco tiempo de vida que le había prometido.

—No asesinaré a Giordana, no porque la ame, esta boda no será nada más que un negocio para mí, ya lo sabéis; simplemente, sería el primer sospechoso.

—Entonces vuestros problemas no son financieros, sino morales...

—¡Conde nefasto! Aun si la asesinase, no ganaría ni un céntimo en las cuarenta y ocho horas que restan para pagar mis deudas. No penséis que con esto habéis esquivado la muerte —dijo, sacudiendo el arma—. Si no resolvéis mi apuro, vuestra mísera vida acabará en ese mismo sillón.

—Lo que vos necesitáis es dinero fresco.

—¡Oh, sí! ¡Eso es! Vais por buen camino, conde. Proseguid.

Entonces el conde, acomodándose en el sillón como si fuera a reposar, miró al barón, y alargando la mano, le señaló su copa vacía.

—Tengo la boca seca.

A punto estuvo Émilien de servirle un tiro en vez de bebida, pero resopló y con el último resquicio de paciencia que le quedaba, le sirvió el champán.

—Os aconsejo que empecéis a hablar —dijo—. Mi paciencia se acaba.

—Tenéis capital suficiente en rentas financieras. Vos mismo lo dijisteis.

—Lo dije. Pero ese dinero no es mío; pertenece a mis clientes.

—¿Cuánto es?

El banquero se rascó la perilla.

—¡Vamos, no andéis con secretos! —lo increpó el conde—, ¡ladino miserable! ¿Qué más da que lo contéis? La cifra no saldrá de aquí... ¿no queríais matarme?

Primer acierto: Cagliostro tenía razón, de nada servía ocultarle las cifras si en breve lo convertía en cadáver.

—Medio millón —dijo el barón—. Que no es mío, insisto, pertenece a mis inversores.

—Y ¿qué pensáis que sucederá cuando, en dos días, os declaréis en bancarrota? —replicó el conde mirando fijamente al barón mientras le dedicaba una media sonrisa—. Los inversores correrán a retirar sus fondos, ¿no es cierto? Lo que haréis será lo siguiente —siguió diciendo tras beber otro sorbo de champán—: iréis mañana mismo a vender esas acciones, y por supuesto, ocultaréis la venta a vuestros inversores. Tomaréis el medio millón y, con apenas una parte, evitaréis la quiebra. Con el resto, precioso dinero fresco, invertiréis en una compañía naviera londinense que os dará excelentes dividendos.

—Uy, señor conde, ahí estáis jugando con fuego... ¿Eso no es lo mismo que le propusisteis ya a madame d'Estaing? Os veo venir...

—En breve, Francia prohibirá el comercio de esclavos, asunto que ya sobrevuela en las gradas del Parlamento, y esta compañía, la que os aconsejo, absorberá todo el negocio francés bajo bandera inglesa. Donde hoy invertís trescientos mil, a fin de la primavera obtendréis ochocientos mil. Volveréis a comprar las acciones a vuestros clientes, a quienes nunca haréis parte de este movimiento; y vos, mi querido barón, os habréis embolsado limpios más de trescientos mil. ¡Ah! ¡Por cierto! Y aún tendréis una esposa bonita que el día que decidáis asesinar os dejará casi un millón. ¡Y también tendréis la letra de la reina, que seguramente os pagará antes del verano! ¡Yo quisiera estar tan en bancarrota como vos!

El banquero pensaba. Pensaba tan seriamente que se había olvidado de la pistola.

—¿Lo veis? Miserable, ¡sois un hombre rico! —exclamó el conde.

—¿La compañía naviera que decís es acaso...?

—La London Ocean Freighters.

—La conozco, claro. Es solvente. Y el negocio de esclavos entrará en auge al mediar solamente Inglaterra entre África y América. Sin embargo, vuestro tiempo ha expirado, conde.

—Pero... ¿todavía queréis matarme?

—Ya no —dijo, y devolvió el arma al cajón del escritorio—. Nuestros negocios y alianzas siguen en pie. Es, simplemente, que necesito que os retiréis, estoy muy cansado.

Cagliostro sonrió, y por un instante, el barón d'Artois creyó ver algo oculto tras su amable sonrisa.

EL BARÓN EN VERSALLES

Era la segunda vez que el barón d'Artois intentaba visitar a la reina para tratar los asuntos de su deuda. La conversación con el conde de Cagliostro, el poder que le había dado saberse dueño de su vida con una pistola en la mano, lo había hecho un hombre más seguro de sí mismo, más ambicioso y más decidido a no vérselas con intermediarios. Había sido imprudente, no lo ignoraba. La visita anterior lo colocaba en una incómoda posición: la del acreedor. Él era eso, un banquero habituado a reclamar pagos e, incluso, ejecutarlos, por cualquier medio. Acostumbraba a despojar a sus deudores, hasta a los pobres miserables que no tenían ni un céntimo para subsistir. Pero... ¿a la reina? Decir que la soberana había incurrido en deudas le llevaba a una situación delicada, y él lo sabía. No era prudente insistir, pero tampoco lo era desesperar, tal como le había advertido Cagliostro, ya que una reina, por más vacío que tuviese el monedero, capaz era de utilizar sus influencias y hacer brotar dinero de las piedras. A diferencia de lo que ocurría con cualquier otro deudor, a una reina insolvente se la reverenciaba entre risas y adulaciones. Los grandes y los poderosos, financieros y prestamistas, todos se agachaban para saludarla; se le besa el anillo, deseándole siempre prosperidad y parabienes, aunque ella no se digne a dar siquiera media libra. Al deudor miserable, en cambio, se lo exprime a base de palos.

Aquella mañana, María Antonieta estaba de buen humor,

pero le dijo nuevamente a madame de Calvert que lidiara con el barón con nuevo tino y una sonrisa en los labios. Que ella tenía asuntos urgentes que tratar sobre la representación de la *Commedia*. Mientras D'Artois se mordía los labios esperando el momento oportuno para mencionar, suavemente, el asunto de la letra no cobrada, fue ella quien habló, sin esperar a más y con una expresión radiante dibujada en el rostro.

—Por cierto, barón, según vos, la letra ha sido rechazada. Hay que cambiar la vencida por otra nueva, porque de esa manera, el asunto del pago quedará solucionado en este mismo instante. La cobraréis para el verano. Pero es que, veréis, Su Majestad no es del todo consciente de esta situación. No sé si me explico...

D'Artois no podía creerlo. No contaría con ese dinero sino hasta pasada la primavera. Tragó saliva y quedó perplejo, como el que ve que el cielo se cierra en vísperas de una tormenta.

—¿Estáis bien? —dijo ella, al verlo palidecer.

—Madame —susurró—, oh, sí, sí... Espléndido. No debéis molestaros por ese insignificante detalle. Que sea para el verano, pues.

Deseaba comerse la lengua, pero no podía decir otra cosa.

—Podríamos estudiar la posibilidad de cerrar el asunto ahora mismo —respondió Calvert, con una sonrisa muy dulce—. Puedo solicitar la presencia del tesorero personal de Su Majestad. No me costaría nada pedir que un ujier saliera al instante al pasillo a buscarlo.

—No, no, madame, yo...

El barón estaba de pie y en silencio, un incómodo silencio en el que no se atrevió a cruzar la mirada con la dama de confianza de María Antonieta.

—No haría falta más que dar la orden, barón —dijo la mujer—, y tendríais a vuestra disposición una nueva letra por valor de cuatrocientas mil libras, convenientemente firmada y sellada. Yo intentaré explicarle a la reina el problema que ha habido con los fondos...

—Madame, agradezco la atención —dijo el barón, mientras besaba la mano de la dama para despedirse—. Volveré por la letra la semana entrante, no molestéis a la reina por esta minucia. Partiré ahora mismo hacia París.

Mantuvo la compostura, imperturbable, y fingiendo que era un caballero carente de preocupaciones, llegó a su carroza. Estaba acorralado. Y por ello volvió a contemplar su otra posibilidad que, a la luz de las circunstancias, como se podía adivinar, era su única salida. Así, tras recorrer las escasas leguas que separaban Versalles de París, el banquero llegó a tiempo a las puertas del Banco Real.

—Esperad aquí —dijo a su cochero.

El barón se encaminó al interior del banco donde, después de unos minutos, fue atendido por el gerente, a quien ya conocía y con quien mantenía cierta confianza. Contaba con el secreto entre banqueros para pedirle que vendiese la cartera de acciones que representaba y que las hiciese efectivas, ese mismo día, sin levantar el mínimo rumor. El gerente tardó una hora en llevarle el importe: medio millón de libras que, tras contarlas delante del barón, le entregó en un maletín.

—Poned esto en mi cuenta —dijo Émilien, apartando de aquella suma doscientas mil libras—. El martes vencerán algunos pagos pendientes y con esto los saldaré.

—Sabed que en seis meses vuestros clientes reclamarán el capital —le alertó el gerente.

El barón contaba con que, para entonces, podría volver con la letra de la reina y con las rentas de la prometedora inversión en Londres.

—Solamente os pido que guardéis silencio —recomendó nuevamente D'Artois—; en seis meses nadie habrá notado este movimiento.

Despidiéndose del gerente, salió a la galería del banco y miró hacia ambos lados, muy desconfiado, y manteniendo bien aferrado el maletín en una mano mientras que, con la otra, bajo los pliegues de la capa, sujetaba su pistola con el dedo en el gatillo

por si aparecían los bribones que a menudo se emboscaban en las puertas de los bancos. El postillón hizo una seña a su amo y este caminó rígido hasta abordar el carruaje.

—¿Adónde nos dirigimos? —preguntó.

—¡Rápido, a la rue du Temple!

Mientras el carruaje se dirigía a toda prisa al lugar indicado, otro carruaje, más pequeño, se le cruzó en sentido contrario, hacia el Hôtel d'Évreux.

—Creo que nos hemos cruzado con el carruaje del barón —dijo la señora Yolande.

Giordana alzó la mirada hacia el ama de llaves, que tenía el semblante tan pálido que le era imposible disimular el susto.

—¿Nos ha visto? —preguntó.

—No lo creo, las cortinas nos protegen y, mi señora: el barón cree que no salís de la mansión...

—Recordad que cuento con vos, Yolande...

—No creo que debamos seguir tentando la suerte. Ya lo veis, París es tan pequeño como para que dos carruajes se encuentren en una esquina, o que os pesque la mirada de un conocido, o la de un espía, y que vuestras salidas secretas terminen costándome el empleo.

—Confiad en mí, Émilien nunca lo sabrá.

Dicho esto, Giordana, que regresaba del café Le Monde, lugar en el que recogía cartas a su nombre dejadas por Belladonna, continuó leyendo la que tenía entre las manos. Una vez más, alzó sus hermosos ojos para mirar a Yolande. En esta ocasión, se traslucía un ligero temor en ellos. Era el contenido de aquella carta lo que le había quitado el aliento. La confesión de Simone era grave. Acababa de insinuar, sin ahondar en detalles, que sabía el sitio exacto donde estaban los diamantes. Giordana entreabrió los labios, respiró. Se encontraba atravesada por sentimientos indómitos; su corazón latía frenético con cada carta. Pero esta vez Simone pedía algo que suponía un gran riesgo. Pedía verla, verla en su propia mansión, y que ese encuentro se diese lo antes posible. Cerró los ojos un momento y

luego miró a Yolande, con un temblor que apenas lograba disimular.

—¿Qué sucede, mademoiselle? —dijo el ama de llaves.

—Recibiremos una visita. Debemos prepararnos para la llegada de un hombre esta noche.

Yolande entrecerró los ojos y suspiró.

—¿Decís, señorita, que vais a encontraros con ese hombre en vuestra casa?

—Lo haremos en secreto.

—Mi hermosa Giordana, sois joven y bonita, y os estáis metiendo hasta la coronilla en problemas muy graves.

Giordana oprimió aquella carta contra su pecho.

—Es que no lo entendéis... Deseo con locura hacerlo, solo pido que me ayudéis.

—Estáis enamorada, mademoiselle...

El ama de llaves miró fijamente a su señora. No le hacía falta una respuesta.

En ese mismo momento, pero en la intersección de la rue du Temple y la de Barbette, el cochero que conducía al barón detuvo el carruaje. Se apeó del pescante y abrió la portezuela para que descendiese su señor. El barón se dirigió presuroso a la entrada del Hôtel de Strasbourg. Allí lo acompañaron hasta un salón del segundo piso con vistas a unos bonitos jardines que adornaban el patio.

—¿Barón d'Artois? —preguntó un hombre delgado y rubio, con acento británico.

A espaldas del barón, el lacayo cerró las puertas para dejarlos a solas.

—¡Sir Thomas Charton! —exclamó D'Artois—. No imaginaba que estabais vos detrás de este negocio. La persona que me envía...

—No es necesario hablar de él —zanjó Charton—. Ya estoy advertido de vuestras intenciones.

—Pues bien, aquí estoy; solamente quiero saber si la renta es la que promete.

—Dijeron que traeríais trescientas mil libras. En octubre tendréis ochocientas mil. No podréis invertir de nuevo, y el único inconveniente es que la ganancia ha de quedarse en un banco de Londres.

—Eso no es un problema para mí.

—Pues bien. He traído las cédulas de la compañía naviera. Adquiriréis el veinte por ciento de las acciones. Firmaréis un documento en el cual acordáis vender vuestra parte al llegar octubre. Se os dará la suma y, con ello, renunciaréis a vuestra participación en la empresa.

El barón puso el maletín encima de la mesa.

—Aquí tenéis... Pero hay un cambio de planes.

Sir Thomas Charton, que ya había sacado las cédulas de un cajón y se disponía a firmarlas, se detuvo para mirar fijamente al barón.

—¿A qué cambios os referís?

Entonces Émilien metió la mano dentro del maletín y sacó unos papeles que colocó junto a él. Sir Thomas Charton los tomó y se puso a leerlos.

—Es el título de una finca. Quiero el cuarenta por ciento, no el veinte.

La finca era la última propiedad que le quedaba fuera de París. Si habría de ganar, lo haría a lo grande, ese era el momento de apostar.

—Me temo que no puedo hacerlo sin consultar. La operación estaba pactada al veinte por ciento.

—He venido a por el cuarenta. Será el cuarenta o nada. Y con los mismos dividendos.

Sir Thomas abandonó su despacho en la embajada inglesa para ir a consultar con un responsable de la cancillería. El barón estuvo casi una hora esperando su regreso, lo que dio a Giordana más tiempo del que necesitaba para llegar a casa y poder ocultar su salida.

—El cuarenta por ciento de la London Ocean Freighters es vuestro —afirmó Charton cuando regresó al despacho—. Tenéis suerte, barón, el número de accionistas se ha cerrado con vos.

Una vez que acabaron con el papeleo, ante la presencia de un notario y un representante de la cancillería inglesa, sir Thomas Charton, tras entregarle las cédulas, lo apartó por el codo a un costado para hablar en secreto.

—Alguien os espera aquí, lo encontraréis en una habitación de la última planta. Un mayordomo os guiará.

El barón se quedó inmóvil. Aquel tono y las formas del británico lo llevaron a desconfiar. Tardó un instante en darse cuenta de que aquel sitio era seguro, y que sir Thomas Charton, un viejo conocido, no era esa clase de persona dada a las encerronas.

—¿Quién es? —preguntó D'Artois.

—Nuestro amigo común...

LOS NEGOCIOS DEL BARÓN D'ARTOIS

El barón d'Artois atravesó el umbral de la sala sin medir riesgos. El mayordomo cerró la doble puerta a su paso y lo dejó allí a solas, en medio de una enorme estancia a oscuras.

—No temáis, barón —dijo una voz que reconoció al instante.

D'Artois se acercó al lugar de donde provenía y allí encontró al conde de Cagliostro, sentado en el brazo de una *chaise longue* en la que se hallaba recostada su mujer.

El conde de Cagliostro vestía una chaqueta con lustrosos botones dorados en la pechera y mantenía las manos bien juntas, sujetando el bastón, mientras acariciaba su mango con los dedos enjoyados. Lorenza vestía una bata de seda que dejaba traslucir su cuerpo insinuante.

—No os detengáis —le animó Lorenza—, acercaos.

El barón dio unos pasos, contemplando en silencio a la pareja.

—Sentaos aquí —ofreció ella, incorporándose para dejarle espacio—, a mi lado.

El banquero se negó.

—Vamos —insistió el conde—, sentaos junto a ella, no la ofendáis.

Émilien entendía que el conde lo había llevado a aquella habitación por algún motivo y por ello debía estar alerta, pues sus palabras se entretejían como la tela de una araña en busca de una presa.

Tomó asiento y, al hacerlo, inspiró el penetrante perfume de la esposa de Cagliostro.

—¿Qué queréis, en presencia de Lorenza? —preguntó el barón.

—Yo iba a preguntaros por Giordana.

—¿Giordana? No entiendo a qué viene esto, conde.

—Simple: me interesaría saber si en verdad la conocéis.

—¿Desde cuándo importa eso para nuestros asuntos?

Entonces Lorenza, complacida por aquella pregunta, enderezó la espalda en el sofá y, con una mano apoyada en el hombro de Émilien, murmuró:

—Ella nos desconcierta.

Dicho esto, la esposa de Cagliostro se incoporó para besar al barón en la mejilla.

—Si os parece una indiscreción hablar de ella, podéis marcharos —añadió Lorenza.

La mano en su hombro y el tibio roce de sus labios fueron dos razones poderosas para que el barón no se moviera del asiento.

—¿Habéis estado con la reina? —preguntó Cagliostro.

—Veo que habéis seguido mis pasos —contestó el barón, con algo más de seguridad al ver que podía hacer pasar su visita a Versalles por lo que en realidad no fue.

—Y decidme, barón, ¿contáis con el respaldo financiero de la reina, fue Su Majestad generosa con vos?

—Lo fue.

—¡Excelente! —exclamó el conde—. Ya veis que no había motivo para que os preocupaseis. Nuestros planes pueden, pues, seguir. Tengo entendido que la reina estrenará su representación de la *Commedia* el 13 de julio, en el marco de un baile de máscaras al que, por supuesto, estamos todos invitados —añadió Cagliostro, y miró a su mujer con una sonrisa pícara—. ¡La gala tiene fecha! Y por descontado que asistiremos, no podemos perdernos el final de nuestro drama particular.

—Enhorabuena, conde, todos vuestros planes parecen concretarse.

—Buen momento para que empecéis a confiar en mí. Ano-

che delirabais bastante, me parecisteis al borde de la locura, ¿lo recordáis?, por el dinero. Y miraos: saldasteis vuestras deudas y sois dueño del cuarenta por ciento de una empresa que en poco tiempo os dejará casi un millón.

—Me bastó seguir vuestros consejos, conde, y mis apuros económicos ya no son los de ayer. Pero ¿estoy aquí para hablar de mis locuras pasajeras?

—Tengo un problema —dijo Cagliostro.

El barón sonrió.

—¡Oh! Y ¿qué podría hacer por vos? —inquirió con ironía.

—Todo. Todo lo necesario.

—¡Vaya! —exclamó el barón—. Justo en el momento en que nuestros caminos comienzan a separarse...

—¿Separarse? Pero, barón, olvidáis que somos socios y, por lo tanto, mis problemas son los vuestros. Como sucede con los gemelos: lo que sufre uno, al otro le afecta.

—¡Os equivocáis, conde! Ya no somos socios. ¡Y mucho menos gemelos!

—¿Creéis que no?

—Por supuesto que no. Cumplí con mi parte. Y es buen momento para decíroslo: no hay nada más que deba a nuestra sociedad.

—¿Salvar hoy vuestra quiebra os hizo pensar así?

—Soy banquero.

—Y asesino también, nunca lo olvidéis.

El barón d'Artois no dijo nada. Su crisis financiera le había hecho olvidar que había asesinado no solo por él, sino también por el conde y sus planes.

—Veamos entonces cómo damos fin a nuestra sociedad de una forma en la que ninguno termine perjudicado —planteó el conde.

—¿Perjudicado? —susurró el barón—. ¿Me estáis amenazando?

—Yo que vos escucharía lo que tengo que decir.

—Sí, conde, lo haré por cortesía. Pues nada me impide lar-

garme de esta habitación y dejaros hablando solo. Recordad que mi fortuna está bien asegurada.

—Sin embargo, todos recordamos los pormenores del asesinato de madame d'Estaing. Cómo la ahorcasteis con el rosario de su hermana, ese que ahora vuestra futura esposa no se quita del cuello. Fuisteis muy imprudente, ¡oh, sí!, requiriendo los servicios de un criado para arrojar su cuerpo a las aguas. Y ese criado es suficiente —siguió diciendo Cagliostro— para atestiguar ante un tribunal y que se os encuentre culpable.

«Ya está: me ha atrapado en su telaraña», pensó Émilien mientras soltaba un hondo suspiro. Sentía un hartazgo infinito, pues al parecer, y a pesar de todos sus esfuerzos por impedirlo, el capricho del destino lo mantenía atado a la sombra de ese nefasto conde.

—Ahora, si queréis, podéis marcharos —continuó el conde—. Pero os lo advierto: apenas salgáis por esa puerta presionaré al criado. Se encuentra bajo mi protección; es un testigo al que tengo en gran aprecio y al que cuido con mimo. Pero, igual que me deshago en lindezas con él, puedo empezar a apretar —al decir esto, Cagliostro hizo un gesto con las manos y se le deformó la cara en una mueca horrible— y apretar hasta que no tenga más remedio que declarar contra vos.

—No lo entiendo —dijo el barón, mirando hacia el suelo—. Ayer me salvasteis de la bacarrota y hoy me chantajeáis por un crimen. Creo recordar, conde, que financié vuestra fuga de París y vuestros delirios libertinos en Martinvast mientras Violet y vos encontrabais otra manera de obtener dinero para vuestos planes, seduciendo y raptando a vizcondes, cónsules... Que convencí al ministro D'Anguillon de que existía una conjura para que la reina fuera a vuestra sesión... Con todo esto, he corrido grandes riesgos, demasiados, que me pueden llevar a la horca.

El barón d'Artois guardó silencio y cerró los ojos.

—No os alteréis —le dijo Lorenza, acariciándole la mejilla.

El barón sonrió, forzado.

—Yo ya tengo lo mío —susurró—: un matrimonio por con-

sumar, que me dará las posesiones de la viuda y su sobrina; y una letra por cobrar de la que no veréis un luis. Así cerramos cuentas; vos ya tenéis lo vuestro. Con esto, espero que entendáis que nuestros negocios deberían acabar.

—Os equivocáis. Mi parte aún no está cerrada —replicó Cagliostro— y es por lo que estáis aquí. Quiero volver a hablar de Giordana d'Estaing.

—¿Giordana? —preguntó ofuscado el barón.

—Debo recordaros que Belladonna escapó del castillo con una harpía traidora, y junto a ellos, un jovencito.

—¿Adónde queréis llegar, conde?

—A que el corso conoce la falsedad de la *Commedia*, algo fatal si es que el rumor llegase a correr por Versalles. Pues al enterarse la reina, como bien imaginaréis, suspendería la gala de presentación. Y con ello, arruinaría mi parte del trato. Por no hablar de que también está al tanto de la existencia de los diamantes...

—No ocurrirá —dijo el barón, que sonrió a sus anchas—. Si ese es vuestro temor, debéis estar tranquilo. Ese desgraciado no cuenta con dinero ni benefactores, y no creo, en vista de la mala vida que un prófugo acostumbra a llevar, que el muy miserable tenga pensado meterse en más aprietos yendo contra vos.

—Subestimáis a Belladonna; ya hemos pagado un alto precio por hacerlo.

—Conde, Belladonna no es mi problema: es un producto de vuestro infierno y no de mis finanzas. Nada tengo que ver con ese corso.

—Lamento deciros que estáis equivocado y ciego. El corso se relaciona con vos, aunque indirectamente...

—¿Sabéis dónde está vuestra prometida en este momento? —intervino Lorenza.

—¿Mi prometida? Por supuesto: en su mansión, esperándome para cenar.

—¿Estáis seguro?

—Completamente. Su ama de llaves es personal de mi confianza y me informa cada día de sus movimientos.

El conde se levantó y paseó entre las sombras.

—Pues Giordana ha sido muy astuta y ha burlado el control. Hoy mismo ha estado en un café al norte de la ciudad, el mismo café que, milagrosamente, ha visitado tres veces en lo que va de la semana.

—¿La habéis mandado seguir? —preguntó el barón, incrédulo.

—Tanto como a vos. Ya os lo dije: sois mi socio.

Después de guardar silencio, el barón se masajeó las sienes.

—¿Un café? ¿Y eso qué tiene de raro, más allá de que me lo haya ocultado?

—Va allí a recoger cartas cuyo autor, ya que os considero un hombre inteligente, os dejaré adivinar... —dijo Cagliostro, regresando a la poltrona.

El barón d'Artois fue cambiando de expresión. Pasó de una palidez extrema a sonrojarse, y, por último, se puso en pie, con furia, cuando Lorenza lo tomó del brazo para consolarlo.

—Es mejor que os sirva una copa —dijo Cagliostro—. Tened, bebed, barón, sabía que os pondríais así. Vuestra futura esposa y ese corso mantienen una relación. Sí, ellos sí que son gemelos, enlazados por gustos comunes y por una atracción que vos ya pudisteis comprobar en Martinvast.

El barón se volvió a agitar y una vena se le inflamó en la frente.

—¡Acabaré con él! —juró, levantando un puño cerrado.

—Nos estamos entendiendo, barón. Como veis, mis problemas son también los vuestros —dijo Cagliostro, sonriendo.

El barón era presa de la ira. Por supuesto, no estaba enamorado de Giordana, tenía planes para ella en cuanto se casaran: enviarla a Anjony o a Martinvast, una vez restaurado, y verla muy poco. O nada. Pero si la perdía, sus finanzas se verían afectadas y esas relaciones con el nefasto conde, de las que no se podía deshacer, no le habrían servido de nada más que para crearle problemas y convertirlo en un asesino. Debía calmarse, actuar con sangre fría, sin dejarse llevar por los impulsos que a menudo le asaltaban por pecar de orgullo.

—Recordad que tanto para vos, barón, como para mí, lo mejor será que ese corso desaparezca y ni se atreva a pisar Versalles. Algo trama, estoy seguro, además de estar impidiendo vuestra boda.

—Los muertos no deambulan —respondió el barón.

Entonces Lorenza, cuyos ojos ardían ahora como los de una gorgona del infierno, tomó al barón por los hombros.

—Vuestra esposa —le dijo al oído—, tan hermosa y distinguida, ha de ser al fin una puta muy leída. —La otrora Harpía Mayor besó al barón en la boca y levantó el brazo para acariciar la mejilla del conde—. Matadla también a ella apenas consumada la boda.

—Sí, barón —afirmó el conde—. Cuando ambos estén muertos, ya no tendréis que temer la prisión. Porque ya no existirán motivos para que yo actúe en vuestra contra y podremos deshacer definitivamente nuestra sociedad.

61

EL ENIGMA DE GIORDANA D'ESTAING

A la hora del crepúsculo, finalizado el servicio de la cena, en el Hôtel d'Évreux comenzaron a apagar todas las luces. Las criadas ya se habían cerciorado de cerrar los postigos cuando el señor barón abandonó la casa. Pasados unos instantes, la señora Yolande subió las escaleras hasta la habitación de Giordana, que estaba sentada ante el tocador, cepillando su brillante cabellera a la luz de un candelabro.

—Se ha ido —informó.

Giordana volvió a mirarse al espejo. Contempló su reflejo con sangre fría a pesar del torrente de sensaciones que experimentaba su cuerpo.

—¿No habéis notado algo raro en el comportamiento de Émilien? —preguntó al ama de llaves.

—¿Comportamiento?

—¿Habéis visto la forma en que me miraba?

—Me asustáis, mademoiselle.

—¿Lo habéis notado? ¿Y el perfume que impregnaba la solapa de su levita?

—Percibí la fragancia, sí... —dijo Yolande al cabo de unos segundos—. No quería alarmaros, señora... Un perfume de mujer, bastante caro, diría yo... Dejadme explicaros que...

—Conocéis a Émilien mejor que yo —interrumpió Giordana—. Sabéis perfectamente cuáles son sus gustos y movimientos, y sabéis que yo también lo sé. Sé cuáles son sus amantes, los

días en que las visita, incluso cuando hubo de compartir sábanas con...

Yolande continuaba en silencio y tan pálida como un cadáver. Su silencio y su ademán interrumpieron la enumeración de su señora.

—Pero hoy ha estado con una mujer distinta —siguió Giordana—, una que ha usado fragancias de violetas. El mismo perfume que compré yo en la place de Grève.

—Es decir... ¿El barón ha estado con una mujer que usa vuestro mismo perfume?

—Una mujer que compró ese perfume el mismo día en que nos perseguía aquel carruaje y en el mismo comercio hasta el que yo la seguí.

—¡La conocéis! ¡Decís que la conocéis!

Yolande caminó por la habitación para detenerse junto a la ventana. Apartó la cortina y espió la callejuela.

—Vuestro prometido es un inmoral —continuó diciendo—. No hace asco a nada y, creedme, señora, que en el poco tiempo que os conozco, alcancé a tomaros estima. Y ya lo veis: digo cosas que no debería y os cubro en otras tantas que podrían causarme problemas.

—También yo siento estima por vos, Yolande. Tenéis buen corazón.

—Permitidme entonces que os dé un consejo. Es momento de abandonar los riesgos y pensar en todo lo que os rodea. Sois rica, hermosa, tenéis todo lo que una mujer desearía para consumar la felicidad. Solo os falta la posición que el barón puede daros. Abandonad vuestras locas ideas, las cartas, no deis más lugar a la emoción que vuestro corazón dicta. Olvidad a ese caballero. Comenzad a vivir la única vida que merece ser vivida, la de una noble dama con el apellido D'Artois.

Giordana dejó de cepillarse y se volvió a mirar a Yolande, que seguía observando por la ventana.

—¿Que olvide a Simone?

—Para siempre.

Entonces Giordana se puso en pie.

—Traedme el vestido negro —dijo.

—¿Estáis segura de lo que vais a hacer?

—Procurad que las luces de la casa permanezcan apagadas; las puertas, cerradas; y el servicio, en sus habitaciones. Haré sonar la campanilla si acaso os necesito.

—Como ordenéis, señora —dijo Yolande, que colgó el vestido sobre el biombo para luego retirarse.

Tras vestirse y corroborar que las cortinas estuviesen bien abiertas, Giordana, como seña, encendió un candelabro de tres brazos que dejó encima de la cómoda. El silencio se había adueñado de la calle, donde las farolas ardían sin mostrar el menor movimiento. Pero aun así, si se miraba con cuidado, era posible distinguir la silueta de un hombre con los ojos puestos en el balcón. De la mansión oscura, el hombre observaba la única ventana donde había luz. En ese instante, decidido, como si obedeciera a la señal, atravesó el empedrado y se situó por debajo de la ventana, pegado al muro, desde donde se asomó una vez más, con ojos brillantes, para lanzar un guijarro al aire. Giordana sintió el golpe en el ventanal. Apagó las velas y dejó a oscuras la habitación. Salió al balcón; allí estaba Simone, haciéndole una leve seña con la mano. Ella regresó a la habitación y se apresuró a escribir una nota que dobló en cuatro y ató, con doble nudo, a una llave de bronce. Salió al balcón y la arrojó con todas sus fuerzas para que sobrepasara el muro del jardín. Simone oyó un sonido metálico a su lado. Tomó la llave y leyó la nota. La cara se le iluminó. Belladonna trepó el murete y descendió al jardín, que recorrió hasta la casa sintiéndose feliz.

Sin embargo, no había pasado inadvertido. El barón d'Artois había visto todos sus movimientos, apostado en la oscuridad al otro lado de la calle. Tampoco la aparición de Giordana en el balcón le había pasado desapercibida. Émilien necesitaba cerciorarse de todo aquello que le habían contado Cagliostro y su esposa, y, tristemente, acababa de hacerlo. Salió de las sombras y se dirigió a la mansión, dispuesto a acabar con Giordana y Belladonna.

62

LOS AMANTES

Cuando entró en la habitación, Simone encontró a Giordana muy quieta ante el suave resplandor que las cortinas dejaban pasar.

—Ven aquí —dijo ella, extendiendo los brazos.

—Tengo demasiadas cosas que decirte —respondió mientras la tomaba de las manos y se acercaba para abrazarla.

—Y yo, ganas de huir ahora mismo...

Sus bocas se unieron con pasión, una pasión que había crecido día a día a lo largo del tiempo que estuvieron sin verse. Él la llevó hacia la pared, donde comenzó a besarla en el cuello mientras la ceñía por la cintura, y así permanecieron un rato, hasta que ella se separó, transformando el jadeo en palabras.

—Simone, no tenemos mucho tiempo. Émilien estaba hoy muy raro, me miraba con ira contenida y apenas me ha dirigido la palabra. Olía a perfume, el que usa una mujer que me ha perseguido. Creo que ellos son cómplices, y que él sospecha de nuestros encuentros. Creo que lo sabe.

—Tranquila.

—Me dijiste que sabías dónde estaban los diamantes. No nos hacen falta, Simone; abandonemos todo y escapemos de París. Ahora.

Entonces el corso la sujetó por los hombros.

—Giordana, piensa un instante. Existe una conspiración;

detrás de todo esto hay gentes capaces de lo peor, y si escapamos, como dices, nos encontrarán más rápido de lo que supones. Así como te han podido seguir los pasos en París, volverán a hacerlo fuera de la ciudad, pero esta vez, para ejecutarte a quemarropa. Sabemos muchas cosas, y para estar a salvo debemos abandonar Francia, irnos muy lejos...

—¿Dónde?

—Compraremos una finca en Barcelona. Tendremos una nueva vida al otro lado de los Pirineos. Y nada nos faltará.

Ella miró a sus ojos con intensidad y asintió en silencio, paladeando la miel de esa propuesta.

—Y eso es posible solo con la fortuna que otorgan los diamantes —culminó él.

—Oírte me estremece, Simone. Pero haré lo que tú digas.

Giordana, en su correspondencia con Simone de aquella semana, le había contado cómo la llegada de esos diamantes al castillo había supuesto una maldición para ella y para todos. Le explicó que había sabido de ellos por haber dado, sin intención alguna, con la correspondencia entre su tía y el conde de Cagliostro. Y supo, con total claridad, que esas piedras pertenecían al collar de la reina, y que la presencia del conde acabaría malquistando a su familia. Pronto se enteró de que su tía había arreglado su matrimonio por consejo del conde, y el barón d'Artois, su prometido, era cómplice de este.

Y ahora los diamantes volvían a su vida, una vez más, como tabla de salvación. Tal era su encanto.

—¿Dónde están los diamantes? —preguntó ella, que se había sentado en la cama.

Simone se acercó y le acarició la mejilla, mientras se sentaba a su lado.

—En el peor de los escondites... El mismísimo palacio de Versalles.

—Y ¿cómo piensas vulnerar la seguridad de los reyes?

—Escúchame bien —dijo él—. A mediados de julio la reina dará un baile de máscaras, ocasión que usará para presentar la

Commedia que adquirió. Pues bien, mi hermosa Giordana, tienes que ir a ese baile.

—¡Oh, eso no será problema! El barón estará invitado. Pero... ¿no pretenderás que yo encuentre los diamantes y los saque de palacio?

Belladonna sonrió.

—No te expondré, pero hemos de hallar la manera de que yo sea invitado. Y también Juliette... ¿Se te ocurre algo? Esa misma noche nos escaparemos, con los diamantes, con Juliette y con Jacques.

Giordana se mantuvo un momento en silencio, pensando. Y se le iluminó el rostro.

—Hay un modisto muy distinguido que acostumbra a llevar invitados a las fiestas de la corte. Su nombre es monsieur Lemonique, posee un atelier en la place de Grève.

—¿Y bien? —dijo Simone.

—Si vas allí con Juliette, que es muy hermosa y llamará su atención, bajo nombre falso, tal vez, como aristócratas italianos que pasarán unos días en París, estoy segura de que os ofrecerá una invitación. Tendrías que gastar unas cuantas libras en sus vestidos. Resultará.

«Perfecto», pensó Simone. Ahora solo necesitaba preparar a Juliette para sus planes. De pronto, su expresión cambió.

—Simone, ¿qué pasa? ¿Por qué me miras así? —preguntó ella, tomándole de las manos.

—La última vez que nos encontramos a solas fue en el castillo —dijo—. Esta noche, como hace tantos meses...

—Ven entonces —dijo Giordana, tendiéndose sobre la cama— y cambiemos el futuro a partir de esta noche.

Ninguno suponía que, en ese mismo momento, en la planta baja, el barón d'Artois, que había entrado a la mansión con tiempo suficiente para actuar, ascendía por la escalera. Su rostro estaba deformado por la ira y llevaba la pistola en la mano. Al llegar a la planta donde estaba la habitación de Giordana, se detuvo en la boca del corredor. Las doncellas habían apagado todas las lu-

ces y apenas se distinguía la puerta de la habitación. Giordana estaría al otro lado de esa puerta, con Belladonna. El barón sonrió, amartilló el arma y entró en las tinieblas del corredor. Se relamió, entonces, como un gato que espera encontrar, al otro lado de la pared de un huerto, un desprevenido pajarillo.

63

FANTASMAS

Para sorpresa del barón, la puerta no estaba cerrada con llave, ni se apreciaba en la habitación movimiento alguno. Su asombro fue en aumento cuando encontró, recostada en la cama y mirándole, asustada, a Giordana y solo a ella, que se incorporó cubriéndose con la sábana.

—¡Émilien! Pero... ¿estáis loco? ¿Qué hacéis aquí?

El barón respiraba agitado y la pistola no le daba aires de diplomacia, precisamente.

—¡Dónde está! —gritó apuntando hacia la cama.

Giordana se puso a llorar desconsolada y no respondió a su pregunta.

—¡Vuestro amante! —continuó gritando el barón—. ¡Ese corso malnacido!

Ella seguía sin pronunciar palabra y miraba a Émilien, espantada.

—¡Lo buscaré yo mismo! —aulló el barón.

Así, airado, con el torrente sanguíneo convergiendo en su frente, Émilien cerró la puerta a su espalda, encendió el candelabro y, veloz como un rayo, se dirigió al tocador, removió todas las prendas, los muebles. No encontró a nadie.

Émilien regresó a la habitación. Giordana se había calmado y, en vez de lágrimas, en su rostro se veía el enfado.

—¿Estáis conforme?

El barón sonrió, sardónico.

—Lo he visto entrar, con estos mismos ojos... ¡Yo lo vi! ¿Entendéis? ¡Lo vi!

—Deliráis.

—¡Silencio! ¡Puta!

Y así se lanzó como un desaforado al suelo, apuntando el cañón por debajo de la cama para luego ponerse en pie.

—¿Y bien? —suspiró ella.

—¡Os dije que os callarais! —repitió, apuntándola con la pistola.

No conforme aún, el barón, cuya mirada se había tornado fría y calculadora, abrió la puertecilla del gabinete que daba a la habitación, entró y lo revisó. Tras unos minutos salió de allí más pálido que antes.

—Decidme dónde se esconde ese pillo. ¡Ahora! —exclamó acercándose a la cama.

—Me habéis llamado puta, Émilien, no os lo perdonaré. Ni esta intrusión. Me avergonzáis. ¡Salid de mi alcoba! —gritó Giordana, arrodillada sobre la cama, con los ojos inyectados en ira.

—Y ¡vaya si lo sois! ¡Os escribís con él! ¡Y también lo veis! ¡Y lo habéis metido en mi casa! ¡Oh, sí, Giordana, esas cosas convierten a una mujer decente en una puta! ¿Entendéis? ¡Pedazo de puta sois!

—Vos tenéis amantes —contestó ella, desafiante—: cocineras, bailarinas... ¡Pero si hasta os veis con hombres! ¿Me creéis estúpida?

—¡Callad! —vociferó él—. ¡Callad la boca si no queréis pagar las consecuencias!

—Seguid buscando —dijo ella con una sonrisa irónica—, os ayudaré. El hueco de la chimenea es una buena opción.

El barón fue hacia el balcón y descorrió el cortinaje. Se acercó al biombo detrás del que Giordana se vestía y lo derribó de una patada.

—¡Lo vi entrar! —repetía enloquecido, dando vueltas a la alcoba—. ¡Por aquí mismo, por este balcón! ¡Y yo no creo en fantasmas!

—Habéis alucinado, Émilien.

Por último, el barón, desconcertado, masticando bilis y al borde de estallar, fijó la mirada largamente en Giordana. Sí, era hermosa, y más aún con ese detalle que acababa de descubrir.

—Lleváis un bonito vestido —dijo—. ¿No os parece excesivo... para dormir?

Giordana se puso pálida, llevó maquinalmente los dedos a la sábana y se cubrió de nuevo. Entonces, muy seguro de que había dado con un cabo suelto, el barón sonrió con aires de bribón y se sentó en la cama, observando a Giordana.

—¿Y a vos qué os importa lo que yo tenga puesto? ¡Habéis entrado en mi habitación en mitad de la noche con una pistola en la mano! Pero si lo queréis saber, me lo puse después de la cena. La señora Yolande quería vérmelo puesto, y después me tumbé en la cama, cansada, y me quedé dormida.

D'Artois se levantó del lecho y se dirigió al cordón que hacía sonar la campanilla del ama de llaves. Al poco tiempo, Yolande apareció en la puerta, medio dormida, segura de que tenía un mal sueño pues estaba viendo al barón en mitad de la noche.

—Señora Yolande —dijo el barón—, no preguntéis qué hago aquí. Solo quiero haceros una pregunta y me iré. ¿Por casualidad habéis pedido a Giordana que se pusiera este vestido después de la cena?

La mirada del banquero era tremenda, estaba fuera de sí y tenía una pistola en la mano. El ama de llaves intentó mantener la calma, sabiendo que la respuesta era crucial para su señora.

—¿Se lo pedisteis o no? —insistió el barón, acercándose a ella—. ¿Acaso no entendéis el francés?

El ama de llaves dio un paso atrás y miró a Giordana, que, descubierto el vestido, se había levantado y estaba junto a la cama, mirándola con ojos suplicantes. Se lo había advertido. El juego de los amantes pendía como una espada de Damocles sobre su cuello.

—Sí, barón. Le pedí a mademoiselle que se probara el vestido. Y si continuáis con esta actitud que os hace parecer un loco,

la perderéis a ella, a mí y vuestra dignidad, pues avisaré al servicio para que salgan en busca de la guardia.

Una mentira más que venía a tapar las anteriores. Una mentira más que, en una cadena infinita de mentiras, devolvió de pronto el aliento a Giordana d'Estaing. La mirada de Yolande parecía la de un muerto. Se había arriesgado mucho y en aquel momento esperaba que el barón se pusiera a disparar. Pero, en cambio, Émilien, dudando y sintiendo que no podía fiarse siquiera de sus propios ojos, ni de su antigua servidumbre, abrió la ventana del balcón. Se apoyó en la barandilla y, con el rostro refrescado por la brisa, miró hacia la noche parisina. Amenazó con el puño hacia la noche y gritó como un poseído, descargando el aire envenenado que llevaba retenido en los pulmones.

—¡Te encontraré! ¡Oh, sí! ¡Te encontraré, patán hijo de la gran puta!

El eco de aquel grito se extendió por las calles y callejuelas colindantes. Satisfecho, o al menos eso parecía, el barón se dio media vuelta y atravesó la habitación sin mirar a Giordana, y dio un portazo al salir. En ningún momento pensó que Simone Belladonna podía estar colgando sobre el vacío, bajo el balcón, aferrado a la hiedra. Tras escuchar el portazo, descendió rápidamente por la enredadera y se refugió en las sombras hasta que vio salir al barón por la puerta principal y oyó cómo sus fuertes pisadas abordaban el carruaje. Luego, Simone saltó el muro y se convirtió en una sombra más entre las muchas que poblaban las calles de París.

DÉCIMA PARTE

El baile de máscaras

64

EL SALÓN DE LOS ESPEJOS

El lunes 13 de julio de 1789, después del anochecer, tal y como había sido planificado, se llevó a cabo la presentación de la *Commedia* en el Salón de los Espejos del palacio de Versalles. El día anterior, Luis XVI sorprendió a los franceses al pedir la renuncia a su ministro de Finanzas, Jacques Necker. Durante el mes de junio, el rey se había visto obligado a convocar la Asamblea de los Estados Generales, un órgano de consulta muy antiguo en el reino que no se reunía desde 1614. Por supuesto, los privilegiados no quisieron ceder sus privilegios, y la convocatoria acabó con la creación de una Asamblea Nacional en la que los representantes del tercer estado, como era de suponer, invitaron a los menos privilegiados dentro de los otros dos estados a formar un nuevo órgano que les representara a todos por igual: un hombre, un voto. Esta asamblea, tras diferentes avatares, acabo convirtiéndose en una Asamblea Constituyente el 9 de julio. El camino para el final de la monarquía estaba trazado.

El país se hallaba sumido en un completo estado de incertidumbre, los levantamientos se sucedían por doquier cada día. No parecía el momento ideal para explicarle a la burguesía y al pueblo que los altos impuestos que pagaban iban a parar a un libro, por muy incunable que fuera. Era insistir en lo mismo: el tercer estado, la burguesía y el pequeño comerciante habrían de seguir cubriendo con impuestos más altos el despilfarro de aristocracia y clero, exentos de todo tributo. Sin dinero en sus arcas

y sin pan para el pueblo, y con una enorme emisión de bonos sin respaldo, el inminente fin de la monarquía era la noticia que corría en ríos de tinta por las ciudades del reino. Tener que recurrir a la Asamblea de los Estados Generales suponía el final, el rey lo sabía muy bien. La hambruna, la pobreza y las deudas acumuladas no dejaban ningún margen a las promesas del absolutismo que, como un puente viejo, crujía ya desde sus cimientos.

Así pues, como ya no sostenía el timón, el rey Luis lo cambió por una copa de exquisito champán mientras daba órdenes a sus generales para que organizaran la defensa de París con los regimientos de mercenarios. Paradójicamente, mientras las arcas de Francia estaban vacías, los aposentos del monarca acumulaban bolsos llenos de oro que los valijeros reales habían trasladado de ministerio en ministerio. Dinero del poder. El que aseguraba un buen escape si era necesario.

—Majestad —dijo la reina acercándose a él—, me alegra que dejéis por unas horas a los generales. Los invitados desbordan el salón y en la corte no existe otro tema que el nombre del nuevo ministro.

—Querida reina, estáis muy hermosa, ese vestizo azul celeste os favorece. Perdonadme, es un pecado desperdiciar nuestro tiempo en asuntos de Estado. Vamos al salón.

María Antonieta, muy sonriente, tomó a su marido del brazo y le dijo al oído:

—El cardenal de Rohan es el candidato perfecto, ya lo veréis. El pueblo lo ama; enfriará la situación y acabará con los problemas que nos acosan.

El ministro D'Anguillon y el teniente general Crosne se acercaron al matrimonio real y le entregaron una máscara al rey: un sol dorado con risueños labios de porcelana, de bonito acabado, con el que, de inmediato, el monarca se cubrió el rostro.

—Os queda muy bien, majestad —dijo el ministro.

—Venid, venid —apuró el teniente, agitando la mano—. Asomaos, majestad, y mirad el salón cómo bulle.

Así pues, el rey, con su rostro ya velado, se asomó al balcon-

cillo para contemplar aquel salón abarrotado de aristócratas y cortesanos. El ministro D'Anguillon le dio su máscara a la reina: un óvalo blancuzco de loza veneciana, con antifaz de encaje dorado sobre los ojos. La reina apareció, finalmente, al lado del rey, observando el salón, lleno de enmascarados elegantemente vestidos y enjoyados. María Antonieta había elegido un vestido de corte sencillo y un collar poco llamativo: una gran perla colgada de un grueso cordón de oro. Desde el escándalo del collar de diamantes, que después de tantos años seguía coleando, la reina utilizaba muy poco su extenso joyero. María Antonieta pareció adivinar el pensamiento del rey al verlo con la mirada fija en la perla y se acercó un poco más al monarca, como buscando protección de toda infamia. Pero Su Majestad no iba a consentir que nadie pusiera en entredicho el precioso triángulo que formaba con las clavículas, casi desnudas, de la reina; así que asió cariñosamente a su mujer por el codo y le pidió al teniente que se acercara.

—Decidme, monsieur de Crosne —dijo el rey, dirigiendo a su mujer una mirada serena y llena de afecto—, ¿se ha buscado todo posible rastro de aquella joya inmunda y maldita que parece haber regresado del infierno para molestarnos de nuevo?

—Hemos revisado el palacio en busca de los diamantes —dijo el teniente—; también la lista de invitados, para evitar a los conspiradores habituales, sobre todo al matrimonio Cagliostro. No hemos encontrado nada ni a nadie, majestad. Es más que probable que la conspiración sea una falsa alarma y la información del cardenal no sea correcta.

—No creo que mienta —replicó la reina, recordando, además, las palabras del hombre que en Martinvast dijo ser Dante—. Ya padeció en sus propias carnes las consecuencias de levantar infamias contra la corte, y el exilio, sin duda, lo ha escarmentado. Ahora bien, si estáis tan seguro de que nada ocurrirá y de que no hay truhanes ni pendencieros entre nuestros invitados...

La reina estaba persuadida de que el conde se hallaba en el

salón y que algo tramaba. Conocía muchas de las entradas secretas del palacio, no tenía que entrar con el resto de los invitados, ella lo sabía.

—Os lo puedo garantizar, majestad —dijo el teniente Crosne—. Hemos montado doble guardia con nuestros mejores hombres. Un cerrojo infranqueable.

—Mejor que así sea —susurró el rey.

—Quedaos tranquilo, majestad —insistió el teniente—. Disfrutad de la fiesta, que la seguridad descansa en buenas manos.

Mientras tanto, en la puerta de ingreso de los invitados, monsieur Lemonique esperaba con un nutrido grupo de invitados. Entre ellos estaba un hombre vestido con una fina chaqueta de tafetán y capelina negra, con el rostro cubierto por una máscara de terciopelo y un tricornio emplumado. De su brazo, una joven muy hermosa con un vestido ceñido de color escarlata y una máscara dorada. Lemonique los presentó como el conde y la condesa de Sampierdarena.

Los reyes observaban a los invitados que iban llegando, y también a aquellos otros que, bajo los techos dorados, ya habían comenzado a bailar.

—Mirad allí —dijo el ministro D'Anguillon—; el príncipe de Rohan ha llegado al baile.

El cardenal, con una sencilla máscara de terciopelo púrpura que hacía juego con su vestimenta de prelado, se colocó a una distancia discreta de los reyes mientras los saludaba con un movimiento de cabeza.

—Majestad —dijo D'Anguillon al oído de Luis XVI—, el cardenal que pretende el ministerio nos ha enredado con este asunto de la conspiración. Es un oportunista. Tan solo espero que no os dejéis llevar por el temor a un conde y unos diamantes que no existen.

—No os preocupéis —respondió el rey, mientras devolvía el saludo al cardenal—, la noche acaba de comenzar.

Entonces el rey y sus hombres se movieron por el salón. No

así la reina, que en compañía de la condesa de Polignac se acercó al cardenal.

—Mi reina —dijo el príncipe al verla—, os veis muy hermosa.

—Eminencia, vos también lo estáis.

—Vuestra máscara está hecha de loza tan fina y pálida... Solo una reina puede cubrirse el rostro de un material tan exquisito. Y basta observar vuestros ojos para descubrir quién sois.

—Pues bien, eminencia, vos que sois tan perspicaz, seréis capaz de descubrir al invitado impostor en este mundo de enmascarados, ¿verdad? A aquel cuya máscara no solo oculta los rasgos de la cara, sino los de su alma aviesa.

—Os prometo que, de hallarse semejante calaña aquí, será atrapado en el acto.

—Hablé de vos al rey, y si mostráis tal diligencia, os convertiréis en ministro esta misma noche.

—Quedaos tranquila. Mis hombres atraparán a todo aquel que tenga intenciones de quebrar la concordia de una reunión tan selecta. Estoy muy seguro de ello; tanto, que mi única preocupación no recae en esos posibles infiltrados, sino en ver la *Commedia* que presentaréis esta misma noche. Se dice que el libro del que habéis tomado el guion de la obra es un ejemplar digno de elogio.

—Lo es. En breve lo veréis.

—El infierno, el purgatorio y el paraíso de Dante, sí... Como una paradoja perfecta que refleja a los que ahora veis en este salón.

—Por cierto, ¿quién es aquel enmascarado que se encuentra junto a una de las ventanas de los jardines? —preguntó la reina señalando con su dedo.

—Oh, sí. Me lo ha presentado Lemonique, a él y a su esposa. Han venido con el modisto. Es un conde italiano, de Sampierdarena, creo.

Como si estuviese oyendo la conversación, Belladonna miró hacia donde estaba la reina y, acto seguido, la saludó con apenas un movimiento de cabeza.

65

EL CONDE DE SAMPIERDARENA

Belladonna se movió unos pasos del ventanal para acercarse a un criado que llevaba copas de champán y tomó una. La reina seguía sus movimientos aparentemente inocentes. No lo eran: Simone se había movido para tener una buena visión de la puerta de invitados.

Al cabo de un rato, aparecieron Giordana y Émilien. Avanzaron por el salón hasta colocarse junto a una mesita donde había bebidas y, sin mediar palabra, el barón se mezcló con los invitados.

Belladonna siguió con los ojos al barón. Este se detuvo para cruzar unas palabras con un hombre que Simone no pudo reconocer. Entonces dirigió la vista hacia Giordana, sola junto a una mesita, y se quedó mirándola fijamente para ver si ella podía advertirlo.

—Fijaos cómo observa a los recién llegados —dijo la reina al cardenal—. Ese conde italiano parece sumamente curioso.

—¡Oh, sí! —afirmó Rohan—, un picaflor. Ahora observa a la dama de vestido carmesí... No debéis alarmaros, los italianos son así.

Pero el cardenal de Rohan se quedó mirando también a aquella dama.

—Mi reina —preguntó—, ¿acaso sabéis quién es esa dama que acabo de mencionar?

—La futura baronesa d'Artois. ¡Émilien se casa, quién lo iba

a pensar! —dijo la reina entre risas—. Se llama Giordana d'Estaing, muy bonita y desconocida para la aristocracia parisina. Una buena adquisición, a futuro, para esta corte...

Al cardenal se le heló la sangre.

—¿La sobrina de la dama asesinada?

—Su única heredera. Aún no me la han presentado, precisamente porque la muchacha no quiere casarse hasta acabar el luto por su tía. Ella, pobrecita, en paz descanse, fue quien me vendió la *Commedia* que hoy presentaré. Al barón lo conozco, sí, bastante bien... —terminó de decir la reina mientras sonreía mirando hacia Giordana.

El cardenal sonrió levemente. La máscara ocultaba su palidez, pero no su nerviosismo. Se puso a mirar a su alrededor con cierto frenesí hasta que encontró al capitán Le Byron que apoyaba la mano en la guarnición de la espada. Al igual que el cardenal, llevaba una máscara sencilla, ya que, además de mantener el uniforme, todos lo reconocían por el puño de porcelana. El príncipe de Rohan se disculpó con la reina por ausentarse un momento, se acercó a Le Byron y le susurró algo al oído. El capitán partió tan pronto como recibió la orden.

—¿Qué sucede? —preguntó la reina al regreso del cardenal.

—Quedaos tranquila, majestad. Creo que esta noche, al fin, daremos con Cagliostro.

La respiración de la reina se entrecortó, y volvió a mirar hacia el salón. Giordana d'Estaing ya no estaba junto a la mesita.

A poca distancia, muy cerca de la orquesta, dispuesta en un escenario para la ocasión, el barón d'Artois acababa de conversar con uno de sus inversores, a quien prometió, sobre nuevos cálculos, ingresarle los intereses a final de julio. Distendido, tomó una copa y enfiló hacia donde se hallaban reunidos los ministros.

—Perdón, monsieur —le dijo Belladonna, que se interpuso a su paso—, ¿sois vos el banquero D'Artois?

El barón observó de arriba abajo al hombre con antifaz veneciano.

—Soy yo —dijo—. ¿Y quién sois vos?

—Conde de Sampierdarena.

—¿Nos conocemos, conde? ¿En qué puedo ayudaros?

—No nos conocemos, pero quisiera hablar a solas con vos...

—¿De alguna inversión? Porque para eso este no es un lugar oportuno. Podéis venir a mi despacho y...

—No, no. Os puedo asegurar que no os importunaré con el estado de mis finanzas; no me refiero a negocios.

—Y ¿qué asuntos son?

—En verdad, me complacería hablarlos a solas y no aquí. Con una concurrencia tal, los susurros son gritos.

El barón, que se encontraba bastante relajado, acomodó un rizo de su empolvada peluca mientras cavilaba.

—Me temo que no dispongo del tiempo ahora, conde.

—Es que existe un pequeño inconveniente, barón. Mañana ya no estaré en París. Insisto en que hablemos a solas y ahora —dijo Belladonna, en un tono tajante.

—Un momento —susurró el barón, esforzándose por ser cortés—. No tengo idea de qué queréis hablar conmigo; sois un completo desconocido y me exigís una reunión a solas como si fuerais un ministro...

—Ya os dije que soy el conde de Sampierdarena.

—Sí, y yo no os conozco... Se acabó mi paciencia, conde —zanjó el barón—. Con permiso, que tengáis una noche agradable.

Cuando el barón se abría paso para proseguir su camino hacia los ministros, el conde de Sampierdarena se acercó a él y le susurró al oído:

—El asunto concierne al conde de Cagliostro.

El banquero se detuvo en el acto. Y se dio la vuelta, para estudiar a su interlocutor.

—No sé de qué habláis.

—Por supuesto que lo sabéis.

—Con permiso —repitió el barón, intentando marcharse de nuevo—, me esperan.

Entonces Belladonna puso su mano en el hombro del banquero para detenerlo.

—Si camináis hacia allá —le susurró—, adonde están esos amanerados y aduladores cortesanos de la Corona, será mejor que os divirtáis mucho, porque cuando acabe el baile, barón, descubriréis que estáis en la más espantosa bancarrota. Una bancarrota de la que jamás podréis salir.

—¿De qué estáis hablando? —susurró el barón, apretando los dientes—. Si seguís importunándome, llamaré a los guardias.

—Oh, no, no vais a querer a los guardias aquí. Cagliostro os ha tendido una trampa y yo estoy aquí para preveniros.

El barón dudó entre seguir su camino, llamar a la guardia, o dedicarle un instante de atención al desconocido.

Apuró la copa de champán que llevaba en la mano y le hizo un gesto para que le siguiera.

—Acompañadme. Deteneos aquí, estamos a un costado y nadie nos ve. A solas tal y como pedisteis. Ahora decidme, conde de...

—Sampierdarena.

—Sí, sí; conde de Sampierdarena. Bien, conde, hablad.

—Yo preferiría ir a aquel saloncito que hay detrás de esa puerta. Tendremos más intimidad.

—Pues yo preferiría que me dijerais eso que tenéis que decir, y así podré proseguir mi rumbo en el salón. Demasiado tiempo os estoy dedicando... ¡Hablad ya! —tronó el barón, fuera de sí.

Entonces Belladonna se acercó a su oído y le habló. Cuando acabó de decirle el secreto la cara del banquero estaba rígida.

—No perdáis el tiempo con banalidades porque se os acaba. Ya sabéis adónde dirigiros.

El barón volvió a mirar el Salón de los Espejos, observó aquella multitud de enmascarados que, como almas inquietas y festivas que eran, brindaban la ocasión perfecta para saciar un deseo que le nacía con virulencia en el pecho: el de venganza.

Belladonna se inclinó hacia el barón a modo de saludo. Tenía que retirarse.

—Esperad, conde —dijo el barón, tomándolo por el codo—. ¿Por qué habéis venido a avisarme? ¿Quién sois?

—Para todo eso tengo también respuesta, barón: soy otra víctima de Cagliostro. Alguien que desea verlo destruido.

Entonces el barón d'Artois aflojó el apretón y dejó partir al enigmático enmascarado italiano. Vio cómo desaparecía entre la gente, haciéndose pronto uno más entre tantos.

66

LOS TEMORES DEL BANQUERO

El barón d'Artois atravesó el salón en el sentido opuesto al que tenía pensado. Si las palabras que acababa de escuchar eran ciertas, asunto que temía, no iba a ser junto a los ministros donde habría de encontrar certezas, pero sí en otro sitio, el palco donde se encontraba el embajador de Inglaterra. A pesar de ser esa una fiesta de máscaras, no era difícil para un hombre de tantos contactos como D'Artois saber en dónde buscar, más aún si necesitaba encontrar, como era preciso en ese momento, a alguien de cierta jerarquía. Así pues, se acercó al hombre que podría dar respuesta a la multitud de preguntas que lo abrumaban.

—Espero que estéis disfrutando del baile de la reina —deseó con voz calmada—. Soy el barón d'Artois, por si acaso no me reconocéis.

—¡Oh, barón! —respondió el aludido—. No pensaba veros por aquí.

En efecto, el barón tampoco tenía pensado acercarse hasta aquel rinconcito del salón, pero la situación lo había empujado a hacerlo.

—No deseo interrumpiros —siguió el barón—, pero estoy un tanto preocupado por un asunto que desearía hablar con el señor embajador y qué mejor forma de hacerlo que a través de vos.

Sir Thomas Charton parpadeó detrás de la máscara.

—¿Ahora? —exclamó el banquero inglés, extrañado—. Me temo que el señor embajador no podrá atenderos. Miradlo allí,

está conversando con una princesa lituana, muy entretenido como podéis apreciar. ¿Puedo ayudaros yo?

—No lo creo.

—Vamos, dejadme hacer algo por vos, barón. Tomo nota para que mañana a primera hora podáis reuniros con él en la embajada.

—No hay tiempo. Necesito hablar ahora.

La relación que unía al barón d'Artois con sir Thomas permitía que aquella insistencia fuese atendida. Además, la actitud del barón traslucía realmente urgencia y miedo.

—Vamos —insistió de nuevo Émilien—. Será apenas una pregunta.

—Está bien —dijo sir Thomas—. Acompañadme.

A conveniente distancia de allí, Giordana se encontró por fin con Simone. No sabía muy bien a qué se debía aquella incursión en la sala de lectura privada de la reina, pero seguía, fiel, a su bien informado amante.

—La guardia del cardenal me vigila —alertó Giordana—. El cardenal me ha reconocido.

—No te preocupes. No hay tiempo que perder —dijo—. Sígueme y no te separes de mí.

Caminaron por los corredores con la soltura que cualquier pareja de invitados podía mostrar en una fiesta real, donde ningún advenedizo podía entrar. Al cabo de un momento, se detuvieron delante de la puerta que daba acceso a la sala de lectura de la reina.

Belladonna se quedó mirando aquella puerta decorada con blasón real.

—Es ahora o nunca —le animó ella.

Ante el silencio de Simone, Giordana extrajo una llavecita que ocultaba bajo las telas del vestido, y como si fuese la mismísima reina, con idéntica suficiencia y majestad, la metió en la cerradura para abrirla. El interior estaba en penumbra. Entraron y

cerraron la puerta por dentro. Al cabo de unos segundos, en los que Giordana se aferró con fuerza a la mano de Simone, sus ojos se acostumbraron a las sombras y pudieron distinguir el escaso mobiliario, formado por un escritorio y un diván junto a la ventana, al lado del cual había una mesa auxiliar llena de legajos y libros. Las estanterías cubrían todas las paredes, atestadas de libros desde el suelo hasta el techo. Giordana cerró los ojos, aspiró el perfume de todos aquellos ejemplares, encuadernados con la mayor de las delicadezas, y se dejó llevar por Simone al centro mismo de la estancia.

Mientras tanto, en la zona de los ingleses, acuciado por la desesperada situación de su interlocutor, el baron d'Artois, sir Thomas Charton, que había aceptado interrumpir la conversación del embajador con la princesa lituana, se acercó a él con paso medido.

—Señor embajador, permitidme que robe un minuto de vuestro tiempo para un asunto que os reclama. Se trata de una urgencia de uno de mis mejores colaboradores y clientes, el barón d'Artois.

—¿Aquí, en el baile de la reina? —exclamó, molesto, el embajador, y miró a la princesa para pedirle permiso.

Ella asintió y, dando un paso atrás, esperó a que el embajador terminara bebiendo de su copa.

—Decidle que venga, pues —dijo al fin el embajador.

Sir Thomas fue en busca del barón, que lo esperaba a escasos pasos.

—Habéis sido muy amable al atenderme —dijo D'Artois, saludando al embajador con una reverencia.

—Tengo poco tiempo. ¿Qué queréis, monsieur? ¿Qué es tan importante como para interrumpirme ahora?

—Corroborar un rumor que acaba de llegar a mis oídos, de extraordinaria gravedad. Ya sé que no es el lugar más adecuado para tratar esto, señor embajador.

El embajador miró al barón d'Artois con precaución.

—Bien, ¿de qué se trata?

—Hace poco, he adquirido acciones de una compañía naviera con sede en Londres.

—¡Por supuesto! —exclamó Charton, a un lado de ellos, que sentía tanta curiosidad como el embajador por el asunto—. Yo mismo le vendí las acciones de la empresa.

—La London Ocean Freighters —recordó el barón.

—Cierto —musitó el embajador, mirando hacia el suelo—, debí autorizaros la compra de un porcentaje más elevado que el pactado en inicio...

—Seiscientas mil libras. Para poder recibir en octubre...

—Un millón y medio —completó Charton.

—He invertido todo lo que tenía. Incluso lo que no es mío: el dinero de mis clientes.

Sir Thomas Charton le miró con asombro mientras el embajador seguía mirando al suelo, y de vez en cuando, a la princesa.

—El rumor dice que esa empresa ha presentado la quiebra hoy —dijo, al fin, el barón.

El embajador levantó la mirada; era serena, acaso ajena a las tensiones que debían de vivir los actores principales en un desastre económico. Aquella mirada tranquilizó al barón lo suficiente para recuperar el aliento. Lo suficiente para que en sus labios aflorase una sonrisa.

—Monsieur d'Artois —dijo el embajador—. Es verdad, esa empresa ha quebrado hoy.

D'Artois sintió que un puñal le atravesaba el corazón. No pudo articular palabra. El embajador, que llevaba una máscara de saltimbanqui, sonrió, saludó cortésmente al banquero y se dio la vuelta para decirle a un sir Thomas Charton atónito:

—Traedme dos copas de champán. —Y se retiró para retomar la charla con la princesa lituana.

—¡Ha quebrado! —gritó Émilien aferrándose a sir Thomas.

El grito quedó ahogado por la música, aunque no pasó desa-

percibido a los que se hallaban a su lado, quienes lo miraron con miedo y extrañeza.

—¡Vamos! —lo calmó Charton, quien debía de estar acostumbrado a presenciar aquel tipo de sinsabores en los hombres de negocios y navieros que constituían su círculo más íntimo—. Lo siento... No sabía nada... Estas cosas suceden. Quedaos a tomar una copa conmigo y calmaos. Estáis llamando la atención, barón...

Sintiéndose un pelele, vestido de fantoche incluso, el barón lo miró con los ojos inyectados en sangre. Ese conde de Sampierdarena le había dicho la verdad. Pero no era ese conde a quien tenía el barón entre ceja y ceja; era otro, italiano también, a quien deseaba vivamente ajusticiar. El barón era el único hombre en ese baile que sabía debajo de qué máscara se escondía Cagliostro.

En los jardines del palacio, el cardenal había llegado al laberinto de setos.

—Aquí la tenéis, eminencia —dijo el capitán Le Byron mientras sostenía por el brazo a la dama de vestido carmesí, a quien acababa de aprehender.

—Excelente —dijo el cardenal—, esta dama es una conspiradora; enemiga de la reina y aliada de Cagliostro.

La dama, acorralada, había llegado hasta allí intentando escapar de los guardias del cardenal.

—Giordana d'Estaing —dijo el príncipe de Rohan a la dama—, la conspiración acaba aquí.

Ella lo miraba en silencio. En parte, sorprendida, y en parte, serena, pues no tenía ya que temer.

—Quitadle la máscara —ordenó el cardenal.

—Aquí la tenéis —dijo Le Byron, y descubrió el rostro de la dama.

—¡Sois tan joven! —observó el cardenal al verla—. Y ya os habéis arruinado la vida. Iréis a la horca.

—¡No! —suspiró el capitán.

—¿No? —dijo el cardenal mirándole—. ¿Os habéis vuelto loco? La traición se paga con la vida.

—¡No! —Le Byron escrutó fijamente a la mujer—. ¡Me refiero a que esta joven no es Giordana d'Estaing!

—¿No? —exclamó el príncipe, mirando a Le Byron—. Y ¿a quién demonios hemos atrapado entonces?

El cardenal volvió los ojos hacia la muchacha, que escuchaba la conversación sumida en el silencio.

—Y ¿quién sois vos? —le preguntó—. ¿Cómo os llamáis?

La señorita no respondió a aquella pregunta; el capitán se adelantó y lo hizo por ella.

—Su nombre es Juliette Montchanot.

En ese instante, Juliette, vestida con idéntico vestido y máscara que su amiga, pronunció las palabras que ninguno de los dos hombres quería escuchar.

—Sabed que los diamantes están en palacio, también Cagliostro, y que habéis caído en la trampa.

El cardenal se estremeció. Se quitó la máscara mostrando su expresión turbada.

—El barón d'Artois es uno de los conspiradores —siguió diciendo Juliette—, aliado de Cagliostro. Estarán, si no están ya, juntos en el salón.

—Id al salón y rastreadlo de arriba abajo, hasta que encontréis al barón d'Artois. A través de él, llegaremos a Cagliostro. Movilizad a todos vuestros hombres si es necesario. Y actuad con discreción —le ordenó el cardenal a Le Byron mientras se daba la vuelta para mirar hacia el palacio.

Su expresión lo decía todo: era espanto lo que ahora reflejaba su mirada. Sabiéndose en el centro de la trampa, el príncipe de Rohan regresó al Salón de los Espejos, no sin antes dejar a Juliette custodiada por dos hombres de su guardia.

67

LOS CONJURADOS

El conde de Cagliostro veía cómo el barón d'Artois, a quien reconoció por su antifaz y capa de color azafranado, se acercaba hacia él de forma imprudente. Pero bastó con otra mirada para darse cuenta de un escalofriante detalle. Por detrás del banquero se movían, con discreción y a buena distancia, tres hombres del cardenal. Algo iba mal, y faltaba tan poco para que la reina cayera en la trampa... Puesto en semejante brete, el conde jamás habría pensado que D'Artois sería tan estúpido como para ir a buscarlo. Pensó, más bien, que pasaría a su lado y le susurraría el contratiempo, cualquiera que fuese. Nada más lejos de lo que iba a ocurrir. El barón d'Artois se detuvo frente a él y, tomándolo de las solapas de la levita delante de todo el mundo, le gritó a la cara:

—¡Me habéis estafado!

A Cagliostro se le puso la carne de gallina.

—¡Esfumaos de aquí, gaznápiro! —exclamó—. ¡Estáis comprometiéndome y comprometiendo todo! Os siguen tres guardias del cardenal...

—¡Patán, hijo de puta! ¡La empresa naviera que me recomendasteis ha quebrado! ¡Me arruinasteis! —siguió vociferando el barón sin soltar al conde.

Los invitados comenzaban a retirarse del lugar, cuchicheando. Y los guardias se acercaban.

Cagliostro maldijo que la quiebra hubiera llegado a oídos

del banquero de forma prematura. Alguien bien informado se lo había dicho, algo que no debía ocurrir, según sus planes, hasta el día siguiente. Y el día siguiente, el conde tenía planeado estar muy lejos de París.

—Es un rumor —respondió el conde, intentando zafarse—, no es cierto...

—¡Mentís! ¡Me lo ha confirmado el embajador de Inglaterra en persona!

—Entonces os daré un consejo —repuso Cagliostro, visiblemente nervioso, sin dejar de vigilar a los guardias—: aprovechad que aún no habéis sido ahorcado por conspiración y solamente sufrís bancarrota y salid de aquí. Vivo, mejor que muerto.

El barón suspiró y apretó los puños con rabia.

—¡Me habéis convertido en prófugo! —dijo, soltando por fin al conde y volviéndose para observar a los guardias.

—¡Lo lamento tanto! —dijo Cagliostro, y desapareció detrás de los cortinajes.

A punto estuvo el barón d'Artois de arrojarse tras él, pero el maldito tenía razón: debía escapar primero. Porque, en libertad, su odio podía remediarse con venganza. La horca no daba revanchas.

Entretanto, dentro de la sala de lectura de la reina, Giordana y Simone se detuvieron delante del escritorio. Sin necesidad de encender ninguna vela, alumbrados por su propia temeridad, en aquella noche clara que lanzaba tenues rayos de luna por las ventanas, habían buscado sin éxito entre los ejemplares desperdigados en torno a la mesa auxiliar, al lado del diván. Dirigían ahora sus pesquisas a los cajones de la amplia mesa de trabajo en la que Su Majestad imaginaba estrenos dignos de Molière mientras el país se iba al garete.

Simone contaba con que aquella parte del palacio se hallara completamente desierta y no había errado en sus predicciones. El raro ejemplar que había sido falsificado para engañar a la rei-

na estaría por allí, entre mullidas sombras, esperando el momento en el que sería presentado en sociedad, como una joven princesa. No estaban allí los ujieres ni el cuerpo de guardia que, en días ordinarios, vigilaban la entrada a todas las habitaciones. Toda la guardia acompañaba a la soberana en el salón, y los ujieres, a los invitados. Aun así, ya deberían de haber salido de las habitaciones de la reina. En cualquier momento podrían entrar a por el libro.

Giordana se detuvo en el centro de la biblioteca privada de María Antonieta, apartó de su rostro el antifaz y se volvió para mirar a Simone a los ojos.

—Pues bien —dijo rompiendo el silencio—, ¿qué nos queda por mirar? El escritorio. Pero parece tan poco lógico que esté donde debe estar...

Belladonna miró a Giordana. «Claro, qué simple —pensó—. La reina no tiene por qué esconder más de lo debido el ejemplar, no sabe lo que hay dentro. Nadie lo sabe.» Contempló el escritorio y dedujo que tenía que estar en el cajón central, de mayor tamaño que el resto. Simone se quitó la máscara y abrió el cajón de madera dorada; efectivamente, allí estaba, la *Commedia*, envuelta en un paño de terciopelo. Decidido, la tomó con ambas manos y la sacó del cajón.

La joven, que observaba sin entender qué tenía que ver el libro, preguntó:

—Pero ¿no buscábamos diamantes?

Simone sacó una fina navaja de uno de sus bolsillos, abrió el libro para mostrar el interior de la tapa, y allí cortó el cuero para dejar expuesta la madera.

—Mira...

La mirada de Giordana se encendió por el fulgor que irradiaban los diamantes al tomar contacto con la luz. Allí estaban. Engarzados en diminutos agujeros hechos en la madera.

—En esta tapa se oculta la mitad —murmuró Simone—; el resto está en la posterior. El famoso collar de la reina. —Pasó las yemas de sus dedos sobre las gemas.

Entonces Giordana alzó la mirada.

—Esta misma noche se presentará el libro en el salón.

—Es el caballo de Troya urdido por Cagliostro; acusará a la reina en público de haber aceptado el collar.

A Giordana se le entrecortó el aliento. Sus ojos quedaron presos de aquellas palabras y de la boca que acababa de pronunciarlas.

—Destrozarán a la reina —dijo, por fin, la joven.

—No lo permitiremos —la tranquilizó Simone—, y eso nos hará libres...

Giordana no respondió, le puso un dedo en la boca a Simone para que no hablara más. Unos ruidos provenientes de una de las puertas anunciaban la llegada de los ujieres, que venían a buscar el libro para llevarlo el salón.

—Ven a mi lado —dijo él—, deja que sea yo el que hable.

Apenas había terminado la frase cuando una figura entró en la sala de lectura, alguien que tenía acceso a esa habitación y que apareció con el sigilo de un espectro. No era un guardia. Ni un ujier.

—¿Vos? —dijo, estupefacta, Giordana.

Era el barón d'Artois, que acababa de quitarse la máscara para mostrar una sonrisa diabólica. Luego cerró la puerta por la que había entrado.

—Al fin los tres juntos... —se congratuló.

68

CABALLO DE TROYA

—Vuestra jugada ha terminado —dijo el barón d'Artois, con aires de venganza.

Simone, al verlo, se apresuró a cortarle el paso poniéndose delante de Giordana y asumiendo su defensa.

—¡Oh! —exclamó el barón—, tenéis el coraje de daros aires de don Juan. ¡Bribón! He anhelado tanto este momento...

—Y ¿qué pensáis hacer?

—En primer lugar, confieso, haré algo para reparar la bancarrota que pesa en mi contra. Luego, y como ya sospecharéis, me llevaré a Giordana, es decir, a esa puta que tenéis por amante, y la obligaré a seguir el mandato de su tía. Más dinero para reparar mi bancarrota. No os preocupéis, querida: os voy a dar exactamente la vida que os merecéis. Pero he de hacer algo más... ¿Recordáis el duelo pendiente?

—¿Pensáis que nos batamos aquí, ahora?

—¡Oh, sí! Ahora mismo. Aquí, en la sala de lectura de la reina.

Giordana aferró al corso por los hombros.

—¡Dejadlo! —le gritó al barón—. Me iré con vos.

—Tranquila —susurró el corso—, no te irás.

—Por supuesto que lo haréis, Giordana. Esa mujerzuela vendrá conmigo, y vos moriréis aquí. ¡Separaos ya! —dijo al tiempo que sacaba una pistola de la levita y apuntaba a la cabeza de Simone—. ¿Me creíais tan imbécil de daros alguna oportuni-

dad? Separaos si no queréis morir ambos con la misma bala. Muy bien. Sí, sí, así está bien. Ahora vos —continuó—, meted todos los diamantes que esconde el libro en esta bolsa, ¡ya!

El barón le arrojó a Giordana una talega de seda. Su mirada furiosa y su dedo en el gatillo eran razones poderosas para que ella obedeciera. Todo lo deprisa que le dejaba la luz escasa y lo minucioso de la labor, la joven comenzó a llenar la bolsita.

—Muy bien —dijo el barón—. Ahora, haced lo mismo con los que esconde en la otra tapa. Sí, así. Tomad la navaja y abrid el cuero, como hicisteis con la anterior. Perfecto. Meted esas piedras en la bolsita, rápido.

Giordana obedecía a un ritmo frenético. Rajó la cubierta como le había visto antes hacer a Belladonna, extrajo los diamantes y los metió en el saquito de seda.

—Eso es —recalcó el barón—, anudadla. Así. Ahora venid aquí y dádmela.

Ella se acercó despacio y tendió el brazo todo lo que pudo para evitar al barón, pero él tomó la talega y la muñeca de la joven, y la arrastró tras de sí.

—Quedaos ahí, bien quieta, si queréis que este maldito corso muera rápidamente.

—Ya tenéis lo que queríais —dijo Simone—, ahora podéis bajar el arma.

—Silencio, imbécil. Que aún no he acabado con vos.

Simone se cruzó de brazos.

—¿Cómo pensáis salir de aquí con los diamantes? —preguntó.

—Y ¿cómo pensabais salir vos? —respondió él.

—No pensaba salir. Me bastaba con esperar a los ujieres y avisar de la conspiración.

—¡Ah, rata entrometida! Queríais delatarme.

Con un movimiento rápido, Simone se acercó a la ventana.

—Los jardines ya se despejan de invitados. Parece que han ido al salón —dijo, mirando tras los cristales—. Y ¿sabéis por qué sucede esto? La reina ha enviado a por el libro, y con esto, la

salida que vos necesitáis para huir se encontrará atestada de guardias que vienen hacia aquí.

—Apartaos de ahí —ordenó el barón, vacilando y arrastrando a Giordana hasta la ventana para comprobar lo que afirmaba su enemigo.

Volvieron a escucharse los sonidos de los cerrojos, según avanzaban los ujieres hacia la sala de lectura.

—Tenéis razón —dijo D'Artois, algo más calmado, como si aquellas cuatro habitaciones que separaban a los ujieres de él no fuesen una preocupación—. Ya no podré salir por donde entré.

—Estáis acorralado.

—Pobrecillo —respondió con una sonrisa—. No estaré aquí cuando lleguen los ujieres.

Y dicho esto mostró una llavecita dorada entre los dedos.

—La llave que utilizó Giordana la copió de una que guardo conmigo. Pero no es la única. Poseo otra, que Giordana desconoce, y es esta que veis aquí. Todo conspirador ha de tener su salvaguarda...

—Yo no veo más puertas, barón... —dijo Belladonna, mirando hacia ambos lados.

—No intentéis perseguirme, arrogante malnacido. Si lo hacéis, le vuelo la cabeza a ella. —Puso la pistola sobre la sien de Giordana.

—No me moveré.

—Sí lo haréis; poned ahora mismo el libro de la reina en su envoltorio y devolvedlo al cajón. Así. Eso es, muy bien.

Moviéndose hacia el escritorio, el barón d'Artois tomó la máscara del corso; luego, llevó del brazo a Giordana hasta su lado. En aquella pared, revestida por completo con tela dorada, se hallaba una puerta secreta. El barón no tuvo más que meter la llave para abrirla. Empujó a Giordana al pasadizo que conectaba la habitación con otras cámaras menores, desde donde se podían alcanzar las escaleras o bien el patio. Solo necesitaba el tiempo suficiente para despistar a la guardia, y ese se lo daría la presentación del libro. No deseaba ruidos. Ni alertar a los guardias del

pasillo. El barón apuntó al rostro de Belladonna, y en vez de engatillar, simuló un ruidito con los labios. Luego sonrió y desapareció con Giordana tras la puerta.

Belladonna corrió hacia ellos en vano: D'Artois la había cerrado con llave. En ese segundo, el corso escuchó las botas de los guardias en la antecámara. Así que se dio la vuelta, mortalmente acorralado, con apenas un segundo para pensar.

Cuando abrieron las puertas, los ujieres encontraron la habitación en orden. Entró el secretario personal de la reina, escoltado por el cardenal y el capitán Le Byron, quienes lo siguieron hasta el escritorio. El secretario abrió el cajón principal y extrajo el libro, que encontró tal cual lo había dejado la tarde anterior cuando levantó asiento por escrito, delante de testigos, de que quedaba allí depositado.

—Aquí tenéis —dijo el secretario a un ujier—; llevadlo vos y ponedlo en el atril cuando lleguéis al centro del salón.

Después de esto, y no sin dedicar una fugaz mirada a la habitación, todos se retiraron con el preciado objeto en las manos. Nadie vio a Simone, oculto detrás de los densos y pesados cortinajes. Sin embargo, él vio perfectamente el faldón de la librea de un lacayo, a un palmo de su rostro, y escuchó el silencio que sobrevino a continuación, cuando se quedó nuevamente a solas en la habitación.

Su plan había fracasado y lo peor era que había arriesgado la vida de Giordana. Tenía que salir del palacio cuanto antes.

69

COMMEDIA

La reina se movió hacia el centro del Salón de los Espejos con la elegancia que destila la realeza. Tras ella, como una hueste de soldaditos de terciopelo, se movía su séquito; el último era un ujier que aferraba entre sus manos la *Commedia*. La puso en el atril preparado en medio de la estancia. María Antonieta tomó asiento en uno de los sillones que se había colocado al lado del atril, junto al rey. Se sorprendió al ver al conde de Provenza, hermano del rey, con quien este consultaba últimamente las decisiones militares.

—Enhorabuena, majestad —dijo el conde a la reina—. Acabo de llegar justo a tiempo. Estaba en París, intentando contener los disturbios.

—Ah, París... —suspiró ella—. Ahora me explico la cara de mi amado rey.

—Ayer, el príncipe de Lambesc cargó contra una multitud de parisinos en los jardines de las Tullerías, y las cosas no han ido muy bien. El asunto ha degenerado en peores protestas el día de hoy —explicó el conde de Provenza.

—Jamás caen simpáticas las revueltas en París —dijo el rey, contrariado por la frivolidad, siempre inoportuna, de la reina.

—Y las protestas son más crudas cuando no se tiene un ministro de Finanzas... —añadió María Antonieta, sin mirarlos.

—Hoy mismo lo tendremos —zanjó el rey—. En tanto, pretendo que los problemas de París no penetren en palacio, y mucho menos en la fiesta de la reina.

Entonces el conde de Provenza, que estaba al tanto del polvorín que significaba París a esas horas, se acercó delicadamente a su hermano.

—¿Ya habéis tomado una decisión? —preguntó al monarca.

El rey fijó la mirada en el otro lado de la sala, señalando con los ojos, sin mencionarlo, al candidato.

—¿El cardenal de Rohan? —se sorprendió su hermano.

—Antes de que termine esta gala será nombrado; él se encargará de apaciguar el país.

—Pensé que ese príncipe era enemigo vuestro, majestad.

—Ya no. Ahora tengo enemigos aún peores.

En ese instante, el maestro de ceremonias llamó la atención de los presentes y, señalando la *Commedia* en el atril, convocó a los invitados para que se acercasen en círculo y así pudiesen admirarla. Ante los reyes y la multitud, el maestro de ceremonias, tocado por una regia peluca de bucles que le llegaban hasta los hombros, comenzó a recitar con voz aflautada:

—Nos reunimos por invitación de Su Majestad, la reina María Antonieta, nuestra amada soberana, quien ha decidido anticipar la gran inauguración de su nueva obra de teatro aquí, en el Salón de los Espejos, con vosotros, y delante de este valioso libro que veis aquí. —Y, dicho esto, el maestro de ceremonias descubrió el ejemplar—. La *Commedia* de Dante Alighieri...

El gentío estalló en susurros de todo tipo. De júbilo. De asombro. De envidia. De placer. De temor. De fascinación. Y así fueron corriendo las voces que la Casa Real anhelaba tanto, aquellas que podían alejar definitivamente a María Antonieta del centro de los escándalos de palacio.

—Mantened los ojos abiertos —susurró el cardenal a Le Byron, que, a su lado, escrutaba el salón a la espera de cualquier movimiento sospechoso.

Ellos sabían que, de haber una conjura en marcha, se desvelaría en ese preciso momento, el de mayor atención, cuando la música había cedido y las voces eran protagonistas del acto.

—El infierno —siguió diciendo el maestro de ceremonias—,

incluido en este libro que veis aquí, señores, será llevado al teatro de la reina, donde serán recreados los nueve círculos que encierra el dominio de Satanás. Veréis a los traidores, a los iracundos, los avaros, los falsificadores, los hipócritas, los simoníacos, los aduladores... los golosos... los lujuriosos; los veréis a todos clamar desde los ardientes fosos...

—No es necesario ir a un teatro para verlos —susurró el conde de Provenza a la reina—, aquí los tenéis a casi todos...

—¿Quién es aquel caballero? Lleva máscara de arlequín —dijo María Antonieta, escrutando a uno de los invitados que escuchaba desde la segunda fila.

El conde de Provenza miró largamente, sin reconocerlo. No había tenido tiempo de mezclarse con los invitados. Le Byron, que observaba todo lo que sucedía al lado de los reyes, y que estaba detrás del cardenal, muy cerca de ellos, vio el gesto de la reina.

—La reina se está fijando en alguien —le dijo al cardenal—. Mirad hacia allí, el hombre con máscara de arlequín...

—Lo veo.

—Observad que él, a su vez, mira a la reina.

—¿Quién es ese hombre?

—Un tal Balsamo, un médico de París.

—¡Demonios! —exclamó el cardenal—, el médico se está quitando la máscara.

—¡Sí! ¡Sí! Y ahora sonríe complacido, miradlo...

Al cardenal se le heló la sangre.

—¡Es el conde de Cagliostro!

Le Byron ya se movía hacia él cuando una dama vestida completamente de negro, antifaz incluido, salió de entre los invitados y se colocó al lado del atril.

—¡Cagliostro! —suspiró la reina, a quien el mero hecho de haberle reconocido le causó terror.

María Antonieta se quedó mirando al conde y su sonrisa triunfante, sin atender más hasta que el rey preguntó a su lado:

—¿Qué está haciendo esa mujer? ¿Es algo que tenga que ver con la presentación?

—¡Olvidad a Cagliostro, capitán! ¡Detened a esa mujer! —gritó el cardenal.

El capitán, seguido por dos guardias, se lanzó al centro del festejo y desenvainó la espada. Antes de que la mujer pudiese comenzar a hablar, se encontró con el filo del arma en el cuello.

—Deteneos —dijo Le Byron.

Los guardias la rodearon y un total de tres sables la apuntaron. Un clamor general inundó el salón. Se oyó como el rugido de un león intentando acallar a la manada.

—¿Quién sois vos, y qué buscáis? —preguntó Luis XVI.

—Una mujer libre —respondió esta—, que busca desenmascarar un grave crimen que se cierne sobre el pueblo de Francia. Uno que se oculta aquí, en este salón.

Nadie pudo evitar un segundo murmullo.

—¿Decís que sois libre para hablar, señora? Pues hacedlo —concedió el rey.

—Lo soy, majestad, pero no así, con tantas espadas en torno a mi cuerpo.

—Bajad las espadas —ordenó el rey a los guardias—. Tranquilizaos, madame, y si tenéis que denunciar algo, hacedlo ahora, que os escucho.

Le Byron miró a los ojos al cardenal. El capitán se sentía impotente, ya no podía capturarla ni silenciarla. El asunto era público y estaba ahora en las manos del rey. Al cardenal lo recorrió un temblor; la reina le taladraba con ojos de espanto.

—Señora —añadió el rey—, antes de decir nada, quitaos la máscara.

Apenas unos pocos sabían su verdadera identidad. Algunos vieron en aquel rostro a madame de Bijux; otros, como el príncipe de Rohan, Le Byron y la reina, vieron a Lorenza, la mujer de Cagliostro. Cuando comenzó a hablar, el silencio era tal que la oyó casi toda la sala.

Lorenza recordó al rey aquel fatídico asunto del collar de diamantes, que había tenido en vilo al país entero hacía apenas cuatro años y del que la reina había sido exculpada al no haberse

encontrado jamás. Aquello generó un gran revuelo. El dedo había tocado la llaga que en el rey aún se mantenía abierta.

—¡Aquella historia ya la conocemos, señora! —exclamó el rey—. Y será mejor que vayáis al grano, os lo aconsejo.

—Sí, majestad. Iré al mismo centro de lo que me trae delante de vuestra regia presencia.

—¡Calladla! —gritó el príncipe de Rohan que, dando un paso al frente, se quitó la máscara del rostro. Su semblante pálido estaba salpicado de sudor.

—Continuad —apremió el rey a Lorenza—. Dijisteis que ibais a denunciar un crimen...

—Sí, un crimen de lesa majestad.

—¡Calladla y detenedla! —gritó el príncipe de Rohan una vez más—. ¡Conspira contra la reina!

Pero bastaron estas palabras para lograr el efecto contrario, como aquel que intenta apagar un incendio con aceite caliente. El público deseaba saber más. Y callar el asunto significaba darle la razón a la dama. El rey lo comprendió y dijo:

—Seguid, señora. Os escucho.

Era la segunda vez que el rey desoía al cardenal, hecho que al conde de Provenza le extrañó, pues si el príncipe de Rohan era el elegido, las cosas no comenzaban bien.

—El crimen del que hablo puede probarse —continuó ella. Y, acercándose al atril, tomó la *Commedia* y la alzó todo lo que pudo para que la viesen todos los invitados—. Aquí dentro está la prueba del engaño de la reina, ardid diabólico, con la complicidad y el beneplácito del cardenal. Aquí dentro están los diamantes que, en un palacio muy alejado de la realidad que vivimos los franceses, demuestran el despilfarro y la banalidad de que nuestra reina es capaz. Aquí, mi rey, veréis las piedras que componían el collar, una prenda de la ambición desmedida de un hombre y de la frivolidad criminal de una mujer. Piedras que conserva para sí la reina, la misma reina que ahora os propone al cardenal como ministro de Finanzas...

Lorenza se calló, y al abrir la tapa para rasgarla vio que al-

guien lo había hecho antes, en ambas caras. Su rostro empalideció. La reina cerró los ojos. El cardenal dejó de respirar. El rey fijó sus ojos en el libro. Cagliostro, triunfante, comenzaba a aplaudir. Los que estaban más cerca del atril se horrorizaron al ver el libro abierto y desgajado. Le Byron sonreía al cardenal; tomó el libro en las manos, lo sacudió delante de todos los presentes y dijo en voz alta:

—Madame, aquí no hay ningún diamante, tan solo agujeros de carcoma, que, por lo poco que sé de incunables, sí, son valiosos, pero no sé si tanto.

Los invitados prorrumpieron en carcajadas, sin saber muy bien si aquello era parte de la presentación. La reina abrió los ojos, aliviada. María Antonieta contempló la *Commedia*, abierta sobre el atril, y a Lorenza, que miraba el libro rasgado y los agujeros de la madera sin atreverse a alzar la cabeza.

—¡Arresten a esa mujer! ¡Y también a aquel hombre! —ordenó el cardenal de Rohan, señalando a Lorenza y, después, a Cagliostro, que, percatado antes que nadie de lo que ocurría, había ido retirándose discretamente, y en ese momento, fuera del círculo de invitados, empezaba a correr.

EL CONDE DE CAGLIOSTRO

La mirada de Cagliostro se había transformado. Pasó de paladear la victoria al profundo fracaso. Habían saboteado su complot, debía salir del palacio a toda costa. Versalles estaba fuertemente vigilado, pero la cabeza pensante del conde no dejaba ningún detalle al azar, así que cada circunstancia posible, incluyendo la desagradable fuga que acababa de emprender, estaba debidamente estudiada. El conde sabía perfectamente que todos los guardias de palacio le seguirían el rastro, las puertas estarían custodiadas y cerradas y los caminos a París, vigilados. Cualquier otra dirección era viable, pero sabía que en los pasos de frontera y los puertos había hombres del cardenal esperándole desde hacía tiempo. Al conde nada de eso le preocupaba, pues era un experto en el arte de la fuga.

«¡Que se hunda Francia! —pensó Cagliostro, mientras atravesaba los salones desolados del ala norte del palacio—. ¡Que se hunda con ella mi esposa! ¡Sí, pobrecita, mandaré flores a su celda, o a su tumba si acaso la ahorcan! ¡Me marcho de aquí!» No solo había dejado atrás a su esposa. También había dejado a la vista el complot más devastador que los reyes hubiesen imaginado: el intento de destruir a la reina en su palacio. Sería ahorcado, cuando menos. El conde tenía un manojo de llaves que abrían todas las puertas que precisaba, y poseía dinero suficiente, fruto de las estafas al cónsul Bijux y al banquero D'Artois. Su camino conducía a la Ópera Real, que a esas horas estaría cerrada. Tam-

bién tenía esa llave. Una vez en el teatro, debía alcanzar el proscenio y la caja del apuntador desde donde se asistía a los actores por si olvidaban en algún momento texto o gesto. Desde aquel lugar se accedía a la parte inferior del escenario, donde había un túnel de ventilación que daba a los jardines.

Una vez en el exterior, caminaría entre los arbustos hasta el estanque de Neptuno. Desde allí, al amparo de los altos cipreses y de la noche, se adentraría en los bosquecillos que lindaban con el muro, que atravesaría sin inconvenientes, para llegar finalmente a la cabaña utilizada como punto de acceso cada vez que decidía irrumpir en palacio. Esa cabañita contaba con un sótano provisto de alimentos como para vivir un mes, y allí precisamente era donde Cagliostro pasaría un tiempo prudencial. Regresaría a Normandía, al poblado de Saint-Vaast, desde donde abordaría una nave que lo llevaría directo a Londres. Sí, Londres, su destino final; allí la logia de rosacruces de la que era Gran Maestre le daría protección. Su fuga estaba asegurada.

El conde entró en el teatro y caminó por el pasillo central del auditorio. Le extrañó que algunas de las pesadas arañas que pendían del techo estuvieran encendidas, pero no tenía tiempo que perder en averiguaciones. Se detuvo en la primera fila de butacas, donde había escondido otra ropa y su espada. Se cambió todo lo rápido que pudo, colocó la espada en su cintura, miró a ambos lados antes de acceder al proscenio y allí se agachó para meterse en la concha del apuntador. No encontró sino una desagradable sorpresa.

—De pie —dijo Belladonna, empuñando un florete con el que pinchó las costillas del conde. Simone había estado oculto tras el telón, en un lateral del escenario.

El conde compuso la figura, azorado, con el rostro fruncido.

—¿Belladonna? ¿Cómo diablos habéis llegado hasta aquí?

—Sabía que escaparíais por aquí. Una salida conocida por muy pocos.

—Dicen que una vez la reina tuvo que escapar por aquí —dijo Cagliostro, mientras se incorporaba—, pues al parecer

era la única manera de encontrarse con el conde de Fersen, su amante sueco, con quien se citaba por las noches en los jardines...

—Dicen muchas cosas de la reina, pero dudo que fuera ella quien os enseñó el pasaje —replicó el corso.

—Ya sabéis, Belladonna, se dice el pecado, pero no el pecador. Yo, sin embargo, cometí el error de enseñar este pasaje...

—Al barón d'Artois.

—Y este cometería la indiscreción de comentarlo delante de Giordana.

—Quien puede que, a su vez, me lo contara a mí.

—Y sospecho que fuisteis vos también...

—Quien halló los diamantes en la *Commedia* —dijo Belladonna, completando la frase—. Me disculpo si con ello os he causado algún que otro contratiempo.

El conde dio unos pasos para alejarse de la punta que esgrimía el corso, y se paró, cruzándose de brazos, para escrutar detenidamente a su adversario.

—Sois un digno rival —reconoció el conde—. Confieso que os subestimé en un primer momento. Pero ya lo veis: estáis aquí, dominándome con un florete después de haber arruinado la conjura y quedaros con los diamantes.

—No tengo los diamantes, conde. Los descubrí y los saqué del libro, pero D'Artois me los robó. Vuestro socio.

—¿Los robó de vuestras manos?

—A punta de pistola.

—Ese cretino no irá muy lejos. Podré alcanzarlo al amanecer en su mansión de París.

—¿Decís que lo atraparéis?

—Ningún fugitivo va demasiado lejos con un saco de diamantes. Necesita dinero, dinero fresco que irá a buscar a su mansión de Châtelet.

—Veo que estáis pensando en los planes de mañana.

—Sí, es que cuando acabe de hablar con vos, me iré de aquí.

—¿Eso pensáis, conde?

—Eso pienso. Y ¿vos en qué pensáis, monsieur?

—Pienso en el largo tiempo que debí pasar en la celda del castillo de Martinvast. Pienso en esos sótanos. Pienso en esa copa de veneno. Pienso en el desencuentro que tales desventuras me ocasionaron, haciéndome faltar a la cita con la mujer que amo.

—¡Oh, sí! ¡En efecto, nunca debisteis involucraros en esto! Lo lamento mucho.

—Ordenasteis que me envenenaran.

—No lo toméis como algo personal. No podía dejar testigos, ni de las reuniones ni de la falsificación. Si vivisteis tanto tiempo fue gracias a la vizcondesa, que no quería más sangre en Martinvast. Por eso tuvo que morir; lamento deciros que sois el responsable de su muerte.

—No lo tomaré como algo personal, conde. Podéis respirar tranquilo, no es mi intención acabar con vos. Tengo que limpiar mi nombre y recuperar a Giordana, a quien se ha llevado el barón. Os voy a entregar.

—¿A quién me vais a entregar?

—Al mismísimo rey de Francia.

Cagliostro soltó una carcajada y se frotó las manos con cierto regocijo.

—Y ¿cómo pensáis llevar a cabo semejante proeza?

—Estoy empuñando una espada, ¿no lo veis? Y vos debéis pasar por ese diminuto agujero, y si lo intentáis, os ensartaré de lado a lado.

—Pues mirad, pícaro y sinvergüenza, qué hermosa sorpresa tengo para vos —dijo Cagliostro mientras desenfundaba la espada oculta hasta entonces por la capelina—. También soy armado y soy un buen espadachín.

El corso se puso en guardia.

—¡No os pongáis así, no voy a atacaros! Es mejor que busquemos el provecho común. Pensad que la corte nos es hostil por igual.

—¿Provecho, decís?

—Escaparemos juntos.

—Me convertiría en prófugo.

—No temáis, nada de malo hay. Miradme a mí. Piden mi cabeza en tres reinos y soy muy feliz.

—Sin embargo, yo tengo otro plan... —empezó a decir Belladonna—. Os entregaré al rey, como os dije. Y así le brindaré una bonita victoria a Su Majestad; suficiente, según creo, para ganarme su favor y liberarme de todas las cadenas que me atan a vuestra *Commedia* y a las sesiones de Martinvast.

—Ese plan tiene un fallo, Belladonna. El rey no os conoce, ni la reina, pero sí el cardenal, la guardia, madame de Calvert y tantos otros... A vos también os atraparán. Nos acusarán a ambos de un crimen de lesa majestad. Compartiremos el mismo patíbulo el día que nos pongan la horca al cuello. —El conde se acarició la garganta, con rostro apenado—. Vamos, monsieur, es pronto para la horca, y más aún cuando se tiene una fortuna por gastar.

—Tendréis la horca puesta al cuello, conde. Y yo seré un espectador.

—Bien, bien, tranquilizaos y escuchad primero, porque nunca tendréis otra oferta como la que os voy a hacer...

Belladonna caminó unos pasos y posó su bota sobre la caja del apuntador.

—Hablad.

—Vendréis conmigo —comenzó diciendo el conde—, escaparemos de palacio sin ser detectados. Luego, antes del amanecer, ensillaremos e iremos a caballo a París. Conozco un camino por el bosque donde no hallaremos vigilancia. En París, aguardaremos a que el barón decida abandonar la ciudad. Sé cómo lo hará, el muy imbécil es inexperto. A mediodía, cuando las gentes le aseguren su paso inadvertido por las calles, el muy estúpido saldrá, y nosotros lo esperaremos cerca de su mansión y lo despojaremos de todo lo que lleve, incluidos los diamantes, que, por cierto, no llevará en una bolsa sino en el doble fondo de su capa.

—Y ¿qué haremos con los diamantes?

—Los dividiremos a partes iguales.

—¿Y qué más?

—Os daré un salvoconducto para Londres. En menos de una semana, habremos cruzado el canal de la Mancha.

—¿Y qué más?

—¿Qué más? ¡Bah! ¿Os creéis un sultán? ¿Qué más queréis en vuestra deplorable situación? No lo penséis dos veces. Yo soy vuestra salvación.

—No confío en vos. Os desharéis de mí en Londres, o quizá antes, lanzándome por la borda, en medio del mar.

—Podéis quedaros en Francia, si desconfiáis. No os obligaré a embarcar.

—Entonces todo seguirá igual: seré prófugo, aunque millonario.

—A ver si entendéis, terco estúpido, que ahora mismo sois un cadáver parlante. No tenéis muchas opciones —aseveró Cagliostro, que comenzaba a desesperarse.

—Tengo más talento que vos, conde.

—Lo dudo —replicó Cagliostro—. Apartaos, no pienso quedarme aquí a disertar.

—Os quedaréis —dijo Simone, colocándose en guardia delante de la salida improvisada por el conde.

—Mirad que existe una vida muy hermosa para disfrutar afuera, no la arruinéis ahora por nada. ¡Abrid paso!

—Os entregaré al rey. Ese es el único negocio que haré con vos.

—¡Entonces, en guardia! —gritó el conde.

71

EL DUELO

La escena que cobraba vida en el escenario de la Ópera Real del palacio de Versalles carecía por completo de espectadores. Las butacas estaban vacías, al igual que los palcos y cada una de las gradas que, bajo las hermosas arañas, brillaban al capricho de las velas.

En el centro del escenario, los espadachines combatían a muerte. Con cada choque de los hierros se encendía una chispa; y con esta, llegaba un sonido metálico. Allí se hablaba el lenguaje de la esgrima. El combate se había inclinado en favor del conde, quien, haciendo uso de su maestría, lograba dominar el brío y velocidad que su adversario, diez años menor, había mostrado al comienzo. Ahora lo llevaba muy lentamente hacia atrás. Cagliostro podría sentirse vencedor si de un duelo callejero se tratase, pero por tratarse de un rival enérgico como demostraba ser Belladonna, era prudente cansarlo primero para luego arriesgar. Cuando vio la oportunidad, arremetió una estocada y ensartó a su adversario medio palmo de hoja en la pierna. Simone se tocó el muslo, el mismo que ya había atravesado Le Byron tiempo atrás, y en caliente, le devolvió una estocada que no llegó a ser, pues la punta de su espada apenas abrió un tajo en la mejilla del conde. Este intentó detener la sangre con un pañuelo, sin bajar la guardia, en tanto que su adversario, dando un saltito, volvió a interponerse entre él y su vía de escape.

—¡Deponed ya vuestra actitud —gritó Cagliostro—, aún estamos a tiempo de escapar...!

—No creo en vuestra palabra. La misma que empujó a madame d'Estaing a la muerte; y a la perdición, a D'Artois. Y también a vuestra esposa.

—Olvidaos de ellos. Aquí contamos solo nosotros.

—Dejasteis vuestro sello en el libro, Lucifer: padre de toda mentira.

Siguieron unas estocadas con las que se calibraban el uno al otro.

—Nunca debisteis entrometeros —dijo el conde, mirando fugazmente un candelabro de pie, a un costado de las cortinas—. Sin embargo, nuestros destinos se funden en este momento, aquí, a solas, donde os enseñaré que no sois el cazador de falsificaciones que dicen, sino un cazador cazado.

Al silencio que siguió, sobrevino una patada que dio Cagliostro, derribando el pesado candelabro sobre el pecho del corso, quien cayó al suelo. El conde saltó como un zorro asustado en busca de la caja del apuntador. Pero la espada de Belladonna atravesó su vientre, deteniéndolo y derribándolo sobre el escenario.

En ese instante, se abrieron las puertas de la Ópera Real y entró una guarnición entera de guardias del cardenal, y tras ella, el propio cardenal de Rohan, que ordenó que aprehendiesen a los dos conspiradores. El conde de Cagliostro intentó alcanzar de nuevo la salida, pero lo detuvo una bota sobre su espalda y una bayoneta en su cuello. Entonces Cagliostro vio a Belladonna rodeado por diez bayonetas que le apuntaban al cuello.

—Estúpido... —le dijo con un suspiro—. ¿Esto es lo que queríais?

Simone miró las bayonetas. Tragó saliva, sintiendo el muslo sangrar, y el corazón, frenético, a la espera de su destino. Compareció al fin Le Byron, que atravesó el enjambre de fusiles para llegar hasta él.

—¿Vos? —dijo, sin salir de su asombro—. ¿Vos, aquí?

El corso se encogió de hombros. Le Byron se cercioró de que el otro hombre que habían capturado fuese efectivamente

aquel que creía reconocer. Y poniéndose en pie, fue al lado del cardenal.

—Hemos atrapado a Cagliostro —dijo el príncipe de Rohan a su capitán—, no existe mejor noticia para nosotros. ¿Por cierto, quién es el otro? ¿Su cómplice?

—No. Es Simone Belladonna, el experto en falsificaciones.

—¿Cuán enterado está de todo esto?

—Eminencia... creo que lo sabe todo.

El cardenal palideció y se quedó mirando a Belladonna, que le sonreía, pues esperaba que lo liberara de un momento a otro.

—Este hombre no puede quedar sujeto a un proceso —musitó el príncipe—, ni siquiera pisar un tribunal. Sus declaraciones serían revulsivas.

—No es conspirador —aclaró Le Byron—, y al parecer, eminencia, es él quien ha capturado al conde.

«Es cierto —pensó el cardenal de Rohan—. A fin de cuentas, Belladonna ha hecho lo que yo no pude. Es preciso que me adueñe de su logro.»

—Lo mataremos —dijo el príncipe—. Ahora mismo, y diremos que lo hizo el conde.

—El conde podrá desmentiros.

—Mataremos al conde también. Y diremos, en este caso, que lo maté yo.

Le Byron bajó la cabeza.

—Como ordenéis, eminencia.

Regresó al escenario, tomó del suelo la espada de Cagliostro y se volvió, observando fríamente a Belladonna. Simone ya se había percatado del inesperado giro de su fortuna. No lo liberarían; a cambio, lo atravesarían con la espada del conde. Sí, era la manera en la que mueren los miserables. Llevarían a la tumba a dos testigos indeseados de un mismo episodio, dejando un solo héroe: el cardenal de Rohan.

El capitán se puso frente al corso, posando el filo de la espada en su corazón. Simone cerró los ojos.

72

LA LLEGADA DEL ÁNGEL

La reina de Francia entró escoltada por su guardia personal. El rey se había sentido indispuesto, y excusó su presencia momentáneamente con el fin de estar repuesto en unos minutos, cuando se reanudara la ceremonia de presentación de la *Commedia*. María Antonieta, que en ese instante ostentaba el poder de Francia sobre su regia y delicada cabeza, avanzó por la Ópera Real arrastrando su pesado vestido mientras se quitaba la máscara, mirando fijamente al cardenal, y luego a Le Byron, quien con disimulo retiró la espada posada sobre el corazón de Belladonna.

Todos en la sala se inclinaron ante la llegada de María Antonieta. Fue el cardenal quien se apresuró a avisar de la buena nueva: el conde de Cagliostro había sido atrapado y malherido mientras dirimía un duelo con su cómplice, enfrentados los dos por el botín.

—Ya sabéis —dijo el príncipe—, estos truhanes se echan la culpa mutuamente.

María Antonieta miró a Cagliostro, quien respiraba con cierta dificultad y se agarraba del vientre.

—El conde ya ha dejado de ser una amenaza —concluyó el cardenal.

—¿Quién es aquel otro? —La reina miraba al hombre que yacía rodeado por un enjambre de bayonetas.

—Su cómplice. También italiano: Simone Belladonna.

—¿Belladonna? ¿El que certificó mi ejemplar?

—Ese mismo, majestad.

María Antonieta quiso verlo de cerca y caminó hacia él sin dejar de mirarlo.

—¡Majestad! —advirtió el cardenal—. ¡No avancéis, os lo ruego! ¡Que es peligroso!

La reina avanzaba, y mientras lo hacía, las voces a su alrededor pululaban como ecos, pero ella solamente escrutaba el rostro de ese sujeto del que tanto le habían hablado. Hizo retirar las bayonetas que lo cercaban y, deteniéndose delante, le dedicó una última mirada silenciosa antes de decir:

—Dios mío... ¿Os conozco de algún lado?

—Fui el único en quitarse la máscara en el infierno, majestad, y de ahí me recordáis.

Le Byron observaba, empuñando la espada con la que no había alcanzado a silenciar aquella lengua.

—Majestad —dijo el capitán—, os aconsejo que os mantengáis a distancia del conspirador, corréis peligro.

La reina se puso de rodillas para mirar de cerca al corso.

—¿Sois vos Simone Belladonna? —le preguntó.

—Yo soy, mi reina.

—Pero ¿no escribisteis una carta diciendo que viajabais a Terranova?

—Ya veis que no. Mis captores me obligaron a escribir una mentira.

La reina miró a Cagliostro, a pocos pasos de ella, tumbado a un lado del telón que un día se abriría para la representación de la obra. Volvió su mirada cristalina hacia Simone.

—Y ¿qué estáis haciendo aquí, en mi palacio, sangrando sobre este escenario?

—Vine por venganza, majestad. Y allí lo tenéis: mi venganza fue capturar al máximo conspirador.

La reina se incorporó, observó toda la escena y alcanzó a comprender los verdaderos intereses de todos los presentes.

—Retirad la guardia —ordenó la reina al cardenal—; menos vosotros, que nadie más se quede en la sala.

—Majestad, no es prudente que...

—¡Fuera! —gritó María Antonieta—. ¡Todos fuera!

La guardia abandonó el teatro llevándose a Cagliostro. Solo quedaron en escena el cardenal, la reina, el capitán y Belladonna.

—Cardenal de Rohan —dijo ella con la mirada encendida—. Me acusan de acumular joyas y tesoros mientras el pueblo de Francia se muere de hambre. Hay un collar que todo el mundo cuelga alrededor de mi cuello. Un collar de diamantes. Vos, que al parecer lo sabéis todo, sabréis decirme dónde están los diamantes de ese collar.

El cardenal no sabía la respuesta y miró al capitán Le Byron, para que este, de alguna manera, contestase la pregunta de la reina, pero el capitán tampoco la sabía.

—Ya no están en palacio —respondió Simone, poniéndose en pie con dificultad—. Ni volverán a estar: me los ha quitado de las manos el barón d'Artois y se ha ido con ellos.

—¿Se fue? ¿De mi palacio? —inquirió la reina, y miró al cardenal—. ¿Dónde está el barón?

Ni el cardenal ni su capitán supieron qué decir.

—Ya debe de estar muy lejos —añadió Simone—. Se fue por este mismo teatro, por donde Cagliostro quería irse. El barón me interceptó en vuestra sala de lectura, majestad, donde había quedado guardado el ejemplar que yo inspeccioné. De allí escapó por la puerta secreta detrás del escritorio.

—¿Estuvisteis dentro de mi sala de lectura?

Simone puso cara de niño travieso sorprendido en una chiquillada, consciente de que la reina podía sentirse invadida en lo más íntimo.

—Es que los diamantes estaban allí —explicó Simone rascándose la barbilla—. Quería sacarlos para que no os incriminaran, antes de que los llevasen con el libro al salón. Y como veis, logré hacerlo...

—¿Sabíais esto? —dijo la reina, y se volvió a mirar al príncipe—. ¿Sabíais que mi aposento estaba invadido?

El príncipe enrojeció y no dijo palabra mientras Le Byron miraba fijamente al suelo.

—¿No erais vos quien me protegía del complot? —reclamó la reina al príncipe—. ¿Y pedís que os convierta en ministro?

—Majestad... —gimoteó el cardenal de Rohan—. Ya veis que nada ha sucedido. Hemos acabado con el escándalo.

—¿Hemos acabado?... ¡Ja! —se mofó ella—. Más bien creo que fue este hombre y no vos, príncipe, quien desbarató el complot.

El príncipe se quedó en silencio nuevamente. María Antonieta se volvió entonces para admirar la Ópera Real vacía y, tras meditar, susurró:

—Al fin y al cabo, todo ha salido bien. Nadie sabe cuán cerca estuvieron los diamantes de aniquilarme. Que la fiesta continúe.

«¡Al fin seré ministro de Finanzas!», pensó el príncipe de Rohan.

—Liberad a Belladonna —añadió la reina.

—¡Majestad! ¡Es un error! ¡Sabe cosas de vos! —exclamó el cardenal, horrorizado.

—Miradme a los ojos —ordenó María Antonieta a Belladonna—. Os daré dos horas de gracia, apenas lo justo para que podáis abandonar el palacio. Si apreciáis vuestra vida y libertad, huid a uña de caballo antes de que la justicia de la reina de Francia se arrepienta de este detalle de magnanimidad.

—Jamás apuraré mi suerte para que os arrepintáis de nada, majestad.

—Y no vayáis a París —sugirió ella—, que amenazan peligros por allí.

—¡Es un error! —insistió el príncipe de Rohan—. No podéis dejarlo ir.

—Este hombre ha salvado mi honor; saldrá del palacio sin que nadie lo toque.

—Pero, majestad, ¡cómo podéis confiar en lo que dice!

La reina hizo un gesto hacia la puerta e hizo entrar a una joven dama que aguardaba escoltada por una pareja de guardias.

—¿Me preguntáis que por qué le creo? —siguió diciendo la reina—. Esta joven dama que atrapasteis en el jardín porque os

pareció Giordana d'Estaing, y que dejasteis a cargo de dos de vuestros soldados, me lo ha contado todo. Por eso estoy aquí, porque me ha parecido todo tan inverosímil que quería verlo con mis propios ojos. Y hete aquí que encuentro a Belladonna, con el conspirador entre manos, y a vosotros que queríais adueñaros de sus proezas. Mademoiselle Montchanot no se equivocó.

Simone miró a Juliette. Cuánto le debía y cómo iba a poder devolvérselo.

—Majestad —dijo Belladonna—, me iré de palacio, pero os pido un último favor: que la señorita Montchanot venga conmigo. Ella es inocente de cualquier cargo, no ha cometido más pecado que ayudarme para poder desarmar el complot.

—Se irá con vos —sentenció la reina.

EL COMIENZO DEL FIN

Desoyendo los consejos de la reina, Simone Belladonna regresó el día siguiente a París. Pero ese martes 14 de julio de 1789 había estallado la represalia por el nombramiento del nuevo ministro de Finanzas del rey, que no era el cardenal de Rohan, sino Louis Auguste de Breteuil, un antiguo funcionario de carácter conservador.

Por la mañana temprano comenzaron los saqueos de tiendas y almacenes, pero aun así, la ciudad apenas estaba empezando a sufrir las horrendas convulsiones a las que se veía sometida: de los cincuenta puestos de control que permitían el acceso a París, cuarenta arderían antes del mediodía. A esas horas, una muchedumbre ya había marchado y tomado el convento de Saint-Lazare, donde se presumía que se hallaría un gran acopio de trigo, pero fue una multitud mayor, de cien mil parisinos, hambrientos de armas y no de granos, la que más tarde invadió el palacio de Los Inválidos para hacerse con cañones y mosquetes; armas que luego usarían para la toma de la Bastilla.

En medio de este caos, cruzó una carroza tirada por dos caballos negros hasta detenerse en las inmediaciones del Châtelet, precisamente en la place du Chevalier-du-Guet, desde donde se podían observar las fachadas de los palacios, entre ellos la mansión del barón d'Artois, que se alzaban en dirección a la puerta de París. Belladonna espió por la ventanilla unos instantes. Luego se volvió, dejando caer las cortinas, para mirar a Juliette.

—Aún están allí —dijo él—. El barón aprovechará este alboroto para escapar sin ser visto. La revuelta en las calles nos ha llegado como una bendición, tanto a nosotros como a D'Artois. Mirad allí —y señaló al fondo de la plaza—; aquella gente que camina con tridentes y picas se dirige a la Bastilla. Seremos insignificantes entre tanto desconcierto.

—La reina advirtió que no debíamos regresar; los hombres del cardenal querrán cobrarse venganza —dijo Juliette, nerviosa.

—Debería temer al cardenal —contestó él, y cerró la cortina—, sí; pero sus hombres no podrían moverse tranquilos por aquí.

—Olvidemos los diamantes, Simone. Entremos ahora mismo a rescatar a Giordana y salgamos de aquí. Somos libres, tenemos la oportunidad.

Belladonna se acomodó en el asiento y meditó. Tras suspirar, asintió con una sonrisita.

—Siento un gran afecto por vos, Juliette —le dijo—, y por eso he dispuesto que partáis inmediatamente. No voy a arriesgar vuestra vida ni un minuto más.

—Pero...

El corso negó con la cabeza, llevando un dedo a sus labios.

—Dije que os tengo en gran aprecio —le recordó—. Y no deseo que corráis más peligros. Ni vos ni vuestro hermano.

La señorita Montchanot parpadeó; sus ojos se empañaron de lágrimas mientras aceptaba irse con un leve movimiento de cabeza. Simone volvía a espiar, expectante, a través de la ventanilla del carruaje, y al fin, distinguió la figura de un encapuchado que atravesaba la plaza en dirección al carruaje.

—Aquí viene —dijo.

En un segundo, se abrió la puertecilla, y Jacques entró con presteza.

—¿Y bien? —dijo Belladonna.

—El barón no ha salido aún de su mansión.

—¿Algo más?

—Sí, monsieur.

—¿Qué?

—Giordana sí lo ha hecho.

—¿Cuándo?

—Esta mañana temprano, dicen que al norte, en compañía de su ama de llaves. Y hay algo más —agregó Jacques.

—¿El qué?

—El barón se ha pasado la mañana desmantelando los caireles de una araña de bronce.

—Curiosa manera de emplear el tiempo —dijo Simone, sonriendo—. Has hecho un buen trabajo, Jacques.

—No, monsieur. ¿Me perdonaréis? No he conseguido averiguar lo más importante: el destino de vuestra amada.

—Eso es fácil de adivinar —respondió Simone—. El barón pretende reunirse con ella en el castillo de Martinvast, para luego abandonar el país. Lo harán por el atracadero de Saint-Vaast, con rumbo a Londres.

—Ya —dijo el jovencito—; entonces sabréis de antemano lo que ocurrirá.

—Exacto.

—Pues bien, y ¿qué haremos nosotros? —intervino Juliette.

—Os pondréis en marcha. A Martinvast. Y procuraréis ser sigilosos hasta que pase el peligro y yo os avise. Escondeos en la casa de algún aldeano.

—¿Y vos? —preguntó Jacques.

—Yo tengo asuntos que saldar.

—La ciudad entera es una trampa, monsieur. Estáis herido. Venid con nosotros; prometisteis que lo haríais... —dijo Jacques.

El corso le tomó por los hombros y lo miró largamente antes de decir:

—Nunca olvidaré tu compañía en el infierno. Tu voz, tu consejo, tu entereza cuando mi juicio rayaba en la locura. Ahora necesito que hagas lo mismo: debes cuidar de Juliette tanto como cuidaste de mí. Nos veremos pronto.

Jacques bajó la mirada. Aquello sonaba a despedida.

—Monsieur —dijo—, yo pensé que...

—Nunca os abandonaré —le prometió Simone.

Tras decir esto, comprobó sus armas.

—Ve con el cochero —continuó diciendo—, mantente en el pescante con él hasta que atraveséis el foso. —Y, tomando de su cintura una pistola, se la entregó al joven—. Está cargada; dispara al pecho del primero que intente detener la carroza.

Belladonna se acercó a él para abrazarlo mientras sonaban los primeros disparos provenientes del Grand Châtelet. Allí comenzaba una de las primeras escaramuzas que se sucederían a lo largo de ese día. Tras esto, llegaron las cargas de caballerías con un frenesí de herraduras que repiqueteaban en el empedrado, y gritos de dolor. Jacques asintió. Abandonó la cabina para subirse al pescante.

—Vinisteis a por ella, ¿verdad? —preguntó Juliette, en cuanto se vio a solas con el corso—. Y no está aquí. Dejad atrás la venganza, por favor, y venid con nosotros.

Belladonna metió la mano en su chaleco para consultar el reloj. Cerró la tapa y se lo ofreció.

—Aceptadlo. Me lo guardaréis hasta que volvamos a vernos.

Juliette lo tomó de sus dedos. La mirada en aquella muchacha ya no era la de una buena amiga en busca de respuestas, sino la de una hermana.

—Y esto también. —El corso le entregó una talega con monedas—. Está llena de dobles luises de oro, suficiente para un largo tiempo.

Montchanot tomó el dinero y se quedó mirándolo; su rostro bellísimo, su cabello sujeto en hermosas trenzas, y el deseo de insistir suspendido en sus labios. Simone la observó, se acercó entonces a la joven y le dio un beso en la mejilla. Por último, abrió la portezuela y se apeó de la carroza, no sin antes volver a mirarla, fijamente, mientras los caballos se ponían en movimiento.

74

LOS IRACUNDOS

El coche de caballos del barón d'Artois se detuvo al doblar la esquina. Faltaban tan solo setenta pasos para llegar a la puerta de Saint-Antoine, por donde pretendía escapar.

—¿Por qué os detenéis? —gritó, rabioso, D'Artois, desde la rejilla de la cabina.

—¡Miradlo vos mismo, mi señor! —respondió el postillón, que acababa de tirar de las riendas.

El barón sacó fuera la cabeza para confirmar que la avenida se encontraba obstruida por completo. Una gran multitud armada, que se agitaba en torno a la Bastilla, estaba a punto de lanzarse a un combate feroz. El barón descubría entonces que se había retrasado en salir de la ciudad. Había pasado gran parte de la mañana desmantelando los diminutos caireles de la enorme araña de bronce de su mansión, un asunto que era imperioso para su huida.

—¡Vamos! —exclamó D'Artois, volviendo al cochero—; abríos paso como podáis. ¡Tenemos que atravesar las puertas!

—No hay espacio, señor, el carruaje no pasará entre la gente.

—¡Abríos paso si no lo hay! Tenéis cuatro caballos.

—Pero, mi señor —dijo el postillón, tocando su sombrero—, enojaremos a la multitud. ¿No querréis que pase por encima de ellos?

El barón se frotó las manos y, tras calzarse el sombrero y embozarse en la capa, para que nadie pudiese reconocerlo, se

bajó de la cabina y se subió de un salto al pescante para sentarse junto al cochero.

—Os lo diré claramente —dijo el barón—. ¿Veis aquella puerta?

—Sí, señor; la puerta de Saint-Antoine.

—Pues bien: miradla, está abierta de par en par.

—Sí, lo está.

—Debéis llegar allí a cualquier precio; si es necesario, atropellando a cuantos se atraviesen en nuestra marcha.

—¡Mi señor! ¡Fijaos que muchos llevan horcas y cuchillos!

—No lucimos uniformes, idiota. Nada os pasará. La furia es contra el rey y no contra un cochero como vos.

El cochero miró aquella masa de gente que iba y venía, agitando banderas y gritando enardecida.

—No creo que sea buena idea, señor —dijo con preocupación—, podríamos intentar tomar otra salida...

—Ya es tarde para regresar.

El cochero siguió dudando. El barón no estaba dispuesto a retrasar su huida por ningún motivo, ni siquiera por esa agitación que había invadido las calles. Si París deseaba alzarse contra la Corona, no era su negocio. Las banderas que los rebeldes hacían flamear no representaban su causa, pues la suya era más urgente: debía fugarse de inmediato.

—Mirad esto —le enseñó el barón a su cochero—, mirad cómo brilla a pesar de ser tan pequeño.

El postillón miraba aquella piedrecita que sujetaba su señor entre los dedos.

—Es un diamante —siguió el banquero—; os lo daré y será vuestro, tan solo si llegáis con el coche al otro lado de aquellas puertas.

—¡Señor!

—¡Oh, sí!

El cochero, con el rostro espantado por causa de la turba y los ojos iluminados por el diamante, exhaló una especie de estertor.

—Lo meteré ahora mismo en vuestro bolsillo —continuó

D'Artois—, y os daré tres más de estos cuando nos encontremos fuera de la ciudad. Os salvaréis por siempre.

El barón regresó a la cabina y, tras cerrar la portezuela, quedó a la espera de los movimientos que habrían de suceder. El postillón azotó los caballos y los arrojó con furia contra la gente, abriéndose paso. Una tarea que llevó con éxito más de medio trayecto, aunque tuvo que atropellar a una veintena de parisinos para lograrlo, que chillaron mientras eran aplastados por las ruedas. Casi alcanzaban las puertas cuando el barón experimentó una fuerte sacudida en la carroza, que se detuvo. Luego oyó gritos y, entre ellos, la voz aterrada de su cochero. Se asomó a la ventanilla y vio cómo el gentío comenzaba a lincharlo, clavándole tridentes y cuchillos. «¡Oh, santo Dios! —pensó—, esto no me puede estar sucediendo a mí!»

Descorriendo la alfombra buscó la tronera secreta en el piso y se escabulló por ella, al tiempo que la gente comenzaba a romper los cristales y cortinas para saquear la cabina. El barón cayó al empedrado y se cubrió el rostro con la capa. Caminó presuroso unos pasos, haciéndose el desentendido, para ver luego cómo saqueaban su cupé sin poder dar con el ocupante. Al cabo de unos minutos, la turba perdió el interés, también en el cochero, ya cadáver. Cualquiera habría pensado que un buen hombre era quien se apiadaba del muerto regalándole una oración; sin embargo, D'Artois, lejos de orar, se acercó al cochero muerto y metió los dedos en el bolsillo para recuperar el diamante. «Estúpido postillón —pensó—, no habéis cumplido el trato.» Puesto nuevamente en pie, el banquero simuló una sentida persignación y abandonó la calle. En ese momento se abría el fuego entre la turba y la guardia que resistía en el interior de la Bastilla, un tiroteo que, por su magnitud, obligó al barón a refugiarse detrás de unos árboles.

Pasados unos minutos, regresó lentamente sobre sus pasos; era imposible salir por la puerta de Saint-Antoine sin correr el riesgo de recibir un balazo. Así que cambió de estrategia, yendo a guarecerse debajo de las arcadas de la place Royale, fuera de

alcance, desde donde, sin embargo, se oía el estruendo de los cañones y metrallas. Allí apoyó la espalda en una columna. Anudada a su cinto, llevaba la talega.

Aun con los disparos que silbaban por los aires, D'Artois supo que esa revolución había llegado en buena hora. Los puestos de control habían quedado diezmados, y la milicia, enemigos para él en ese momento, estaba acuartelada o superada en número. Sí, pese a no tener carruaje, ese era su día de suerte. Así que se abotonó la capa sobre el pecho y se acomodó el sombrero. Saldría por la puerta del Temple, al otro lado de la ciudad, y lo haría a pie, sin prisas, y sin que nadie en París lo notase. Se volvió pues, decidido a hacerlo, cuando se encontró con un hombre que, a su espalda, lo observaba en silencio.

—Monsieur d'Artois —dijo el hombre.

El barón bajó al instante la mirada, intentando hacerse el distraído. Pero cuando hizo amago de caminar, el hombre se interpuso.

—La gente no puede reconoceros, pero yo sí.

—¿Vos? —Los ojos del barón se abrieron como platos—. ¿Otra vez vos...?

—Lamento lo sucedido con vuestro carruaje —ironizó Belladonna—. Salí de Versalles, y bien parado a pesar de vos y de Cagliostro y de tantos otros. Estoy solo, solos vos y yo, en medio de una revolución...

—¿Qué queréis?

—Ajustar cuentas.

—Si queréis a Giordana, os la doy; buscadla en mi mansión. Ya no la necesito.

—Mentís. Giordana no está en París. La enviasteis al castillo de Martinvast.

Entonces el barón comprendió que su huida no se hallaba consumada, y que no lo estaría nunca mientras ese entrometido corso siguiera con vida.

—¿Qué buscáis, entonces? —preguntó D'Artois.

—Ya os lo dije: arreglar cuentas.

—Hagamos de esto una situación de provecho para los dos...

—Eso mismo dijo Cagliostro anoche y ahora está en prisión. Donde siempre debió estar.

—¡En prisión! ¡El conde! —exclamó D'Artois.

Así que la conjura había sido impedida. Se alegraba en lo más profundo de su corazón. Ya no tenía enemigos al acecho. «Entonces ya no tengo escollos —pensó rápido el barón—, salvo este corso hijo de puta.»

—Quiero a Giordana, es decir, que no os interpongáis más entre nosotros y renunciéis definitivamente a ella. No la amáis. Os devolverá gustosamente la dote.

—Os doy mi palabra de que no la molestaré más.

—Y quiero los diamantes. Todos, hasta el último. Y no estoy dispuesto a negociar ni mitades ni tercios.

El barón sonrió.

—¿Diamantes?

—Todos los que lleváis.

—Y ¿por qué creéis que os daría todo cuanto tengo, estando aquí, en medio de una ciudad que comienza a arder, en mitad de una plaza donde ya no existen leyes?

—Porque aún tenemos pendiente un duelo.

—¡Oh sí, el duelo! ¡Tenéis razón!

—Entonces ya tenéis la respuesta. Me entregaréis todo, pues lo exigiré por la ley de la espada.

El barón miró hacia el fondo de la galería, examinó luego la plaza contigua y los árboles. No hallaría mejor oportunidad para acabar, de una vez y para siempre, con esa pesadilla que era Belladonna para sus planes. Los muertos ya comenzaban a contarse por cientos en las calles. Y uno más no se notaría. Así pues, el barón d'Artois se desabotonó la levita, la arrojó al suelo y desenvainó la espada.

—Poneos en guardia, nuestra hora ha llegado.

Las suertes estaban echadas. Simone tiró del cordoncillo y su capelina cayó al empedrado. En ese momento desenvainó, para plantarse en posición de guardia. Su espada tenía mellas, y

tanto los gavilanes de parada como la cazoleta estaban deslucidos por el paso del tiempo; pero era su espada, al fin y al cabo, la que lo acompañaba desde su pendenciera juventud, allá en su Ajaccio natal. Rozó el filo de la hoja en su propia frente y luego la extendió, para tocar la espada de su adversario que, al contrario de la suya, estaba exquisitamente brillante.

—¡En guardia! —gritó Belladonna.

El barón comenzó el ataque con ojo precavido, pues sabía de antemano que ese corso parecía tener coraje ante el frío de los metales. «Empuña con la izquierda —dijo para sí el barón—, recuerdo su esgrima de la otra vez que nos enfrentamos en duelo; los lances clásicos no me servirán contra él.» Sin embargo, el barón descubrió pronto que su enemigo se movía en círculos, y no de manera frontal, para evitar ensartarse con un mal paso.

—Acabaré con vos en un instante —prometió el barón.

Y comenzó un feroz ataque, tan veloz que Simone hubo de retroceder, debiendo trepar los escalones de un monumento y llegar a la base de un enorme Luis XIII de bronce montado a caballo. Belladonna se encontró acorralado y combatió al ritmo de su adversario, hasta trabarse con él, puño contra puño, y con su rostro a un palmo del suyo.

—Sois un espadachín muy hábil —reconoció el barón mientras forzaba su empuñadura contra la otra—, pero os recuerdo que os enfrentáis al mejor.

Simone apoyó la espalda en la base del monumento y, poniéndole el pie en el estómago, lanzó a D'Artois dos o tres escalones abajo. Pero volvió a recibir una embestida, recrudecida ahora por una granizada de estoques que, atajados oportunamente, no llegaron a destino. Agotado por aquel esfuerzo, el barón usó la maña. Arrojó su sombrero al rostro de Simone, ocasionándole un breve parpadeo, y en ese segundo de distracción, acometió el lance con la punta de la espada, provocándole una herida en el pecho. Simone dio un paso atrás. Sintió el calor de la piel al ser sajada. También en aquella otra que databa de la noche anterior, en su muslo. El barón lo observó tambalearse y apro-

vechó para darle una estocada, pero con sus reflejos intactos, Simone se anticipó, dando un saltito hacia atrás para no pincharse. D'Artois no se detuvo, llevó a golpe de esgrima a su adversario de la plaza a la callejuela. Por si no bastara con eso, con el pie le jugó una mala pasada, poniéndole una zancadilla que envió al corso a rodar sobre el empedrado. Aunque, nada más caer, Belladonna siguió rodando y la espada del barón no se clavó en su cuerpo: se melló contra un adoquín. Simone recompuso la figura, pero sintió una gran agitación. Ya no era solo la sangre que manaba de su herida sino la falta de aliento. Boqueó, intentando respirar para volver a recuperar la guardia.

—Sí —dijo el barón—, eso es, veo el miedo en vuestros ojos, como si ya comenzarais a presentir la muerte.

Entonces, ejecutando un perfecto compás de pasos en retroceso, Simone empezó a estudiar los pies del barón y la inclinación de su espada.

—Me quedaré con Giordana —desafió D'Artois—, también con los diamantes, y ahora mismo con vuestra vida...

Al barón se le dibujaba una sonrisa diabólica en la boca. Creía el momento propicio para acabar con Belladonna, y ejecutó un lance para darle una estocada en el corazón. Simone esquivó el ataque, y su espada recorrió el aire y el rostro de D'Artois, a quien le partió el labio en dos. Por instinto, el barón se llevó la mano a la boca, un fatal descuido, suficiente para que Belladonna, con sus últimas fuerzas, aprovechara para darle una estocada que le atravesó de parte a parte el estómago.

Los ojos del banquero se quedaron en blanco; dejó caer su espada e intentó desclavarse la de su enemigo. Imposible. Cayó de rodillas, y luego, de espaldas. Belladonna tomó la espada. Tras limpiarla en las ropas del cadáver, la volvió a envainar. Ya no había peligro en esa plaza, y tampoco nada lo retenía. Era el momento de hacerse con aquello por cuya posesión todo lo había arriesgado. Pero en ese instante sintió un pinchazo en el cuello.

—Milagro —escuchó a su espalda—. Parece que hoy es mi día de suerte.

Al darse la vuelta, encontró la punta de una espada y, detrás de aquella, cubierto por una larga capa, al capitán Le Byron, que la empuñaba firmemente por el mango.

—No intentéis escapar —advirtió el capitán.

Simone alzó las manos sin ademán de resistirse.

—Abatisteis al barón —dijo Le Byron, mirando el cadáver.

—Una antigua disputa.

—El conspirador D'Artois no imaginó este final.

—Ni menos mi aparición —apostilló Simone.

—Al igual que vos la mía.

—Entonces será como el barón, que estaré yo destinado a morir en esta plaza, el mismo día y por la misma razón.

El capitán miró por encima de los tejados. Contemplaba el humo negro que se alzaba de la Bastilla; allí los disparos no cesaban.

—Vinisteis por venganza —adujo Simone—. El cardenal ordenó mi muerte.

—Después de tanto tiempo de estrategias y maniobras —dijo Le Byron, y volvió a mirarlo—, Su Eminencia no obtuvo el crédito por la detención de Cagliostro. Vuestro nombre sonó por haber desbaratado el complot. Habéis logrado que la reina dejara de avalarlo para el cargo de ministro.

—Lamento mucho haber arruinado los planes del príncipe.

—Pero no temáis, el cardenal ya no piensa en vos ni en venganzas: se fue de Versalles, y, según creo, encontrará amparo en Alemania.

Belladonna miraba el cielo, cubierto por el humo negro de París, y oía el tronar de cañones y mosquetes.

—Todo se ha ido a pique —dijo—, Francia entera es un infierno.

—Como en la *Commedia*. Con tantos anillos como pecadores.

—Entonces no estáis aquí por orden del cardenal.

Le Byron negó.

—Tenéis otro motivo.

—Uno que os ha movilizado a vos también —dijo el capitán.

—Los diamantes.

Le Byron asintió.

—Pues bien —suspiró Belladonna, frustrado—; buscamos lo mismo, parece.

—Y no os haré perder el tiempo. Dádmelos. Ya.

—Resultáis tan vil y ambicioso como todos los que han pugnado por ellos. Me decepcionáis, os hacía leal a una causa.

Le Byron sonrió.

—Desde que os dejé libre bajo palabra en el castillo, supe que iríais a por los diamantes. Supe que regresaríais a París, que iríais a Versalles y que intentaríais escapar con la hermosa... —hizo una pausa para mirar el cadáver en el suelo— prometida del barón.

—¿Me seguisteis?

—Sabía que os encontraría merodeando la mansión del barón d'Artois. Mis espías pronto dieron con vuestros pasos. No pensaríais que os dejaría ir tan fácilmente, ¿no? Sabía que un astuto y escurridizo patán como vos me llevaría a los diamantes más rápido que nadie.

Simone se volvió, dio la vuelta al cadáver del barón y desabotonó el chaleco. Debajo de este, ceñida al cinto mediante un cordón, halló una talega de terciopelo.

La tomó y la oprimió bien fuerte entre los dedos.

—Dádmela —reclamó Le Byron.

Simone estrechó aún más la bolsita para sí, y se sentó, rendido ya, a un lado del cadáver.

—No he llegado hasta aquí para quedarme sin nada —suspiró Belladonna.

—Ni yo para irme con las manos vacías —respondió el capitán.

—Dividamos las piedras entonces, a partes iguales.

—No estáis en posición de pedir.

—Hay demasiada riqueza aquí, capitán, como para saciar a los dos.

—Os daré una limosna —dijo Le Byron—: no os mataré y con eso podéis estar satisfecho. Me llevaré los diamantes y olvidaré nuestro duelo.

—¿Limosna? ¡Yo pido la mitad del botín!

—Sois atrevido, monsieur Belladonna. Mirad al barón, cómo ha quedado con la lengua afuera, o a la vizcondesa d'Estaing, ahogada en el río, o a Cagliostro y su esposa, atrapados... ¿Conseguís apreciar ya el atractivo de contar con vida y libertad?

—Nadie más los seguirá. Nadie más sabrá el destino de estos diamantes —insistió Simone, desoyendo la sugerencia del capitán—. Seremos libres y veremos Francia arder, sin que las llamas nos abrasen.

—Basta ya. He venido a por todo —respondió Le Byron, y apretó con el filo de la espada el cuello del corso.

—Os imploro que lo meditéis.

—Una vez me estafasteis —recordó Le Byron—, pero ahora yo os despojaré de todo, aunque no de la vida, solo para que sufráis la miseria en medio de esta revolución.

Simone tragó saliva, aún con el puño aferrado a la talega, resistiéndose a soltarla, como si fuese su alma.

—Dadme al menos unas piedritas, apenas un puñado; algo para mitigar la carestía que se avecina.

—Entregádmelos todos —ordenó el capitán.

Simone alargó el brazo, ya sin fuerzas, y, con la derrota reflejada en los ojos, le entregó la bolsa. Le Byron la ensartó con la espada y la aguantó contra su pecho con el puño de porcelana para luego envainar.

—Muy bien —dijo.

Echó un vistazo al interior de la talega: allí estaban aquellos hermosos diamantes. Entonces miró a ambos lados; no era prudente quedarse en esa plaza. Se acomodó la capa, asegurando por debajo la talega en el cinto. Y comenzó a alejarse a paso lento y silencioso.

—¡Capitán! —gritó Simone, aún en el suelo—. ¡Si por ven-

tura no nos volvemos a cruzar, recordad que sois un miserable bribón hijo de puta!

Dicho esto, se puso en pie y, comprobando que el capitán ya no estaba, esbozó en su boca una hermosa sonrisa. Se apresuró a buscar la capa, no la suya sino la del difunto barón, se la echó sobre los hombros y escapó. Escapó tan rápido como pudo.

EL JARDÍN DE LOS CIERVOS

El carruaje de punto había dejado a Belladonna en la soledad de aquellos portones que se abrían en el claro del bosque. Se encontró pues, de esta manera, en el mismo punto que un tiempo atrás, cuando hubo de dar comienzo la larga y tempestuosa historia que había protagonizado. De igual forma que en aquel otoño, Simone, que ahora prestaba atención a todo a su alrededor, empujó el cancel ornamentado del castillo de Martinvast para caminar el sendero que conducía al señorial edificio.

Mientras atravesaba la avenida de árboles y los jardines que la seguían, pensaba en la razón que lo había llevado esta vez al castillo. Algo había cambiado: estaba enamorado, a diferencia de la primera vez, cuando ese mismo sendero lo arrojó en lo más profundo del infierno.

Con él llevaba el combustible para que ese amor ardiese muchos años: los diamantes del collar, los verdaderos, los que el barón ocultaba en el doble bolsillo de su capa, tal cual le había advertido Cagliostro, y no aquellos diminutos cristales que, tras desmantelar la enorme araña de su mansión, D'Artois había depositado en la talega para engañar a posibles asaltantes. La bolsa que se había llevado Le Byron por buena no era tal. Solo cristal, luminoso y tallado, pero cristal al fin y al cabo.

Simone caminaba por el bosque vistiendo aquella capa. Esas hermosas piedrecillas brillantes significaban demasiadas cosas; eran la libertad en los tiempos de miseria, el fruto de una estafa,

de un asesinato, de una conspiración, de la codicia y de la banalidad, y de los pecados de aquellos que los poseyeron. Pero eran solo diamantes. Nada más que diamantes.

Con una mano puesta en el gavilán de la espada y la otra cerrando la capa, llegó al puentecillo desde cuya baranda podía observarse la silueta del castillo. A diferencia de la vez anterior, allí donde había habido nieve y barro ahora brotaban flores. Aguzó la vista y vio el castillo medio derruido. El tizne manchaba la piedra mientras que el torreón, con los restos de la biblioteca a cielo abierto, parecía irrecuperable.

Simone siguió avanzando sobre la hierba crecida. Atravesó el parque, salpicado de margaritas, y pasó por debajo del roble, aquel mismo que a su sombra amparaba el escabel, ese que tanto recordaba, con su espléndida vista sobre el jardín. Allí se detuvo para admirarlo: el Jardín de los Ciervos.

Dante había atravesado el infierno para llegar a la mujer que amaba. Y entonces, tras atravesar la cancela que lo condujo de nuevo a los jardines, él, ya mediada su vida, lo vio todo claro. Ya no importaba el pasado, tampoco las desventuras y fracasos del destino. No importaba cuántas lágrimas o dolor hubo de soportar para llegar hasta allí; todo había pasado, tan efímero como un abrir y cerrar de ojos.

Alzó la mirada y halló lo que había ido a buscar. Allí estaba ella, vestida de negro, apoyada en la baranda de la escalera de un castillo pasado por el fuego que había custodiado casi tantos secretos como libros. Allí estaba Giordana, sonriendo, feliz al verle regresar donde el destino le había impuesto. Se volvió un segundo hacia el interior del salón y, corriendo tras ella, aparecieron Juliette y Jacques, felices también de verle allí. No podrían quedarse mucho tiempo. Lamentablemente, deberían poner rumbo a otro país. En un par de días, como mucho, Le Byron descubriría el engaño y ahora sí sabía dónde hallarlo. España. Quizá Italia. Lugares donde se apreciaban los incunables. Y quién sabía, en un día no muy lejano, acaso podrían volver a Martinvast y bajar juntos al infierno.

Él podría ser Dante. Ella, Beatriz. Y aquel, el jardín de las tentaciones. Todo parecía posible en ese instante, cuando Giordana descendió al jardín y caminó hacia él. Su falda meció las flores. El tiempo pareció detenerse cuando se miraron fijamente, inmunes al mundo. Se tomaron de la mano, cautivos el uno del otro, en una Francia que no tardaría en arder por completo. Empezaron a andar. Simone sonreía. Giordana había colocado entre sus manos la hoja rojiza del roble.

NOTA DEL EDITOR

Mientras paseaban su amor por el bosque de Brix, Giordana y Simone desconocían que la reina de Francia, María Antonieta, moriría el 16 de octubre de 1793, guillotinada, al igual que su esposo, el rey Luis XVI. Desconocían que la monarquía constituyente del período prerrevolucionario sería un sistema de gobierno que aceptarían muchos monarcas de la Edad Moderna y Contemporánea. Desconocían que los Borbones volverían de manera efímera a gobernar Francia.

Desconocían que el conde de Cagliostro sería acusado de masón y sentenciado por el Papa a prisión perpetua en el Castel Sant'Angelo, en Roma, aunque tras un intento de fuga lo enviaron al Fuerte de San Leo, donde murió el 26 de agosto de 1795. Desconocían que Lorenza Serafina Feliciani, la condesa de Cagliostro, traicionaría a su marido e ingresaría en un convento, donde moriría el 11 de mayo de 1810.

Desconocían que el cardenal de Rohan moriría en la parte alemana de la diócesis de Estrasburgo, el 16 de febrero de 1803, tras haberse exiliado allí en 1791. Cuando murió ya no era obispo y había repartido toda su riqueza entre los clérigos de su diócesis.

Desconocían que la Bastilla, la imponente fortaleza medieval, fue desmantelada piedra a piedra durante la Revolución, y que de su legado solo quedaría una bonita plaza.

Sobre todo, desconocían que un escritor, Dumas Davy de la

Pailleterie, más conocido como Alexandre Dumas, que vivió entre 1802 y 1870, escribiría acerca de su época con gran éxito, entonces y ahora, y que entre sus novelas dedicaría una al escabroso asunto del collar de la reina. Y que otro escritor, Patricio Sturlese, mucho tiempo después, decidiría hacer un homenaje a Dumas y sus personajes.

ÍNDICE

Tercera parte: Ceremonias
y candelabros

Cuarta parte: Los sótanos del castillo

Quinta parte: El infierno

NOVENA PARTE: Advenimiento

DÉCIMA PARTE: El baile de máscaras

megustaleer

Descubre tu próxima lectura

Apúntate y recibirás recomendaciones de lecturas personalizadas.

www.megustaleer.club